U0500906

the Love Machine

好想爱这个世界啊

[美] 杰奎琳·苏珊 著

柯宁 译

北京联合出版公司
Beijing United Publishing Co.,Ltd.

图书在版编目（CIP）数据

好想爱这个世界啊 /（美）杰奎琳·苏珊著；柯宁译. — 北京：北京联合出版公司，2022.4

ISBN 978-7-5596-5274-4

Ⅰ. ①好… Ⅱ. ①杰… ②柯… Ⅲ. ①长篇小说—美国—现代 Ⅳ. ①I712.45

中国版本图书馆CIP数据核字（2021）第086886号

好想爱这个世界啊

作　　者：（美）杰奎琳·苏珊　　译　　者：柯　宁
出 品 人：赵红仕　　出版监制：辛海峰　陈　江
责任编辑：夏应鹏　　特约编辑：陈　曦
产品经理：卿兰霜　于海娣　　版权支持：张　婧
封面设计：熊琼·璽中DESIGN WORKSHOP　　内文排版：任尚洁

北京联合出版公司出版
（北京市西城区德外大街83号楼9层　100088）
北京联合天畅文化传播公司发行
天津中印联印务有限公司印刷　新华书店经销
字数 423千字　710毫米×1000毫米　1/16　24.5印张
2022年4月第1版　2022年4月第1次印刷
ISBN 978-7-5596-5274-4
定价：68.00元

* * *

人类发明了机器。

机器体会不到爱、恨抑或恐惧，也不会罹患溃疡、心脏病抑或情绪障碍。

或许，人类唯一的生存机会就是进化成机器。

有些人进化成功了。

机器以人类的模样统治着社会——独裁者是国家的权力机器；敬业的艺术家则是才华机器。

进化往往是在无意识中发生的。

或许就是在他第一次说“我受伤了”，然后潜意识回应他“斩断一切情感，就再也不会受伤！”的时候。

如果把罗宾·斯通的真身告诉阿曼达，她一定只会大笑而过，因为她早已爱上了他。

罗宾·斯通是个英俊的男人。

他咧开嘴唇微笑。

他不带感情思考。

他用身体和她做爱。

罗宾·斯通，他是爱情机器。

CONTENTS 目 录

卷一

阿曼达

一

1960年3月，星期一

早晨九点钟，她站在广场饭店门前的台阶上，只穿了一条亚麻裙，瑟瑟发抖。将裙子背面扣起来的夹子“咔嗒”掉地。造型师冲上前替她重新整理好衣服，摄影师争分夺秒趁机换了相机胶卷，发型师眼疾手快举起发胶为她拢好碎发——拍摄继续。路人好奇地围过来，饶有兴致地打量这位美人——三月凛冽的寒风中，这位名模只穿了一件轻薄的夏装。让这幅景象显得更突兀的是中央公园的小山丘上还残留着的未化的积雪，这不免让人联想起不久前那场暴风雪，真是冷极了。想到这儿，人们舒坦地裹紧冬衣，不再艳羡眼前这位光彩夺目的生灵，虽然她一上午挣的钱就赛过他们一周挣得的。

阿曼达冻坏了，但她对围观者们毫不在意。她正在想罗宾·斯通。这招向来管用，尤其是在他们俩共度良宵之后。

然而这天早上，想念并不奏效。昨晚她并没有和罗宾度过美好的一夜，对方放了她鸽子。这周他有两场演讲，星期六那场在巴尔的摩，星期日是在费城的一场晚宴上。“七点演讲，我十点前赶回纽约，”他当时是这么说的，“回来后我们去兰瑟酒吧吃汉堡。”结果她带着妆干等到凌晨两点，对方却连个电话都没有。

摄影师收工了。助理及时给阿曼达递上外套和咖啡。回到酒店后，她窝在大堂的大扶手椅里，小口小口地喝着咖啡，这才感到冰冻的血液渐渐融化了——活过来了——好在剩下的镜头都在室内拍。

喝完咖啡，她走进自己的套房，拍摄用的东西堆满了屋，衣服整整齐齐地挂成一列。造型师帮她褪下亚麻裙，换上夏季居家裤。她拨了拨胸垫，理了理妆发。梳子梳过她柔软的蜜色头发，静电噼啪作响。她将昨天洗过的头发打理成蓬松的长发，还按罗宾喜欢的样子披着。今天下午“恒妆”（Always Cosmetics）有个三小时的通告，估计到时候她的发型得重做了。杰瑞·莫斯喜欢她梳高马尾，他认为这种形象更能凸显产品的质感。

十一点，她去卫生间换好私服，从洗漱包里掏出牙刷和牙膏，一上一下地刷着。一会儿要去给恒妆的唇膏夏季系列拍广告。感谢天赐的牙齿，感谢天赐的秀发，还有天赐的脸蛋。她的腿也美，臀部小巧，身材高挑。老天如此厚待她，但唯独漏了一处——她懊悔地看着胸罩里的棉垫，想象着每个看过自己模特照的女人：女工、家庭主妇，胖女人、脚踝粗的女人——她们都有胸，还拥有得那么顺理成章。可自己平得像个男孩子。

矛盾的是，平胸是顶尖模特的标配，但在生活中绝不是什么好事儿。阿曼达还记得十二岁时的沮丧心情。那会儿，大多数女同学都开始隆起小“鼓包”。她向罗丝阿姨求助，阿姨忍俊不禁：“它们会长大的，宝贝，到时候可别嫌它们太大哟，就跟阿姨似的！”

可它们根本没变大。等到了十四岁，罗丝姨妈说：“宝贝，上帝给了你美丽的脸蛋和一颗善良的心。况且，比起脸蛋和身体，更重要的是那个男人只是因为爱你而爱你。”

那时阿曼达正在厨房里，罗丝阿姨的那番话又直白又在理。可谁料想有朝一日她去了纽约，打交道的那些人恰恰与阿姨当年说的那种人相反。

就说那个歌星——只有这种时候，她才会想起比利。相识时，她刚满十八，模特事业刚刚起步。高中时她就听他的歌；更早些，十二岁的她为了去他的粉丝见面会在影院排了整整两小时的队。所以后来在派对上遇见他，她简直像在做梦。更不可思议的是，他看上了自己。比利给记者们的说法是“一场浪漫的邂逅！”。从那一夜起，她就成了他的随行人员，过起了从未有过的生活——夜店开幕，全天候待命的司机，乌泱泱的一帮随从，作曲人、经纪人、音乐代理、媒体宣传。尽管她名不见经传，但大家都拿她当自己人。扑面而来的疯狂示爱和提及自己的大篇报道让她眼花缭乱。镜头前，他握着她的手，轻吻她的面庞。到了第五个晚上，他们俩在酒店套房迎来了独处。

她从没住过华尔道夫大厦酒店（Waldorf Towers）的豪华套房——那会儿她还

住在巴比松女士旅馆。此时置身硕大的房间，她怔怔地望着那些鲜花和酒瓶。他吻了吻她，解了领带，示意去卧室，她顺从地跟过去。他脱下衬衫，裤链一拉。“来吧，宝贝，脱了。”他说。

她慢慢地脱下衣服，只剩下内裤和胸罩，一阵恐慌在全身蔓延开来。他走过来，吻着她的嘴唇、脖子、肩膀，手指探着胸罩，一解，甩在了地板上。他退后一步，难掩失望。

“妈呀，宝贝，快穿回去吧。”他低头看了看自己，乐了，“瞧，把我小弟弟都吓趴了。”

她穿上内衣，然后把别的衣服也穿了回去，匆匆逃出房间。第二天，他疯狂送花，打电话狂轰滥炸，到处找她。她心软了，与他一起度过了三周美妙的时光。他们还是上床了，但她一直戴着胸罩。

三周后，歌星回到加州，之后再也没联系过她。离别前，他托人送来一件貂皮大衣好让自己良心稍安。她还记得他发现自己是处女时一脸的惊讶。

在报纸上的频繁曝光倒是为阿曼达带来了尼克·朗沃思经纪公司的合约。模特生涯就此开启。起初，她的时薪只有25美元，而五年后的今天，她已跻身国内顶尖模特前十，时薪60美元起。尼克·朗沃思让她多看时尚杂志、学穿衣、练猫步。她已经从巴比松搬到了东区的高档公寓，在那里独自度过了许多个日日夜夜。她买了电视机，养了一只暹罗猫，专心工作，研习杂志……

一场慈善舞会将罗宾·斯通送进了她的生活。她和另外五位名模受邀去华尔道夫大厦酒店给那场慈善舞会走秀。当晚的入场券就要价100美元。走秀环节正式开始前，按惯例少不了歌舞和其他演出。现场名流云集。不过，这场舞会比其他类似的慈善晚会更不容小视：它的委员会主席是格雷戈里·奥斯汀夫人。因此，这场舞会不仅登上了各大报纸，还由国际广播公司（International Broadcast，IBC）旗下的当地电视台进行了报道。这完全不奇怪，谁叫这公司的老板就是奥斯汀先生呢。

华尔道夫大宴会厅人山人海。阿曼达和几位模特都受到了“付费嘉宾”的礼遇，因为她们也“付出”了宝贵的时间。她和其他五位姑娘被安排在一桌享用晚餐，IBC还为她们配了六位经理作陪。这些人很有魅力，但也很无趣。一开始，他们聊得还挺有意思的，渐渐地就自顾自讨论起收视率和节目禁令来。阿曼达心不在焉地听着。她偷瞟着格雷戈里·奥斯汀太太和她的闺密们坐的那桌。她认出了朱迪思·奥斯汀，之前报纸上见过她的照片。她暗喜自己的发色同她如出一辙。阿曼达估计这位夫人约莫四十岁，她好美——身材娇小，优雅又低调。阿曼达刚学穿衣那会儿，模仿的正是奥斯汀夫人这样的女人——当然了，她还是买不起她们的高定服装，但她可以穿仿品。

餐毕，她去化妆间准备走秀。IBC的摄像机已就绪，晚上十一点将在当地新闻台准时直播。她和其他模特一起坐着，突然有人轻轻敲门。罗宾·斯通进来了。

女孩儿们纷纷自报家门。轮到她时，她只说“阿曼达”。对方一边记，一边等着下一句。她笑笑：“就叫阿曼达——没了。”两人目光相遇，他也笑了。这之后，她看着他在房间里穿梭，记下其他女孩儿的名字。他很高，她喜欢他走路的姿态。她常看哥伦比亚广播公司的节目和深夜电影，偶尔在换台的空当打眼看见过几次这男的。她还隐约记得他曾作为报媒记者得过普利策奖。他做电视节目可真是屈才。他长着一头乌黑浓密的头发，刚有些许灰白的痕迹。还有他的那双眼睛——突然，他的眼睛捕获了她的凝视，也盯着她，好像正在细细琢磨、品鉴她。然后他温和地一笑，转身离开了房间。

阿曼达猜他的夫人应该也是奥斯汀夫人那样的。走秀快结束的时候，她甚至发现台下有两个小孩儿简直跟他长得一模一样。

还没等她换装，他来敲门了。“你好啊，无名小姐，”他笑道，“有没有无名先生等你回家？没有的话，可否和我小酌一杯？”然后她就跟着罗宾去了P.J.酒吧点了杯可乐，讶异地看着他喝下五杯伏特加却毫无醉意。不消多说，她自然跟着他回家了。一切尽在他的掌控之中。一切不言而喻，且双方都心知肚明。

她像是被催了眠，毫无戒备地跟他进了家门。她在他面前宽衣解带，一时忘了担心自己的平胸。见她捂着胸罩犹豫不定，他走上前替她脱下。

“失望吗？”她问。

他把加厚的胸罩丢在一边：“又不是奶牛，要什么大胸！”然后，他搂住她，俯身轻吻她的胸。从来没有人这样对她。她搂着他的脑袋，战栗着……

第一天晚上，他轻柔地、安静地与她相交。两人最后都汗津津的，疲惫无力。他把她抱在怀里。“要不要做我的女朋友？”他问。她更加用力地回抱作为回应。他搂着她，清澈的蓝眼睛认真看着她。他现出迷人的微笑，但眼神无比严肃：“彼此不提条件，不做承诺，不问问题。做得到吗？”

她默默地点了点头。然后他搂住她，再次一番云雨。这一次，他又粗暴又温柔。他们终于躺倒在床上了，筋疲力尽却心满意足。她瞥了一眼床头柜上的闹钟，三点了！她跳下床。他一把抓住她的手腕："你去哪儿？！"

"回家。"

他一拧她的手腕，她疼得叫出了声。他说："跟我睡就得留下过夜，给我待着！不准走！"

"可我真得走了。我还穿着昨天的礼服呢！"

他一言不发地松开手，起身穿衣服："那就去你那儿睡。"

她笑了："你是不是不敢一个人睡觉啊？"

他的眼睛变得黑魆魆的："说什么呢！我当然敢一个人睡。但是和姑娘上床，就得一起过夜！"

他们一起去了她家，他又和她做了一次。她在他怀里酣然入梦，心中狂喜。她多么同情这个世上其他的女人，她们永远没机会见识罗宾·斯通了。

三个月过去了，连她的暹罗猫鼻涕虫也接受了罗宾。它喜欢靠在他的脚边安睡。

罗宾收入不高，常趁周末外出做演讲赚点儿外快。阿曼达不在乎他没带自己去"殖民地"或者"21"。她喜欢罗宾常去的"P.J."“兰瑟”或者"意大利短笛"这些酒吧，也喜欢看双片连映[1]。她也拼命学习，试着搞懂民主党和共和党的区别。有时她在兰瑟酒吧坐上几个小时，听罗宾和杰瑞·莫斯谈论时政。杰瑞家住格林尼治，他的公司代理美妆品牌"恒妆"。罗宾和杰瑞的私交也帮她拓展了业务版图，进军了美妆行业。

她站在广场饭店的卫生间镜前，套上羊毛连衣裙，走进客厅。

临时餐桌已经搬走了。摄影师正在收拾设备，他叫伊凡·格林伯格，他们俩是好朋友，她向他挥挥手表示再见。工作人员正在打包衣服，陆续离开套房。她下楼跑到酒店大堂，一头秀发在空中飞扬，俨然一位熠熠生辉的金色女神降临，而那位歌手送的貂皮大衣在身上起伏翻涌如波浪。

她走到大堂的电话机旁查了查自己的留言。没有罗宾的消息。她拨了他的号码——那头只传来单调的嘟嘟声，无人接听。她挂掉了电话。

眼看着就到中午了，他到底去哪儿了？

1 20世纪30年代中期开始美国院线统一采用的放映制度。即先放一部高成本的A级片，再放一部低成本的B级片，以此控制成本，保证利润。——译者注

二

罗宾·斯通正在费城的贝尔维尤·斯特拉特福德酒店（Bellevue Stratford Hotel）的套房里。

他渐渐醒来，然后意识到早晨差不多过去了。鸽子在窗台上“咕咕”叫着。他睁开眼睛，很清楚此刻置身何地——假如是睡在快捷酒店，就不好说了，毕竟所有快捷酒店的房间都长一个样，他总得搜肠刮肚地回想自己在哪座城市，还要使劲回忆睡在身边的女孩儿姓甚名谁。但是这天上午只有他自己，住的也不是快捷酒店，而是费城老牌豪华酒店，昨天参加的是“年度先生”颁奖晚宴。他们给他安排了一个上好的套间。

他伸手去摸床头柜上的香烟。烟盒空了，而烟灰缸里连个像样的烟蒂都没有。另一边的床头柜上也有只烟灰缸，里面搁着几截沾着橙色口红印的长长的烟蒂。

他拿起电话，叫了杯双橙汁、咖啡还有两包烟。他拣出最长的那截烟蒂，弹了弹灰，继续点来抽。另一只烟灰缸里带着口红印的长烟蒂他一个也不碰，起身把它们一股脑儿倒进了厕所，目送它们被冲走，这才感到那个妞儿也被彻底送走了。该死的，他真以为她是单身。他的眼光原本特别毒辣，一眼就能认出纯粹出来找乐的少妇。想不到还是栽了，大概对方段位更高吧。算了，不过是一夜情，就让她们的丈夫担心去吧。他咧嘴笑笑，看一眼手表——快中午了，还得赶两点钟的火车回纽约。

今晚要和阿曼达一起举杯向格雷戈里·奥斯汀致敬，这个男人即将拯救自己于水火。一切似乎很不真切，如同星期六早上九点奥斯汀亲自打来私人电话一样叫人难以置信。起初，罗宾以为有人恶作剧，IBC的董事长怎么可能屈尊纡贵亲自致电地方台的小新闻记者！但格雷戈里哈哈大笑，叫他可以回拨公司短号进行核实。罗宾照做了。只响了一声，奥斯汀便接了起来，问罗宾·斯通能否立即来他的办公室一趟。十分钟后，罗宾就拎着手提箱站在了格雷戈里·奥斯汀的办公室里。但很快，他就得赶火车去巴尔的摩。

奥斯汀等在他那宽敞的办公室里，开门见山地问罗宾愿不愿意做公司的新闻部主管。他期望罗宾能够创新理念，扩编新闻部，组建自己的团队，报道今年夏季的全国代表大会[1]。罗宾求之不得。不过，"新闻部主管"是个什么东西？听着还挺唬人。摩根·怀特是公司的新闻部总裁，伦道夫·莱斯特是副总裁。罗宾问"新闻部主管"是什么意思。奥斯汀说意思就是年薪五万，是他现在工资的两倍还多："至于这头衔什么意思，就先别纠结了，行不行？"

一切来得猝不及防。奥斯汀得知罗宾的演讲合约还有一年才到期，便打了两通电话，一通打给演讲代理商，另一通打给律师指示他买断罗宾的演讲合约。就这么简单——简单，隐秘。不过，罗宾还是得再等一周才能在IBC正式开工。其间，他得对这项任命守口如瓶。紧接着的星期一，他便到公司报到，到时候，格雷戈里·奥斯汀会亲自宣布此次任命。

他倒了杯咖啡，点了支烟，微弱的冬日阳光透过酒店的玻璃窗。再过一周，他就要去IBC的新办公室报到了。他吸了一大口烟，然后好心情似乎也随着吐出这口烟而消散了。他把烟一掐，使劲回想那个涂橙色口红的女人的样貌。她叫什么来着？佩吉？贝蒂？根本记不得。姓什么来着？比莉？莫莉？莉莉？管他的。他坐下来，把咖啡挪到一边。当年，他还在哈佛念书的时候，周末去纽约玩，看了一部音乐剧，叫《嫦娥幻梦》(*Lady in the Dark*)。它讲的是一个女孩儿听到一首曲子的旋律——自此萦绕在脑海中，挥之不去。有时他也会遇到这种情况。不过不是曲子，而是某段回忆，某种幻觉……记不真切，但他就是知道它们的存在。仿佛置身一段重要回忆的边缘，有着麝香般浓郁的温暖，还有在恐慌到来前匆匆收尾的幸福感。这种感觉不常有，但昨晚的确又来了，就在一瞬间——不对，两个瞬间！第一次是跟那个女人上床，抚摸她身体的时候——她有一对柔软的、充满弹性的大胸。他一般不大留意女人的胸大不大，可昨晚，自己竟孩子气地吮吸她丰满的乳房。为什么男人会觉得这是性冲动？这分明是对妈妈的依恋。男人想把头埋进女人的胸多多少少表露了内心的软弱。罗宾偏好干净明朗、结实苗条的金发姑娘。她匀称的身体令他兴奋。

但昨晚那个女人有一头黑发，胸很大很美。奇怪的是，他也兴奋了起来。第二个瞬间就是那个时候来的——他高潮时喊出了一些词，是什么来着？他一般不喊出声，跟阿曼达或者别的姑娘上床时都没有过。他记得自己明明喊了，但事后

1　即美国各党召开全国代表大会确定总统候选人的一项选举制度。——编者注

根本想不起来自己喊了些什么，以前有几次也是这样的。

他又点了支烟，硬生生地逼自己转移注意力，想想即将到来的美好未来。可喜可贺。

他拿起跟早餐一起送来的费城报纸，第三页是他与一位德高望重的法官的合照。那位秃顶的法官胖乎乎的。图注写着："普利策奖得主、电视明星、演讲家罗宾·斯通莅临费城发表演讲，并拜会1960年'年度人物'加里森·B. 奥克斯法官。"

他续上咖啡，不由得笑了。自己确实是拜会了法官，但他根本不知道这个人——还不是因为他们付了环球演讲社500美元嘛。

他抿了一口咖啡，喜滋滋地想着再也不用四处演讲了。这一开始听起来很简单。环球演讲社社长克莱德·沃森派人来请他时，他已经在IBC的地方台做了大约一年的新闻。这家演讲社在莱辛顿大道上一栋新的写字楼里包下了一整层办公区。克莱德·沃森就坐在那张气派的胡桃木办公桌后面，像个股票经纪人，看着很可靠。现在看来原来这一切都是为了钓受害者上钩，连那慈祥的微笑也是。"斯通先生，太屈才了吧，堂堂普利策奖得主、知名专栏作家，怎么只在地方台做新闻呢？"

"因为我从北方通讯社离职了。"

"为什么？因为北方通讯社在纽约没分社？"

"不是，没法儿在纽约的报社工作没什么大不了，顶多是无法享有免费话剧票和在饭店免单的待遇。对我来说这些无关紧要。我是个作家，我觉得自己是。可北方通讯社任由那些编辑把我的专栏乱改一通，甚至有时删得只剩三行——我辛辛苦苦花六小时写的文章，被删得只剩三行。写作对我来讲挺不容易的，我生命中劳心劳力的六小时他们却弃如敝屣——"罗宾摇了摇头，好像真的头疼了，"至少在IBC我可以做新闻分析，还不会被人任意删改。只用在结尾贴个免责声明我就拥有绝对的自由。"

听到这儿，沃森赞许地笑着，点点头，紧接着报以同情的叹息："就是薪资不太高吧。"

"饿不死。我的要求不高，有房子住，打印纸够用，没了，"罗宾像个男孩似的坏笑着，"纸和油墨从公司偷。"

"打算写一本千古名作？"

"谁不想呢？"

“你哪来的时间？”

“周末写，有时晚上写。”

沃森的笑容早已消失。他打算一招击破：“零零碎碎地找时间做这事儿多不容易啊？思路不会断吗？那些作家不是都闭关一年，一门心思地写书吗？”

罗宾点了烟，玩味地看着克莱德·沃森。沃森凑上来：“环球演讲希望签下你周末的时间。你可以报价500美元——甚至可能要到750美元。”

“讲什么？”

“主题你定。我读过你写的专栏，”沃森晃晃手里的纸，“你可以聊聊当记者的趣事儿，再结合点儿时事。风格嘛，活泼紧张。保管你接活不断。”

“他们为什么要来听我演讲呢？”

“照照镜子嘛，斯通先生。太太俱乐部可爱请艺术家啦。她们早受够了秃顶老学究或者磕碜的喜剧演员。你一来，魅力四射，搅搅她们死水般的生活。战地记者、普利策奖获得者，你注定会在各大晚宴上和大学里炙手可热。”

“那我什么时候有空写书？”

“先放一放。照你现在的进度还要花多少年啊。做两年演讲，赚的钱够花一年了，然后换个地方专心写书，没准儿能再拿个普利策奖。你也不想在地方台播一辈子新闻吧？”

确实不错，哪怕环球演讲社要35%的提成也有赚头，他迫不及待地签了协议。首场演讲是在休斯敦，给了500美元，然后公司拿走175美元，自己剩下325美元。罗宾这才发现协议底下那行小字：“差旅、住宿费用自付。”于是，首场演讲净收入33美元。他想毁约，沃森轻松一笑——行啊，付清违约金就成。不过那都是一年前的事了。但那一年来，他1.9米的个头挤在红眼航班狭小的飞机座位里，与邻座的胖女人，还有哭闹的婴儿为伴。当然还少不了腌臜的快捷酒店。像费城这场直接免费为他提供高级套房的简直是千年一遇。

罗宾盯着套房。真是个告别演讲生涯的好地方。谢天谢地，一切都结束了：不用再跟旅行团挤在机舱里，不用再和旅客尬聊……总算可以把那些演讲抛在脑后——那种毫无营养却卖座的演讲，他已经讲得麻木了：就连笑声和掌声会在哪个包袱抖出后响起他都了然于胸。再后来，所有的城市看起来都不再有区别。接待办里总有阳光貌美的年轻志愿者来套近乎，急切地想与他讨论贝洛斯[1]、梅勒[2]和艺术的现状。一杯马提尼后，他就知道能睡到她们了。

在艰辛跋涉四十六个州一圈后，现在的他是IBC总部的“新闻部主管”了。

他拿第一单演讲的酬劳租了间公寓。普普通通，不过好歹比住酒店强。但其实他住在这里的时间很有限。新书桌、一大摞打印纸、碳粉，还有一台新的电动打字机取代了那台小小的手提款打字机。在IBC的工作占用了他白天的时间，应酬喝酒和睡女人占了他晚上的时间，然后周末还得为环球演讲社出差。好了，到此为止。他要在IBC施展拳脚，存下每一分该死的钱。他要把书完成。

有时，罗宾也对自己写的东西心存疑虑。自己真的有天分吗？普利策奖证明不了什么，会做新闻并不等于会写书。那是一本他想写的书，他目睹战争如何影响政界人士——丘吉尔回归，将军们化身政治家，艾森豪威尔——戴高乐……在那之后，他还想写一部政治小说。但他最想看到的是自己的文字变成铅字。

他这人一点儿也不物质。有时阿曼达兴冲冲地给他展示自己的新鞋，他会不禁怀疑自己对财富缺乏兴趣。这可能是因为他一直不缺钱。他父亲去世后，把价值四百万的房地产利息留给了他的母亲基蒂，等母亲过世后，房地产又将平分给妹妹丽莎和他自己。每月利息一万二，基蒂大美女过得滋润着呢。挺逗的，他总叫自己的老妈“基蒂大美女”。她很美，身材娇小，一头金发——不过她现在也可能染了红发。两年前她去了罗马，成了他所说的“塑料”金发女郎，而基蒂说这叫冻龄。想到这些，他不由得笑了。对于一个五十九岁的女人而言，她的状态的确太好了。

他从小养尊处优，一路顺风顺水到大学。老爸一直活到了给丽莎办波士顿史上最盛大的婚礼的时候，现在她住在旧金山，和一个剃着平头的二愣子——西海岸的一位房地产大亨一起生活。她有两个很棒的孩子——说起来，他已经五年没见过他们了。丽莎……她出生那年他大概七岁——这么说来，她都三十了，当了妈，生活优渥。而他依旧浪荡，他就喜欢这样，可能是因为父亲当年给他打的烙印。那年他十二岁左右，父亲第一次带他打高尔夫。

1 乔治·韦斯利·贝洛斯（George Wesley Bellows，1882—1925），美国现实主义画家，“垃圾箱”画派代表人物之一。——译者注

2 诺曼·梅勒（Norman Mailer，1923—2007），美国著名作家，两届普利策文学奖得主。——译者注

“要把每局打球当成学校里的课程严肃对待——比如代数——这是你必须掌握的东西。你必须在比赛中发挥出色，儿子。大生意都是在高尔夫球场谈成的。”

“不管干什么都是为了赚钱吗？”罗宾问。

“当然，如果你想娶妻生子，组建家庭，当然得这样。”父亲回答说，“我小时候想成为克拉伦斯·丹诺（Clarence Darrow）[1]。结果后来我爱上了你的母亲，转攻公司法。我不能任性，安心赚钱才是正经事。”

“可你喜欢刑法呀，爸爸。”

“一旦成了家，就不该随心所欲。家人永远是第一位的。”

罗宾学会了打高尔夫球。从哈佛大学毕业时，他的差点[2]已经达到7杆。他想修通识课程，然后读新闻系。父亲极力反对，就像当年他抓到罗宾读托尔斯泰和尼采的书时一样愤怒。

“这对你将来读法律起不到丁点儿帮助。”他说。

“我不想当律师。”

罗宾的父亲气急败坏，摔门而出。第二天，基蒂温和地向他解释为什么他应当做父亲的骄傲，这是他欠他的。天哪，又来了，“欠”他的。因为“欠”他的，所以他去打橄榄球——有助于塑造完美的律师形象。他以全身骨折的代价，拿到了哈佛当年赛季的“最佳四分卫”。1944年毕业时，他本该继续读公司法，但他时年二十一，应征入伍空军，踏上了“二战”的战场。本打算回国后继续学法律，孰料世事无常：他参与了多次战役，被授予上尉军衔，又因肩膀中弹负伤，登上波士顿报纸第二版——总算给老爸长脸了！虽然伤得不重，但它害得在橄榄球赛落下的旧病复发，罗宾只好留在海外的医院。为了打发时间，他开始记录住院生活和其他士兵的经历，还投稿给北方通讯社的朋友，而后文章得到发表，罗宾由此开启了记者生涯。

战争结束后，他以全职记者的身份入职国家警察局。当然，为此他又跟基蒂和父亲大闹一场。老调重弹，他欠他爸的债，非念法律不可。幸运的是，丽莎遇到了平头哥，一家人忙于筹备那场世纪婚礼不怎么顾得上他。婚礼后过了五天，老头子打壁球时猝死。好吧，这是他梦寐以求的死法，尚未衰老，且对家庭尽完

1 克拉伦斯·丹诺（1857—1938），有“美国历史上最伟大的辩护律师”的美誉。——译者注

2 差点是高尔夫球手打球的水平与标准杆之间的差距，低差点数值在0 ~ 10之间，水平较高的球员一般处在这个数值段。——译者注

了责，罗宾想。

罗宾起身，一股脑儿推开茶几。他是他，他谁都不欠。他下定决心要坚守这种生活方式。

他走进卫生间，打开淋浴。水柱打在身上又冷又疼，把血液中残留的最后一点儿伏特加都冲掉了。天哪，他错过了健身房星期一的训练，还忘了给身在纽约的杰瑞打电话取消约定。他笑了。可怜的杰瑞——他只能一个人去锻炼了。杰瑞讨厌健身，但罗宾逼着他一起去。真是奇怪，杰瑞好像并不介意在三十六岁时身材就发胖走样。

罗宾哼着歌，打算一回到纽约就给杰瑞和阿曼达打电话，然后一起去兰瑟酒吧好好庆祝一下。但他不会向他们透露具体原因——毕竟，格雷戈里·奥斯汀说他要亲自宣布。

他开始往脸上抹剃须膏。天啊，他可真想打听打听IBC这一早上发生了什么。

三

对IBC的所有人来说，这只是个再寻常不过的星期一上午。每位高管的办公桌上照例摆着各自的“评分”（尼尔森的每周收视评级[1]）。十点钟，第一场骚动开始了。它来自一条简单的信息：“请丹顿·米勒于十点半到格雷戈里·奥斯汀办公室。”这条信息由奥斯汀的私人秘书发给丹顿·米勒的私人秘书苏西·摩根。苏西匆忙地写下便笺，放在了米勒先生的办公桌上，边上正是他的“评分”，然后她去了化妆间。她经过秘书们的工位，她们全都在全神贯注地工作，打字机从九点半起就“咔嚓咔嚓”地响个不停。戴着墨镜、顶着素颜的“高层们”（高管们的私人秘书）十点到就行。她们打卡签到，跟各自的老板打个照面，然后冲向化妆间，二十分钟后再出现时便俨然一张明星脸了。其中有个“高层”尤其上进，直接在桌上摆了一面大放大镜。

苏西到化妆间时里面已经挤满了人。她一边刷着睫毛膏，一边漫不经心地贡

1　根据的是尼尔森测定法，即美国尼尔森公司测定广播电视节目受群众欢迎程度的方法。——译者注

献几句八卦。格雷戈里·奥斯汀派人去找丹顿·米勒啦！第一个离开化妆间的女孩儿首先把苏西的小道消息传给了法务部的朋友。不出六分钟，消息传遍了整栋大楼。

消息传到宣传部时，埃塞尔·埃文斯正在打字。她迫不及待地想见苏西了解所有细节，等不了电梯了！她直下四层楼梯，径直冲进十六楼的化妆间，上气不接下气。埃塞尔到的时候，化妆间只剩苏西一人，她正在添上最后一笔口红。

"听说你老板去领离职单了？"她问。

苏西抹完口红，拿起梳子梳刘海时才想起埃塞尔在眼巴巴地等着答案。她竭力用最淡定的语气回答："每周一谣言，你还没听够呢？"

埃塞尔眯起眼睛："这回可是听得真真儿的。格雷戈里每周四找部门负责人开会。而星期一早上找丹[1]——谁都知道，这准没好事儿。"

苏西突然犯了愁："你们那儿都这么觉得？"

这下埃塞尔满意多了。终于得到了回应。她靠在墙上点了支烟："千真万确。评分多少，你看着没？"

苏西干脆把头发往后一梳，还梳什么刘海！埃塞尔·埃文斯真是烦死人了。不过，要是丹顿·米勒真被开了，自己的工作就不保了！她得打听打听风声了。她只知道丹顿的工作取决于收视率的增减，却从没想过格雷戈里·奥斯汀的突然传唤可能意味着灭顶之灾。刚才在化妆间她本是想借此证明丹身居要位。这下她开始慌了，但自己可得拿稳腔调，埃塞尔·埃文斯不过是个宣传部的妞儿，自己可是丹顿·米勒的私人秘书！她镇定地说："是的，埃塞尔，我看到了。不过新闻部的收视最惨，新闻部总裁是摩根·怀特，该发愁的人是他，不是丹顿·米勒。"

埃塞尔笑了："摩根·怀特是奥斯汀的亲戚，谁撬得动他。你男人才有麻烦呢。"

苏西脸红了，她确实跟丹约会过，但两人的关系仅限于临时在"21"吃顿晚餐或者去百老汇看场音乐剧。她暗暗盼望发生点儿什么，但直到目前为止，他最多只送她回家，在门口轻吻一下额头。只是大家都以为她是"他的妞儿"，连百老汇的报纸都报道他们俩。她喜欢这种误会——有效地为自己在秘书中提高了威望。

埃塞尔耸耸肩："行吧，我只是给你通个风报个信。你做点儿陪他熬过艰难一晚的心理准备吧。他要是真被炒了，肯定得大喝一通。"

---

1 文中出现了一些人名的昵称，在此列举出若干，以方便读者后面的阅读：丹顿——丹，克里斯蒂——克里斯，格雷戈里——格雷格，阿曼达——曼迪，阿尔弗雷德——阿尔菲。——编者注

都说丹喝酒喝得凶，但他向来最多只喝两杯马提尼，她也从没见他发过愁。她看着埃塞尔，轻轻一笑："用不着替丹操心。哪怕不在这儿干，他也不愁工作。"

"科林·蔡斯'退休'时你还没来吧。问他往后有什么打算，他说：'好比你是一艘飞艇的舰长，一旦飞艇爆炸，舰长就算不死也完了。毕竟，飞艇就只有那么多。'"埃塞尔就等着说这句话呢，她又补充道，"坐在赫斯特湖畔，盼望着另一艘飞艇，想来很冷很寂寞吧。"

苏西笑了："丹不会去赫斯特湖的。"

"亲爱的，没有飞艇的地方都叫赫斯特湖。科林·蔡斯到现在还每天去'21'或'殖民地'吃三个小时的午餐，然后去'路易与阿尔蒙德'（Louis and Armand's）喝鸡尾酒。"

苏西对着镜子研究自己的头发。埃塞尔放弃了："好吧，总之劝你淡定点儿。丹总不会是被他请去共进午餐了。这回真的麻烦了。"

又剩苏西一人站在化妆间里。她担心丹，但更担心自己：要是来个新总裁，肯定会带着他自己的秘书。绝对不能被打回"工位"！得另谋出路……

妈呀，她才花掉了整整一周的薪水买了条新裙子，还打算下个月穿它跟丹去参加艾美奖颁奖礼呢。她开始怕了，她看到收视率了，全完了。新闻部最烂，但埃塞尔说得对——摩根·怀特是奥斯汀家的亲戚，奥斯汀肯定会拿丹顿开刀。是了，今早，自己把留言条放到他桌上的时候，他表面上虽波澜不惊，但谁知道呢。在电视界摸爬滚打多年，他早已习得一种猫式微笑，永远一副"一切尽在掌握"的样子。

其实丹焦虑得要死，一看到收视率他便感到大难临头。等苏西把便条递到面前时，他感到胃里的血液在回流。他很爱这份充满刺激的工作，然而，他一面陶醉于权力，一面越发害怕失败。一旦把工作置于最重要的地位你就输不起了。其他广播公司的总裁或许输得起，毕竟他们又不为格雷戈里·奥斯汀这种疯子工作。后者自比伯纳德·巴鲁克（Bernard Baruch）[1]和大卫·梅里克（David Merrick）[2]的结合体。这是什么意思呢？就是你不可能比格雷戈里更厉害，除非你是罗伯特·萨

1　投机大师巴鲁克（1870—1965），美国金融家、股市的投机者、政治家和政治顾问。——译者注

2　大卫·梅里克（1911—2000），原名大卫·玛格鲁瓦（David Margulois），美国著名戏剧制作人，代表作有《吉普赛》《你好，多莉！》《贝克特》等。——编者注

尔诺夫（Robert Sarnoff）[1]或者是威廉·佩利（William Paley）[2]。

10:27，他离开办公室走向电梯。他望向走廊尽头，那扇气派的胡桃木门上镶着金字："摩根·怀特"。那里风平浪静。当然了，摩根安全得很。格雷戈里·奥斯汀选了自己——小丹顿·米勒作替罪羔羊。

他向电梯工和气地点点头，电梯迅速载他到了顶楼。格雷戈里·奥斯汀的秘书喊到他的名字时他依旧保持着平静的微笑。她回以微笑示意请进。真羡慕她呀，安然稳坐这装修明快的开间。

他走进宽敞的会客室。格雷戈里通常在这里迎接贵客、大赞助商或广告公司总裁，他们得掏好几百万美元买IBC的直播广告位。会客室的另一头是会议室和格雷戈里豪华的办公室里间。

要是格雷戈里想炒他鱿鱼，应该会在这里速战速决才对吧。可他人呢？难道说事情没那么坏？但是格雷戈里为什么让他干等着？这也可能是个不妙的信号。

他坐在皮沙发上闷闷不乐地盯着美国早期风格的精致家具。他瞥了一眼自己登喜路西服裤上整齐的折痕。天啊——此刻，他，丹顿·米勒，是电视部总裁，而五分钟后他或将失业。

他拿出烟盒。尽管口腔溃疡一阵刺痛提出了警告，但他还是拿出了烟，轻轻地摆在烟盒上。过来前本该吃片镇静剂。昨晚怎么破戒喝了酒。该死的，还有一大堆破事儿没办！他打量着烟盒。选它的时候慎之又慎：300美元，黑色幼体鳄鱼皮，镶18K金。这价格可以买只纯金的，但那不符合他低调奢华的人设——黑西装、黑领带、白衬衫。他有十二套黑色西装，五十条黑色领带，全部一模一样。每条领带的衬里都编了码以便每天轮换。一套黑色西装让生活变得很简单：适合上班；如果有重要的饭局也照样不失体面。烟盒是个很好的道具，需要快速做决定的时候，他就可以伸手去掏烟盒挑一支烟，用它敲着烟盒，拖延时间，抓紧思考，而且它还可以替代抠手指、咬指甲和其他神经质的小动作。

手心开始出汗了。他不想丢掉这份工作！地位即权力！离开这里他将无处可去，除了公司退休总裁们的天堂——能够让他吃上四个小时马提尼酒午餐的"21"。

他凝视窗外，一汪阳光正温暖着这片土地，春天近了。等到了春天，这张沙

1　罗伯特·萨尔诺夫（1918—1997），1956年担任美国广播公司总裁，1958年担任CEO，带领美国广播公司进入新的黄金发展期。——编者注

2　威廉·佩利（1901—1990），让美国哥伦比亚广播公司从一个地方电视台发展成为美国三大全国性商业广播电视网之一，而且他开创了广告商或赞助商投资电视广播节目，改变了整个电视广播界的商业模式。——编者注

发还会在这儿，格雷戈里的助理也会在这儿。可他不会在这儿了。他突然体会到了死刑犯走到电椅前看见那些行刑目击者时的心情。他深吸一口气，仿佛在品味余生的每一秒钟；似乎再过几秒，他的生命就告终了。豪华办公室、海边度假、比弗利山庄酒店的独栋别墅、女人们……他走回沙发前坐下。他并不是虔诚的基督徒，但他稍稍祈祷了一下——发了个小誓——要是今天没被解雇，自己一定会做出改变。他一定会让收视率上升，要是非得抄其他广播公司的节目，他也认了。他愿意每天24小时连轴转。他还会少喝酒、少泡妞。他一定会信守承诺的。先前不就信守了午餐不喝酒的诺言吗？当时做这个决定是因为目睹了莱斯特·马克的崩溃场面。莱斯特曾是一家知名广告公司的总裁。丹每天吃午饭时，看着他从两杯马提尼变成四杯，再到五杯。马提尼可以提升你的信心，但也会让你口无遮拦。他看着莱斯特从一家广告公司的总裁变成了一家小公司的副总裁，然后失业，最后沦为一个全职酒鬼。

丹坚信中午喝酒是电视业里最严重的失职行为。因此，他白天严格禁酒，下班后再好好放纵一下。不过这一年来，下班后他确实有点儿过分了。或许这也是他约苏西·摩根的原因（然而这又违背了他的另一条原则：社交是社交，工作是工作）。苏西太小了，他必须坚持有所不为，所以跟她约会时他能借以保持绝对清醒。何况，他也应付不来二十三岁的女孩儿：她们的脸上分明写着“恨嫁”几个字。睡个妓女，哪怕打个飞机岂不更安全。苏西这种女孩儿适合装点门面。要是能保住工作，他宁可再不去嫖娼，宁可每周花上好几晚待在家里看那个该死的方盒子，看比赛，分析IBC落后的原因，做出观众们真正爱看的节目。天哪，谁知道那得是什么？连观众自己都不知道。

沉重的门开了，格雷戈里·奥斯汀走了进来。丹迅速跳了起来。格雷戈里正拿着收视排名，他把纸递给丹并示意他坐下。丹认真读了一遍，仿佛第一次看到这张单子。他用余光看着格雷戈里在房间里来回踱步。他哪儿来的精力？他比丹大十岁，但走起路来依旧风风火火。奥斯汀个子不高，而丹身高约1.8米，比他高好几厘米。连朱迪思有时穿上高跟鞋也显得比格雷戈里高。然而，他浑身散发着一股男子气概和一股冲劲儿：他一头红发，晒得黝黑的手上布满雀斑，腹部平坦，动作敏捷，脸上不时浮出捉摸不透的微笑。据传，他曾在好莱坞女明星中来去自如，直到遇见朱迪思。自那之后，别的女人都成了浮云。

“你对这收视率有什么想法？”格雷戈里突然发问。

丹一脸愁容。

“有没有发现什么特别的点？”

丹拿出烟盒，点了支烟。

格雷戈里也拿了一支，但没让丹给自己点烟。“戒了一周了，”他解释道，“烟瘾上来了，就这么叼在嘴里。挺管用的，你可以试试，丹。”

丹点了烟，慢慢地吐气。他再次向冥冥之中负责守护广播电视公司总裁的神明起誓，只要能让自己完好地走出这个房间，他绝对戒烟。

格雷戈里俯身过去，那只长着金红色茸毛的有力的手指向新闻类收视率。

“我们是垫底。”丹说，好像才发现似的。

“还有呢？”

溃疡又疼了。丹一直盯着排名倒数后十的两档综艺，都是他推荐过的。但他强迫自己用无辜、不解的眼神看着格雷戈里。

格雷戈里·奥斯汀不耐烦地敲着那一页纸：“看看地方台的新闻节目！不仅收视稳定，有时还赢了CBS、ABC和NBC[1]。知道为什么吗？它们全是一个叫罗宾·斯通的家伙做的！”

“我注意他好一阵儿了，相当出色。”丹撒谎了。他从没见过这个人，也没看过晚十一点的IBC新闻。那会儿他要么喝醉睡着了，要么换台到NBC等着看他们的《今夜秀》(*Tonight*)。

“这个月，我每晚都看他的节目，”格雷戈里说，“我太太说他很棒。男人看哪个台的新闻都是女人说了算。别的节目不知道，但新闻节目肯定都是女人选的，因为每个台的新闻内容大同小异——只是主播的区别。我把罗宾·斯通从地方台调出来了，我打算让他和吉姆·博尔特一起做我们七点档的电视节目。”

“为什么还留着吉姆？”

“他的合约还没到期。而且我不会让罗宾·斯通在那儿做太久，我对他另有

1　分别为哥伦比亚广播公司、美国广播公司和全国广播公司，三家公司为美国三大无线电视网，稳坐电视业的霸主之位，呈三足鼎立态势。——译者注

安排。这个人很可能成为下一个默罗、克朗凯特、亨特利或布林克利[1]。好好用他，靠他打造七点档的辉煌。今年夏天一过，他就会家喻户晓。他将成为咱们在全国代表大会上的中坚力量。我们得打造一支强有力的新闻团队，唯一的办法就是做出特色，罗宾·斯通就是我们的特色。”

“应该能行。”丹慢慢地说。他好奇接下来会发生什么：新闻是摩根·怀特的阵地。

格雷戈里好像猜到了他在想什么，说：“摩根·怀特得说拜拜了。”他平静得不带任何感情。

丹默不作声。这转折简直太惊人了，为什么格雷戈里要跟他说这个秘密，格雷戈里素来拒人千里。

“那谁接替摩根？”

格雷戈里盯着他看：“我刚才的话都白说了？我说得还不够明白吗？我不希望罗宾·斯通只做个主播，我要他领导整个部门。”

“这个决策很英明。”丹的位置保住了，如释重负。

“但我不能炒摩根鱿鱼，得让他主动请辞。”

丹点点头，还是不敢说话。

“摩根毫无天分，但他很自大。这招在我家很吃得开，他跟我太太是表兄妹——家人很重要，但自大会损害生意。但我又很爱家人。所以，你回头给摩根发一份通知，告诉他你已经聘请罗宾·斯通担任新闻部主管。”

“新闻部主管？”

“并没有这样的职位或者头衔，我临时编造的。摩根肯定也不明白这是什么玩意儿。等他来找你，你就说这岗位是为罗宾·斯通专设的，为了提高节目收视率。罗宾·斯通可以在新闻部行使任何权力，他只需要直接向你汇报。明白了吗？”

丹若有所思地点着头：“摩根肯定不满我干涉他部门的业务。”

“别打岔，还没说完。你作为电视部总裁，有权对任何部门提议进行改革。”

---

1 分别指：爱德华·罗斯科·默罗（Edward Roscoe Murrow），美国广播记者和战地记者，在第二次世界大战期间，他因首先从欧洲为CBS的新闻部门进行了一系列直播而声名显赫；小沃尔特·利兰德·克朗凯特（Walter Leland Cronkite，Jr.），美国广播新闻记者，曾担任CBS晚间新闻的主持人达19年之久，在20世纪六七十年代，他被称为“美国最值得信赖的人”；切斯特·罗伯特·“切特”·亨特利（Chester Robert “Chet” Huntley），美国电视新闻播音员，从1956年开始同布林克利一起连续14年主持NBC收视率最高的晚间新闻节目《亨特利-布林克利报道》；大卫·麦克卢尔·布林克利（David McClure Brinkley），NBC和ABC的新闻播音员，曾与亨特利一起主持《亨特利-布林克利报道》，其职业生涯从1943年持续到1997年。——编者注

丹笑了："建议，而不是执行。"

"别咬文嚼字了。摩根肯定又会来找我，到时候我就装作惊讶的样子说你确实有权任用新员工。"

"万一摩根不辞职呢？"

"他会的，"格雷戈里说，"我打包票。"

说完，格雷戈里把没点过的香烟扔到了一边。丹站了起来，会面结束了，他逃过一劫。他满怀着全新的安全感离开了办公室，他的工作暂时安全了。格雷戈里想用他当打手把摩根赶走。这一来会给自己在业内提升多少威望，他不由得头晕目眩。谁不清楚摩根和格雷戈里·奥斯汀的关系，而现在，他，小丹顿·米勒，即将宣布自己任命罗宾·斯通为新闻部主管。坊间会以为自己的权力大到足以开掉摩根·怀特，而格雷戈里·奥斯汀只是袖手旁观并认同自己的做法！到时候就会传开："小丹顿·米勒竟然有自主权。"

他用发颤的手给摩根·怀特写通知，反复写了好几稿，最后不得不口述给苏西让她写下来。他倒是很好奇她把这消息传遍大楼得花多久。他靠在椅背上，伸手摸烟，正准备点，突然想起刚发过的誓，便直接把烟丢进了纸篓。

他起身站在窗口凝视着外面的世界——阳光明媚，碧空如洗。春天来了，他喜气洋洋地迎接它的到来。

摩根·怀特冲进他的办公室时，他平静地转过身。

"你搞什么呢？"摩根暴跳如雷。

"先坐，摩根……"丹伸手拿烟盒，登时犹豫了一下，但还是"啪"的一声打开了。万能的神啊，都到这时候了，就让我抽一根吧！

四

重大消息发布次日，IBC依旧有条不紊地运行着。《纽约时报》刊登了一则简讯，配图是罗宾·斯通的照片，称他将接替辞职的摩根·怀特出任IBC新闻部总裁。新闻部弥漫着紧张的气氛，所有人都在等待他现身。他素来独来独往，引得坊间纷纷猜测"罗宾·斯通到底是何方神圣"。摄像比尔·克特纳跟他打过两回交道，不过那也是在十一点晚间新闻结束后去酒吧看通宵球赛时发生的。他喜欢棒球。三杯伏特加兑马提尼对他来说就跟橙汁儿似的。以上是汇总的全部信息。

有些姑娘在P.J.见过他，说他总跟一个美女一起，有时杰瑞·莫斯也在。后者好像是他唯一的男性朋友。他们三人每天在兰瑟酒吧碰面喝酒。

“兰瑟酒吧到底在哪儿？”

吉姆·博尔特说大概在西四十八街。

山姆·杰克逊说肯定在第一大道。

他们查了一下地址——在东五十四街。

谁也没去过那里。

星期三下午，新闻部有一半人出现在兰瑟酒吧。

但罗宾·斯通不在那儿。

星期四，有个人因为觉得兰瑟酒吧还不错，于是又去了。

这一次，罗宾·斯通就在那儿，边上坐着杰瑞·莫斯，还有一个全世界最美的女孩儿。

除了等待罗宾·斯通的下一步指示，别无他法。星期五下午晚些时候，指示来了——新闻部全员的办公桌上都摆着一份通知：

星期一上午十点半，十八楼会议室开会。罗宾·斯通。

10:20，人们陆续抵达会议室。10:25，埃塞尔·埃文斯也来了，吉姆·博尔特惊讶地看了她一眼——她来干吗？但到了这时候，吉姆无暇他顾。新官上任三把火，人事必然会有大变动。不过还真是服了埃塞尔——敢这么直接闯进来，佩服她的胆量和自信。

但埃塞尔并不像表面上看起来那么自信。她发现多数人都跟商量好似的纷纷自然落座。这间会议室很长，唯一的摆设就是一张长桌，墙边靠着一些多余的椅子。他们进来的那扇门通往外面的走廊，但她盯着另一扇门，它诡异地紧闭着。很快，除了桌子那头的座位空着，其他座位都被占了。埃塞尔犹豫了一下，从墙边拿了一把椅子，挤在一位调查员和一位体育主播中间坐下了。

10:30，摩根在任时的新闻部副总裁伦道夫·莱斯特进来了。埃塞尔留意到他相当有底气，大概罗宾给他透过底了，他的位子安然无虞。伦道夫穿着黑色西装，打着黑色领带——跟丹顿·米勒学的IBC装扮。他和气地笑着说：“早上好，女士们先生们，我相信大家都和公司一样为斯通先生被任命为新闻部总裁而激动万分。你们中间有些人曾与他共事，而有些人还没见过他的真容。格雷戈里·奥斯汀先生和丹顿·米勒先生都很期待，并将未来所有新闻节目托付给斯通先生。接下来，我们会见到一些改变，或者说诸多改变。但我相信大家都很清楚它们绝不会阻碍任何人继续发挥才能、成就卓越。这些改变只会让我们新闻部开疆拓土，取得更辉煌的成绩。”

“怎么不说更辉煌的收视率呢？”埃塞尔听见边上有人小声说。

另一个人窃窃私语：“你不想混了吧？”

伦道夫·莱斯特接着说道：“IBC的政策向来——”这时门开了，伦道夫立马闭嘴，罗宾·斯通不疾不徐地走进会议室。

掌声渐起，但罗宾的目光使它尚未正式开始便停歇了。接着，他咧嘴一笑，大家瞬间觉得自己像个虽做了蠢事却得到了宽恕的傻孩子。

罗宾·斯通环视一圈，并没具体看某个人，而像是清点人数，顺便看看这间会议室的布置。然后他又轻松一笑，埃塞尔注意到似乎每个人都卸下了防备。那充满魅力的笑容电力十足，将人麻痹。突然，在埃塞尔的眼中，他比任何电影明星都更加迷人。天哪，我要融化这个男人坚硬的外壳……让他在自己怀中颤抖……我要拿下他……哪怕一秒钟也好！她从长桌的另一头目不转睛地望着远处的他。她突然发现他笑起来只扯嘴角，眼神始终是冰冷的。

“我了解了一遍新闻部的事务，”他平静地说，“大家都做得不错，但IBC的收视率却在下跌，咱得来点儿新动作。请各位记住——我是个主播，这一点永远不会改变。这是我第一次做行政领导，但我将继续当主播。在空军部队的时候，哪怕后来提了上尉，我还以战斗机飞行员的身份继续执飞。”

埃塞尔聚精会神地盯着他。他很英俊——尽管外表冷酷，但真的很英俊。他得有1.9米高，浑身上下一点儿赘肉都没有。她心想自己得节食了。他又笑了，他只要一笑就能锁定胜局。

“我会在这里与各位并肩作战。今年夏天，我要组建一支顶级团队报道全国代表大会，”罗宾继续说道，“届时，迈阿密地方台的安迪·帕里诺也将加入总台——加入我们的全国代表大会报道团队。”“我要扩编我们的队伍——而不是裁员，”他对伦道夫·莱斯特说，“不过，劳驾您先领我认识一下大家。从这边开始，绕场一圈。”

两个人沿着桌子走，罗宾同每个人握了手。他友好的笑容无懈可击，但眼神始终看不真切。他的问候不带情感，仿佛从未见过这里任何人。

转到埃塞尔时，莱斯特很惊讶，愣了一下便马上把她跳过，十分敏捷自然，以致埃塞尔都没觉察到他的轻慢，看着他们回到了前面。罗宾没坐下，他又环视了一圈，目光停留在埃塞尔身上。

他指着她说："我们还没认识过。"

她站起来说："我是埃塞尔·埃文斯。"

"你的职务是什么？"

她脸红了："我是宣传部的……"

"那你来干什么？"他仍然微笑着，声音温柔，但眼神瘆得慌。

"那个……我想着……新闻部万一缺人手，缺人宣传新业务。我想着您可能有需要。"她赶紧坐下了。

"需要用人的话，我会通知宣传部的，"他皮笑肉不笑地说，"现在麻烦您打哪儿来回哪儿去。"她走了出去，所有人的眼睛都盯着她。

一出会议室，埃塞尔便靠在了门上。好难受，她只想快点儿逃出那间会议室。他的声音持续传了出来，她站在原地挪不开步……好像全身都僵硬了。

然后她听到莱斯特问罗宾是否需要每周一开例会。

"咱不开例会，"罗宾回答说，"需要人的时候我直接找你们。不过我要做个调整——"

一片寂静，想必所有人都竖起了耳朵，然后罗宾的声音传来："把这张桌子挪走，给我换成圆桌。"

"圆桌？"这是莱斯特在说话。

"没错，换成大圆桌。我不喜欢坐在或站在长桌子的前面，也不想这样安排座位。既然我们是一个团队，就得有团队的样子，平等地坐着。给我弄张大圆桌。"屋里人沉默片刻，然后七嘴八舌地交谈起来，她就知道罗宾已经走了。大家议论纷纷，他们马上要出来了！她冲了出去，来不及等电梯了，她不想见到从里面出来的任何人。她跑下楼梯，躲进下一层的女士盥洗间。谢天谢地，里面没人。她用力抓着水槽，用力到指节发白。屈辱的泪水顺着脸颊滚落。"我恨你！"她开始抽泣，"我恨你！"她擦擦眼泪，盯着镜子，眼泪顷刻间再次涌了出来。"哦，天哪，"她哀号着，"你怎么就不能漂亮点儿呢？"

五

在罗宾的会议上被扫地出门后，埃塞尔在办公室里整整躲了一天。她不想在走廊里碰到任何人——他们都在笑话她有多狼狈。

她争分夺秒把桌上堆满的稿子都打完了。六点半，整层楼的办公室都空了。埋头苦干了一天后，早上遭受的屈辱也消退了大半。现在她只感到疲惫——筋疲力尽。

她拿出镜子补妆，沮丧地看着镜子里的自己，脸色很糟糕。她盖上打字机，站起身，裙子上满是褶皱，紧紧贴在身上。埃塞尔叹了口气，吃下去的东西都堆在屁股上了，真的得节食了。

她坐电梯到大堂，那里空无一人，只有咖啡店还开着。现在去“路易与阿尔蒙德”假装等人，再跟人调笑一番恐怕有点儿晚了，估计自己认识的人都喝得差不多了，那里现在坐着的都是来吃晚饭的人。她走进咖啡店点了杯美式。平时她都加奶油和糖，但今天正式开始节食！她看着服务员把咖啡倒进杯子，服务员的手因长期洗盘子而变得红肿且有皲裂。她打量着这双手，难道这个女孩儿没有梦想吗？难道她不想去更好的地方吗？她的外貌条件比埃塞尔强多了，苗条，脸又漂亮。但这女孩儿只满足于站在这里，在湿答答的柜台上倒咖啡，收拾顾客扔的垃圾，为了一角硬币的小费赔笑脸——埃塞尔·埃文斯一周就能挣150美元！

她掏出带镜子的小粉盒和口红。她虽不是大美女，倒也过得去，应该说还不错——要是再加强一些就更好了。该死的，牙齿上这条裂缝……那个臭不要脸的牙医，补牙冠要300美元。她提出免费补牙的话她可以跟他上床。医生以为她在开玩笑。她说当真，他还假装不信。她这才反应过来，他压根儿不想睡自己！欧文·斯坦医生，一个破牙医，竟然不想睡自己！要知道，埃塞尔·埃文斯平时搞的都是大佬好吧——全是IBC那帮“衣冠禽兽”！

走出咖啡店，她在大堂迟疑了一下，她不想回家。室友今晚要染发，家里肯定搞得一团糟。不过跟在本森-瑞安（Benson-Ryan）公司上班的莉莲合租倒是挺合适的。她们俩志同道合，相识于火岛（Fire Island），在那里度过了超棒的夏天。

当年，六个姑娘结伴同住，给公寓取名叫“六浪女之家”。家里挂着块黑板记分，谁睡了男人，其他几人就往存钱罐里投一美元。等到夏天结束，谁睡到的男人最多就算赢。莉莲比埃塞尔多睡了十几个人，她不挑“食”。她是一个好姑娘，很有趣，就是太不挑“食”了，连助理导演都可以下手。在埃塞尔看来，只有当在“路易与阿尔蒙德”酒吧实在别无选择时，她才可能屈尊与助理导演调笑几句。

她突然发现门卫正盯着自己。她走出大楼，走在街上：要不去P.J.？

酒吧里人满为患，但她只认识几个经纪人。她在那里站了一个多小时，讲着荤段子，手里端着一杯啤酒，眼睛盯着门口搜寻猎物，看谁能请自己吃个饭……

七点半，丹顿·米勒独自走了进来，苏西呢？他看看她，连招呼都不打就径直与酒吧那头的几个男人会合去了。

又过了一个小时，就好像计时器响了似的，那几个经纪人突然大口喝完饮料跑去赶最后一班像样的通勤列车，竟然没有一个浑蛋接过她的账单去买单。她饿了，这会儿点个汉堡来吃，估计到家的时候，莉莲染发也染得差不多了，过氧化氢也该散味儿了。

她独自坐在一张小桌旁吃汉堡，她饿坏了，但还是剩了一半。点什么啤酒？她现在都63.5公斤了。她腰很细，胸也很性感：胸围96厘米，结实挺拔。但她的问题在于屁股和大腿，要是再不减，以后减起来估计会更难。下个月她就三十岁了，而她还没结婚！

其实，要结婚她早就结了——要是愿意踏实过过小日子，早就已经嫁给哥伦比亚广播公司的摄影师或者曼村的某个酒保了。但除了名人埃塞尔谁都看不上。与名人春宵一度胜过与无名小卒平庸一生。毕竟，能怀抱着电影明星，听他高潮时喃喃念叨“宝贝……宝贝……”，什么都值了。那一刻，她感觉自己美极了，自己也是个人物了。那一刻，她终于可以忘掉自己是谁……

来自底特律哈姆崔克（Hamtramck）的小胖妞埃塞尔·埃文斯从小就想变美。她吃着土豆泥和炸洋葱，听街坊四邻说着波兰话，玩跳房子、双人跳绳，看电影杂志，收集海蒂·拉玛（Hedy Lamarr）、琼·克劳馥（Joan Crawford）和克拉克·盖博（Clark Gable）[1]的签名照，坐在门前的台阶上“过家家”——跟同龄的玩伴波兰小毛孩赫尔加·塞兰斯基（Helga Selanski）一起做着梦，假装梦想成了真。

1　以上均为好莱坞著名影星。——编者注

哈姆崔克的这一整个街区都是波兰人，他们的下一代似乎也被绑定在了这里，注定要跟自己的族人结婚。他们也看电影，银幕里有另一个世界，但他们从没想过要去那个世界。但对埃塞尔来说，电影不仅是两小时的银幕之旅：好莱坞是真实存在的，纽约和百老汇也确实存在。夜里，她不睡觉就听收音机。当主播称播放的音乐来自好莱坞椰子林（Cocoanut Grove）[1]时，她便瞬间激动地抱紧自己，因为她听到的这段美妙的音乐也同时被那儿的大明星聆听着，这一刻，她仿佛与他们产生了身体上的联结，仿佛自己已置身那个地方。

埃塞尔坚信自己总有一天会走出哈姆崔克，纽约是她梦想的第一站。一天晚上，她正和小赫尔加一起听纽约天堂餐厅的一支乐队演奏，埃塞尔又开始“过家家”了。她想着长大后去那个地方该穿什么，想着哪个大明星会陪同自己出席宴会。以往，赫尔加都会配合她一起幻想，但就在今晚，赫尔加突然扬起尖下巴说：“我不玩了，我长大了。”埃塞尔很惊讶。赫尔加向来对自己言听计从，但这次她非常固执。“我妈妈说，我们不该再这样说话和过家家，该现实些，不能再异想天开了。”

埃塞尔回答说：“这不是异想天开。总有一天我会去那里，会跟电影明星交朋友。他们会跟我约会——还会亲我。”赫尔加笑着说：“就像鱼一样！亲你！哈哈哈，埃塞尔，你敢不敢跟别人这么说？你哪儿也别想去，咱们所有人都会待在这儿，跟波兰人结婚生孩子。”埃塞尔眯着眼说道：“我要认识明星……跟他们约会……没准儿还要嫁给其中一个。”赫尔加又笑了：“瞧瞧，我妈说得太对了。她说要是我们知道自己只是在做梦，那么聊聊好莱坞也无所谓，但可千万别当真。你疯了，你怎么可能跟电影明星约会？你是埃塞尔·埃文斯，又胖又丑，家住哈姆崔克，哪个电影明星会跟你约会！”

埃塞尔狠狠地扇了赫尔加一巴掌。可她心里害怕极了：赫尔加说的会不会是真的。她不要留在这里，不要嫁给波兰人，不要养孩子，不要做土豆泥和炸洋葱！来了底特律还是住在波兰城，爸妈何必辛辛苦苦从波兰过来？

彻底下定决心要把“过家家”变为现实的导火索是彼得·西诺克。他长着招风耳，一双红通通的大手，在她十六岁的时候就上门相亲来了。彼得是洛特姨妈的朋友的儿子，波兰捷克混血，是个帅小伙儿。她父母大喜过望，但这真的太傻了。她记得母亲收拾屋子有多卖力。彼得·西诺克来的那晚家中必须一尘不染。

1 椰子林夜总会是美国20世纪三四十年代的一家顶级夜总会。——编者注一切都历历在目：母亲穿着刚熨好的衣服，紧张地等着。她的父亲又瘦又秃，老态龙钟，天哪，他才三十八岁，看起来就这么憔悴了，相比之下母亲又宽又壮。

她永远不会忘记彼得·西诺克来的那晚。映入眼帘的先是那对招风耳，接着是他脖子上的青春痘，还有一颗即将熟透的红色大疖子。但母亲把柠檬水放在门廊上后小心翼翼地溜回厨房期盼等待的样儿，活像是克拉克·盖博大驾光临了一样。

镇上的每个人都期盼着。这条街上每家每户都知道她家有个相亲的来了。她和彼得坐在秋千上，就静静地坐着，听着秋千"嘎吱嘎吱"地响，听着邻居们在门廊上的低语。她还记得那幢房子。一幢小小的矮房子，夹在同样的小矮房子之间，小矮房子们组成了绵延不尽的街区。每家都有着同样的门廊，同样的小餐厅、小客厅、厨房，每个人都在那里度过了生命中的大多数日子。天哪，还有不计其数的垃圾桶和经常光顾后院的猫。直到现在，耳畔还会响起它们发情的声音，然后不满的邻居冲出来泼水让它们闭嘴。但要么是准星太差，要么是猫咪们太有激情，短暂的平静过后声音便又此起彼伏。

她回想起那天晚上坐在嘎吱作响的秋千上，听彼得·西诺克说些有的没的。他扯着在A&P[1]上班的事儿，然后想来牵她的手。他的手黏糊糊、软塌塌的。他告诉她，自己好想有个这样的家，生好多小孩儿。听到这儿，她跳下秋千跑了，等确定那个招风耳已经走了才回家。家人们都笑话她，他们用波兰语开她玩笑："小埃塞尔怕男人。哎哟，可她天生就是生娃的料——屁股大，好生养[2]。"

埃塞尔沉默不语，在学校铆足劲儿念书。那年夏天，她在底特律市中心找到了一份工作，成了一个做事干练的秘书。她从不跟人约会，对此丝毫不感到失落。她要厚积薄发。她拼命存钱，静静等待。

二十岁时，她攒够了五百美元来到纽约。她在底特律的最后一份工作是在一家小广告公司的宣传部。到了纽约，她在一家大广告公司的秘书处工作。终于有一天，埃塞尔的机会来了。这家公司合作的一个影星醉醺醺地走进她们的办公室，她雀跃地跟着他到了他的酒店。当他发现自己竟然睡了个处女时，酒也醒了三分。但他喝得太醉了，压根儿不记得其实是这位处女强奸了自己。他不想把事

1 The Great Atlantic & Pacific Tea Company，大西洋与太平洋茶叶公司，美国大型连锁零售企业。——译者注

2 原文为"nice broad hips, she would have an easy time"。——编者注

闹大，提出给她赔偿金。埃塞尔傲慢地拒绝了，坚称自己对他是真爱。他越发恐慌。他有家室，很爱他的老婆。有什么要求请尽管提？好吧，她说，她在秘书堆里一点儿也不痛快……他二话不说，立马叫经纪人把埃塞尔调到了自己那家电影公司在纽约的宣传部。

埃塞尔从此如入"自助餐厅"[1]，这里能邂逅更多喝醉的演员甚至是清醒的演员。她对他们全是"真爱"。消息传开了，埃塞尔的事业开始蒸蒸日上。待到IBC的宣传部有了空缺，埃塞尔便补上了。毕竟，她几乎"查"遍了这家公司的人才库。IBC的薪资待遇更高，又因为其节目更新更快，埃塞尔的舞台也更广阔了。在这儿她工作爱好两不误，就此站稳了脚跟。

她很清楚自己的名声已经从东海岸传到了西海岸。她乐享这份荣耀，甚至是自己的头衔。当年火岛的另一位浪女如今在洛杉矶世纪影业的宣传部上班，她们通信频繁。埃塞尔把每段风流韵事都毫无保留地同她分享，描绘每一个细节，给每个人打分，甚至谈论对方的尺寸。埃塞尔行文风趣，笔友伊芳会把埃塞尔的信油印出来在公司大肆传阅。埃塞尔得知后，写得更起劲了，决不错过这免费的广告位。于是更多大佬来纽约时都打电话找她，越来越多的名人……越来越多的帅哥……

和那些帅哥明星约会时，埃塞尔常希望赫尔加能看到此时此刻的自己。赫尔加肯定老了，生了一堆孩子——她跟彼得·西诺克结婚了！

埃塞尔猛地一抬头，丹顿·米勒站在她的桌子旁。他喝醉了。

"好啊，宝贝。"他笑着说。

她漫不经心地笑了："莫非这是城市之光[2]？"

"什么意思？"他问。

"就像《城市之光》那部电影里的情节，你只有喝醉了才认识我。"

丹拉过椅子坐下，哈哈大笑："你可真有意思。"他招招手又叫来一杯酒，继续笑着看着她："都说你是最棒的，你说我该睡你吗？"

"总裁先生，该睡谁由我自己决定。但别难过，哪天无聊的话，会考虑你的。"

---

1 原文为"smorgasbord"，瑞典式自助餐，形式通常是一个装有很多不同食物的大盘子。其引申意义指可供选择的大量事物。——编者注

2 这里是埃塞尔运用的一种双关，既戏谑出现了一种让丹顿认出她的"光"，又指《城市之光》这部电影中与该现实场景相似的一个情节，即电影中的一个富翁喝醉酒自杀时被主人公流浪汉所救，便与他称兄道弟，酒醒后又说不认识流浪汉了。——编者注

“今晚无聊不？”

“现在看来，是有点儿……”

他一把揽住她：“你真是个丑女人，说白了，就是头野兽。可我听说你特别棒。想跟我回家吗？”

“听起来很浪漫。”

他眯起眼睛：“听说你还有一张大嘴巴，会给睡过的每个男人打分。”

她耸耸肩：“我的评分可以帮女孩子们避开‘快枪手’，何乐而不为？”

丹笑得很难看：“你他妈的凭什么给男人打分？”

“大概因为我的样本量比较多吧。”

“来一杯吗？”服务生把苏格兰威士忌放在他面前时他问道。

她摇摇头，看着他一饮而尽。他盯着她看：“你看起来越来越美了，大个子[1]。我对你越来越感兴趣了。”

“你喝得太醉了。”她说。

“是的，我该回家了。要不我带你一起回家？”

“你忘啦，总裁先生？决定权在我。”

他盯住她，态度变得谦卑：“那你愿意来吗？”

她的掌控欲得到了极大的满足——他这是在求自己。“我要是答应了，你得用凯迪拉克送我回家。”

“只要你有传说中的一半好，我就用劳斯莱斯送你。”他摇摇晃晃地起身招手买单。看到他把自己的单也买了，埃塞尔心满意足。

“你确定不会醉到爽不动？”她问。

“你得让我爽到，”他反将一军，“该轮到你被打打分了。”

她站在街上盯着他看：“算了吧。我这么棒，何必在醉汉身上浪费时间。”

他抓住她的胳膊：“怕了？我看你是徒有虚名。你到底有什么不得了的功夫——莫非你的屄在大战后能奏国歌。”

“那就走着瞧吧，小家伙。”她叫了辆出租车，拖他上了车。

他在东七十几街有一套高级公寓——典型的钻石王老五。他把她直接领进了卧室，醉醺醺地宽衣解带。而她脱衣时，她看到了他脸上的惊喜——她完美的胸

1 原文为“gargantua”，“高康大”，文艺复兴时期法国人文主义文学家弗朗索瓦·拉伯雷（Francois Rabelais）于1534年写的讽刺小说中一个能吃很多食物的巨人。——编者注

部总能收获这种反应。

“嘿，宝贝，你太棒了。”他伸出双臂。

她朝他走来：“比苏西·摩根强点儿吗？”

“不知道。”他喃喃地说，然后把她扔在了床上。他的吻很敷衍，他想骑在她身上，但是他连站都站不稳。她从他身下钻出来，一把将他翻了个身。

“放松，宝贝，”她说，“哪怕你是电视部总裁，对我来说也只是个小男孩儿。躺好了，埃塞尔让你瞧瞧什么是爱。”

她开始和他做爱。当他颤抖着喃喃地低声呻吟着“宝贝，宝贝……你好棒”时，她忘了明天一早，他在走廊里会跟自己擦身而过，对自己熟视无睹。她只知道此刻，自己正在和IBC总裁做爱。此刻她觉得自己很美很美……

六

丹顿·米勒把行业报道丢到一边，完全看不进去。他坐在椅子上转向窗户。一小时后要跟格雷戈里·奥斯汀吃午饭，他对此毫无头绪，事先并没征兆或提示，只有该死的一通电话和格雷戈里的秘书不近人情的声音。目前为止，收视率变化无多，新闻部依旧垫底。不过新来的安迪·帕里诺一周前刚从迈阿密赶来，不得不承认，他给节目带来了全新的角度。算了，那是新闻部的苦恼，他有自己的苦恼：他的综艺节目被砍了，被格雷戈里精心挑选的《西部》（*Western*）所替代。那节目指定能火，所以他决心自己再做一档王牌节目，挽救本季收视率。这就是为什么过去这一周里，他每晚都跟两位编剧和一个叫克里斯蒂·莱恩的十八线歌星混在一起。

上周，他误打误撞进了“酷吧”酒吧，为的是去找一位喜剧明星——克里斯蒂不过是个配角。起初，丹对这位四十好几的三流歌手完全没放在心上，他看着就像个在科尼岛（Coney Island）[1]卖唱的。丹哪儿认识这个破落户。不过，看着看着，他渐渐生出个主意。突然，丹转向随行的两位编剧西·海曼和豪伊·哈里斯

1　纽约布鲁克林区科尼岛游乐场，位于布鲁克林区南端海滨。——译者注

说："我找的就是他！"他知道人家都以为他在说醉话。但第二天早上他差人去叫他们，告诉他们，自己想给克里斯蒂·莱恩拍一集试播。众人面面相觑。

"克里斯蒂·莱恩！这人就是个臭要饭的，早过气了。"西·海曼说。

豪伊也插嘴道："'康科德'（Concord）或'格罗辛格'（Grossinger）哪怕在淡季都不会请他演。你看没看《综艺》（*Variety*）上酷吧的节目单？克里斯蒂连名字都没出现。酷吧的舞娘都穿得比他体面。最多也就是《纽约》邀请大明星，找他当当临时替补。还有他那老掉牙的爱尔兰民谣——"豪伊忍不住翻白眼。

西补充说："而且，这人看着就跟我那个阿斯托利亚（Astoria）的查理叔叔似的。"

"这正是我想找的人！"丹坚持说，"人人都有个心爱的查理叔叔。"

西摇摇头："我讨厌我的查理叔叔。"

"把包袱留着到节目里抖吧。"丹回答。西对克里斯蒂长相的评价一语中的，他看着过于普通，很适合做家庭类综艺。西和豪伊逐渐接受了这个想法。这两位顶级编剧原本只跟老牌明星合作——三个月前，丹跟他们各签了一年期的合同请他们帮忙开发新节目。

"让克里斯蒂主持，"丹解释说，"组一支团队——歌女、旁白、小品，利用好克里斯蒂有磁性的嗓音。闭眼睛听，这老家伙倒蛮像佩里·科莫（Perry Como）[1]。"

"我觉得更像凯特·史密斯（Kate Smith）[2]。"西说。

丹笑着说："时下是最恰当的时机。电视节目的潮流也是循环往复的，《不可触犯》（*The Untouchables*）[3]之后，后来者疯狂跟风，是时候推一档合家欢节目了。三流明星克里斯蒂·莱恩在综艺界毫无名气，算是新面孔。每周再请个明星拉收视率，这节目不火都难！"

正如其他大多数艺人一样，克里斯蒂·莱恩也是从演滑稽剧开始的。他会跳舞、唱歌、讲笑话、演小品。他全力以赴地跟丹和编剧一起打磨这档节目。丹猜他大概四十岁。他有一头稀疏的金发，一张又大又质朴的面孔，中等身材，已经开始长肚子了。他的领带过于俗艳，夹克的翻领太宽，小指的钻戒太大，袖扣

1　佩里·科莫（1912—2001），美国著名歌手、电视明星，美国"二战"后到50年代中期最伟大的流行歌手之一。——编者注

2　指凯瑟琳·伊丽莎白·史密斯（Kathryn Elizabeth Smith，1907—1986），美国国宝级女歌手，其与欧文·柏林合作的歌曲《上帝保佑美利坚》（*God Bless America*）最为出名。——编者注

3　1959年开播的一部美国犯罪类电视剧。——编者注

足有啤酒瓶盖儿那么大，但丹感觉到他可以把这个花枝招展却多才多艺的家伙打造成讨喜的角色。他工作起来不知疲倦。无论被请去哪座城市演出，他都会四处联系设法在附近多接几场俱乐部的演出。他的所有家当全塞在两只衣柜式旅行箱里，在纽约的时候他就住阿斯特酒店。

过了一周，这个节目的概念初具雏形，连两位编剧也彻底接受了。他们并不打算改变糟糕的领带和宽大的翻领——克里斯蒂认为自己穿得很好看，他喜欢那些土得掉渣的领带。丹告诉他们这也是他的特色，替他选些好歌，要允许他维持自己老土的风格。

上周，丹曾给格雷戈里发过一份节目概述，莫非午餐要聊这个？但格雷戈里不会花费一顿午餐的时间给试播开许可证。他只会要么派人传话说继续做着……要么直接毙了它。希望格雷戈里这次能开绿灯。毕竟，花了这么长时间，如果还是没结果，那真是要崩溃了。一想到在阿斯特酒店烟雾弥漫的套房里的那些夜晚他就头疼。克里斯蒂抽着廉价的雪茄；从酷吧或“拉丁区”请来的舞娘们耐心而无言地久久坐着；读早报；等克里斯蒂写段子。还有那俩跟班儿——克里斯蒂带来的两个所谓的“编剧”，埃迪·弗林和肯尼·迪托。他们本是来帮克里斯蒂写段子的，但目前为止他们俩一直在当跑腿的。“喂，埃迪，去买杯咖啡。”“肯尼，房间打扫了没？”在克里斯蒂的世界里，一个人的重要性体现在有没有人供你使唤。通常情况下，他每周只给埃迪和肯尼一人50美元，要是他们写得顺就多给点儿，他们还必须“跟好咯”。他带着这两人去看夜总会开幕，看赛马，看巡演……现在，克里斯蒂说了：“这俩孩子必须以编剧的身份参与到节目里，每周一人200美元。”

丹偷着乐，这种大型综艺节目每周多花个400美元预算简直是小意思，还能卖克里斯蒂一个人情。主创还是西和豪伊，只不过需要在片尾多加一段小字，小事一桩。当然了，现在谈试播还早，不过，只要格雷戈里给了试播许可，八月前就能录完。他还准备把节目做成直播——同时录下，后续还可以重新播映。直播更省成本，而且一旦节目火了，丹就成了有“先见之明”的天才。

他越想越美，突然，又想到了午餐，口腔溃疡又犯了。午餐到底是怎么回事？

12:25，他踏进电梯。电梯员按下顶楼键。丹曾说顶楼也代表“变电所”。这个绰号在高管中广为流传。在顶楼，一个人可以被捧上天，也可以瞬间变得一文不值。无论是哪种，他都准备好了。因为刚刚接完电话后，他已经服了两片镇静剂。

他直接走到格雷戈里的私人餐厅。那里摆着三人份餐具。罗宾·斯通进来时，丹正抽着烟。格雷戈里走进房间，示意他们两个坐下。

午餐从简，格雷戈里又开始吃轻食了。格雷戈里雇了个大厨，以前在巴黎的马克西姆餐厅（Maxim's）[1]干过。可跟他吃饭，你永远猜不到会吃到什么。说不定哪天过来，能享用到奶酪舒芙蕾和法式薄煎饼。即便酱汁会刺痛溃疡，但对味蕾来说是极致享受——这种好运气通常来自格雷戈里读了一则同龄人死于飞机失事或罹患癌症之类的灾难新闻。这个时候格雷戈里烟也不戒了，开始大吃大喝，不再忌口，说着："管他的，明天和意外不知哪一个先来呢。"就这样今朝有酒今朝醉，直到哪天又听说某个同龄人心脏病发作，于是又开始新一轮轻食运动。本轮健康运动自格雷戈里上回消化不良始。

一开始就是随意聊聊，几支球队对阵洋基队的胜率啦，天气对高尔夫球成绩的影响啦。恼人的四月天总是先热得要命，然后温度突然骤降到几摄氏度。

丹默默地吞下葡萄柚、两片羊排、四季豆、西红柿片。他放弃了布丁。他好奇罗宾·斯通在想什么，但此时最该同情那位大厨，他的才华正被格雷戈里的健康运动所荒废。

格雷戈里一边喝咖啡，一边开始讲述自己的人生路。他把IBC的故事从头到尾给罗宾说了一遍，包括它是怎么建立起来的——他早年是如何努力打造出这家全新的电视公司的。罗宾用心聆听，偶尔提些有价值的问题。聊着聊着，格雷戈里竟称赞起罗宾得普利策奖的事情，甚至引述了他过去发表的几篇专栏文章。丹不免有些惊讶。这位老汉多器重罗宾·斯通啊，竟做了这么多功课。

当格雷戈里叼起未点着的香烟时，丹明白，这顿午饭的真实目的要来了。

"罗宾有些很棒的想法，"格雷戈里豪爽地说，"会做成电视节目——所以今天我请你们两位过来，丹。"然后他像父亲一般慈爱地看着罗宾。

罗宾斜倚在桌上，看着丹，开门见山："我打算开一档节目，叫作《深度》（*In Depth*）。"

丹伸手摸烟盒。罗宾并非征询，而是通知。他轻轻敲着香烟。事情很明白了。格雷戈里已经同意罗宾开干了，只是象征性地请他裁夺。他理应点头说"挺

---

1 位于巴黎正中心的玛德莱娜区，是"新艺术运动"的象征。这里的食物都是由法国传统美食改良而成，注重服务和食材的品质。——译者注

好的”。他可没那么好糊弄。他点了烟，深深呼了一口。吐烟时，配以真诚的一笑。“好名字，”他轻松地说，“讲什么的？十五分钟新闻？”

“半小时。暂定每周一晚十点播出。”罗宾答。

（浑蛋，连时间都定好了！）丹稳住声音，转向格雷戈里：“那个时段排了新做的《西部》。”

罗宾无情地打断：“奥斯汀先生认为应该换成《深度》。把新闻媒体向黄金时段延展，再加一档新的新闻节目，可以体现IBC的正直。《西部》随便放哪儿都行。”

“你知道这样会损失多少钱吗?《西部》结束后本来可以跟个便宜的游戏广告。”丹对着罗宾说，借着对格雷戈里负责的态度。

罗宾回答说：“《深度》结束后，也可以接你的黄金档广告。”

“绝不可能，”丹冷冷地说，“赞助商对长达半小时的新闻没兴趣。”（为什么格雷戈里只是干坐着，让自己一人对付这个顽固的书呆子！）

罗宾不耐烦了：“我不懂销售。这个你留着跟销售部操心去吧。我在IBC的职责是振兴和扩大新闻节目的影响力。我对这个节目有信心。我会出几趟差，给IBC《深度》带来几场采访，涉足时下最前沿的国际新闻，也可以去纽约或洛杉矶以外的地方做几场直播报道。我保证——我一定会做出一档高质量又好看的新闻节目。”

丹惊了。他看向格雷戈里求援。格雷戈里置身事外地笑了。

“什么时候开播？”丹问。这太不可思议了，不可能是真的。

“十月。”罗宾答道。

“在那之前你都不出镜了？”丹问，“七点档新闻呢？特别报道呢？”

“我打算今年夏天报道全国代表大会。”

“你带上吉姆·博尔特吧。他的脸很有名，1956年全国代表大会，他报道得很出色。”

“他报道得很差劲，”罗宾冷冷地回答，“吉姆适合播七点档新闻，但报道全国代表大会死气沉沉的。我自己另组团队。”

“有想法了吗？还是又要玩儿惊喜？”丹问。

“计划得差不多了，”罗宾对格雷戈里·奥斯汀说，“我会组个四人团队。成员有斯科特·亨德森、安迪·帕里诺、华盛顿的约翰·史蒂文，还有我。”

格雷戈里总算开了金口：“为什么选安迪·帕里诺？他没有政治倾向。他在迈阿密做得不错，不过做全国代表大会嘛……”

“正因为是全国代表大会。”罗宾回答说，“安迪跟鲍勃·肯尼迪是大学同学。”

“所以呢？”丹问。

“我认为杰克·肯尼迪会当选民主党候选人。安迪和肯尼迪夫妇的交情可能会帮我们开到后门。”

丹笑了：“我不觉得肯尼迪有机会当选。他1956年就曾败选副总统。今年的候选人肯定是史蒂文森。”

罗宾盯着他说道：“顾好工期成本和收视率，丹。这个你最懂。政治和新闻则是我的专长。史蒂文森是不错，但这次全国代表大会上他只能陪跑。”

格雷戈里插嘴了：“丹——！我建议让罗宾做《深度》试试。表面上看是做收视率，其实是打名气。如果罗宾通过全国代表大会报道能在观众面前混个脸熟，那么这档《深度》就可能卖得很好。”

“你觉得自己赢得了克朗凯特、亨特利和布林克利那几个名嘴？”丹禁不住冷笑。

“尽力而为。有了安迪·帕里诺，我没准儿能采访到杰克·肯尼迪。要是他拿到了提名，就等于《深度》有了精彩亮相。到那时，尼克松先生也会乐得接受我的采访。”

“好吧，”丹大声说，“还是候选人咯——所以有两期了。还有吗？还打算做什么？我看，到目前为止，这节目就是政治候选人的宣传平台。”

罗宾笑笑：“我还要去伦敦采访一些英国的超级明星——比如保罗·斯科菲尔德（Paul Scofield）、劳伦斯·奥利弗（Laurence Olivier）。然后和同等地位的美国明星做比较，比较不同的态度。五月，玛格丽特公主要下嫁托尼·阿姆斯特朗·琼斯（Tony Armstrong-Jones）[1]。我有个朋友在UPI[2]，他是托尼的密友，我争取给托尼做一期采访。我计划下周动身去圣昆汀，看看能不能采访到卡罗尔·切斯曼（Caryl Chessman）[3]。时间暂定5月2日。”

“他肯定会被重判。”丹厉声说。

“不见得，”罗宾回答，“当下，公众对死刑的反对情绪越来越强烈。在这方面做一番文章很有必要。”

---

1 英国四百年来第一个迎娶公主的平民。——译者注

2 合众国际社（United Press International），美国第二大通讯社，国际性通讯社之一。与英国路透社、美国美联社、法国法新社并称为西方四大通讯社。——译者注

3 美国20世纪中期的流氓大亨。——译者注

“这类话题争议性太大，”丹抗辩道，“你的选题都太偏了。观众才不看这种无聊的东西！”

罗宾咧嘴一笑，但丹看懂了他眼中的不屑：“我认为你低估了观众。”

丹强压怒气，又掏出烟盒。他点了一支，明显服软了：“我认为，你的这些想法很大胆，也很有创新精神。但你去打倒风车[1]的时候，我得跟赞助商们搏斗，做好节目，还要担心收视率。在你开始冒险之前，我们应该先搞定几个赞助商——毕竟，咱们公司讲究团队合作。你不能自顾自做得风风火火，留我给你兜底。我很欣赏你的精神、你的热情，可你看过NBC、CBS和ABC的节目表吗？我们得有拿得出手的综艺跟他们竞争。”

罗宾的声音像冰柱一般戳过来：“我不是来舔你屁股的。我来这儿是要把新闻做起来。可能你的任务是坐着看其他广播公司火了什么节目，然后抄一份作业。那是你的路子，不是我的！”

格雷戈里·奥斯汀的眼睛闪闪发光。他起身拍拍罗宾的肩膀：“我像你这么大的时候，就是这副样子。我要创办第四家广播公司的时候，也是带着这股子冲劲儿。我离经叛道，横冲直撞，把质疑的声音统统抛在身后。大胆干吧，罗宾！我让商务部给你批经费，你就拿出节目给我看。别的问题交给丹和我。”

罗宾咧嘴一笑，朝门口走去：“我这就开干了，奥斯汀先生，我时刻向您汇报。”然后他走出了房间。

丹仍然坐在桌子旁。他晕乎乎地站了起来。格雷戈里·奥斯汀目不转睛地盯着那扇紧闭的门。

“这小伙子不错。”格雷戈里说。

“不知道做事怎么样。”丹回答。

“肯定行！哪怕不行，至少他在行动。明白吗，丹？我觉得，我刚刚把业内最能打的良将收到了麾下。”

丹告退。他回到自己的办公桌前。克里斯蒂·莱恩的节目大纲就摆在桌上。突然之间，整个想法都显得好苍白。罗宾·斯通钢铁般的傲气使人泄气。但他还是拿起电话，打给西和豪伊，约在四点开个会。该死的——《克里斯蒂·莱恩秀》只许成功。《深度》必将一败涂地。格雷戈里不是喜欢行动派吗，行啊，他

1　这里的“风车”可能源自《堂吉诃德》中的“风车巨人”，借此比喻无意义的冒险。——编者注

也要行动了。也许比不上托尼·阿姆斯特朗·琼斯或肯尼迪，也许《时代周刊》（*Times*）并不看好，但他绝对会做出一档大火的商业节目，收获亮眼的收视。最后，股东们认的还是收视，就让收视率说话呗。威望赚不来分红，收视才行。

他找来西和豪伊，足足聊到七点钟。放他们走之前，他要求他们十天后拿出一份脚本——而不只是提纲。

编剧们走后，丹突然很想喝一杯。走吧。他走到“21”，站在吧台前。常客们都在。他朝他们点点头，点了双份苏格兰威士忌。隐隐有些不安，但又说不上来。并不只是因为罗宾这家伙的态度，他细细回想，也不是因为格雷戈里对罗宾那么器重。格雷戈里对人向来忽热忽冷。只要收视率持续几周低迷，他自然会对罗宾·斯通冷淡了……不，就是刚才吃饭的时候出了什么问题。怎么就是想不起来。他把对话从头到尾在脑子里过了一遍，还是想不到。他又点了一杯双份，然后又细品了午餐会面时的每一个字，甚至格雷戈里的创业记。他有种感觉，只要能想起来，就能找出问题的关键，也就会晓得下一步棋该怎么走。与罗宾的决斗已摆上了台面，时间将证明自己会笑到最后。他会变得比以往任何时候都强大。可就在刚才，他明明察觉出更大的危机，却把它搞丢了。

他想到了埃塞尔。要不干脆再让她来家里爽一发。和埃塞尔一起，不必费心取悦她——甚至可以说，她一上来就发着骚。他不禁沾沾自喜。但心里怎么着还是不痛快，绝对有什么不对劲——绝对跟罗宾·斯通有关。他又一次从头至尾回忆午餐会，一直回忆到罗宾离开的那一刻：“我这就开干了。”丹狠狠把杯子往吧台上一摔。酒保赶紧彬彬有礼地上前擦干净水渍，又替他倒了一杯，递给他。丹端起酒。想起来了！罗宾出去时说的是“奥斯汀先生，我时刻向您汇报”。

向您汇报，向奥斯汀先生！

罗宾·斯通应该向自己汇报才对，我，丹顿·米勒。丹顿·米勒才向奥斯汀先生汇报。那个浑蛋，直接越级，跳过自己，向格雷戈里汇报。格雷戈里居然也同意了。行，这么搞是吧。《克里斯蒂·莱恩秀》必须做好做强，不争馒头争口气。

他出门径直走向电话亭，找埃塞尔·埃文斯。

“要不要来我家？”他问。

“我不是应召女郎。”

“什么意思？”

“我还没吃饭。”

“好，P.J.见。”

“纽约没别的饭店了？”

“亲爱的，”他软了下来，“这都八点半了。我不能熬夜。下周，你选地方，想去哪儿我都带你去。”

“你保证？”

“我拿我的尼尔森收视率发誓。”

埃塞尔笑了：“好吧，我换条裤子。”

“换裤子干吗？”

“每回见别的女孩儿到了九点才灰头土脸地进P.J.，一脸失落的样儿，就知道她准是在‘瓦赞’或‘殖民地’碰了一鼻子灰。但假如她是穿着便服来的，说明是自愿来的。”

“你懂的还不少。”

“是啊，你不也是吗，大佬。”

他笑了，不想再多废话：“好吧，埃塞尔，半小时后见。”

他回到酒吧喝完了酒，看了看手表。勾搭埃塞尔已经够糟了，不能再让人知道自己在等她。他又叫了一杯酒。

有人拍拍他的肩膀，是苏西·摩根。天啊，她怎么这么漂亮，还这么精神。

“丹，你知道汤姆·马修斯吧？”

面前站了个浅棕色头发的大个子。名字很耳熟。知道了，他刚到哥伦比亚广播公司法律部就职。还是全国广播公司来着？

这大个子手劲太大了，差点儿把他的手捏碎。天哪，他怎么这么年轻，还这么有活力！

“丹，你瞧！”苏西伸出手。纤细的手指上戴着一枚蒂芙尼的戒指，上面镶着一颗玲珑的钻石。

“哟哟哟，什么时候的事儿？”

“今晚！”她说，“他刚刚求婚了！我们断断续续约会了一年，最近三周确立了关系。你说，是不是很棒，丹！”

“太棒了，我请你们喝一杯。”

“不啦，我们在楼上跟汤姆一家吃饭。听说你也在，想先来跟你分享。”

“那你什么时候离职？”丹问。

“我不想离职呀。除非你想赶我走。我们六月份结婚，然后休假度蜜月。我们都还有两周假。而且，丹，我很愿意一直为你效劳，除非哪天怀了宝宝。”她脸红了，爱慕地看着身边的那个巨人。

“没问题！”丹点点头，“想要什么结婚礼物，回头我送你。”

他目送这对璧人离开。这两人怎么会开心成这样，他这辈子都没这么开心过。

但他手握权力，权力就是他的幸福所在。不管将来发生什么，他都要把《克里斯蒂·莱恩秀》做好。到那时，罗宾·斯通就会跟《深度》输得一败涂地。届时，新的新闻部总裁就该换人了。

他看了一眼手表。妈呀，十点了。他赶紧买了单，先前的酒劲突然上来了。他随即打了个车回家了。埃塞尔还在等自己。那又怎样？他只想上床睡觉。叫她等着吧，用不着跟婊子解释什么。她就是个贱货——而自己，是个狠角儿！

七

埃塞尔还在等。到了十点半，她给丹打了个电话。那头响了几声，接了：“谁……谁啊？”“是我，你个酒鬼！我还在P.J.等你！”

那头“咔嚓”一声挂了。埃塞尔难以置信地盯着听筒看了好一会儿，然后怒气冲冲地把它一砸。天哪！自己怎么能跟他搞上？丹顿可不是能随便搞搞一夜情的演员之流。哪怕是明星放她鸽子，也没理由可找。她回到吧台买了单，离开前最后扫了酒吧一眼。就在这时，全场的人都抬着头，盯着一个刚进屋的美女，她的身后跟着两个男人。妈呀，她长得可太美了。那三个人在门边那桌坐下，那姑娘有点儿眼熟。不奇怪——本月*Vogue*[1]杂志的封面女郎就是她。埃塞尔看得入了神，而后才后知后觉地认出那两个男人，一个是罗宾·斯通，另一个是杰瑞·莫斯。她在经纪人派对上见过杰瑞几次。

她朝那桌走去。“嗨，杰瑞。”她笑着打招呼。

杰瑞只抬头看看，并没起身：“哦，你好啊。”

她又朝罗宾笑道：“我是埃塞尔·埃文斯……之前见过的。我是IBC宣传部的。”

1 国际著名综合时尚生活类杂志。——译者注罗宾看着她，淡淡地笑了："坐吧，埃塞尔，我们这儿还能加个女孩儿。这位是阿曼达。"

埃塞尔朝她笑，那女孩儿却不搭理。她面无表情，但埃塞尔能感觉到她愤怒情绪的潮涌。她总不会吃我的醋吧？她想，要能长成她这样，还不是要什么有什么。

埃塞尔掏出一支烟，罗宾欠欠身，替她点上，烟袅袅地飘向他的脸。埃塞尔盯着他。但他的注意力旋即转移到了自己面前的酒杯上，不再理会她。

一片寂静，好不尴尬。埃塞尔能觉察到阿曼达的不满、杰瑞的不安，还有罗宾对酒的执迷。

"我刚办完事，"埃塞尔生硬地说，顿了顿，之后声音更小了，"顺道来这儿吃点儿。"

"不用解释，"罗宾笑着说，"放松放松。"他招呼服务员过来，"你喝什么，埃塞尔？"

她看着他的空杯子。她有一招拿手好戏，就是男人喝什么，她就喝什么，至少有一个共同点，这样好开始下面的。"给我来杯啤酒吧。"她说。

"给这位小姐来杯啤酒，"罗宾说，"再给我拿杯冰水。"

服务员端来一杯啤酒和一大杯冰水。罗宾吞了一大口，阿曼达接过去抿了一口，呛得直咧嘴。她把杯子重重一放："罗宾！"眼神里满是怒气。

罗宾笑了："宝贝，不爱喝冰水吗？"

"这是纯伏特加。"她说。

埃塞尔好奇地看着他们，竟感到一阵兴奋。

罗宾又灌下一大口："还真是。肯定是迈克端错了。"

"你们俩串通好的。"她冷冷地说。"罗宾，"她凑近他的耳朵说道，"你答应今晚跟我一起的。"

他搂过她："这不是在一起吗，宝贝？"

"我是说，"她低声恳求，"是咱俩一起，不是跟杰瑞和别的女孩子。现在这样不叫咱俩一起。"

他揉揉她的头："我替杰瑞找了埃塞尔，四人约会也不错嘛。"

阿曼达继续面无表情地说："罗宾，我明天一大早还有个彩妆通告。现在该回家洗头发了，今晚要早点儿睡觉的。你要约会我才出来的，结果你只顾自己喝酒。"

"这儿不好玩吗？"他问。

"我还是回家吧，反正你用不着人坐这儿看你喝酒。"

罗宾看了看她，再次不紧不慢地笑了。他转向埃塞尔："你呢？你要几点起床？"

"我从不睡美容觉，"埃塞尔回答，"没用。"

罗宾笑了："杰瑞，我跟你换换约会对象。"

阿曼达抓起包站了起来："罗宾，我要回家。"

"回吧，宝贝。"

"就这样？"她都快气哭了。

"坐下，"他温和地说，"这儿挺好的。我想多待会儿。"阿曼达不甘心地坐下，眼神依旧透露着不满，等着他下一步动作。

杰瑞·莫斯怪尴尬的："埃塞尔，要不我们先走吧。我一朋友有个交换派对[1]，离这儿只有几条街——"

"你们俩都给我坐着，"罗宾轻声说，但语气不容置辩。他把伏特加一饮而尽，又要了一杯，看着阿曼达温柔地说："她多美呀，是不是？她得睡觉了。我这王八蛋，真不懂疼人。不闹了宝贝，好不好？"

她点点头，仿佛失了声。

他侧身轻吻她的额头，然后对杰瑞说道："杰瑞，给阿曼达打个车，然后你再回来。怎么能让纽约的顶尖模特因为我们的酒局缺觉呢。"

阿曼达直直地站起来往外走，杰瑞无奈地追出去。在场的所有男人都齐刷刷地望着她走出门。一踏出门，她就哭丧着脸问："杰瑞，我做错什么了？我爱他，我太爱他了。我做错什么了？"

"没做错，亲爱的。他就是心情不好。他心情不好的话，谁也劝不动。明天一早就过去了。"杰瑞吹声口哨，给阿曼达拦出租。

"跟他说我爱他，杰瑞。别让那只'臭母牛'得逞。她的脏心思太明显了——是不是？"

"亲爱的，埃塞尔·埃文斯跟人只搞一夜情，罗宾清楚得很。你先回去好好睡一觉。"

来了一辆出租，杰瑞为她打着车门。

"不行杰瑞，我得回去。我不能让他——"

杰瑞不由分说地把她推上车："阿曼达，你才认识罗宾几个月，我认识他可

1　多对夫妻参加的派对。——编者注

有好几年了。谁都别想安排他，谁也别想逼他做什么或不做什么。你知道自己错哪儿了吗？我猜是因为你跟他老婆似的不让他喝酒。你别管他，阿曼达，他需要个人空间，这人一向如此，大学那会儿就这德性。你先回家睡一觉，睡醒起来就没事了。”

“杰瑞，你们散场后再给我打个电话，不管多晚都要打。我就这么走了，怎么睡得着！拜托你了，不管他待会儿是骂我，还是勾搭上那个女的，都一定要打给我……”

“他什么都不跟我讲，你知道的。”

杰瑞突然意识到，出租车司机正乐得一边看好戏，一边跳着表，便赶紧把阿曼达的地址告诉司机。

她不依不饶地摇下车窗。“给我打电话，杰瑞。”她伸手抓住他的胳膊，“求你了。”

他答应了，目送出租车驶离。他心疼阿曼达。罗宾今晚并非有意为难她，只是心情不好。杰瑞已经习惯了他这副样子，可能这正是他的魅力所在。罗宾还总搞些出人意料的事，比如喊埃塞尔·埃文斯坐到他们这桌。

“来点儿汉堡？”杰瑞回到桌边，提议道。

“少吃一顿吧，”罗宾轻巧地反驳，“你上周都翘了两节健身课了。”

“我家就在边上，”埃塞尔说，“要不去我那儿坐坐？”她看看杰瑞，又说：“我室友超棒的，是个金发美女。这会儿她可能刚洗完澡。不过只要提早五分钟打招呼，她可以先把咖啡煮上。”

罗宾站了起来：“我不饿，我们先送你回家，杰瑞再送我回去。”他把小票递给杰瑞：“这顿你来，兄弟。你能用招待客户去报销。”

埃塞尔住第五十七街和第一大道交叉口。她努力快步跟上罗宾。“你也住附近吗？”她问。

“我住河边。”他回答。

“那没准儿咱们是邻居……”

“这河长着呢。”他说。

他们一路走着，没人再说话。这下埃塞尔觉得难办了。罗宾一句话能把人噎死，还惜字如金。埃塞尔的家到了。“真的不再去喝一圈了？”她问，“我家有几百瓶伏特加。”

“不了，不喝了。”

“好吧，那就回头见。相信你在IBC会干得很开心。只要有我帮得上忙的……”

他微微笑道：“我在哪儿都会开心的，宝贝。回见。”然后他带着醉醺醺的杰瑞走了。

埃塞尔一直盯着他们走出拐角。她太想要罗宾了，想得心都疼了。为什么她没有阿曼达的长相？为什么她总得靠手段、搭讪才找得到男人？一个男人真心实意地打电话给你，想要你，看着你，仿佛你是世界上最完美的女人，那是什么样的感觉？她走到河边，感受着眼泪不住地流下。天哪，太不公平了！为什么把一颗美丽敏感的心塞进这么粗制滥造的躯体里，简直太不公平了。为什么她的情感不能像身体一样平庸？老老实实地跟了彼得·西诺克，没准儿会过得开心。

“天哪，”她放声大喊，“我就想有人关心我，有那么难吗？”一阵难以抑制的孤独涌遍全身。所有的梦想，所有的一夜情，如过眼烟云！当然了，她住着不错的公寓，比哈姆崔克的房子好看得多，但也不过是一个三居室寓所，另一间房里，同样住着流连于一夜情的孤独女孩儿。怀抱着各路明星的滋味的确很好，但到了第二天，他们就都不在了。

她走回住所。罗宾·斯通肯定已经回到阿曼达的怀里了。她使劲不去想这事儿，不过是徒增痛苦。这样的夜晚只多不少。

罗宾和杰瑞从埃塞尔家离开后，继续默默地走出几条街。经过一家酒吧时，罗宾说：“进去买瓶酒路上喝吧。”

杰瑞一言不发地跟着。

“你还喝得下？”他问。

罗宾没有像往常那样默默一笑，而是严肃地盯着杯子：“天哪，从前我有多少年都没喝过酒，丧失了多少快乐。我家人可养生了，以前我爸滴酒不沾。”

杰瑞笑了：“我一直以为，你上学那会儿是个浪子。”

罗宾盯着他，好像第一次见他：“你也是哈佛的？”

“比你大几届。”杰瑞平静地说，庆幸边上没人。谁都以为他跟罗宾是同学，两人从大学起就是朋友。这也是罗宾惹人烦的点。他看起来一副专心听人说话的样子，但其实可能根本没往心里去。突然，杰瑞为自己的好脾气感到恼怒。他转向罗宾，表现出罕见的不忿：“你说说我们怎么认识的。”

罗宾若有所思地揉了揉下巴：“没想过这个，阿杰。我认识太多人了。可能咱们是哪天在兰瑟酒吧碰到的吧。”罗宾示意服务员买单，两人默默地离开。杰瑞把罗宾送到河边的大公寓。他突然发现，自己从没进过罗宾的家。每次要么是他送罗宾回家，要么两人直接在酒吧碰头。

这时，罗宾突然不经意地提议："上去喝一杯再走吧。"杰瑞挺尴尬，仿佛刚才的心思被看穿了。

"太晚了。"他咕哝着。

罗宾笑了，近似讥笑："怕老婆收拾你？"

"回家还要开好久，明天一大早还有事儿。"

"那随你。"罗宾说。

"好吧，就喝一杯啤酒。"杰瑞妥协了，跟着罗宾上了电梯。他暗暗记着，得为阿曼达说句好话。

他的公寓很精致，出乎意料地整洁，设施也很齐备。

罗宾指指房间："一姑娘弄的——阿曼达之前的。"

"你今晚干吗对阿曼达那么凶？她爱你。你对她没感觉吗？"

"没有。"

杰瑞盯着他："我问你，罗宾——你有过感觉吗？你有情感吗？"

"我能感觉到很多，可我不会表达，"罗宾笑道，"要是我会，日子会好过得多。我就像个原住民，生病了，就转身面壁，直到病好为止。"

杰瑞起身说道："罗宾，你可以谁都不需要。但不管怎样，我是你的朋友。我不知道为什么，但我清楚这一点。"

"放屁——你和我在一起是因为你自己喜欢。你刚刚说了，我谁都不需要。"

"难道你不管对谁都没有牵挂吗？"杰瑞知道自己在试探他，但他停不下来。

"有的。打仗的时候，有个人救了我的命，他压根儿不认识我。他开着另一架飞机，突然指指我的右侧，德军的战斗机要打我。我赶紧俯冲躲避，两分钟后，他的飞机被击中了。我欠他一个大人情，我欠他一条命。我想知道他是谁，但那天总共有七架飞机被击毁。我愿意为那个家伙做任何事，哪怕把他老婆娶了，只要她答应。但我不知道那人是谁。"

"那你对外科医生也这样吗？"

"不。他救我是本分，我付他钱的。但飞机上的那个哥们儿并不认识我，他没有义务救我。"

杰瑞沉默半晌，又问："你希望朋友承担怎样的义务？"

罗宾笑得很生硬："我不知道，我没有朋友。"

杰瑞打算走了："罗宾，我没机会在战场上递给你一把侦察刀，或是横穿马路救你的命。但作为朋友，我只提醒一点，别把阿曼达当成随便哪个女人。我对她了解不多，但她有点儿——具体我也说不上来，但我能感觉到。她真是好女孩儿。"

罗宾放下杯子，穿过房间。"天哪，怎么把小鸟给忘了。"他走进厨房，打开灯。杰瑞跟过去，只见地板上摆着一只豪华大鸟笼。一只可怜的小麻雀蹲在笼底望着他们。

"我忘了喂山姆了。"罗宾边说边翻面包。

"它是麻雀吗？"杰瑞问。

罗宾拿来一片面包、一小杯水和一根滴管。他把手伸进笼子，轻轻地把小鸟抓出来，大剌剌地放在手上。"这小浑蛋急着学飞，从窝里掉出来了，落到我的阳台上，大概翅膀摔折了或怎么的，被阿曼达看到了。她去买了个笼子回来，我现在成了它妈。她没法儿带回去：她家有只暹罗猫。那死小子能飞檐走壁。"

他轻轻地托着小鸟，小鸟期待地张开嘴。罗宾掰了些面包屑喂它。见他还用滴管往小鸟的嘴里滴水，杰瑞更惊讶了。罗宾不好意思地笑了："它只肯这么喝。"他把小鸟放回笼子里，关上门。它坐在那里，亮晶晶的小眼珠子感激地盯着这个大个子。

"好了，山姆，该睡觉了。"罗宾关了灯，走回餐吧。他说："这家伙哪儿像受伤了，吃起东西来狼吞虎咽的。受伤的鸟吃不下东西的，是吧？"

"我对鸟不怎么了解，"杰瑞回答，"但我知道野鸟不能关起来养。"

"等这小浑蛋一康复就打发走。这小鸟挺聪明，有想法。你注意没，它刚才吃了点儿面包，就停下来讨水喝。"

杰瑞累了。罗宾这人，对一只麻雀这么温柔，对女人却那么冷淡，不是很矛盾吗？"要不打个电话告诉阿曼达，说小鸟挺好的？"他建议。

"她可能已经睡了两个小时了，"罗宾回答说，"事业第一。你听我说——别担心阿曼达。她见多识广，熟悉江湖规矩。"

杰瑞离开时，罗宾正在给自己倒一杯酒。已经很晚了，但杰瑞决定步行去车库，醒醒酒。一个冲动下，他进了一家便利店，打电话给阿曼达。

"太好了杰瑞，你终于打来了。哦，杰瑞，他和那头'母牛'一起呢，是吗？"

"遵照你的指示，你走后过了二十分钟，我们就把那头'牛'送回去了。"

"这都几点了，你们还去干吗了？怎么不早点儿给我打电话，让我安心睡觉。"

"我们逛到另一家酒吧买了点儿酒，然后走到他家，喝酒聊天。还喂了那只该死的鸟。我走的时候，他还夸小鸟聪明，知道什么时候要水喝。”

她终于欣慰地笑了：“那就好，杰瑞。那我给他打个电话？”

“别打，阿曼达，冷静点儿。给他一些时间。”

“我知道，我尽力冷静。只要你不在乎，可以不费吹灰之力做正确的事情，可以表现得很酷。可你在乎一样东西的时候就不一样了。我以前从不在乎。可我爱上他了，杰瑞。”

“别让他知道。”

她苦笑：“非要这样吗？还欲擒故纵。杰瑞，你是男人。你的妻子也是靠这招抓住你的吗？”

杰瑞笑了：“玛丽不是顶尖模特，我也不是罗宾·斯通。再不回家我老婆就跑了。晚安，亲爱的。”

八

第二天，罗宾七点醒来，感觉良好。不管喝多少伏特加，他都没宿醉过。他庆幸自己有强大的新陈代谢能力，并决心在这个超能力还没失效的时候利用好它。总有一天，自己醒来时也会跟那些醉汉一样惨。他倒了一大杯冰橙汁，然后拿了块面包皮，掀开鸟笼的盖子。麻雀躺在那儿，双眼瞪得老大，身体早已僵硬。他把它捡起来，握在手心里。可怜的小家伙，肯定苦苦挣扎了一番。“可你一句抱怨也没有，真是个小浑蛋，”他说，“就喜欢你这样的。”

他换了身运动装，把小小的尸体装进玻璃纸袋。他走出公寓，来到河边。“海葬，山姆。这待遇不错吧。”一艘破旧的灰色驳船慢慢驶过。他把小袋子扔进黑漆漆的水里，看着它被卷进驳船搅起的涟漪中。“抱歉了，没能照顾好你，小家伙，”他说，“但好歹有人给你认真收尸，这已经比好多人强了。”他等到袋子消失不见，才走回了家。

到家后，他冲了个冷水澡。刚关掉水龙头，电话铃响了。他赶快把毛巾在腰上一围，湿着身子穿过房间，抓起听筒。

“是不是把你吵醒了，罗宾？”是阿曼达，“我一早有个通告，出门前给你打个电话。”

他四处找烟。

“罗宾，你在听吗？”

“我在。”他在床头柜上摸火柴，结果在地板上找到了。

“昨晚的事，我很抱歉。”

“昨晚怎么了？”

“我先走了，但我讨厌那个女孩儿，我当时肯定累了，而且——”

“已经过去了。”

“今晚呢？”她问。

“行啊。想给我做饭吗？”

“想！”她说。

“那就这样，做个牛排，还有那个‘变态’色拉。”

“罗宾，鸟怎么样了？”

“鸟死了。”

“但它昨晚还活着！”

“你怎么知道？”

“嗯——”她赶紧掩饰，“我猜的，不然你肯定会告诉我。”

“是的。大概凌晨两点到五点之间死的。我看到的时候，它身子已经僵了。”

“然后呢，你怎么安葬它的？”

“我把它扔河里了。”

“不会吧！”

“不然要怎样？摆在坎贝尔（Campbell）[1]的货架上吗？”

“不是啊，但这听着太绝情了。唉，罗宾，你难道不难过吗？”

“难过。我快哭了。”

“你知道吗？你就是个冷酷无情的浑蛋。”她在陈述事实，而不是说气话。

他笑了。她听见他在抽烟。

半晌，她问：“罗宾——你想要什么？”

“这个嘛，我现在想吃鸡蛋。”

“你真是无药可救！”她笑着打破了沉闷，“那你七点来。牛排和色拉，还想吃别的吗？”

1 大型连锁商场。——译者注

“你。”

她笑了，恢复了一些信心：“哦，罗宾，忘了说，他们邀请我下周去巴黎四月舞会，给我寄了两张票，一百美元一张呢。你要不要陪我去？”

“不可能。”

“但我得去……”

“宝贝，我下周可能要出差。”

“去哪儿？”

“迈阿密吧，我要和安迪·帕里诺组一支团队报道全国代表大会。到时候，他就驻守我们的自营站。”

“自营站？”

“自有及运营。每家广播公司可以建五个自营站。想去吗？去过迈阿密没？”

“罗宾，我请不出假。我整个冬天和夏天都要工作。”

“差点儿忘了，我也是去工作的。晚饭见，宝贝。记得先把那只臭猫关卫生间。上次吃饭它一直赖我腿上。”

她“咯咯”笑了：“它很喜欢你嘛。还有啊，罗宾——我爱你。”但他已经挂断了。

阿曼达打了辆车去兰瑟。刚刚那场通告超时三十五分钟，虽然客户会加钱，但害得她没空回家换装——原本她打算穿那条新的淡蓝色真丝裙。罗宾昨晚才从迈阿密回来，明天他又要去洛杉矶报道民主党全国代表大会了。

都怪讨厌的尼克·朗沃思！本来她想着请十天假，和罗宾一起去洛杉矶，那该多好啊。虽说在五天的全国代表大会期间她也不太见得着他，但之后，他和安迪·帕里诺要休几天假去棕榈泉打高尔夫呢。虽然罗宾不过是随口一提，但好歹是提了！

尼克死不放人。阿曼达正渐渐成为全纽约最炙手可热的顶尖模特。等到秋天，尼克又该给她提价了。刚七月份阿曼达就被排了好多重量级的通告。她向罗宾解释去不了的原因，其实很希望听到他说：“去他妈的通告——我才是你的未来。”但他只说：“去吧宝贝，我又差点儿忘了你们这一行多赚钱。”他是认真的。

但尼克没说错。只有拼命接活儿，才能在这个圈子站稳脚跟。她得赚钱。放弃重要通告，不光是失去一笔酬劳，更是将机会拱手让人！万万不能松懈。

她看看表，自己已经迟到了十分钟，出租车慢吞吞地挪着。她坐在后座，点了支烟。急也没用。估计安迪·帕里诺也在。他从迈阿密过来后，每晚都来找他们。安迪挺好的。他很有魅力，长得其实比罗宾还帅。但她合作过大把大把的英俊男模，对好看的面孔已经麻木了。长得再帅又怎样？可一想到罗宾，她又是一阵眩晕，忍不住想跳下这辆龟速前进的出租，径直跑过去。但外面又热又湿，一跑，发型就毁了。

这是罗宾走之前的最后一夜。不行，不许瞎想。他只是离开十天罢了。可他自从当上新闻部总裁，总是东奔西跑。有两次还去了欧洲。不知道安迪是不是整晚都要跟着他们。前三个晚上，他们也都是先约在“兰瑟”，然后去“意大利”，直到夜深了才散。之后她才能跟罗宾独处。罗宾每晚都喝了不少。不过，不管怎么喝，都不影响他床上的表现。可她还是更喜欢清醒的那个他——只有这样才能确定他那些缠绵悱恻的情话是发自内心，并非出于酒精。

一进酒吧，眼睛一下子不大适应昏暗的灯光。“这边，宝贝！”循着罗宾的声音，阿曼达朝酒吧深处的卡座走去。两个男人一齐起身迎接。安迪笑得温润如玉。但一见到罗宾的笑，再与他的目光交汇，安迪、酒吧，连同自己的心跳，顷刻间静默、消失。时间凝滞，仿佛置身一处“闲人免入”的亲密场域。她在罗宾身旁坐下。他又开始和安迪谈论政治。酒吧和外界的声音再次出现。她看着滔滔不绝的他，好想抚摸他，但她静静地坐着，脸上挂着尼克·朗沃思指导出的表情：浅笑嫣然——波澜不惊——沉默是金。

服务生在她面前放了一杯马提尼。

“给你点的，”罗宾说，“可以喝一杯。这大热天的，杵在聚光灯下拍一天太惨了。”

她不喜欢酒味。认识罗宾以前，她一般会以“不会喝”婉拒，然后点杯可乐。可不知怎的，她直觉罗宾不会找不喝酒的女孩儿，所以她也会点上一杯，不喝，只摆着做做样子，有时还会分半杯给罗宾。不过今天这杯马提尼凉凉的，也不冲。可能自己也渐渐会喝酒了。

罗宾和安迪又聊回了候选人。罗宾一边聊着，一边握着阿曼达的手。每当跟人讨论她不懂的话题时，他便不自觉地这么做。

“埃莉诺·罗斯福是史蒂文森竞选的大招，但照样没戏。”罗宾评价道，“他人不错，可惜了。”

“你不喜欢肯尼迪吗？”阿曼达问。其实她压根儿不关心竞选结果，只是假装有兴趣。

“我们俩见过。本人很有魅力。我打算把票投给他。我只是觉得，史蒂文森输了的话很可惜。两位候选人都很优秀，这种情况不多。这种事威尔基[1]也遇上过，他的对手毕竟是罗斯福。要是威尔基晚生十年，可就不好说咯。”

然后他们开始讨论副总统候选人，一个个名字从他们口中接二连三地蹦出，赛明顿、汉弗莱、梅奈……她抿着酒，看着罗宾的侧脸。

到了九点钟，他们去“意大利”吃饭。酒足饭饱后，安迪提议去P.J.接着喝。罗宾摇了摇头：“我还要跟你待上十天呢，哥们儿。今晚我先好好陪女朋友。”阿曼达幸福极了。

那天晚上，他异常温柔。他用手指穿过她浅金色的发梢，深情地看着她：“可爱的阿曼达，你好美，好纯洁，好完美。”他抱着她，抚摸她的脖颈。他和她做爱，直到两人都筋疲力尽、心满意足。然后他跳下床，把她从床上拉起：“走吧，去冲一下。”

他们站在温暖的水流下。虽然明早十点还得赶通告，阿曼达一点儿也不在乎头发被淋湿。她紧紧地抱着罗宾湿漉漉的身体，因为只有现在——此时此刻才最要紧，别的都不重要。他把水调成凉的，她不由得惊叫起来。他笑着把她抱得紧紧的。过一会儿，她的身体逐渐适应了，开始享受这种冰凉的感觉。他又开始吻她，水洒在他们脸上。洗完澡后，他用毛巾裹住两人。她看着他的眼睛：“我爱你，罗宾。”

他俯身亲吻她的嘴唇，吻她的脖子，还有她平平的胸。他抬起头来：“我爱你的身体，阿曼达。干干净净，又健康又美。”

他把她带回卧室，再次同她做爱。最后，两人终于抱着对方沉沉睡去。

阿曼达醒了，罗宾压到她的胳膊了。屋里好黑，手臂麻了。她把手臂抽出来，罗宾轻轻动了一下但没醒。暹罗猫的眼睛在黑暗中发着光。天哪，它自己推门进来了。它往前走着，一跃而起，跳上了床。她轻轻抱住它，用鼻子拱它。猫咪心满意足地咕哝着。“小坏蛋，走吧，咱去客厅，”她小声哄它，“不然等罗宾醒来，被你缠着脖子，又该发脾气了。”

她抱着猫溜下床。罗宾动了一下，手探到空枕头。“别走！”他喊着，“求

1　温德尔·威尔基（Wendell Lewis Willkie，1892—1944）。美国政治活动家。他曾代表共和党与民主党的罗斯福竞争美国总统，最后失败。——译者注

你——别走！”

猫也吓了一跳，阿曼达把它一扔，冲回他的身边：“我在呢，罗宾。”她用力地抱住他。他不停地发抖，大睁着眼睛，凝视着黑暗。

“罗宾，”她轻抚罗宾汗湿的冰凉的额头，“我在呢。我爱你。”

他晃晃脑袋，满头大汗。然后他看着她，眨眨眼睛，好似大梦初醒，随即咧嘴一笑，把她拉近：“怎么了？”

她直勾勾地盯着他。

“我说，咱大半夜这么坐着干什么？”

“我刚打算把猫赶出去，感到口渴，突然听见你大喊……”

“我？大喊？”

“你说：‘别走！’”

有那么一瞬间，他的眼底似有恐惧一闪而过。他又微微笑了：“那你，别再偷跑了。”

她依偎着他。这是她第一次见到他脆弱的一面：“我永远不会走的，罗宾，永远不会。我爱你。”

他推开她，忍不住哈哈笑了，恢复了镇定自若的模样：“宝贝，你什么时候走都行。除了半夜。”

她奇怪地看着他，问道：“为什么呢？”

他凝视着黑暗。“不知道。真不知道，”又一笑，“真把我问住了。我渴了。”一拍她的屁股，“走吧，去厨房喝杯啤酒。”

时间如白驹过隙，四季变换悄无声息。阿曼达的爱情也在静悄悄地滋长。早春，罗宾进入了她的生命。夏日，他们开始热恋。那阵子，他恰好得频繁去洛杉矶和芝加哥出差。每一次他回来，她对他的依恋便多一分。对罗宾的爱没有止境。它不断地跃上更狂热的顶峰。她很害怕，因为她知道，罗宾感受不到自己的这种情绪。而他因代表大会报道获得的赞誉并不能增加她内心的安全感。对她而言，他的新身份只是一种威胁。任何可能将他从自己身边夺走的东西都是威胁。若哪天失去了他，活着也就失去了意义。她打心底里盼望他做回地方新闻。

十月，他们坐在他的家里，一起观看他的首期《深度》节目。格雷戈里·奥斯汀当下打来电话祝贺。安迪·帕里诺也从迈阿密打来了贺电。安迪刚认识了一个年轻的离异女子，火速恋爱了！

罗宾笑了："当然了，这才对嘛。迈阿密那么多好姑娘，你这种天主教好男孩儿偏偏喜欢离了婚的女人。"

"玛吉·斯图尔特和她们不一样！"安迪坚称。不过他也承认，他所信仰的宗教确实导致了一些障碍，但似乎主要障碍来自这位女士本人。她不想结婚。安迪雇了她，每日给自己的地方新闻栏目做五分钟新闻报道。照他所说，他们好歹成了工作伙伴。

阿曼达静静地听着。大概从这时起，她心生一念。过了几天，他们俩一起看《深夜秀》。看着过场广告的女演员故作严肃的样子，她不由得"咯咯"笑了。

"别这样，"罗宾说，"相机会照出红眼，谁都很难保持自然。"

"那你觉得我吃的是哪碗饭？"她问。

他把她拉到他跟前说："亲爱的宝贝，一个造型得来回拍五十遍，直到拍出你最美的天使模样。如果还不行，就用喷枪和修描[1]。"

阿曼达若有所思。要是能拍个拿得出手的电视广告，罗宾会对自己刮目相看。她和尼克·朗沃思提出这个想法。他笑了："亲爱的，这主意真是妙极了。除了：第一，你不会说话，那个得靠老天爷赏饭吃；第二，你怎么能混在新人堆里抢这种活儿。这种东西找新手来演就行了。最近有个啤酒广告，我刚签了三个小姑娘。你就安心拍你的大片。那种广告只会把镜头对到姑娘的大腿上猛拍。他们最爱找好莱坞式的女代言人——又漂亮又会卖东西的那种。"

平安夜，工人修剪了她家的圣诞树。罗宾送了她一块手表。小小的，很精致，但上面没有镶钻。她强掩失望。她送了他一只金烟盒，薄款信封式的，刻着他的手迹。杰瑞赶回格林尼治前，顺道来喝了一杯。他带了香槟来，还给鼻涕虫准备了一只橡胶发声玩具。

那天晚上，他们正要上床，鼻涕虫带着自己的新玩具跳了上来。阿曼达抱起它，打算把它放回客厅。"让它待着吧，今天是平安夜。"罗宾说，又补了一句，"哟，差点儿忘了。"他走到椅子边上，从外套里掏出一个扁盒子。"圣诞快乐，鼻涕虫。"他把盒子往床上一丢。阿曼达打开一看，里面是一条柔软的黑皮项圈，上面还挂着一只银色的小铃铛和一块刻着它的名字的小银牌。阿曼达不由得红了眼眶。

她上来动情地抱着罗宾："你对鼻涕虫真好——"

---

1 都是修图常用工具。——译者注

他笑了："当然了。除了不喜欢他总爱偷袭我。这下好了，该死的小铃铛会警告我，它过来了。"然后他搂住阿曼达，吻了吻她。银铃的声音响起又消失：鼻涕虫不屑地从床上跳下来，走出了房间。

九

一月版《纽约时报》的电视版块发布了二月节目单。《克里斯蒂·莱恩秀》排首位，丹得意地笑了。一整个夏天，他费了九牛二虎之力，总算逼着克里斯蒂做了一集出色的试播。格雷戈里看后，给这档节目亮了绿灯，丹当即扔掉了镇静剂。今晚真得好好庆祝一场！他不由自主地想到了埃塞尔。派她掺和《克里斯蒂·莱恩秀》或许是个错误，该死的，但他总得找个法子补偿她吧。比贪图小利，没有人能竞争过这个女人。接到这项任务时，她差点儿没乐疯。他清楚得很，她可不是为了赚这区区二十五美元外快。这份额外的差事最大的吸引力在于，每周都能遇到客串的好莱坞明星。好吧，她是个天生的女色魔——他每周没法儿顶她超过两次。所以，她要是想找好莱坞小伙子们打发时间也好，这是他能为这个婊子做的最好的事了。没准儿这样一来，她会放弃去"21"的执念。奇怪的是，埃塞尔对克里斯蒂·莱恩没有兴趣。她说那人看着怪吓人的："他的皮肤惨白惨白的，跟鸡肚子似的。"打那时起，她私底下就喊他"鸡肚"。

丹放松地靠在椅子上，露出心满意足的微笑。现在只消等着二月的到来，然后顺理成章地拥抱胜利。已经指定恒妆为赞助商。为了符合克里斯蒂"邻家大叔"的基调，丹安排了一位相貌平平的女歌手和一位中规中矩的播音员作常驻人员；每周再另外请一位大咖客串，起到吸睛的效果。他还聘请了50年代以来声名显赫的顶级制片人阿蒂·吕兰德，他极擅长直播综艺。恒妆则一如既往地拿下了直播节目的冠名。他再一次陶醉于自己的运气。广告请美女模特演，这就跟《克里斯蒂·莱恩秀》这档合家欢节目形成了完美的对比。

此时，全城最漂亮的模特恐怕都涌向了杰瑞的办公室。杰瑞打算采用男声"画外音"，同时由女模演示产品。不过模特人选必须长期固定，这就有些棘手了。

丹笑了。几个月来，自己可是一直在跟克里斯蒂·莱恩、俩跟班儿、西、豪伊还有阿蒂·吕兰德这些人周旋，而杰瑞你却坐拥大把优秀的模特。丹不禁无奈地摇了摇头。那点儿事也能算棘手？

但杰瑞确实遇到了问题：阿曼达。阿曼达长着酷酷的北欧面孔，高颧骨，一头浓密金发，是展示这款产品的不二之选；她去年也参与了恒妆的大片拍摄。杰瑞想由她来演这则广告——可罗宾会怎么看？

他会怎么说？“你想什么呢？讨好我？”还是“你真是太好了，杰瑞。太感谢了”。

他突然很厌恶自己。该死的，关键得看谁最适合这份工作，而不是顾虑罗宾的感受！他坐在办公桌旁，盯着玛丽和孩子们的照片。难道自己对罗宾有不正当的感情？不可能！他对罗宾·斯通没有那方面的兴趣！他只是喜欢他，喜欢和他待在一起。可自己为什么喜欢和他在一起？有时罗宾对待自己就跟对兰瑟的酒保卡门一样，招之即来，挥之即去；有时罗宾完全不理睬他；有时见他来了，又表现得很热情，会说：“阿杰，我给你点好酒啦。”不过，他总有这种担心，即哪天自己不再联系罗宾，不再五点去兰瑟酒吧报到，罗宾也永远不会想起他。

他按了按响铃，让秘书传阿曼达进来。几秒钟后，她进来了，顾盼生姿。天哪，她走起路来甚至像只猫。她穿着一件豹皮大衣，长发披肩。豹皮大衣！她还有一件貂皮。杰瑞的老婆只有一件水獭皮。

她在他对面坐下，对直射在脸上的日光无动于衷。从前来这儿的模特总是小心翼翼地避开它。阿曼达拥有一张完美无瑕的脸，她本人也深知这一点。

“你真想接这个活儿吗？”杰瑞问。

“很想。”

他盯着她。天哪，她现在甚至连语气都跟罗宾如出一辙。简洁明了，有啥说啥。

她偷瞄了一眼手表。完全可以理解，毕竟她的时间就是金钱。然后杰瑞留意到她的手表。妈呀——江诗丹顿，他从没见过这么袖珍的表。玛丽曾在卡地亚的橱窗外看得移不开眼，那只表税后要两千多美元。

“手表很好看呢。”他夸赞道。

她笑了笑：“谢谢……罗宾圣诞节送我的。”他沉默了，自己给罗宾送了一箱纯伏特加，可罗宾连贺卡都不回一张。

阿曼达突然靠近杰瑞，眼神里满是焦急：“我想要这份工作，杰瑞。我想让罗宾以我为荣。”她恳切地看着杰瑞，“真的，杰瑞，我爱他。没有他我活不下去。

你是他最好的朋友，你说我跟罗宾的机会大不大？我们在一起都快一年了，可我时常觉得我们俩的隔阂不比初次见面时来得少。他太难以捉摸了，是不是，杰瑞？你们男人平时聊不聊这些？”

他的心态骤然改变，对阿曼达生出一股怪异的同情。上帝啊，爱上罗宾这样的男人简直是倒了八辈子血霉。他无比庆幸自己是个男人，庆幸自己只是罗宾的朋友。

“杰瑞，我想嫁给他，”她说，“我想给他生孩子。”她的神色变得紧张起来，“你知道他不在的那几周，我晚上都在干什么吗？我在新学院（The New School）[1]上阅读课。我已经读完了《匹克威克外传》，现在开始读乔叟[2]了。可我跟罗宾讨论这些时，他只笑说我可不是希金斯教授。但我会坚持学的。哎，杰瑞——有时我真想让自己别这么迷他。每回跟他过夜，第二天一早他走后，我都贴着他用过的毛巾。有时还把毛巾叠起来放包里，随身带一整天，总忍不住摸一摸，因为上面有他的味道……我这都有些病态了。我知道这话听起来会很傻，但……就比如，哪怕那天约好了在兰瑟见面，当我走进去时都在担惊受怕，就怕他不在那儿，可他每回都在。有时，和他一起坐着，他冲我笑，我想，天哪，能不能把时间暂停，永远停留在这一刻。所有这些想法让我更害怕了，因为这说明我潜意识里觉得总有一天我会失去他。”她捂住眼睛，仿佛在阻止胡思乱想继续滋生。

听到这里，杰瑞心疼得快要落下泪来：“你不会失去他的，阿曼达，你做得很好。你们俩在一起快一年了，他从没谈过这么久的恋爱。”他把合同递给阿曼达：“我觉得你很适合我们的产品，很荣幸由你出演我们的广告。”

阿曼达几近落泪。她伸手拿笔，在合同上“刷刷”地签了名。而当她签完与他握手时，又完全恢复了理智。

杰瑞看着她离去的背影心想，谁会相信这个顶尖模特，这个完美的生灵，正经历一场折磨人的爱情呢。爱上罗宾·斯通的确太折磨人了，因为任何女人都会知道，自己从不会真正拥有他，并明白总有一天会失去他。他明白，阿曼达们来来去去，而只有自己，可以与罗宾·斯通在兰瑟长相伴。

1　又称新学院大学（New School University）、纽约社会研究新学院（The New School for Social Research），是一所位于纽约市的美国高等教育机构。——译者注

2　杰弗瑞·乔叟（Geoffrey Chaucer，1343—1400），英国小说家，并被誉为“英国诗歌之父”，代表作有《坎特伯雷故事集》《声誉之书》等。——编者注

两周后，杰瑞第一次去看心理医生。他跟玛丽性生活的次数少得可怕。她尽可能轻描淡写地提起这事儿：“我说，你周末不是加班，就是去打高尔夫。你是不是忘了自己心爱的女人呢？”

他一脸讶异，仿佛只是疏忽。

“整个夏天都忘了，”她温和地说，“现在是九月中旬。是不是得等到天冷得打不了高尔夫的时候才会想起来？”

他找了借口，含含糊糊地说着什么新季度刚开始，太忙了，九月任务重、压力大之类的。

十一月，他把责任归咎于通勤。这个天气开车太危险，可每天早上坐火车，再赶火车回家又很不舒服。不，绝不是因为他和罗宾·斯通在兰瑟喝酒。他每天都在加班！

到了圣诞季，理由就更多啦。紧张忙碌显而易见。一月份，他苦于应付恒妆的活儿，得写广告文案，得为首支广告选品——要么是发胶，要么是新款彩虹指甲油。哪怕这些借口骗得了玛丽，也打消不了他自己打一开始便有的那股恼人的疑虑。好吧，上班很累，天气很糟糕，感冒久久未愈。甚至有几次他怪罪于玛丽烦人的粉色卷发夹。谁在自己老婆满头粉色发卷，脸上涂满晚霜时还能有性欲啊！为了避免争吵，他保持沉默。一天天的，气氛就像高压锅。直到这天晚上，这口锅爆炸了。

那是一个周二，他刚聘用阿曼达一周。他花了一整天打磨文案。一切照计划有条不紊地推进，感觉很好。这样的日子实属难得，一天下来都没出什么岔子。连天空都很晴朗。他坐了五点十分的火车，踏上家门前的小路时，幸福感油然而生。昨天刚下了一场雪，纽约的雪早已被踏成了灰泥。但在格林尼治，雪干干净净，一尘不染，美得好似圣诞贺卡上的场景。窗户里的灯光透出温暖的气息。他走进屋子，感到心满意足。孩子们兴奋地喊着“爸爸！爸爸！”，他尽情享受着天伦之乐。随后女佣把孩子们带回房间睡觉，这让他舒了口气。他调了杯马提尼，玛丽走进客厅，等他给自己也调一杯。他夸她发型不错。她接了酒，面无表情：“我今年都这个发型。”他拒绝这股子宁静被她的冷漠破坏：“今晚特别好看。”他端起酒杯。

她狐疑地盯着他：“你今天怎么准点下班了。怎么，被罗宾·斯通放鸽子了？”

他很生气，被马提尼噎住了。玛丽指责他慌什么，他冲出房间。喉咙里翻腾着深深的罪恶感。被罗宾放鸽子。嗯，不完全是。阿曼达在他的办公室时申请四点半提早下班，说自己五点有个通告。他暗喜：罗宾得独自去兰瑟了。于是阿曼达一走，他就给罗宾打电话："五点兰瑟见？"

罗宾笑了："哎哟，杰瑞，我今天刚回来。阿曼达要给我做饭呢。今天不去酒吧了，明天见。"

他气得满脸通红。但几分钟后他冷静下来了。有啥大不了的！反正明天总会见到罗宾。早该给玛丽个惊喜，早点儿回家了。

当然，他还是与玛丽和解了。她来到卧室，端着刚调的马提尼示好。那天晚上玛丽没有往脸上抹面霜，也没戴粉红色的发卷。可当他们准备进入主题时，他还是硬不起来。以前从来没有发生过这种事情！虽然这一年来他们的性生活屈指可数，但那几次他的表现堪称完美。玛丽起身离开了，他知道她在哭。他强压内心的恐慌，向玛丽道歉，把一切归咎于自己，归咎于马提尼酒，归咎于《克里斯蒂·莱恩秀》的压力。然后他甚至去做了检查，要求打维生素B_{12}。安德森医生说没这必要。当他终于结结巴巴地说出真正的问题时，安德森推荐了阿奇·戈尔德大夫。

他冲出办公室。看什么心理医生！天哪，要是罗宾知道他这副样子，绝对再也不会在他身上浪费一秒钟。罗宾会厌恶地看着他，这个懦夫。

他不管安德森医生怎么说，也不管有多少健康的正常人遇到某些"障碍"时也会看心理医生。他是绝不会去看的！

但是玛丽令他放下了抵抗。她每晚面带笑容等他回家，也不再戴粉色的发卷。他还注意到，她新换了眼妆，并且在床上亲昵地依偎着他。可他试了两回，都以失败告终，也就不敢再试了。再后来，每天晚上，他都假装自己累坏了，一上床就假装酣然入梦，发出均匀的呼吸声。然后他躺在床上，凝视着黑暗，听着玛丽悄悄地走进卫生间，摘掉子宫帽[1]。然后，听见她从卫生间传来的低声的啜泣。

阿奇·戈尔德医生出乎意料地年轻。他本以为会是个戴着厚镜片，留着大胡子，操着德国口音的男人。但戈尔德医生把自己打理得很干净，看上去很有魅力。第一场治疗几无成效。杰瑞开门见山："我在床上没法儿满足我的妻子，但我爱她，也没外遇。那么，接下来要干吗？"还没等他弄明白，五十分钟就过去了。听闻戈尔德医生建议每周三场治疗，杰瑞大惊失色。他原本信心满满，自己的麻烦不出一小时就能搞定。荒谬！但他一想到玛丽在卫生间里闷闷的哭泣……

1　女性避孕用品。——译者注

行吧，那就每周一三五。

到了第三场，他谈到了罗宾·斯通，花了整整一场的时间。他也渐渐提到了阿曼达。

两周后，他感觉好多了。经过弗洛伊德式的深入反思，深挖童年记忆，他发现了一些令人不安的情况。他的性格有问题，但他不是同性恋！好歹潜意识里萦绕许久的痛苦疑虑被打消了。他们聊到了他的父亲，这个在杰瑞的童年时期漠视了他的极具男子气概的人。后来，父亲破天荒地愿意陪他去看橄榄球赛。父亲为罗宾·斯通欢呼，嗓子都喊哑了。“那个男孩可真了不起！”他父亲这般大喊，“这才像个真男人！”有一次，罗宾冲过一堵难以逾越的人墙，达阵得分。他父亲一跃而起：“这才是男子汉，儿子，瞧瞧！”

在戈尔德大夫耐心的引导下，他零散地回忆起一些自尊受伤的证据。当人们认识到杰瑞不会长到高于1.75米时，他的父亲哼了一声：“我怎么会生出这么一只虾米？我身高1.85米。天哪，你遗传了你妈家的基因。鲍德温家一窝矮子。”

好吧，至少他现在明白了一些事情。试图获取罗宾的友谊，实际是在寻求父亲的认同。他对这一发现欣喜若狂。“我的诊断是对的，不是吗？”他问戈尔德医生。冷淡的灰色眼睛只是微笑，仿佛在说：“你必须自己找到答案。”

“你不告诉我答案，我他妈怎么付钱？”杰瑞要求。

“我不是要告诉你答案，”戈尔德大夫平静地说，“而是引导你解决问题，自己找到答案。”

节目开播前一周，他舍弃了午休，每天都来治疗。戈尔德大夫更愿意约在五点到六点，但杰瑞拒绝放弃兰瑟酒吧。他坚称这是唯一有效的减压办法——跟罗宾一起喝几杯。可一旦因此错过火车，他又对玛丽和被自己搞砸的家庭晚餐备感内疚。

这时，杰瑞会在戈尔德医生面前暴怒，要求知道他为什么会内疚，以及既然清楚自己事后会对玛丽感到内疚，为什么每天又要去兰瑟酒吧和罗宾坐着。

“我不能再这样了——想取悦玛丽，也想取悦自己。怎么我就不能跟罗宾一样没良心，轻松自由。”

“从你对罗宾·斯通的描述来看，我不觉得他多自由。”

“至少他很自在。就连阿曼达也觉得抓不住他。”

然后杰瑞对戈尔德医生转述了阿曼达偷带罗宾毛巾的痛苦独白；戈尔德医生不再淡定，连连摇头：“她病得不轻。”

“嗨，得了吧！她就是沉迷爱情，多愁善感罢了！”

戈尔德医生皱了皱眉：“那不是爱，而是瘾。这女孩儿要是真有你说的那么优秀，她和罗宾·斯通的关系理应为她带去满足感，而不是这样狂乱的幻想。假如有朝一日被他抛弃……”戈尔德医生不住地摇头。

“别对人妄下定论。你压根儿不认识他们俩！”

“罗宾·斯通什么时候回来？”戈尔德医生问。

“明天。怎么了？”

“万一我在你们的兰瑟遇见你，你可以把我介绍给罗宾和阿曼达。”

杰瑞盯着天花板：“那我怎么介绍你？总不能说‘喂，罗宾，我的心理医生想给你看病’。”

戈尔德医生笑了：“我可以跟他交朋友。我们俩岁数差不多。”

“我可不可以只说你是医生，不说是心理医生？”

“我有几个好朋友是人类，”戈尔德大夫回答说，“你就不能有一个朋友是心理医生吗？”

杰瑞看到戈尔德医生走进兰瑟酒吧，紧张万分。罗宾在喝今天的第三杯马提尼。好巧不巧，阿曼达还在工作，得晚些时候才在“意大利”跟罗宾碰头。

“哦，忘了提了，”杰瑞说，戈尔德医生已经走近，“我的一个老校友来了。”

杰瑞揽过医生。“阿奇，”这个陌生的名字差点儿把他噎住，“这是罗宾·斯通。罗宾，阿奇·戈尔德大夫。”

罗宾毫无兴趣地看着那个人。此刻，他正沉浸于自己的世界，注意力全在酒里。戈尔德医生也不太健谈，一双冷淡的灰色眼睛平静地注视着罗宾。杰瑞开始紧张地叽叽喳喳。总得有人开口，免得冷场！

终于，罗宾靠过来问道：“您是外科医生吗，阿奇？”

“可以这么讲。”戈尔德医生回答。

“他切除的是本我[1]，”杰瑞努力压低声音，“罗宾，其实——阿奇是个心理医生。我们在一次派对上碰到，发现是老相识，他告诉我——”

“弗洛伊德精神分析？”罗宾打断，没理会杰瑞。

戈尔德医生点点头。

1　心理学术语，指人最原始的、满足本能冲动的欲望。——译者注

“您是心理医生还是精神分析师？”

“都是。”

“得读很多年——然后还得通过两年自我分析，是吧？”

戈尔德医生点点头。

“真有你的，”罗宾说，“胆儿得多肥才敢顶着类似阿奇博尔德[1]这种名字上学。您内心的安全感很强吧。”

戈尔德医生笑了：“就是因为安全感不足，才一直简称阿奇。”

“您是向来对这个领域感兴趣？”罗宾问。

“本来我想做神经外科医生，但神经外科得经常面对绝症病人，只能靠开药缓解症状。但做精神分析，”戈尔德医生的眼睛猛地一亮，“可以治愈疾病。这世上最令人欣慰的，莫过于看到病人逐渐康复，重新立足于社会，充分发挥自己的才能。在精神分析法中，总是存在希望，明天总会更好。”

罗宾笑了：“我懂你的信仰了，医生。”

“我的信仰？”

罗宾点点头：“你喜欢人。”他把账单往吧台上一拍：“嘿，卡门。”酒保听闻马上过来，“这是我的单子。再请我的朋友们喝一轮，剩下的你留着。”接着，他朝戈尔德医生伸出手：“不好意思，我先失陪了，我要跟我女朋友约会去了。”然后离开了酒吧。

杰瑞盯着他。酒保给他们倒上酒：“斯通先生请二位的。他可真不错，对吧！”

杰瑞转向戈尔德医生：“如何？”

戈尔德医生笑了：“就像酒保说的，人不错。”

杰瑞无法掩饰他的骄傲：“我就说吧。他也让你觉得不错对吧？”

“当然。我也希望如此。我挺能接受他的。”

“你觉得他的坚持是什么呢——或者说信仰？”

“我拿不准。光从表面来看，他完全占据主动，而且似乎真心在乎阿曼达。”

“你怎么知道？他压根儿没提到她。”

“他走的时候说‘我要跟我女朋友约会去了’——满满的占有欲。他没说‘我要跟一个姑娘约会’，那样的话，则说明这姑娘无关紧要，跟其他人没差别。”

---

1 猜测指的是英国著名生理学家阿奇博尔德·希尔（Achibald Vivian Hill）。这里意思大概是敢用和这样一个大人物相似的名字。——编者注

“他喜欢我吗？”杰瑞问。

“不喜欢。”

“不喜欢？”杰瑞的声音里充满了恐慌，“你是说，他不喜欢我？”

戈尔德医生摇了摇头：“他注意不到你的存在。”

导播室里人乌泱乌泱的。杰瑞在角落找了个位置坐下。十五分钟后，《克里斯蒂·莱恩秀》就要开播啦——而且是直播！一整天都很混乱。连阿曼达也不免被这氛围搅得慌张起来。最后一遍彩排的时候，她把发胶拿错了手，还遮住了恒妆的商标。

看起来，克里斯蒂·莱恩和他的跟班儿们是少有的置身事外的几个。他们说笑着，克里斯蒂朝大伙儿做着鬼脸，跟班儿们去找三明治。他们似乎挺享受这乱糟糟的局面。

观众开始进场。阿曼达说罗宾会在家看电视。挺好笑的，罗宾对阿曼达做广告的事只字未谈。有几次杰瑞想向她打听罗宾的态度，但不知道怎么措辞比较合适。

丹顿·米勒进来了，一丝不苟且一如既往地着一套黑西装。艺人统筹哈维·菲利普斯冲进来汇报：“一切正常，莫斯先生。阿曼达正在楼上化妆。我提醒过了，展示发胶时穿蓝礼服，展示口红的时候再换绿的那套。”

杰瑞点点头。眼下，也只能默默等待开始了。

丹示意导演打开话筒。场控上台，进行着一贯老掉牙的暖场互动：“在座有新泽西来的朋友吗？”台下举起几只手。“行，公交车在外边儿等着了，慢走不送。”观众一阵哄堂大笑。杰瑞看了看表。倒计时五分钟。

杰瑞突然忧虑起来，这个节目到底会不会成功？观众的反应说明不了问题。来演播厅的观众什么节目都会捧场。不然呢？反正不要门票。评论明天就出来了，但电视行业不管那个。除了该死的收视率，什么都不重要。所以他们还得熬两周。当夜收视出得倒快，不过第二周的收视率才开始算数。

还剩三分钟。门开了，埃塞尔·埃文斯溜了进来。丹冷冷地点头致意。只有西起身给她让座，被埃塞尔摆摆手谢绝了：“我带个摄影师进来，给克里斯蒂抓拍几张，等下可以发给报社。”她又转向杰瑞说：“等直播一结束，再让他给阿曼达跟克里斯蒂照几张。”她挤出房间，去后台了。

一分钟倒计时。

导播室鸦雀无声。阿蒂·吕兰德站着，手持秒表。他把手一挥，管弦乐队奏响主题曲，场控高呼："《克里斯蒂·莱恩秀》！"节目开播。

杰瑞决定去后台待着。在这儿什么也做不了。他得跟阿曼达在一块儿，以防她在最后关头紧张、掉链子。

她正坐在小化妆间摆弄头发。她镇定自若的微笑使他重又振奋起来。阿曼达对他说："别担心，杰瑞，一会儿我会好好拿发胶，保证让人看到商标。坐坐坐，放轻松，你现在活像个操心的老母亲。"

"我担心的不是你，亲爱的，而是整个节目。别忘了——是我把节目推荐给赞助商的。你看过彩排没？"

她皱了皱鼻子："看了大概十分钟吧，一直到克里斯蒂·莱恩开始讲荤段子。"阿曼达耸耸肩，刚好看到莱恩，又补充道，"他爱讲就讲，但我懒得听。他可真油腻，可能观众就吃这套。"

门开了，埃塞尔闯了进来。阿曼达看着她，显然没有欢迎的意思。埃塞尔环视一遍房间，发现只有阿曼达和杰瑞在，很惊讶，随即笑着伸出手来："一切顺利，阿曼达。"

阿曼达的表情很有礼貌，却掩饰不住困惑，她觉得这人有点儿面熟。

"我是埃塞尔·埃文斯，去年在P.J.见过，当时杰瑞和罗宾·斯通也在。"

"哦，对。"阿曼达转过去继续喷头发。

埃塞尔一屁股坐在梳妆台边沿，桌台立马拥挤不堪。她大剌剌地说："看来我们注定要在一起咯。"

阿曼达往后躲闪，杰瑞拍拍埃塞尔的肩："让一让，埃塞尔，别挡阿曼达的光。现在还不到叙旧的时候。"

埃塞尔从梳妆台上下来，依旧带着友好的笑容："你会做得很棒的，阿曼达。你一出场，肯定全场都震了。"她自顾自地脱下外套挂到墙上，"我找地方挂一下。是这样，找你有两件事：一是预祝你成功；二是想要你在节目结束后，跟克里斯蒂·莱恩合个影。"

阿曼达望望杰瑞，杰瑞微微点头。于是她说："行，不会太久吧？"

"就咔嚓个三四下。"埃塞尔往外走，"我去外边看节目了。听我说，阿曼达，你一定会大火的。上帝，要是我能长成你这样，还不是要啥有啥！"

阿曼达觉得自己正在卸下防御。埃塞尔的声音里流露出热切的真诚，眼里透着忌妒。于是阿曼达宽慰道："我阿姨总说，追求幸福不能只靠外表。"

"我妈妈也是这么说的，"埃塞尔回答，"但这就是个屁话。我的智商是136，我愿意用一半智商换一张漂亮脸蛋。我打赌，你那位聪明的男朋友也同意我这看法。对了，他来吗？”

“罗宾来这儿？”光是想象罗宾坐在演播厅当观众，阿曼达都觉得滑稽，“他不来，他在家里看。”

埃塞尔一离开房间，阿曼达那冷静的超然姿态就垮塌了。她紧紧抓住杰瑞的手：“哎，真希望他会以我为荣。他提过这事儿没？”

“他跟你怎么说的？”杰瑞问。

“他只是大笑说，要是我想掺和这种收视大赛，就有苦头吃了。”她的眼睛盯着墙上的大钟，“我得下去了，已经播了十分钟。”

“可以再等五分钟，不急。”

“我知道，但我想给罗宾打电话提醒他看节目。你又不是不知道他，很可能自己喝了几杯马提尼，呼呼大睡了。”

剧院里唯一的电话就在后门边上。阿曼达站在透风的门厅打电话，杰瑞坐立难安。里边音乐震耳欲聋，掌声雷动，看来节目进行得很顺利。硬币掉进了投币槽里，阿曼达搁下电话：“忙音，杰瑞。我过几分钟再打。”

“得走了，你还得先穿过幕帘站到点位上。”

“等等——我再试一下。”

“赶紧走，”杰瑞近乎粗暴地说，“等下摄像机转向你的位置，你必须就位。赶紧再检查一遍道具，我替你打。”

他盯着她消失在幕后，站到为恒妆设计的小背景板前面，然后给罗宾拨电话。还是忙音。他一直拨到广告开播。“该死的罗宾，”他暗暗骂道，“明知道自己女朋友要上电视，非得这样吗？”

他及时走到舞台侧幕，朝阿曼达做出个肯定的微笑。她面露喜色。她以为这是联系上了罗宾的信号。于是当摄像机转向她时，她镇定自若，心情放松。

他在监视器上盯着她，她简直就是个仙女。难怪她能赚这么多。结束时，她已经紧张得差点儿喘不过气来：“我还可以吧？”

“好得不能再好了，简直完美。你先缓口气——然后衣服换掉，拍完口红那条，就可以回家了。”

“罗宾怎么说？”

“我也没打通，一直占线。”

她的眼神里流动着不安。

他抓住她的肩膀，推她上楼："快去换衣服。别哭，别把妆哭花了。"

"可是，杰瑞——"

"什么可是？他在家，你又不是不知道。他可能正边打电话边看电视呢。可能是一通急电，也没准儿是越洋电话。可能哪个地方宣战了，要么原子弹投到哪儿了。信不信吧，《克里斯蒂·莱恩秀》算不上什么要紧事，别搞得跟咱发明了癌症疗法似的。"

克里斯蒂·莱恩慢吞吞地踱过来。鲍勃·狄克逊在台上唱歌曲串烧。"听没听见那掌声！都是给我的！我可太赞了！"他抚上阿曼达的胳膊，"而你，是最美的。好好把握机会，一会儿录完节目，克里斯蒂大叔带你吃三明治。"

"行啦，"杰瑞说着，把克里斯蒂的手从阿曼达的胳膊上移开，"伯利、格里森[1]都还健在呢。你什么大叔不大叔的？"

"都好几个月了，你没听丹老大怎么说的吗？我就像观众的家人，我让所有人都想到了自己的大叔，或者老公。"他拿蓝眼睛瞄着阿曼达，"宝贝，我有没有也让你想起哪个人？但愿没有，不然咱俩可算乱伦咯。"没等她回答，他又说："好了，那个演员完成了他无关紧要的任务。现在，轮到真正的高手镇住全场啦。"然后旋风似的跑上台。阿曼达一动不动地站着，似乎不敢相信方才听闻的一切，然后转身又要去打电话。

杰瑞拦住她："不行，你别动。你只有六分钟换衣服、补妆。一会儿录完节目再打。我跟你赌一顿'21'，他绝对看你节目了。到时候我请你们俩一起去庆祝。"

"不，杰瑞，今晚我只想和他两个人待着。我给他打包些汉堡。"她望向舞台上的克里斯蒂·莱恩，耸耸肩，"大概是我疯了吧，但那些人好像真的喜欢他。"然后她跑上楼去了化妆间。

第二条广告照样顺利完成。演出结束后，小小的后台一片沸腾。人们都在互相拍着肩膀庆祝。赞助商、丹顿·米勒和编剧们围着克里斯蒂，跟他握手，摄影师一个劲儿地抓拍。埃塞尔过来拉走阿曼达："我给你跟克里斯蒂合个影。"

阿曼达挣脱出来，冲向电话。埃塞尔跟着她："就不能一会儿再打吗？这照片很要紧。"

1　分别指米尔顿·伯利（Milton Berle）和杰基·格里森（Jackie Gleason），两人同为知名综艺明星，分别有王牌节目《米尔顿·伯利秀》和《杰基·格里森秀》。——译者注阿曼达置若罔闻，自顾自拨电话。她能感受到一旁埃塞尔的怒火。杰瑞走过来，紧挨阿曼达站着，像个守卫。这次没占线。嘟，嘟，一声，两声，三声……等响到第十声时，她挂了电话。一角钱退了回来。再拨一次，照样是单调的嘟嘟声。杰瑞和埃塞尔看着她，埃塞尔的嘴角浮出一丝笑容。阿曼达挺直了身子，她是罗宾·斯通的女朋友！不可以被人看到罗宾·斯通的女朋友失态崩溃，他不喜欢这样。昨晚，他把她搂在怀里，身体紧紧相依，他抚摸着她的头说："你跟我一样能忍，宝贝。不管谁对我们做了什么，哪怕我们受了伤，内心受了伤，也不会有人知道。我们从不靠着别人的肩膀哭，甚至不垂泪自怜。所以我们会在一起。"电话一直这样响着，她强迫自己此时此刻只想昨晚的事。阿曼达挂掉电话，顺手抓起投币槽里的那枚硬币，而后笑着对埃塞尔和杰瑞说："我好蠢哦，我肯定是太紧张了，怎么忘了——"她停下来，努力为罗宾的不在场找理由。

"还忙音吗？"杰瑞同情地问。

"对呀！你知道为什么吗？因为他跟我说过，自己会把听筒搁起来，这样就不会被打扰了。我忘了！"她转向埃塞尔，"那我们赶紧拍照，然后我就照约好的冲回他家。杰瑞，能拜托你帮我叫辆车吗？叫他们派一辆凯迪拉克来接我。"

然后她走向克里斯蒂·莱恩，站在他和鲍勃·狄克逊之间，挂上最灿烂的笑容，一拍完就赶紧从克里斯蒂怀里钻出来。好在他已被代理们团团围住，看不到她溜走。

杰瑞叫来了车。他想知道电话到底是怎么回事，很奇怪，阿曼达怎么会忘记这事儿。但她的笑容太真诚了，整个人神采奕奕。

埃塞尔也听到了阿曼达信誓旦旦的那句话。天哪，她就要去罗宾·斯通家了！

然而，阿曼达一上车，进入豪车的黑暗保护后，微笑顷刻间消失了，然后把自己家的地址报给司机。花八美元叫豪车接送，罔顾边上有的是出租车。但这会儿必须这么做——昂首挺胸地离开。她是罗宾的女朋友，他要的正是这样的女朋友。

罗宾第二天一早打来电话。"早呀，大明星。"他轻声说。

她大半个晚上都醒着，徘徊于憎恨、厌弃、替他开脱之间，可最终还是想要他。她告诫自己，万一他打电话来，一定要表现得很冷静。但大清早这通电话让她措手不及。

"你昨晚去哪儿了？"她质问道。（妈呀，她没想这么问来着。）

"看你呗。"他以一贯戏谑的口吻说道。

"你没有！"原计划被抛开得一干二净，她只能眼睁睁地看着自己失控，"罗宾，演广告前我给你打过电话，占线。演出结束后我又给你打了，没人接。”

“你说得太对了。节目刚开播，偏偏这该死的电话响了。我根本不介意——是安迪·帕里诺，我宁愿跟他打电话，也不想看克里斯蒂·莱恩。但我和安迪刚打完，又有人打来了。我不想再分心，想好好欣赏你精彩的表演了。所以你一上场，我就把电话关了。”

“可你明明知道我一下台就会给你打电话的。”

“我忘记自己关电话了。”

“好吧，”她说，“那你怎么不打给我呢？就算你关了电话，也应该想要给我打电话呀。你想不到演出结束后，我会想去找你吗？”

“我知道新节目播完什么样儿，后台肯定炸开锅了。我想，你肯定会变成赞助商关注的焦点，那么你可能还会跟他们一起庆祝庆祝。”

“罗宾！”她无奈地抗议着，“我想跟你在一起。你是我的男人，不是吗？”

“我当然知道。”他的声音仍然很轻，“但这并不等于我们完全属于对方。我并不占有你，也不占有你的时间。”

“你不想吗？”她问。这种问题不该问的，但都到这份儿上了。

“不想，因为我永远无法兑现你想要的结果。”

“罗宾，我想被你拥有——彻彻底底地。我想把所有的时间都给你。你对我而言是最重要的。我爱你。我知道你不想结婚，”她急着澄清，“但这不妨碍我全属于你。”

“我想要你做我的女孩儿，但我不想占有你。”

“但是如果我是你的女孩儿，你必须明白，我想让你和我分享所有事情。我想和你一起做每件事——你没法儿陪我的时候，我想在家等你。我想被你拥有。”

“我不希望你受伤。”他的语气严肃极了。

“我不会受伤的。我也不会唠唠叨叨——我保证。”

“那这么说吧：我不想受伤。”

阿曼达一愣，问道：“谁伤过你，罗宾？”

“什么意思？”

“受过伤的人才怕受伤。难怪你总在我们之间隔上一扇门。”

“我从来没受过伤。”他说，“说真的，阿曼达，我要告诉你，年轻时，我的确在战场上受过伤，但从来没受过情伤。我有过很多女人。我喜欢女人，你是我最在乎的那一个。”

“那你为什么要克制自己的情感，还逼我也这么做？”

“我不知道，我真的不知道。大概是疯狂的自我保护意识在作祟。某些直觉告诉我，要是我不竖起你说的那扇门，可能我的脑袋都要被炸烂了。”然后他笑了，“嗨，行啦，大清早的，不适合心灵探秘。要么是我没有心。可能把门打开后，才会发现家里根本没人。”

“罗宾，我永远不会伤害你。我永远爱你。”

“宝贝，没有什么是永远不变的。”

“所以说你会离开我？”

“我可能会坠机身亡，可能会被子弹打死——”

她笑了：“子弹遇到你也会拐弯的。”

“阿曼达，”他的声音很轻，但听得出他很认真，“要爱我，宝贝，但不要让我成为你生命的全部。你不可以依靠别人。哪怕他们爱你，终究都会离开。”

“你到底在说什么？”她几乎要哭出来了。

“我只是想告诉你我的想法。你我都明白这么几点：第一，任何人都靠不住；第二，人终有一死，我们都会死——只不过我们总忽视这一事实。大概是出于侥幸，认为只要不去想，它就不会发生。但内心深处，我们知道它会。那扇门就是这个作用。只要关上它，我就不会受伤。”

“你试试把它打开呢？”

“我正在努力，和你一起。”他的声音很平静，“我想打开它，是因为我在乎你，想让你明白我的想法。但我现在真想一把给它关上。”

“罗宾，别！求你爱我。我知道那扇门是什么——它封闭了感受。你关闭了大脑中的那一部分。你能感觉到爱……但你拒绝感受它。”

“或许吧。就像我从不去想死这回事儿。不管我活到几岁，哪怕活到九十，到了要死的时候，还是会很不甘心。但假如对什么都不在乎，临走时也就不会难过。”

她没有说话。他从来没对她这么坦诚过。她知道他还有话想说。

“阿曼达，我真的很在乎你。我很佩服你，因为我觉得你也有自己的一扇门。你很漂亮，雄心勃勃，独立。假如哪个女孩儿把我看作自己活着的唯一理由，那我无法对她抱有爱或尊重。我有个奇怪的念头，你脑袋里的顽石把我脑袋里的空洞塞满了。现在，我们算说开了吗？”

她勉力轻松地笑笑：“说不开，除非你今晚请我吃饭。不然我就把你脑袋里的大石头砸成小石子。”

他的笑声和她的一模一样：“好吧，我可不敢冒这个险。听说你们南方姑娘下手可狠了。”

“南方？我什么时候说过自己是南方人？”

“你什么都没告诉我，我美丽的阿曼达。或许这正是你的魅力所在。但你一开口，时不时就带着佐治亚州或亚拉巴马州的味道。”

“你错了，”她停顿了一下，“我从不说自己的事情，只因为你从来不问。但我想让你了解我，我愿意让你知道关于我的一切。”

“宝贝，没有过去的女人是最无聊的。要是把什么都告诉我，一旦知道了所有的细节，‘过去’也就不存在了。一切都会变成冗长而沉闷的忏悔。”

“但你其实对我一无所知，你难道不好奇吗？”

“好吧，我们刚认识那会儿，我就知道你阅人无数——”

“罗宾！”

“那样最好不过。我太老了，没那闲工夫调教那些个处女。”

“罗宾，我阅人不多。”

“当心点儿，别害我幻想破灭哦。我对玛丽·安托瓦内特（Marie Antoinette）[1]、蓬帕杜夫人（Madame Pompadour）[2]——甚至卢克雷齐娅·博尔贾（Lucrezia Borgia）[3]这些女人可着迷了。你要是告诉我只在大学里交往过一个很好的男孩儿，那什么都毁了。”

“好吧，那就不告诉你南美的大独裁者为我自杀，还有国王为我放弃了王位吧。所以，今晚想不想我做的牛排和色拉？”

他笑了。僵局打破了，她知道她让他放松下来了。

“好的，宝贝。牛排和色拉，我再带点儿酒。七点见。”

她瘫倒在床上，手里还抓着电话。天啊，她就是忍不住跟他玩这套游戏。但她明白，自己以后还是会继续玩，也必须得玩，直到完全取得他的信任。到时候，他就会放松警惕。再然后……她从床上跳起来，打开浴缸，心情好极了。尽

1　法兰西王后，法国国王路易十六的妻子，生活奢侈，有“赤字夫人”之称，死于法国大革命期间。——编者注

2　在艺术领域做出了重要贡献，曾参与凡尔赛宫的修建，如今法国总统府爱丽舍宫也是她兴建的。她也是著名的法国国王路易十五的情人。——编者注

3　罗马教皇亚历山大六世的私生女，欧洲文艺复兴的支持者之一，为艺术领域的发展做出了重要贡献。关于她的风流韵事甚至违背伦理的故事流传下来很多，如今难辨真伪。——编者注

管一会儿还有两场无聊的棚内拍摄，但今天相当不错，称得上这辈子最顺心的一天。因为她掌握了罗宾·斯通的“钥匙”。冷静点儿，要无所求。要得越少，他给得越多。很快，他就会发现自己确实属于她——一切会发生得循序渐进，让他毫无觉察。

她第一次有了自信。她知道一切都会好起来的。

十

一整天下来，阿曼达干劲十足。一个姿势摆累了，她就回味今早和罗宾的通话，瞬间便把闪光灯、颈椎和背脊的疼痛忘得一干二净，隐隐约约只听见摄影师一个劲儿地说：“就这样，宝贝，很好，没错，保持住！”

最后一场通告四点结束，她去尼克·朗沃思的办公室打听好了。

“明天的通告你一定喜欢，”尼克大声说，“明天十一点，*Vogue*——你的老朋友伊凡·格林伯格做统筹。”太好了，第一场拍摄十一点才开始。可以先睡到九点，再给罗宾做早餐……

对于二月天来讲，今天格外暖和。雾气厚重，空气稠得仿佛可以拿刀子划开。按说这种天气不利于身体健康，不过气温有13摄氏度，够暖和，她可以逛着去工作。她满心欢喜，这简直是世上最美的一天。

她回到家，喂了鼻涕虫，摆好桌，做好色拉，再把牛排煎好。

和罗宾一起时，她每样只吃一点点。自从跟他在一起，她一年掉了9斤。1.7米的个头只有49公斤。这对拍摄很有利，而且目前为止还没有影响脸的美。

她调到IBC的频道。罗宾喜欢看安迪七点钟的新闻。他看着，她就窝在他的怀里，或者坐在房间的另一头，专注看着他的侧脸。但今天晚上她也要看——她也要关心他关心的一切。

格雷戈里·奥斯汀也在等这档节目。他又一次让罗宾·斯通放开手脚负责这档节目。罗宾用安迪·帕里诺真是用对了。真有意思——他竟然把新闻部交给罗宾。罗宾是个糟糕的高管。他人不错，但活像个幽灵——来无影去无踪。按说这人花着IBC的钱频繁出差，回来时总该报个到，打个招呼吧。《深度》表现优异——收视率直线上升——他难道不该意思意思致个谢吗？

以前，丹顿·米勒时刻不忘拍马屁、讨表扬。这回《克里斯蒂·莱恩秀》播出的时候，这个浑蛋，电话居然打不通。好吧，说明绝对不能高估电视观众的智力，他们就是一帮懒汉。《克里斯蒂·莱恩秀》简直是一坨屎——朱迪思连眼皮都懒得抬！早报们也纷纷把节目批得一无是处。但尼尔森当夜收视好得一塌糊涂。当然，全国双周收视率才是最权威的。

他坐在位于市中心的家中那间装修豪华的小书房里，思绪万千。他打开墙上内置的彩电。对他来说，电视上最好看的还得是《深夜秀》的彩色老电影。这年头上哪儿找丽塔[1]、艾丽丝·费伊（Alice Faye）[2]和贝蒂·格拉布尔（Betty Grable）[3]这样的绝代佳人呢？有时半夜睡不着觉，他会去冰箱一番寻觅，坐下来看看电影里当年暗恋的迷人姑娘们。多亏了朱迪思买的这台彩电。说实在的，整个精致的房间都得归功于她。去年他们俩在棕榈滩度假时她就已经在筹划了。那会儿他就奇怪，那些偷偷摸摸的电话是怎么回事——她不时地去趟纽约，说去看牙医。等他们从棕榈滩回到家，她领他来到这间完美的小屋子，门上甚至还系着一条大丝带。他深深地感动了。朱迪思很有品位。这房间完全符合男人的心意。看得出，每件家具都是精挑细选得来的，都有些年头了。大大的地球仪曾属于威尔逊总统。这张桌子是件古董。他不知道年代，也不在乎那些。他可以准确报出阿莫斯和安迪电台节目的日期，自豪地展示自己儿时做的耳机。至于古董、东方地毯、明代的花瓶，那都是朱迪思擅长的领域。她理解他的喜好，也不把这些强加给他。她给他摆了古董，好家伙，这些古董可结实了，才不是法国佬的粗笨做工。“这是你的领地，”朱迪思说，“除非你邀请我，不然我不会进来。”

他眉头一蹙，此刻的悠然隐隐地被一个想法搅乱。七年前，他们从公园大道的顶层豪华公寓搬来这边，他也有这种说不清道不明的感觉。朱迪思指着用一堵小壁橱隔开的两间主卧说：“格雷格，这样不是很有仪式感吗？这么一来，你用自己的卧室，我也用自己的。而且咱们还有各自的卫生间。”

卫生间分开是挺好的，但他还是建议把其中一间主卧改成会客间：“我喜欢和你一起睡，朱迪思。”

---

1 推测为丽塔·海华丝（Rita Hayworth，1918—1987），美国20世纪40年代当红性感偶像。——译者注

2 艾丽丝·费伊（1915—1998），20世纪三四十年代以《银国春秋》连续两年成为年度十大卖座明星。——译者注

3 贝蒂·格拉布尔（1916—1973），20世纪著名好莱坞明星。——译者注

她笑了："别担心，亲爱的，以后每天晚上你看《华尔街日报》的时候，我还是会陪着你一块儿看。但我想睡的时候，就回自己房间，免得夜里把你戳醒七八回，让你别打呼噜。"

她是对的，而且这个办法很好。他刚开始还不信自己打呼噜，直到一天晚上，他睡前把录音机放在床边。等到第二天早晨，他惊呆了，不敢相信那些震天响的呼噜声是自己发出的。他还去看了医生。医生都笑了："别这么大惊小怪的，格雷格，人过四十都打呼噜。你运气多好，买得起两室的大房子。这是咱们中年人保持婚姻浪漫唯一的文明方式。"

把这间小屋子给他后，她逐渐蚕食了那间大书房，然后修葺一新——配色，改；窗帘、家具，换——他渐渐觉得自己的书房越看越不顺眼，跟华尔道夫大厦酒店的豪华套房有区别吗？艾森豪威尔[1]和伯纳德·巴鲁克（Bernard Baruch）[2]的签名照被挪到了他的小书房里，她亲戚的银框照片则登堂入室，摆上了大书房的书桌。她当然得把亲戚照片摆出来了，谁叫她家世显赫呢？她那个双胞胎姐姐还真是个地地道道的王妃，当然配得上银相框咯。哦对，还有王妃的两位小公主。还有还有，朱迪思她爹的油画摆在壁炉上也再合适不过了嘛。天哪，那老头子的肖像跟葡萄酒广告有什么区别。格雷戈里没有自己爹的照片。他们爱尔兰北部的乡民没有把照片装进银相框的习俗。朱迪思需要这样一间书房。每天早上，她和社交秘书就在那里办公。一想到"办公"这个词用在朱迪思身上，他就忍俊不禁。不过，的确该叫"办公"。她一手策划的那些个派对、打理的慈善项目，名列"最佳着装"榜单。这些都只能交给朱迪思办。她的形象如此之好，以至公众对这位名媛当初下嫁白手起家的爱尔兰人格雷戈里·奥斯汀时自带巨额财富深信不疑。他笑了。她确实在名利场上游刃有余，从小到大的履历无懈可击，也曾出国深造，但她家一分钱也没有。当年她的姐姐嫁给了王子，公众的狂热使这两个女孩儿一夜成名。现在他觉得，朱迪思可能在婚前就给自己灌输了"我很富有"这个信心。这是必需的——对她来说，眼睁睁看着朋友们纷纷在名媛界闪亮登场，而自己得四处找路子赶上，想必很不容易——嫁给他，朱迪思相当于被贵族圈除名。但她就此进入了一个全新的社交圈——冲破一切社会障碍的名流圈。天赋是

1 即德怀特·戴维·艾森豪威尔（Dwight David Eisenhower，1890—1969），美国第34任总统，五星上将、政治家、军事家。——编者注

2 即伯纳德·曼恩斯·巴鲁克（Bernard Mannes Baruch，1870—1965），美国金融家、投资家、政治顾问，曾为美国威尔逊总统、罗斯福总统提供经济咨询。——编者注

最有用的撒手锏。丹尼·凯耶（Danny Kaye）[1]就是绝佳的例子。顶级政客可以与国王共进晚餐，IBC董事长到哪儿都是座上宾。朱迪思是个了不起的女孩儿，他很高兴自己能为她填补完美人生中缺少的一个要素。朱迪思·奥斯汀是当代响当当的名媛了。她还不仅仅是名媛——还引领时尚。她涉足时尚界，登上所有女人趋之若鹜的时尚报刊《女装日报》（*Women's Wear Daily*）的头版。不管她穿什么，都会引领风潮。他仍然不敢相信这个女人属于自己。她似乎依然遥不可及。第一次见她时，他就有这种感觉，现在还是。

再过两分钟就七点了。他去吧台调了杯淡苏格兰威士忌兑苏打水自个儿喝，再给朱迪思调一杯苦艾酒。真不知道她怎么喝得惯这玩意儿，跟清漆似的。但朱迪思声称，欧洲所有的大美人只喝葡萄酒或苦艾酒。当然，朱迪思的意思是四十岁以上的大美人。好笑的是，连朱迪思这么漂亮的女人都为年纪困扰。她轻轻敲了敲门，走进他的书房。这个举动也挺逗的——请求进入"他的"小窝。但他任由她这么做，因为他知道，这么做多少能消除她对占领大书房的内疚。

她坐在对面的真皮座椅上。每天晚上，格雷戈里见她坐在那里，便不由得想："天哪，这女人可真美。"她已经四十六了，看上去才三十五。他的内心突然涌上一阵骄傲和幸福。他太爱这小窝了，这里已然成为夫妻生活的一部分。就算哪天要去剧院或参加宴会，他们照例先来这儿一边喝酒，一边看七点钟的新闻。对格雷戈里·奥斯汀来说，只有看完七点钟的新闻才能干别的事情。朱迪思也恪守这一习惯。

新闻开始了："晚上好，欢迎收看《新闻七点钟》（*News at Seven*）。今天，节目的最后五分钟将留给IBC新闻部总裁、《深度》主播罗宾·斯通先生的不定期访谈。"

"什么鬼！"格雷戈里猛地往前一坐。

"罗宾·斯通什么时候开始也上《新闻七点钟》了？"朱迪思问。

"从一秒钟前我听到这个消息开始。"

"他确实很帅，"朱迪思评价道，"不过细看他吧，这人非常谨慎，在镜头前把内心想法藏得很严实。你怎么挖到他的？"

"就像你现在看到的。这家伙实在叫人捉摸不透。有魅力，有能力，但别的

1　丹尼·凯耶（1913—1987），美国专业演员，曾出演电影《奇人》和《沃尔特·米蒂的私生活》。——译者注

都无从得知。”

朱迪思饶有兴趣地思量着：“请他来家里吃顿饭吧。我想见他。”

格雷戈里笑了：“你在说笑吗？”

“不可以吗？我好几个女朋友都想见他。他从不在公开场合露面，但他真的很受欢迎。”

“朱迪思，你了解我的原则。我从来不和手下混一块儿。”

“我们在海边度假时，不也参加他们的派对吗？”

“因为我知道那些派对对你有利。而且那不一样。他们可以邀请咱们出席，但我们不会邀请他们来家里。我们请他们参加年会就是最好的肯定，就够了。能来一次年会就足以证明他们的地位了。”

她欠身拍拍他的手背：“你这个混第十大道的人哪，真是势利得过分。”

“不，都是职场规矩罢了。我这人——其实根本不在乎什么年会和地位，不过，人们都对来之不易的东西趋之若鹜。”

她大笑起来：“格雷戈里，你这浑蛋，花招不少啊。”

“我就是浑蛋。连我们的年会也席位有限。IBC没几个人能接到邀请。”

她轻轻一笑：“蛋酒派对非常正式，才会那么受追捧。我这创意是不是很妙？你知道吗，《女装日报》说它是年度盛会哦。它还上了《伦敦时报》的欧内斯廷·卡特（Ernestine Carter）[1]专栏。

“今年会不会请太多演艺界的人了？”

“这些人有用着呢，亲爱的，全靠他们带人气。格雷格，在恰当的时间聚齐恰当的人并不容易。”

他挥了挥手，不予置评，专心看他感兴趣的新闻。直到插播广告，朱迪思才再度开口。

“格雷格，我们什么时候去棕榈滩？一般都是一月底到那里。但你非要留在城里参加那个恶心的《克里斯蒂·莱恩秀》首映。”

“我想在这里多待几周。我们要把那个秀做成大热门。你先去，我最迟三月初到。”

“那我星期四就走——收拾好屋子等你来。”

他心不在焉地点点头。新闻又开始了。朱迪思无神地盯着屏幕：“好吧，罗

1 记者、时尚作家，还曾任大英博物馆馆长。——编者注

宾·斯通得明年新年再请了……”

“明年也不行。”格雷戈里把酒杯递给她，示意续杯。

“为什么不行？”

“因为还要请别的部门总裁。要知道，丹顿·米勒今年才第一次获邀。”他欠身，把电视音量调大。

她递上酒，然后趴在他的肩膀上：“格雷格，亲爱的，我的女朋友们不想见丹顿·米勒。她们很想见见罗宾·斯通。”

他拍了拍她的手：“再说吧，还有一年呢。谁知道到时候会怎样呢。”

突然他往前靠了靠，镜头正给到罗宾一个特写。格雷戈里明白朱迪思的朋友们为什么对他这么感兴趣了。他可真帅。

“晚上好。”电视里传来了清晰的播报声，“没人不爱听现代版的海盗冒险。我指的是葡萄牙‘圣玛丽亚’号大型游轮在加勒比海被24名葡萄牙、西班牙政治流亡者和6名船员持枪抢劫的事件。这场劫掠由葡萄牙前陆军上尉恩里克·加尔旺（Henrique Galvão）操刀。就在三天前，1月31日，海军上将史密斯在距巴西累西腓市48公里的地方登上了‘圣玛丽亚’号游轮，并与加尔旺进行了首次海上会谈。最新消息称，加尔旺承诺于今日放全体乘客下船。作为交换，总统雅尼奥·奎德罗斯向加尔旺承诺，他与其29名追随者将获准在巴西上岸避难。游轮上还有美国游客。最重要的是，本人将有幸采访恩里克·加尔旺。今晚，本人将出发前往巴西，希望能为大家带回一段《深度》专访，或许还将采访几名被劫持的美国乘客。谢谢，祝各位晚安。”

格雷戈里·奥斯汀气急败坏地把电视一关：“他竟敢不跟任何人汇报，拍拍屁股走人了！为什么不给我打招呼？他几周前才刚从伦敦回来。我要的是现场直播，而不是录像带——这是我们对抗竞争对手的主要卖点。”

“罗宾不可能把每期《深度》都做成直播，格雷格。这采访的可都是名人啊。反正我很想看他怎么‘深度’采访加尔旺的。真想看看这个六十五岁还有胆子劫持一艘六百人豪华客轮的男人。”

一旁的格雷戈里已经拿起电话，要求IBC的接线员接丹顿·米勒。五分钟后，电话接通了。

“丹！”格雷戈里气得满脸通红，“你肯定还不知道发生了什么事。你肯定还舒舒服服地坐在‘21’——”

丹听起来惬意极了：“我知道，我在公司大堂的沙发上舒服地坐着，看咱们

IBC的《新闻七点钟》呢。”

“你知道罗宾去巴西了吗？”

“我怎么会知道？他只需要向您汇报工作。”

格雷戈里的脸瞬间变得阴沉沉的：“好吧，该死的，那他怎么不告诉我？”

“可能他找过您，但是您今天不在办公室。我下午也找了您几次，想给您看几篇《克里斯蒂·莱恩秀》的详细报道，外部反响很好。我把报道放您桌上了。”

格雷戈里气得脸都青了。“没错，我下午是出去了，”他大吼，“我有权在一个月中抽一个下午出去！”（他今天刚去西堡镇挑了两匹新马。）“该死的，”他接着说，“难道我一天不在，公司就运营不下去了？”

“公司也不会因为一个人去了巴西而崩溃。不过，我还是不喜欢罗宾·斯通用《新闻七点钟》给自己的报道做宣传。格雷戈里，我不希望任何部门的总裁有这种权力。但是，很可惜，罗宾不需要向我请示。既然您也不在，这个播报可能就是他告诉您的方式。比拍电报还快呢。”

格雷戈里恼火极了，“砰”地挂了电话。丹顿·米勒显然乐见此事。格雷戈里紧握双拳，站在原地，呆滞地凝视着天花板。朱迪思走过来，递给他一杯酒，朝他笑说：“你幼不幼稚啊？这个人替公司搞了多么成功的一场宣传。哪个看了《新闻七点钟》的人不期待这场采访？放松点儿，再喝几口，八点十五分还要去‘殖民地’吃饭呢。”

“我换好衣服了。”

她轻轻地拍了拍他的脸：“我觉得你用电动剃须刀稍微刮刮胡子会更好。今晚要和拉吉尔大使共进晚餐，他有三匹你眼馋的阿拉伯马。好啦，笑一笑！让我见识见识奥斯汀的魅力。”

他紧皱的眉头舒展开来。“可能我当惯大家长了，”他不得不承认，“你说得对。宣布这一消息是绝佳的宣传手段。但这是我自己的‘广播公司’——我一手创办了这家公司——我不喜欢任何人未经我允许擅做决定。”

“你也不喜欢你的教练擅自给你买马，除非你亲自过目。亲爱的，别对自己太苛刻。”

他咧嘴笑了：“你说得很对，朱迪思。”

她笑了：“依我看，等到明年新年，罗宾·斯通的影响力就会大到足以出席年会了……”

阿曼达刚看到消息时，死死地盯着电视，半天回不过神。她不相信刚刚的所见所闻。可能下一秒门铃就响了，罗宾就站在门口。他可能就在赶来的路上，到家带自己一起去机场。

她等了十分钟。到了八点十五，她已经消灭了六支烟。她打电话到他家，只有单调的“嘟嘟”声。她再打到IBC，谁都不知道斯通先生乘坐的是哪个航班，并建议她打给泛美航空试试。

八点半，电话铃响了。她不顾一切地冲过去，脚踝不小心撞到了桌脚。

“我是恶人伊凡。”

她的表情瞬间垮了下来。她很喜欢伊凡·格林伯格，但失望的泪水夺眶而出。

“听得见吗，曼迪？”

“在听。”她的声音很低。

“哦——你在忙吗？”

“没呢，我在看电视。”

他笑了：“我说呢，毕竟是大明星了，知己知彼才能百战不殆嘛。”

“伊凡，我很喜欢跟你聊天，但我得先挂了。我在等一个重要电话。”

“行啦，小猫咪，我知道——我看七点新闻了，大‘石头’[1]走了，所以来问问你，要不要一起去吃个汉堡。”

“我要挂了，伊凡。”

“好吧，睡个好觉——明天十一点钟咱还得干活儿呢。”

她坐着盯着电话。九点十五分，她和泛美航空公司联系上了。是的，罗宾·斯通先生订了九点钟的航班。飞机准时起飞——已经过去十五分钟了。她“扑通”一声坐在椅子上，混着睫毛膏的黑色泪水轻轻流下。睫毛膏快脱光了，两片假睫毛也快掉了。她把它们摘下来，丢在茶几上。

她慢慢起身，走到客厅。她得找个人说说话。伊凡向来很懂她。

阿曼达紧张地拨通电话，响第二下的时候有人接了。阿曼达松了一口气。

“伊凡，我想吃汉堡。”

“太好了，我正要走。老虎酒店见：第一大道的一个新接头点，53号。离你家不远。”

“不，你把汉堡包带来。”

1 罗宾·斯通的姓“Stone”原意为“石头”。——译者注

“哦，懂了。要在家垂泪，忍受痛苦的折磨。”

“求你了，伊凡，我家有牛排，还有色拉——你想不想吃。”

“不行，宝贝，如果你待在家里，你会越来越歇斯底里——那样你的眼睛明天就会肿起来。明天可是我给你拍照，小猫咪。几周前，‘石头’人去了伦敦时，就害我多花了一个多小时调光。你想吃汉堡，就来老虎酒店等我。至少在外人面前，你得保持镇定。”

“我现在一团糟，得花一个小时重新画眼妆。”

“你家的墨镜都用光了？”

“好吧，”她累到无法拒绝，“我十五分钟后到。”

老虎酒店人气火爆，座无虚席。阿曼达认出了一些模特和广告人。她戳弄着汉堡包，盯着伊凡，默默地要个解释。

他摸着胡子：“没什么好解释的。他今早爱你——夜里消失。城里这么多好男人，你非选个罗宾·斯通这样的。我是说，这都不是你的领域。他到底有什么名堂，他算什么？不过是个播新闻的。”

“他才不只是个播新闻的。他是IBC新闻部总裁！”

他耸耸肩：“哟，那可真了不起！我敢打赌，向这里任何一张桌子打听打听你，谁不认识你。而罗宾？抱歉，请问哪位？”

她笑得勉强极了：“罗宾根本不在乎这些。我们压根儿不来这些餐馆！他最喜欢的是一家意大利餐厅，还有兰瑟酒吧。有时，我也在家做饭。”

“天哪，你的生活好丰富哦！”

“我对我的生活很满意，伊凡！听我说，我在纽约待了五年了，我哪儿都去过了。除了和自己在乎的人在一起，别的什么都不重要。我爱他。”

“为什么？”

她在湿漉漉的餐巾纸上胡乱写着罗宾名字的首字母：“我也想知道为什么。”

“他是比别人高明，还是比别人优秀？”

她别过头，泪水在墨镜下滑落。

“别这样，曼迪，”他说，“人家都看着呢。”

“我不管，我又不认识他们。”

“可他们认识你！天哪，宝贝，这个月你上了两次封面。你红得发紫了。狠狠享受啊——狠狠赚钱啊！”

“谁稀罕赚钱？”

“你最好稀罕稀罕。罗宾·斯通早晚不再帮你付房租，不给你买皮草。可能钱对你来说不重要，可能你的亲戚有钱得很。”

“不是的，我必须工作。我妈早走了，是我阿姨把我拉扯大的。我必须赚钱回报她。”

“那你最好认真工作！今年好好努力，做出点儿成绩。到明年可能就会有新人横空出世。要是你能跻身最顶尖模特的行列——花点儿心思，提高报价——你就可能当十年的顶尖模特。”

泪水再次滑落：“但这些都没法儿帮我留住罗宾。”

他盯着她：“你想要什么，宝贝？自毁？你喜欢坐着为他垂泪吗？这会让他兴奋吗？”

“你不觉得我已经失去他了吗？”

“我倒希望你失去他了。因为他是个坏人，一个肆意踏进别人的生活，狠狠践踏一切的人。”

“不，都是我搞砸的。我知道都怪我，今天早上打电话的时候。我这人太无趣了。”

“曼迪，你病了。听我说，没什么搞砸的。可能他没那么坏。可能你只是在犯傻。”

“为什么？因为我受伤了？我有权利受伤。瞧瞧他怎么对我的！”

“那好，你说说他怎么对你的。他没打电话给你报备就不告而别去工作。真了不起！我放过你多少回鸽子了？你不是都能理解我吗，因为我们是朋友。”

“这和爱情是两码事。”她争辩道。

“那你是说，爱情把一切都搞砸咯。”

她勉强笑了笑。

“可能罗宾是个好东西。我只是通过你的表现分析他。但是你应该好好利用自己性感的小屁屁，把自己打造成个大人物，让他为你骄傲——这才是留住男人的办法！”

“哦，伊凡，你说得太轻巧了，再过几分钟，你就会让我等他给我发电报了呢。”

“还真没准儿。可你如果只是坐在那里哭，你就是个可悲的输家。让他看看你的筹码。”

“那他就真有理由丢下我了。”

“听起来这块石头做什么都不需要理由，想做啥就做啥。你要学着酷一点儿，他不在的时候就找别人玩儿。”

“找谁玩？”她问。

“我不做陪玩的，小猫咪。你肯定认识很多人呀。”

她摇摇头：“除了罗宾，我已经一年没见过别人了。”

“你是说，没跟别人约过会？”

她轻轻一笑：“我谁都不见，那个糟糕的克里斯蒂·莱恩也不例外。不过他也不算约我，只是约我出去吃饭。”

“你这还不算无药可救。”

她看看他，一时间弄不清楚他是不是在说反话。等发现他一脸严肃，她吐吐舌头。

“克里斯蒂·莱恩怎么糟糕了？”

“你没看那节目吗？他毫无吸引力，就是一坨垃圾。”

“好吧，我不期待他摆出一副绅士的姿态。他不过是个普通大叔，走运出了名而已。”

“他不是明星。他是《克里斯蒂·莱恩秀》的明星。但你看到《时代周刊》的评论文章了吗？十三周后他的节目就得说拜拜了。”

“十三周之内和他出去，你可能会得到很多关注。”

“我烦死他了。”

“又没让你和他上床。就借他的名气火一把。”

“但我不能为了名气就和他约会。”

他捏住她的下巴，认真对她说：“你是个好女孩儿，善良、愚蠢的女孩儿，脸蛋完美无瑕。一个又好又蠢的女孩儿，还以为自己的脸会永远完美下去。亲爱的，我三十八岁了，我还可以得到我想要的十八岁小妞。哪怕我到了四十八岁或者五十八岁，胡子灰白，我还是可以得到她们。但你到了三十八岁，就只能接高级时装的单子——全天候的那种，这还是在保养得当的情况下！但脸部或者手部特写的广告不会再有了，因为到时候，丑陋的棕色雀斑就会开始冒头。连克里斯蒂·莱恩那样的垃圾都不稀得瞅你。但是现在，可能十年内，你都会得到一切想得到的东西和人。”

“除了我唯一想要的男人。”

他叹了口气：“听我讲，我知道你是个可爱的正经女孩儿，否则我不会坐在这里浪费时间跟你闲扯，我还有大堆事情要做，还有三个小妞等着我。现实点儿——罗宾跟其他男人不一样。他就像一台巨大而漂亮的机器。你要反击，宝贝，这是你仅有的机会。”

她心不在焉地点点头，用搅拌棒在桌上潦草地涂着“R.S.”[1]。

十一

杰瑞·莫斯也正为罗宾的不告而别愤愤不平。他午饭时才和罗宾确认过，罗宾当时还说：“五点兰瑟见。”

杰瑞一直等到七点才从玛丽那儿得知情况，她无意间听到罗宾在《新闻七点钟》里的讲话。

第二天，他找戈尔德医生聊了很久。戈尔德医生并不觉得罗宾在故意折磨人——他觉得罗宾的多数举动都是出于尽量避免与任何人走得太近。他对朋友一无所图，也不希望朋友对他提任何要求。

和伊凡聊过之后，阿曼达好些了。再上《克里斯蒂·莱恩秀》时，她已经从深深的抑郁转为自矜的愤怒。彩排时也同样疯狂而兴奋，紧张情绪也随之烟消云散。她变得风趣而友善，而一旦有冲突的迹象，她则表现出十足的自信。

这一次，当克里斯蒂·莱恩喊她结束后一起吃饭时，她欣然接受了邀请。他们带着跟班儿和阿格尼斯去了“丹尼小窝”。阿格尼斯是“拉丁区”的女艺人，显然跟这帮人很熟。阿曼达坐在克里斯蒂旁边，他除了问“你想吃什么，宝贝？”，别的什么也没说。杰克·E.伦纳德、米尔顿·伯利和其他几位喜剧明星纷纷过来道贺。他受宠若惊，卖力地跟他们调笑。然后当他看到米尔顿·伯利走到前面一桌时，他对埃迪·弗林说：“咱们坐得太偏了。”

阿格尼斯轻声说：“不，克里斯，说真的，只要能进这间屋子，就说明你这人有点儿名堂。这间叫俱乐部房。那些穿着棕白色鞋子的乡巴佬都被安排在别的房间。咱这儿算内场。”

---

1 即“罗宾·斯通”英文首字母缩写。——编者注

“你懂个屁！”克里斯蒂大声说。

“我怎么不懂，”她慢条斯理地往面包条上抹着黄油，“有个呆瓜以前带我来过这儿——哦，早在我遇见你之前，亲爱的。”她轻轻拍拍埃迪的臂膀，“我们被带到另一个房间。我一见到那么多名人坐在这块儿，马上明白了其中的猫腻。但那人是个明尼苏达来的土包子，什么都不懂。只知道傻呵呵地打包了这儿的火柴回家。”

“是的，但是伯利能坐前面。看，麦瑰尔姊妹在那桌。”

“马蒂·艾伦还坐在侧边呢。”肯尼·迪托说。

“是——那也是在前面的侧边。总有一天我会坐到前排。总有一天我会坐进‘21’俱乐部。”

阿曼达很惊讶：“你没去过那儿？”

“去过一次，”克里斯蒂说，“当时有个约会，那妞儿一定要去‘21’吃饭。我打电话订了座。到那儿一瞧，好家伙——把我扔在二楼的角落里。就像阿格尼斯说的，和我在一起的女孩儿压根儿不懂个中区别。她也集火柴。但我懂啊。”他一脸老谋深算的样子，“我得让自己的名字写进专栏。那个埃塞尔·埃文斯根本不行——埃迪，明儿咱雇个自己的新闻代理人。四处打听打听，每周花个一百块，就只负责一星期给我写三篇专栏，不用管别的。”

整场晚餐净聊这些了。克里斯蒂·莱恩和他的跟屁虫们策划着自己的职业生涯。那个舞女把东西吃个一干二净。原来肯尼·迪托的本名叫作肯尼斯——克里斯蒂给添了个“迪托”，肯尼决定正式用这个名字。编剧叫肯尼·迪托显然更吸引眼球。

阿曼达和他们坐在一起，感到异常地格格不入，但她反倒放松多了。他们把她送回家，克里斯蒂待在出租车里，让埃迪把她送到家门口。他喊道：“明晚再见不，宝宝？酷吧有个开幕秀。”

“给我打电话吧。”她冲进楼里。

第二天早上克里斯蒂打电话来约，她答应了。总比坐在家里为罗宾闷闷不乐强。那晚克里斯蒂有底气多了，酷吧是他的主场。他们被安排到一张边桌。阿曼达挤在克里斯蒂、跟屁虫和新来的新闻代理人中间——这个笔杆子在著名的公关公司工作。他解释说，体面的新闻代理人不赚这种烂钱，不过要是克里斯蒂可以付现金，他可以受累兼个职，每周帮他写三篇专栏。

酷吧散场后，克里斯蒂想去法式啤酒店，阿曼达先告辞了，说明天再约。第二天一早，伊凡来电祝贺她上了罗尼·沃尔夫的专栏，说她和克里斯蒂是城里最新的花边新闻主角。“你终于开始干正事儿了。”他说。阿曼达起先有些担心，但三天过去，罗宾杳无音讯，她决定再去会会克里斯蒂。这是另一家夜总会的开幕，隔壁桌坐着跟屁虫、新闻代理人和一个二流舞蹈团，他们紧紧贴着克里斯蒂，希望在节目中客串一回。

第三场《克里斯蒂·莱恩秀》的播出夜充斥着兴奋与喜悦。全国双周收视出来了——《克里斯蒂·莱恩秀》冲进了前二十！赞助商们全部到场了，丹顿·米勒和大家握手道谢，大家相互道贺。恒妆直接找丹续约了第二季的赞助。三十九周打底。当晚，丹顿·米勒在“21”办了场小小的庆功会。克里斯蒂抛弃了他的跟班儿，带了阿曼达。杰瑞·莫斯和夫人一同出席。他们坐在一楼的中间区域。虽然大佬们都不认识克里斯蒂·莱恩，但大家都认识丹顿·米勒，有些人甚至认识杰瑞·莫斯。当晚，丹顿·米勒还试图和阿曼达闲聊一二，夸她在广告里表现得多么出色。

“我在镜头面前站习惯了，”她谦虚地回答，“特长是涂口红不手抖。”

“你有没有演过什么？电影？话剧？”

“没有，只当过模特。”

他若有所思：“但我好像听说过你——”

“可能在杂志上见过。”她说。

他突然打了个响指：“罗宾·斯通！你是他什么人？”

“我和他约会过。”她小心翼翼地说。

“他到底在哪儿？什么时候回来？”丹问。

“他去巴西了。”她留意到杰瑞停止聊天，正往这边看。

丹冲他挥挥手。“那盘录像带一周前从巴西寄了来。之后他又从法国寄了一盘。他真的见到了戴高乐。”他难以置信地摇摇头，“不过现在我听说他在伦敦。”

她抿了一口可乐，脸上波澜不惊：“我想他在那边肯定录到了很满意的素材。”

丹顿笑着说：“收视率不错，对于新闻节目来说很优秀了。不过你的新男友才是我们的宝！”丹看着克里斯蒂笑了。

她的新男友！她突然觉得自己要犯恶心了——生理上的恶心。还好这天结束得早。大家一起坐着丹的豪华轿车，先把她送回了家。但伊凡是对的。两天后，一份午报刊登了克里斯蒂·莱恩的专访，标题是《邻家大叔》（“The Man Who Lives Next Door”）。阿曼达的照片占了三分之一版面：邻家大叔不约邻家女孩儿——他约的是封面女郎！文章引述了克里斯蒂的话："我们刚约会了几周，但我真是爱死她了。"她嫌弃地扔掉报纸。伊凡紧接着夸她："你总算变聪明了，宝贝。"她"砰"地挂断了电话。

她重读了这个故事。太可怕了！她盯着克里斯蒂·莱恩那张坦率又茫然的脸，不由得一阵恶心。目前为止，他们还被配角、喜剧演员和搭讪者包围着，可等到独处的时候会怎么样呢？

没过几分钟，电话响了，克里斯蒂在那头兴奋地嚷着："宝贝——你看到报纸上怎么写咱俩的吗？好戏才刚刚上演哦。克里斯蒂冲冲冲！今晚咱俩好好庆祝一下，就咱俩。我找丹顿在'21'帮咱订了个好位置，尝尝鸡尾酒，然后去'摩洛哥'吃饭。丹顿去安排了，这回咱们坐的可是好位置，而不是什么乡巴佬区。"

"抱歉，克里斯蒂，"她回答，"我今晚临时接了个通告，明天一早还有个拍摄。"

"取消它，你可是要跟新皇约会——"

"通告不能取消的，我赔不起。"

"宝贝，要赔多少，说吧，我给你！一共多少钱？"

她努力编造。并没有什么临时通告，最后一场到下午五点就结束了。"呃……晚上三个小时，明早两小时。"

"好嘛——多少钱？"

电话那头，克里斯蒂漫不经心地嘬着熏人的雪茄。她口算着："大概375到400美元吧。"

他倒吸一口凉气："你赚这么多？"

"我的时薪是75美元。"

"你可真是个杂种！"

她轻轻地挂断了电话。

两分钟后他又打了过来："宝贝，我错了。这只是我的口头禅。我的意思是，你这收入把我比得无地自容。埃迪的女朋友阿格也给一些杂志当模特——一小时能挣10块钱。要是穿泳衣拍，就有15块；露奶的话，有20块。"

"我不是那种模特。"

"真该让阿格学着点儿。模特能赚这么多，还他妈的拍什么垃圾杂志呢？"

"克里斯蒂，我先挂了，我要迟到了——"

"你说得对。听我说，宝贝，既然那么赚，你就赚你的。咱改天再大展身手。但我得把'21'的这位置留着——《人生》杂志的一位女士要来和我喝一杯。真可惜你来不了。万一《人生》决定要做我的专访，你也可以利用这波宣传赚点儿钱。”

“对不起，克里斯蒂。”

她挂断电话，决定再也不跟他约会了。到此为止！

紧接着，伊凡打来了。他说：“你应该已经看完报纸了吧。好在跟克里斯蒂·莱恩的故事多少帮你挽回了些颜面，小猫咪。”

“什么意思？”

“我还以为美国的顶级模特会主动翻翻社会版面呢，莫非你还没看到？”

“没有。”她马上“沙沙”地翻报纸。

“第二十七页。我先不挂，免得你割腕自杀。”

罗宾熟悉的笑脸明晃晃地刺痛了她。他搂着一个名唤埃里卡·冯·格拉茨男爵夫人的人。

“你还在吗，小猫咪？”

“折磨我很好玩吗，伊凡？”

“并不，阿曼达。”他的声音转而变得低沉而严肃，“我只希望你面对现实。你要是想要人陪，我可以去找你。”

她慢慢放下听筒，盯着报纸。埃里卡·冯·格拉茨男爵夫人很有魅力。罗宾看着很松弛。她往下读这篇报道：

> 丈夫库尔特·冯·格拉茨男爵离世后，埃里卡·冯·格拉茨男爵夫人再也没去过伦敦。原本热爱这对时尚夫妇的人们，欣喜地看到美国电视记者罗宾·斯通的到来，她已经走出了阴霾。男爵在蒙特卡洛的赛马中丧命，人们一度担心可爱的男爵夫人将从此深陷抑郁，难以自拔。但在过去的十天里，她和斯通先生一起去剧院，并数次享用浪漫晚餐。现在两人又去了瑞士，入住瑞士小屋。无论他们是滑雪还是共沐爱河——我们不得而知——很高兴见到可爱的埃里卡再展笑颜。

她翻开另一份报纸，看到的是另一张罗宾和男爵夫人的合照。她躺在床上哭泣。她捶打着枕头，就像是捶打罗宾那张笑脸。然后，她坐了起来。不行，三点钟要去为霍尔斯顿（Halston）[1]拍新一季的帽子！她慌忙找出冰块，用毛巾包好

1 美国第一个本土奢侈品品牌，以打造简约的新女性时装而闻名。——编者注

敷在眼睛上，然后再用热水焐：冷热交替着敷上半小时，眼睛就好了。她必须守约——决不能因为罗宾丢饭碗。他自是不会为她消得人憔悴！

接着，随着情绪迅速转变，她打给克里斯蒂·莱恩。他立即接了起来："宝贝，我正要出门去Friars，你就打来了。"

她说："我把通告取消了。"

"听我说，我说赔你钱是开玩笑的——我赔不起那么多钱。"他听起来很害怕。

"不用你赔。我只是突然觉得自己有点儿太拼了。"

他的声音立马变了："哦，太好了！所以一切照旧。六点半，'21'见。《人生》杂志的人会在那里等咱。"

晚上比她预料的轻松。服务生们显然很买丹顿·米勒的账，把他们安排在"21"一楼的中间区域。她强迫自己喝杯苏格兰威士忌——让今晚不那么难熬。《人生》杂志的记者很好，她解释说自己被派来和克里斯蒂"聊聊"采访的事，然后要写下自己的印象，之后再由高级编辑决定是否跟进做专访。

克里斯蒂苦笑道："好个说法——为一场采访而被采访！好个高端的杂志！"突如其来的羞辱伤了他的自尊。阿曼达突然意识到，他绝大多数时候的咋咋呼呼只是虚张声势，只为掩饰强烈的不安全感。她不禁生出了同情，握住了他的手。

《人生》女孩儿也敏锐地感知到他的情绪。她强颜欢笑："他们对谁都这样，莱恩先生。真的，我上周刚见了一位有名的参议员，结果编辑们没通过专访策划。"

克里斯蒂找回了点儿自信，坚持请她一起去"摩洛哥"。阿曼达意识到他非常渴望拿下这个专访。他给记者讲了自己卑微的出身、贫穷的童年，还有如何混迹于低级嘈杂的夜总会。阿曼达没想到，这个女孩儿竟然对此表现出莫大的兴趣。等她开始做笔记时，克里斯蒂更是热情高涨。他搂着阿曼达，对记者挤挤眼："谁能想到，我这臭要饭的竟然能找到这么美的封面女郎！"

晚上结束时，阿曼达要求先下车。她走进公寓时，疲倦地关上了门。她腰酸背痛，连脱衣服的力气都没了，只想趴在床上立刻睡去。她卸了妆，习惯性地梳一百下浓密的金发。她盯着梳子。天哪，上面全是头发。绝对不能再用恒妆喷雾了。不管杰瑞怎么吹上天，这东西着实毁头发。她把罐子丢进垃圾桶。她终于躺下了。她很高兴自己这么累——至少这样就不会醒着躺在床上，想着罗宾和男爵夫人。

接下来的四晚，她都和克里斯蒂在一起，被《人生》杂志的记者和摄影师跟着。但她忘不了罗宾·斯通。本周末，《人生》的专访结束了。看来他们肯定会用它。但那个记者说了，在被“敲定”之前，都还有变数。最后一次拍摄是在她做节目广告的时候。

克里斯蒂和她站在后台，看着人们散场。“板上钉钉了！”他搂着她说，“今晚必须好好庆祝庆祝。还有更重要的——新的收视率统计出来了，我进了前十！你知道不，宝宝？两周前我排十九。这周排第八！只剩七场就完事儿了！必须去庆祝一下。还有，咱俩还从没独处过。今晚，你和我去丹尼小窝。就咱俩。”

他们被领到前台，克里斯蒂乐得像个孩子。阿曼达看着，就像收视率已经登《纽约时报》头版了似的。整个餐厅似乎都知道了。所有人，包括公关部的克里夫都过来道贺。克里斯蒂沉浸在新的荣耀中。他呼朋引伴，把阿曼达晾在一边，在各桌周旋，然后给自己和阿曼达点了牛排。她僵硬地坐着，一边无精打采地吃着。他则热情满满，胳膊肘支在桌上，埋头苦吃。吃完后，还用两根手指剔着后槽牙里的残渣。

他看看她的牛排，只吃了一半。“不好吃吗？”

“没，我吃饱了。我拿个打包盒。”

“你养狗？”

“猫。”

“我不喜欢猫。”然后他笑了，“它晚上会跳到床上来吗？”

“会，它喜欢挨着我睡。”

“那今晚去我家吧。”他看着她的衣服，是录节目时的那件珠绣礼服，“一会儿先去你家，你去喂猫，再换件衣服。”

“为什么要换衣服？”

他尴尬地笑笑：“那个，宝贝，不换的话明早怎么办？你直接穿着这身衣服出阿斯特大堂？”

“我没打算去阿斯特。明天早上我就在自己的床上。”

“哦，你打算做完——然后回家？”

“我要回家。现在。”

“不做了？”

她脸一沉：“克里斯，我不想就这么站起来把你一人丢下。但你要还是这么不三不四，别怪我翻脸。”

“好啦，宝贝，你知道我不是有意的。但我会注意的。我是在草台班子长大的，别的孩子念儿歌的时候我就在学脏话了。这样吧，以后我每说一句粗话，就给你一块钱。不行不行，还是二十五美分吧。要是每句罚一块，照我的脏话频率，你很快就可以养老去了。”

她勉强笑了笑。他努力好好表现。他什么都没做错，可她就是感到强烈的抗拒，想立刻摆脱他。“克里斯，我想先回去了。我头有点儿疼，今天太累了。”

“哦，行啊，你站那儿举着那么沉的口红。而我只不过在那儿唱唱歌跳跳舞，耍耍嘴皮子。”

“但你很有天赋。你这辈子就该一直干这个。我见那三台摄影机冲着自己都慌得不行，面对观众——这对我来说太难了。你天生就是吃这碗饭的。”

“大概吧。好吧，那就明晚再干——做爱吧。不行，我明天有个活儿，要不后天晚上吧。算约会不？”

“我不知道——”

“你说啥？”

“我不喜欢一下跨到这一步。”

“我们在一起很久了——”

“三周零四天。”（罗宾已经走了四周零四天。）

“哟，日子记得真牢。行吧，那什么时候？还是说，你还等着罗宾·斯通呢？”

她知道自己的反应很明显。这个问题使她措手不及。

他一脸得意：“呵呵，我也不是傻子。”

“我和罗宾·斯通约会本来也不是什么秘密。他是个很好的朋友。老朋友。我认识他一年多了。”

“那你没在等他？”

“谁说我在等？”

“埃塞尔·埃文斯。”

她沉默了。她没料到埃塞尔这么敏锐。就在今天晚上，埃塞尔在后台明明表现得好像除了克里斯蒂·莱恩，她对谁都没兴趣。

克里斯蒂把她的沉默误解成了疑惑：“你还记得埃塞尔·埃文斯吧，就那个大嘴巴宣传。她从西海岸一路睡到东海岸，还大说特说。我的妈呀，你今晚见着她没？一直缠着那个客串明星。她可真对得起她那名头：名人猎头。”

“可能就是你们这种男人把她传成这样的。”她说。

“什么意思？”

“你们给她安名号，散布谣言。我就问你，你跟她睡过吗？”

“没有，但我认识的所有人——那些大佬——都搞过她。”

“那你不过是听说罢了。”

“为什么要替那个骚娘们儿辩解？你知道她怎么说你的吗？”

“送我回家吧。”她冷冷地说。

“哎哟，宝贝，我错了。”他拉着她的手，目不转睛地看着她，又抓起她的手贴在自己心口，“我很喜欢你，曼迪——我第一次对人说这句话，我是认真的。我真的很喜欢你，永远永远。”

她看着他蓝色的大眼睛里满是恳切。那张老老实实、相貌平平的脸透着脆弱，她知道他没有半句谎话。今晚他故意唱了《曼迪》——艾尔·乔森的名曲。唱到那句“曼迪，我伸出殷切之手”时，他转向舞台右侧的她。摄像机发出吱吱嘎嘎的声音跟拍过来。她不想伤害他，她知道伤心的滋味——她已经饱尝良久。她拍拍他的手：“相信我，克里斯，你一定会火的，万事俱备了。会有成百上千的女孩儿，善良的女孩儿，漂亮的女孩儿——”

“我不想要她们。我想要你。”

“克里斯，我们才见过几回。你不可能爱我，你不了解我。”

“娃娃，我已经鬼混很久了。下三烂的东西我见得太多——下流的夜总会，下流的女孩儿。我这辈子就想要点儿更好的，所以打光棍到现在。哪天想了，就找个妓女，但我从没对谁产生过情感上的依赖。你懂我意思吗？然后，砰！这档节目来了——你也来了！双喜临门。这是我第一次如此大展拳脚：做一档热门节目，还有佳人相伴。哎，我当然见过其他女人——图钱的时髦女人——所以我知道什么是真正的好女人。在我见过的女人中，只有你美得让人心惊肉跳——我想要你。”

她皱着眉头，想起她的平胸。那又怎样？他也没机会知道。她坦诚地看着他，说：“我喜欢你，克里斯。但我不爱你。”

“这就够了，”他说，“我愿意等。只求你答应我一件事：给我一次机会。和我约会，总有一天你会愿意跟我上床的。要是有那一天——我希望会到永远。没准儿有一天你愿意嫁给我呢。”他没给她反驳的余地：“等。我会等——我只求你给我这个机会。”

她明白他的心情。如果给他一丝希望就能使他快乐，又有什么害处呢？至少今晚他会怀着希望睡去。总有一天他会变成大明星——他越成功，她也就越无关紧要。她在公寓外与他吻别。进了房间，她发现房门下有一封电报。她懒懒地打开——估计又是什么迪斯科舞厅的邀请：

凌晨两点到达爱德怀德[1]。纽约时间。环球航空3号航班。是我女朋友，就叫车来接我。罗宾。

她看了看手表。十一点四十五分。太好了，还来得及！她急忙打电话叫了一辆车。她永远搞不懂罗宾。他不肯花一分钱打个电话道别，却专门拍个电报宣布回归。还好来得及补妆、换衣服。必须以最佳状态见他。她边搽面霜边哼歌。在这四周零四天里，她头一次如此神采奕奕。

她站在7号门前。飞机刚刚到达。乘客们开始下飞机。她一眼就认出了罗宾。他和其他人不一样。其他人只是"走"，罗宾则是"穿梭"于人群中。他把手提箱一搁，伸手搂住她。"咱的大明星过得怎样？"他问。

"见到世界上最伟大的新闻记者，她兴奋不已。"她用同样轻松的语气回答，绝口不提男爵夫人。

他搂着她走向车子。

"我没明白，"她说，"你不是在伦敦吗？怎么电报是从洛杉矶发来的？"

"我走的极地航线，在洛杉矶经停了几天。"他把手伸进口袋，递给她一个小包裹，"给你带的礼物——忘记报关了。走私了。"

在车里，她依偎着他，拆开包裹，是一只漂亮的伟吉伍德（Wedgwood）[2]古董烟盒。她知道这个价值不菲，但她宁可收到更贴心的礼物，价格不重要。

"你还抽烟吧？"他笑着，掏出一包皱巴巴的英国烟，递给她一支。

她吸了一口，太浓了，她差点儿被呛到。他轻轻把烟拿开，吻了吻她的嘴唇："想我吗？"

"怎么说呢——你丢下我跟两块牛排绝尘而去。我真不知该想你还是杀了你。"

他两眼无神地看着她，努力回忆。

"我是说，你完全可以打电话告诉我'喂，宝贝，把牛排从烤箱里拿出来吧，我不来了'。""我没跟你说？"他一脸真诚的惊讶。

1 纽约爱德怀德机场（Idlewild Airport），现名为约翰·肯尼迪国际机场。——译者注

2 1759年成立的英国国宝级品牌，以精致骨瓷闻名。——译者注

“算了算了，好歹猫咪吃了顿美餐。”

“但你还是知道我走了。”他似乎有点儿不安。

“嗯，我在电视里听到你宣布了。但是，罗宾，你走得太久了。”

他搂住她，把她拉得更近：“好啦，现在我回来了。累不累？”

她紧紧搂住他：“跟你一起就不累。”

他的吻深长又绵密。他的眼睛很温柔，他用手细细抚摸她的脸，像个盲人那样细细摸索着。“我可爱的阿曼达。你真美。”

“罗宾，你不在的时候，我和克里斯蒂·莱恩约会了。”他看上去在努力回忆这个名字，她补充道，“节目里那个明星。”

“哦，对，听说他一路蹿红。我有看到收视率。”

“有些专栏把我跟他写在一起。”

“那你的通告费有没有涨？”他宽厚地笑着。

她耸耸肩：“涨了很多。”

“那很好呀。”

她看着他，接着说：“人们——是这样，有些人——觉得我是他的女朋友。我想让你知道，那都是说说而已。你不要见怪。”

“我有什么好见怪的？”

“我以为……”

他又点了支烟。

“看来我想多了。”她说。

他哈哈笑道：“你现在是名人了。哪个名人不被写进专栏。”

“你不介意我和克里斯约会吗？”

“我介意什么？我在伦敦也没有与世隔绝。”

她拿走他的胳膊，兀自转向车窗。她凝视着夜幕，对面车道上的汽车闪着光。他握住她的手，她又把手拿开。

“罗宾，你想伤害我吗？”

“没有，”他认真地看着她，“你也不想伤害我。”

“可我是你的女朋友——是吧？”

“你当然是。”他露出那该死的微笑，“不过阿曼达，我从来没说过会用皮带拴住你。”

“你是说你不介意我和他约过会，还是说不介意我继续跟他约会？”

“我当然不介意。”

“那要是我跟他上床呢？”

“那是你的事。”

“你介意吗？”

“要是你告诉我——没错，我介意。”

“你是说只要不告诉你就行？”

“那好吧，阿曼达：你和他上床了吗？”

“没有，但他想。他连结婚都想到了……”

“随你咯……”

“罗宾，让司机先去我家。”

“怎么了？”

“我要回家——自己回。”

他把她揽进怀里：“宝贝——你大老远跑来爱德怀德接我，这又是干吗？”

“罗宾，你还不明白吗——”他出其不意吻了上来，她不再挣扎了。

他们在一起度过了这一晚，紧紧相拥。没人再提克里斯蒂·莱恩，仿佛罗宾从来没有离开过——一切就像刚开始每次在床上那样，激烈而温柔。

事后，他们一起躺着，抽着烟，一派祥和。阿曼达问：“男爵夫人是谁？”话刚说出口，她就后悔了。

他若无其事地回答：“一女的。”

“罗宾，我看报道了，她是男爵夫人。”

“哦，头衔没错，但她就是个普通女人，战时出生的那代人。她十二岁的时候就和美国大兵待在一起来换糖果吃。然后她嫁给了男爵——那人是同性恋，还有窥淫癖。埃里卡对那帮人的把戏一清二楚。她挺好的，头衔货真价实，还有大把钞票。她还喜欢跳摇摆舞。我们在狂欢派对上认识的。”

她在黑暗中惊坐起：“狂欢派对！”

“在伦敦很流行。听说洛杉矶也不少。”

“你喜欢那种活动？”

他笑了：“干吗不喜欢？好歹比伦敦的电视有劲儿。那边只有两个频道，你知道吧。”

“罗宾，别开玩笑。”

“谁开玩笑了。知道艾克·瑞恩不？”

这名字很耳熟。想起来了。那个电影制片人，美国人，在意大利或者法国办公，大名鼎鼎。

“这人很有意思，你会喜欢的。我跟他在伦敦认识的。本来我差点儿没无聊死，伦敦那破天气。然后他请我去他的派对。有三个意大利电影演员、男爵夫人、艾克，还有我。那天是在土耳其浴室办的女士之夜。”

“你也去了？”

“当然，干吗不去？我先看那几个姑娘一起搞，然后艾克和我躺下，由她们伺候。埃里卡最棒了——德国人真是懂艺术——所以我把她单独带走了。不过艾克真是个好人。他要去洛杉矶自己开公司，一定会给那儿带来兴奋。”

“和放荡？”

“不，是电影。他是个赌徒，也很有风格。他长得也很好看，女人都喜欢他。”

“我觉得他很恶心。”

“为什么？”

“因为他做过那种事！”

罗宾笑了：“那我恶心吗？”

“不。我觉得你像个坏孩子，觉得自己好勇敢。不过这个艾克·瑞恩，他组织那种——”

“宝贝，古希腊人先组织的。”

“你想带我去见这种人？和他一起在公共场合抛头露面？万一有人看到我和你跟他玩在一起，大家都会以为我是那种女孩儿。那样你才满意？”

他转过身来，非常认真地看着她：“不，阿曼达，我对你保证，我绝不会带你见艾克·瑞恩。”

然后他起床，就着啤酒吃了片安眠药：“我还在过欧洲时间，好累。要来一片吗？”

“不了，我得十点起床。”

他回到床上，把她抱在怀里：“漂亮的阿曼达，跟你一起真好。你早上走的时候别弄醒我。等睡醒后要忙得不可开交了——邮件堆成山，跟人会面——我睡会儿。”

早上，她穿好衣服，快快走出他的公寓。那天她感到很疲惫，工作状态也不好。头发也长长了。她打电话给尼克，请他帮忙找个皮肤科医生。他笑了：“只是蜕皮而已，亲爱的。你太焦虑了。”

“大概吧，”她说，“罗宾回来了。”

“找你医生来打一针维生素 B_{12}。还有，注意身体——不要夜夜笙歌。”

“我没私人医生，”她笑着说，“用不着。你有推荐吗？”

“阿曼达小宝贝，你这么年轻健康，我都忌妒死你了。我有六个医生，一个耳鼻喉的，一个前列腺的，还有一个看椎间盘突出的。听我一句劝，离他们远点儿。好好睡一觉，一旦那个《人生》故事报道出来，你所有的烦恼都会过去的。”

尼克说得倒也没错。她三点钟就收工了，之后回家打了个盹。鼻涕虫跳上床，窝在她怀里。她吻了吻鼻涕虫茶色的小脑袋：“还没到晚上呢，亲爱的。咱只是歇一会儿。”它满足地咕哝着。“你真是唯一信得过的男孩子。可是罗宾回来了，等他晚上过来，别怪我又把你赶到客厅。”

她知道自己睡过去了。从床上惊坐起。天色很黑—— 一时恍惚，不知身在何时何处。今天是几号？突然她记起来了。她打开灯。九点。鼻涕虫跳下床，不满地低吼着要吃晚饭。

九点了！罗宾还没打电话来！她查了一下答录机，没有来电。她打给罗宾，十次空响后，按了一下接收键。这一夜，她再没睡着。鼻涕虫察觉她不大对劲，靠在她身边。

等到次日六点，她又给罗宾去电，想着他会不会病了。他接了，说自己很好，一直埋头工作，告诉她明天会打来。

又过一天，清晨，她扫了一眼专栏，发现了他的名字：

> 艾克·瑞恩、罗宾·斯通与两位意大利美女演员现身“摩洛哥”。那俩女孩子的名字太长了，笔者记不住，但绝对忘不了她们的脸和她们的——魔鬼身材！

她把报纸往地上一扔。原来罗宾早知道艾克·瑞恩要来，之前一直在试探她。天哪，她干吗说自己不想被人看见和他在一起？

当晚，她跟克里斯蒂约会了。他们去了丹尼小窝，她沉默无言，克里斯蒂很不高兴：他们被冷落在靠墙的小桌子。前排的一张桌子坐满了好莱坞大咖。另一张桌子空着，桌上摆着一个显眼的“留座”标志。

“又是哪个好莱坞小丑呗，”他看着那张桌子，酸溜溜地说道，“为什么都去追捧电影人？认识我的人肯定比认识大多数好莱坞明星的都多。”

她想让他高兴些；何必让大家都不痛快呢。“克里斯蒂，咱们的位置很好呀。我喜欢坐中间，谁都能看着。”

“我到哪儿都该坐最好的位置！”

“你坐着的地方，自然就是最好的位置。”她说。

他看着她：“你真这么觉得吗？”

“得你自己这么觉得。”

听罢，他笑嘻嘻地点菜了，没过一会儿，心情又变好了。“《人生》敲定了。”他说，恳切地看着她，“曼迪，现在，我有一件事比《人生》更重要。我该怎么说你才信？我爱你。我简直像个神经质的高中生，只知道傻坐着牵你的手。我想了很多。要是你不和我上床，怎么会爱上我？我知道你除了我没别人。埃迪一直跟我吵吵，说别人都说你一门心思吊在罗宾·斯通身上，不过我今天看那专栏……”

“克里斯，既然你说到这个，那我就告诉你——”她停了下来，注意力突然被前面那张桌子的四个人吸引。丹尼亲自领他们入座。两个美女，两个男人。其中一个是罗宾！

那种震惊引发的反胃感卷土重来。罗宾给女孩儿点烟，对她亲昵地笑着。另一个人应该就是艾克·瑞恩。

“告诉我什么，宝贝？”克里斯盯着她问。她必须说点儿什么，但她无力把目光从罗宾身上移开。她看见他俯身去吻那个女孩儿的鼻尖。他哈哈大笑。

“哟，瞧瞧是谁占了我的位置。”克里斯说，“有一天晚上我见到他——想在我的场子逞威风。我告诉你，不出十分钟我就看不下去了。这小子就古巴的事情大放厥词，有些傻子竟然附和他，可真行。你知道我们俩节目的收视率吗？”

“他的排在前二十五，对新闻节目来说不错了。”她莫名其妙地为他辩护。

“等着瞧吧，我会拿下第一名。人人都把我当回事——就你不要。”

“我——我很喜欢你。”

“那要么跟我，要么趁早闭嘴。”

“我想回家。”她很不舒服。罗宾正侧耳听那个女孩儿说话。

“行了宝贝，咱不吵了。我爱你，但我们必须一起努力。”

“送我回去吧……”

他神情古怪地看着她：“要是我这就带你走了，那我就输了。我知道我该在什么时候举手投降。”

她看着他在支票上签字，一会儿出去，必然会经过罗宾那桌。每经过一张桌子，克里斯都停下来大声招呼熟人。她知道罗宾肯定会注意到自己。走到那桌时，罗宾站了起来，丝毫没有尴尬的样子。非但如此，他见到阿曼达高兴极了，并真诚地向克里斯道贺，还给其他人做介绍。这两个女孩儿都叫弗朗西丝卡之类的——意大利明星——那个男人是艾克·瑞恩。艾克起身时，她吃了一惊。他身高1.83米，黑发碧眼。他晒得很健康，看起来很强壮，很帅，跟她所想的不一样。

“这位就是阿曼达吧？”他转向两个女孩儿，开始说意大利语。女孩儿们点头冲她微笑。然后艾克说：“我刚告诉她们，你是个大人物，阿曼达。”

“也介绍介绍我呗。”克里斯蒂说。

艾克哈哈大笑：“用不着我介绍，她们都认识你。她们来洛杉矶后，眼睛就没离开过你的节目，拉都拉不走。”

时间过得很慢，最终他们还是离开了。阿曼达最后瞥了罗宾一眼，希望能从他的眼睛里找到些迹象，但他只是说着，那个女孩儿笑着。看来她也懂一些英语。

克里斯蒂在拦车，一副闷闷不乐的样子。她猛地抓住他的胳膊：“我跟你回家，克里斯蒂。”

他兴高采烈地说：“好啊宝贝——可你的裙子怎么办？你要不要先回家换衣服？”

“不用，我回家——完事儿后。”

“别呀，我想跟你的猫好好相处一下。咱就去你家。我明天没事情，可以一直待在你那儿，你想几点起来都行。”

她止不住地发抖：“不行，明天有摄影师来拍摄，很早。现在才十点半，所以我现在去你家，待几个小时后再回去。这样就行了。”

“但我想跟你过夜——我要抱着你睡。”

阿曼达极力克制住恶心的感觉。去阿斯特还算好点儿，至少可以完事儿后起身离开。

“按我说的来。”她平静地说。

“宝贝，你说什么就是什么。哦天哪，我太开心啦！我是最棒的——你一会儿就知道了。”

她跟着他走进阿斯特的电梯，大堂里来来往往的人肯定都知道他们俩的勾当。下车时，连出租车司机似乎都在轻蔑地看着自己。但她曾那么多次穿过罗宾公寓的大堂，甚至会在清晨愉快地与门卫打招呼——那时的一切都是那么自然和美妙……不行，不能再想罗宾了。

她走进克里斯蒂的卫生间，脱光衣服。她盯着自己平平的胸，然后面无表情地走进卧室。他穿着短裤躺在床上看赛马。一见到她，他难掩失望，不由得张大嘴巴。“我没胸！”她的眼神冰冷——是在挑衅。他笑着伸出双臂：“好吧！好女不过百。至少你没有突嘴龅牙。过来吧——反正你不会对我的大老二失望的。看看老克里斯有什么好东西……”

她在黑暗中默默忍受着他的碰触。他气喘吁吁地在她身上折腾，她只是直直地躺着。看得出他在努力取悦她。哦，天哪，哪怕他再折腾上几个小时，也不会有什么不同的。他永远无法满足她——永远不行。她只求他赶紧完事儿。突然，他从她身上跳下，侧身一躺，呻吟着。几分钟后，他说：“别怕宝贝，我及时拔出来了，不会怀孕的。”

她静静地躺着。他抱着她，一身黏糊糊的汗。“我没让你高潮，是不是？”他问。

“克里斯，我——”她欲言又止。

“没事，等我喘口气，再来一次。”

“不，克里斯。你太棒了！我就是紧张而已。下次我会戴节育套，别担心。”

“别怕，我想好了。我要娶你。就在这个季末。拉斯维加斯那边开了大价钱，请我夏天去演上六周。咱去那儿结婚。我给你办一场有排面的婚礼，咱就趁这次把蜜月也度了。所以啥都别戴：你要是怀孕了，我们就再早点儿结婚。”

“不，我想结了婚再生孩子。我不想让人家觉得我们是奉子成婚。”

“听我说，宝贝，我已经四十七了。我只跟你说实话。别的人都以为我才四十。连埃迪和肯尼都不知道。但既然你要做我老婆，我不瞒你。我这辈子，在钱的事情上一向谨慎。过去十五年里，我每年只挣四五万。不管赚多少，我都存一半。等我六十岁时，就有一百万养老金。二十年前，我在芝加哥认识了一个人，他是个高级税务专家。我替他孩子摆平了一个麻烦。也不是什么大事，就是个小车祸。但我有关系，帮他脱了罪。孩子他爹，卢·戈德伯格，对我感恩戴德，此后全力关照我，比我爹妈还亲，还给我做律师、税务顾问，替我搞定一切。他当时对我说，我是二等人才，但只要听他的，就能做一等公民。他开始拿我那一半的钱——那会儿每周大概只挣几百块——帮我做投资。到现在为止，我持有很多IBM这样的投资组合。什么都没管，已经翻倍赚了。现在我开始赚大钱，卢照样拿走一半用于投资。照这样的势头——我是说我目前的事业状况——再过几年，我有的就不是一百万，而是两百万。照他投资的方法，我每月可以免税拿6000多美元，连本金都不用动。咱可以把这笔钱留给孩子。现在有了你，我的人生圆满了。我希望我们能尽快要个孩子，这样等我到了六十岁，至少我还能陪他去打球赛，送他去上我没机会念的大学。别告诉别人，我连六年级都没读完——十二岁那年，我在滑稽剧院里卖糖果。但将来咱们的孩子什么都不用愁！”

她一动不动地躺着。自己这是在干什么啊！这个可怜的傻瓜……

她突然从床上起来，走进卫生间，穿上衣服。出来时，克里斯正在穿衣。

“不用麻烦了，”她恳求道，“我自己叫车。”她急着逃走，她受不了他直勾勾的眼神。

“哎哟，急什么。我送你回去，然后自己去‘舞台美食’。埃迪和肯尼可能在那儿。我去跟他们喝杯咖啡，再扯会儿话。我太高兴了，根本睡不着——我要把这个好消息告诉全世界。”

回家路上，她由他牵着自己的手。他在电梯里吻了她，说了声“晚安”。然后她走进家门，跑到卫生间吐开了。

罗宾第二天打电话来，绝口不提那个意大利女孩儿。那天下午，他要跟艾克·瑞恩一道去洛杉矶，打算在《深度》采访艾克。他觉得现场拍摄更有看头，可以在艾克的办公室取景。然后从洛杉矶走极地航线飞回伦敦，不知道什么时候回来。她闭口不谈男爵夫人和意大利女明星，他也不提克里斯蒂·莱恩。

十二

5月1日，阿曼达比“叫醒”服务早十五分钟醒来。明天，《人生》就会在每个报摊上架，但广场饭店总能提前一天拿到《时代周刊》和《人生》。她很快穿戴完毕。过去的六周，她在急切和忧虑之间摇摆不定。每个人都在等待《人生》的报道。克里斯蒂坚信这会使他成为国际名人。尼克·朗沃思准备把她的收费涨到每小时一百美元。她坐出租车到广场饭店，冲进大堂。走近报摊，鲜红的封面引人注目。她把钱往柜台一拍，匆匆抓起一本到棕榈堂边上的安乐椅前坐下，看了起来。

这是一篇十页报道，标题醒目：“克里斯蒂·莱恩现象”。报道里放了她跟克里斯蒂的四张合照，还有一张她的单人照，就是伊凡在中央公园给她拍的穿雪纺裙的那张。她永远忘不了那天有多冷——飘动的裙摆可不是风机吹出来的。写这篇文章的记者极富洞察力，这让阿曼达很欣慰。撰稿人图文并茂地写到她面对三月的厉风毫不畏惧。报道还指出，做顶尖模特靠的是一股特别的劲儿。对她的赞美溢于言表。而尽管报道把克里斯蒂描绘成一个平民明星，但它狡猾地揭露出他糟糕的语法、浮夸，还有他不遗余力追名逐利的嘴脸。（读到这里，都还可以——她想着。）她继续读：

> 为了配合他全新的显赫地位，自视为电视界新晋顶级吟游诗人的克里斯蒂·莱恩为自己搭配了一个女孩儿——美丽的封面女郎阿曼达。她不仅是他深爱的女孩儿，更是一个象征。她证明了二流夜总会的世界已成明日黄花，因为她绝对是一流的。看到他们出双入对，您不会担心他们俩不般配。克里斯蒂·莱恩深爱这个女孩儿的优雅，而或许可爱的阿曼达在克里斯蒂·莱恩身上找到了现实。当一个女孩儿站在零下1摄氏度的室外，身穿雪纺裙，露出置身夏日沙滩的笑容时，她可能很需要一个克里斯蒂·莱恩这样踏实的男人。或许她急于离开充满假象的时尚天地，跟这个异常接地气的男人寻回真实的世界。

她把杂志一合。最后一行写的什么话！罗宾会怎么想？她走到阳光下。虽然她在跟克里斯蒂约会，偶尔和他上床，但她几乎不认识他。他们极少独处，除了在阿斯特酒店痛苦相处的那几小时。克里斯蒂每周至少花两晚跟专栏作家们混在一起；五花八门的私活儿、采访——花大把的时间来让自己走红。然而他却打算拉她去拉斯维加斯结婚！她本想着，随他说吧——夏天似乎还很远。一眨眼竟已是五月！

必须跟克里斯蒂·莱恩分手！跟他约会只是出于寂寞和对罗宾的思念。她根本不可能真对别人动心。但至少她让克里斯蒂挺开心……

《人生》的报道引发了巨大轰动。阿曼达着实感到自己火了，尤其是演出结束后，走出演播厅大门，所有人一拥而上找她要签名。但罗宾依旧杳无音讯，直到扫墓日[1]前那个星期日。她刚刚挂了克里斯蒂的电话。他在格罗辛格走穴，出场费不菲。他本想喊她一起，被她拒绝了。

“哎呀，快来吧，”他恳求道，“我们要办舞会。连阿格都从‘拉丁区’过来了——”

“我赔不起。再说了，我又不是阿格——我不是你的跟班儿。”

“什么跟班儿不跟班儿的？我们夏天就要结婚了。”

“等我们结婚了，我会陪你去玩。现在我要留在纽约，继续赶我的通告。我不会去跟你的生意沾边的任何地方。”

“你可真是清高得很。我败给你了！”他挂断了电话，虽有不满但没生气。

挂上电话，她想了想。自己为什么不说“我绝不会嫁给你”？因为她害怕！万一罗宾就此消失，那该怎么办。她会崩溃的。她也跟克里斯蒂分手过，跟他说再也不要见面。但也只坚持了五天……至少和克里斯蒂在一起，自己能保持理智。总有夜总会要开幕，总有地方请克里斯蒂去站台。跟他待着总比独自待着强。

电话铃响了。她迷迷糊糊地接起来，以为是克里斯蒂打电话来做最后的挣扎。对方清晰的声音使她差点儿跌下床：“你好啊，大明星。”

“罗宾！啊，罗宾！你在哪里？”

“刚回城，报道艾希曼[2]的案子去了。我刚在飞机上读到你那篇报道——靠着《人生》杂志补课了——哎哟，这不是大明星吗！”

“你觉得那报道怎样？”她强迫自己随意地问。

“挺好的呀。”他热情洋溢地回答，“听上去你真的很开心呢。”

她喉咙发紧——但还是轻松地开着玩笑：“差点儿以为你想我了呢。”

“我想你了。”

这下，她什么都听不进去了，迅速盘算起今晚怎么过。已经五点钟了——洗头是来不及了，不过可以戴顶假发。最好能待在家里。好在今天是星期日——杰瑞在乡下，不会跟过来。冰箱里有牛排，不过伏特加喝完了。

“你还是一如既往地美吗？”他问。

---

1 即阵亡将士纪念日（美国假日，通常为五月的最后一个星期一）。因在该天要用鲜花装饰士兵的坟墓，最早被称为“扫墓日”。——译者注

2 阿道夫·艾希曼（Adolf Eichmann，1906—1962），纳粹德国高官，是在犹太人大屠杀中执行“最终方案”的主要负责者。——译者注

“你自己来看。”

“好的。明天七点，兰瑟酒吧见。”

她失望得说不出话。

他误以为她在迟疑，打趣道：“莫非克里斯蒂·莱恩把我淘汰掉了？”

“没——但他要我嫁给他。”

“是个稳妥的选择，目测他的节目还能拍好久。”

“罗宾，要是我嫁给克里斯蒂·莱恩，你介意吗？”

“当然介意，我真不想失去你。但我结不起婚。”

“为什么？”

“你想啊，宝贝，结婚只为一个目的：生孩子。我不想要孩子。”

“为什么？”

“小孩儿就是责任，是灾难。”

“这话怎么说？”

“是这样的，阿曼达——我受不得约束，只想过从心所欲的生活。恋爱时可以这样，哪怕结了婚都无所谓，但是绝对不能这样对孩子吧？我要是当了爹，那得是什么样啊？”

她在颤抖。婚姻一直是他拒绝讨论的话题，但现在他们正在讨论它。

“罗宾，我相信你会是个好爸爸。”

“好爸爸应该陪着孩子。”

“你的爸爸离开你了吗？”

“没有。他上班朝九晚五。基蒂是个好妈妈：家里有保姆和厨师，但她还是亲力亲为。也该这样。”

“那我不懂了——为什么你无法面对这些？”

“工作性质使然，宝贝，”他冷静地说，“虽然我从没经历过，但我很清楚，假如我是个没有父亲陪伴的小孩儿，我会过得很惨——我就是知道。别问为什么，我就是有这种感觉。”

“罗宾，我们不用急着要孩子……”

“那干吗要结婚呢？”他问。

“为了在一起。”

“我们是在一起呀，除非我需要一个人待着。就像今晚一样，桌上堆满了信件。我想把它们全丢进垃圾桶。没准儿我真会那么干。”过了一会儿，他说，“我刚把它们都扔了。账单还会再寄来。就算我晚交一个月电费，他们也不会把我的电断了吧。”

“好了，都扔掉了。晚上可以一起了吧？”她问。

“阿曼达，所以我才不想结婚。今晚我想一个人过，”他突然变得温柔，“你懂了吗，阿曼达？我不适合结婚。我喜欢现在的状态。”

“还有艾克·瑞恩安排的小派对吧！”

“艾克·瑞恩——提他干吗呢？我都几百年没想起他了。”

“那男爵夫人呢？你有几个月没想起她了？”她知道自己在破罐子破摔，但她已经忍无可忍。

“阿曼达宝贝，结了婚还有一件可怕的事情，就是解释。我不欠你解释，你也不欠我。好了，明天怎么样？有空吗？”

“我会空出时间的。”她阴沉地说。

“真乖。”

“你会在这边待一阵子吗？还是马上又要飞走？”

“宝贝，我飞厌了。我再也不走了，会一直待到秋天。”

“那太好了。”她的忧郁顷刻间烟消云散，“我们的节目两周后就停播了。”

“哦，说到这个，杰瑞·莫斯请我7月4日[1]去格林尼治过节。他们在那儿有座很棒的房子，还带泳池。要不要一起去？”

“要！”

“好嘞！明晚见。”

她静静坐了很久，又躺了不知多久，才进入沉沉梦乡。第二天早上九点，她打给杰瑞·莫斯。

“杰瑞，我要见你，很急。”

“兰瑟酒吧见行不？我五点跟罗宾在那儿碰头。”

“我七点再去。但我得先单独跟你见一下，要紧事！”

“午饭见？”

“不成，我十二点有课。去你办公室可以吗？要么约十点？”

“这是约会呀，我泡好咖啡等你。”

1　美国独立日，即美国国庆节。——译者注

她坐在杰瑞对面，啜着咖啡。她跟他讲了克里斯的事，言下之意是他们之间没有亲密关系。从某种意义上说，她并没撒谎，的确没有亲密关系。她只是躺下，咬紧牙关，屈服于他。

然后她说："所以我一定要找你，杰瑞。只有你能帮我了。"

他大吃一惊："我？"

"要是跟克里斯一起去拉斯维加斯，就得嫁给他。要是不去，就会失去他。"

杰瑞点点头："很好选啊，一个胜券在握，另一个遥遥无期。"

"我还想赌一把，等一等。"她说，"罗宾夏天会一直待在纽约，他还请我一起去你家过国庆节。"

杰瑞沉默了，然后他说："去拉斯维加斯吧，亲爱的，嫁给克里斯吧。别再浪费时间在罗宾身上了。"

"为什么？你们有事瞒着我？"

"没，不过——你知道艾克·瑞恩吗？"

"我都知道。不过罗宾已经不见他了——也不再做那种事了。"

杰瑞笑笑："我一朋友是心理医生。罗宾也跟我说了他跟艾克的事儿，所以我顺便跟朋友聊起过。他说，罗宾可能讨厌女人。"

"胡说八道！"她厉声说道，"你这朋友根本不认识罗宾，怎么能瞎说！"

"他认识——"

"你的意思是，罗宾是同性恋？"她已经气急败坏了。

"不，我是说单纯的那种喜欢——朋友之间的那种——他喜欢男人。他也找女人，但只是为了性——不是真的喜欢，他对女性其实抱有敌意。"

"你也这么觉得？"

"对。我觉得罗宾的确喜欢你——女人中最喜欢的程度。他总有一天会把你逼到尽头；到时候你会自己说分手。"

"杰瑞……"她变得楚楚可怜，"帮帮我……"

"我怎么帮你？"

"别让我跟克里斯蒂去拉斯维加斯。你就跟他说，给我签了夏季交接节目的广告合约，我必须留在纽约上直播。"

他看着她："去拉斯维加斯，阿曼达。克里斯蒂·莱恩给你许诺了一个未来，一场真实的生活，还有孩子——还有工作。"

"杰瑞，"她苦苦恳求，"我想给自己和罗宾最后一次机会。"

“我还以为你是个拎得清的人，阿曼达。你的赌性呢？要是我那么在乎一个人，我宁可孤注一掷。放弃克里斯蒂·莱恩，全押罗宾！于是你错失了一段千载难逢的婚姻和保障。要是你三十五岁，我会劝你别冒险。但你还年轻，肯定存了不少钱。”

“我一点儿也没存，存不下来。”

杰瑞耸耸肩：“那就别买名牌了，我的大小姐。玛丽只在格林尼治买四十五块钱的衣服。”

“玛丽一小时挣不了一百块。别忘了，我买衣服是上节目穿的。穿着得体是我的职责。我怕穷，杰瑞，我穷怕了。”

“在我的字典里，跟两个男人恋爱的女孩儿不愁寂寞，时薪一百的姑娘不愁钱。”

她攥紧双手：“杰瑞，你穷过吗？穷得叮当响的那种。我穷过。我是个白种穷鬼。当克里斯说起迈阿密，说他如何混迹于那些小酒吧，还有他发誓要出人头地，出入豪华酒店的时候，我都吓坏了。我就是在迈阿密出生的——生在一间慈善病房。我妈是一家高档酒店的芬兰服务员。她想必长得很好看，不过只记得她又瘦又累。可那些住酒店的有钱人肯定觉得她很好看。我连自己的爸爸是谁都不知道，只知道他是个有钱人，可以在迈阿密度假，睡个小女佣。出生后，我们住在所谓的黑人镇，唯一一个对我妈妈有好脸色的女人是酒店里的一个有色人种女孩儿。我们住的是棚屋，那种筒子楼——就是机场附近的那些房子。她叫罗丝，我出生时，她把我妈妈送到慈善医院，然后让我们住她家。我喊她罗丝阿姨，她是我认识的最好的女人。后来，我妈妈晚上上班，罗丝阿姨回家做晚饭，陪我念书，听我祷告。六岁那年，妈妈死了。罗丝阿姨出了葬礼的钱，让我跟她一起住，把我当女儿养。她供我念完了高中——她为我工作赚钱，给我买衣服——然后把五十美元的积蓄给我，让我坐车来了纽约。”阿曼达说不下去了，泪水夺眶而出。

“想必你已经还清了五十块钱。”他说。

“一开始，我每周给她寄五十块。但这辈子我都要好好报答她。一年半前，罗丝阿姨中风了，我赶到佛罗里达州——就在认识罗宾之前——送她去医院。太难了，他们懒得理生病的黑人老太婆。好在遇上一个善良的医生，帮忙给她安排了一间单人病房。当然，她没医保，什么都没有。她在医院住了六周——护理和治疗花了4000美元。你跟税务局费尽口舌。人家问：‘她是你亲戚吗？’‘不是，只是我爱的人。'但他们查到她社保，每月也就115元，就让她去慈善病房。但依照法律，她不算我亲戚——没有给我办领养手续。而那些冷血的家伙，看到我这样的人进来只会想：'模特呢，一小时能赚一百——比我一星期挣的还多。'"

"她现在在哪里？"杰瑞问。

"我正要说。我不能丢下她不管，即便她出院了也是。我想找人照顾她，但不顶用。所以我把她接到长岛的一家疗养院，每周100块。倒也还行。我每周去看她。大概八个月前她又中风了，我只好带她换了家疗养院，那里有全天候护理，现在每周要250美元。"

"你还每周去看她吗？"

她摇摇头："我在那里太难受了，她甚至认不出我。我每个月去一次，还有新年。刚来纽约时，每个新年前夕我都给她打电话——电话一占线，打不通，我就很抓狂。她说：'孩子，以后你等到元旦再打给我吧。我不想让你担心我而过不好年。"

阿曼达直起身："我从小就知道钱有多重要，杰瑞。钱让我那不知名姓的生父可以拍拍屁股走人，若无其事地度过一生。没钱使我妈妈不敢反抗。现在唯一能让罗丝阿姨安心的就是钱。所以你明白吧，杰瑞，我赌不起。我必须做有把握的选择。但我现在有机会去选择自己爱的男人！我非要争取一下罗宾，我不愿直接就跟克里斯蒂。"

他走到酒柜边上，倒了两杯苏格兰威士忌，给阿曼达递了一杯："阿曼达，恒妆的广告应该会在夏天直播。我命令你留在纽约。"他跟她碰了碰杯。"我会尽到我的本分，亲爱的，"他说，"敬7月4日，也敬漫长而美好的夏天。让我们纵情享乐。"

她勉强一笑："但愿吧——到了秋天，我必须决定了。"

夏天过去了。她每晚都和罗宾在一起。有时候，他们在周末去汉普顿。劳动节周末，他们留在纽约，去了格林尼治村，走在窄窄的小道上，在科尼利亚大街的咖啡馆里一泡就是几个钟头。

十月——新一季来了。《克里斯蒂·莱恩秀》再度开启。《深度》第二季已经开始了。克里斯蒂让她选个日期结婚，罗宾则再次离开，开始间歇性出差，好像夏天的事情只是一场梦。尽管她发了誓，但她知道她会继续这样下去——拖着克里斯蒂，等着罗宾。她减掉了夏天长的几斤肉——然而每次罗宾回来，两人就相处得很好。于是她又没法儿决定——于是又一次次等下去。

说也奇怪，反倒是赞助商迫使她做了决定：1月15日，恒妆要去加州拍这季剩下的节目。

“这次我们就以夫妻身份去！”克里斯蒂坚持，“经停芝加哥，在那里结婚！”

“我才不顺道结婚。既然要去加州，就在加州结婚。”她回答。

节目换拍摄地这个决定是圣诞节前一周才出来的。此时罗宾在伦敦。

平安夜，她约杰瑞在兰瑟酒吧一起喝一杯。杰瑞也不喜欢在加州拍，因为这意味着得花大把时间在户外拍摄……

他们俩都愁眉苦脸地看着酒吧里那棵装饰一新的小圣诞树，还有人工雪和镜子上的冬青。两人目光相遇，她举起酒杯：“圣诞快乐，杰瑞。”

“你看起来很憔悴，阿曼达。”

“身心俱疲。”她说。

他握住她的手：“听我的，亲爱的，你不能再玩等人游戏了。新年那天，跟罗宾直说吧。”

“为什么那天说？我怎么知道能不能见到他？”

“奥斯汀太太没请克里斯参加今年的年会？”

她勉强笑笑：“请了！他就总炫耀这事儿，搞得那是白金汉宫的御前演出似的。”

“的确是这样。朱迪思·奥斯汀一般不请IBC的人。今年很意外，罗宾也被邀请了，丹顿·米勒也很惊讶。我刚好知道罗宾新年前夜会飞回来。他还开玩笑说自己因为时差可以跨两次年。罗宾肯定会去奥斯汀太太家，他不敢回绝的。”

“那我要怎么做？”她问，“走到他跟前说，‘要么一起，要么拜拜，选吧罗宾’？”

“差不多吧。”

“我没法儿——我去不了那个派对。”

“为什么，克里斯不带你吗？”

“他当然想带我去。但我每年都和罗丝阿姨一起过。当然我没有告诉克里斯这件事，他对罗丝阿姨一无所知。我打算那天装头痛。”

“可你都说了，她都认不出你了，阿曼达。”

“我知道，但是我会和她坐在一起，喂她吃点儿东西—— 一起等新年。每年这一天，我们都会在一起。”

“她分得清是1月1日还是1月2日吗？”杰瑞问。

“杰瑞，我分得清。”

“听话：去派对吧，阿曼达。然后跟罗宾摊牌，问个明白，要么‘是’，要么‘否’。如果‘否’，那就忘了他。等一个人两年够仁至义尽了，哪怕他是罗宾。然后第二天去看阿姨。”

她还是满心忧虑。她点点头：“好吧，就这么办！”她手指交叉：“祝愿1962年——不成功，便成仁！天哪，我真是个诗人。咱来杯伏特加马提尼，杰瑞，罗宾总喝它——无论这个浑蛋此刻在哪儿，祝他圣诞快乐！”

十三

奥斯汀家新年派对的请柬上写着“蛋奶酒，四点至七点”，克里斯打算三点半去接阿曼达，她坚持要四点半再出发。

“可是宝贝，上面写着四点开始。”

“意思就是五点前没人会到。有点儿身份的人都得六点才到。”

他这才勉为其难地接受：“谁晓得这些繁文缛节呢？我真需要你这样的女人做我老婆。”

到了三点钟，她已经试了六套衣服。这条黑色连衣裙很讨喜，可以搭配一串珍珠和罗宾送的金表。真有意思——似乎人人都很喜欢这只手表，大概是因为它很小巧和精致。尼克·朗沃思说它很贵。

圣诞节那会儿，克里斯送了她一条金手镯。她一点儿也不喜欢，但必须得戴它。她盯着这个刻着“曼迪&克里斯”的金属环——好沉，还不停地撞上手边的东西，“丁零当啷”的，跟那条黑裙子一点儿都不搭。

她拿出香奈儿套装。这是奥尔巴克百货公司出的仿品。哪怕用的是真正的香奈儿布料，朱迪思·奥斯汀一眼就能分辨真假。没准儿她就有一套正品。无所谓了，她才不是要去取悦奥斯汀太太。杰瑞是对的，她看了IBC的《午间新闻》（*News at Noon*），上面拍到了罗宾早晨六点到了爱德怀德。

她都计划好了：鸡尾酒会上从克里斯蒂边上脱身很简单，然后她要直接去找罗宾说："今晚我想和你谈谈，很急。"摆脱掉克里斯后，她就去见罗宾。今晚就做个了结——非此即彼。克里斯以为她已经打定主意去西海岸了，但杰瑞给了她一份合同，本周内签完即可。哦，天哪，一定要顺利呀！这几周以来，她对克里斯蒂有了更多了解。他才不是什么人畜无害的懒汉。在某些方面，尤其是金钱方面，他绝对是冷血动物。几天前的一个晚上，他说："宝贝，你挺有手段呀，卢·戈德伯格把你看穿了，说你一直在拖延婚期，打着自己的小算盘呢。"一双鱼眼变得灰惨惨。

"什么意思？"她问。

"你说要去加州结婚——那边认定夫妻共同财产。一旦我们离婚，你就能拿走一半家当。"

她从没想过这一点，脸上表现出真切的讶异。她说："如果我嫁给你，那就是一辈子。"

"你怎么保证？"他咧嘴一笑，"而且等我们有了孩子，我的那部分也都归你了。"

卢·戈德伯格来纽约过圣诞。他六十出头，和蔼可亲。她努力表现得讨喜，但她不是个好演员，卢看穿了一切，看着她勉强"允许"克里斯握住她的手，而缺乏主动的意愿。

今天应该陪罗丝阿姨——元旦是疗养院的主要探访日。万一那儿的人以为她会来，没给罗丝阿姨准备晚饭怎么办？好吧，等下到了派对再打电话确认一下。

他们到奥斯汀的市中心豪宅时，差不多已经到了二十个客人。它那幽暗安静的奢华令人印象深刻。管家替他们把外套拿到宽敞的客厅。阿曼达认出了一位参议员、几位社会名流和影星，还有哥伦比亚广播公司的某知名喜剧明星（她看报纸上说，IBC很想挖他）。丹顿·米勒也在。艾克·瑞恩在角落里和奥斯汀太太聊得正起劲。是的，阿曼达一眼就认出了他。过去的几个月里，艾克·瑞恩在好莱坞大出风头，他那浮夸的作风在这儿也毫无收敛。他的第一部电影正在进行最后的剪辑。他一签下好莱坞最迷人的女孩儿出演这部电影，公众就开始关注他。而那女孩儿立刻甩了丈夫，和艾克·瑞恩开始了一段疯狂的恋情。等电影一杀青，他就把她踹了，又跟一个刚出道的小演员拍拖，答应下一部电影让她出演。被甩的那个女星吞安眠药要自杀，又打电话向已经分居的丈夫求救，最后抢救了回来。几周后，那个小花也吞了安眠药，凌晨被艾克送到医院。艾克在头版信誓旦旦，声称是来好莱坞做制片人的，不是来做情人的。他说自己已经经历过一切。他曾娶了纽瓦克的同学，五年前离婚了。现在他只专注事业。当然他也会爱上别人——但不会是永远。

他长得痞帅痞帅的。他的母亲是犹太人，父亲是个爱尔兰二流职业拳击手。艾克在采访中谈到了这些，说自己遗传到了父母的优点。阿曼达猜他四十来岁。他肤色黝黑，鬓角上零星有些灰发，鼻子短而肥，衬得方下巴有些孩子气。朱迪思·奥斯汀好像被他迷住了。

阿曼达感到匪夷所思。在她看来，朱迪思·奥斯汀无疑是人生赢家。她苗条优雅，一头灰金秀发编成法式发辫，穿着天鹅绒的居家礼服。阿曼达在*Vogue*上见过，这身衣服要花1200美元。她留意到，奥斯汀太太只戴了很少的首饰——除了小珍珠耳环别无他物。然后她的目光被那颗硕大的梨形钻戒死死抓住。钻戒松松地挂在手指上，少说也有30克拉。

她和克里斯蒂孤零零地站在拥挤的客厅里，显得格格不入。丹顿·米勒看到他们，走过来亲切地寒暄几句。克里斯想抓住救命稻草，两人开始讨论收视率。

阿曼达环顾了一下房间。这房子真是太棒了，罗丝阿姨要是看见自己出入这种场所，一定很激动吧！她这才想起疗养院，赶忙告退，找管家借电话。管家带她到书房，带上门便离开了。她环顾四周，对这个气派的房间肃然起敬。她来到书桌前，轻轻地抚摸着桌子，看着是法国产的。电话旁边是用来记号码的空白纸板。她盯着朱迪思装在银色相框里的相片，又靠近看看。上面签着“Consuelo”[1]，是所有社交女性都用的那种滑稽的反手签字风格。哦，这是她的双胞胎王妃姐姐！她拨了一遍疗养院的电话，占线。她坐下，打开桌上的银盒子，点了支烟，打量着另一个银相框，里面分别是两个小公主十岁和十二岁时的模样。她们俩现在大概都是欧洲初出茅庐的社交名媛。她又拨了一次疗养院的电话，还是占线。

门开了。是艾克·瑞恩。他笑道：“看你溜走了。于是一瞅着空就出来找你。我是艾克·瑞恩，去年在丹尼小窝见过。”

她故作茫然，想让他觉得自己压根儿不记得那回事，接着淡淡地说：“我来打个电话，不过对方一直占线。”

他摆摆手：“我也是来打电话的，可以让我先用吗？”还没等她回答，他就伸手拿起电话开始拨号，随即停下问她：“喂，等下派对结束后有空吗？”

1　这个词有“女孩儿的闺密，最好的朋友”之意。——编者注。

她摇摇头。

他继续拨号："那我就接着打这通电话咯。看样子你是认真要跟那个小丑在一起。上次在丹尼小窝见面时你就跟他在一起。"

"我是《克里斯蒂·莱恩秀》的广告模特。"不知道罗宾有没有跟艾克·瑞恩提起过自己。

电话通了。"乔伊，嗨，亲爱的，九点要不要一起吃个饭？我派司机去接你。咱们有三个派对可以去，要么去第六大道熟食店。到时候看我心情吧。什么？当然要呀——要是我不想要，派对中途会给你打电话吗？行了，女人。"他按了一下电话，转向阿曼达，"瞧瞧你错过了什么。"

她苦笑。

他盯着她说道："我喜欢你。大多数女人都会爱上我。"

"我不是大多数女人。我有一份去加州的广告合同，那个带我来的'小丑'恰好也很爱我。"

他乐了："你到了加州住哪儿？"

"去的话，住比弗利山庄[1]——"

"去的话？你不是有合同吗？"

"有，不过还没签呢。"

"What's the efsher？（搞不好呢？）"

"Efsher？"

他笑了："这是我家的黑话。我老妈总说。可能翻译过来意思就不大对了，不过我试试吧。打个比方，假如说……哦，这么说吧！我妹妹是个丑八怪，后来我付钱给她做了鼻子整形手术，终于把她嫁出去了。但在那之前，从来没人约她。一个周末，她和几个她认识的女孩儿一起去格罗辛格，全是像她那样的恐龙——你懂的。不对，你不会懂的。二十五岁以上的犹太处女。真的很可怕！垃圾。那种没救了的人。我妹妹就是其中之一。所以那个周末我记得我妹妹在打包宽松裤、网球拍、泳衣，妈妈说：'等等，不带条好看的裙子吗？'我妹妹说：'妈妈，我去过这些地方，半个单身汉都见不到。所以这次就是去放松。打打网球，休息休息，不臭美了。'然后我妈妈拿着我妹妹最好的衣服过来，把它扔进手提箱，说：'拿着，efsher。'"

1 著名的名流富豪聚集之地，位于美国洛杉矶比弗利山脚下。——编者注阿曼达哈哈大笑，艾克·瑞恩挺好聊的。

“懂了吧？”他说，“‘efsher’的意思就是‘搞不好，没准儿呢’——一种可能性，一种渺茫的希望。你的‘搞不好’是什么，女人？”之后，大概是觉察到了阿曼达的态度有所改变，他说：“你有没有改主意？我可以取消刚才那个约会。”

“我不愿意害人毁约。”她说。

“我也不愿意，除非是为了在乎的人。”他目不转睛地看着她。然后他笑了：“来加州吧，女人。我觉得咱俩有戏。”

他走后，房间突然显得空荡荡的。已经过六点了，罗宾可能已经到了。她赶紧又打了一遍疗养院的电话。还占线！她检查了一下妆容，然后回到客厅。待会儿再打吧。那个大房间已经挤满了人，人都溢到客厅和餐厅去了。她在每个房间细细寻觅，不放过任何一张脸，可罗宾都不在。她发现克里斯还在原地跟丹顿·米勒说话。一见她来，丹顿像是松了一口气，立马溜走了。

“你到底去哪了？”见边上没人，克里斯问。

“梳头去了。”她冷冷地回答。

“梳了二十分钟。丹顿·米勒都被我拽住了。”

“好吧，你不是大明星吗，粉丝都在哪儿呢？”

克里斯盯着房间里所有的名人，叹了口气：“真有意思，这里的人我都知道，但我一个都不认识。宝贝，走吧。我不属于这里。”

“别啊，克里斯，好歹假装在这儿待得挺开心的。”

“凭什么？谁规定必须待得开心了？有人请咱们去——埃迪·弗林也请咱去参加派对。在他住的艾迪森酒店的套房。有些酷吧的姑娘会去——庆祝阿格退出‘拉丁区’的舞团，和埃迪一起去加州。我在那儿才会待得自在。”

她朝门口望去，突然心跳加速。看错了，只是一个高个儿男人……

挨到八点十五分，阿曼达终于放弃了，跟着克里斯去了艾迪森的派对。酷吧和“拉丁区”的舞娘们跳着夜间秀。阿曼达坐在沙发上喝苏格兰威士忌。克里斯如鱼得水——这是他的场子。他带了一些熏牛肉三明治过去。

“给，宝贝，比奥斯汀的高级料理好吃多了。”

她没接，又倒了杯苏格兰威士忌。“最好吃点儿，”克里斯劝着，一边把三明治塞进自己嘴里，“我吃了三个，不打算吃晚饭了。”

“我不饿。”阿曼达说。

阿格尼斯挨着她坐下，问：“你们模特都这样控制体重吗？你亏大了，熏牛肉好吃死了。”

“我真不饿。”阿曼达说。

苏格兰威士忌让她昏昏欲睡，她打了个哈欠。

阿格尼斯同情地看着她：“昨晚赶太多场了吧？”

“没。克里斯去俱乐部演出了。真的很安静呢——如果说华尔道夫的宴会厅安静的话。”

“去年我和埃迪跟着克里斯去了枫丹白露。哦，我们不住那儿。克里斯在那儿演出。那是在他的秀开始前。你知道不？我和埃迪，我们在节目走红之前玩得更开心。我是说——那会儿无忧无虑的。节日就该这么过。”

“我不爱过节。”阿曼达说。

到了十一点她已经醉得不行了。克里斯想找个地方喝咖啡，最后还是同意先送她回家。

到了她家门口，他来扶她下车。这是她要求的礼节，但他一直觉得很可笑。他说：“我看你就是喜欢听着计价器空跑。”

“艾克·瑞恩有专车和司机。”她说。

“不都是租来的嘛。”他厉声说。

“他不打出租——”

“用不了太久，我也每小时花八块钱雇个司机坐着听收音机。”他匆匆地亲了她一下，想着计价器嘀嗒作响，肉疼得紧，“记着，宝贝——等我六十岁退休，咱就拼了命地享受。到时候，艾克·瑞恩这种人就破产了。”

她跌跌撞撞地走进公寓。她感到强烈的反胃，头痛欲裂。她检查答录机。只有一条未接，是疗养院打来的。那些护士打电话来准是催她元旦来发红包的。

就是没有罗宾的电话！好吧，就这样吧，忘了那个词——是什么来着——“efsher”。是的，再没有“efsher”了。去加州！嫁给克里斯！突然，她想到一件事，吓得骤然失了色。加州！到时候谁去看罗丝阿姨？她总是每个月去看她一次，总是在不同的日子、不同的时间点去看她。如果她走了，那里肯定不会好好照顾她的。怎么才想到这一茬？因为直到这一刻，她才真正相信自己会去加州。她都还没给公寓找转租。她还在等罗宾。

想了一会儿，她一时冲动打到杰瑞家里。他的妻子接了电话。阿曼达很抱歉这么晚打来电话，但解释说有急事。

“杰瑞——我去不了加州了。”

他喜出望外："成功了吧，嗯？我就说要摊牌吧！"

"他没来。"她慢吞吞地说。

"那为什么不去加州？"

"跟罗宾无关。"她疲倦地说，"杰瑞，我才想起来。我只顾着想自己，想罗宾，想克里斯。我忘了罗丝阿姨。我不能这么一走了之。到时候谁去看她？"

"加州肯定有很不错的疗养院呀。"

"可是，杰瑞——我怎么把她接过去？"

"叫克里斯包机，带个护士随行。"

"他还不知道罗丝阿姨的事，我也不知道他会有什么反应。"

"听我说，阿曼达。克里斯最难的关卡都闯过来了，现在对你是有求必应。有机会帮你做点儿什么，他还巴不得呢。"

"哎，杰瑞，要是克里斯愿意，我会尽力爱他。我会对他好的。我真的会的。我一定让他开心。我这就给他打电话。"

克里斯蒂没接电话，说明他还在酷吧、"舞台"、林迪酒吧或者"女人湾"（Toots Shor）。她所有的电话都打遍了，最后在"女人湾"找到了。

"克里斯，你现在能来一趟吗？我有事跟你说。"

"宝贝，我在'女人湾'，罗尼·沃尔夫也在。我想让他在专栏里写写我。"

"我得和你说个事情。"

"天哪，大家都在呢。走不开呀。你过来吧，宝贝，打个车。"

"克里斯，那么多人在，我不方便说。我要讲的事情很重要，是关于我们，我们的未来。"

"我的天——咱俩在奥斯汀那儿待了一夜。那会儿你杵那儿跟个木头似的，当时怎么不说呢？那会儿聊天多安全，人们成群结队地避着咱们。"

"你来不来，克里斯？"

"宝贝，我过半个小时就来。"

"不行。"苏格兰威士忌后劲太大了，她头晕眼花，"现在就过来，趁我还清醒。这事很重要，马上来。"

"好吧，来了来了。"

"快点儿。"

"我先撒个尿，行吧？"

她已经挂了，然后脱了衣服。他可能会想要上床。好吧，要是他愿意把罗丝阿姨接到洛杉矶，送进一个好的疗养院，她愿意每天都跟他上床。她甚至可能会试着回应。

她穿上长袍，梳头，化妆，戴上节育套。

克里斯终于到了。他脱下外套，把她一搂，迫不及待地啃了起来。

“克里斯，先等会儿。我有事跟你说。”

“等会儿的，先——”他抽掉带子，长袍掉了下来。他突然停手：“好吧，你赢了。我不想跟木头做爱。我也太费劲了，还不如对着《花花公子》打飞机。”

她披上长袍，穿过房间：“坐下，克里斯，我有很多话要说。”

她说着，他一动不动地坐着。她什么都说了，一字不漏。他一边听，一边瞪大眼睛，然后同情地摇着头。

“你这可怜的孩子，你跟我一样惨。”

泪水涌上她的眼睛：“那你会帮我吗，克里斯？”

“宝贝，要我怎么帮你？”

“把罗丝阿姨接去加州！”

“开玩笑吧你！”他说，“你知道那要花多少钱吗？生病的老黑不能上飞机！”

“不许这么说罗丝阿姨。”

“好吧！哪怕她是白雪公主，中了风照样不能坐飞机。”

“你可以包机。”

“当然，可那要花好几千！”

“好吧……你肯定出得起这钱。”

他盯着她。然后站起身在房间里踱步。他转过身来，用手指向她：“你疯了吧！我的表哥，大表哥，亲表哥，他找我借两千块做生意，我没答应。知道为什么吗？因为我和你一样。没人为小克里斯做过任何事。我的家人也很穷。我老爸是演滑稽戏的。他背叛了我的老妈。她也出轨了，然后两人分开过，各自再婚——没人要我。我十二岁的时候就自己闯了。我有个同父异母的兄弟。我一分钱也不给他！因为换作他，我知道他绝对不可能帮我。”

“所以你不帮我咯？”她问。

“妈妈咪呀！到时候一结婚，你是不是还要把她接来，担架、轮椅，啥都来了。”

“要是她病情好转，也不是不可以吧？”

“我不会让我的家人占我一分钱便宜——我也决不会把钱花在一个从没见过面的老——妇人身上。可能要花一万块知道吗！”

“可能吧。”她冷冷地说。

“你知道我拼了老命才能挣到一万块吗？”

“听说你的薪水每周都在涨。”

他眯起眼睛：“你派邓白氏[1]调查我？”

“谁不知道赞助商给你涨了一万块钱，你每篇专栏都提这事儿。”

“好吧，政府扣税70%。懂我意思没，我搞一万块太难了。”

“行了，克里斯，你走吧。”

他走过来，抓住她的肩膀：“阿曼达，宝贝，我爱你。我不是抠门儿。相信我，将来咱的孩子只要感觉有那么一丁点儿不舒服，我肯定会掏一万块钱请名医，眼都不眨。我的一切全是为了你和孩子。但是亲戚想都别想，尤其是那些连血缘关系都没有的。”他最后加了一句。

“她就像是我的母亲！”

“放屁！”他炸了，“我运气怎么这么好啊！全世界最漂亮的娘们儿让我遇上了。结果突然冒出个黑人亲戚，真是喜上加喜啊。你说哪怕是个健康的亲戚，好歹能假装假装是个用人呢！宝贝，你要说的正事儿，可真是大事儿！”

“出去，克里斯。”

“我会出去，不过劝你再好好想想。别恼，觉得我不爱你。我太爱你了——我也是自由主义者！我以为你出身优渥。以前我总是为出身自卑——结果你云淡风轻地告诉我，你是个私生子，还是黑人养大的。我在乎这个吗？一点儿也不！我还是爱你，我想娶你。但我不会强迫我的家人屈服于你，你也逼不了我。我们结了婚，钱都会花在孩子身上。但有一件事，曼迪——”他顿了顿，“天哪——连这名字听起来都差劲得很。可能你紧接着就要给孩子取名拉斯特斯。从现在起，我不会叫你曼迪了。你就叫阿曼达。那个名字是你阿姨起的吗？”

“不是，”她轻声说，“我本名叫罗丝。刚开始当模特的时候，尼克·朗沃思给我取的。罗丝·琼斯不好听。他说阿曼达听起来像英国人——诺埃尔·考沃德（Noel Coward）[2]那种感觉。”

“行吧，没听说罗丝阿姨的时候，我也这么觉得。跟你说，宝贝，我跟黑人也共用化妆间。我也有黑人朋友。将来情况会变的，我也希望那样。但我没那能

1　著名企业资信调查类的信用管理公司。——译者注

2　诺埃尔·考沃德（1899—1973），英国演员、剧作家、流行音乐作曲家、导演、制片人。——译者注

力，人微言轻。让别人领队吧，我跟票就行。但我失意了大半辈子，什么脏活儿没干过。很多人都干过，还在那儿装正经。我做了就是做了，对你没有半点儿隐瞒！但只对你！不对你阿姨、我表哥、我异母的兄弟——只对咱俩。”

他抓起外套，朝门口走去：“忘掉刚才所有对话，明白吗？就当什么都没发生过。我不认识什么罗丝阿姨，你就是阿曼达，顶尖模特——我们必须一条心。”他“砰”地关上门。

她静静坐了几分钟，然后站起来给自己倒了杯酒。说来，她倒是能理解克里斯。行吧，这说明了一件事——她配不上奢侈的爱情，没人真在乎你。谁都把自己放在第一位！她再也不会见克里斯蒂·莱恩和罗宾·斯通了！她要退出节目，请尼克只帮她接通告，哪怕降低报价。她现在对克里斯蒂再也没有内疚了。她要工作，照顾罗丝阿姨，嫁个体面的男人，然后生个孩子，去过体面的新生活。她吃了安眠药，定好闹钟，关掉了电话。

到了九点，闹钟响了。她头疼欲裂，伸手拿电话查记录，然后又作罢。这时候来的电话，只会是麻烦。

她叫车去皇后区，疗养院的小休息室空空荡荡。几位老奶奶坐在轮椅上看电视，一个女人在玩儿童拼图，另一个只是呆呆坐着，望着前方。一名服务员正要搬走一棵被虫子蛀空的圣诞树。

她走进电梯，按了三楼。她没有提前通知这边，还是别提前说要来比较好。

打开门。床被清空了。

主管史蒂文森小姐冲了进来，一脸愧怍。

“我们昨晚给你打过电话。”史蒂文森小姐说。

“我想打给你们，”阿曼达说，“占线。你们把我罗丝阿姨搬哪间去了？”阿曼达突然慌了，“是不是病情恶化了？”

“她去世了。”史蒂文森小姐说。

阿曼达尖叫起来，冲向这个女人，死死揪住她。“怎么回事？怎么会？”阿曼达喊道。

“我们六点给她端来晚饭，她突然坐起来，眼睛很亮。她问：‘小罗茜去哪儿了？’我们跟她说你就来。她躺回去笑着说：‘我等小罗茜来一块儿吃。我不想一个人吃。等她放学回家，我们就一起吃饭——’”

阿曼达哭了起来：“她以为还是当年。但她可能还认得我。”

史蒂文森小姐耸耸肩："我们觉得你不来了，想让她吃点儿。可她不停说：'我在等我的孩子。'到八点钟我们再来看，她还是我们走之前那样坐着。她死了。我们打你电话——"

"她在哪儿？"阿曼达问。

"太平间。"

"太平间！"

"我们不能把她放在这儿。"

阿曼达冲向电梯。史蒂文森小姐紧随其后："我给你个地址，你可以联系他们安排葬礼。"

她安排了火葬和葬礼，然后回了家，关掉电话，睡了。

第二天杰瑞打来电话，阿曼达跟他说了这件事。杰瑞极力掩饰悲痛，安慰阿曼达说这样最好了。"你可以毫无挂碍地去加州了。"他说。

"对，杰瑞，我可以去加州了。"

那天晚上她喝完了一整瓶苏格兰威士忌，盯着镜子中的自己："好了，就这样吧。现在谁也不能指使你了！再也没人能对你甩脸色。这世界烂掉了！"

然后她倒在床上哭泣："哦，罗宾，罗宾，你在哪儿？你到底是谁？我在派对上苦苦等你，而罗丝阿姨在盼着我。我本来可以陪着她，她能认出我，然后死在我怀里，知道有人还爱着她。"

她把脸埋在枕头里："我恨你，罗宾·斯通！罗丝阿姨死的时候我却在等你，你在哪里啊？天哪——你在哪儿啊！"

他一直在看玫瑰碗[1]。他早上七点回的公寓，一觉睡到中午。醒来后去冰箱拿了两个煮鸡蛋和一罐啤酒，然后到客厅打开电视，躺在沙发上。他拿起遥控器，换台，然后换到IBC。他们正在报道赛前盛况。彩旗招展，花车人海，还有橙花小姐（Miss Orange Blossom）[2]之类的在接受采访。这种女孩儿都长一个样：长腿，阳光，可能一断奶就喝双倍橙汁。现在这个看着就像喝橙汁长大的。白白的牙齿，乌黑的秀发，紧张的微笑。不错，她会拥有一天份的荣耀，一星期的小名气，外加三页剪贴簿，将来可以留给孩子看。

1 年度美国大学美式足球比赛，在洛杉矶帕萨迪纳的玫瑰碗球场举行。——译者注

2 美国至今仍每年举办的选美大赛。——编者注

他兴趣索然地盯着那个女孩儿。她说想要很多很多孩子。天哪，怎么就没人说“哦，我只想做爱！”。他很同情采访她的那个记者。他只看得见她的后脑勺，但她声音很好听。采访结束时，他留意了一下她的名字：“我是玛吉·斯图尔特，我身边这位是1962年度‘橙花小姐’多迪·卡斯尔，现在我们把时间交还给安迪·帕里诺。”

安迪上来采访一名退役球员。罗宾转到CBS台看比赛，然后又换到NBC台。他坐立不安。他转向第11频道，看了一部老电影，打了个盹儿。等再醒来时，他关掉电视，想打给阿曼达，又停了下来，然后挂了。她可能不在家。再说了，他想跟她淡掉。他累了……伦敦的天气糟得不行，那个英国女孩儿也是真的放荡。他带她跟男爵夫人一起玩，她也乖乖地去了。艾克·瑞恩带他去狂欢派对玩。该死的，什么狂欢派对——群交罢了。艾克·瑞恩有套路让女孩儿接受这事儿，那就是带她一起玩。先让她跟你做，然后让朋友上她，自己一边看他们，一边跟另一个女的做——挫挫她的威风。一旦她入了伙，就别想再玩“要花要礼物”那套。一旦给她摘掉那些矫情的念头，她就会服服帖帖，跟别的娘们儿没区别。

要不带阿曼达试试，那样她肯定就不会再叨叨结婚的事儿了。但他潜意识里并不愿意这么做。因为不知怎的，他猜她会答应去尝试，她为了留住他，什么都肯做。但她不会像男爵夫人或英国女孩儿那样转眼就忘记这些。他不想伤害阿曼达。天啊，一开始他觉得跟她在一起很舒服，但最近她总是濒临崩溃。行了，该结束了。他给她找了很多理由提分手——让女孩儿主动说分手比较好,至少这样不会伤她自尊。可能等她嫁给克里斯蒂·莱恩就好了。

他抓起电话，接IBC。安迪在导播间祝他新年快乐。

“橙花小姐怎么样？”罗宾问。

“鸡胸，膝盖外翻，歪瓜裂枣一个。”安迪回答道。

“镜头里看着不错啊。”

“玛吉采得好。”

“玛吉？”

“玛吉·斯图尔特——可能你只见过她的后脑勺。她太棒了！”

罗宾笑了：“你们俩有问题。”

“确实。我想带你见见她。要不要来玩几天？可以来度个假，这儿打高尔夫很不错。”

“我从不度假，我天天都在度假。我刚从欧洲回来，拍了不少好素材。我打算做实况。听我一句劝，哥们儿，先别急着娶她，等我考察考察！”

“只要她一句话，我立马娶她。”

“安迪，她不过是个普通娘们儿罢了。”

安迪的声音变得冷冰冰的：“别拿玛吉开玩笑！”

“新年快乐，浑蛋。”罗宾说，然后挂了。

他点了支烟，想起跟安迪在第七十九街的堤道上游荡的那些夜晚。一个个酒吧泡过去，睡姑娘，半夜交换性伴……

他披上外套，走出家门。外头冷冷清清。沿着第三大道，一路走到第四十二街。抄近路穿到百老汇。他盯着那排五光十色的电影院和比萨店发着呆。

走进一家电影院，买张票进场坐下。隔壁过道过来个男人，坐在他边上。没过几分钟，那人把大衣往罗宾腿上一盖，然后伸过来一只手小心翼翼地摸他大腿。他起来换了个位置。五分钟后，一个壮实的黑人女孩儿头戴金色假发靠过来：“亲爱的，想找点儿乐子吗？在这儿就行？我用外套盖住你，让你尝尝最棒的手活儿。五块。”

他又换了个位置，坐到两个十几岁的女孩儿边上。突然，其中一个小声说：“给我十块钱。”他盯着她，一副难以置信的样子。她连十五岁都不到，朋友也差不多。他不搭理。“给我十块，不然我喊人了，说你骚扰我。我还没成年——你就麻烦了。”

他起身冲出电影院。一口气走出几个街区，找了家通宵自助餐厅想买杯咖啡。他把手伸进口袋——天哪！钱包不见了。谁干的？那个穿大衣的同性恋？妓女？少年犯？他竖起衣领朝家走去。

十四

比弗利山庄酒店的波罗餐厅里，人们逐渐散去。但还是过于嘈杂，没法儿打长途电话。杰瑞打算回房间去打。天哪，他烦透这座城市了，但节目已经攀升到了第二名。把下半季挪到西海岸拍摄还是很明智的。但还得在这片好山好水好寂寞的地方待上三个月。

他到房间给玛丽打了个电话。感谢夏季节目预选会——他必须回去一趟帮忙拿主意。也就是说可以回纽约待整整一周。这时候，连通勤列车都显得可爱了。

接线员回电了——格林尼治的宅电占线。他取消了电话。八点半要跟克里斯蒂和阿曼达在蔡斯酒吧（Chasen's）碰面。阿曼达难得同意出来一回。她最近总是很疲惫。她的房间在走廊的尽头，每晚八点半雷打不动地挂出“请勿打扰”的牌子。当然，她每天确实工作很久——接到了加州最顶级的模特通告。克里斯蒂·莱恩对加州颇有意见，因为大大小小的店铺十点半就关门。他夜复一夜地坐在租来的大房子里，跟埃迪·弗林和肯尼·迪托灌着杜松子酒。克里斯蒂在好莱坞的任何地方都待不痛快，嫌这儿没个像样的局。阿曼达拒绝在情人节结婚已经害他闷闷不乐了好几周。她不愿意办完婚礼就得赶回去工作——她想过个实实在在的蜜月。克里斯蒂终于松口了。目前两人商量好，这季节目杀青的第二天就结婚。

杰瑞想着阿曼达。演出当晚她和克里斯蒂在一起，可能每周再跟他一起过个两三晚。她不愿意参加好莱坞的活动，不去“椰子林”或者克里斯蒂热衷去的其他酒吧开幕秀，所以克里斯蒂只能跟肯尼、埃迪还有那个女演员一起在好莱坞游荡。他们每晚都在比弗利威尔夏广场酒店的便利店碰头，指望着碰上几个喜剧演员或是同样怀念午夜咖啡店的失落纽约客。克里斯蒂发誓，这是他在加州的第一枪，也是最后一枪！他拍完了这季，不过他已经通知赞助商，下一季回纽约做。杰瑞举双手赞成——他和克里斯蒂一样无聊得要死。

但阿曼达好像一点儿也不想念纽约，她的状态从没像现在这样好过。而且，一些电影人也开始关注她。她好像换了个人——仿佛加州的天气直接改变了她的性格。她的脸上总浮着轻松的微笑。但杰瑞觉得同她开始疏远了，渐渐形同陌路。他已经不再喊她一块儿吃饭，因为她总是一成不变地答着：“我也想去啊，杰瑞，但是我好累，明天还有一场很关键的拍摄。”嗯，大概他和罗宾被她打包踢出生活了吧。她再也没提过罗宾的名字，也没问过他的事。

杰瑞看了看表——八点四十五。克里斯蒂和阿曼达肯定气坏了。他打电话到蔡斯。克里斯蒂马上就接了：“你究竟去哪儿了？”

“我在等纽约的电话，晚点儿到。”

“那算了吧。我去施瓦布酒吧（Schwab's）坐坐。”克里斯蒂闷闷不乐地说。

“别呀，你又不是一个人在等我，阿曼达不也在嘛。”

“她睡昏头了。”

“怎么了？”

“一小时前她打来，说自己喉咙痛——绝对是雾霾闹的。她吃了片安眠药，先去睡了。我一个人坐这儿等你。天哪，这地方太土鳖了，除了周末没人出来。只要你不是干电影的，就没人拿你当回事。嘿，阿尔菲那帮人刚刚进来——"

"阿尔菲？"

"杰瑞，你落伍了。阿尔弗雷德·奈特。"

"哦，那个英国演员。"

"我的天哪！不知道的还以为他是什么阿尔弗雷德爵士呢，一帮人围着他团团转。你真该看看这边多热闹。我明明预约了座位，你猜他们把我放哪儿了？左边。但是阿尔菲，姗姗来迟，一坐就坐在头等的大前排。我看这家伙是个'双'[1]。我烦死这鬼地方了——烦死这里的人了。"

"振作点儿吧。"杰瑞笑了，"六月就在眼前了。"

"我已经等不及了。"

杰瑞挂了电话，坐在床上又点了一支烟。没准儿阿曼达愿意跟他一起在酒店点餐。他打给她。

她照样彬彬有礼地拒绝了。

"我吃不下，杰瑞，嗓子好疼，脖子上的腺体肿了。我可能生病了，可是两天后就要上节目了。我得快点儿好转——要是拍不了就糟了。"

他挂断电话，隐隐有些失望。

他突然觉得自己深陷此地，孤独万分。他打开了房间外花园的门。阿曼达对这里的花园赞不绝口，说晚上躺在那儿看星星真是太好了。他走进花园的庭院。夜幕降临，蟋蟀的叫声似乎被寂静的黑暗所激化。往前走三扇门就是阿曼达的花园。突然，他的孤独吞没了他。他得找个人谈谈。也许她没睡着。他不想打电话打扰她，但他从经验中得知，吃药并不总是管用的。他到花园里去，想看看她的灯是否亮着。不走运！每个露台都被一堵高高的木墙围了起来。他试着把门打开，门很硬，但他还是打开了。他沿着小路朝她的院子走去。

突然，他听到另一扇门开了，便赶紧躲到一棵大棕榈树后面。是阿曼达。她走出来，谨慎地看看周围。她穿着休闲裤和宽松毛衣，朝那片独栋别墅走去。杰瑞不假思索地跟了过去。她在一幢房子前停下，环顾四周。杰瑞确定自己在灌木中隐蔽得很好。她轻轻敲门。艾克·瑞恩出来了。

"天哪，宝贝，你去哪儿了？"

---

1 即双性恋。——译者注

“我得等到合适的时机，生怕克里斯蒂打电话来。我刚才把电话闭了。”

“你几时才能甩掉那垃圾？”

“等节目结束吧。先安生做完这季。”

门关了。杰瑞看见两人透过窗子抱在一起的剪影。

随后他回房，点播了电视来看。但是思绪全在那间房子上。到了两点，他才听到阿曼达院子门口传来窸窸窣窣的声音。怪不得她总说太累不想出门——还真是腺体肿大！

实际上，阿曼达确实有一处肿大的腺体。艾克也注意到了。回房间后，她凝视着镜子里的自己。她的妆花了。艾克虽算不上最温柔的情人，但她相信他在乎自己。他一直缠着她，要她跟克里斯蒂分手。她解释说这个节目是她主要的收入来源，他说："听着，小宝贝，只要跟我一起，就永远不用为钱发愁。"但这不算求婚。那就先拖到六月份，然后跟他直说。要是他不想娶自己，就嫁给克里斯。怎样都行，无所谓了。她突然感到一阵乏力，仿佛全身的血都被抽干了。她一直在吃苯丙胺，好让自己精神些。当然，这种药会让食欲大减，但她逼着自己吃。但今晚她一点儿也吃不下。她的牙龈和上颚都冒出来一些冷疱疹。打针青霉素可能有用，或者好好睡一觉吧。她倒在床上。

第二天早上，情况更糟了。刷牙时，牙龈出了血。她很担心自己是不是感染了。她打给杰瑞。是的，他认识个医生，但她的症状更像是一种彻底垮掉的状态。"可能是战壕口炎（trench mouth）[1]吧。"他说。

“天哪，杰瑞，我怎么会得这个？”

“我哪儿知道呀，”他冷冷地答道，“你不是每晚都在房间待得好好的？”

她察觉到他阴阳怪气的："好吧，我还是去看看医生吧。"

“等明天拍完节目再说，先用过氧化氢漱漱口。我也得过，没什么大不了的。”然后他挂了电话。

今天有拍摄，出发前她吃了两片安非他命[2]，总算有点儿劲了。但这药也使她心跳加速。摄影师载她去马里布。她穿着泳衣，等他布景。太阳直直地打在阿曼

1　因口腔卫生不良并伴有身体或情绪紧张、营养缺乏、血液病、消耗性病或休息不足导致的一种口腔疾病。——译者注

2　一种中枢神经刺激剂，长期超量服用会导致成瘾、中毒甚至精神类疾病。——编者注

达身上。她爬上滑板，稳住身体。摄影师一次就抓到了想要的画面，但是想再拍一次。她重新站上滑板，感到晕乎乎的。船开了，摄影师也坐船。她蹲下，抓住绳子，船越开越快，她拽紧绳子努力站直。突然，她感到天旋地转——仿若太阳坠落海中，凉爽的海水温柔地拥抱着她。

睁开眼，她发现自己裹着毯子，躺在沙滩上。所有人都担心地围着她。

“我好像晕过去了。”她说。

她在床上待了一天一夜，第二天醒来时，气色好极了，嘴唇也恢复了血色，但腿却是青一块紫一块的。肯定是摔的时候撞伤的，可能是撞在了滑板上。谢天谢地，她在节目里穿的是长裙！

又过一天，情况更糟了，口炎卷土重来。但她更担心身上的淤青。它们连成了一大片，令人心惊胆战，青紫色的瘢痕从脚踝一直覆盖到大腿。克里斯蒂打电话来，她告诉他自己的情况。

“谁让你非要拼死拼活的？根据平均律，你早在两年前就该得肺炎死了。冬天还穿着夏装站在冰天雪地里！你这是累垮了。至于淤青，不管谁撞在滑板上都会有的。”

“克里斯，帮我找个医生吧。”

“你听我说，宝贝，我十分钟后还要见那些个作家。顺利的话，没准儿能拿下 *UP*的专访。那家豪华酒店肯定有专门的能开处方药的医生[1]。”

但酒店的医生又恰好出外勤了。阿曼达绝望了。她取消了下午的通告。那个拍摄要穿网球短裤，但化妆品已经盖不住腿伤了。艾克·瑞恩打来时，她正在打盹儿。她起先支支吾吾，后来只好实话实说。

“待着别动，宝贝。我马上联系洛杉矶最好的医生。”

不出二十分钟，艾克带着一个中年男子来了：“这是阿伦森大夫，请他给你看看，我先出去回避一下，有事喊我。”他朝医生挤挤眼，看来两人很熟。

阿伦森大夫漫不经心地给她检查了一下心脏、脉搏，然后放心地点了点头。她这才放心。看来没什么大碍。医生拿手电照了照她的嘴巴，问：“你这肿多久了？”

“没几天。我比较担心腿伤。”

他探了探她的脖子，点点头，紧接着又面不改色地检查了一下她青一块紫一块的腿。

---

1 原文为“croaker”，特指那种会轻易给病人开麻醉类处方药物的医生。——编者注

她向医生说明了那次滑板事故："您说是不是那次摔的？"

"我也说不好。可能都无关，不过我觉得你最好去医院住上几天。你最近一次验血是什么时候？"

"从来没验过。"她突然害怕了，"医生——我哪里出问题了吗？"

他笑了："我看没什么。可能就是普通的贫血——你们这些时髦女孩儿都缺血。我只是排除一些可能性。"

"比如呢？"

"这个，一是单核细胞增多症[1]——很多人都得过。你符合部分症状——疲惫、瘀伤、头痛。"

"能去您的诊所查一查吗？我不敢去医院。"

"你想的话可以啊。我把地址给艾克，明天来检查一下。"

她目送他出房间，感觉好多了。她走进卫生间，梳梳头。她看起来糟糕透了，艾克马上就进来了。她抹了点儿口红，刷了一下睫毛膏，然后躺回床上。

艾克笑着进来："收拾一下包包，换上最漂亮的睡袍，等我来接你。我要去书店把好看的小说都给你买来。"

"去哪里？"

"去医院——别顶嘴。乖，宝贝，医生说你可能得了单核细胞增多症。要真那样，你会把整个酒店的人都传染上，到时候就没客房服务咯。而且他说你应该老老实实地卧床休息，甚至要靠输血来恢复身体。"

"但我不想去医院——艾克，我从没生过病！"

"你现在没病，但这是好莱坞，宝贝。什么都比命值钱。你是艾克·瑞恩的女人，你才不会去医生办公室做检查。你该像个公爵夫人那样舒舒服服地躺在高级病房里。我已经订了拐角最大的房间。听话，好好歇几天吧。我买单——你这样的女孩儿肯定没买医保。"

"确实没有，我身体一直好得很。"

"好了。等我回来的时候，你得收拾好喽。给他们留个言，就说你去旧金山干活儿了，会及时赶回来上节目。"

1 也称腺热，一种接触性传染病，临床症状有发烧、喉咙痛、颈部淋巴结肿大等，一般会在两到四周后痊愈。——编者注杰瑞在兰瑟酒吧等人。这会儿他本该在洛杉矶参加《克里斯蒂·莱恩秀》的彩排，但他决定把纽约这趟出差由一周延长到十天。洛杉矶现在两点，大混乱才刚刚开始。罗宾走进来，他抿了一口马提尼，挥手示意。

喝完第二杯马提尼后，他知道，回家的最后一趟车也赶不上了。罗宾正对他分享关于新闻节目的新想法，酒保示意杰瑞接电话。他很惊讶："找我的？我没跟人说过在这儿呀。"

罗宾笑笑："可能你夫人在追踪你。"

是克里斯蒂·莱恩："喂，杰瑞，我打你办公室，说你今天不在。我又打到你家，你老婆说打这里试试。天哪太好了，终于找到你了。阿曼达今晚不来了，我们临时找了个模特，应该能对付。但我觉得你该做点儿什么。"

"她去哪儿了？"

"我不知道啊。她几天前就不见了，只留个口信说自己去旧金山拍摄。结果今天打来，云淡风轻地宣布自己演不了这个节目了。早上九点才说的！你猜她去哪儿了？去医院了。"

"医院！"

"别紧张，没什么大不了的。我把雨衣扔在P.J.就冲了过去。她呢，正好好地躺在一间阳光明媚的大病房里，花团锦簇，还化着全妆，漂亮得很。她说自己贫血了，身子没完全恢复决不出院。"

"哎，既然她在医院，那就说明确实需要，克里斯蒂。医院也不能平白无故让人住。"

"这可是好莱坞。你开什么玩笑！是个娘们儿就吵着要去医院，说什么自己有神经衰弱，其实就是为了睡他娘的美容觉。听我说，我见到曼迪了——她好得不能再好了。"

"我这周末就回去，克里斯蒂。相信我，不用担心阿曼达。"

"我不担心——我他妈的疯了。虽然她只是做做广告，但那也是节目的一部分。你不能因为要休息就不来了。我知道这么说太那啥了，但我得了感冒还坚持打飞机，喉咙痛的时候还唱歌呢。我看不惯任何在节目中偷懒的。这是我看重的正事儿，它让我拥有了一切。她必须尊重这件事。要是她觉得自己可以像以前那样随心所欲，不想去的通告就随随便便放鸽子，那我们结了婚会怎样呢？你懂我的意思吧？"

"我回去会找她谈谈。"

他挂了电话，回到酒吧。罗宾仔细听杰瑞复述了一遍这事儿。

“她轻易不会上医院的。”罗宾说。

“艾克·瑞恩是幕后黑手。”杰瑞咕哝道。

“关艾克什么事？”

于是他对罗宾说了阿曼达悄悄去艾克那儿的事情，说完恍然大悟。“这么说的话，”杰瑞接着说，“依我看，喉咙痛只是个幌子——肯定是艾克把她肚子搞大了，所以她要去堕胎。你怎么看？”

罗宾皱起眉头，一言不发。“我看你就是个胆小鬼！”杰瑞把账单往吧台上“砰”地一摔，夺门而出。

杰瑞回到加州，阿曼达还在医院。她被扶起来，倚在床头。她还是很美，化着浓妆。但杰瑞看到了那大瓶的血和她手臂上的针头，吓了一跳。她注意到他的惊讶，笑了：“别担心，只是灌点儿番茄汁。”

“为什么要输血？”他坐在椅子边沿问道。

“这样就能快点儿回去录节目了呀。”

突然门开了，艾克·瑞恩冲了进来：“嗨，宝贝，我给你把东西都买好了，还有一本新书。”说完，他才好奇地打量起杰瑞。阿曼达介绍他们俩认识，然后艾克伸出手：“久仰大名。阿曼达说你是个很好的朋友。”

“我要带她回去。”杰瑞心虚地说，被对方精力充沛的样子压住了。为了让自己的话多点儿分量，他说：“这边都很不错，我知道阿曼达也很享受大家的关切，但她确实对我——尤其是对节目负有责任。”他转向阿曼达：“你打算什么时候走？”

“医生说周末——”

“等她彻底休息好了就走。”艾克厉声说。

杰瑞起身：“那么恐怕我们得换个人顶替她录完这季了。”（天哪，自己怎么会说出这种话！）

“别啊，”阿曼达乞求道，“哦，杰瑞，不要，求求你——我下周就回去。可能这周就行了。”她可怜巴巴地看着艾克。

他耸耸肩：“都依你，宝贝。那什么，我去走廊打几个电话。先走了，哥们儿。”他冷冷地看着杰瑞。艾克一走，杰瑞的态度就变了。他真诚地说：“阿曼达，要不你退出这个节目吧。看起来这家伙对你很着迷。”

“他还没向我求婚呢。”

他叹息道："你又来了。"

她板起脸："听我说，杰瑞，艾克现在紧紧追我，是因为他知道克里斯也是。可是，一旦我丢了工作，也没了克里斯，艾克可能也对我瞬间失去兴趣。"

"你哪儿来的这套逻辑？"

她冷冷地说："天生的。"随即，她的眼神又柔软起来："杰瑞，我会回去的。我已经感觉好多了。我可能真的要休息休息。之前六年一直太拼了，你知道我从来没休过假吧？"

他轻轻拍拍她的脑袋："别怕，亲爱的，这份工作一定给你留着。我明天给你打电话。"

他离开房间，来到走廊。艾克·瑞恩在等他。"借一步说话，朋友。"他指着一间小会客室。

"我得回办公室了。"杰瑞说。

"谈完再走。你可真是个好朋友。她的麻烦还不够大的——你还去威胁她。"

"贫血不算什么大事。"杰瑞说。

"她以为是贫血。"艾克盯着他说道，"我信任你，所以告诉你。本来除了阿伦森医生和我，没人知道实情，尤其是阿曼达。她得的是白血病！"

杰瑞瘫在沙发上。他伸手掏烟，手止不住发抖。他突然抬起头，眼睛里满含希望："听说有人长期患有白血病。"

"她不是那种。"

"还有多久？"

"可能没几天，也可能有六个月。"

杰瑞背转过身，但镇定早已土崩瓦解。他痛恨自己，开始止不住啜泣，再也不加掩饰。艾克坐在他身旁，紧搂住他的肩膀："现在是这样的，他们给她试了一款新药。我让人加急空运过来，一针一千块。两天前开始用的，之后血细胞数量有所上升。还不能高兴得太早，但顺利的话……"

"她还有希望？"

"有希望走出去，而不是困在病房里。有机会拖延，可能能拖六个月，一切都是未知数。万一到时候又有了治愈的办法，或者出了新的药。"

"我能做点儿什么？"杰瑞问。

"闭嘴就是了。叫克里斯蒂·莱恩别再拿那套'轻伤不下火线'的屁话折磨她了！你告诉她，这份工作还给她留着。"

“我刚刚就这么说的。”

艾克摇了摇头：“最棘手的是，这药一旦奏效，效果会好得不得了，大概一星期就会好起来。可谁都不知能保持多久。她怎么就那么喜欢工作？她真的没剩几天了。”

“因为她觉得你可能会求婚——但前提是她还有工作，是个独立的女人。”

“我的天啊。”艾克·瑞恩站起来走到窗边。

杰瑞起身出门：“但你说了，她活不过六个月。所以你也别多想了。要是她真能复工就好了，那样她就还会相信自己得的是贫血。”

艾克转过身，伸出手来。两人郑重握手。“你要是敢说出去，我会打爆你的脑袋。”他说。

杰瑞答应了，但他知道自己肯定会食言。他打算告诉罗宾。阿曼达时日不多了——而罗宾是她最重要的人。看得出来，她喜欢艾克，喜欢自己，但她从来没有像看罗宾那样看过自己。但他会再等几天，看看新药的效果。

艾克·瑞恩目送他离开，然后慢慢走到阿曼达的房间。他挺直身子，强作笑脸，然后打开门，信步进屋。护士正在从阿曼达手臂上取下针头。

“今晚我给你带点儿香槟和新书，我先去干活了。”他朝门口走去，然后转过身来，“对了，宝贝，我有件事一直想问你，但总是忘记。你愿意嫁给我吗？你不用马上做决定。先等上十分钟。我到工作室后再给你打电话。”

这款新药对阿曼达起效了。不到一周，她的血细胞计数恢复正常——可以再拖上一阵了。艾克喜出望外，但阿伦森医生告诫他——病情缓解不等于痊愈。

“但就目前而言，她可以过正常的生活了，对吧？”艾克问。

“让她想做什么就做吧。谁知道这状态能维持多久，”医生回答，“但她每周都得来我这里验血。我们得观察她的红细胞数量。”

“每周？她会起疑心吧。”

“不会的，她对自己可有信心了，绝不会想到自己生病的。”

艾克从医院带她回家：“我刚刚在峡谷大道租了一座豪宅。等下你就看到了——我昨天刚搬进去。什么都有了——连厨师和管家都配好了。你想什么时候结婚，宝贝？”

“等节目录完了。”

“你开玩笑吧？那个还要整整六周呢。”

“要是克里斯蒂知道了这事，就很难共事了。”

“谁说你必须和他共事？”

“那样太对不起杰瑞了——当时我好说歹说才让他答应给我机会上这个节目。我不在的时候，顶替我的那个女孩儿并不合适。我明天赶回去录制，大家都很期待。”

“我还是觉得你再歇一周比较好。”

“艾克，我休息了差不多三周了。我自己都觉得不可思议。”突然，她眼神一暗，“不过阿伦森医生要我之后每周来验血，为什么呀？”

艾克耸耸肩：“大概是复查吧。”

“好吧，我以后每天都要吃内脏。我最近在读关于血液的书——吃这些对身体好。”

“好啦好啦，还给自己开起药方来了。”他说。

她挽着他的胳膊，司机接过她的包。“艾克，我现在好安心。我现在承认：刚进来的时候我怕得不行。我以前从没生过病，所以第一天躺在那里的时候，我想：‘要是现在就挂了就惨了……我还没生过孩子呢。’幸好我没事。我知道不快乐的滋味，也知道受伤的感觉，所以我想先把这节目做完。”

艾克把她送回酒店。一回到办公室，艾克就打电话给杰瑞：“你赶紧让她退出——她说为了你要把这季节目拍完。她没几天好活了，我一小时都不愿意让她浪费——更何况是六周。但要是我逼她退出，她可能会怀疑的。快想想办法！”

杰瑞注视着阴霾弥漫的天空，太阳挣扎着冲破阴霾。这不像格林尼治的夏日阳光——也不像秋天的橙黄阳光。阿曼达再也见不到太阳了，也再不会感受到冬天的寒冷。泪水夺眶而出。

他开始拨电话。接线员说，罗宾的秘书说斯通先生在开会。“告诉她，让斯通先生赶紧接电话，”杰瑞对长途接线员喊道，“十万火急！”几分钟后罗宾出现了。

“什么事，杰瑞？”

“罗宾，你先坐好。”

“说重点。十个人还在等我开会。”

“阿曼达得了白血病。”

一片死寂。然后，罗宾问：“她自己知道吗？”

“只有三个人知道——医生、艾克·瑞恩和我。你是第四个。她用了药，效果很好。她明天还要去拍节目。但医生说她最多只剩六个月了。我觉得应该告诉你。”

“谢谢你，杰瑞。”他挂了电话。

回酒店的第一天，阿曼达过得很愉快。房间里摆满了鲜花。有艾克送的几十朵玫瑰、酒店送的剑兰、剧组送的一株盆栽，还有克里斯蒂送的一些不值钱的春花，里面塞着一张便条："在拍宣传照——六点钟打电话给你哦。爱你，克里斯蒂。"到了四点，服务生端来一份烤土豆，里面填着伊朗鱼子酱和酸奶油。便条上写着："填填肚子，等我陪你吃晚饭。爱你，艾克。"

她陶醉于这片浓浓的爱意中，吃掉土豆，但还惦记着控制体重，在医院已经重了5斤了。到了六点，电话铃响了，她昏沉沉地接起来，肯定是克里斯蒂。

"嗨，大明星——你还好吗？"电话那头仿佛绽开一片烟花。

她一时说不出话来。是罗宾。向来如此，无论多久没打电话来，也不会有半句解释……

"我刚出院。"她终于开口了。

"你怎么了？"

"贫血。现在好了。杰瑞没跟你说吗？"

"我刚回来，还没跟杰瑞碰面。是这样，宝贝，我在洛杉矶有点儿事，星期日飞过去，到你那儿大约是五点。你能为一个老朋友留出一晚上吗？"

"我很乐意，罗宾。"

"好的。星期日晚上一起吃饭——算约会哦。"

她挂了电话，靠在枕头上。不用激动。他大概只来待几天，想到有个老好人阿曼达在等着他，所以来找她。多好啊，反正她向来随叫随到。

毕竟好莱坞不是他的地盘。他在这儿认识的人不多，临时约别人还得浪费一晚上去找。好吧，她会去见他的—— 一定要去——要让他也尝尝被玩弄的滋味！不过怎么办比较好呢？放他鸽子？让他独自在蔡斯酒吧干等？

她足足想了一个钟头。突然，她知道怎么办了，太妙了！她已经迫不及待了。

十五

下午五点，罗宾入住比弗利山庄酒店。前台交给他一个信封，他打开来看，阿曼达潦草地写着：

亲爱的罗宾，今天是我生日。艾克·瑞恩的几位朋友会来家里。我作为主角，得早点儿到场。迫不及待要见你啦。

到了房间安顿好后，罗宾又读了一遍阿曼达的便条，那上面还写着北峡谷大道的一处地址和电话。他当即想用电话给阿曼达留个言，就说自己在酒店等她来。他不喜欢鸡尾酒会那种场合。不过他一转念，决定从现在起，不管阿曼达想做什么，自己都配合。他摸摸衣兜里那枚小金戒指——要是能早点儿从酒会溜走，还来得及带她飞去蒂华纳结个婚。他打给前台，叫了辆车。

北峡谷大道上的车子已经停得水泄不通。他付了钱下了车。好莱坞的这些房子很有迷惑性：外表总是其貌不扬，一旦踏入房门，定会看到令人难以置信的奢华场面。艾克家也不例外。大理石铺就的门厅挤满了人；巨大的会客室里照例有个巨大的吧台，人们站得里三层外三层；一扇落地窗门通向一个院子，那儿有个奥运会标准尺寸的泳池——甚至还有个网球场。他有点儿茫然，对这热闹非凡的场面尚无心理准备。然后他咧嘴笑了：他早该想到的。他见到几张熟面孔，都是些影星。此刻，这间屋子里的人赚的钱，足够支撑一个小型国家——演员、制片人、制片厂负责人、导演甚至业内顶尖的编剧，以及各色美女。

突然，阿曼达穿过房间来迎接他。他这才想起她有多可爱。难以置信，死亡就藏在如此纤细美妙的身体里！

“罗宾！”她伸手给了他大大的拥抱，毫不掩饰亲密，令罗宾很意外。“罗宾，你来了，我太高兴了！哦，不过这里有好多人你都不认识。”她马上放下胳膊，拽着他大声说，“嘿，各位——安静！”

房间静了下来。

"我隆重地向各位介绍罗宾·斯通。他从纽约赶来。大家都认识罗宾·斯通吧。"她的语气里满满的讽刺，"你们肯定知道他——他可是《深度》之星！"她一脸无辜，"看来好像你们都没印象，但他在纽约可是个大人物呢。"

一些人假装认出来了，无力地点了点头，然后又回到适才的交谈中。罗宾惯有的面无表情隐藏了他对她反常的惊讶。但阿曼达只是耸了耸肩。

"好莱坞就这样，"她轻声说，"他们死不承认电视的重要性。至于新闻节目——亲爱的，他们只在开车去工作室的路上才会用收音机听一听，前提还是它们被插播进音乐节目里。所以被怠慢的话，也别见怪，宝贝。保罗·纽曼、格利高里·派克、伊丽莎白·泰勒——这几个才是这儿的大人物。"

她带他去吧台拿杯酒。艾克·瑞恩热情地招呼他，然后穿过房间向一位刚进来的导演打招呼。阿曼达递给罗宾一个杯子："你最爱喝的冰水——纯的哦，进口货。"

突然，全场安静下来。所有人都盯着刚来的那个英俊小伙，不断有人窃窃私语。

"哎，瞧瞧！"阿曼达喊道，"艾克连这位大明星都请来了。"艾克领着那个古铜肤色的男人走到吧台，她的眼睛闪闪发光。

"认识这个流浪帅哥不？"艾克笑着问。

阿曼达不好意思地笑了："行啦，艾克，谁不知道迪普·纳尔逊。纳尔逊先生，你能来，我真是太荣幸了。我当时住着院，艾克还特意帮我去买你新出的写真呢。"迪普有点儿尴尬，罗宾也是，不懂阿曼达到底怎么了。紧接着，她又说："哦迪普，这是罗宾·斯通，我的老朋友，胜似家人。对不，罗宾？"

迪普和罗宾握了握手，随即几位女士将他团团围住，簇拥着他进了房间。

"可怜的迪普，又被那些女人缠上了。"阿曼达说。

艾克笑了："大迪能顾好自己。没才华——只有肌肉、酒窝和脸蛋。但他现在是票房保证，这就够了。"

阿曼达戳戳艾克："亲爱的，说到票房……看谁来了！"

罗宾看着艾克和阿曼达去迎接一位身形颀长的帅哥——阿尔弗雷德·奈特，这位英国演员的影响力横扫好莱坞。罗宾在人群中搜寻克里斯蒂·莱恩，最后在角落里发现了他。可怜的克里斯蒂——他不仅在人群中格格不入，而且马上就会见到自己的竞争者们。他还以为自己跟阿曼达订着婚呢。罗宾喝完伏特加，又喝了一杯，继续待在吧台。今晚想必很有意思。

餐饮公司的人开始在泳池周围摆桌。罗宾突然想起阿曼达的生日是在二月份。还是一月份来着？反正逃不出这两个月——他记得那会儿给阿曼达过生日时，纽约正值暴风雪。

他刚端起第四杯伏特加，一阵响亮的鼓声传来。阿曼达站在房间中央。

“各位！我——我们——要宣布一件事情！”

阿曼达举起手来。她的手指上戴着一颗大钻戒。“艾克今天给了我这个——可不是生日礼物哦。其实今天根本不是我生日，只是，我们想以这样的方式宣布订婚！”

人群中像炸开了锅。克里斯蒂·莱恩看起来像一头中了箭的野兽。他站在原地，一言不发，目瞪口呆。一位客人跑到钢琴前，开始弹奏《罗恩格林》（*Lohengrin*）[1]的片段。渐渐地，人们又回到原来的队伍中，继续交谈和喝酒。在房间的另一头，阿曼达倏然对上罗宾的目光。他们的目光静静相遇；她的眼睛因胜利而深邃。他匆匆一瞥，遥遥举杯道贺，便移开了视线。阿曼达于是转向阿尔弗雷德·奈特，跟着去到房间的另一边。罗宾看见艾克也正穿过人群往那边走，便放下酒杯去追他。

见罗宾走来，艾克笑了：“我是不是很会搞惊喜？”

“我有几句话要说，朋友。”

“啥？不恭喜我吗？”

“咱们去哪里讲？很快。”

艾克示意侍者拿来酒，然后带罗宾去了没有人在的游泳池。

“好了，说吧。你想说什么？”艾克说。

“阿曼达。”

“对，你们俩处过。”艾克吞下一杯波旁威士忌，然后盯着罗宾一口未动的酒，“不打算为新郎祝酒吗？”

“我知道阿曼达的事。”罗宾平静地说。

艾克眯起眼睛：“你知道什么？”

“杰瑞·莫斯是我朋友。”

“我杀了那个小流氓。我叫他闭嘴的。”

1　瓦格纳创作的三幕浪漫主义歌剧，取材于中世纪德国的传说《亚瑟王》，讲述了圣杯骑士罗恩格林乘坐一条由天鹅拉着的小船去拯救一位永远不会询问他真实身份的美丽少女。——编者注

“别要横了，杰瑞已经尽力做了最好的选择。我是来跟阿曼达求婚的。”

“她用不着你施舍。”艾克厉声说。

“那你是施舍吗？”

“我没有。”

“艾克，咱俩是一路人，我对那种事儿没意见。我也喜欢。但阿曼达不会走那条路。她不能，尤其现在不可以。”

艾克冷笑道：“要不是咱俩有交情，我绝对把你揍得屁滚尿流。你以为我是何等浑蛋？”

“不分什么三六九等，你就是个浑蛋。我不希望阿曼达受伤。”

艾克饶有兴趣地打量着他：“你爱上她了？”

“我在乎她——我关心她今后的幸福。”

艾克点点头：“那咱俩目标一致。”

“真的吗？”

艾克趴过来：“听好了，我可不是跟你玩什么游戏。来场真心话大冒险。你爱上她了吗？告诉我，告诉我你爱她，我马上叫阿曼达来，给你出手的机会。胜者为王。但假如你只是来大言不惭地说些有的没的，那就别费心了。她不需要你的任何帮助——等时候到了，我自有更好的安排。”

“行啊，哥们儿，玩真心话是吧。”罗宾的脸很严肃，“你爱她吗？你还没回答我。”

艾克站起身，盯着黑魆魆的泳池。“我当然不爱她，”他平静地说，“不过，你也一样。”

“我就知道。”罗宾说，“那为什么娶她？”

“为什么不呢？”艾克问。

“依我看，你会被她束缚住，不得自由。”

艾克笑了：“她能帮我树形象。”

“怎么说？”

“你大概还没看报纸吧。上个月，我老婆——前妻，我们离婚五年了——干了傻事儿：吃药。谢天谢地她当时在威斯康星。复活节，她趁假期去看我儿子。他在那儿上学。她吃了一整瓶药，还留了张纸条说没有我她活不下去。多亏乔伊，我的孩子，他看到纸条马上喊我过去。我花了点儿钱一番打点，让这事儿看起来像个意外。”艾克叹了口气，“我已经五年没见这女人了。我从没爱过她——我们是同学，大四时她把什么都给了我。我跟她结了婚，只是她跟我从没有走在一条道上过——总是嫌我没用，总让我替她叔叔卖领带。我坚持到乔伊十二岁——然后走了。我给钱给得不能再大方了，真的，我甚至允诺哪怕她再婚，都会继续给生活费。她呢，永远活在过去，然后用自己的命报复我。

"你真该看看那张纸条——让我成了十恶不赦的浑蛋。乔伊跟我一起烧了纸条，但现在坊间开始有传言说她是自杀的。然后又有两个女疯子也跟着吃药——我就不明白了，这些女人怎么偏要跟安眠药过不去。我又不是什么好情人。结果有家杂志给我贴上标签：'女人们为艾克·瑞恩而死。'其实事情很简单：这里男人都死绝了。哪怕门把手穿条裤子，她们也要一拥而上。一大半的明星，那些女人，都跟那些死同性恋美发师混在一块儿。话说回来，我的名声确实善良不足。我得来点儿正面报道。阿曼达走后，人们会对我另眼相看。到时候他们都会知道，我让这个被判了死刑的女孩儿在最后几个月过得很快乐——过得精彩绝伦。我要给她任何女孩儿都没享受过的最炫目的幸福。当人们给这只漂亮的小猫咪盖上棺木时，至少她是很时髦地离开的。"

罗宾呆坐着听完，嘶哑地说道："你在利用她。你这狗娘养的——你在利用她。"

"不如说我需要她，但这也远远不及她对我的需要。"艾克走近，他的脸色铁青，"听好了，我清楚你是哪种人。你就是个冷血动物，所以不用对我评头论足。她选了我，我要让她开心。我会包机带她飞遍全世界。我要给她戴满钻石。你能为她做什么？操她？我也可以，虽然鬼知道她有没有力气干那事了。但你能做到我所做的这些吗？我知道她以前的事情——而且我觉得，她现在爱的是我。你比得了吗，小记者？"

罗宾站了起来。他的眼神和艾克一样冷漠。两个人面对面。"不，我做不到。但你最好做到所说的每一句话。别他妈光嘴上说。不然我会找到你，艾克——哪怕你跑到天涯海角，我都会打断你每一根骨头。"

一片死寂，一时间剑拔弩张。随后，艾克微笑着伸出手说："一言为定。"然后转身回到房间。罗宾没有跟他握手，只是坐在躺椅上喝着酒。他感到筋疲力尽，感到空虚。艾克不关心阿曼达；艾克只关心自己的形象。但关不关心又有什么区别呢？结果是最重要的。他看看手表，时间还早，还来得及买张机票半夜飞回去。

"这会儿可晒不了日光浴哦。"他循声抬起头。是迪普·纳尔逊。

罗宾笑了笑："晒晒总是好的。"

迪普点了支烟："我在里面太难受了！你是纽约来的？"

罗宾点点头。

"我猜也是。你也是干这行的？"

"万幸，不是。"

他好奇地盯着罗宾："我猜猜——你是新娘的亲戚？"

"远亲。"罗宾又补充说，"顺便说一句，我也算你的粉丝。我看过你的一些电影。你很会骑马。"

迪普不悦地看着他："讽刺我呢？"

"没有。"

"那这算什么评价？我的演技如何？"

"差得要死。"罗宾一笑。

迪普一时间不知道该生气还是该如何，随后笑着伸出手来："好吧，至少你是个诚实的人。"

"我觉得演技不重要，"罗宾说，"气场才是关键，从你刚刚一进屋的场面来看，你显然不缺这个。"

迪普耸耸肩："你说得没错，我练了好几年马术。拍了一部又一部西部大烂片，然后突然火了，我就成了明星。不过我的新片的确引起了关注，下周在纽约上映。我演的是反英雄派的广告精英。窄领带，灰西装，就像你这样。喂，你是不是干那行的？"

"差不多吧。"

"哎呀哎呀，贝贝来了。咱们快跑。"

"贝贝是谁？"

"她老公是大制片人。走吧，离开这里吧？"

"你读懂我心思了。"罗宾说。

"跟我来！"迪普朝更衣室走去。他们溜进黑灯瞎火的化妆间。"别出声。她喝多了，走不了这么远。"

他们静静地站在黑暗中，制片人的妻子在泳池边颤颤巍巍地喊着迪普，最后放弃了，回了屋。迪普松松领扣："妈呀，没有比饥渴的更年期女人更恐怖的了。听着：我跟你有一说一，别看我是个电影明星，我可专一着呢。没错，我是得睡过几个女人才会遇到对的那个。但我绝不像那些男妓，要勾搭贝贝那样的女人。"

他颤抖着说："没有比她们更可怕的了：四十岁的年纪，二十岁的身材。等搞上了——跟搞果冻没区别，不管摸到哪里，你都会陷进去——软塌塌的大腿、松垮的肚子、下垂的乳头。”

“听起来你挺有经验。”

“要么骑一辈子马，要么骑克莱尔·霍尔拍一部电影。我选择骑克莱尔，火了。快跑，现在安全了。我们可以溜了。”

他把罗宾领到一辆车前，这是罗宾见过的最长的凯迪拉克。

“咋样？”迪普骄傲地问。

“很厉害。”罗宾答道。

“定制的：全洛杉矶就这一辆黄金敞篷车。纯金——22K纯金喷漆，连皮革都是镀金的。这是我形象打造的一环。金发金车配金人。光真皮这块儿就花了两千美元。”

汽车慢慢地驶向车道，沿着日落大道开下去。“你有什么安排吗？”迪普问。

罗宾笑笑：“坐夜航回纽约，别的没有。”

“你这种人肯定不习惯这边的生活。”

“我这种人的确不习惯。”

“适者生存，你要是能适应这边，哪怕去盂买生活也不怕。我老妈说的。她在影业救济院去世了。”

“节哀。”

迪普摆摆手：“不用，这是最好的结果。我当时还没混出名堂，所以只能这样了。但那里不差，有自己的单间，可以聚着聊聊天。她不是那个圈子的；我老爸倒是弗雷德·汤普森和汤姆·米克斯的特技演员，在业内数一数二。不过都是我出生以前的事了。他教我骑马。后来他在一场戏中丧了命。我妈独自把我拉扯大。她也早已不年轻了。我是个经历过生活突变的孩子。都说这种孩子更聪明。你信不信——我没上过高中。”

罗宾说：“好像并不影响你。”

“有时我很希望自己上过，比如我对自己的表达能力不太自信。剧本没问题，都是写好的……但那些面试——我知道自己讲得很烂，因为有时采访我的人觉得我在为难他们，让我别再扯牛仔的那套废话了。”

“方便的话，麻烦在下个路口拐弯，把我放到比弗利山庄酒店。”罗宾说。

“急什么？才七点。难道你有别的安排？”

“我没有，不过你肯定有。”

迪普咧嘴笑了：“当然！咱们去找我女朋友——她在脱衣舞俱乐部唱歌。您瞧好吧，她才十九岁，一上台绝了。”

“我不会打搅你们吗？”

“不会。而且，我想让你记住好莱坞的这一夜。我明白你刚才在派对上的感受。我曾经也那样格格不入，没人带我。太惨了，我只能傻站着，和钢琴手聊天。我站在那儿太久，以至有人点我唱歌，以为我是乐队成员。所以今晚看到你，我心想，有人在这儿很茫然，我，迪普·纳尔逊，我是大人物——我是主角。在我还是个无名小卒的时候，我就坚信自己不会默默无闻地演一辈子动作片。为那个婊子阿曼达的派对打扮一番真让我想死。但我得捧捧艾克·瑞恩的场。所以我来了，然后开溜。但至少我要带你找找乐子。”

“好吧，你已经做了很多，”罗宾说，“别管我了，已经很照顾了。”

“哎哟，有啥的嘛。不管你去不去，我都要去听保利唱歌。她那个俱乐部很垃圾，但她唱得比嘉兰[1]或者任何歌手还要好。她会成功的，等着瞧吧。不过我还得提点提点她，她可单纯了。刚认识她时，她还是个处女，除了我，她没跟别的人在一起过。等我拍了三部大热的片子，我们就准备结婚。你瞧，我现在是明星了，但只有一部拿得出手的作品。接下来的两部该大展身手了。到时候我就娶保利，没人敢对我指手画脚。同时我可以帮她好好打磨。可不是吹牛——她很有才华，而且很善良。”

他开车到了一家小餐厅。“她每周只赚七十五块，但至少这边让她唱她喜欢的歌，不用应酬顾客。”店主热情地招呼迪普，把他带到一张靠墙的宴会桌旁。这地方坐满了一半。男人们穿着运动衫，女孩儿们多穿着休闲裤。酒吧区大概坐了二十个人，大部分只点啤酒。

“她大概十分钟后上场，演完就来找咱。”他见罗宾瞥了一眼手表，“你今晚真没别的约会吧？”

“没有，只是我要早点儿结账退房。”

“等下我送你去机场。”

“咳，不用了。”

迪普咧开嘴，灿烂地笑着：“朋友，我这人就是仗义，帮人帮到底。说说吧，

1　朱迪·嘉兰（Judy Garland，1922—1969），原名弗兰西丝·埃塞尔·古姆，美国女演员及歌唱家。——译者注

你在纽约忙活啥的——广告公司是吧？”

“不，我是国际广播公司的。”

“我看电视从来只看电影，觉得可以学习学习。你在IBC做什么？”

“新闻。”

“你是研究员还是什么？写报道吗？”

“有时候要写。”

“你肯定上过大学吧？”

罗宾笑了：“能看出来？”

“对呀，一眼就看出来了。不过上大学——纯属浪费时间，除非要当律师或者医生。我只想做大明星！天哪，我就差一点点了，我太想成功了。我要对全世界大喊：‘去你妈的！’”

“保利呢？”

“她一路陪着我，哥们儿。等我们结了婚，要是她只是当个全职太太，我不会逼她。她才华横溢，但她只想嫁给我，生很多孩子。你呢——跟老婆生了两三个孩子了吧？”

“没。”

“女朋友呢？”

“没，连那个都没。”

迪普突然看着他：“怎么会这样？嘿，你是直男吧？”

罗宾大笑起来：“我可喜欢女人了。”

“那你在搞什么？我是说，到你这个年纪应该结婚生子了。我毕竟才二十六岁。”

罗宾咧嘴一笑，这让他有些局促。

“好吧——我三十一了。但我说自己二十六也没啥问题吧？”

“好莱坞很会打光。”

“是的，很会。你多大了？”

“八月份就满四十了。”

“没结过婚？”

“没有。”

“没有认真谈的女朋友？”

“有一个，但她订婚了。”

迪普同情地摇摇头：“你肯定很难过。碰到一个真实的人太不容易了——尤其在这种地方。每个女人都为了争第一满口谎言。”

“你不也是吗？”罗宾问。

迪普被戳痛了：“你说得对，我也是。但我没骗你吧？我是为了我的事业才那么做。但对喜欢的人我很坦诚。”

“你喜欢我？”

“是的，我觉得是这样。喂，我还不知道你叫啥。”

“罗宾·斯通。”

迪普狐疑地看着他。“你真是直的？不骗你，你要是同性恋的话，保利一眼就能看出来。她能认出一里开外的同性恋。”突然，他一拍罗宾的胳膊，“她上场了。你马上就知道她多厉害了！”

罗宾往前探了探身子，一个苗条的小女孩儿出现在聚光灯下。她有一头红色卷发，从她肩膀上的斑可以知道这是她天然的发色。她的鼻子很短，可爱地翘起。她有一张阔嘴，大眼睛蓝汪汪的，透着天真——可一开口，罗宾失望透顶。嗓音确实不错，但过于普通。不过在卖力模仿嘉兰和莉娜。他听过一百个类似保利这样的女孩儿唱歌，那些人长得更漂亮。她唯一一次引起他注意的是模仿卡罗尔·钱宁，学得活灵活现——她反倒很有喜剧天赋。一套表演结束，现场掌声和狂野的口哨声雷动。迪普猛拍罗宾的背：“你说她漂不漂亮？是不是很出彩？她一上台，就把整个酒吧变成了华尔道夫酒店！”

女孩儿走到桌边，他们俩都起身迎接。“这是我的未婚妻，保利。保利，向罗宾问好。”

她微微一笑，坐了下来，然后好奇地看着罗宾。

“他纽约来的。”迪普马上解释。

“哦，对了，迪普，你的经纪人让你一到这儿就给他打个电话。”保利并没留神迪普说的话。

迪普起身：“你们俩先聊。罗宾在IBC工作。”

保利目送他离座，然后转向罗宾：“你跟迪普是怎么认识的？”

“派对上认识的。”

她眯起眼睛：“迪普怎么会认识机械师？”

“机械师？”

“他不是说你在IBM工作吗？”

“IBC：国际广播公司。”

“哦。那，你有没有路子让我上《克里斯蒂·莱恩秀》？”他不喜欢这女的，但他欠迪普一个人情。“嗯，应该可以。”

她的眼睛亮了：“真的吗？”随后一脸狐疑：“你在IBC做什么？”

“新闻。”

“就像亨特利·布林克利那种的？”

“差不多。”

“那我怎么从没听说过你呢？我经常看七点档新闻。沃尔特·克朗凯特倒是知道，但没见过你。”

罗宾笑笑：“我好没面子。”

“你怎么帮我上《克里斯蒂·莱恩秀》？”

“我问问他。”

她的眼神很复杂，然后便想着他万一说的是真的，眼神就变得柔软起来：“如果你可以帮我问问他，我是说，你要是肯帮我，我可以——我可以做任何事，只要能上那个节目。”

“任何事吗？”罗宾笑着问，看着她的眼睛。

她的眼神非常赤裸裸：“是的，只要你想要。”

“那你想要什么？”

“把这破地方炸了。”

“迪普会安排的。”

她耸耸肩：“得了吧，你们俩才认识多久。我的意思是，你还算不上他的好哥们儿，因为我从没听他提起过你。”

“你们已经很成功了。”

“好吧，看，这话我只对你讲，”她压低声音，“他比不上劳伦斯·奥利弗。他是长得好，可他没天分。他不过是运气好。”

“我听迪普说，你没什么野心——只想结婚生子。”

她不耐烦地摆摆手：“哪个没野心但脑子正常的女孩儿会站在这里，每晚对着这些土鳖唱这么三场？我知道自己有那个本事。”

“那迪普呢？”

“我喜欢他。真的，我给了他我的第一次。我对天发誓。刚认识他的时候我很单纯。但我了解迪普。他视自己的事业如命，并不喜欢跟自己有同样野心的女孩儿。他一心想成为大人物，所以我假装自己一无是处。大多数时候，我就坐着听他吹自己多么了不起。可我的内心有一团火，因为我知道我才是那个了不起的人。他呢，凭借长相火了。他也只有这些，可惜没脑子。”

“他想帮你。他告诉我的。”罗宾说。

“是啊，说得可好了。但光说有什么用。拜托你——克里斯·莱恩的节目，可以帮忙安排一下吗？”

“要是我帮你，你会感谢我吗？”

“先生——你有老婆了吧？”

“有吧。”

“那这样，你帮我上克里斯·莱恩的节目，我呢，不管何时何地，只要你招招手，我随叫随到。我会报答你的——而我可以得到莫大的荣誉感。”他伸手掏出一支烟，她拿火柴给他点着。她斜靠着椅子说：“那，说好咯？”

他笑了。“你知道不，你个小婊子，”他轻声细语地说，“差点儿就说好了——可我得对得起迪普。”

“什么意思？”

罗宾轻笑一下，淡淡地说：“你说得对：迪普确实没脑子，否则一眼就把你看穿了。他当你是天使，可你是个骚货。不，连个骚货都算不上——你是个既没品，又没天分的烂货。”

他站起来，还是笑着。他的镇静激怒了保利：“你以为我会怕你向迪普告发我吗？你想多了。你尽管去说，我就告诉他你想泡我。”

“就跟迪普说我接了个电话先走了。”他放下一张10美元的钞票。

“什么意思？”她问。

“现在召妓的行价差不多100美元，这是定金。我看你已经出道了。”罗宾头也不回地走了。

十六

六月的第一周，克里斯蒂·莱恩的节目杀青了。第二天他就回了纽约。7月4日，阿曼达和艾克在拉斯维加斯完婚。所有小报的头版都登了婚礼的照片——阿曼达和艾克被拉斯维加斯娱乐圈的头面人物簇拥着。他们要飞去欧洲度蜜月了。

阿斯特酒店里，克里斯度日如年。埃迪、肯尼和阿格尼斯陪着他。他来回踱步。他哭了。他说："老天啊，我真想醉一场。可我不想灌自己。"

"要不咱去街上转转。"埃迪建议。

"我对她掏心掏肺，"克里斯反复念叨着，"我甚至帮她把那只该死的猫都接了来。"

"那只猫现在在哪儿？"阿格尼斯问。

"我巴不得这畜牲嗝屁——只有这玩意儿才能让她上点儿心。"

"我敢说，她从欧洲回来时肯定会派人来接猫。"

"关我屁事！"克里斯蒂吼道。

"什么嘛，明明是你先提的。"她嘟囔着。

"我对她真是掏心掏肺，"克里斯絮叨着，"她为什么要这样？看看我……我可比艾克·瑞恩好看。"

"啥？"阿格尼斯感到惊愕。

克里斯冲她吼道："你觉得那家伙好看？"

"他挺有味道的。"她闷闷地回应。

埃迪狠狠剜了她一眼："嘿，阿格，你想滚蛋了是不是？现在不是开玩笑的时候。"

"我真觉得他挺性感的啊。"她不肯让步。

"听我说，克里斯，"肯尼开口了，"咱们去酷吧坐坐，如何？我认识几个管事的。他们新招了三个跳舞的。其中一个很漂亮，才十九。她肯定喜欢你。她是个好姑娘。"

克里斯狠踹一脚茶几，桌脚都被踹断了，整张桌子都塌了。"好姑娘！我有过好姑娘——漂亮得很！天哪，哪怕我在她面前说一句脏话，她都会狠狠瞪我。谁承想，她真是玩得一手好双标。哪怕是马戏团的女人都没她会耍。老子不做好男人了，也不想找什么好姑娘了。我就找个破鞋！就照对待破鞋那样对她，这样谁也不用受伤。给我去找这里最烂的破鞋！”

“正在转接埃塞尔·埃文斯——！”埃迪学接线员的样子喊道。

克里斯打个响指：“就她了！”

埃迪笑了：“行啦，别这样——我开玩笑的。听我的，克里斯，哪怕真要找婊子，也得找个好看的。弗里斯科镇上有个名媛——”

“要什么漂亮婊子，要什么名媛。就要埃塞尔！”

“她是个疯婆娘。”肯尼说。

“不要选美皇后。我就要婊子！给我把埃塞尔找来！”他眯缝起双眼，“等他们见到我跟这种婊子一起，就会明白的。我既然能搞埃塞尔那种娘们儿，他们就会明白阿曼达对我无关紧要。给我把她找来！”

埃迪只好打电话给身在格林尼治的杰瑞·莫斯。杰瑞叹了口气，答应尽力。他找到火岛上的埃塞尔。

“搞什么，恶作剧吗？”她问。

“不是，克里斯蒂·莱恩点名要见你。”

“奇了怪了！”

“埃塞尔，你击败了其他所有应征克里斯节目的明星。”

“有几集我还没看呢。他们上一季一大半都是去加州拍的。”

“下一季不在加州拍了。”

“太好了。我赶紧搞个新的子宫帽。”

“埃塞尔，我们的大明星心情不好。他想要你。”

“我不想要他。”

“我要请你过去。”

她冷冰冰地答道：“这是在命令我吗？”

“算我求你的。”

“我要是不答应呢？”

“那我恐怕得打给丹顿·米勒，请他把你调离这档节目。”杰瑞很讨厌这样，但他不得不最后努力一下。

她发出粗粝的笑声：“丹顿可不敢拿我怎么样。”

“他不会跟赞助商过不去。不管你接不接受，埃塞尔，很不巧，赞助商就是我。”

“是吗？我还以为你是罗宾·斯通的贴身女仆呢。”

他对这奚落无动于衷：“我是在跟你说正事儿。”

“哦，真是抱歉。这的确是正事儿——你打给我，让我去睡克里斯·莱恩。”

“随你怎么想吧。你名声如此。国庆节跟你通电话也并非我的工作内容。我做这事儿完全只是出于我是《克里斯蒂·莱恩秀》的一分子。显然你这人毫无团队精神。”

“够了，少跟我扯什么团队。”她厉声打断，“请你搞清楚，我不是应召女郎。我跟男人睡，只因为喜欢他。这一年半里，克里斯·莱恩从没拿正眼瞧过我——真是谢谢他了！现在我摇身一变，竟成了伊丽莎白·泰勒。这是什么情况啊？”

“阿曼达跟艾克·瑞恩今天结婚了。”

她愣了一下，然后笑了：“哈，那你朋友罗宾·斯通一定也很难过呀！我干吗不去慰问他呢？他的话，让我游过去都行。”

“你到底干不干？”

她叹了口气：“行吧。我去哪儿见我的小乖乖？”

“阿斯特酒店。”

她笑了：“你知道不，我这辈子都在等住阿斯特的阔佬！”

到那儿的时候，只有克里斯蒂一个人。“嘿。你这是搞什么？”他问，“你怎么穿着休闲裤就来了？”

“你难道指望我光着身子进来？”

他没有笑：“并没有，大伙儿都在酷吧。我正等着带你去跟他们一起玩。”

她愣愣地看着他：“酷吧？”

“走吧！”他催促道，“咱们打车去你家。我等你换身裙子，一起过去。”

他坐在她的客厅里，翻着杂志，等她换装。

在出租车上，他兀自蜷在座位的一侧，沉默不语，闷闷不乐，但一踏进酷吧，他便仿佛换了个人。他挂上灿烂的笑容，挽起埃塞尔，神采奕奕地向所有人介绍她。表演全程，他一直拉着她的手，甚至帮她点烟。她冷冷地坐着。她看过这样的表演。她感到疲惫，想着赶紧把这一晚应付过去。

等他们回到阿斯特，已经将近三点。她从没熬过这么累的夜。先是酷吧演出，然后喝酒，再是法式啤酒店，最后又去了熟食店吃了点儿。现在轮到他们俩独处了。她默默地脱衣。他已经一丝不挂，满脸期待地躺在床上。看着他，埃塞尔感到一阵恶心。缺乏男性魅力的男人着实令人厌恶。阿曼达是怎么办到的？从罗宾·斯通这样的人换到这种蠢货！

她光着身子走到床边。他盯着她丰满匀称的胸，发出由衷的惊叹。

“天哪宝贝，你真是魔鬼脸蛋，天使身材啊。”他抓着她的屁股说，“要是屁股再瘦一点点，身材就绝了。”

她把他推开。他的手湿漉漉的，她不想被他碰。

“你有剃须膏吗？”她问。

“有啊，怎么？”

她去卫生间拿来一罐剃须膏，挤在手上：“躺下吧，大明星。”

不到五分钟，他就缴械投降，发出舒服的呻吟。她溜进卫生间，快速穿好衣服。回到卧室时，他正闭着眼睛，一动不动地躺着。

“告辞了，克里斯。”她跑得不够快。

他一把拽住她的手：“宝贝，我从没尝过这个。这对你不公平，我还没让你爽到呢。天哪，我连碰都没碰你。”

“不要紧，”她轻声说，“我知道你今晚心情不好。我只想让你开心一点儿。”

他把她拉到床上，看着她说：“知道吗，这是我听过的最善良的话。我很感激你。我知道你今晚特意从火岛赶过来。说吧，要我为你做点儿什么？”

她很想说“把我忘了，放我走就好”，却只笑了笑。

他把她拉过来：“来，亲一下。”

他的嘴唇柔软又咸湿。她巧妙地躲开，小心地掩饰反感，俯身吻了吻他汗津津的额头，随即冲出房间，连打车费都没要。

第二天一早，克里斯打来电话请她吃饭。她没别的事做，也就去了。于是两周来，他每晚都带她出去。两人的名字开始结伴出现在小报上。他请她一起去大西洋城，参加“五百俱乐部”的活动。她以克里斯蒂·莱恩的女友身份出现，开始享受突然而来的曝光。她从没做过谁的“女友”，所以答应同去。随后，她跟克里斯的合照登上一份早报，两人坐在木板路的摇椅上，像是好事将近。

杰瑞·莫斯这下担心了。他打给克里斯蒂：“克里斯蒂，你不是玩儿真的吧？”

“当然不是。我说，杰瑞，新一季的前两场秀丹已经筹备得差不多了。你那边有新的人选代替——”他突然住口。

杰瑞说："以后我们每周都换一个女孩儿。但我其实想和你聊聊埃塞尔。"

"怎么了？"

"你知道她的名声。"

"那又怎样？"

"你觉得带她去大西洋城合适吗？那些报纸已经在写你们了。她有损你形象。大家喜闻乐见的是你跟好姑娘约会，跟美女一起。"

"行啦，老弟，我不是没跟好姑娘大美女约过会。大家是看高兴了，但我被耍得够惨。阿曼达结婚那晚，谁管我死活。只有埃塞尔·埃文斯搭理我！"

"埃塞尔那点儿事，圈里人尽皆知。"杰瑞据理力争，"目前外头对她还一无所知。一旦读到你们俩订婚的传闻，他们就会想了解更多。人们怎么能容许你这邻家大叔勾搭上一个妓女！"

"说什么呢！"克里斯粗暴地打断，"她从没管男人要过一分钱！"

"克里斯，你这是动真格了？我说，你过几周还要去拉斯维加斯。你不会还要带她去那儿吧？"

"机票太贵了。不像去大西洋城，可以租一辆车，一起挤挤。"

"那你并没把她当回事。"

"当然没有。但我清楚一点：我寂寞的时候，她随时会来陪我。她对我很好。她不会骗我。自从开始和我约会，她就没找过其他男人。我想做什么她都接受。跟埃塞尔在一起，我很放松。"他停顿了一下，似乎在回想什么。然后他笑了："把埃塞尔带去拉斯维加斯！这跟自带金枪鱼三明治去丹尼小窝有何不同。"

这个夏天，埃塞尔过得百无聊赖。她进了一档新秀综艺，但她对摇滚乐队完全不感冒，客串明星尽是些小年轻。劳动节来了，她总算松了一口气。克里斯蒂·莱恩回了纽约，她似乎找到了救星。

整个九月，她时常跟他待在一起。他的秀十月份才开始拍，所以他几乎每晚都有空。肯尼、埃迪和阿格尼斯烦死人。她也讨厌酷吧。最烦人的是赛马场。克里斯蒂从不掏钱替她买码。闲得无聊，她自己下注买了两美元，偶尔赢个六十美分。她讨厌和他产生任何肢体接触，好在她很快地发现，这个男人"性致"并不高。一周两次他就很满足了，其余时间他就躺着，一门心思看赛马报道。

她掰着指头盼着节目开录以及新客串嘉宾的到来，之后克里斯蒂和几个跟班儿就见鬼去吧。

开播前一周，两本电视杂志刊写了克里斯蒂的故事，对埃塞尔·埃文斯大着笔墨。

杰瑞坐在办公室，盯着照片上笑嘻嘻的两个人——天哪，他们俩真是臭味相投！但现在他必须采取行动了。局面已接近失控。他约丹顿·米勒一起吃午餐。

起初，丹还是一副漫不经心的样子："行啦杰瑞，别没事找事了。那些乡巴佬根本不认识埃塞尔。"

杰瑞把指节捏得咔咔响："丹，这事儿大意不得。汤姆·卡鲁瑟斯是个浸会教徒，也是我们的大赞助商。我们在夏令节目中用那些摇滚歌手，他都颇有微词。到目前为止，他还以为埃塞尔是个安分守己的好姑娘，甚至请她和他的太太共进晚餐。一旦那些八卦杂志开始认真起底埃塞尔，我们就完蛋了！她有个闺密在西海岸，存着埃塞尔所有的来信，里面写的尽是对明星们床上功夫的评分。她把它们印出来然后流了出去。万一那些信出版了呢！顺便说一句，丹，我听说你的评分也列在那上面。"

丹的微笑消失了。

"是这样，丹，我不是假正经，但是这种宣传或许对摇摆舞者有利，对咱们这位邻家大叔歌手恐怕未必。他吸引的是家庭受众。卡鲁瑟斯还想在下一季给这档节目争取更早的排期，让小孩儿也能看。他想拍一辈子《克里斯蒂·莱恩秀》。你算挖到金矿了——可不能让埃塞尔挡了道。"

丹给自己续了杯咖啡。杰瑞·莫斯的话不无道理。丑闻一旦传开，《克里斯蒂·莱恩秀》的赞助就泡汤了。他们很认同阿曼达式的"浪漫"，因为它代表了每个沃尔特·米蒂（Walter Mitty）[1]的梦想。一个普通男人竟然和全世界最美的姑娘在一起。既然克里斯蒂都能办到，还有谁办不到呢。他给人们送去了希望。如今阿曼达为了光鲜的艾克·瑞恩抛弃克里斯蒂，人们对他的期望更高了，紧接着将目光投向了埃塞尔·埃文斯。后者代表的是普通女孩儿。杰瑞说得对！真是一团糟！

午餐因丹的溃疡加剧而告终。他答应介入埃塞尔·埃文斯和克里斯蒂·莱恩的恋情，拆散这对鸳鸯。

丹思忖数日，想着得把她调离这档节目。天哪，她到底在信里说了他什么？他打到宣传部，那边说埃塞尔在美容院。美容院！只有整形医生才救得了她。他

1　沃尔特·米蒂是詹姆斯·瑟伯的第一部短篇小说《沃尔特·米蒂的秘密生活》中的主人公，这里泛指这类爱做白日梦的普通男人。——编者注

要来电话号码打过去。

“嗨！”她听起来很高兴。

“今天是什么大日子吗？你下午为什么请假？”

她咯咯笑着：“我现在可安分了，得打扮得漂亮些。今晚很要紧。”

“今晚？”他这才想起：电视人物金像奖。IBC在那里会分得一桌。这是电视界与艾美奖齐名的盛事。

“你要去吗？”他问。他意识到这话太蠢了——她当然要去。

“你要去吗？”她反将一军。

“我肯定去，克里斯可能会得奖，罗宾·斯通可能也有，格雷戈里·奥斯汀还要上台。”

“那到时候见——咱可能坐一桌。哦，顺便问一下，丹，你打给我干吗？”

“我有点儿想请你跟我一起去。”他说。这会儿还不到下最后通牒的时候，那种话得当面说。

她发出难听的笑声：“咱就别玩儿这套了吧。我头发还湿着呢，着急去吹。到底为什么打给我？”

“明天再说。”

“明天要录节目。我会很忙的。录完节目，卡鲁瑟斯还要办个小派对。”

“那你只好推掉派对了。”他说。他知道他选择的时机不对，但这事太过了。

“你说什么？”

“今晚是你和克里斯最后一次公开或私下露面。”

她想了一会儿，然后问：“你吃醋了？”

“这是公司的命令。”

“谁规定的？”

“我！《克里斯蒂·莱恩秀》属于IBC。我有责任维护公司利益。这么说吧，你的形象不适合家庭类节目。所以我希望你今晚过后给克里斯回个话。”

“我要是不答应呢？”

“那你就被IBC开除了。”

她沉默了。

“听见没，埃塞尔？”

她冷冰冰地回答：“行呀，孩子。你当然能炒我鱿鱼。但我可能并不在乎。IBC不是城里唯一的局。还有CBS、NBC和ABC。”

“一旦我公开你被解雇的原因，你就别想了。”

“莫非操克里斯蒂·莱恩或者电视部总裁违法？”

“不违法，不过发色情邮件违法。我手头刚好有几份你写给洛杉矶一位女朋友的信件副本，上面有你的性生活图片和临床报告。”

她硬着头皮说：“好吧——那我不干了。这样还有更多时间陪克里斯蒂呢。”

他笑了：“据我所知，克里斯蒂·莱恩并不具备慷慨这一美德。不过可能你了解他不为人知的一面。毕竟你们俩最亲密了。他可能会帮你租一间公寓，给你点儿零花钱。”

“你个王八蛋！”她的声音刺穿了电话。

“给我听好，甩掉克里斯蒂，保住工作。我安排你进别的节目组。”

“我答应你，”她说，“让我进罗宾·斯通的节目组，克里斯蒂·莱恩就别想找到我了。”

丹认真回应道：“我们之前说给他重新派个人，但他不要。我再想想办法。我一定努力。要是不行，还有别的节目。”

“我说的是罗宾·斯通的节目。”

“那就说不好了。我尽力把你调到罗宾·斯通那边。但记牢了，今晚是你最后一次见克里斯蒂·莱恩。只要你明天在他那边露面，你就完了！”

那天晚上，她打扮得很用心。她的头发长长了，浅浅地染了层赤褐色。那件绿色的连衣裙很好看——低胸款的，把她的胸部衬得很饱满。屁股还是有点儿大，不过被裙身遮得很好。她对着镜子欣赏自己，开心极了。她比不过阿曼达，但只要记牢别咧嘴笑，藏好该死的牙缝，自己看起来并不差。一点儿也不差……

华尔道夫大宴会厅人山人海。克里斯领她进来，经过每张桌子时都高声问好。

会场众星云集：满当当地坐着所有广播公司的老大、百老汇大明星们，还来了市长和一位影业主管。埃塞尔看到格雷戈里·奥斯汀和他美丽的妻子坐在前排中央，一位专栏作家正和后者聊天。她的头夸张地垂着，不知是在侧耳倾听，还是为了给别人看她听得多专心。埃塞尔跟着克里斯，直接走到台前的IBC主桌。丹·米勒已落座。他和一个三十多岁的黑发女人在一起。丹为今晚找了个合适的款，这事儿对于他完全不在话下。仿佛他只需要给经纪人打个电话：“给我来个社交场合适用型——穿黑裙，戴珍珠首饰，胸不要太大。”女人身边有两个空位，会不会是给罗宾·斯通留的？肯定是——别的座位都有人了，也就是说，罗宾会坐在她旁边。真是意外惊喜。

他来晚了，带了个漂亮的姑娘——德国新晋演员英格尔·古斯塔夫。埃塞尔掏了支烟，克里斯蒂无动于衷，反倒是罗宾出人意料地拿出了打火机。

“眼光不错，”她轻轻地说，“上周看了她的电影。演技不行，不过无所谓。”见他不说话，埃塞尔接着说：“这次是认真的还是玩玩的？”她努力用调侃的语气问道。

他淡淡笑着说：“吃你的柚子。”

“我不爱吃柚子。”

“对身体好。”他头也不抬。

“我不爱吃对身体好的东西。”

这时会场响起了音乐，罗宾突然站起身：“好吧，埃塞尔，来吧。”

她高兴得涨红了脸，莫非终于打动他了？难道说，绿裙子和红头发比想象的效果还要好？他沉默地跟她跳了几分钟。她靠近，被他推开。罗宾面无表情地看着埃塞尔，嘴唇几乎纹丝不动，但字字清晰。

“听好了，蠢女人，难道你不明白现在是你这辈子最接近铜戒指的时候吗？是你脑子的功劳——那么抓住机会，学聪明点儿。”

“我好像对铜戒指不感兴趣。”

“什么意思？”

“意思是，克里斯蒂·莱恩不是我的菜。”

他仰头大笑：“你真的很挑剔。不管怎么说，我喜欢你的勇气。”

“我喜欢你的全部。”她的声音含蓄而柔和。

她感到他的身体一僵。他没看她一眼就说：“抱歉，没戏。”

“为什么？”

他推开她，看着她说：“因为我也很挑剔。”

她盯着他：“你就这么讨厌我？”

“我不讨厌你。我对你唯一的想法就是你相当有头脑和勇气。但现在我开始怀疑了。你有克里斯蒂·莱恩，别小瞧他。他或许的确比不了辛纳屈[1]，但他的节目够火好久了。”

“罗宾，告诉我，你为什么找我跳舞？”

1　弗兰克·辛纳屈（Frank Sinatra），歌手、演员、主持人、唱片公司老板，是20世纪重要的流行音乐人物。——译者注

“因为这将是一个漫长的夜晚，我不打算从你这儿接收十或十二个暧昧提议。我想我应该立即给出答案。答案是否定的。”

她看着在她们身边跳舞的德国女孩儿。“今晚不行。”她笑了。

“哪天晚上都不行。”

“为什么？”她逼视着他的眼睛。

“要我说实话吗？”

“要。”她笑了笑，注意不露出牙齿。

“我对你硬不起来，宝贝，就这么简单。”

她的脸绷住了：“我不知道你有问题。所以是因为你有难处。”

他笑了：“它会困扰你的。”

“难怪阿曼达为了艾克·瑞恩把你甩了。伟大的罗宾·斯通——只有魅力，只有空谈，没有行动。她甚至为了克里斯踹了你。”

他停止跳舞，拽过她的胳膊：“我看还是回座位吧。”

她放肆露出坏笑，不为所动：“怎么，斯通先生，戳痛你了？”

“我不觉得痛，宝贝。只是觉得你没资格说阿曼达的闲话。”他又一次试图把她拽离舞池，但被她拉住重新跳了起来。

“罗宾，给我个机会，跟我试一次！我不会拴住你！我随叫随到，优秀的备胎。我会让你满意的——你再也不用为了阿曼达那种女孩儿失去理智了。”

他的脸上浮出奇怪的微笑，看着她：“想必你壮得像头牛。”

“这辈子没生过病。”

他点点头：“看得出来。”

她静静看着他：“所以呢？”

“埃塞尔，”他轻叹一口气，“你还是对克里斯·莱恩全力以赴为好！”

“不行，”她摇摇头，“不行了——有人命令我退出。”

他来了兴趣：“谁？”

“丹顿·米勒。还能有谁。对他来说，可以随时搞我很棒，但下午他通知我离开克里斯——看来我们的报道太多了。我不利于他邻家大叔的形象。要是我不答应，他就解雇我。”

“你怎么打算的？”

好吧，好歹引起他的注意了。看来这招不错——不要过于强势，要博取同情心。为什么不这样呢？毕竟别的招数都试过了。她使劲挤眼泪，但挤不出来。她问："我该怎么办？"然后无措地看着他。

"别跟我来秀兰·邓波儿那套。你要真够野，就争点儿气，别跟个小姑娘似的哭哭啼啼的，"他冲她咧嘴笑笑，"你在男人堆里摸爬滚打这么久，我大可鼓动你跟丹顿·米勒作对。"

她不解地盯着他问："你是说，我该反抗丹·米勒？"她随即摇摇头："没戏。除非你给我一份工作，让我去你的节目。既然你觉得我有脑子，那暂时忘掉上床这回事。给我个机会，罗宾。我可以为你的节目做很多。我可以帮你好好做宣传。"

"算了吧，"他打断了，"我不是演员——"

"让我去你那边。我可以打字，或者任何工作。"

"不。"

"为什么？"她苦苦恳求。

"因为我从不施舍、怜悯或同情。"

"算友情呢？"

"我们不是朋友。"

"我可以做你的朋友。我愿意为你做任何事——只要你开口。"

"好，我现在最想要的，就是结束这场舞。"

她猛力挣脱，狠狠地瞪着他："罗宾·斯通，我咒你在地狱里发烂发臭！"

他无所谓地笑着，挽起她的胳膊，把她带离舞池："这就对了，宝贝，振作起来。我更喜欢这样的你。"说着，他们来到了桌边。他微笑着感谢她和他跳了这支舞。

这一夜漫长而沉闷。克里斯得了"新节目杰出人物奖"。罗宾的《深度》也拿了新闻类奖项。嘉宾陆续致完辞，舞台的帷幕拉开，乐队正式开始演奏，所有人边心里犯嘀咕，边调转方向，开始欣赏演出。

嘉宾席的灯光一暗下，罗宾便带着那个德国女孩儿离场了。克里斯和公司其他工作人员坐着一起看完了节目。

埃塞尔盯着那两张空椅子。他到底是哪根葱，敢单独溜走？连丹顿·米勒也坐在那儿老老实实看完了乏味的表演。克里斯可不敢走，他的重要性是罗宾·斯通的两倍。说来也是，克里斯比丹顿·米勒还重要。丹随时都有可能被炒鱿鱼，多亏了克里斯，他才保住了工作！他怎么敢威胁自己！只要她抓住克里斯，就比丹顿·米勒牛，比罗宾·斯通还牛。她突然想通了，克里斯是自己唯一需要的。她三十一了，不可能总跟名人们鬼混。再过几年他们就对她没兴趣了。

她坐在黑暗中，对观众阵阵礼貌的笑声充耳不闻，开始盘算起新的主意。她为什么要把克里斯打发走？和他上床是一回事——但她要做克里斯蒂·莱恩太太！这招简直是空前绝后。当然，过程必定漫长而艰辛。她得慢慢地向他灌输这个念头，到时候就能让所有人滚蛋。丹——罗宾——全世界。克里斯蒂·莱恩夫人！电视明星夫人！权势女王！

回到阿斯特酒店时已是凌晨三点。克里斯要送她回家："明天十一点我要排练，宝宝。"

"让我跟你一起睡吧。不做爱，我就想和你待在一块儿，克里斯。"

他朴素的老脸上现出了笑容："当然好啊，宝贝。我只是觉得你在自己家会舒服些，换衣服什么的更方便。你明天也要在排练场的。"

"就这样吧——我不回去。"

他在黑暗的出租车里转向她："你说什么？"

"一会儿上去的时候再告诉你。"

她轻轻地脱下衣服，爬到床上。克里斯在看赛马杂志，肚子上的赘肉溢出短裤边缘，嘴里叼着一根雪茄。他向双人床的内侧抬抬下巴："你睡里面，宝贝。今晚不搞了。"

"我只想抱着你，克里斯。"她搂着他松软的身体。

他看着她："说吧，你今天怪怪的。怎么回事？"

她突然涌出了泪，连她自己都很惊讶，怎么这么轻易就哭出来了。她想着罗宾·斯通的羞辱，哭得更伤心了。

"哎哟宝贝——我的老天爷，到底怎么了？我做错什么了吗？跟我说。"

"没有，克里斯。今晚是我最后一次跟你在一起。"此刻，她发自内心地哭泣。为所有的拒绝哭泣，为所有只爱了一晚的男人哭泣，为她从未拥有的爱哭泣。

"你到底在说什么？"他搂着她，笨拙地拍拍她的脑袋。天哪，连他身上的气味都令人作呕，廉价的古龙水味和汗味。她又想起了舞池里的罗宾，想起了那个德国女孩儿，人家此时恐怕正在他的怀里。哭声越来越大。

"宝贝，跟我说吧，我见不得你这副样子。你可是全世界最坚强的女孩儿，前几天我还刚这么跟肯尼说来着。我说：'埃塞尔会为我赴汤蹈火。'什么叫'最后一次在一起'，这是什么屁话？"

她泪流满面地看着他："克里斯，你是怎么看我的？"

他揉揉她的头发，若有所思地盯着天花板："我不知道，宝宝。我从没有想过这个问题。我喜欢你。咱俩玩得很好。你在床上真的很棒——"

她又抽噎起来。这头猪——连他都瞧不上自己！

"不是，宝宝，我是说——你听我说，我不会让自己陷进爱情的。一次就够了。但我不找别的女人，你想跟我在一起多久都行。就像肯尼和埃迪。所以什么叫'最后一晚'？"

她转过身，直视前方："克里斯，你知道我以前的事情吧。"

他的脸色有变。

"是那样没错，"她抽泣道，"但那不是真正的我。你现在看到的才是真的我。你因为阿曼达害怕受伤——我又何尝没经历过这种痛苦。大学时，我交过一个男朋友，我们都订婚了。我是个处女，他却抛弃了我。我太伤心了，决心睡遍全世界的男人，就为了报复他。我恨他，恨生活，恨自己。直到遇见你——我好像被你吃得死死的。我遇上了好人，我真的很在乎你。我开始喜欢自己，真正的埃塞尔·埃文斯回来了。过去的一切都是我装的。我对你所做的一切才是真实的我。"

"我明白，宝贝，我连你以前的事都记不大清了。有什么大不了的？我从没问过那些破事吧？"

"没有，但是，克里斯——跟你在一起之前，我——我跟丹顿·米勒睡过。"

他坐直了："他妈的，还有他！你还真是谁都没落下？"

"克里斯，丹真的很喜欢我。他忌妒和我在一起过的每一个人。他让我上你的节目是为了监视我。杰瑞安排我们约会时，他怒气冲冲。但他以为我们只是一夜情。他不知道我会爱上你。现在他忌妒了。"

"操他妈的！"

"他就那样。"

"你说笑吧！"

"不是，他今天打电话给我，不让我再见你了。他想让我为了他保持自由。我叫他去他妈的，他让我今晚跟你决裂，让我不再接近你的节目。如果我再这么做，他就会炒了我。如果我主动跟你掰，就可以保住工作。他甚至愿意花更多的钱把我塞到其他节目里。但我做不到，克里斯——没了你我活不下去。"

"我明天跟丹谈谈。"

"他不会承认的，那样只会害你树敌。他说他能成就你，也能毁了你。"

克里斯蒂的下巴绷紧了。埃塞尔意识到她走错了路。克里斯仍然没有安全感。

该死，他忌惮丹·米勒。

“他休想动你，克里斯——你那么棒。但他可以摆脱我。我以前太蠢，给一个两面三刀的假闺密写了很多信——关于我的那些风流事。丹手上有那些信的复本。”

“都说有些女人有张大嘴巴，但你是有台打字机啊。你他妈的为什么要写信？你这样会伤害那些家伙的。”

“我知道错了，大概老天在惩罚我。但我怎么知道伊芳还去复印了？老天怎么不惩罚她？我那会儿只是一时冲动写的，图好玩儿。但那些都过去了。问题是现在怎么办。”

“好吧，那你就退出节目，”克里斯说，“有什么了不起？你可以去CBS、NBC，随便去一家广播公司找份工作。”

“不行啊，丹会坏我事。我死定了。”

“我马上给你找份工作。”

“克里斯，这都三点半了。”

“去他妈的！”他抓起电话要了个号码，几声铃响后，埃塞尔听到一个睡意蒙眬的声音接了。“赫比吧？我，克里斯·莱恩。我知道很晚了，但你听着，亲爱的，我这人性子急。我记得你之前一大早来，说只要让你的工作室给我做公关，让你干啥都行。我可以让你试试。就从明天开始。”

赫比的烟嗓断断续续地传出，说个不停。诸如他“多么受宠若惊”，“一定会好好干”，“明天十一点去排练现场”云云。

“先别忙，赫比，有个条件。我每周给你三百——不管现在外面的价格是多少。你现在不过在百老汇有间破办公室，服务三流喜剧演员和舞团。但你接了《克里斯蒂·莱恩秀》的单子，就算入行了。我没准儿还会转些业务给你那些自大的客户。只有一个条件：你得雇佣埃塞尔·埃文斯。她是在IBC上班没错，但我想让她辞职为我工作。要你给她付工资。多少钱——一星期一百？”他看看埃塞尔。她疯狂地摇头。“太少了，赫比，一百二十五？”她又摇了摇头。“等一下，赫比，”他转向埃塞尔，“你要多少——大姐？”

“我在IBC的底薪是一百五，你的节目多加二十五——一共一百七十五。”

“赫比，一百七十五，就这样。你自己剩一百二十五，但想想后续的好处，宝贝。好吧，我懂你意思，好吧，一百五。”他无视埃塞尔戳自己的胳膊肘，“没问题，赫比，她明天十点去你办公室。”

“你费了这么大劲，我还要被砍价？”她问。

“他也没说错，你总不能比他赚得还多。现在可以松口气了。你在IBC得替那么多节目干活。去赫比那儿只需要为我的节目工作，就能稳赚一百五。”

埃塞尔气急败坏。她认识赫比……他会要求自己打卡，简直度秒如年。而现在在IBC，她已经小有地位。赫比就是个瘪三。全都搞砸了，但她现在别无他法。

“克里斯，我这就算签了死亡通知了，你懂吧。”

“为什么？我不是刚给你找了新工作？”

“在IBC我有各种福利——住房，还有漂亮干净的空调办公间。”

“但你得到了我。这不是你想要的吗？”

她依偎在他身边：“你看，我为了你放弃了IBC——我明明可以留下来，去做别的节目。但我放弃了，要去给赫比·希恩打工。但你为我做了什么？”

“你说什么疯话？我不是刚给你安排了工作？”

“我想做你女朋友。”

“天哪，谁不知道你是。”

“我是说正式的——至少订婚可以吗？”

他放下赛马杂志：“别做梦了！我不会娶你的，埃塞尔。就算要结婚，我也要找个体面的女人。我想要孩子。可你的阴部川流不息得就跟那林肯隧道似的。”

“想必阿曼达是正派姑娘咯……”

“她是个贱人，但是她很像样。我也清楚你是什么货色。”

“你就知道女人不会改变吗？”

“可能会吧。我们拭目以待。”他又端起了杂志。

“克里斯，请给我一个机会——求求你！”

“再啰唆，信不信把你踹下去。我们难道不是在一起吗——我去哪儿不带上你——对不对？”

她搂着他：“哎，克里斯，我不仅爱你，我更崇拜你。你是我的上帝，我的主，我的国王。你是我的命！”

她爬到床尾，开始舔他的脚趾。胃里一阵翻江倒海，她努力把他当成自己喜欢的影星。

他大笑起来：“哎哟喂，太爽了。我从来没有这种体验。”

“躺好。我要跟你的每个部位做爱，让你看看我多么崇拜你。我永远崇拜你——不论你怎么对我。我永远爱你。我太爱你了……”她开始呻吟，开始和他做爱。直到他气喘吁吁地瘫倒，汗流浃背，他说：“可是，宝贝，不对啊。我都爽翻了，我的妈呀——从头爽到脚。可你一点儿反应都没有。”

“胡说！”她说，“我来了两回好不好。”

“少来了！”

“克里斯，你还不懂吗？我爱你。你让我好兴奋，你一碰我我就高潮了。”

他搂着她，揉揉她的头发：“怎么样！真是个疯婆娘，但我喜欢。”他大声打了个嗝，拿起了赛马杂志。

“嗨，四点了，我得忙活了。要不你去那张床睡。你还得早起找丹辞职，然后去赫比办公室报到。睡吧，宝贝。”

她走到另一张床，背对着他。她咬紧牙关憋出几个字：“我爱你，克里斯。”他起身下床去卫生间，顺手拍了拍她的屁股：“我也爱你，宝宝。别忘了，我——我四十二了。如今我有了事业，大器晚成。得把它摆在第一位，马虎不得。”紧接着他坐在马桶上屙屎，门都不关。她用被子蒙住脑袋。蠢猪！她却不得不委身于他！她不会吃亏的。她要嫁给他！从此以后——所有人都给她滚蛋。尤其是这头猪！

埃塞尔从打字机上取下一页纸，扔到赫比·希恩的桌上。她眯眼站着，看这个秃头的瘦小子仔细读着。

“好的，”他悠悠地点评，“但你没写餐厅的地址。”

“赫比，这是专栏通稿。要么光写‘拉里奥家’的店名，要么干脆不写。专栏文章不会写地址的。”

“这家店位置太偏，得特别标明才好。”

“他们要是办个开业典礼，请几个名人和一帮专栏作家，就能打响名气。但它跟你所有的客户一样——小里小气，不成气候。”

“你说得太对了，特别是我的大金主，克里斯蒂·莱恩先生。他是我的客户里最小气的。‘拉里奥’是一家小餐厅。他们没钱办派对，免费提供酒水和小吃。不如请几个IBC的人，还可以请上克里斯蒂·莱恩。”

“请你弄清楚，克里斯是自掏腰包付你钱的。上次你接的那家餐馆，第十二街那个，我好说歹说把他拉去——来回六块打车费，到现在还没给报呢。”

“但他没给小费。”赫比说。

“克里斯一直都是赊账的。”

“谁不知道两头的钱都是你垫的？”

“克里斯不知道。”

“那你干吗不告诉他！”

“我又不是礼仪老师。”她穿上外套。

“这才四点钟。你不知道自己是几点下班吗？你早上十点十五分才到办公室。”

“我在IBC的时候，经常十点半到，想走就走。有时九点到，六点走。我对你说，赫比，我工作能力很强。只要做完分内的活儿，其余时间我自己安排。我知道等会儿你要我打卡。”

“这里不是IBC。我有三个员工，十二家客户。你拿的薪水比其他两人都多，而你的工作时间只有我的一半。”

“那就炒我鱿鱼呗。”

他看着她，露出丑陋的笑：“我倒求之不得。你清楚得很！但我们都需要克里斯·莱恩——不到四点不准下班。”

“你看我敢不敢走。”

“行啊——那就扣工资。”

“那我不走了。不过等晚上去艾克·瑞恩的开映典礼时，我头发没做好，克里斯肯定会问东问西。我就告诉他，是因为这份好工作耽搁了。”

“滚去做你的头发，你个贱人。”

她微笑着走出房间。他看着她扭着肥臀出去，产生了所有人都有的疑问：克里斯·莱恩到底看上她哪一点了。

埃塞尔知道，很多人都想不明白克里斯·莱恩看上自己哪一点。埃迪和肯尼开玩笑时，她坐在酷吧里，试图微笑。今晚，她比以往任何时候都厌恶克里斯。一众名流都出席了艾克·瑞恩办的这场开映典礼。好吧，既然克里斯和阿曼达有过不愉快，那去“萨迪”不就好了。其他常去那儿的人都在那里。但克里斯在“萨迪”不自在，因为他只能拿到后排座位。真是个自私鬼！她瞥一眼身上的礼服，都穿了两年了。她暗示要为开映典礼买件新衣服，克里斯吹胡子瞪眼的：“又放什么屁？你的饭钱都是我出的。你的房租又不贵。每周一百五，还不够你臭美的。再说了，卢·戈德伯格还让我再拿一份年金。”

卢·戈德伯格很关键。他下周要来。她必须搞定他，让他相信自己对克里斯大有帮助。她打开手包，补了补口红。时刻记着遮住牙缝。她又拼命暗示圣诞节要一件貂皮大衣，克里斯自然置若罔闻。好吧，等卢·戈德伯格来——到时候，全力以赴。

牙医把麻醉针戳进牙龈时，她紧张极了，尽管知道不会有什么危险。她努力放松，很快那种麻麻的感觉悄悄溜进了嘴唇、嘴巴里甚至鼻子里。起效了！她要把牙冠补上。为了卢·戈德伯格。牙医拿着电钻走近，她向后躺下，闭上了眼睛。她听到了牙齿那儿传来嗡嗡声，什么也感觉不到。她尽量不去想那两颗健康的牙齿被磨得残缺不全。只有这样才能补上该死的牙缝。

她想着卢·戈德伯格。上次的晚餐出奇的顺利。她计划得很完美。她特意在办公室待到很晚，穿着负鼠毛外套和蓝色羊毛连衣裙冲进"Dinty Moore"。"实在抱歉，我没来得及回家换衣服，"她道歉说，"但我老板希恩先生真的很严格。我很想好好打扮来见您的，戈德伯格先生。常听克里斯提起您——久仰您的大名，我感觉自己跟您已经是老熟人了。"

戈德伯格先生很帅。高个儿，银发，比克里斯年长，但很苗条，步伐矫健，实属难得。起初，卢·戈德伯格对她心存戒备。不过她始终表现得朴实而热情。她从头到尾都在谈克里斯——他的事业，他的才华，她如何钦佩他走上成功之路，他多么有幸得到卢·戈德伯格的提点，他是如何勤俭节约，不像其他演员打扮浮夸。"现在大家都很喜欢克里斯，"她说，"哪怕他没有现在的成就，大家也会爱他，因为他是那么好。我相信他会一直醉心事业。但男人到了一定时候都需要安全感。要是他病了，只有家人才会真正关心他。戈德伯格先生，他多么幸运，能有您这样家人般的存在。"

看得出来，卢·戈德伯格逐渐被打动了。他放下了戒备，饶有兴趣地听她讲话。很快，他开始提问——问的是家事。说明他对自己感兴趣了。她依旧做出一副率直单纯的模样。父母是波兰人，虔诚的教徒，每周日都去教堂。没错，他们还活着。他们住在哈姆崔克。她说自己每周给他们寄五十美元，几近哽咽。卢对此深信不疑。天哪，就算她每个月给他们寄五十美元，她爹都不用工作了！

卢·戈德伯格赞许地笑了："我很欣赏你，多数女孩儿不考虑家人。她们只晓得把钱花在自己身上。"

"那是因为她们想给人留下深刻的印象。"她说，"我本来很心虚，不好意思穿这样的衣服来见您。但后来意识到，您并不在意这些，因为克里斯曾对我说，您看人可准了，说您一里开外就能识破那些人的把戏。"

"不错，"他高兴地说，"你真是个好姑娘。"

"您过奖了，"她谦虚地说，"自从遇到克里斯，我的一生就此改变。我从前并不是这样，还做过相当愚蠢的事情。但我那时太小，总想变漂亮。"她笑着说："我知道我永远不可能变美，但现在这都不重要了。只要克里斯爱我就够了。"

卢欠身拍拍她的手："你很漂亮，亲爱的。"

埃塞尔指着自己的门牙："可我的……"

"问题不大。"卢说，"牙医技术不错。"

她点头赞同："但少说也花了三百多。"

卢意味深长地看着克里斯。克里斯眼神闪躲。埃塞尔假装聊完了这个话题，埋头对付面前的汉堡。

"克里斯，我希望你把埃塞尔的牙齿搞定。"卢说。

"嗨，她现在这样挺好。"

"这是为了她好。如果她觉得自己看起来不够好——"

卢做了主，写了张支票。

"这钱从你薪水里扣，克里斯。"他一边说，一边把支票递给埃塞尔，然后笑了，"我说啊，我教这孩子俭省，但有时他节俭过头了。克里斯，你真该置办点儿新衣服。"

"我有三套新的——上电视穿。我正在和人谈笔生意。市中心的一位裁缝请我替他打点打点，他可以免费为我提供所有服装。丹·米勒说开不了后门。不要紧，我明年续约时再提提。"

"这笔钱可以抵税。"卢坚持说。

"是可以，但白拿的干吗不要？"

克里斯什么都想白拿。埃塞尔后仰着，脸麻了，牙医的钻头嗡嗡作响。她办到了！见她赚得卢·戈德伯格的信任，克里斯的态度来了个180度大转变。他真的相信她改过自新了。正如他所说："我感觉自己像个上帝，把你从荡妇变成了淑女！"她微笑着握住他的手……天哪，真想扇他那得意扬扬的蠢脸一巴掌，但她正在拔牙，他们要赶去华尔道夫吃晚餐。当然，离得到他还有很长的路要走。一些专栏猜他们订婚了，但他还是很抵触结婚。她想过未婚先孕这招，但他早有防范。他不让她戴子宫帽。有几次他愿意自个儿动一动，就会用避孕套。多数时候，他只是躺着，让她自己动！他还真相信，光碰碰自己她就能高潮……好吧，至少她搞定了牙齿和卢·戈德伯格。开局不错。她还要为晚餐买身新衣服。

华尔道夫的这场晚宴和华尔道夫的其他任何一场并无二致。丹·米勒来了，带着另一个保守款“约会对象”。不过今天这位的发梢染了色。这桌还有两个空位……罗宾·斯通一直没现身。埃塞尔很后悔兴师动众地穿了这身新衣服。唯一值得一提的是在等候室取外套时，她与格雷戈里·奥斯汀夫人搭上了话。埃塞尔表现得十分恭谨，奥斯汀太太还亲切地夸赞了克里斯的节目。

克里斯当晚脱衣服的时候，还沉醉在晚宴中。“你瞧见格雷戈里·奥斯汀亲自过来夸我，说我是最棒的没？他大可不必亲自来说。可他还是特意来找我。你知道他向来最多只会冲人点点头，出了名的高冷——拒那些明星于千里之外。天哪，我可忘不了当时去他的新年派对，他就朝我点了点头，其实在琢磨我到底是谁。”克里斯一丝不挂地摔在床上，“来吧，宝贝，来唤醒我的大棒。要说呢，取悦国王可是你的荣幸。”

她不理他，慢慢地脱下衣服。克里斯得意地凝视着上空：“知道吗？这个称号还不够好。国王。国王有那么多——英国国王，希腊国王，瑞典国王，还有——很多国王。但克里斯·莱恩只有一个。我得找个独一无二的称号。”

“要不叫上帝吧。”

“那可不行，那就渎神了。”他想了想，“有了，‘神奇’这个词怎么样！对——就这个：神奇先生。我要让他们把这个称号加到我名字后面写进专栏，宝贝。我太神了。你看到连奥斯汀太太都来跟我说自己多么喜欢我吧？因为我是最伟大的——”

“她要是知道我给赫比·希恩拼死拼活打工，会觉得你很小气。”

“要是知道你被包养，她肯定更震惊，”他大声说，“打工不丢人。”

“哈！大家都知道你睡我。他们都说你太小气了，谁都留不住。”

“谁说我小气。”

“我就是活生生的证据呀。我做你女朋友快五个月了。他们笑话我的衣服，但可不是笑话我——而是笑话你！”看到他脸色突变，她想话可能说重了。她缓和了语气：“真的，我不在乎你给我买了什么。都怪那个赫比·希恩，总是挑我的刺，拐着弯儿骂你小气。说不然你也不会让我在他那种破地方打工。克里斯，他那地方真糟糕。我觉得他没资格挑你。你迟早会需要库里＆海耶公关公司（Cully and Hayes）。”

“一星期一千美元？”

“你不是付不起。”

“不花这冤枉钱。他们会安排你参加一堆花哨的派对，专栏又不会写你一个字。好歹赫比帮我搞了几个专栏插页。”

“但赫比也没能帮你上成杂志。”

“那是IBC宣传部的事儿。我只让赫比给我弄专栏评论。”

“你每周付赫比三百块，只让他做专栏评论。”

“其实是一百五十块。另外一百五是你的工资。”

“这只是你以为——我还在帮他打理另外十个客户。也是从你给的钱里出！”

“浑蛋。”他暗暗骂道。

“克里斯。雇我吧，把赫比踹了！”

他笑得很丑：“你的意思是，我应该每周付你三百块？不划算。还是现在好，你跟赫比都得替我干活。”

“赫比帮你什么了？他只知道让你去那些垃圾餐厅，然后把你的名字挂在专栏里。餐厅还要给他钱。跟你说，克里斯，给我两百，比你给赫比的还少一百。这些事我也能做。专栏作家我都认识——我帮你把名字挂哪儿都行。这一来，我还可以随时陪你，照你的作息来。就像上星期在酷吧，我两点就先走了，因为赫比给我排了活儿，服务他另一个客户。把他开了，我以后待到几点都行，赫比别想拿你的钱，自个儿偷着乐。”

他眯起眼睛：“这个臭瘪三。”他想了一会儿，突然笑了：“行了，宝贝。你拿下这单了。我给赫比结到这周末为止。等星期五你拿了工资，就让他滚蛋。就说是克里斯的原话。”

她扑向他，狂亲他的脸：“哦，克里斯，我爱你，你是我的主人，是我的命！”

“好啦，现在骑上来吧。让神奇先生开心开心。”

克里斯满意了，又看他的赛马去了。她翻着早报，匆匆浏览了一下《每日新闻》，目光停在第三版面。巨幅照片上，阿曼达被担架抬到医院，艾克握着她的手。哪怕是在担架上，阿曼达也那么美。她仔细地读完这篇报道。阿曼达在一场派对上昏迷。诊断结果是溃疡引起的内出血。报道称目前她“情况稳定”。埃塞尔小心地藏起了这份报纸。克里斯很久没有提到阿曼达了，她确信他已经看透她了。她想知道阿曼达嫁给艾克时，罗宾作何感想。然后又想到了今晚那两个空座位。实在佩服他的勇气。他竟敢不来——？

十七

罗宾本是打算去的。他让世纪影业的新星蒂娜八点准备好出门，连车都约好了。他庆幸上周出席了那场电影开映典礼。本来这种活动他都会回绝，但这段时间他一直在晚上写书，连续好几周都如此，所以想去放松放松。想必上帝创造蒂娜·圣·克莱尔就是为了这个目的。她来纽约宣传电影，她就是个花瓶。其实蒂娜·圣·克莱尔在影片中只跑了个龙套，但主演们没档期，只好由她这颗佐治亚的希望之星，临危受命去巡演。她跑遍各地——旧金山，休斯敦，达拉斯，圣路易斯，费城，最后一站到了纽约。公司给她配了个宣传人员、一些礼服和一间她压根儿没什么时间在那儿歇息的圣里吉斯套房。三天内，她马不停蹄地上了七次电视，做了十场电台、四次报纸采访，还有一场百货公司的签名会。（这事儿伤腿，更伤自尊：足足站了两个小时，无人问津。）到了首映式和开映典礼，最过分的来了。晚会上，宣传人员递给她一张回洛杉矶的机票，同时要求她第二天就退房。

她伤心极了，在派对上喝了两杯波旁可乐鸡尾酒，然后遇见了罗宾。她倾诉了这场悲惨的遭遇："唉，我的腿都要累断了，还要我立马回去。什么嘛！回去干等着，等哪天有机会再演个小喽啰！我好不容易来一回纽约，哪儿都没去过！"

"别难过，"罗宾提议，"我带你转转。"

"怎么转？那家酒店我住不起。兜里除了十美元，只有一张回程机票。我每周只挣十美元，你信吗？我姐在芝加哥当服务员都比我赚得多！"

两杯波旁可乐下肚，她便走出了圣里吉斯，住进了罗宾家。于是罗宾在睫毛膏、眼影和粉饼堆里住了一星期。真是难以置信，看上去那么清爽自然的女孩儿，竟然要往脸上抹那么多脂粉。她的画笔比画家还要多。他只得把手稿搬到办公室。蒂娜说，他的书桌旁边光线正好，最适合画睫毛。他发现在办公室工作竟然还不赖。从下午五点到七点，可以闭掉电话，效率很高。

他从打字机上取下一页纸，看了看表。六点四十五，该走了。蒂娜四天后就要走了，他可以回家工作了。她是个讨喜的女孩儿，但罗宾对她的行将离开并无不舍。她跟自己像极了：在床上贪得无厌，从不多问，也从不提要求。

他收起手稿，点了支烟。他真不想去华尔道夫，可是奥斯汀太太的慈善晚会不去不行。好吧，致辞一结束，就叫上蒂娜开溜。他答应带她去“摩洛哥”。虽说不是他最爱去的，但他欠那个小仙女的！他在办公室用电动剃须刀刮胡子，因为蒂娜还在卫生间里占领了一片阵地，摆她的面霜和冲洗袋。他给剃刀充上电，打开电视看七点钟的新闻。

刚刮完胡子，安迪·帕里诺那边开播了，大谈特谈又一起飞碟目击事件。罗宾无精打采地听着，直到电视上放出飞碟照片。虽然模糊，但是，天哪，看起来很像真的。他走到电视机前——那该死的东西，连舷窗都能看到。

“政府部门声称只是个气象气球。”安迪的声音满是讽刺，“要真是那样，他们何必派蓝皮书计划[1]的人来这边调查？我们真的敢断言，在浩瀚的宇宙中，我们的地球是唯一孕育了生命的星球吗？要知道，我们的太阳还不如其他一些恒星。太阳只是颗造父变星，是银河系中一颗次等恒星。其他恒星系的行星难道不会有进化了两千万年的比我们更先进的生命体吗？是时候好好地做一番调查并向公众公布调查结果了。”

罗宾来了兴趣。他要找安迪谈谈。

天色已晚，管他的，八点半前肯定能赶到华尔道夫。他打给安迪，夸了一通飞碟照片，然后打听更多细节。

“就是我电视上说的那些。”安迪回答。

“说得好极了，宝贝。谁写的稿子？”

安迪沉默了一会儿，然后说：“玛吉·斯图尔特。”见罗宾没说话，他补充道：“你知道的，我跟你提过她。”

“感觉蛮聪明的。”

“她还是不答应嫁给我——”

“我就说她聪明吧。你那儿天气怎么样？”

“21摄氏度，天朗气清。”

“我这边现在零下1摄氏度，看样子要下雨。”

“要我说，罗宾，我要是新闻部总裁，我就去冬暖夏凉的地方安心找素材。”

“我倒是想。”

---

1 美国空军成立于1952年的研究计划，用以调查不明飞行物。——编者注

"行了，我先挂了。玛吉可能正坐在'黄金海岸'的吧台旁。就在海湾，可以看到那些靠岸的游艇。那景色太棒了，老哥。坐在窗前，凝视着月亮和水。"

"你赢了。"罗宾酸酸的，"我还得打上领带去华尔道夫。"

"疯了吧。人只活一辈子，干吗不来这边歇几天？"

"我也想去啊。"

"行吧，我得挂了。那个目击飞碟的人要跟我们一起吃晚饭。他倒不是疯子，教高中数学的，所以他连那玩意儿的速度都能算。我觉得这期节目可以做得很棒——预计星期日下午播出。"

"等等！"罗宾说，"没准儿可以用这话题好好做一期《深度》。叫上你那个数学老师，再从全国不同地区找些可靠的目击者和照片。再去五角大楼采访一些官员，向他们提问——"

"用不用我把资料发你？"安迪问。

"不，我过去。我去跟这个老师聊聊。"

"什么时候来？"

"今晚。"

呆了几秒，安迪才反应过来："今晚？"

罗宾笑了："我接受你的提议，去晒几天太阳。"

"好的，我去'外交官'给你订个房间，就在我家边上，还有个很不错的高尔夫球场。"

"那十二点半见。"

"那不行，罗宾——你只会看到一辆黑色豪华空车。我刚说了，我要跟玛吉约会。"

罗宾笑了："你们同居了？"

"等你见到玛吉就会知道，最好别问这种话。我们都不住同一栋楼。"

"好吧，安迪。明早见。"

罗宾八点十五分才到家。蒂娜穿着晚礼服，长长的红发编成希腊发辫。"亲爱的——"她绕着他舞动，"谁能想到工作室叫我下周去报到——你说棒不棒？但是，宝贝，你太晚了，我把你的晚礼服都准备好了。车子在外面等着——"

他走进卧室，拿出一只手提箱。蒂娜跟着他。

"我要去迈阿密。"他说。

"什么时候？"

“今晚。一起吗？”

她噘起了嘴：“亲爱的，我刚从洛杉矶过来呢。迈阿密也就比洛杉矶少点儿雾霾。”

他打电话订机票，她惊讶地盯着他：“罗宾，你难道就这么走了？你老板的晚宴怎么办？”

“明天发电报给他，正式道个歉。”他拿起包，抓起大衣，准备出门。他往桌上扔了些钞票：“这里差不多一百块！”

“你什么时候回来？”

“过个四五天吧。”

她笑了：“好——那我在家等你回来。”

他看着她：“不用。”

她不解地看着他：“我以为你喜欢我。”

“宝贝，这么说吧：咱们好比是在‘加勒比’号游轮上认识，这是第一个停靠港，你得下船了。”

“我要是打算留在船上呢，你会怎么做？”

“把你扔下去。”

“你不会的！”

他笑了：“当然会。这是我的船。”他吻了吻她的额头：“再住四天，然后走吧！”她一直盯着他的背影，直到他走出去。

豪车候在佛罗里达机场。酒店房间收拾得井井有条，还提前放着一桶冰块和一瓶伏特加。边上的字条上写着：“明早喊你，睡个好觉——安迪。”

他找客房部要了几份迈阿密当地的报纸，脱下衣服，倒了杯淡酒，舒服地躺在床上。第二版里，那个微笑的女孩儿看起来太眼熟了——是阿曼达！这是她拍的时尚大片，头向后仰，风机吹动秀发。标题是“邻家美人罹患病症”。他很快读完这篇报道，给身在洛杉矶的艾克·瑞恩打了个电话。

“认真的吗？”一接通艾克，罗宾就劈头盖脸地问。

“和她在一起，每分每秒我都是认真的。自打去年五月，她都是靠借来的时间活着。”

“我是说——”罗宾停住了，问不下去。

“不，还没到最后。听我说，我学会了和死亡共存，我每天都在靠近死亡。你知道，罗宾，看着这样一个漂亮的姑娘——目睹疾病让她变得更美，我是什么感受？她的皮肤变得越发吹弹可破，像瓷器一般脆弱。我一直陪着她，我知道她什么时候累了，什么时候在假装不累。我也开始从她的眼睛里看到恐惧。她知道这么累不对劲。我骗她，假装自己也累了，并把这变化归咎于水土不服，归咎于加州的空气、雾霾等等。唉，谢天谢地，她总算振作起来了。他们给她输了1000毫升血。明天他们就给上新药了。医生觉得会起作用。效果好的话，她还能再撑几个月。”

“艾克，她从四月份撑到了现在——比医生最初预测的多撑了八个月。”

“我知道，我也告诉自己，到时候又会有新的药帮她再撑几个月。但是该死的肿瘤细胞会对药物产生免疫。总有一天，所有的药都不再起作用——然后就结束了。”

“艾克，她还不知道吧？”

“不知道，也知道。她在怀疑。要是这都不怀疑，她可真是傻子了。每周验一回血，每月做一次骨髓检查。天哪，我看过一回，差点儿晕过去。他们直接把针扎进骨头里。她连眼都不眨一下。后来我问她疼不疼，你敢相信吗，这姑娘只是微笑着点点头。她问我怎么每周都要做化验，我就开始搪塞，笑称自己想要个强壮的女人，快快来一发。但她还不依不饶地问了些小问题。我看到她读报纸上所有的医学专栏。内心深处，她知道情况很不妙，但她不愿相信。她总是微笑，总是担心我。我告诉你，罗宾，我从这个女孩儿身上学到了很多。她比我见过的任何人都勇敢。直到阿曼达出现，我才真正明白这个词的意思。她怕得要死，却从不表现出来。知道她今晚说什么吗？她看着我说：‘哦，我可怜的艾克，我真是个累赘。你明明想去棕榈泉。’”

艾克有些崩溃了：“我爱她，罗宾。我一开始没打算这样的。我做这件事是出于恶心的自私的理由。我以为她最多再活半年，然后就会静静死去。我本打算趁她还活着的时候，给她办一场婚礼，然后就可以鞠躬谢幕。我本是本着策划短期节目的态度对待这事的。你也觉得恶心吧？天哪，我以前玩过的小姑娘们肯定要笑掉大牙了。长期以来，我活得那么糜烂，这是我第一次真的爱上一个人。罗宾，要是他们能治好她，哪怕倾家荡产我也乐意。”说到这里，艾克泣不成声。

“我可以做点儿什么吗？”熟悉的那个艾克哭成这样，罗宾无助极了。但他什么也说不出来。

“天哪，”艾克说，“自从我老妈死后，我还没这样哭过。对不起，让你见到我这副样子。我第一次跟人谈论这些。这件事没人知道，只有你和我、杰瑞还有医生。回头我还得轻描淡写地面对阿曼达。只能把这些憋在心底。对不起。”

“艾克，我在迈阿密海滩的外交官酒店。你要是愿意，每天晚上都可以给我打电话。我陪你说说话。”罗宾说。

“不了，今晚我好多了——这样就够了。我什么都能满足她，除了她要我跟她要个孩子。她特别想要孩子。你真该看看她怎么对那只猫的。她和它说话，宠坏它了。”

“那只猫可神气了。”罗宾说。一时无话，然后艾克低声问：“罗宾，我问你。你和我——我们见过那么多女人，那些彻头彻尾的婊子，她们都活得好好的吧？可是这个从没告过假，也从没伤害过别人的孩子……为什么？到底为什么？”

“我猜，大概就像掷骰子吧，”罗宾慢慢地回答，“穷人捏着毕生积蓄，好不容易轮到他，却投出一把蛇眼[1]。如果保罗·盖蒂[2]拿到骰子，可能会连投十次。”

“不，肯定不止这些。我不是虔诚的信徒，但我跟你说，这八个月让我停下来思考了很多。并不是说我要冲进教堂或犹太会堂去皈依，但任何事情都有原因吧。她才二十五岁，罗宾，才二十五。我比她多活了二十年。我到底凭什么可以活到她的两倍？我不敢相信可能再过一年她就会走，只留下几张海报证明自己来过。她那么美，还有那么多事情没做，还有那么多爱等着付出，她为什么要走？”

“或许过去几个月，她带给你的一切足以证明她存在的意义了。很多人来到这个世界，没有留下任何痕迹。”

“我只清楚一件事，”艾克说，“我要让她过一个最棒的圣诞。罗宾——你得来。你必须来！我想让它成为一个轰轰烈烈的圣诞节。”

罗宾沉默了。他讨厌生病——讨厌见阿曼达，讨厌知道……

艾克感到了他的犹豫。“我可能太自私了，”他说，“你得陪家人过节。我只是想帮她抓住每一次机会，让余下的每分每秒都过得有意义。”

“我会去的。”罗宾说。

1 骰子术语，指同时掷出两个一点。——译者注

2 20世纪60年代世界首富，石油大亨。——译者注

卷二

玛吉

十八

凌晨两点，玛吉·斯图尔特还没睡。她抽完了一包烟。整整三个小时，她从客厅到俯瞰海湾的小露台来来回回。她喜欢望着那片海湾——大海浩瀚而空旷，而海湾闪烁着生命的光芒。游艇星星点点，暗黑的水面反射着闪烁的灯光。她羡慕睡在上面的人们，他们一定很满足吧：就像睡在大大的摇篮里，波浪拍打着船舷——传来轻快的声音。她紧紧握着阳台的栏杆，直到指节发白。

罗宾·斯通来了！就在这座城市。他们明天就要面对面了。她会说什么？他会说什么？奇怪的是，她的思绪又回到了赫德森身上。近一年半以来，她第一次允许自己去想他。长久以来，或者更确切地说，自嫁给赫德森以来，她就学会了忽略那些不快。越想它们，只会让它们烧得越旺。今晚，她第一次清晰地在脑海中描摹出赫德森·斯图尔特的样子。她看到了他的脸，他的笑容逐渐变成了愤怒——然后转为狰狞可怖的微笑。那是她昏迷前最后见到的样子。作为赫德森·斯图尔特三世夫人住在那所大房子里，似乎已是很久以前的事了。为什么男人做什么都能被原谅——女人只能循规蹈矩？

当年，二十一岁的她嫁给了赫德森。从法律意义上讲，这段婚姻维持了三年。她已经不记得最初的想法。她曾想过当演员。这是她小时候头回在电视上看到丽塔·海沃思时便拥有的梦想。等后来在福勒斯特剧院看了她的第一场舞台剧，梦想就具象化了。舞台上活生生的演员使屏幕呈现的一切变得苍白而虚幻。她也要做这个。十二岁时，她做了这个打算，并在晚餐时宣布了这个决定。爸妈只笑了笑，又一场青春期的异想天开罢了。上高中时，她加入了一个业余剧团。她从不去舞会，而是利用周末钻研契诃夫。等她宣布自己不打算上大学，打算去纽约的剧院试戏时，家庭大战就此爆发。她的妈妈登时抽泣起来。“哦，玛吉，”她抽噎着说，“你被瓦萨（Vassar）[1]录取了。你知道我们是怎样节衣缩食供你上大学的吗！”

“我不想上大学。我要演戏！”

“纽约消费那么高，找工作可能得花上一年或更久。你靠什么过活？”

“把你们给我上大学攒的钱的一半给我就够了。”

“不可能！我不会给你钱，让你去纽约跟那些演员和做节目的糟老头子们鬼混。玛吉——好女孩儿不会去纽约。”

“格蕾丝·凯利去了纽约，她是好女孩儿吧。”

她母亲不为所动：“她是万里挑一的幸运儿，而且她有钱。哦，玛吉，我从来没有机会上大学，你父亲要靠自己赚钱完成学业。送女儿上最好的学校是我们的梦想。听话——去瓦萨吧，要是你毕业后还想去纽约——那也才二十一岁。”

于是她去了瓦萨。大四那年，她认识了赫德森。他是挺有魅力的，但她母亲兴奋得都快发疯了：“哦，玛吉，这正是我梦寐以求的！费城最好的人家，那么殷实。但愿斯图尔特夫妇能接受我们家。我们还是蛮体面的，你爸还是医生呢。”

“我才跟他约了两次会，妈，我还是要去纽约。”

“纽约！”母亲的嗓音突然变得尖厉无比，“好好听着，大小姐，快打消这些念头。我砸锅卖铁送你去瓦萨。你说露西·芬顿是你室友时，我就知道这下好了——你终于能通过露西认识好男人了！”

“我要去纽约。”

“你靠什么生活？”

“我先找个工作养活自己，然后再去剧院试戏。”

“你以为自己能找到什么样的工作，我的大小姐？你不会打字。你什么培训都没受过。我真不该让你在高中时参加什么演艺队的，我还以为你会回到正轨。还有，别以为我没发现你看那个外国人时那个花痴的眼神。”

“亚当是土生土长的费城人！”

“那他真得好好洗个澡，剪个头发！”

1　即瓦萨学院（Vassar College），是美国第二所授予女性高等教育学位的机构。——编者注她很惊讶，她妈还记得亚当。她从没提过他。亚当是高中那个话剧团的成员。他去了纽约，就在这季，他带着一场真正的百老汇演出回到了费城。当然了，他只是在一家巡回剧团，职位也不过是舞台经理助理。但他的确做到了，成了地地道道的业内人士。这场剧已经上演了三个月，她每个周末都跟他见面。连露西都觉得他很有魅力。然后，在巡演结束前的那天晚上，亚当邀请她一起回酒店。她犹豫了一下，然后挽住他的胳膊："我可以跟你待一晚，因为我想跟你共度一生。但在我大学毕业前我没法儿跟你结婚。我妈会大发雷霆。她压根儿不信我会真去纽约找工作。至少我得先毕业，让她满意。"

他捧起她的脸："玛吉，你真的迷死人了。但是听我说，宝贝，我在纽约跟两个人合租在公共住房[1]里。多数日子我还靠失业保险过活。我连房都买不起，更别说讨老婆了。"

"你是说，你只想睡完我然后一走了之？"

他笑了："我还要去底特律，然后去克利夫兰，再去圣路易斯，最后回纽约，希望我的经纪人帮我找到了夏令剧目[2]的活儿，我想试一试当导演。也就是说，只能先从小公司干起——没钱拿。是的，玛吉，我要不停地奔波。演员都这样。但我不会撇下你不管的。区别就在这里。想找我的话，通过工会就能找到。"

"那我们的事呢？我们在一起会怎样？"

"就和任何在戏剧界打拼的伴侣一样。我为你着迷，我也挺爱你。但没法儿有那种打算。它不像朝九晚五的工作，没有稳定的收入。没时间生孩子、买房。不过你要是想毕业后来纽约——那没问题，我一定会带你——把我经纪人介绍给你。咱俩还可以同居。"

"结婚呢？"

他轻轻拂了拂她的头发："那就别离开费城，玛吉。如果你想结婚，就别离开这边。要么当演员，要么嫁人。"

"不能兼得吗？"

"反正没法儿指望和一个苦苦挣扎的导演结婚。做不到的。演员们都很敬业。他们很拼——拼命工作——拼命做梦——"

1　原文为"Village"，即公共住房或者政府住房项目提供的住处，对没有工作且决定依赖政府生活的人提供。——编者注

2　（度假胜地的）夏季特别娱乐表演。——译者注

“难道他们不会爱上别人吗？”她追问。

“要是相爱了，他们就上床，直到工作将他们分开。就这么简单。不过女演员从来不会寂寞，她们的内心燃烧着一团叫作才华的东西，让她们得以一直走下去。”

“我想和你上床，亚当。”她说。

他犹豫了：“玛吉……你跟别的男人上过床吗？”

她直勾勾地看着他：“我还不是那种燃烧的女演员。我的床还很干净。”

“那就让它保持干净吧。等你来纽约，记得来找我。”

赫德森在她从瓦萨毕业时进入了她的生活。在一起的六个月里，他们如胶似漆，她很少有时间细思自己的想法。她努力不被妈妈可悲的热忱影响，但着实被跟赫德森在一起后的新奇生活所吸引。乡村俱乐部；第一次参观赛马场；作为赫德森·斯图尔特二世夫妇的客人下榻海洋城，度了长达两周的假。

九月份，他们宣布订婚，赫德森送给她一颗七克拉的祖母绿型钻石。她的照片登上了《费城问询报》和《电视公告》（*Bulletin*）。

她不经意地演了下去，仿佛在剧场表演一出新剧，赫德森则是和她演对手戏的搭档。幕布将在第三幕结束时落下，到时候会响起掌声，全剧终。婚期将近，她突然意识到，等帷幕一落下，她就是赫德森·斯图尔特三世夫人了。奇怪的是，她开始平静地接受即将来临的一切，直到婚礼前一周与露西共进午餐。闺密俩坐在华威酒店的餐吧，讨论婚礼计划，露西漫不经心地说：“你听说没，那个演员——亚当？前几天我在电视广告上看到他。没台词，只是刮胡子，但他的眼神令人难忘。这人太有味道了。犹太人真是迷人。”

“犹太人？”她还没反应过来。

“亚当·伯格曼。”露西提醒她，“我记得有一天晚上他在说——你可能太痴迷了，没听见他说了什么——有个经纪人建议他改名，因为伯格曼犹太味太浓了。亚当说：‘我不打算改名；英格丽不照样火了。’”玛吉没吱声，露西又说：“大概这就是人生吧。我们都爱错了人。不过没关系，只要你嫁得好，安心相夫教子就好了。特别是你——生一个孩子就能拿一百万。赫德森的父亲已经给了赫德森的妹妹两百万。所以她接连怀了两胎。巴德和我只能等我爸死了才能拿到钱。”

“可你爱巴德，不是吗？”

“他挺好的。”

“挺好？”玛吉掩饰不住惊讶。

露西笑了："我没有你的长相，玛吉。我只有这个家族给的姓和很多钱。"

"哦，露西，你——"玛吉停了下来。

露西笑着接过话茬："你是不是想说我'体面'，想说我有脑子。我确实很有脑子。我对我的外表无能为力，因为它们也没坏到那份上。所以我才选你做室友，玛吉。我想，跟校花做室友，肯定也会有人馋我。之后我也的确得手了。那年夏天我认识了哈里。他在纽波特一家酒店做前台。你觉得我妈会允许我嫁给住布朗克斯区，念了个纽约大学的哈里·雷利？哈里也不会让我这么做的。但是在秋天我遇到了巴德，我妈妈高兴得像只蛤蜊。我也是——我们会过上好日子的。但至少我和哈里度过了愉快的两个月。"

"你是说你——"玛吉欲言又止。

"我们当然什么都干了。你难道没跟亚当干吗？"

玛吉摇摇头。

"哦，天哪。玛吉，你真傻。为什么不呢？一个女孩儿一生中应该和她所爱的人至少上一次床。"

"但是你怎么向巴德解释？我的意思是你不是那个——"

"那太过时了。你是说流血之类的？我正在做子宫帽测量，我会告诉巴德，那个医生玷污了我。"

"但是他看不出来吗？"

"我可以装呀。我只要记得自己跟哈里的初夜就行。我就躺着装纯，哼唧着，紧张点儿，不就好了。你知道不？我跟哈里一起也没流过血。但我的确很紧——我猜处女就会那样。可怜的哈里还没进来就弄破了两个套套。不管怎样，我只保证让巴德头一夜也不好过。"

玛吉不必在赫德森面前演戏，毕竟疼痛的感受是那么真切。赫德森很粗鲁，迫不及待地进入她。这让她很受伤——导致她很厌恶这件事。第二天晚上和第三天晚上如出一辙。他们搭乘"自由"号游轮去巴黎度蜜月。舱室很豪华，但她全程服用晕船药，昏昏欲睡。可能下船后才能好一些。到了巴黎市区，情况更糟了。赫德森每晚都喝得酩酊大醉，然后迷迷糊糊地睡她，没有半点儿柔情蜜意。一旦自己爽够了，他便倒头酣睡。

回到费城后，他们在保利附近的豪宅安顿下来。她以为情况会有所起色。赫德森继续工作，她雇了一名员工，协助自己举办晚宴，去俱乐部上高尔夫课。她还加入了各种慈善机构的委员会。她的照片登上了各大报纸的社论版面，俨然成了费城的新青年领袖。赫德森活像一匹种马，每天晚上都兴致盎然地做那事，只是他再也不费心吻她或抚弄她的胸了。起初，她以为没有高潮是自己的问题，但几个月过去了，她完全放弃了，只求他能在每晚例行的这件事中带点儿柔情。她找露西聊这事儿，露西耸了耸肩："我也是时有时无，但我会呻吟，假装很享受。你和赫德森怎么样？"

"挺好，"玛吉不假思索地说，"但就像你说的，我也不是总能那啥。"

"其实——我已经三个月没有过了。我指的是高潮。但我怀孕才两个月。所以显然这跟怀孕无关。你最好让赫德森悠着点儿喝，那个会害男人暂时性阳痿。"

玛吉想，可能有孩子了就会好点儿。表面上看来，一切正常。他在公共场合举止得体，跳舞时他会把自己抱得紧紧的。但一到独处时，那些温情顷刻间烟消云散。

婚后即将满一年时，她意外发现了雪莉的存在。最近这两个月，赫德森经常独自去纽约出差。这天晚上她正在卧室梳妆，准备出门吃饭。赫德森在楼下等她。电话铃响了。她没去接，因为知道女佣会去，就继续忙着整理头发。电话依旧响个不停。于是，好巧不巧地，她跟赫德森同时接了。赫德森拿的是楼下的分机。正要挂断，突然那头有个女声低语："赫迪？我必须要找你。"

她听着，感到异常平静。赫德森同样鬼鬼祟祟："该死的雪莉，我让你别打我家里的电话。"

"赫迪——我很急。"

"什么事不能等明天？打我办公室电话。"

"不行，明天我也要上班，我也不能打长途电话——就算你打给我，也难保一些女孩儿不会听到。你那边有人吗？你老婆在吗？"

"她马上过来了。你到底想干什么？"

"赫迪，结果出来了，我真的怀孕了。"

"妈的，又是这破事！"

"避孕帽滑脱了，我也没办法。谁让你啥也不肯戴。"

"还是找的新泽西那个医生？"

"是的，可他那边涨价了，要一千。"

"好吧——去做吧。"

"赫迪，他要现金。我约了下星期一去做。"

"好吧。我星期日去纽约，给你现金——不对，我得周末前去。要是周末去，玛吉可能会怀疑。你星期四去做。我八点到你家。天哪，真希望我老婆有你这么能生。你的孩子要花我一千块去打胎——她的孩子能给我挣一百万。"

他挂断了。玛吉在原地站着，直到那个女孩儿也挂断。然后她慢慢地搁下电话。她感到无措。她从没预料到这种事。她只在别人那儿听说过，但怎么会落在自己头上呢？但即便找他对质，又有什么好处呢？她已经二十二岁了，别无所长。在费城，一个离了婚的女人，就算拿了生活费，也是个孤独的可怜人。她被困住了。无处可去。

她对雪莉这件事保持沉默，但她加入了一个小剧团。赫德森没有反对。自由来得这么突然，他惊喜还来不及呢。第二部剧完成后，IBC地方台的节目总监来到后台，给她提供了一份播报天气的工作。她第一个反应是回绝，不过一想到这样能让自己每天都有事儿干，就应承了下来。

她工作兢兢业业。她大量研究电视，尤其关注总台节目。她还每天跟着老师学措辞，进步显著。六个月后，她晋升到新闻部，有了自己的栏目，每天播出半小时。这档节目叫作"玛吉聊城事"（Maggie About Town）。她采访了全国各地包括本地的名人——从时尚到政治——无所不包。没出多久，她就打响了名气。每每与赫德森一同步入一家餐馆或剧院，她都会频频惹人注目。而他对此所表现出来的只是不屑一顾。之前的雪莉已经被他换成了自己公司里的雇员，一个名叫伊尔玛的女孩儿。这样也就不必费心为夜不归宿找理由了。但他还是保持一星期三次的频率与玛吉做爱。她沉默地屈服。她比以往任何时候都想要一个孩子，所以一直到现在，这段婚姻还在维持着——将近三年。可她就是怀不上，虽然所有体检结果都表明她没问题。她有时想，他们是不是会这样一直过下去。总得有一个契机来终止这段漫无目的的关系吧。

一切都发生得很偶然。过去几个月，台里一直在策划"年度最佳先生"晚宴，时间定在三月的第一个星期日。作为当地名人，玛吉是委员会的成员，位列嘉宾席。市长也将出席，即将退休的奥克斯法官将受到表彰。罗宾·斯通已被预定为演讲嘉宾。

玛吉读过罗宾·斯通的专栏。在费城做采访的有限经历中，她深知鲜少有人与他们在工作中展现的样子一致。但罗宾·斯通的照片跟他的专栏很吻合：强势，直接，阳刚，犀利。她好奇他本人到底是什么样。

六点钟她便梳洗完毕等出门。赫德森没有回家。星期日他总会去乡村俱乐部。

她打电话过去，却得知他一整天都不在那儿。她早该知道的——这只是用来和情人厮混的又一个借口罢了。

她不会错过鸡尾酒会的，或许这是亲眼见到罗宾·斯通的唯一机会。晚餐后，贵宾们通常就离席赶车了。她看了看表。现在马上赶去还来得及。那样的话，赫德森就得自己过去了。

一到酒店，她直奔金色大厅。罗宾·斯通被人群簇拥着。他端着马提尼，彬彬有礼地冲人们微笑。

玛吉从托盘里接过一杯温苏格兰威士忌兑苏打水。奥克斯法官走了过来："来，我给你介绍一下咱们的演讲嘉宾。因为他，我们妻子的魂儿都不在我们这儿了。"

轮到奥克斯法官介绍她时，罗宾笑了："新闻主播？不会吧——你可太漂亮了，哪像个书呆子。"然后，他出人意料地拽住她的胳膊，把她带离人群："你的酒怎么不加冰？"

"因为不好喝。"她说。

"我的也是。"他喝光剩下的马提尼，把杯子交给法官，"麻烦您了。来吧，主播，咱给你来点儿冰块。"他领她穿过房间。"别回头，"他咕哝道，"有人跟着我们吗？"

"难说，估计会惊讶得目瞪口呆。"她笑了。

他走到吧台后面，对惊讶的酒保说："不介意我自己来吧？"酒保还没回过神，罗宾已经往水罐里灌满了伏特加。他看着玛吉："想续点儿苏格兰威士忌——还是想尝尝斯通特调？"

"斯通特调。"她明知道这样好蠢。她不爱喝马提尼酒。她也知道自己正像个傻子一样盯着他。享受这一秒吧，她想，明天还是会继续跟赫德森呆坐着——回到那个沉闷的世界。而罗宾·斯通会在另一座城市的另一家酒店，调着另一杯马提尼。

他递过杯子："给你，主播。"他拉着她的胳膊穿过房间，坐在一张小沙发上。

她知道房间里的每个女人都在盯着她看，但她再度感受到了这种不计后果的自由的奇异滋味。随她们看去！但她可不能只坐着盯着他，总得开口说点儿什么。

"听说你不做专栏了，而是去做巡回演讲了。可我很怀念你的专栏。"她自己都觉得这话特别生硬。

他耸耸肩："你在专栏里读到的可能只是被剁碎的肉馅。"

"不，我读过几篇长文。不过可能你更喜欢演讲吧。"

他喝完杯中酒，然后拿过她压根儿没动的那杯："不，主播——我更讨厌这个。我只是为了钱。"

他递给她一支烟，帮她点好："那你呢，你在节目里做什么？"

"新闻——主要从女性视角来做。"

"观众肯定很爱看你的节目。"

"有那么好吗？"她问。

"并不是。是因为电视。这小盒子，可真是个好东西，"他说，"它打造了一群好看的人。"

"但是你不觉得这样一群人可以使节目更贴合个体心理——从而帮助人们更好地理解吗？"

他耸耸肩："它打造了观众对一些人的热爱。全世界无人不爱露西[1]、埃德·沙利文（Ed Sullivan）[2]和鲍勃·霍普（Bob Hope）[3]。直到现在还很爱。但人也很善变。还记得以前他们多喜欢米尔顿大叔[4]吗？说说，小主播，你爱看谁的节目？"

"爱看你——"她吓得停了下来。

他咧嘴笑了："你是第一个上来就开门见山的女孩子。你很直接。"

"我是说，我喜欢你的想法、观点。"

他喝完酒："别说了，主播，再说下去就要破坏咱俩之间的一切了。这个世界上，拐弯抹角的女人太多。我喜欢你这样的。来吧，再来一杯。"

他端着空杯子回到吧台时，她跟在他后面，惊讶地发现他把两杯酒都喝光了。他又调了两杯，递给她一杯。她抿了一口，努力做到面不改色。这完全就是纯伏特加。其他人也来了，女孩儿们渐渐地被挤到外围；他又一次被人群簇拥着，彬彬有礼地回答着他们的提问，却始终挽着她的胳膊，与她寸步不离。她不停地向门口张望，突然期盼赫德森今晚别来。这时，钟声轻轻响起。委员会主席拍了拍手。

"主播，你坐哪儿？"罗宾问。

"应该在那头，"她听到自己的名字，"叫到我了。"她赶紧走到队伍里。

---

1 即《我爱露西》（*I Love Lucy*），美国肥皂剧，讲述了一代美国女性的生活。——译者注

2 美国编剧、演员、制作人，主要作品有《生命中的一年》《马龙·白兰度传》《家人眼中的猫王》。——译者注

3 美国演员、主持人、制作人。——译者注

4 即美国喜剧演员米尔顿·伯利，他被观众戏称为"米尔顿大叔"。——编者注

罗宾拍拍自己边上的主席："您能跟我的主播女士换个位子吗？您和奥克斯法官都很有魅力，但我千里迢迢赶到贵宝地，既然有机会坐在一位可爱的女士边上，可就不乐意坐在你们俩中间咯。"

等他们走进大厅，罗宾领着她坐到自己边上。玛吉感到所有人都在盯着自己。罗宾点了杯现做的马提尼。他的酒量似乎是无底洞。三杯马提尼足以让赫德森不省人事，罗宾却一点儿没醉。没见过谁喝了这么多马提尼还能这么清醒。她看见赫德森进来了，坐在贵宾席的另一边。他落座时，她知道他边上的那个男人正对他解释临时换座的原因。她禁不住为他脸上的惊讶感到愉悦。主席开始介绍罗宾。罗宾起身上台前，俯身朝她低语："听我说，新闻小姐，我先上去速战速决。你们费城的组织方很大方，给我在这家酒店安排了房间。如果你想要，出来找我，我在房间等你。等这边完事儿，我就要去赶十一点半的火车了。"

他站起身来，等待掌声平息。然后他俯身在她耳边说："来吧，新闻小姐，告诉我你的底线。"

"我会去。"

"好孩子，房号17B。我走后你再等一会儿——然后跟上来。"

罗宾发表了演讲。今年的奖最终颁给了奥克斯法官。宴会厅的客人们向法官表示祝贺。新闻记者请他和罗宾留步合影，女孩儿们又将罗宾团团围住。他给她们签了几个名，看了看手表，说要去接一个国际长途。他和奥克斯法官握了握手，最后向大家招手，然后离开。

十一点了。赫德森从贵宾席那头走来，坐在罗宾那个空座位上："鸡尾酒会好玩吗？"

"挺好的。"她说。

"走吧。"

她突然觉得自己疯了。怎么能答应罗宾·斯通？她怎么了？她也没法儿把这事归咎于马提尼……她才抿了一口。她并不想去他的房间！

"我以后不来这种晚宴了，"赫德森说，"你还抱怨乡村俱乐部的'星期六之夜'。我跟自己人一起，好歹还能找点儿乐子。"

"这是我的工作。"她说。

"工作？"他冷笑道，"这倒提醒我了，你得好好考虑一下。很多人都有意见。我爸说他的一些朋友觉得这很不好。你坐在麦克风前，跟那些三教九流聊得欢。"

她没搭话。赫德森总这样说话，说完也就过去了。不如任由他大放厥词。他把酒一饮而尽，然后续满。

“你真的不在乎我，是吧，赫德森？”

他又给自己倒了一杯，重重地叹了口气：“哦，不是你的问题，而是我们……我们家人……有时我觉得自己受够了……别担心，我不会离开你的。我能去哪儿？除非你能下几个蛋，否则咱俩都没法儿自由。天哪，这事儿有那么难吗？”

她站了起来：“赫德森，你真恶心。”

“别这样。结婚的时候你妈那一脸喜气洋洋。还有你爹，不是握手就是发雪茄。他们怎么那么高兴呢？你说呢？为我们喜结良缘？这辈子都别想！钱都是斯图尔特家的。但你没能遵守协议。你要给我家生孩子的。”他盯着她，“要不今晚回家试试。”

“你喝多了。”她说。

“我喝了酒才对你有兴趣。我是男人，装不出来。”她走出来，他虎着脸跟着。他们在衣帽间遇到了巴德和露西。露西又怀孕了，微醺。

“我们要去‘使馆’。一起去吗？”

赫德森羡慕地盯着露西的肚子：“好呀，一起去呗！”他抓起玛吉的胳膊，跟他们挤进电梯。

巴德的司机候着了。“先坐我们的，”露西提议，“晚点儿再来取你们的车。”

“使馆”里挤满了人。他们坐在烟雾弥漫的房间里，挤在一张小桌子边上。乡村俱乐部的一些成员坐在隔壁桌。于是大家干脆把两张桌拼一起。男人们说说笑笑，桌上摆着一瓶苏格兰威士忌。玛吉坐着，想着17B的那个男人。

必须给他打个电话，告诉他真相，自己一时冲动接受了邀请，但自己已经结婚了。不该让罗宾·斯通在那里干等。他那么有诚意。

她突然站起来说：“我去补个妆。”想必化妆间有电话。

“我跟你一起，”露西边说边摇摇晃晃地站起来，“我很想知道罗宾·斯通跟你说什么了。我看他俯身跟你交头接耳好多回。走吗，埃德娜？”她喊上了另一个女孩儿。

几个人朝化妆间走去。果然那里有台电话，边上坐着个服务员。没戏了。她补了补妆，满脑子都是罗宾·斯通。他们俩只是在聊电视，她解释说。她想用电话，但露西和埃德娜等在一旁。回到座位上，赫德森不在。她看到他在另一头——跟一群人坐在另一桌，胳膊搂着一个女孩儿。她知道那个女孩儿，俱乐部的新成员，刚嫁来的。赫德森轻轻地抚摸着她光洁的背。那姑娘的丈夫坐在她对面，没看见这一幕。玛吉猛地起身。

“坐下，”露西嘘道，“玛吉，你也知道，没必要的。赫迪总要向每一个新成员展现自己的魅力。”

“我要走……”

巴德也抓着她的胳膊：“玛吉，别多想。那是琼·托兰。她正跟她老公闹别扭呢。”

她冲了出来，直到跑到街对面才停下。然后她走到街角，叫了辆车，去贝尔维尤·斯特拉特福德酒店。她按响17B套房的门铃。铃声很响亮，无人应答。她瞥了一眼手表。十二点十五分。他可能已经走了，要么睡了。她又按了一下，然后转身走开。这时门开了。他端着一个玻璃杯：“进来，主播，我正在打电话。”她走进套房的客厅。他指指吧台的那瓶伏特加，接着打电话去了。显然他是在谈生意，关于合同条款之类的。她去吧台给自己倒了杯酒。他没穿外套，衬衫紧贴身体，胸口缝着小小的名字缩写：R.S.。他松了领带，认真地谈事情。她发现那瓶伏特加已经喝了一半，再次困惑于他的酒量。他终于挂了电话：“很抱歉让你久等了，不过你到底是守约了。”

“你明天去哪儿？”她突然感到害羞和紧张。

“纽约。再也不演讲了。”

“为什么管这个叫演讲？”她问，“我的意思是，今晚——你讲得太好了，无所不谈。你在海外的奇遇，大家——”

“我想它可以追溯到某个讨厌鬼带着幻灯片出去的时候，然后——嗨，管他呢。”他放下酒杯，伸出双臂，“来吧，主播小姐，要亲我吗？”

她羞涩得像个学生。“我叫玛吉·斯图尔特。”她说。下一秒，她就到了他的怀中。

那天晚上他们做了三次爱。他紧紧地抱着她，呢喃着甜蜜的话语。他爱抚她，像对待处女一样对待她。她第一次知道当男人做爱的唯一目的是让女人开心时是个什么滋味。她第一次体会高潮。然后又一次。第三次之后，她真的累坏了。他紧紧地抱着她，轻轻地吻她。等他又开始爱抚她时，她把他推开了。

他把脸埋进她的胸：“今晚不一样。我喝多了——明早我可能什么都记不得……但我想让你知道，你跟她们不一样。”

她静静地躺着。不知怎么，她相信他说的是实话。她不敢动，害怕打破此时这股魔力。冷冰冰的罗宾·斯通突然变得如此脆弱。在昏暗的光线下，她看着他把脸贴在自己胸前，她想记住每一秒，她会永远记住，尤其是他每次高潮喊的那个词。

突然他起来了，吻了吻她，伸手点了两支烟，分给她一支。“现在是两点半，”他朝电话抬抬下巴，“你要是得先走，告诉我一声。我只用赶火车回纽约，没别的安排。你几点上班？”

“十一点。”

“九点半怎么样？咱俩一起起，可以一起吃早饭。”

“不行，我——我现在就得走。”

“不行！”是命令的语气，但他的眼神显然在恳求。“别离开我！”他说。

“我必须走，罗宾。”她跳下床，冲向卫生间。她很快穿好衣服。回到卧室时，他正淡定地倚在枕头上。他点了一支烟，疑惑地看着她。

“你急着回去见谁？老公还是情人？”

“老公。”她看着他的眼睛答道。他的蓝眼睛里透着寒光。

他深吸一口气，把烟朝天花板一吐，然后问：“今晚来这里，你冒什么风险没有？”

“没有，除了我的婚姻。”

“主播小姐，过来。”他伸出手臂。她走到他跟前。他看着她，好像想看穿她：“我要说，我本不知道你结婚了。”

“不用愧疚。”她温柔地说。

他的笑声很奇怪：“愧疚？才不是！我是觉得有趣……再见了，主播小姐。”

“我叫玛吉·斯图尔特。”

“宝贝，你这种姑娘都有别名。”他俯身把烟灭掉。

她在他的床前站了一会儿：“罗宾，对我来说今晚也不一样。它是有意义的，它有很多意义。希望你明白。”

他突然搂住她的腰，再次把头埋进她的怀里，低沉而急促地央求道：“那就不要走！你一直说你爱我，却要离开我！”

她没说过爱他呀！她轻轻地挣脱，惊讶地看着他。他们的目光相遇，但他的眼神似乎落在很远的某个地方，恍恍惚惚。她想，大概伏特加终于起作用了。他刚才是说胡话呢。

“罗宾，我必须走了——但我永远不会忘记你。”

他眨了眨眼，然后瞪大眼睛，好像第一次见她似的：“我困了。晚安，主播。”

然后他关掉灯，转个身，很快就睡着了。她站在原地，感到不可思议。他没装。他真睡着了。

她怀着复杂的心情开车回家。这事从头到尾都很荒唐。他前后判若两人。像是完全不相干的两个人。好吧，他自言自语时说过，明天他可能什么都记不得了，她只不过是他无数个露水情人之一。但他是不是对所有的女孩儿都这样？无所谓了。今晚发生的一切才是最重要的。

她悄悄进屋。已经四点了。她蹑手蹑脚地走进卧室。房间很黑，她隐约看到床还是空的。运气很好，他还没到家。她迅速脱掉衣服。刚把灯关上，就听见车库小路上碾轧碎石的嘎吱声。他悄悄走进房间时，她假装睡着了。他的谨慎令她感到好笑。他在房间里蹑足走着，努力不吵醒她。很快她听到他醉醺醺地睡过去了，打起了鼾。

接下来的两周，她全神贯注地投入工作，把罗宾·斯通赶出脑海。这招很管用，直到有一天她翻开日记查看日程，看到"诅咒来了"的记号，这个月的经期迟了四天！赫德森已经三周没碰她了。罗宾·斯通！他们没避孕。赫德森长期以来的洗脑让她以为自己不可能怀孕。

她无助地捂住脸。她不想打掉孩子！罗宾的孩子将沐浴在爱中……赫德森一直想要孩子。哦，不行！这想法太离谱了！……但为什么不可以呢？告诉赫德森真相能得到什么？只会伤害赫德森和孩子。她突然下定决心，站了起来。一定要生下这个孩子！

一周过去了，月经依旧迟迟不来。现在她面临着一项艰巨的任务：让赫德森和自己做爱。他从来没有离家这么久过。想必是那个模特把他累坏了，或者他又有新欢了。每回赫德森觅得新欢，就对她置之不理。

那天晚上她在床上依偎着他，却被他推开了。

黑暗中，她硬着头皮说："我想要个孩子，赫德森。"她搂着他，想吻他。他扭过头避开，说："那好吧，就是别再提爱不爱的了，宝贝。我们只是为了要孩子——来吧。"

月经推迟了两个月后，她去看了医生。第二天医生打来电话道喜。她已经怀孕六周了。她打算过几周再告诉赫德森。

过了几天，他们俩终于有了独处的机会。晚餐全程，他都很安静。完全看不出他暴躁的一面。他变得平静、体贴，甚至在饭后温和地提议两人去书房小酌一杯。他坐在沙发上等她倒好白兰地，然后端起酒杯，若有所思地抿了一口，问：

“你可以向公司请假三个月吗？”

“可以的，不过为什么呢？”

“我告诉爸爸你怀孕了。”

她惊讶地看着他，很快猜到，肯定是布拉泽医生告诉他了。她原本是说，出于工作原因，希望先隐瞒这件事，但医生可能不觉得她也要瞒着赫德森。怪不得他今晚如同变了一个人。她宽慰地笑了。她的直觉是对的。果然孩子的到来能改变一切。

“赫德森，我没必要走。摄像机拍我半身就行，我几乎可以工作到产前。”

他奇怪地看着她：“那我们怎么向爸爸和大家解释你扁扁的肚子？”

“可我——”

“我们怎么装。必须让所有人都深信不疑。就连巴德和露西也得瞒着。万一有人说漏嘴，我爸就会知道。我想好了，就对他说，咱们要去周游世界，算是怀孕礼物，因为等孩子一出生，我们就没法儿随心所欲出游了。然后就说你早产了，孩子生在了巴黎。”

“我没听明白，赫德森。我想在这边生孩子。”

他冷笑道：“你别入戏太深啊。咱们只是骗他们说你怀孕了。”

他站起来又给自己倒了杯白兰地：“我已经安排好了。我们在巴黎‘生’个孩子。我和那个医生商量过了。甚至可以保证跟父母的长相吻合。七个月后，有三个孩子可以领养。我们只需要付孩子妈妈的住院费——头等病房。生母还没来得及见到孩子就会把他交给我们。她连孩子的性别都不会晓得。也不知道是谁带走了孩子。我要了个男孩。然后我们去办一张新的出生证明，上面登记是咱俩的孩子。这个幸运的小浑蛋不仅能帮我们赚一百万，还能拿双国籍。然后，咱们凯旋。”

她乐了，从沙发上站了起来，走到他跟前：“赫德森，现在轮到我给你个惊喜了。你精心策划的这些都不需要。”

“什么意思？”

“我真怀孕了。”

“再说一遍。”他厉声说。

“我怀孕了。”她不喜欢他这副样子。

他伸手给了她一巴掌：“婊子！是谁的？”

“是我的，我们的——”她感到自己的嘴唇肿了起来，嘴里有血腥味。他走过来抓住她的肩膀，使劲晃她：“说，你个臭婊子，你要用谁的杂种骗我？”他再次扇了她一耳光："你给我说，不然我打死你！"

她使劲挣脱，冲出房间。他追到门厅抓住她："你给我说！你怀的是谁的杂种？"

"对你来说有区别吗？"她抽泣着，"你既然愿意去巴黎带个别人的孩子，至少我肚子里的是我自己的孩子。"

他脸上的愤怒突然消失了。他缓缓地笑了笑，把她推回书房："你说得对。你说得全对。我让你把孩子生下来。很好，接下来十年，你每年生一个。只要你乖乖的，我会给你一大笔离婚生活费。"

"不，"她坐在沙发上，平静地看着他，"不能这样。我不会让孩子在仇恨的氛围中长大。我要马上离婚。"

"你休想拿到一个子儿。"

"不需要，"她疲倦地说，"我回家住。我在广播公司上班赚钱养孩子。"

"等我和你扯干净再说。"

"你什么意思？"

"那孩子值一百万。除非你把孩子生下来给我，否则再也别想工作了。我会在每一份报纸上为你大书特书。你的工作就交代了。你们家从今往后再也别做人了。"

她崩溃地捂着脑袋："天哪，赫德森，为什么？为什么非要这样？我是犯了一次错—— 一个晚上，和一个男人。这是第一次，也是仅有的一次。我想跟你过下去，可你让我很痛苦。和你一起我体会不到做女人的感觉。或许我错了。我不会提你做过的那些事。"她的声音变了："我以为我们还有机会。我大概是疯了，但我以为给你生个孩子你会开心，以为他能把我们紧紧连在一起。可能你放松一些，我们就会有更多孩子——咱俩的孩子——"

"你个蠢货！要我怎么说你才明白？我有不育症！"他喊道，"我上周做了检查，我没有生育能力，我永远都生不出孩子！"

"但是你付的那些堕胎费呢？"

"你怎么知道？"

"我就是知道。"

他把她从沙发上拽下来："你敢查我！"他扇了她一耳光："我被耍了！那些女人为了拿我的钱，说我把她们肚子搞大了——全都在耍我！就跟你一样。但现在我知道了：我不育。"她把他推开，泪流满面，她知道自己的嘴唇被划破了。

但她替他感到难过。她走出房间。他恶狠狠地抓住她："你要去哪儿？"

"收拾行李，"她平静地说，"我在这个家待不下去了。"

"何必呢？"他阴险地说，"既然你知道了我的打算——咱俩扯平。半斤八两。这样更好，干脆各玩各的——只要别让我爸知道。"

"我不想过那种日子。"

"那你怎么跟人说肚子里那个小杂种？"

"我知道你的那些事……还有你所有的女人。然后我遇到了一个人。我也不知道是怎么了。可能我只希望有人在乎我——哪怕只有一夜。知道他在乎我……眼中有我……哪怕只有几个小时。"

他又打了她一巴掌："这就是你想要的？"他又扇了她一耳光。她的头痛得直摇。然后她使劲跑开，冲出房间。他追上来："我揍死你，你不是就想要这个吗？我以前还用皮带抽雪莉，她喜欢得不得了呢。"他开始解皮带。

她大声尖叫，指望着用人们听见。她跑进门厅。他抓着那条腰带——她圣诞节送他的鳄鱼皮腰带，狠狠鞭打她。它甩上她的脖子。她看到他狰狞的脸上满是仇恨，害怕极了。她节节退后，不停地尖叫。用人都去哪儿了？他疯了！腰带继续打在她的脸上，好险没打到眼睛，否则他能把她抽瞎！她惊慌失措地连连后退，没等反应过来，摔在了楼梯上。那一瞬间，她希望自己折断脖子，死了算了，再也不必见到他的脸。下一秒，她已经滚下了台阶。赫德森盯着她的腿。她感到一阵剧痛。她往肚子探去，感到血沿着大腿根部汩汩流出。她再次被他扇了耳光："你个臭婊子——你刚丢了一百万。"

露台上突然冷起来了。她走进客厅，给自己倒上一杯苏格兰威士忌。那些事似乎都发生在另一个世界，其实不过是两年前。她模模糊糊地回忆起救护车的声音，回忆起住院的那一周，回忆起所有人对她脸上和脖子上的伤口视而不见，回忆起医生很有礼貌地假装相信那是意外跌倒的结果——还回忆起所有人为她立即离婚的决定大吵特吵。除了赫德森以外的所有人。她母亲觉得她是精神受了打击。流产的女人经常会这样。连露西也劝她三思。

她决定在佛罗里达办离婚。办手续需要三个月，她想静养一段日子，在那里阳光的抚慰下，让时间治愈自己的伤口——帮助她好好筹划，重新开始。她从公司告了假。

尽管赫德森的律师答应支付所有的离婚费用，包括她在佛罗里达度假的费用，但她只是租了一间小公寓，过着俭朴的生活。两个月后，她不再感到受伤——只是空虚：赫德森已经不复存在，但她还年轻，她的力量回来了。很快，惰意消散。她去当地的电视台找工作，安迪·帕里诺马上任用了她。她喜欢安迪。她在乎这个人。在乎说明你还活着。他们沉醉在这段轻松舒适的恋爱关系中。安迪让她感觉很舒服，让她享受做女人的滋味。但赫德森杀死了或说毁掉了她的一部分自我。真正在乎某人的那部分自我。

几个月后，她有了安全感。安迪关心她，她喜欢这份工作。是时候结束这种死气沉沉的局面，是时候重新感受了——梦想和希望——她试过了，但无济于事。赫德森似乎麻痹了她一切的情感。安迪向她求婚时，她拒绝了。

今天晚上，她第一次感受到生活的激荡。她打算去见罗宾·斯通。她迫不及待地想看到相遇时他将是怎样的表情……

十九

玛吉坐在“黄金海岸”酒吧（Gold Coast），不知道自己看起来像不像内心一样局促。安迪和罗宾在高尔夫球场泡了一天。罗宾让他把后面几天的七点档新闻交给别的播音员去做。她看了看表，他们马上就到。她点了支烟，才发现烟灰缸里丢着一支新点着的，慌忙把它灭掉。她觉得自己像个学生妹——即将跟初恋见面。她紧张得快死了。安迪随时会和罗宾·斯通走进来，然后他们就会见到对方。她掐灭了第二支烟，去酒吧的镜子前照了照自己：晒得均匀的棕色皮肤，米色丝绸连衣裙。之前在费城，她的皮肤太白了。罗宾把手放在她胸上时曾说了一句：“好白，好白，妈妈一样雪白的皮肤。”但晒黑的皮肤更讨人喜欢。她知道自己很漂亮。她向来知道。但她认为这只是一个统计数据：一个人要么高要么矮，要么普通要么漂亮。目前为止，她的美貌除了给她带来灾难，并没有给她任何好处。但今晚她突然庆幸自己长得好看。她精心地搭配衣服——衣服很衬肤色，还突显了她的绿眼睛。猫似的眼睛。安迪叫她“我的黑豹”。今晚她觉得自己正如一只黑豹——绷紧，蹲伏，扑杀！

见面的地方是她选的。她不想在黑暗的汽车里相会。她想让他们俩一起进来，想看看罗宾惊讶的样子……这一次，局面由她掌控。她刚喝完一杯，就看见安迪进来了—— 一个人来的。他径直去吧台叫了杯苏格兰威士忌。她面不改色。不能问，问就坏了。可他去哪儿了！

“对不起，我迟到了，玛吉。”安迪说。

“没关系，”她终于憋不住了，“你的朋友呢？”

“大明星？”安迪喝了一大口酒，问道。

“他不来吗？”她想生吞了安迪，非得让她主动问出来。

“可能吧。你真该瞧瞧他在‘外交官’引起多大的骚动——活像加里·格兰特。恐怕人人都看过他的节目，至少我们在高尔夫球场遇到的每个人都看过罗宾的节目。”

玛吉又点了支烟。她从不看罗宾的节目。那是疗伤的一环。就像她从不去想赫德森和过去的事。他现在确实出名了。她从未想过这一点。

“每个球洞他都得停下来给人签名。”安迪说。（她还记得他在贝尔维尤·斯特拉特福德酒店被人追着在节目单上签名时，努力掩饰恼怒的样子。）

“烦死人了，”安迪接着说，“直到那个金发小妞在第十七洞追上他。”

她突然来了精神：“谁？”

安迪耸耸肩：“酒店的客人吧。最多不过十九或二十岁。她为了要罗宾的亲笔签名，撇下同伴，再也没回去，跟了我们一路，一直走到第十八洞。”安迪大笑。“贝蒂·卢，对，她是叫这个，”他举起酒杯，“敬贝蒂·卢——她帮我赢了二十块。”他喝了一大口酒，接着说下去。

“她对罗宾穷追不舍，害得他无心比赛。每次他看到漂亮女人，就像雷达寻到目标。对咱们的小贝蒂·卢正是如此。罗宾想挖她。他还挖走一大块草皮，把球打进了沙坑，打了7杆。这之前，他只超过标准杆4杆。否则我怎么赚得到这二十块。咱进去吧，我饿坏了。”

他们正要点菜，安迪接到电话，然后笑着回来：“绝世情人来了。”

玛吉看到罗宾大步走进餐厅，已经快九点了。他看上去干净利落。然后她看到了那个金发的小姑娘。玛吉立刻看出来，她和罗宾上床了。她的头发乱得不像话，妆也匆匆补过。

安迪站起来：“嗨，贝蒂·卢。”他像老熟人一样抱了抱她，然后转身介绍道：“这位是玛吉·斯图尔特。玛吉，罗宾·斯通。”

罗宾轻松地微笑着，看着她说道：“安迪说你也打高尔夫。你必须抽个下午跟我们一起来玩。”

“我的差点有25杆，”她说，“恐怕不是你的对手。”

“哦，我跟你一样，”贝蒂·卢低声说，“咱们四个人可以组队。”

罗宾点了两杯伏特加马提尼。贝蒂·卢不仅表现得像罗宾·斯通的女朋友，而且像是在一起很久了。罗宾一副漫不经心的样子，帮她点烟，聊天却不带她，不过依然对她做出一副因她在而开心的样子。玛吉看见他伸手去抓那姑娘的手，不时地冲她笑一笑，但自始至终都在跟安迪聊天。

突然，玛吉猜想贝蒂·卢莫非是罗宾的把戏，是用作“对抗”的武器。安迪肯定跟罗宾说过他们俩的关系。

为了跟上罗宾，贝蒂·卢又陪他喝了一杯马提尼。一杯令她发晕，两杯令她醉倒。晚餐结束时，她已经趴下了，头发掉进意面里，眼神呆滞地看着大家。罗宾突然留意到她：“晒太多太阳打太久高尔夫了，再喝酒，谁都撑不住。”

玛吉赞赏他为刚认识的女孩儿说话。他们扶着她走出餐厅，把她塞进罗宾的车里。他们把贝蒂·卢送回去后，罗宾坚持邀请他们俩去“外交官”再喝一场。

他们坐在一张小桌子旁。罗宾向安迪敬酒：“谢谢你，朋友——谢谢你让我多年来第一次过上假期。还有你的这位可爱的女士。”他看着玛吉。他们的目光相遇。她的目光充满挑战，但他那双蓝眼睛里只有无辜。然后他说：“我听到的尽是对你的赞扬。你跟安迪说的一样可爱。你关于不明飞行物的报道让我很着迷。我今天读了。那些信息你从哪里拿到的，你怎么那么了解这个话题？”

“我一向对这个很着迷。”她回答道。

“安迪，咱们明天十一点在你办公室见。你和这位——”他停下来看着玛吉，仿佛脑海中一片空白。

“玛吉。”安迪平静地说。

“玛吉·斯图尔特，”罗宾笑笑，“我记人名很差劲。好吧，咱们到时候见，好好考虑下。看看能不能做一档节目。”

他们喝完酒，在大堂道别。玛吉眼睁睁看着罗宾大步走向电梯。

安迪同她开车离开，她一言不发。坐在车里，安迪在黑暗中说：“听我说，别因为罗宾忘了你的名字而难过。他这人就这样。除非他要泡哪个妞，否则他根本不管你死活。”

“送我回去吧，安迪。”

他默默地沿着车道开下去：“又头痛了？”他的声音很冷。

“我累了。”

他送她到家门口，闷闷不乐。她甚至懒得安慰他。她钻出车子，跑进公寓楼。她甚至不等电梯，径直跑上两层楼梯进了家门。一进屋，她“砰”地关上门，靠在门后。眼泪顺着脸庞滑落。接着她开始抽泣，渐渐哭得喘不过气。他不仅不记得自己的名字，连他们以前见过面都不记得了！

玛吉努力习读剧本。自打罗宾来了这边，她就把这事儿荒废了。虽然在“戏剧人俱乐部”的首场演出还有三周——但她想好好表现。这可是尤金·奥尼尔（Eugene O'Neill）[1]的作品，而且海·曼德尔会从加州赶来看她。不过这事也可能没什么结果。一家独立电影公司的导演在电视上看见她，问她有没有兴趣参加试镜。她说她对做演员感兴趣，但没法儿去试镜。她要做节目，抽不出空飞加州。可能是她的推辞使得对方更加主动。那位导演给好莱坞顶级经纪人海·曼德尔打电话，对她大加赞赏。于是后者真要来看她在半专业剧团的演出了。

好吧，有了今晚的事，她可以静下心专心对付奥尼尔了。

这是罗宾·斯通在城里过的最后一晚。他没有再见贝蒂·卢。来的第二天晚上，他约了一位名叫安娜的游泳教练。接着是一位叫作比阿特丽斯的离异女人。然后他租了一条船，独自去海上钓了三天鱼。今天下午他回来了，安迪喊玛吉一块儿吃晚饭。她想知道这次他会带谁赴约——贝蒂·卢？安娜？还是离异女人？

刚化好妆，安迪兴高采烈地来电话了：“我刚跟罗宾谈了很久。你猜怎么着！他不打算只用一期《深度》来报道飞碟事件了。他要做一档特别节目——而且想让咱们来做。我们要去纽约了，费用全包！”

“不会跟我奥尼尔的演出冲突吧。”

“玛吉，对于女孩子来说，二十六岁闯好莱坞有点儿老了。你应该来闯电视界——和我一起。”

“安迪，我——”她不得不告诉他，他们俩结束了，也从没真正在一起过。

但他打断了她的话：“先说好，玛吉，别跟罗宾提阿曼达。”

“阿曼达？”

“前天我给你看的那份报纸上写的姑娘。”

“哦，因为白血病走的那个女孩儿？”

“对。她是罗宾的朋友。当时他还在海上，可能不知道这事。他什么都做不

1 尤金·奥尼尔（1888—1953），爱尔兰裔美国剧作家，表现主义文学的代表作家。——编者注

了。今天就要下葬了，别毁了他的假期。”

“她不是嫁给艾克·瑞恩了吗？”玛吉问。

“是的，但她跟罗宾谈过很久。他们俩在一起差不多有两年。”

玛吉突然回过神来。两年——也就是说，她跟罗宾在贝尔维尤过夜时，阿曼达还是他的女朋友。她眯起眼睛盯着镜子里的自己：“好吧，你这个傻瓜。你怎么跟个二十六岁的处女似的！你是不是真以为自己对罗宾·斯通来讲有多特别？”

她开车到“外交官”。穿过大堂时，她知道有几个男人回头来盯着她看。他们一直这样盯着自己看吗？自己是不是一直生活在自己隔绝出来的真空中？她走进酒吧时，突然感到一阵兴奋。罗宾笑着起身：“安迪马上回来。他可真是个巡游主管[1]。我本来买了明天中午的机票，他要我改签得晚一些，这样咱们还能再打一轮高尔夫。”他对酒保招招手：“喝点儿什么？还是苏格兰威士忌？”

她点点头：“你今晚约谁来？还是那位离了婚的女人？”她不由自主地兴奋起来，恰到好处地用轻浮的语调调侃道。

他咧嘴笑了：“今晚约了你们俩。你和安迪。我只想和两个好朋友喝点儿酒放松放松。喝醉也不怕。”

安迪回到桌边时，笑得很开心：“安排妥了。明天下午六点。反正我觉得你疯了才要回去。埃莉，我全国广播公司的朋友说纽约才零下9摄氏度。而且圣诞老人就要来了。那些小破摊子和圣诞老人挤在商场前，摇着小铃铛，出租也打不到——”他摇摇头，打了个寒战。

罗宾盯着空杯子，招手示意再来一杯：“我也不想走，但我圣诞夜在洛杉矶有个特别的约会。”

罗宾喝了四杯马提尼。玛吉拿着她的第二杯苏格兰威士忌把玩，再次震惊于他的酒量。那天晚上在费城，他承认自己喝醉时，显得异常清醒，但其实醉得连她都不记得了！他们又去“枫丹白露”碰到了萨米·戴维斯。她点了牛排。罗宾不吃，继续专注于伏特加。安迪努力跟上他的节奏。

他们在第七十九街堤道上的某家酒吧收尾。这地方烟雾弥漫。罗宾在桌上摆了一整瓶伏特加。玛吉还是喝苏格兰威士忌。店里太吵了，没法儿聊天。罗宾默默地喝着，安迪在酒杯边上一个劲儿地打嗝。

凌晨一点，安迪喝晕了。玛吉和罗宾使劲把他拖上车。

1 船上娱乐和活动的策划者。——译者注

罗宾说："咱们送他回家，然后我再把你送回去。"

"但我的车还在'外交官'。"她说。

"先别管了，明天打车去上班吧。安迪买单——他昏倒前已经答应了。"罗宾把安迪搬下车。"真是死沉死沉的，"他喘着粗气，"来，玛吉，搭把手。"他们半抬半拖地把安迪送回家。罗宾把他扔在床上，帮他松了松领带。玛吉关切地盯着他。她从没见过人喝晕过去。罗宾的微笑让人安心："现在连你的飞碟都叫不醒他了。等他醒来会很难受，不过死不了的。"

回到车旁，她说："我家离这儿就几条街，就那排矮矮的楼房。"

"要不再喝一场？"

她带他去了附近一家小酒吧。老板认出了罗宾，把伏特加放在吧台上，立马跟他讨论起职业足球。玛吉坐在那里，喝着淡苏格兰威士忌，听他们俩聊。真是难以置信，罗宾看起来依旧清醒得很。

一直喝到酒吧打烊，他开车送她回家。他们俩坐在漆黑的车里。

"你家有伏特加吗？"他问。

"没，只有苏格兰威士忌。"

"那算了。晚安，玛吉，今晚很愉快。"

"晚安，罗宾。"她转向车门，突然冲动地回转身亲了他。然后她冲出车子，冲到家门口。

她兴奋极了。男人对女孩子想亲就亲。这回，换她掌握主动权。她感觉自己在为女性解放而战，打破了一条铁律。从现在起，她要打破更多规则。她边脱衣服边唱歌。她套上睡衣，又把它丢到一边。打今儿起，她要裸睡。她早想这么做了，却又总觉得不大合适。她走到衣柜边上，拉开抽屉，拿出所有轻薄的睡衣，装进购物袋。女佣明天要乐坏了。她滑进被窝，关了灯。凉凉的被单真是美妙，她感到前所未有的自由。还不困，不过她还是闭上了眼睛……

有人敲门。她打开灯，看看钟。才四点半。她才刚刚睡下。敲门声"砰砰砰"的，越发用力。她披上睡袍，打开门，没打开安全链。罗宾·斯通站在门外，晃晃手里的伏特加。

"我自带酒水了！"

她开门让他进来。

"酒吧经理送的礼物。我不想一个人喝。"

"要冰块吗？"

“不用，我喝纯的。”

她递给他一个杯子，坐在沙发上看着他喝。突然他回头对她说：“我喝醉了。”

她微微一笑，喉咙滚动了一下。

“想要我吗，宝贝？”他问。

她从沙发上起身，走向他。“我要你，”她慢慢地说，“但今晚不行。”

“就今晚——我明天就走了。”

“晚一天再走。”

“明天和今天有什么不同？”

“我要你记住我！”

“听话，宝贝，这样我才会永远记得你。”

她转过身看着他：“对不起，我已经试过了。”

他有点儿不解，突然走到她身边，很快解开她的睡袍。她死死捏住，但他轻松地把它扯了下来。他退后一步，仔仔细细地打量她。她忍住耻感，目不转睛地回看他。

“好看的大奶头，”他说，“我讨厌大奶头。”他出其不意地把她抱在怀里，抱进卧室，扔到床上：“我也讨厌黑发女郎。”他脱下外套，松开领带。她突然感到害怕。他的眼神有些诡异——明明在看她，却并不是在看她。她跳了起来，却被他推倒。“你不能离开我了，我长大了。”他在说什么，自言自语吗？他的眼睛没有聚焦，像个盲人。

她看着他脱下衣服。此时她可以冲出门呼救——可她因好奇而僵住了。大概杀人事件受害者的心情就是这样。瘫软到无力抵抗。他脱掉衣服来到她跟前。他坐在床上，无神的眼睛奇怪地盯着她。当他俯身轻吻她时，她的恐惧消散了，她急切地回应着。他搂住她，他们的身体紧紧地贴在一起。她感到他叹了口气——他的身体放松了下来。他的嘴在寻找她的胸。她紧紧抓住他——所有下过的决心都融化在了兴奋和激动之中。在他的带领下，两人同时达到了高潮。他抱紧她，喊出了在费城那晚喊的：“姆妈！妈妈！妈妈！”

然后他从她身上滚下来。黑暗中，她看到他眼神呆滞。他抚摸她的脸颊，微微一笑：“我醉了，宝贝，但今晚不一样。”

“你在费城也对我这样说过。”

“是吗？”他毫无反应。

她依偎着他："罗宾，今晚跟你和其他那些女孩儿在一起时是不是不一样？"

"不……对……我不知道。"他昏昏欲睡。"别离开我。"他紧紧抱着她，"答应我——永远别离开我。"

她在黑暗中紧紧抓住他。好了，她告诉自己，机会来了——把他踢下床，告诉他"再见了，主播先生"。但她做不到。

"我永远不会离开你，罗宾，我保证。"

他快睡着了："你只是随口答应。"

"不，我这辈子没对其他人这么说过。我保证。我爱你。"

"不，你会离开我……会去……"

"去哪儿？"她很想知道。

但他睡着了。

她看到天色变亮了。她清醒地躺在床上。她盯着他英俊的脸。他的面颊在她胸前暖烘烘的。难以置信。他就在这里——在她怀里安睡。他属于自己！她很高兴对他说了费城的事。他当时求她别走。也许自己真的伤到了他。怪不得今晚他喝醉了酒，他以为她还结着婚——就是这样！她觉得自己高兴得几近发狂。

她半醒半睡地躺着，隔几分钟就会醒来，盯着怀里的这个男人，告诉自己，这是真的。她看到黎明的曙光，惊奇地发现天突然大亮，海鸥们呼朋引伴，宣告新一天的到来。新的一天，美好的一天！阳光照进房间，很快就照到怀里的那个男人。昨晚忘记拉窗帘了。她轻轻从床上爬起，踮脚穿过房间拉上窗帘。很快，黑暗凉爽地笼罩了房间。九点了。她溜进卫生间。她希望他起来时，伏特加能散个精光。她不希望他醒来时还难受。她看到镜子里的自己。天哪——她昨晚一定是醉晕了，竟然忘了卸妆。还好自己先醒。她的唇膏和睫毛膏一塌糊涂。她涂上面霜，洗了个澡，化上淡妆。她把头发梳成马尾，穿上上衣和睡裤，走到厨房。他喜欢鸡蛋吗？培根呢？喝了那么多伏特加，可能培根闻着会恶心。她泡上咖啡，打开一罐番茄汁。喝这个有助于消解宿醉。她没把煎锅收起来——万一他想吃鸡蛋，就给他做。天哪，她什么都愿意为他做。

等他发出几声呢喃，已是中午时分。她往玻璃杯里倒了些番茄汁，给他拿到卧室。他在黑暗中接过。她看着他喝干。然后拉开窗帘。阳光照进了房间。他眨了眨眼，环顾四周。

"天哪。玛吉！"他看了看床，又看了她一眼，"我怎么过来的？"

"你自己早上四点半来的。"

他像梦游结束似的，把空杯子递还给她："我们——是的，我猜是的。"他盯着床。然后他晃晃脑袋："有时我喝得很醉，脑子一片空白。抱歉，玛吉。"突然，他的眼睛因愤怒而变得幽深："你干吗让我进来？"

她强忍着心底涌出的恐慌。

"天哪！"他把手伸进头发里，"我不记得了。我不记得了。"

她感到眼泪从脸庞滚落，但她的愤怒支撑着她："这是世上最老套的台词，罗宾。你但说无妨，只要能让你感觉好些！卫生间在里面。"

她走进客厅，给自己倒了咖啡。她的愤怒消散了些许。他眼中的困惑是真的。她突然相信他说的是实话。他不记得了。

他走进客厅，系好领带，外套搭在胳膊上。他把外套放在沙发上，端过她递来的咖啡。

"你想吃鸡蛋吗，还是烤面包——"她问。

他摇摇头："我很抱歉，玛吉。很抱歉我对安迪做了这种事。我最对不起的是你。听我说——我走了。不用告诉安迪。我会补偿他的——我会想办法。"

"那我呢？"

他看着她："你知道自己在做什么。安迪什么都不知道。他是你男朋友。"

"我不爱安迪。"

他笑了："那你怕是疯狂地爱上我了。"

"是的，我是。"

他笑了，竟然打趣似的说："我喝醉后怕是很厉害。"

"你意思是你经常干这种事儿。"

"不常干。但以前干过，有那么两三次。每次都把我吓得魂飞魄散。但这次是第一次直面犯罪现场。一般我醒来后知道发生了什么，只是记不大清。一般都是喝醉酒干的。但昨晚我以为自己很安全，我可以放心地喝——毕竟只有你跟安迪。他到底怎么了？"

"他喝晕了。"

"对，我想起来了。之后的事情我都不记得了。"

"你不记得对我说的话吗？"

他的蓝眼睛里透着坦诚："我是不是很可怕？"

她的泪水夺眶而出："不，你比我认识的任何人都好。"

他放下咖啡，站起身："玛吉，对不起。真的对不起。"

她看着他："罗宾，我是你的什么人？"

"我喜欢你，所以我不跟你拐弯抹角。你是个聪明又漂亮的姑娘，但你不是我喜欢的类型。"

"我不是你——"她没法儿复述。

"玛吉，我不知道我为什么会在这里，也不知道自己对你说了什么，做了什么……哦，天哪，对不起，我伤害了你。"然后他来到她身边，轻轻摸了摸她的头发，她把他推开。"听着，玛吉，你就跟安迪假装没有这回事儿。"

"请你走吧！我告诉过你——安迪跟我已经结束了。昨晚之前就结束了。"

"他会很难过的。他很在乎你。"

"我不适合他。我不想要他。请你快走吧。"

"我要把他调到纽约去，"他突然说，"不管怎么说，这里能做的新闻还不够多。你呢？你想去纽约发展吗？"

"哦，行行好吧，别再充当上帝了！"

他盯着她的眼睛："玛吉，我想为昨晚的行为赎罪。我很久没犯这种事了。最后一次还是在费城。"

她盯着他："你还记得？"

他摇摇头："我醒来时她已经不见了。我只记得她涂橘色口红。"

"我涂橘色口红。"

他瞪大眼睛，一脸难以置信。

她默默地点了点头："简直是疯了。我当时在那里做新闻。"

"妈呀——你在跟踪我吗？"

她恼羞成怒，下意识打了他一耳光。

他凄楚地笑了笑："我活该……你一定恨死我了，玛吉——咱俩的事，我全不记得了。"

"我不恨你，"她冷冷地说，"我恨我自己。我恨每一个多愁善感的或者失了控的傻女人。抱歉打了你。我不该打你。"

"别对自己那么苛刻，你平时也不是这样的人。"

"你怎么知道我是怎样的人？你怎么知道我的事！你跟我做了两次，却忘得一干二净。你有什么资格告诉别人我是怎样的人？你以为你是谁？你是什么东西？"

"我不知道，我真的不知道。"随后他转身走了出去。

二十

一出玛吉家，罗宾就去酒店退了房，直奔机场。纽约天气晴好，气温4摄氏度。爱德怀德机场挤满了喜气洋洋的度假客。罗宾叫了辆车，在大堵车开始前回到家中。他向自己保证，去洛杉矶过平安夜前，滴酒不沾。

没什么要紧邮件。家里非常整洁。一阵没来由的沮丧袭来。他开了罐番茄汁，给艾克·瑞恩打了个电话。阿曼达没准儿出院了。

“你到底去哪儿了？这会儿才打来！”艾克的语气倒是挺平淡，一副并不在意的样子。

“情况如何？”罗宾喜气洋洋地问。

“如果你需要我，就给我打电话，艾克！”艾克学着他的语气，“哎哟，哥们儿……我找了！我找了你两天！”

“我在海上。怎么不留言？”

艾克叹了口气：“有什么用？你错过了葬礼。”

罗宾以为听岔了：“什么葬礼？”

“所有报纸都登了。别说你不知道。”

“艾克——我的天。我刚回纽约。怎么回事？”

艾克的声音无比低沉：“阿曼达前天下葬了。”

“一周前你还说她很好啊。”

“我们以为很好。她走的那天……直到上午她还好好的。我差不多十一点到的医院。她坐在床上——漂漂亮亮的——穿着好看的睡衣，写着圣诞贺卡。看来药物起效了。我还打算过两天就带她回家。突然她放下笔，眼神散了。我冲到门外喊护士、医生。没过几秒，病房里就挤满了人。医生给她打了一针，她又睡着了。我在边上守了三个小时，她才睁开眼睛。她看见我，轻轻一笑。我搂着她，告诉她没事了。她又看了我一眼，说：‘艾克，我知道，我知道！’”艾克停顿了一下。

“知道什么，艾克？”罗宾问。

“天哪，谁知道呢？她可能是告诉我，她知道自己快不行了。我喊护士。她拿着针来了，但阿曼达推开了她。她紧紧抓住我，好像知道时间不多了。她看着我说：‘罗宾，好好照顾鼻涕虫——拜托了，罗宾。’然后昏迷了。护士说：‘她在说胡话，以为自己还在过去。’

“约莫过了一小时，她又醒了，甜甜地笑着。她摸到我的手，抓着它。天啊，罗宾，那双大眼睛里全是恐惧。她说：‘艾克。我爱你，我爱你。’然后合上双眼，再也没有醒来。一个小时后她死了。”

“艾克，她的遗言是对你说的。你可以宽慰一些了。”

“要是她说的是‘艾克，我爱你’，那还好说。但她不是。她说的是‘我爱你，我爱你’，好像她努力要我相信她爱的是我而不是你。这就是善良勇敢的阿曼达。她知道结束了，想给我留下点儿积极念头，好让我挺住。”

“艾克——别多想了。她那会儿神志不清的。”

“也是。那，我想留着那只猫，你没意见吧？”

“猫？”

“好吧，说起来应该归你，因为不管她意识是不是清醒，她说让你照顾鼻涕虫。我尊重她的意愿。但我想要那只猫——这就好像拥有了她的一部分。”

“哦，老天爷啊，”罗宾说，“那只猫当然该归你。”

“我每晚都跟它一起睡，”艾克说，“猫知道事情有些不对劲。我们都是迷失的灵魂。”

“艾克，给猫一盆奶，你去找个金发妞睡一觉吧。”

“巧得很，我正在拍一部战争片。一个女人没有，只有二十个长得像约翰·韦恩的家伙——但我应该没事。圣诞快乐，罗宾。”

“同乐，艾克。”

他挂断电话，坐回椅子上。阿曼达死了……听起来并不真切。她不可能还在意他。艾克刚刚痛苦地感到不公。可怜的家伙，今年的圣诞节他该过得多么凄惨。而对自己而言，圣诞节也并非什么好事儿。突然，他产生了一个迫切的愿望，想和自己在乎的人一起过圣诞。那么是谁呢？妈妈？妹妹？好吧，基蒂在罗马，丽莎——天哪，他多少年没见她了。他连她的孩子长什么样都不知道了。他拿起电话打到旧金山。

丽莎接起电话，惊讶无比：“罗宾！真不敢相信你会打电话给我。我知道了——你是不是要结婚了。”

“丽莎，亲爱的，还有一周就要过圣诞了——虽然这么说很奇怪，但我确实有时候会想起家人，尤其是每年这段时间。孩子们怎么样？平头哥还好吧？”

“还剃着平头呢，还是世界上最好的老公。罗宾，我应该生你的气才对——每回你去洛杉矶都不联系我们。我们离那儿只有一小时航程。凯特和迪克都很想你。这回可算遇着了。我们一小时后出发去棕榈泉。我们现在是网球迷。我们要在那里跟迪克的家人一块过节。咱们什么时候见？”

“等我下次去洛杉矶，我保证。”他顿了一下，“基蒂大美女怎么样了？”

她没立刻接话，顿了顿才说：“罗宾，你干吗总这么叫她？”

“我不知道。大概在那位老人死后我就这么叫了。”

“你是说我爸。”

“好啦，丽莎：基蒂怎么样了？”

“你干吗叫她基蒂？”

他笑了：“好吧，妈咪最近在忙什么？这样讲好点儿没？”

“她是个好妈妈，罗宾。”

“当然当然，她玩得开心，我也开心。她怎么样？”

“不大好。她得了一种病，叫行走冠状动脉——不那么严重的心脏病吧。她住院治了一个月。现在没事，不过医生警告她不可以玩得太过火。她开了些硝酸甘油片，然后搬进了罗马的一座大宅子里。当然还有人陪着——现在这个二十二岁。我觉得他是个同性恋。她说他给她做饭，照顾她的起居，很喜欢她。她给他生活费。你看得下去？”

“挺好的，”罗宾说，“不然要她怎么办，找个关节咔咔响的老头过日子？我跟基蒂一样，我也喜欢年轻漂亮的。”

“难道你不想要孩子和自己的家庭吗？”

“见鬼了，不想——我告诉你。我也不认为漂亮的基蒂想要这些。我觉得她生我们也不过为了完成任务。”

“不许这么说！”她大为光火。

“得了吧，丽莎。咱们都是保姆带大的，反正你是。我还记得基蒂抱着你时多紧张。我不记得我小时候被她抱过。咱们只是计划的一部分—— 一儿一女，一个家。”

“她爱孩子，”丽莎厉声说，“她太想要孩子了，怀我的时候她差点儿想放弃的。”

“说明我很重要咯。”他轻声说。

“不，不一样。毕竟咱俩差七岁。她想要很多孩子。怀我的时候她差点儿没命。生我之后，她流产了三次。”

“我怎么从来不知道？”

“我也不知道。但爸爸走后一年，她来我家短暂地住过一阵。那会儿凯特在我肚子里三个月了。她说：‘不要只生一个，丽莎，两个也不够。家里得多些孩子才好。我有那么多钱留给你和罗宾。你们俩都养得起许多孩子。没有孩子的话，活着也没意思。’就是那会儿，她跟我说了很多。我让她跟我们一起住，但她怎么都不愿意。她说我有自己的老公和生活——她要自己安排自己的生活。然后她决定住在欧洲。”

“可能女儿跟妈妈更亲近吧。”他平静地说。

“我不知道，但我知道孩子很重要。妈妈知道。我希望你也能这么想。”

“好了——棕榈泉快乐，圣诞快乐。”

“你也是。我猜你大概又要混在女人堆里了吧。就祝你假期愉快吧，罗宾。”她挂断了。

他若有所思地挠挠头。假期将至，他开始构思飞碟特辑，但他知道，元旦前什么也完成不了。而且还有圣诞节要过。他可以去洛杉矶陪艾克走出低潮，但坐下来打消艾克对阿曼达的失落念头，着实让人沮丧。

他打给一个约过的模特。她去西弗吉尼亚州度假了。他找了个空姐，结果她的航班晚点两小时，不过她室友有空。他约她到兰瑟酒吧见。这姑娘长得挺清秀。他们喝了几杯。他只喝啤酒，给她点了一份牛排。喝完，她准备跟着他回家，但他把她送回了家。他走了很远，回家看了《深夜秀》就睡着了。凌晨四点他汗流浃背地醒来，尽管什么也记不起来了，但他知道自己做了一场噩梦。他点了一支烟。现在是凌晨四点，那么罗马是十点钟。他越想越笃定，于是打了个电话。对面传来浑厚的男声，操着一口生硬的英语。

“我找斯通太太。”罗宾说。

“不好意思，她还在睡觉。您想留个口信吗？”

“你哪位？”

“我也想问您这个问题。”

“我是她儿子，罗宾·斯通。你到底是谁？”

“哦，”对面立即变得亲切无比，“久仰大名。我是塞尔吉奥，是斯通太太的一位很好的朋友。”

“好吧，听着，好朋友，我等下要搭乘去罗马最早的航班。我想跟我妈妈一起过圣诞。她现在怎么样？”

“她很好。不过听说这个消息后想必会更好。”

罗宾冷冷地想，瞧瞧这小白脸，难怪这么多女人买单。这人光凭打电话都能收买他。“听着，好朋友，能否劳您为我在怡东酒店订一间房，订好了给我拍个电报。”

“我不明白您的意思——”

“怡东酒店。就在威尼托大道上。”

“我知道这家酒店，但您为什么要住那里？您妈妈有一幢大房子，里面有十间卧室。您要是不跟她一起住，她会很伤心的！”

“十间卧室！”

“是一幢很漂亮的别墅，她住得很舒服。”

罗宾想，小塞尔吉奥有足够的自由让男朋友们来做客。但他什么都没说。

塞尔吉奥说：“您如果告诉我航班信息，我可以去接您。”

“没必要。”

“但我很乐意效劳。”

“好吧，伙计，你还真配得上拿的薪水。”

“期待与您会面。”

罗马时间晚上十一点，飞机落地。罗宾突然有点儿感激时差这东西。他可以跟基蒂打个招呼就去睡觉。说实在的，他想一个人住酒店。他不喜欢房客的角色，哪怕是在自己妈妈的家。毕竟在罗马跟塞尔吉奥住着宫殿，与他们从小生活在那片绵延不尽的褐沙石屋中有着天壤之别。他确信塞尔吉奥一点儿也不像他父亲。

他一出来就看见了那个穿紧身裤的帅小伙。那人冲过来，帮他拿手提箱。罗宾挥挥手谢绝了：“我没老到那份儿上，小伙子。”

“我叫塞尔吉奥。可以叫您罗宾吗？”

“叫呗。”他们朝行李区走去。这个男孩长得非常帅气，不比任何电影明星逊色。他的步子轻盈畅快，也会停下等等自己。他不光长相和口音合他的意，举止也很得体——不卑不亢，又使人如沐春风。这小子，好像真的多高兴见到自己似的。他是个找行李的高手——不知道他用意大利语说了什么，总之很有用。海关在他的护照上盖了章；在其他人还在翘首以待各自的行李的时候，只见塞尔吉奥掏出一些里拉，没过几秒，佝偻着身子的老搬运工便拖出了罗宾的箱子，搬进了一辆加长红色捷豹。两人往城里疾驰而去，罗宾默不作声地坐着。

“车不错。”他总算开口了。

“是您母亲的。”

“她怕不是每天都开着车转悠。”他酸溜溜地说。

“没有——都是我在开。她有辆劳斯莱斯，配了司机。但这么大的车在我们罗马的路上并不好开。那个司机——”塞尔吉奥的白眼翻上了天，“他和加油站暗中搞鬼，从您母亲身上捞了不少钱。现在换我在开。”

“想必你找到了一家cut-rate（二流的）加油站。”

“Cut-rate？”[1]

“没什么，塞尔吉奥——我妈怎么样？”

“我觉得她比之前好多了。您能来她特别高兴。我们打算给您办一个隆重的圣诞派对。您母亲喜欢派对，我觉得这对她有好处，她可以打扮得漂漂亮亮的。女人一旦打扮得漂漂亮亮的，心情就会很好。”

罗宾往座位上一靠，看着塞尔吉奥在尖啸的小车中穿梭，接着通过市中心拥挤的交通，然后渐渐驶入一个没那么拥挤的地段，朝阿庇亚大道行进。塞尔吉奥拐进了一条宽阔的林荫道。罗宾吹了声口哨：“看着跟尼禄的夏宫似的。这地方租金多少？”

“不用租金，”塞尔吉奥说，“基蒂买下来了。这儿很棒吧？”

基蒂等在大理石铺就的门厅门口。罗宾轻轻地抱了抱她。她看起来比他记忆中的更为瘦小，但她的脸蛋光滑得很，没有一丝皱纹。她身着猩红的天鹅绒睡袍，乍一看只有三十岁。她领着他走进一个硕大的客厅，地上铺着粉红色的大理石，高高的墙壁上挂着壁画。塞尔吉奥不知什么时候走开的，基蒂领他坐上沙发：“哦，罗宾，见到你太好了。”他温柔地盯着她，忽然感到高兴，这人是自己的妈妈。他看到她手上的老年斑与那张年轻无瑕的脸形成巨大的反差。然而，和自己一起坐在这里的她，突然看上去像个小老太太。她的身体似乎垮掉了，尽管脸上的皮肤光滑，她看起来依旧很老。

这时，塞尔吉奥进来了，罗宾目睹了一个惊人的变化：基蒂坐直了身子，她

---

1 因为塞尔吉奥是罗马人，这句疑问可以理解为他没明白这个词的意思而问。——编者注

的身体似乎充满了活力——瞬间长高了5厘米，露出了青春的笑容——当接过塞尔吉奥递给她的一杯香槟时，她是年轻的。

“我给你做了伏特加马提尼加冰，”塞尔吉奥说，“基蒂说你爱喝这个。味道正宗吗？”

罗宾喝了一大口。太不可思议了。这小子，做的马提尼比兰瑟酒吧的酒保做的还要好。塞尔吉奥又不见了，基蒂抓着他的双手：“我有点儿累，明天咱们好好聊聊。哦，塞尔吉奥，你真好。”这男孩端来了一盘冰镇龙虾。

罗宾戳了一块，蘸着酱尝了尝，突然感到饿极了。塞尔吉奥本事真不少。他直直地站在壁炉边盯着那个年轻人，想知道这么完美的人怎么是个同性恋。如果是为了钱，多的是喜欢他这张脸的年轻富婆。何苦非要跟一个老女人？很简单：老女人容易被小恩小惠打动，以至愿意让他偶尔出去找男人。

“你电话打来得正是时候，”基蒂说，“我们本来订好了去瑞士的机票。我答应塞尔吉奥去滑十天雪。”

罗宾掩饰不住不安：“你们怎么不说呢？”

她挥了挥手：“哦，我倒不要紧。谁不知道我从不滑雪。是可怜的塞尔吉奥盼望着这次旅行。但他决定不去了。我醒来时，他说你要来，他已经退掉了我们订的小屋。”

罗宾看着塞尔吉奥。这孩子耸耸肩：“我后来一想，那边的空气对基蒂来说可能太稀薄了。她心脏不好，确实不该去阿尔卑斯山。”

“瞎说！医生说不要紧！”基蒂说，“不过这样也好，咱们可以待在一起。塞尔吉奥跟你说过没？我们要办一场隆重的圣诞派对。我正在列名单。当然了，好多人要外出过节，不过困在罗马的朋友们都来。还有，罗宾，你起码得住到年后。毕竟，我们为你放弃了阿尔卑斯山，所以你不许走。”

“不用，如果我多住几天，你们照样可以去瑞士。”

“不，现在已经订不到了。至少得提前几个月预订。所以现在你必须留下来。”

基蒂放下酒杯：“我要睡了。”罗宾站起来，但她摆摆手说：“你喝你的。现在对我来说有点儿晚了，亲爱的，但你还在过美国时间，你肯定没困。”她轻轻地吻了他。塞尔吉奥走过来，挽着她的胳膊，她温柔地看着他说：“他是个好孩子，罗宾。他让我很高兴。他就像我儿子。”她突然转向他问：“你多大了，罗宾？”

“我去年八月满四十了。”

“四十，”她笑了，“还很年轻。但这岁数该结婚了。”她的眼睛在质询他。

“可惜找不到像你这么好的呀。”

她摇摇头：“别等太久。孩子很要紧。”

“是的，”他不带感情地说，“所以你需要塞尔吉奥，不操心丽莎和我。”

“罗宾，只有对孩子放手，才算真的爱他们。我老了不会靠孩子排遣寂寞。孩子是我青春的一部分——是我和你父亲幸福的结晶。现在，到了孩子们享受自己的青春，拥有自己孩子的时候。”她叹了口气，“那些年是一个人一生中最快乐的时光。当我回首往事时，我明白了这一点。当心错过它们，罗宾。”然后她离开了客厅，塞尔吉奥陪着她。他看着他们消失在楼梯尽头。

他给自己倒了一杯纯伏特加。他累了，但他不想睡。他手头没东西可看……这种新奇的孤独感持久地萦绕着他。他的目光转回蜿蜒的楼梯顶端。基蒂和塞尔吉奥在做爱吗？他不免打了个寒噤。今晚挺暖和的，但他感到好冷。他走到火炉旁。大概是该死的大理石害的。他又开始发抖。

“我给你的房间生好火了。”

他转过身——塞尔吉奥正站在楼梯脚下。

“我没听见你过来，”罗宾说，“你真是神出鬼没。”

“我特意穿的橡胶底的鞋。基蒂常常打盹儿，我怕脚步声打扰到她。”

罗宾坐回沙发。塞尔吉奥坐在他旁边。罗宾挪开了，对这个年轻人说：“听好了，塞尔吉奥，咱们先把话说清楚。陪我妈或者别的男人玩吧，别对我产生任何想法。”

“四十岁结婚不免有点儿晚了。”

罗宾干笑一声：“说得不错。但你想歪了。我喜欢女人，伙计——我喜欢得不行，所以我从来不打算只喜欢一个。”被对方深棕色的眼睛凝视着，罗宾有些不自在：“那，你怎么不跟基蒂大美女上床呢？你拿钱不就是干这个的。”

“我跟她在一起是因为我喜欢她。”

“是啊，我也喜欢她。但我在你这么大的时候就离开她了，她年轻时可比这会儿漂亮多了。”

塞尔吉奥笑着说：“但她不是我妈妈。我们之间有爱，但不是你想的那种。你妈妈不想要性，她想要爱，想有人陪着她。我关心她。我会一直对她好。”

“那就这样做下去，塞吉。”罗宾冷冰冰地说。他发现自己对这个男孩开始改观了。他不再怨恨他。不得不说，基蒂很幸运。现在，他对塞尔吉奥满心感激。

“聊聊你美国的工作吧。”塞尔吉奥提议。

“没什么好聊的……我是做新闻的。”

“你不喜欢吗？”

罗宾耸耸肩：“还行吧——工作而已。”

罗宾又给自己倒了些伏特加。年轻人弹起来，把冰桶递给他。

“谁都得工作。”罗宾慢悠悠地说。

“我们是天主教国家，不能离婚。穷人要养孩子，所以他们必须有工作，要努力工作——不喜欢也得做。但是有钱人不仅仅是工作。他们可以选择喜欢的工作。他们享受生活。所有的店铺每天从中午打烊到下午三点。有钱人喜欢在这边生活。午饭时他们可以去找情人。午饭可以吃上很久——喝红酒——然后做爱。到晚上，他们回家见老婆，再放松一回。但你们美国人——你们不大在乎工作是不是自己喜欢的。说说，你午餐时喝过酒吗？”

罗宾笑了：“我从来没想过这个。”

“可是为什么呢？你妈妈会给你留下那么多钱——你为什么要为一份你不在乎的工作拼命呢？”

“我没有那么拼命。我们可能确实挺忙的，但我们也不指望靠女人养活。不管是情人还是妈妈。”

罗宾看看他，但显然他没听懂弦外之音。塞尔吉奥的表情一如既往。

“那你会一直做这份新闻工作吗？”这个问题问得无比真诚。

“不。总有一天我要辞职去写书。”

塞尔吉奥的眼睛亮了：“我一直在看书。基蒂教了我不少东西。我知道得太少了。我现在正在读《威尔斯讲世界史》。你写的是这种书吗？”

“是我自己的风格——你只能写成自己的风格，无论好坏。问题是，我只能下班后抽空写。”

“你应该辞职来和我们一起住。你可以在这里写书，我们在一起会过得很开心的。求你了罗宾，基蒂一定会高兴得不得了，我也是。”

罗宾笑了：“我太老了，不适合做你室友，朋友。”

“不会的，你可以有自己的房间。我们可以给你隔出一个套间。到了假期，咱们可以一起去滑雪。求你了，罗宾！”

“塞尔吉奥，上回有人这样看我，我们一起睡了三天。只不过，那是个女孩儿。你别想了。”

“那么明显吗？”

“是的。”

“你很介意吗？”

“要是你想让我留下来——那就别想了。”

塞尔吉奥叹了口气：“我明白。只是你是我梦中情人的样子。我不由自主地表现出来了，就像所有见到你的女孩子那样。可是女孩儿这样看着你，你不会讨厌她。我真心实意地看着你，我情不自禁。不过你别担心。”他伸出手来：“握个手吧，罗宾。做个朋友。”

罗宾对塞尔吉奥有力的握手感到惊讶。“说好了。”他放下酒杯上楼去，“哦，顺便问一下，你睡哪儿，伙计？”

“在走廊那头，在你母亲隔壁的房间。”

罗宾意味深长地笑了。塞尔吉奥一脸严肃：“她有心脏病。我得保证及时赶到。”

“晚安，塞尔吉奥——你比我好多了。”

塞尔吉奥微笑着走向壁炉：“我会把火灭掉。用人们七点到。我在你的床头放了一壶热咖啡，如果你醒得早可以喝。”

罗宾笑着走上台阶：“还好只有一个你，塞尔吉奥。要是还有你这样的，女孩儿们要失业了。”

之后几天里，基蒂一门心思筹备圣诞节。得采购食材、葡萄酒、圣诞装饰，还要一棵圣诞树。每天她都塞给罗宾和塞尔吉奥一张清单，然后像送孩子似的目送他们俩出门采购。罗宾放松下来，全身心地投入这项工作。塞尔吉奥开着车，他对采购的地方了如指掌。他们俩常常得停下来，在等待商店重新开门的时候吃一顿悠长的午餐。罗宾发现自己很享受这种闲散的节奏。他甚至开始喝红酒。他跟塞尔吉奥变得很融洽。这个男孩温和善良。他开始对他产生了父爱。

塞尔吉奥如饥似渴地找他打听关于美国的一切。他对纽约、芝加哥很感兴趣，不过可能是好莱坞惹的祸。他狼吞虎咽地读着影迷杂志。海景别墅和豪宅使他惊愕不已：“在我们罗马，可能会有三四个人过得那么奢华。在好莱坞，人人都有自家的游泳池。那样的生活太美妙了。我在这里没有机会演电影，很多年轻人都长得像我这样——但在好莱坞，我与众不同。”

“你会表演吗？”罗宾问。

“只能演电影吗？”他瞪着无辜的眼睛，“我听说电影是一段一段拍的，导演会教你怎么演。”

“好吧，不止这些。怎么不学戏剧？基蒂又不会介意。”

塞尔吉奥耸耸肩：“做做梦就好。能陪着基蒂已经够了。罗宾，这几天是我一生中最快乐的时候。”

圣诞节前一天，塞尔吉奥把他拖到了西斯廷娜大道上的一家珠宝店。店主是个秃顶的胖子，看到塞尔吉奥时兴奋得发抖。

“塞尔吉奥，你回来了。”那人说。

“我想看看镜子。”塞尔吉奥冷冷地说。

“好的好的，你个坏孩子。我告诉过你，你想要的话，它就归你了。”他伸手到一只箱子里，掏出一枚精致的佛罗伦萨金色小镜子。塞尔吉奥目不转睛地看着它，艳羡不已。

“到底是什么玩意儿？”罗宾问。他感到很不舒服。店主贪婪地盯着塞尔吉奥，但塞尔吉奥似乎无视那个人的目光。

“基蒂很喜欢这个，”塞尔吉奥说，“她上个月来看到的。这镜子刚好可以放进她的包里。我正在存钱，但只存够一半。”

“塞尔吉奥，”那人的声音油腻极了，“我说了，有多少给多少。剩下的算我送你的。”塞尔吉奥不理他。他掏出一把皱皱巴巴的里拉：“罗宾，我还要——嗯，二十美元。咱俩一起送基蒂好不好？”

罗宾点点头。他把钱如数交给店主，胖子失望地耸耸肩，去包礼物了。罗宾在店里转来转去，看着陈列的各种首饰盒。塞尔吉奥紧跟其后：“他有很多好看的东西——他是个收藏家。”

“看起来他不光收集珠宝。”

塞尔吉奥难过地耷拉着眼睛：“他出了名地爱送礼物给小男孩儿。”

罗宾笑了：“塞尔吉奥，他盯着你的那个样子——你伸伸手的事儿。留着结婚吗？”

“我从没搭理过他，除了问他镜子怎么卖。他说，他可以免费送我，只要我……”

“干吗不呢，塞吉？他又不比基蒂大多少。”

“我得和他上床。”

“所以呢？”

“我只跟吸引我的人上床。”

罗宾走开了。这个男孩展现了同性恋群体可怕的自尊心。塞尔吉奥跟着他：

“不骗你，罗宾。我只交过几个朋友。自从我上一个朋友病了，就再也没有了。”

“你什么时候离开基蒂，去找下一个朋友呢？”

“我不会离开她。我很难离开她。我爱的男人都爱女人。我也不会因为哪个男人是同性恋就跟他在一起。我宁可陪着基蒂。”

“好好陪她，塞尔吉奥。我向你保证，哪天基蒂走了，我给你一笔生活费。”

塞尔吉奥耸耸肩。“钱不重要，”他停顿了一下，“不过你能给我买个圣诞礼物做纪念吗？”

他们站到一盘镶钻的男士腕表前面。罗宾的眼里闪过一丝怀疑：“好吧，伙计，是哪块表吸引了你这双大眼睛？”

“在那儿。”塞尔吉奥带罗宾走到一只箱子前面，那里面放着一些金手镯，“我一直想要一个。”

罗宾憨着笑。这些手镯大约18美元一只。他挥了挥手：“你挑吧。”男孩开心得像个孩子。他左挑挑，右看看，选了个最便宜的。一只带铭牌的纯金手镯。

“我想在上面刻名字可以吗？要加钱。”

罗宾笑着说：“来个全套。加什么都行。”塞尔吉奥乐得手舞足蹈，兴奋地用意大利语跟老板“叽叽咕咕”起来。罗宾在店里看了一圈。突然，他的注意力被一只黑色的瓷釉豹子吸引，那对绿宝石眼睛从箱子里透出莹莹的光。

他向店员招招手：“这个多少钱？”

“四千。”

“里拉？”罗宾问。

“美元。”

“就这个？！”

年轻的推销员忙不迭地把它摆到一块白色的天鹅绒毯上：“这是罗马最漂亮的别针。印度来的，是一个王公贵族订的，有三百年的历史了。做眼睛的绿宝石是无价之宝。不需要交税，因为是古董。”

他盯着黑豹。用宝石做的绿眼睛，这颜色正是……他转过身。随即又改变了主意，叫那人把它包起来。买吧。那晚，他肯定对玛吉有所亏欠。写支票时，他突然想到自己从没花钱做过这种事。然而奇怪的是，他为此感到兴奋。他把盒子揣进口袋，然后去等塞尔吉奥。直到老板手写了一份保证书，承诺今天打烊前把手镯上的字刻好，塞尔吉奥才愿意离开。

罗宾没过过比这更好的平安夜了。壁炉噼啪作响，圣诞树直冲天花板，他们甚至把玉米挂到了树上。午夜时分大家开始拆礼物。基蒂送了罗宾和塞尔吉奥一人一对钻石袖扣。塞尔吉奥送给罗宾的圣·克里斯托弗小金奖章让罗宾感到既尴尬又感动。塞尔吉奥解释说："这个开过光的，你经常出门旅行。"基蒂很喜欢她的礼物，用香槟敬他们俩。整个晚上，塞尔吉奥都盯着手腕上闪亮的新手镯。

第二天，别墅里住满了客人。罗宾喝了很多酒，最后和一个美丽的南斯拉夫女孩儿在一间公寓里醒来。她老公在西班牙出差。第二天下午，他们长久地做爱。最后他筋疲力尽地回到基蒂的别墅，心满意足。

这周过得真快。

塞尔吉奥开车送他去机场。"一旦她感觉不对就给我打电话。塞尔吉奥，让她做个体检。不到不舒服，她不会开口讲的——她不服老。只要有一点点不对劲，就给医生打电话。"

"相信我，罗宾。"他们走向安检口。罗宾的行李已经托运，广播在提醒登机了。"还有，罗宾——你可能也该看看医生。"

"放屁，我壮得像头牛。"

"我指另一方面的医生。"

罗宾突然停了下来："你什么意思？"

"你可能有些困扰。你连着两夜都在睡梦中大喊。昨晚我跑到你的房间——"

"我说什么了？"

"你在床上翻来覆去，在熟睡，却带着伤心的表情。你抱着枕头大喊：'别离开我！求求你！'"

"伏特加喝多了。"罗宾说，然后跟塞尔吉奥握了握手，走向了登机口。当他过海关出示胸针时，才知道还要交一大笔税。别让他再见到西斯廷娜大道上那个婊子养的家伙！回家的路上，他坐在车里一直想。整件事都很奇怪。在他和阿曼达关系最密切的时候，他都没给她买过这么贵的礼物。而今，他带着一件价值四千美元的小饰品，要送给一个除非自己喝醉了，否则根本不想睡的姑娘。大概是出于内疚吧，但四千块加上关税，这一晚的代价实在太高了。一个他压根儿不记得的夜晚。

二十一

一回到纽约，罗宾就紧锣密鼓地安排起来。他让法律部门给安迪·帕里诺拟一份合同。他把合同给他邮去，附了一封短信，写着希望他加入在纽约的这家广播公司。他还把黑豹胸针寄给了玛吉，上面写着："迟到的圣诞祝福——罗宾。"过了三天，安迪来电，迫不及待地接受了邀约。"你不会想那边吧？"罗宾问。

"见鬼，当然不会。反正我跟玛吉吹了。"

"很抱歉。"

"没必要抱歉，本来就没戏。她——对我来讲，太难懂了。她现在正在疯狂排练——有个好莱坞经纪人要来看她演出。我想找个把我而不是尤金·奥尼尔放在第一位的女朋友。"

"好吧。我会把你分在新闻部——跟吉姆·博尔特搭档。可以先看看我的《深度》影碟带，找找感觉。再过差不多一个月，就让你上手试试。最好下季度接手，做些新鲜东西。"

"我一直在看你以往所有的节目录像，我不知道能否接好你的班。"

"好好做你的——总会有人买账的。"

"感谢信任。我一定好好干！"

到了周末，罗宾把落下的工作都赶回来了，并安排了一次《深度》的录制。下午得空，他看了看行程——无事。他打开抽屉，拿出手稿，仿佛好几年没碰了。行——今晚带回家接着写，再把伏特加戒了。这次回来，他还没去过兰瑟酒吧。

这时，秘书送进来一个包裹，需要他本人签字。他草草签掉，看着棕色的包装纸，上面盖满了邮戳，还入了保。他拆开包装，那枚黑豹胸针依旧静静地躺在意大利小皮匣里。还有一张字条写着："我只收朋友送的礼物。"

他撕了字条，把匣子摆到放合同和私人文件的小保险柜里面。然后他把手稿塞回抽屉，离开办公室。到了兰瑟酒吧，酒保卡门热情地招呼："斯通先生，好久不见呀！跟平时一样？"

罗宾说："做杯双份庆祝我回来吧。"

他很快喝完，又喝了一杯。又是一个这样的夜晚。他开始讨厌夜晚了。他知道，自己又要做梦了……好几次，他都大汗淋漓地醒来。但他不记得做了什么梦。他不记得自己在罗马梦到了什么，但塞尔吉奥说他连着两晚大喊大叫。他喝完第二杯，又点了一杯。玛吉退回胸针，让他感到不快。不过为什么呢？她对他什么都算不上。近来怪事连连。塞尔吉奥没准儿知道点儿什么。他穿过房间翻看电话簿。是该看看心理医生，别再做这些梦了。他翻着黄页。叫戈尔德的怎么这么多，不过叫阿奇博尔德·戈尔德的只有一个。上面写着他的诊所位于公园大道。他犹豫了一会儿，然后很快拨了号码。响了两声，对方就接了。

“我是罗宾·斯通。”

“请讲。”

“我想找你看看。”

“看病还是私事？”

罗宾顿了顿：“看病吧。”

“你可以六点钟再打过来吗？我这边现在正好有个病人。”

罗宾挂了电话，走回吧台。他喝完了第二杯，等到六点，又打给戈尔德。

“好吧，医生，我可以什么时候去找你？”

那头传来“沙沙”的翻页声，想必是医生正在翻预约薄。“我这边有几个空当，”他说，“有几位病人去南方过冬了。下星期一可以吗？十点开始。先按一星期三次来。”

罗宾干笑两声：“没打算约一整个疗程，看一次就行了。有件具体的事情想找你聊，要不你来兰瑟酒吧喝一杯？酒钱和出诊费都算我头上——按你正常收费算。”

“我恐怕不这么给人看病。”

“我喝着酒说得更清楚。”罗宾说。

“我在办公室听得更清楚。”医生回答说。

“那算了。”

“对不住了。你要是改主意了，再给我打电话。”

“你今天最晚的病人约在什么时间？”

“今天最晚的病人刚刚看完。”

“就是说你七点有空。”

“我准备七点回家。”

“阿奇——要是你今晚可以给我看，我就去你诊所。”

戈尔德医生没有被他随意的口吻误导。罗宾这样的人主动找自己，就是在求救。

“好吧，罗宾，那就七点。你知道我的地址吗？”

“是的。听我说，阿奇老哥，要是你敢对你的朋友杰瑞提半个字，我要你脑袋。”

“我从不跟人聊病人。不过你如果不放心，可以找别的大夫，我可以帮你推荐几个合适的。”

“不用了，阿奇宝贝，我就找你。七点见。”

罗宾坐在戈尔德医生对面，隔着桌子。整件事都无比荒唐。他从没对别人敞开心扉过——他怎么能告诉这个淡定的陌生人自己的困扰？

戈尔德医生明白这种沉默，笑着说：“有时跟陌生人反而更聊得开。也因为这样，调酒师收获了很多人的信任。可以说，精神病医生和调酒师有很多共同点。我们待在各自的地盘，人们要是想见我们，来就是了。平日里，咱可见不着。”

罗宾笑了。“有道理。好吧——我这事不复杂。有个姑娘，”他停顿了一下，“我忍不住一直想她——但我不喜欢她。我都快疯了。”

“你说你不喜欢她——是讨厌她？”

“不，我是喜欢她。我很喜欢她。但我没法儿跟她上床。”

“你试过吗？”

罗宾耸耸肩：“大概我喝醉后和她上了两次，从她的反应来看，我表现很好。”

“那为什么说没法儿跟她上床？”

罗宾点了支烟，吐出一口烟，若有所思：“第一次，我第二天早上醒来，她已经走了。我连她的脸都想不起来——名字也不记得，只知道是个黑头发大奶子。那天早上我想起来的时候有件事让我不安。我什么都记不起来了，但我感觉自己做了一些不该做的事，或说了一些不该说的话。雪上加霜的是，过了两年，我又见到了那位女士，但我完全不记得我们见过。她跟我朋友在一起了。我觉得她很漂亮，挺聊得来，而且我朋友也在。我完全没意见，因为，我刚刚说了，她不是我喜欢的类型。我们两对一起约会了几晚，然后我独自去海钓。在那里的最后一晚，我跟他们一起玩去了。开始都挺好，但我喝醉了。我的朋友喝晕了，我跟那位女士上床了。我不记得我们俩一起干了什么——只知道第二天早上我在她床上醒来。我肯定把她睡舒服了。因为她在那儿做早餐，还叽叽喳喳地吵着求偶。”

“你对她是什么感觉？”戈尔德医生问。

罗宾瑟瑟发抖。“害怕。就像你一觉睡醒，发现自己跟一个男生，或是一个孩子躺在一起——总之是你不该睡的人。因为我真的欣赏她，就跟她实话实说了。”他把烟灭掉，“我很残忍。我跟她说了自己的感觉。她真的很好看，但我一想到跟她做爱，就感到突然一阵厌恶，我知道我做不到。”

“你厌恶她？”

“不，是讨厌性——就好像和她做爱很肮脏，像乱伦。但我喜欢她。可能比喜欢其他任何女孩儿还要喜欢。但就是感受不到肉体上的吸引。”

“你想和她上床——或者这么说：你想把这个难题，就像你说的，把它除掉，这样才能完成和她的事情。”

“又错了。我不在乎能不能再见到她。但我不喜欢大脑中的阴暗区域。这姑娘这么美——我干吗抗拒她？这事儿以前也有，只是很少有。不过这些女人都是黑发。那几个都不如这个女孩儿优秀，好在我再也没见过她们。玛吉这事儿——属于意外。我只是碰巧喝得烂醉如泥。”

“碰巧？你喝了特别的酒吗？你不常喝的东西？”

“不是，就伏特加。我经常喝。”

“你知道自己喝多了吗？”

“应该吧。”

“说回第一次。两年前。你见到她时已经喝醉了吗？”

“没有，但我在喝酒。”

“然后你故意喝醉了？”

“故意？”

戈尔德医生笑了：“听着像。毕竟你不像没分寸的人。”

罗宾若有所思：“你是说，我潜意识里想睡这个姑娘，于是故意喝醉，这样就可以和她在一起？”戈尔德医生没作声，罗宾摇了摇头：“我不喜欢这种类型的姑娘，为什么要跟她在一起？不管喝没喝醉，她都不是我喜欢的类型。”

“你喜欢哪种类型？”

“身材苗条，金发，干净利落的。我喜欢金发的味道。而玛吉很性感——像只丛林猫。”

“你恋爱过吗？”

他耸耸肩：“喜欢上个姑娘，当然有的。但我总能摆脱。跟你说，阿奇，人并不是异性恋或同性恋这么简单。有些人只是单纯做爱。他们只喜欢上床，但不一定有爱。就拿阿曼达来说吧：她很好。我也以为我们俩相处得很好。但从杰瑞告诉我的情况来看，我伤了她的心。但我从来没意识到。她想确定关系抓住我时，我就迅速结束关系。就算那样，当时我也只想着要双方冷静下来，完全不知道这些做法都在伤害她。”

“你真的不知道？”

“真的。比如我去欧洲录节目，没提前跟她说，是想着她了解情况——知道我会回来找她。等我回来的时候，我迫不及待地想跟她上床。我觉得很开心。”

“但你知道自己伤害了另一个女孩儿，玛吉。”

罗宾点点头：“对。”

“为什么你不知道自己伤害了阿曼达这个你真正想要的姑娘，却能强烈理解这个你并不在乎的姑娘呢？”

“所以我来这儿找你呀，阿奇。你告诉我为什么。”

“你妈妈长什么样？”

“哦，天哪，咱就别搞弗洛伊德那一套了吧。我的童年过得无忧无虑。基蒂是金发，漂亮，干净——”他不再说了。

“你爸呢？”

“他开朗极了。强壮，身材健硕。我有个妹妹，她很乖。我童年的一切都井然有序。聊这些不过浪费时间。”

“好的……爸爸，妈妈，妹妹。所有关系都很健康。我们来找找那个藏在暗处的神秘人。会不会是保姆？学校老师？”

“我的第一个老师是一个驼背。幼儿园的老师。我的保姆——好吧，我肯定有保姆，不过记不清了。用人也有——还有司机送我上学。丽莎出生的时候也有个保姆——是个白发阿嬷。”

“你和你妹妹有过什么争执吗？”

“没有，我是哥哥。我保护她。她就像个缩小版的基蒂：金发，皮肤雪白，干净。”

“你长得像基蒂吗？”

罗宾皱皱眉头：“我的蓝眼睛随她，黑头发随我爸，不过现在都要变白了。”

“那再说回丽莎出生前。你最早的记忆是什么？”

“幼儿园。”

“这之前呢？”

“不记得了。”

“多少肯定能回忆起一些。每个人小时候都有印象深刻的事物。宠物，发小；开心的，可怕的。”

罗宾摇摇头。戈尔德大夫接着启发他：“一段对话，一次祷告？”

罗宾打了个响指：“对了——有一个。是一段对话，不过只有一句，也不记得是谁说的：‘男人不能哭。你要是哭了，就不是男人，只是个宝宝。’不知为什么，我还是继续在哭。我知道的。我知道只要不哭，就能要什么有什么。不管是谁说的，肯定给我留下了深刻的印象，因为从那以后我再也没有哭过。”

“你从来不哭？”

“根本想不起来上回哭是什么时候了。”罗宾笑着说，“当然了，我也会去看煽情片，看的时候多少有些哽咽。但平日里，”他摇摇头，“从来不哭。”

戈尔德医生看了看表：“还差五分钟到八点。你下星期一要再约一次吗？我的收费是每小时35美元。”

罗宾一脸难以置信的表情：“你疯了吧。我在这里快坐了一个小时了，和你讨论一个我有点儿放不下的姑娘。结果什么都没解决——你还叫我再来一次。”

“罗宾，你一点儿都想不起来小时候的事情，不大对劲。”

“谁能把五岁的事情记得清清楚楚的。”

“是不能记得很清楚，但总该想得起一些事，除非——”

“除非什么？”

“除非你故意隐瞒了。”

罗宾趴过来：“阿奇，我对天发誓，我对你毫无保留。要么我记性不好——要么，你想没想过，可能根本没什么值得记住的事情呢。”

阿奇摇了摇头：“人要是受到打击，大脑通常会自动产生健忘，就像瘢痕组织那样。”

罗宾起身往外走。又转向医生：“你想啊，我家那么漂亮又那么大，爸妈又那么好，还有个漂亮的妹妹。衣柜里也没蹦出过死尸。没准儿原因就是这个，没准儿我过得太顺了，所以一上幼儿园就被驼背老师吓了一跳——所以我的童年记忆从那时开始？”

“谁告诉你男人不哭的？”

“我不知道。”

“是上幼儿园之前的事吗？”

“肯定是这样，因为我上幼儿园时就没哭过，别的孩子都哭了。他们都怕那个老师。”

“谁告诉你的？”

“阿奇，我不知道。但不管是谁，我都感谢他。我不喜欢男人哭。我甚至不喜欢看到女人或者婴儿哭。”

“罗宾，我想试试催眠疗法。”

“你疯了吗？听着，大夫，我打过仗，受过枪击。我经历了很多事情，但我这人一点儿问题都没有。我来这儿只是想搞明白一件具体的事情。你什么忙都没帮上。行啦。愿赌服输吧。别再费劲挖我的童年创伤，看看是不是我两三岁的时候保姆因为我弄乱了玩具，用腰带抽了我。就算是吧，而且就算她是黑头发，绿眼睛，大奶子——行了吧？”

“要是你想试试我说的办法，就来找我。”戈尔德医生说。

罗宾笑了：“谢了，不过我看，哪天再遇到绿眼睛黑头发的女人，直接躲起来更简单，也更省钱。”他把门一带，走了。戈尔德医生盯着刚刚做的笔记，把它们装进档案袋。他会好好存着，因为罗宾·斯通会回来的。

罗宾瞥了眼二月收视排名。新闻部终于给其他部门造成了严重威胁。本周他们排第二。《深度》依然位于前二十五名。他上周让安迪试了试，进展十分顺利。罗宾研究了飞碟项目的报告——研究员提了一些新颖的角度。一定能做一期精彩的节目。

第二天，他找丹顿·米勒聊了聊，提到他准备淡出《深度》，好让安迪于下一季彻底接管。奇怪的是，丹并没提出异议。

“不做啦？”他笑着问，“你的粉丝不会答应吧。”

“我打算做一档月更的特别节目，”罗宾解释道，“报道那些鲜被触及的话题。深挖，彻底地挖。可能会是史无前例的。”他把飞碟项目报告递给丹。丹仔细看了一遍。

“看着像个周末午后节目——小孩儿可能喜欢，”丹说，“但做不成黄金档。”

“我觉得可以。要不在五月或六月找个黄金时段试试，那会儿反正也是在重播大型节目？就当做一次诚实的测试。”

“那就给你在四月或五月的星期日下午找个档期，晚上不行。”

“我不想排在星期日下午，”罗宾说，“你他妈清楚得很，那会儿播不可能有收视。棒球比赛会把它挤垮。我已经在给这节目找秋季赞助商了。”

丹笑着说："你要是非得找个人录这种垃圾科幻片，随便你。但我不会把它排进节目里。"

罗宾拿起电话，通知丹的秘书："麻烦给格雷戈里·奥斯汀先生打个电话。告诉他，罗宾·斯通和丹顿·米勒想跟他尽快见个面。"

丹面露愠色，又很快掩饰住怒气，挤出一个笑脸。"这招够损的，"他轻松地说，"你刚刚从我头上踩过去。"

"好歹没背着你做这事。"他们俩死死盯着对方，无声对峙着。电话铃响，气氛有些尴尬。丹伸手接起，秘书回复说，奥斯汀先生可以马上见他们。

罗宾站起身："走吧，哥们儿？"

丹眯缝起眼睛。"那我只好奉陪咯，"然后他笑了，"我倒很想见识见识格雷戈里对你拍这部巴克·罗杰斯[1]的反应。我会告诉他我已经投了否决票。格雷戈里不喜欢浪费时间给人做裁判，所以才要我做电视部总裁。这类事情最终决定权在我手里。你要自掘坟墓，我不拦你。"

丹舒坦地靠着，听罗宾向格雷戈里简述飞碟节目的设想。罗宾说完后，格雷戈里转向丹："你肯定反对这事儿吧。"

丹笑笑，双手撑出一个金字塔："罗宾想在下一季做这档节目。每月一集，黄金时段播。"格雷戈里不解地看着罗宾："每月一集飞碟节目？"

罗宾笑了："不，我想做像《人生》杂志那样的一小时一期的专题新闻节目。飞碟、政治——任何热门或者有新闻价值的题材。不再是针对某个人物——就像现在半小时一集的《深度》——而是做专题，每集一小时。也可以做电影专题——可以去片场，对话明星、导演、编剧。可以探究电视名人的私生活——比如克里斯蒂·莱恩。人们一直很好奇他到底是什么样的人——"

说到克里斯蒂·莱恩，格雷戈里突然流露出关切的神情。他转向丹："这倒提醒我了，我们只签了克里斯蒂一季。你们找他签过新的长期合同了吗？"

"已经开始谈了，"丹说，"他想四月底开始重播，这样他就可以去拉斯维加斯走穴赚钱。他还签了几场晚会。一晚报价一万块。他还是在做直播节目，不过我们都录下来了，日后可以重播。下一季他想录播——续约肯定没问题。但克里夫·多恩说就是钱的问题——我们的报价跟他的心理价位相差很多。我们已经答

1 《巴克·罗杰斯》(*Buck Rogers*) 是20世纪30年代的太空探险题材作品，围绕主人公巴克·罗杰斯衍生出许多影视作品。这里借指科幻片。——编者注

应给他涨薪，但他想成立自己的公司——分拆演出的所有权。他还想要首轮重播后的录音带独家版权，卖给别的广播公司。还提了很多附加福利。挺棘手的——NBC和CBS都对他很感兴趣。”

秘书悄悄进来说，奥斯汀太太等在线上。格雷戈里起身：“我去那个房间接。”另外两人看着他消失在另一头。丹首先打破沉默。他斜靠着沙发，轻拍罗宾的膝盖，低声说道：“听我一句劝，吸取教训吧。你也算见到广播公司节目规划背后的拉锯战了。你是常春藤出来的大记者又怎样。你那无聊的科幻剧把格雷戈里都听腻了，还浪费了我和他的时间。你是新闻部总裁。我是电视部总裁。我一人定夺就好——不需要搭档。”

罗宾笑了：“怎么听着就跟电视业版的芝加哥帮派火拼似的，什么南区归你，北区归我。”

“两边都是我的。你只管新闻，没别的。你也别想掺和排期。我不是兼职演员和主管的新闻人。这是我的生活——不是爱好。别人休想插手。”

“我不想掺和你的事情，但我是新闻部总裁。我有个新节目的想法，你就得给我这个时间。要是你非不答应，那我只能——”

“你只能放弃！明白没？放弃！下次我说我不想做一档节目——你就打消念头。不许再给格雷戈里·奥斯汀打电话了！”

罗宾轻松地笑了笑：“好吧，总裁先生，只是别那么轻易否决。”

格雷戈里·奥斯汀回来了。“抱歉，二位。我从不让私事干扰工作，不过奥斯汀太太是我最重要的工作。”一想到妻子，他的神情变得柔和。然后他清了清嗓子，回到眼前的事情上：“我跟奥斯汀太太说了你的飞碟特别节目。她很感兴趣。我以前都不知道女人也会被太空的浪漫吸引。那就去做飞碟项目吧，丹。把它排在五月，插在《克里斯蒂·莱恩秀》重播的档期里。”他看着丹说，“要是它收视不错，再考虑做成月更节目。我去找克里夫·多恩搞定克里斯蒂·莱恩的续约。还有别的事吗？”

丹站起来：“我觉得差不多了。”

格雷戈里等他们俩走到门口，然后才突然想起什么似的说：“哦，罗宾，稍等一下。有事找你。”

丹先走了，罗宾不慌不忙地找个椅子坐下。格雷戈里盯着紧闭的门笑着说：“丹这人不错。野心勃勃。没错，我们都是这样。所以他很不错。你有新想法，我很赞赏。不过，将来要是有新闻部之外的事情，你就直接找我商量——然后我去跟丹提，就说是我的想法。这样可以维持咱们小家庭的和谐。”

罗宾笑了：“在广播公司礼仪方面，我还是新手。”他没走，因为他知道这不是格雷戈里留他的真正目的。

“罗宾，”格雷戈里突然扭捏起来，“这事儿吧，说起来其实是私事儿，跟工作不搭界——1月1日那天你怎么了？”

罗宾蹙起眉头。1月1号……没记错的话，那天塞尔吉奥开车送他去了机场。

格雷戈里点了支烟。“又重了9斤，”他有些不好意思，“所以又开始吸了——等体重下去就不抽了。”他接着说：“我们的蛋酒派对。”

罗宾一脸茫然。

格雷戈里盯着香烟上的那截烟灰：“我们连请了你两年。你不仅次次不来，连张表达遗憾的字条都不带留一张。”

“天哪！我太失礼了！今年我去了罗马，去年的话，我应该在——”他皱着眉头，努力回忆，“那会儿我在欧洲，对的，想起来了，元旦那天回来的。家里堆满了邮件。我只好惭愧地坦白——这两次我都是这么做的——我盯着那堆邮件，然后把它们全丢进废纸篓了。反正也没人指望别人回寄圣诞贺卡，至于账单嘛，下个月总会再来的。奥斯汀夫人的邀请函想必也在那堆信件里。我马上给她回信。”

格雷戈里笑了：“看来是个误会。不过你也知道，女人嘛。奥斯汀太太还以为哪里怠慢了你。”

“可千万别这么想。我回信——我可以给她回电吗？”

“那最好了。”格雷戈里潦草地写下了号码。

罗宾回到办公室，给奥斯汀太太打电话。

“好了好了，罗宾·斯通，”她说，“你不用打来了。我知道格雷戈里找过你了。”

“这——多亏他告诉我了。你们办新年派对的时候，我都在国外。”

他对她说了一遍自己是怎么处理那堆信件的。她乐坏了，说：“这办法好极了。我真希望自己也有勇气这么做。我本来可以逃过很多无聊的事情。”

“奥斯汀太太，我向你保证——明年我会好好看每张圣诞卡片，找你寄的邀请函。”

“哎哟，好啦，罗宾。”她顿了一下，“恕我冒昧，不过我们确实在看你的节目。我总觉得你很亲切。”

“奥斯汀太太，我保证，不管我到时候在哪里，1964年1月1日，一定赴您的约。”

电话里传来她的笑声：“还得等那么久吗？”

“希望不会。不过请相信，我喜欢蛋奶酒。真的。”

“格雷戈里肯定跟你说过，他很讨厌那一套。哦，罗宾，”那头传来“沙沙”的翻页声，“3月1日我要办个小派对。我们刚从棕榈滩回来——那里的天气阴晴不定的，我们打算留在纽约了。你要不要来？”

怎么讲着讲着就到这儿了？没办法，毕竟要弥补缺席的那两场该死的派对。“我自当不胜荣幸，奥斯汀太太。”

“哦对了，我姐姐也要来。这场晚宴是为她办的。王子来不了。要不要安排你做她的男伴，或者说你想自己带个女伴？”

“我自己带。”他不假思索地回答。

她毫不犹豫地说：“那好。3月1日晚8点半，打上黑领结[1]。”

他挂断电话，盯着电话。好吧，王妃独自来了。他不打算充当“贴身侍卫”！要是这次给她作搭子通过了检验，后面还会有源源不断的邀请。不如将其消灭在萌芽状态。但这么一来还得再找个妞儿。行吧，还有十天……他想到一个人。

接下来的一周，他完全忘记了奥斯汀夫人的派对。他去华盛顿待了两天做飞碟项目。他选了一位导演和一位制片人，暂定3月15日录试播。一切井然有序。除了一个不得不打的电话。玛吉·斯图尔特。其实不用非得打给她，但她在佛罗里达目击的故事引发了整个想法。安迪准备做一个段落，他答应过玛吉要让她参与。他拨了电话。当她接起来时，他直奔主题。他解释了节目计划，问她是否感兴趣。

她同样不加个人情感：“我当然有兴趣做这期节目。你想让我什么时候去？”

“尽快！”

“今天是25号。3月1日怎么样？”

“3月1日可以。”他翻开日程表，上面标着“奥斯汀晚宴”，“不过，玛吉，我有个不情之请。”

“什么事？”

“2月28日来，带一套晚礼服。”

“上节目要穿？”

“不是，3月1日有场宴会。我想请你陪我去。”

1　即“black tie”，西方社交礼仪，代表社交场合的一个正式程度，仅次于出席宫廷晚宴等极重大场合佩戴的“白领结”（white tie）。——编者注

“抱歉，我是去工作的。”

“是这样没错，但是我希望你能来。是奥斯汀家的‘黑领结’晚宴。”

她犹豫了一下：“你真想让我陪你去？”

“是的，我想。”

她笑了，随之放下了一丝矜持：“那好吧，刚好我有一套很好看的礼服，找不到场合穿。”

“谢谢你，玛吉。把你抵达的时间发电报给我。我派车去机场接你。我会在广场饭店给你预订一间房。”

他打给广场饭店订了一间房，一转念又升成套间——公司的财务人员可能会让他吃点儿苦头，但是她值得。每个人都痛快地在IBC的户头记账——凭什么玛吉不能享受一番？

28日早晨，玛吉的电报来了：“五点抵达爱德怀德。东北航空24号航班。玛吉·斯图尔特。”

他约了一辆车，一个冲动，又打给杰瑞·莫斯：“你四点钟走得开吗？我要去爱德怀德接个姑娘，刚刚叫了辆车——”

“所以呢？”

“我不想一个人去。”

“你怎么也要找伴儿了？”

“阿杰——事出有因。”

“好吧，我四点钟在IBC大楼前等你。”

快十一点了，罗宾慢慢地、稳稳地喝着酒。杰瑞喝完了咖啡。整个晚上都很疯狂。这个玛吉·斯图尔特是他见过的最美的姑娘。然而她却只跟罗宾打了个招呼，好像压根儿不熟。杰瑞提议去兰瑟酒吧喝一杯，罗宾和玛吉同时拒绝了。他们把她送回广场饭店，然后罗宾拖他去“路易丝”吃晚饭。餐馆里空荡荡的，罗宾干坐着摆弄着酒杯。高个子约翰·内贝尔（Long John Nebel）[1]正要去录通宵节目，顺道来寒暄了两句。

“我失眠的时候都听他的节目。”罗宾说，“他签了另一家广播公司，不然我

1 高个子约翰·内贝尔，原名约翰·齐默尔曼（John Zimmerman，1911—1978），纽约市电台脱口秀主持人，节目主要涉及异常现象、UFO和其他不寻常的话题。——编者注

就请他参加我的飞碟项目了。他对那种事儿可熟了。”

罗宾又点了一杯酒，安静如斯。杰瑞觉察到罗宾有些低落，也不去打听。但为什么失眠要听高个子约翰·内贝尔？这说明他没睡好——也说明他没跟小妞儿上床。当孤独或害怕睡觉的时候，才会听高个子约翰·内贝尔。罗宾居然会失眠？这可真是闻所未闻。

杰瑞突然开口：“我说，罗宾，我不知道你在烦什么，不过这个玛吉·斯图尔特还真是不一般。你要是把她搞砸了，你就有毛病了。”

“我他妈什么毛病都没有，”罗宾大声说，“请你弄清楚。我跟玛吉·斯图尔特之间清清白白。我喊她来纯粹是看重她的能力。”

杰瑞缓缓起身：“你要是打算待在这儿喝通宵，那就自个儿喝去吧。我坐在这儿是因为我以为你想找个人陪。”

“我谁都不需要，”罗宾回答，“回家找老婆去吧。”

杰瑞离开桌子，又转过身：“行吧，罗宾，我不生你气，因为我知道你心里不舒服。自打从佛罗里达回来，你就怪怪的。不论你承不承认，那个姑娘都脱不了干系。”然后他走了出去。

罗宾坐着一直喝到餐厅打烊。然后他走回家，打开收音机。听着收音机更容易入睡，醒来时也不会被电视机发出的光刺到眼睛。他又给自己倒了一杯烈性伏特加。这是他从阿奇的诊所回来后喝的第一杯。他躺在床上，听着高个子约翰·内贝尔。当约翰说到人得喝点儿水时，他就睡着了。水……好主意……想象一艘船，他心想，一艘船，还有水……漂亮的船舱……睡吧……睡吧……他在船上，在床上。铺位变成了一张大床。玛吉抱着他，抚摸着他，告诉他一切都会好起来的。他感觉很舒服。他相信她。然后她溜下床，杰瑞在另一个房间等她。她在和杰瑞交媾！他冲进杰瑞的房间——她领他回到床上，依偎着他，告诉他只是做了个噩梦。她不停抚摸他的脑袋……他渐渐放松了……她的身子暖暖的……然后他又听见她下了床，听见她在另一个房间里“咯咯”地笑。他走进去……杰瑞不在。她跟丹顿·米勒坐在沙发上。丹在吮吸她的乳房……丹顿抬起头笑了。“他吃醋了。”丹说。玛吉没有笑。她神情严肃。“回床上待着。”这是命令。不知怎的，他知道自己必须服从。

他醒了。天啊，才凌晨四点。又是个梦——约翰·内贝尔还在聊。罗宾转到一个唱片节目，最后睡着了。

第二天晚上他去接玛吉。她说得没错，这身晚礼服耀眼极了，他却感到内疚，因为奥斯汀的晚宴既拘谨又正式，除了沉闷只有乏味。人人都很友善，但闲聊总令他情绪低落。他坐在朱迪思·奥斯汀的左边，使劲打起精神。她谈着自己的慈善机构或棕榈滩的天气时，他表现得饶有兴趣，并不失时机地提些问题。他瞥向长桌那头的玛吉，视线险被一群神经外科医生和股市专家挡住。真羡慕她那收放自如的姿态，很想知道她到底在跟他们聊些什么。

回去后，他站在她下榻的酒店大堂里感谢她“帮了他一把”时，留意到每个路过的男人都转过身来盯着她。也是，这太正常了。电影明星都没她漂亮。突然他开口道：“要不要喝一杯？来一杯吧。”

“我以为你在戒酒了——我注意到你只点了苏代[1]和奥斯汀[2]。跟我在一起，是不是连红酒都不敢碰？”绿眼睛里带着一丝嘲弄。

他把她拉到“橡木屋”。他示意服务员：“给这位女士上一杯苏格兰威士忌。给我来一杯双份伏特加。”

“你用不着证明什么，”她说，“我知道你的弱点。”

“喝酒不算。”他死不松口。

“哦，我开始觉得你也失去了那个天赋。”

服务员上了酒。他握住她的手：“希望我们能做朋友，玛吉。”

她任由手摆在那儿，注视着罗宾的眼睛：“我们永远做不了朋友，罗宾。”

“你还记恨我吗？”

“我倒希望是这样。哦，天哪，我真希望我能恨你……”

他突然撤手，把伏特加一饮而尽，然后招手示意服务生买单。

他一边在支票上签字，一边说：“家里还有好多事。”

“扯谎干吗呀，”她说，“你没撒过谎。为什么呀？”

“不，这是真的。我在干副业——写书。我定了个目标，每天晚上写五页，不管回家多晚。”

她饶有兴趣地看着他：“这是你的秘密计划吗？”

“我希望是。”

“难道不是吗？”

他突然显得很疲惫：“玛吉，我也不知道自己到底想要什么或者不想要什么。”

1 法国苏代白葡萄酒。——译者注

2 奥斯汀斯西拉干红葡萄酒。——译者注

她的表情缓和了不少："你过得不开心吗，罗宾？"

"谁说我不开心了？"

"不知道自己想要什么是不敢去寻找。就这么简单。或者就是害怕自己隐秘的念头。"

"谢谢您了，医生，等我需要治疗时会来找您。"他起身帮她拿外套。

玛吉进了房间，愤怒地把行李往床上一摔。本来不都好好的！她的眼神暗淡了。干吗骗自己？一切都是老样子。纯粹是自己的胡思乱想罢了。她要把他从脑子里赶走。去奥斯汀家的邀请害得她自作多情一场。他只是要找个拿得出手的女伴。仅此而已。好了，这个周末必须好好过。她可不会傻坐在房间里，痴痴盼他的邀约！她要起个大早——白天看个日场——晚上再去看双片连映。他就算打电话来，也只会扑空。等星期一走进办公室，就装作和他根本不熟。她吃了片安眠药，在门上挂了个"请勿打扰"的牌子，约了明早十点的叫醒服务。

感觉刚睡了几分钟，叫醒电话就来了。她伸手拿听筒。在安眠药的作用下，手臂软塌塌的，毫无力气。电话又响了。她费了好大的劲才勉强接起。接线员用不近人情的声音说道："我知道您挂了'请勿打扰'，但您有一封电报，标着'紧急，速传'。"

她坐起来，打开灯。这才七点十五。"来吧。"她喃喃自语。她起床披上睡袍。她现在习惯裸睡——哪怕天冷也雷打不动。

签收了电报，走回卧室，她突然被一阵恐惧攫紧。虽然困得脑子都转不动了，但她还是想到，有什么急事非要这个点拍电报呢。难道爸妈生病了？她马上撕开电报，读得飞快——不会吧！

斯黛拉·莲儿怀孕。必须立即换人。已向世纪影业推荐你。打你电话六小时。无应答。收到速回电。海·曼德尔。

她给海·曼德尔打了电话，但没挂对方费用。让亲爱的罗宾·斯通先生和IBC也出出血！接线员通知对方有长途电话后，海的声音响起。可怜的海——他那边才五点。他让速回电的嘛。

"玛吉！"他倏然清醒，"你多久能来？"

"先等等，"她淡淡地问，"是演什么角色？给多少钱？"

“什么角色？斯黛拉·莲儿会跑龙套吗？演女主——跟阿尔菲·奈特演对手戏。斯黛拉的戏份都开拍一周了。她以为自己生了什么病，吐个不停。那个笨蛋，连自己怀孕都不知道。世纪那边拍摄进度大大滞后了。我已经跟他们谈好，付你两万片酬。外加另一个片约，我还在谈。他们还会给你在比弗利山庄酒店包一间套房。”

“哦，海，你怎么办到的？”

“说实话，我差点儿就放弃了。你这人，加上你不愿意试镜。我看完奥尼尔那场剧，回去对你赞不绝口，但没人听我的。昨天斯黛拉的事儿一出，我又提了一嘴。说实话，我也没抱多大希望。但导演很兴奋，说你正是他要找的——新面孔。”

“他是谁？他怎么知道我长什么样？”

“我早把你的照片散遍好莱坞了。”

“啊，海——但愿我不会辜负你的期望。”

“不会的。听我说，演奥尼尔那出剧的时候，你完全动摇不了杰拉丹·佩姬的地位。你算不上戏剧天才，但你身上有一些特质：个性，闪光点，这就是明星气质。做明星不一定需要多少才华，但需要一些无形的东西。我看出来你有。记得艾娃·加德纳刚来这儿时还是个孩子，但她跟你具备同样的东西。你们的一举一动。你让我想起了她。我就是这么跟导演说的。”

“天哪，”她笑了，“可怜的导演——他会失望的。”

“等他见了你再说吧。他是好莱坞最火的导演，刚拍完一部很棒的片子。然后世纪影业请他来拍阿尔菲：亚当·伯格曼！”

“亚当！”

“你认识？”

“我跟他在一个小剧团共事过，好早以前了。啊，海，我好激动啊！”

“这样，你今晚能过来吗？星期日一整天看剧本，准备准备。下星期一他们就要带你定装。我去帮你订酒店。”

“好！好！我今天就来。”

“那好。你一订好机票，就发航班号和抵达时间给我。我去接你。”

她挂了电话，想整理一下思绪。她太激动了。又能见到亚当了！这真是太好了。但她更高兴能离开那位罗宾·斯通先生。

罗宾看完飞碟试播集，回到办公室。他越想这期节目，就越坚定要把它作为这档全新系列节目的首期，赶在九月开播。就这样定了。只许成功！他在办公室来回踱步。《故事》（*A Happening*）——就叫这个！得先说动格雷戈里——但需要再找几个“故事”的点子给他看。他想到了克里斯蒂·莱恩：是怎样的化学反应使他突然成了全民偶像？五年前他在酒吧里唱着同样的歌，怎么就变不成偶像呢？这个太棒了。《故事之克里斯蒂·莱恩》。可以采访夜总会老板，他们在他还是十八线的时候就跟他厮混在一起，采访他的“跟班儿”，还有克里斯蒂的家人——他的亲戚们肯定也有料——连那个吓人的埃塞尔·埃文斯也可以采访。肯定有一大串人以前跟他有过瓜葛，想必非常有趣。

第二天早晨，他非正式地拜访了顶楼，来将他的计划付诸实施。

“罗宾——真是踏破铁鞋无觅处，你这正是我们想破脑袋所要找的诱饵！”格雷戈里激动极了，“为了劝克里斯蒂签新合同，我们正在跟六名律师斡旋。他一直模棱两可，但要是我们提出会让你为他做一期1小时的特别节目，罗宾，这真是——”他一时不知该用何等溢美之词。“这样，这事先别跟任何人透露。尤其是丹。我先亲自找克里斯蒂谈谈。你不介意我骗他说这是我自己的主意吧。明天午饭时我跟他说说这事儿。我还要让这懒汉和他律师来我的私人餐厅，跟我和我的律师见上一面。我就告诉他——没有哪家广播公司这么优待过哪个明星——确实没有！我们先拍他，作为《故事》的首个专题，紧接着做飞碟专题。”

三天后，业内传克里斯蒂·莱恩与IBC签了一份为期五年的新合约。次日，格雷戈里派人请来罗宾和丹顿·米勒，向他们简述了这期特别节目的想法。

丹听得很专心。罗宾默默观察他的反应——丹肯定记得他曾提出做克里斯蒂·莱恩的专题。但格雷戈里表现得就像是自己这几天突然想到的。丹心知肚明。罗宾也是。但是丹不得不配合格雷戈里演这出戏；他的表情活像《爱丽丝漫游仙境》里的那只笑脸猫，不时赞许地点点头。

紧接着，他轻轻皱眉，一副若有所思的样子。

“这个策划绝了，格雷戈里，特别是这招能把克里斯蒂稳稳拿下。只是我不确定是不是要让罗宾来做这期节目的主持人。别多想啊，罗宾。只是觉得以你的形象，好像不大适合报道克里斯蒂·莱恩这种人的私生活。还是找个当红明星来报道克里斯蒂——比如丹尼·托马斯或雷德·斯克尔顿。都是能跟他共情的人。”

格雷戈里被问个措手不及。他说得竟不无道理。丹露出胜利的微笑。罗宾向前探身。他照旧波澜不惊，声音依旧平静：“我不同意。”

丹保持着微笑，声音很有派头："抱歉。不过，作为电视部总裁，我比一个花半年时间在欧洲的新闻记者更懂观众的口味。"

罗宾仍面无表情："我不否认你懂节目，但我认为你对人性一无所知。你还想找别的明星跟克里斯蒂·莱恩同台，抢占他的风头。那样一来，这期节目就成了以克里斯蒂·莱恩为嘉宾的《丹尼·托马斯秀》或者《雷德·斯克尔顿秀》。这期节目应该是他的节目，是关于他的节目，不能让任何人以任何方式害他失去光彩。"

格雷戈里站了起来："他说得太对了，丹！换个明星做主持，那跟综艺节目有什么区别。我希望还是由罗宾来吧。"

丹生硬地点点头，然后转向罗宾。"少点儿感情戏。"他警告说。

"观众就爱看感情戏。"罗宾回答说。

丹说："他的感情经不起细审。"

罗宾坚持道："这只会使他的形象更为丰满。"

"不许有感情戏！"丹厉声说道，"再者，没人对克里斯蒂的感情感兴趣。"

格雷戈里打断他："你又错了，丹。克里斯蒂必须有个女朋友。就我个人而言，我总怀疑四十多岁还不结婚的男人是不是有什么问题。当然了，对克里斯蒂来说这是可以理解的——他一直是个浪子。不过现在得给他配个天使。她是什么来头？她为何委身克里斯蒂？"

"埃塞尔·埃文斯，"丹说，"她以前是公司宣传部的。跟妓女差不了几分。"

"不能换个女孩儿吗？"格雷戈里问，"为什么不给他安排很多姑娘呢？请几个漂亮模特，把他跟几个女人绑定起来。"

"埃塞尔绝对不答应，"丹说，"要是想利用别的姑娘，她也少不得。观众对她的事太熟了。"

"她现在除了陪他睡，还干些什么？"格雷戈里问。

丹笑了："说出去谁敢信，她是他的私人新闻代理人！"

"可以，"罗宾插话道，"节目里就这么介绍她。哪个明星没个女版星期五[1]！"

丹缓缓点头："这个角度好——能粉饰不少东西。咱也没法儿把她从他的生活中赶走，她跟他上太多次杂志了。"

---

1 "星期五"，《鲁滨逊漂流记》中被鲁滨逊救起的人物，鲁滨逊用救起他的日期给他起了这个名字，后成了鲁滨逊的仆人。——译者注

罗宾笑了："行。那就等你搞定克里斯蒂·莱恩了。"

丹狞笑着："放心吧，他很好搞——就是不晓得埃塞尔会怎样。"

二十二

丹顿·米勒的出现使得阿斯特酒店的这个房间显得分外简陋。埃塞尔盯着地毯上的一块污渍，琢磨着为什么克里斯蒂总能订到这里最破的房间。大概是因为他总是选最便宜的。丹坐在褪了色的扶手椅上，优雅得出奇。克里斯蒂完全无视丹进房间时流露的讶异，坦荡地坐着，抽着雪茄。埃塞尔浑身紧绷。先前，丹不经意地来电说顺道来聊聊节目的具体构想时，她便起了疑心。丹不是那种会"顺道来"的人。"具体构想"是什么构想？是克里斯蒂的一生——他的朋友，那些跟他打过交道的人，他的《故事》！过去两周，他一直在叨叨这些。就像得了长生不老药似的。但她能理解他的兴奋。作为《克里斯蒂·莱恩秀》的明星，他以特定的规范出场。唱歌，演小品，介绍客串明星。但《故事》是关于他的节目。节目里出现的所有人都只谈论他，不会有任何好莱坞明星来客串——只有他！"跟班儿"们甚至纷纷开始定做新西装。阿格尼斯也不停旁敲侧击，说什么她没想到自己居然也会参与其中。"我那些朋友都笑我只是个跟班儿，我都对他们说，我宁愿做克里斯蒂生活中的一小部分，也不愿做其他人生活中的明星。"克里斯蒂还没有点头，但埃塞尔感觉他最终会许可。渐渐地，连埃塞尔也开始陷入了这场大型的期待。她开始严格节食，买了两身上节目穿的衣服。但她毕竟从未真正意识到自己对于这期节目的重要性，直到丹顿·米勒"顺道拜访"，埃塞尔坐在一旁静静听着丹介绍这期特别节目。出乎埃塞尔的意料，他的热情程度与克里斯蒂不相上下。他的每一句话都恰到好处地挠到了克里斯蒂的痛点，令他的自尊心大大膨胀。说着说着，克里斯蒂的《故事》似乎离奥斯卡仅一步之遥，艾美奖更不在话下。等他开始提到"具体细节"时，她眯缝起眼睛。到这里，她最坏的猜测成真了。所有那些花里胡哨的许诺都不过是障眼法。丹此行的真正目的是要弱化她——掩盖她在克里斯蒂身边所扮演的真实角色。太过分了！丹漫不经心地提到雇佣哪些模特充当克里斯蒂的约会对象。她继续听着。已经联系了新人跟他出席夜总会开幕秀，克里斯蒂去她父亲的马场时能拍到不少精彩画面，云云。

“这就给你加了又一层形象，”丹说，“克里斯蒂·莱恩不只是邻家大叔——漂亮姑娘、影视新人都被你吸引，都深深崇拜你。我们甚至挖到一位女诗人，我们会拍你们俩参观兰登书屋。克里斯蒂·莱恩还很博学！当然，埃塞尔也会在节目中饰演重要角色。我们会拍她处理你的邮件，帮你接听电话，为你统筹行程——”

埃塞尔漠然地盯着光束下的一粒尘埃，它轻轻掉落在褪色的地毯上。这是最后的一记羞辱。把她和“跟班儿”归为一类。可说真的，细想想，自己算个什么东西？他们替他跑腿，她在床上为他服务。他们甚至连工钱也是一样多。她第一次对自己的人生产生了深切的挫败感。她甚至丧失了战斗的意志。也许是来自丹的高傲态度，也许是来自这个套间。恍惚之间，她觉得自己就像灰扑扑的窗前那块沾满煤烟的窗帘般破旧。她突然从丹顿·米勒的眼中看到了自己，她想逃走！哦，天哪，那个坐在哈姆崔克小房子里的小胖子埃塞尔·埃文斯做什么春秋大梦呢？她怎么变成了这个埃塞尔·埃文斯？这个埃塞尔·埃文斯此时坐在阿斯特酒店烟雾缭绕的套房里，安静地听着丹顿·米勒委婉地密谋她在克里斯蒂生活中的不在场证明。这一切是怎么一回事啊？她只不过是想出人头地——这也有错吗？她想大哭一场，想冲向丹顿·米勒，想撕下他那势利的笑脸……他是怎么做到一脸无辜地坐在那里的？他到底是何等人物，敢宣称她不配做克里斯蒂的女朋友？丹也和她睡过。难道这没有玷污了他和他那该死的黑西装？但她始终沉默。因为丹说的每一句话都在理。有了模特、刚出道的纯情少女和女诗人，这场节目势必更精彩。对克里斯蒂来说，节目是第一位的，是她永远斗不过的敌人。奇怪的是，她丝毫不在乎业内人士会怎么想，大家都会知道这是个幌子。但她第一次想到自己的父母，甚至想起了赫尔加。在他们眼里，她早已和克里斯蒂·莱恩订婚。将来，当他们看到克里斯蒂和那些迷人的女孩儿在一起，而胖乎乎的小埃塞尔·埃文斯和那些“打工仔”坐在一边时，是什么心情？她继续盯着地毯上的那粒尘埃。她不敢抬头。她的喉咙发紧，眼泪几乎要涌出来了。克里斯蒂那双死鱼眼不动声色。丹依旧信心满满地陈述他的伟大构想，最后做了有力的收尾。然后他向前倾：“那么，克里斯蒂，你怎么看？”

克里斯蒂深吸一口雪茄，往地上重重吐了口气：“我看就是个垃圾。”

埃塞尔猛地抬头。丹惊讶得接不上话。

“什么叫我跟刚出道的少女还有诗人？谁不知道埃塞尔是我女朋友？”

埃塞尔惊讶地张开了嘴。这个笨蛋居然在为她说话！

丹耸耸肩：“你当然可以跟埃塞尔在一起。我知道，你也知道。但我们考虑了很多，得出一致结论。他们认为，假如你跟很多女孩儿约会，而不是和一个姑娘绑定，节目会更有意思。”

“这是要做魅力秀，还是要做克里斯蒂·莱恩的《故事》？”他问。

“两者结合起来，收视率会更好。”

“我的节目排前五，对吧？这跟什么模特还是刚出道的没关系——只跟我有关！”

丹点点头：“但是，克里斯蒂，别忘了你的节目里确实有客串的大牌明星，广告时段有美女，偶尔来个女歌手跟你二重唱。”

“埃塞尔怎么办？”克里斯蒂的声音沙哑得很。

“埃塞尔很有魅力，”丹很快地说，“说真的，埃塞尔，你越来越好看了。”他摆出一副宽厚的微笑。她恨恨地瞥了他一眼。

克里斯蒂无视他在一旁叨叨。“所以呢？”他问。

“我们最怕八卦杂志。虽说目前为止，我们运气还不错——但只要有一家开挖埃塞尔的感情史，就没法儿收场了。”

“那我就告他们，”克里斯蒂说，“她跟我在一起快一年了，其间没跟任何人在一起过。我可以作证。”

“恐怕你只会佐证他们的观点。没错，埃塞尔一直和你在一起——住在一起！所以他们才说‘女版星期五’这招非常棒。这刚好解释了为什么她总跟你形影不离！”

“等一下！”克里斯蒂挥舞着雪茄，“他们到底他妈的是谁？”

丹掏出烟盒：“这样说吧，克里斯蒂。罗宾·斯通也是这个节目的一员。如果八卦杂志因为埃塞尔而抨击他的首期节目，没准儿他会丢掉整个系列的赞助。你记住，在纽约、芝加哥和洛杉矶以外更大的世界里，人们每个星期日都去教堂，在那里结婚、庆祝金婚。那些人也很爱你。你已走进千家万户。你不可以随心所欲地宣布：‘这就是跟我同居的姑娘——你们爱看不看。’”

丹见克里斯蒂陷入沉默，再次强调道：“不管你怎么看，克里斯蒂，事情就是这样：你不能冒这个险，在你的特别节目中承认埃塞尔是你的女朋友。”

“那好。她不是我女朋友，”克里斯蒂平静地说，“她是我老婆。”

丹的脸瞬间失去了一贯的平和。他不自主地张开嘴，却说不出话。埃塞尔向前探了探身子——重头戏来了！

克里斯蒂点点头，似是向自己确认这个决定：“没错，你没听错。我要娶埃塞尔。”

丹从适才的震惊中回过神，勉强试着稳住那猫似的微笑。克里斯蒂坐下来，似乎事情已经谈妥了，但埃塞尔嗅出战斗才刚刚开始。丹正在集结力量，准备再次进攻。果不其然，它来了。

“有意思。”丹的语气忧郁极了，“在我的印象里，你一直是个伟大的浪漫主义者。”

“啥？”克里斯蒂问。

“一生只爱一个女人的男人。我确信你对阿曼达是这样的。她走的那晚，我甚至担心你会取消演出。但你很专业。我懂你的感受，但你明白生活还得继续。当一个人失去了唯一重要的东西时，他会找一件替代品——一件临时替代品。”

此刻，埃塞尔彻底理解了那些激情杀人犯。她恨不得一把扑过去，死死掐住丹的脖子。不过现在轮不到她逞硬——只要克里斯蒂硬气起来就行。她紧紧抓着沙发扶手，抓得指节泛白。为了锁定胜局，她使出浑身解数，用跟他一样克制的声音说道：“亲爱的丹顿，您好像忘了，阿曼达离开了克里斯，嫁给了艾克·瑞恩。她死的时候是艾克·瑞恩太太，而不是克里斯蒂的女朋友。”

丹不紧不慢地说：“唉，但最伟大的恋人是那些失去所爱后仍然爱着对方的恋人。对我来说，克里斯蒂·莱恩就是那种人。”

克里斯蒂跳了起来：“这都什么屁话？这就是你心目中的伟大情人？我看就是个彻底的蠢货！为一个抛弃自己的女人哭哭啼啼的傻逼！哦，你错了，丹尼，我是克里斯蒂·莱恩。我一个臭流氓！我这一路可算吃够苦头了——我的教训够深刻了。人活一辈子，一个金发美女有什么了不起的。”他走到埃塞尔身边，握住她的手：“瞧好了，米勒先生——这才是真正的女人。一个极好的女人。没错，埃塞尔和我一开始是闹着玩儿的，但跟她约过几次会后，我已经忘了阿曼达了。”

丹悲悯地笑了笑。“前些天我又读了一遍《人生》里的故事，真的很受触动。尤其是你说，阿曼达是你唯一想过要结婚的姑娘，唯一想跟她生孩子的姑娘。”他叹了口气，“这事真的太讨厌了，阿曼达的事对你的特别节目影响会很大。”

“阿曼达跟我的特别节目有什么关系？”克里斯蒂问。

丹的声音低沉却有力：“我们会在节目里放上你们俩在《人生》杂志里的合照。再插一段阿曼达拍节目广告的花絮——配上你温柔弹唱的那段《曼迪》。记不记得——当时画面切到舞台侧翼，拍她听你唱那首歌时的脸部特写？”丹伤心地摇了摇头。“能想象吧？谁都会被深深打动。所有报纸都会以‘本世纪最凄美的爱情故事’报道这期特别节目。阿曼达——克里斯蒂生命里唯一的爱人。她嫁给了别人，但他没有丁点儿恨意。当她死后，他的心也死了一部分。观众会欣然买账。这就解释了模特们、刚出道的小女生们的存在，因为在阿曼达之后，克里斯蒂·莱恩的生命里不可能再有唯一了。然后，当你唱歌的时候，旁白会说：'女人们爱听克里斯蒂唱歌——但从今往后，克里斯蒂的情歌只唱给那个女孩儿听——可她再也听不见了。'然后我们拍摄你寻欢作乐的场景，证明你想要忘掉那段伤心的回忆。克里斯蒂，观众喜欢情种；他们会忽视她嫁给艾克·瑞恩的事实。他们的婚姻太短暂了。告诉我，你数得清辛纳屈有多少个情人吗？太多了——但粉丝们相信他只为艾娃·加德纳一人而唱。歌词把道理说得很明白了——世人爱痴心汉，特别是失去所爱的痴心汉。我们可以说埃塞尔·埃文斯是你最忠实的伴侣，她也很关心阿曼达，她们是朋友，一起在节目中工作，她理解你的伤痛。克里斯蒂，明白了没？"

克里斯蒂不为所动。"你不去做编剧可惜了，丹。"他的声音变得很阴沉，"你想让我演什么鬼节目？这是克里斯蒂·莱恩的《故事》吗？很久很久以前，有个落魄的人，直到四十岁还是个三流演员，没人瞧得上他——过了两年，他火了！你不是要故事吗？——这儿呢！这才叫克里斯蒂·莱恩的《故事》。清楚没？我的故事——我的！哪天如果我沦落到要吃人血馒头过活，那我宁可吃屎！但现在我能出卖才华，出卖生活。你跟罗宾·斯通先生都休想命令我做什么。我就是我！清楚没？我！而且我要娶我唯一上心的女人——埃塞尔·埃文斯。"

丹走到门口："对不起。看来我把《人生》写的故事太当真了——你说自己好想跟阿曼达生个孩子，说孩子会长得像她，性格也像她……"

"放屁！"克里斯蒂喊道，"你个蠢驴，我想生孩子。我想生儿子。我没有过的他都会有。埃塞尔和我会生个大胖小子！"

丹微微鞠躬："祝你们幸福。我觉得很好。克里斯蒂，听你说完后，我改主意了。你和埃塞尔——好吧，可以说是天作之合。"然后他离开了房间。

克里斯蒂盯着紧闭的门看了一会儿，转身朝卧室走去。他看都不看埃塞尔，只说："给卢·戈德伯格打电话。请他进城一趟。再打给肯尼和埃迪，叫他们查查体检和别的那些破事情。然后打给市长，问他能不能当我们的证婚人。"他走进卧室。

埃塞尔正坐在沙发上。她简直不敢相信。他认真的！她马上就要成为克里斯蒂·莱恩夫人了。克里斯蒂从卧室里出来，拿着上衣。她抬头看着他。

"还坐着干什么？"他问，"你不想结婚吗？"她默默地点了点头，他"啪"

地打个响指："那就动起来——开始安排了。"

她从沙发上跳了起来，猛地冲进他的怀里。"哦，克里斯蒂。"她流下了真切的眼泪，"你是认真的？"

他尴尬地轻轻推开她："当然，当然。快去打电话吧，宝贝。"他朝门口走去。

"你去哪儿？"

他愣了一下，然后恍惚地微笑着说："我去买咱们的结婚戒指。"

克里斯蒂走出阿斯特，上了街。他走到第四十七街，往一个叫珠宝行的街区走去。他认识几个店主——圣诞节他买金袖扣送作家和剧组成员时，那个叫埃德尔曼的总会给他开个好价钱。经过他们的摊位时，他从窗外看到了他们。他招招手，也不知道自己为什么没有进去，而是继续向东走。他发现自己正朝第五大道走去。当他慢慢意识到自己的潜意识目的地时，脚步却加快了。他突然跑了起来。等到了第五十街，他已经气喘吁吁。他犹豫了一会儿，然后慢慢走上圣帕特里克大教堂的石阶。

克里斯蒂生来就是天主教徒。他接受这个事实就像一个人接受他的肤色一样。他不信教，他甚至记不起自己的教义，虽然第一次圣餐时就已经会背了。爸妈离婚后，他正式的宗教活动戛然而止。他母亲再婚了——那家伙是个浸信会教徒，他同母异父的弟弟从小也是个浸信会教徒。还是卫理公会教徒来着？他跟继父关系不好，所以十四岁就离家了。此刻，他置身于圣帕特里克大教堂柔情似水的黑暗中，所有那些淡忘的仪式慢慢地从他的记忆中浮现。他不自觉地把手指浸在圣水里，划了个十字标记。他走过一排排燃烧的蜡烛，凝视着苦路像[1]。他看见一个女人走进一间小忏悔室，突然升起强烈的告解的冲动。他紧张地走向一间，却又停下脚步。太久了。他最后一次告解还是在十四岁那年破处后，指望忏悔能避免得淋病。他一直很想睡那个女孩儿，直到睡完才发现她是个什么人。但你能指望一个五十美分的通道里有什么？一个女人从忏悔室出来，走到长凳前。他看着她跪下掏出念珠。她闭上眼睛，用手指一颗颗拨动珠子，嘴唇翕动。他要做的就是进去，跪下："原谅我，神父，我有罪。"他走进忏悔室，跪下喃喃地说："原谅我，神父，我有罪。"

"怎么了，我的孩子？"

屏风之后，牧师的身影若隐若现。

1　天主教堂内重现耶稣被钉上十字架过程的画像。——编者注

“我犯了好多重罪，”克里斯蒂开始说，“我跟一个不是我妻子的女人同居。我妄称耶和华的名。”

“你打算赎罪吗？”

“是的，神父。我要娶这个女人，生一个孩子，我要——”他停了下来。他想说：“我会爱她，珍惜她。”但这句话堵在喉咙里，怎么都说不出口。他跳起来冲出忏悔室。他走到教堂前面。他知道那里一定有侧门。他凝视着墙壁，那里一排排点燃的烛火在昏暗的灯光下摇曳。有几个人跪在圣母玛利亚面前。他沿着教堂的一侧朝后面走去。每一座雕像下面都是燃烧着的蜡烛。看起来就像一片光的海洋——每一簇火焰都代表一个人的祈祷。突然，他经过一处黑暗的祭坛。过了片刻他才发现，这里只有一根蜡烛在孤零零地烧着——在两盘熄灭的蜡烛中，只剩下这根蜡烛还发着光。在可悲的孤独中，它发着光，带着不忿，充满骄傲。不公平——这是整座教堂里唯一遭受冷遇的圣人。他看着牌位。圣·安德鲁。

他环顾四周，确定没有人看自己，然后跪倒在地。石阶很硬。他双手抱头，接着仰起头。“好了，安迪，老哥，我来照顾你生意了。反正看样子你除了听我讲几句，也没别的可干。人家给你点的一根蜡烛快烧光了，你应该也看到了。”他站起来。自己是疯了吗？跟石膏像扯淡……再说了，哪有什么圣徒。他们不过是因为这样那样的原因被处决的激进的疯子。到头来，又能如何？一抔黄土，化作尘埃。而芸芸众生依然生生不息，依然犯罪着，战斗着，死去了。就像阿曼达。阿曼达……他停了下来，泪水涌上眼眶。他双手捂着脸，静静地抽泣。

“哦，曼迪，”他悄声说，“我刚才在那个房间里说的没一句实话。上帝啊，要是真有天堂，你在听我说话，请告诉她我不是有意的。曼迪，你能听见我说话吗，宝贝？我爱你。我从没爱过别人。也永远不会。你不爱我没关系。我爱你，这就够了。大概这就是我娶埃塞尔的原因吧。我爱你，你却和别人私奔，我可真难受啊。今天我突然想——我干吗要去伤害埃塞尔？我不爱她，但她爱我。为什么不让她开心呢？所以你看，宝贝，间接地，你让埃塞尔开心了。等我有了孩子，我也会开心的。为什么会这样，曼迪？为什么埃塞尔爱我，我偏偏爱你，他妈的——对不起，宝贝——为什么人们不能相爱呢？但我会把一切都给孩子……听我说，曼迪，可能等会儿我走出这里，会觉得自己疯了，但是现在，这一刻，我相信你能听到我的声音。我相信这位圣·安德鲁与你同在，也许我们死后有事发生。我不愿意跪下做弥撒，但我想对你说——我会让我的孩子信天主教，永远不在他面前说脏话。还有，宝宝，我会一如既往，永远爱你。你知道的，对不对，曼迪？你没有埋在地下的盒子里。你就在天上的哪个地方——你过得很快乐。我知道。上帝啊——我知道的！”他安静下来，有那么一刻，她那可爱的脸庞在他眼前显现，那么近，她正朝他微笑。他也笑了。

“好了，宝贝，在那里照顾好自己。谁说得准呢？要是有来生，没准儿我们会在一起呢。”他闭起眼睛，“圣·安德鲁，保佑我做个好爸爸。赐我一个健康的好儿子。”他站起来，很快又跪了下来：“顺便说一句，谢谢上面的头儿一直以来赐我的好运。为我的愿望祈祷。”

他站起来，在盒子里放了二十五美分，又拿了根蜡烛点燃了。现在，有两根蜡烛一起闪动着。奇怪的是，增加的这份亮光似乎使一排排熄灭的灰色蜡烛更加显眼。他注视着圣·安德鲁的雕像：“我懂你——这就像在空荡荡的夜总会里坚持演出，可能只来了一两桌吧。那时候，我总盯着那些空桌上白白的桌布，直到眼睛被刺痛。”他将手伸进口袋，掏出一块钱，塞进盒子里，又点了四根蜡烛。然而，跟其他圣徒比起来，也只是杯水车薪。克里斯蒂耸耸肩：“咱不能输。”他掏出一张二十美元的钞票塞进盒子里，然后奋力点燃每根蜡烛。他退后一步，骄傲地审视着这番成果：“安迪，老哥——等今晚司铎们检查票房的时候，他们肯定会大跌眼镜的——你拿了最佳收视呢！”他终于走回了批发市场，买下两枚金婚戒。

婚礼被报纸和电视铺天盖地地报道。就连婚礼前夕的事也上了新闻。卢·戈德伯格包了丹尼小窝的二层楼，给克里斯蒂举办了一场隆重的单身派对。纽约所有的男星都到场了。专栏作家把派对上的一些笑话记录了下来。喜剧明星在电视上也恶搞了几回。但没有任何笑话涉及埃塞尔。大家都默契地认为，只要轻轻一戳，埃塞尔的过去就会炸开锅。

但埃塞尔过得不大顺意。第一个障碍是，婚礼前一周她父母来了。克里斯蒂在阿斯特订了一个标间。埃塞尔对房间倒是毫无异议。她爸妈从没住过酒店，压根儿不知道套房和普通房间的区别。倒是她还得再三警告她妈别收拾床铺。当她在宾州火车站接到他们时，她惊呆了。（他们当然不肯坐飞机！来纽约已经够吓人了！）她真不敢相信这两个小小的人儿是自己家人。他们缩水了吗？

他们对阿斯特诚惶诚恐，见到克里斯蒂更是大气不敢出，战战兢兢地仰望这座城市的一切。他们非要去帝国大厦楼顶。（她自己都没去过那儿。）然后要乘船环游纽约。还要看自由女神像。下一项——没错，他们有个打卡清单；哈姆崔克半数以上的人都要去这些地方打卡——要去纽约无线电城音乐厅。电影倒还行，他们竟然还要看完整场舞台秀！他们很爱看。好在“跟班儿”们赶来接管了二老，又带他们俩去了格兰特墓，去了中央公园坐汉森马车，还去了乔治·华盛顿大桥，她总算松了口气。起先，她对他们俩还心怀感恩，后来突然想到自己即将成为克里斯蒂·莱恩夫人：他们也是自己的"跟班儿"。与此同时，她趁着这宝贵的喘息机会去店里选婚纱。得走保守风。很突然的是，克里斯蒂临时决定请司铎主持婚礼。倒是个好兆头——说明他打算好好过下去。在她看来，只要明媒正娶，嫁巫医都行。她与神父凯利谈过了——她不用皈依，只需同意让孩子们信天主教。孩子们！可以给他生个孩子。一个！那也得等她准备好了再说。她今年三十二了，这么多年来，她淘便宜货穿，点菜先看价格，现在终于可以拥有一个漂亮的衣橱，可以去按摩，去最好的美容院了。她不打算先花六个月穿孕妇装。还不到时候。先享受这来之不易的一切吧。

五月的第一周，他们在圣帕特里克大教堂成婚了，她的家人、卢·戈德伯格、"跟班儿们"和阿格都到场了，都是克里斯蒂的主意。不到最后那句"我愿意"说出口，她全都忍着。仪式结束，众人互相亲吻祝贺。突然，她发现克里斯蒂溜走了。她看见他走到教堂的另一边，便好奇地跟上。她远远地站着，看见他跪在祭坛前。这傻子竟然点亮了所有的蜡烛！他在盒子里放了二十美元！她悄悄回到仪式现场，没被他发现。她从没意识到他有多在乎她。克里斯蒂舍得破费二十块——必定是真爱。说来也是，很多小气鬼结婚后都变好了。这是个好兆头。

克里斯蒂带大家去吃晚饭，然后一起去车站为她家人送行。当晚她去克里斯蒂在阿斯特的套房时，第一次在前台登了记。

她对在阿斯特度蜜月没意见。克里斯蒂一心扑在特别节目上，然后他们要去拉斯维加斯待上六周。是时候为将来做打算了。她要让他每个月往她的支票户头存五千块——或者一万。毕竟他跟IBC签了下季度的一份可观的新合同。去拉斯维加斯前，她还要给租房中介打个电话，请他们在公园大道物色一套复式公寓。

婚后的第一周，她坐在黑漆漆的剧院里，看克里斯蒂录制《故事》。她的部分要到饭店、剧院拍。现在他们正在还原当时节目录制现场的氛围，给他录几首歌。埃塞尔约了一位中介，名叫鲁丁，是位优雅的女士。这天，她带着几套理想公寓的户型图来到了录制现场。克里斯蒂在休息时慢吞吞地走过来。埃塞尔把他介绍给鲁丁太太。埃塞尔解释时，他静静地听着，然后叼着雪茄说："行了，小姐，把图收好，您可以走了。埃塞尔和我在阿斯特酒店住得很舒服。"

埃塞尔满脸怒容。那位女士一走，她便追着他到后台。“你怎么能这样？”她问道。

“怎样？”

“在中介面前让我难堪。”

“别叫他们来，就不难堪了。”

“但我们得有套公寓。”

“要它干吗？”

“克里斯蒂，你难道打算跟我永远住在阿斯特，客厅放着你的那两只衣柜式旅行箱，我们俩的衣服都塞在另一个小衣柜里，一个卫生间——”

“我说，我不是没去过你跟莉莲的合租房。那儿也不像丽兹酒店呀。”

“那会儿我还不是克里斯蒂·莱恩夫人。”

“克里斯蒂·莱恩先生在阿斯特酒店很开心。”

她不打算跟他在这里吵。接下来有整个夏天可以折磨他。“我去萨克斯百货买件泳衣，去拉斯维加斯穿。哦，还有，我想开个支票账户。”

“开呗。”

“我要存点儿钱。”

“咱俩结婚前，你每周挣两百块钱。我跟卢商量过了，他每周还是会给你发这笔钱。你就继续做我的宣传——反正你也没别的事儿干。”

“那我的生活费呢？”

“两百块不少了。而且你现在不用跟莉莲摊房租，又省了一笔。每周两百绰绰有余，都能养活一大家子了。”

她在空荡荡的剧院里坐了下来。突然感觉自己上当了——好比钻了一口油井，第二天醒来，发现是枯井。录完特别节目，他们去了拉斯维加斯，这种感觉并没有好转。除了服务生和汽车旅馆经理改口管她叫莱恩太太，她的生活没有任何变化。其实还不如婚前。那时候，每周总有几夜属于她自己，她可以和莉莲一起睡在出租屋里。现在她每分每秒都跟克里斯蒂、“跟班儿们”和阿格尼斯捆绑了。等秋天回到纽约，不过又是和“跟班儿们”泡在酷吧和吉利酒吧。不过，要真回去住阿斯特，她的名字倒过来写。

节目结束后的一天晚上，她又跟克里斯蒂提这事儿。“阿斯特怎么你了？”他问。

“我不想住那儿。”

“你想住哪儿？”

“住在敞亮的公寓里，要有餐厅、露台和两个卫生间！”

“就住咱俩？我之前在好莱坞租过一套，但是是和埃迪、肯尼和阿格一起住，就那还嫌大呢。别想了，等有了孩子再考虑房子。当然了，有了孩子后我要有餐厅。得让他好好读书。现在就你和我而已，那就在酒店的套房住着吧。”

第二天晚上，她摘掉了避孕帽。

二十三

罗宾喝着咖啡，在早报上瞥见玛吉的照片。标题写着：“世纪影业新晋花旦玛吉·斯图尔特，今日飞抵纽约，给新片《目标》拍外景。”

她的妆比之前略浓，头发也长了些，气色很不错。突然，他迫切地想见她。他打电话到广场饭店。玛吉已入住，但房间电话没人接听，便留言告知来电，然后去开会了。

会议中途，秘书悄悄进来，给他递了张纸条：“斯图尔特小姐来电。”他摆摆手，示意她先走，然后继续开会。五点钟才得空回电。

“嗨！”她听起来很开朗，好像什么也没发生过。

“大明星近来可好？”

“忙着呢。这次我演一个生活岌岌可危的时尚模特。第一幕就是在中央公园拍大片，我演的主人公险遭不测。当然了，按照好莱坞的惯例，这种镜头会留到最后再拍。于是我来啦。”

“蛮有意思。”

“但愿吧。等这场杀青，他们就开始剪辑和评分了。”

“你有什么安排吗？”

“已经收到好几份片约了，不过经纪人让我等这部片子上映了再说。这是在赌。反响要是好，就能拿更高的片酬和更好的角色。要是我凉了，这些给我的机会就失去了。”

“很难选。”罗宾说。

“我是赌鬼，”她说，“我等。”

“好样的。顺便问一下，你这次来待多久？”

“就三天。”

“要不要一起去P.J.吃个汉堡？”他不由自主地问。

“好呀？酒店送餐超级慢。等我把这厚厚的妆卸掉，再洗个澡。”

“七点钟可以吗？”

“可以。一会儿见。”她挂了电话。

罗宾盯着电话，若有所思。她连让他接送的机会都不给。是耍酷吗？那说明她对自己还有意思……他赶紧打电话叫上杰瑞·莫斯。

七点半，他们俩还在P.J.等她。“大概要被她放鸽子了。”罗宾笑着说。

杰瑞好奇地看着他：“你和这姑娘怎么了？”

“没怎么。就是朋友——或者说老熟人吧。”

“那你为什么不敢单独见她？”

“不敢？”

“上次她来，你去接机，非得要叫上我。”

罗宾啜着啤酒：“哥们儿，她是安迪·帕里诺的前女友。上回来，他们俩刚分手。我可能怕他误会，所以叫上你。记不太清了。”

“哦，原来如此。那今晚我是来保护你别被亚当·伯格曼砍？”

罗宾直勾勾地看着他，满脸好奇：“亚当·伯格曼？”

“年轻的新晋导演。”杰瑞解释说，“去年他导的那部剧在百老汇拿了大满贯。叫啥来着——是讲女同和男同的。玛丽和我看完第一幕就走了，不过他现在真的很火。”罗宾没说话。

“好笑吧，”杰瑞接着说，“大概我落伍了，我还是爱看剧情片——你懂吧，起因，经过，结果。不过如今——”他刹住车，因为餐馆里开始骚动。所有人的目光都集中在玛吉身上，她正朝他们走来。罗宾起身迎接。她假装认出了杰瑞，但他确定她并没有。她没为迟到道歉，点了一份辣堡，翻包找烟。

罗宾说：“我很想分你一支，不过我戒了。”

“那你帮我买一包吧，我忘带了。”

不知怎的，见罗宾慌忙跳起来去贩卖机买烟，杰瑞乐了。罗宾买了烟拆开，划了根火柴替她点上。

“什么时候戒的？”她问。

“前天。”

“怎么戒了？”

“只想证明我能戒掉。”

她点点头，好像完全理解。吃完辣堡，她说：“我再来杯啤酒，喝完就先告辞了。明天一早还有事儿。”

罗宾点了啤酒。此时，门口排起了长队。罗宾突然从座位上跳起来：“抱歉——看到一个朋友。”

他们见他走到门口，招呼一对男女。没几分钟，他领那两人进来了。

“玛吉·斯图尔特，杰瑞·莫斯，这是迪普·纳尔逊和保利——”他转向那个女孩儿，“不好意思，保利，你姓什么来着？”

“现在姓纳尔逊啦。”

“恭喜恭喜，”罗宾示意再拿几把椅子，“大家挤一挤。”

“我就想吃点儿东西赶紧走，”保利坐到椅子上说，“妈呀，累死我了。我们都排了一整天了——离开演只剩三周了。”

“我们在做夜总会演出，”迪普解释说，“首场安排在巴尔的摩的一家乡村俱乐部。不给报酬，只为打响名声。后面国庆节在康科德的那场是第一场重要演出。一晚上能赚五千块。”

“这么一大笔钱？”罗宾问。

“是啊，但是演出要花两万五。”

“两万五！”罗宾着实吃了一惊。

“不然何苦每天在诺拉工作室排八小时？”保利叫服务员，“嘿，服务员，两个辣堡、两个芝士汉堡，再来两杯可乐。”

“不过，我们有秘密武器，”迪普解释说，“编舞，爵士舞。保利很会跳舞，这打破了以往光唱不跳的惯例。拉斯维加斯请我们去演两周，每周一万五。这样就收回成本了。之后去里诺。九月份还要去广场饭店的波斯屋。那才是重头戏——你们纽约的评论最关键。”

“为什么人们那么爱去夜总会看演出？”罗宾问。

“你看我最近的两部片子没？“迪普问。

“当然看了。”

“好吧，那你肯定知道它们多火爆。”

罗宾笑笑：“还真不知道，我对电视节目了如指掌，看电影只为放松。”

“好吧，你可以看看《综艺》的票房报告。”保利插嘴说。

“我不看影业新闻。”

“听着，我对电影业很熟，”迪普说，“别的东西我说不出个一二，但我的经纪人拿来一份只有十万块的独家买断合同时，我想：‘迪普——是时候转型了！’”

“这么多钱，你还愁什么。”罗宾想聊聊别的，好让玛吉和杰瑞也说说话。

“开什么玩笑！”迪普说，“我给她老爸老妈买了幢房子。”

“狗窝一个，”保利说，“在洛杉矶的犄角旮旯，别搞得跟买的是特鲁斯戴尔的房似的……”

“就说是不是全款买的吧。四万九不算小数目了。所以不管我们以后混得好与坏，至少他们没后顾之忧了。我给我们买了房——你真该看看。家具和装修还花了十万。就在贝艾尔市。我不想离开那里。但你必须在凉下来之前离开。我们的表演将会轰动一时，好莱坞也将为我们折服。大迪我也将重回巅峰。”

“保利会陪着你。”她补充道。

“陪着我。就像结婚那天我说的。我们在一条船上——永远。”

“说真的，我不会去试镜的。”保利对大家信誓旦旦地说。

“我同意。”玛吉今晚终于开了金口。

保利好奇地看着她：“你也是干这行的？”

罗宾介绍道：“她是阿尔弗雷德·奈特新片的女主。”

“哦。”保利看着玛吉，就跟刚看到她似的，“对，是你，你就是跟亚当·伯格曼搞的那个。”

玛吉的表情毫无波澜。迪普大惊失色。

好一会儿，大家陷入尴尬的沉默，只有保利旁若无人地享用着汉堡。她把最后一口塞进嘴里，拍拍手说：“买单走人，迪普，我要睡觉。明天还要排练八个小时。”

罗宾笑着说：“我请客。想想看，到时候我可以跟别人说，保利·纳尔逊成名前我就认识她了。”

她转过身，直直地盯着他：“想什么呢？谁用你请？你算什么玩意儿？迪普让我看看《深度》。可真了不起！你被开了吧——他们换人了。”

“保利！”迪普拽住她的胳膊制止她，“罗宾，对不起。我——很抱歉看你陷入困境。你最近在忙什么？”

罗宾笑笑：“秋季有一档新节目，叫《故事》。”

迪普着实松了一口气：“那太好了，哥们儿。你可是老大哥，谁都别想给你捣乱，对不？还在之前那家公司？”罗宾点点头，迪普说：“那行，那，你跟安迪·帕里诺熟不熟？”

“很熟。”

“帮我个忙吧，老朋友！”迪普露出了灿烂的笑容，“我们在广场饭店开演前，你帮我们打打招呼，让我们上《深度》宣传宣传，接受采访——保利和我，行不？”

“你想上节目吗，没问题。”

“真的吗？”

“放心吧。”

迪普站了起来：“等下次回纽约我找你。”

他们走出餐厅后，罗宾挽着玛吉的胳膊：“走吧，我跟杰瑞陪你走回去。”

“我不想走路。”

“杰瑞，替这位小姐叫辆出租。”

“杰瑞，不要替这位小姐叫出租，”她模仿他的语气说，“这位小姐自个儿有车。”

他们这才发现候在一旁的那辆豪车。

“谢谢你请我吃汉堡，聊得很开心。下次来加州，换我招待你们。”

杰瑞看着车子绝尘而去。

“她真的看透你了。”他轻声说。

“是啊，她在生我的气。”罗宾沉重地说。

“不——我没开玩笑。她是个演员，别忘了。而且演得挺好，因为今晚她成功扮演了一个狠角色。”

“什么意思？”

“她绝对不是我去年二月去机场接的那个姑娘。没有哪个姑娘三个月的时间能变这么多。”

“没准儿是那个叫亚当的害的。”

“大概吧。”

“再去兰瑟酒吧喝一杯。”罗宾说。

“不了，我去车站；还能赶上回家的末班车。我要是你，就打电话把玛吉·斯图尔特约出来，去广场饭店再喝一场。”

“谢谢，不必了。”

杰瑞停了下来："罗宾，我问你，她像烟吗？"

"什么意思。"

"你到底想通过戒掉玛吉·斯图尔特来证明什么？"

玛吉打道回府，罗宾重新投入工作。现在他每天晚上写四页书。蒂娜·圣克莱尔又来了，这次是宣传另一部新片。这次待一周。他请她住进家里，夜夜春宵。待她离开后，他又因再次独享空间而欣慰。他为《故事》系列没日没夜地工作着，突然有一天，他盯着台历——7月4日就要来了。今年是在星期四——并上周末，相当于一个小长假。他连一起度假的人选都找不出来。当罗宾迷迷糊糊地答应去格林尼治时，杰瑞·莫斯高兴坏了。罗宾这才意识到，去了就是没完没了的派对。不过那边有个游泳池，还可以打几场高尔夫。

7月2日，玛吉发来电报：

> 7月3日到，上电视宣传新片。伊丽莎白·泰勒刚出道的时候也要搞这些吗？会在城里待几天。也许你可以给我的即兴演出提提意见。玛吉。

他给杰瑞打电话，取消了原本周末的安排。星期三下午，他五点离开办公室。到家后先给广场饭店打了个电话，得知她两个小时前就办理了入住，现在去录《约翰尼·卡森秀》[1]了。闷热的夜晚，周末就要来了。不要紧张。

星期四，他给她打电话。她出门了。他留了个口信，然后去打了场高尔夫。

星期五，他留了两条信息。

到了星期六，他已经懒得再打电话。

电话却在星期日早晨九点响起。该死的！让她自个儿待着吧。他一直等到接线员在第三次响起时接起。他洗了个澡，然后回拨给接线员。

是杰瑞·莫斯先生从格林尼治打来的。

他莫名感到失望。杰瑞星期日早上九点会有什么事儿？他回了电话。

"你在阳光明媚的纽约玩得开心吗？"杰瑞问。

"我干了很多活儿。"

1　即约翰尼·卡森主持的《今夜秀》。约翰尼·卡森（John Carson，1925—2005），著名节目主持人，喜剧演员，制片人，曾主持NBC著名的深夜时段脱口秀《今夜秀》。——编者注

“你错过了很多很棒的派对。里克·拉塞尔昨晚搞了个大的。你知道这人吧——那个大老板，生意做得老大了。他连航空公司都有。”

“我知道，”罗宾说，“户外，帐篷，日式灯笼，醉汉，蚊子。”

杰瑞笑了：“这些全都有，外加你的一个朋友，她是贵宾：玛吉·斯图尔特。”

“她去那儿干吗？”

“跟我们一样啊，喝酒，跳舞，打蚊子。里克·拉塞尔庆祝第五次离婚。他长得还不错，尤其是跟那些百万富翁相比。听说他们俩是在从洛杉矶回来的航班上认识的，之后他就对她穷追不舍。今天他还要用私人飞机送她去芝加哥呢。”

“很好，我最喜欢看女士优雅地出行了。对了，杰瑞，你打来有什么事吗？”

对面愣了一下：“呃，我——我以为你想知道玛吉的事。”

“为什么？”

“我，呃——”杰瑞听起来很不自在。

“你要是以为我在乎她，你可真是够无聊的。是想给我添堵吗，杰瑞？”

“哎哟，不是，我知道你不关心那个姑娘。”杰瑞很快说。

“那何必来浪费我的时间？”罗宾“啪”地撂了电话。

下午，他去看了一场双片连映。出来时天色已黑，四下无人。等天一亮，这里的每个角落就会充斥着汽车行人制造的噪声。此时此刻，这座城市属于他。他走到第三大道的一家餐厅，吃了份热狗，然后继续漫无目的地逛着。他走到了第五大道，发现到了广场饭店。

“玩玩吗，先生？”一个四十有余、身材矮胖、面盘臃肿的大姐问。她挽着一个瘦骨嶙峋的红发女孩儿，这个女孩儿最多不过十九岁。这个小姑娘显然是个新手。大姐把她推到罗宾身边：“五十块，她有房间。”

女孩儿身穿一条很暴露的裙子。浓重的妆容难掩脸上的粉刺。罗宾从她们身边走过。这位金发大姐一把抓住他的胳膊：“四十——行不行？来吧，你看起来挺需要放松的。”

“我已经是过于放松了。”罗宾说，然后走开了。还没走出半条街，又一个女孩儿贴了上来。这个长得也不错。

“想爽上天吗先生，五十块？”

他笑了，继续走。看来目前的行情是五十。中央公园南区现在是她们的大本营。他经过汉普郡酒店。又一个女孩儿靠了过来，他加快了脚步。他突然想起，第七大道有一家书店，通宵营业。可以去买几本闲书，顺便带个三明治，回家边吃边看。

“先生，来玩玩吗？”一个亚马孙人突然出现在眼前。

她长得太壮了——少说也有1.83米高。她将染黑的头发梳起，像一坨巨大的蜂巢。今晚很暖和，不过她还裹着一件貂皮大衣。她的黑眼睛像珠子，鼻子又细又长。壮娘们儿……大奶头……一瞬间，脑袋里仿佛炸开了千万朵火花。他的笑变得放松起来。

她也笑了：“五十块钱，我有房间。”

“街上有更便宜的。”

她耸耸肩：“埃尔西千方百计地推新人。她到这儿后只开张了三把。据我所知，她还是去服务斯克兰顿的矿工合适。我可是真能让你好好爽爽。”

“你得倒贴钱给我，”他说，“我可是一匹好马。”

“我跟女人才快乐，和男人只为了赚钱。”她说。

“同性恋，是吧？看不出来还是个实诚婊子。”

“你也是个帅哥浑蛋。好吧，四十好了。”

“别客气。不用打折。你房间在哪儿？”

“跟我来，亲爱的。”她挽起他的胳膊，朝第七大道走去。她的房间在第五十八街的一栋幽暗的大楼里。当然了，她并不住在这儿。这栋楼伸手不见五指，不消说，多数房间都是为类似的目的租给这些人的。大堂空无一人，一部自助电梯“吭哧吭哧”地带着两人爬到三楼。走廊里潮湿极了，她打开一扇小门，门上的油漆已经剥落。“这里不比宫殿——我管它叫工作室。”

他走进逼仄的卧室。黑色的阴影笼罩着没挂窗帘的窗户。房间里除了一张床，还有一个水槽和带淋浴的厕所。头顶上的灯泡异常明亮。她微笑着，开始熟练地脱衣服。她穿得很敬业。黑色蕾丝胸罩上有个洞，露出大大的褐色的乳头。她没有穿内裤，黑色的蕾丝紧身吊袜带在她白白的大肚子上勒出几道难看的红印。

“想我穿着黑丝还是不穿？”她问。

“脱光。”他迅速除去自己的衣服，声音变得几乎不像本人。

她拿起一条脏毛巾，揩掉艳丽的口红。硕大的身躯却匀称得惊人。“先交钱，亲爱的，江湖规矩。”

他翻翻裤兜，递给她两张二十元和一张十元钞票。她接过来，塞进钱包：“好了宝贝，随你干啥。最好别把我的头发和睫毛弄乱。时候还早，我还指望着今晚多开几单。”

他一把抓住她，把她往床上一扔。他的动作有力而直接。她轻哼着：“欸，亲爱的——放松点儿。不用这么赶。”

就在他达到高潮的那一刻，他退了出来。

“不碍事，我戴帽子了。”她说。

“我可不能稀里糊涂地生个小杂种。”他喃喃地说。

她看了看表：“你才搞了三分钟。你可以再来一发。”她趴下来，开始主动舔他。他把她推开，用力把她翻过去，再次开始狠狠地办事。

被难言的愤怒驱使着，他疯狂地猛烈地捅着。当他终于从她身上滑下来时，她翻身下床，走到水槽边，边冲洗边发牢骚：“天哪，你看起来这么体面，想不到这么粗鲁。”

他躺在床上，茫然地望着天花板。她，一大坨白花花的肉，站在水槽边，开始涂口红。“行啦，先生——可以走了。回家找老婆去吧。你肯定不敢跟她玩得这么猛吧？”

“我没老婆。”他冷冷地说。

“好吧，那就快回家找妈妈吧——你肯定跟她一起住。你这种男人都这样。”

他突然跳下床，抓住她的头发。

“欸欸欸，悠着点儿，亲爱的——头发。我不是说了嘛，我还要去干活。快回家找妈妈去吧。”

他一拳砸在她的下巴上。她还没来得及反应，只是睁着无辜的眼睛，无措地看着他。当疼痛终于刺穿她的大脑皮层时，从她的喉咙深处发出了呻吟，她逃向卫生间，胳膊却被他死死抓住。

“求你了，”她呜咽着说，“我保证不喊人，绝对不会有警察来的。求你了——放过我吧。”

他一手揪住她的大乳房，一口咬住。

“你咬痛我了，”她痛得叫出声，想要挣脱逃走，“你已经玩够本儿了！”她使出浑身气力，用膝盖重重地一顶他的要害，挣脱了。他又追了上来。她的眼里终于流露出了深深的恐惧。“天哪，先生，”她喊道，“我把钱还你！快回家去找你妈！吸她的奶去！”

“你说什么？”

她以为发现了他的弱点，勇气上涌，便挺直赤裸的身体。“我知道，你不就是个妈宝嘛——你们这些死基佬，还想找妈妈！我看起来像妈妈吗，小子？行了，回家找她去吧。为娘得干活了。”

他的拳头又一次砸向她的下巴。只是这一次，他没有停下。他不停地砸着。血从她的鼻子和嘴巴里流出。她破碎的齿桥[1]从嘴里掉了出来。她的下巴被打破了，他不停地打着，直到感到指节发痛。他停下手，好奇地看着自己的手。她倒在地上。他依旧目不转睛地看着自己的手，好像它们不属于自己。上面全是她的血。他看了看地板上那个绵软的身子。他走到床边，往上一躺，昏了过去。

再睁开眼睛时，他先看到天花板上的灯和灯罩里三只死蛾子的剪影。然后，他看到了血淋淋的床单。他坐起来，好奇地看了看黏糊糊的手。突然，他看到地板上那个壮实的女人失去了知觉。天哪——这次不是噩梦，这次是真的。他下了床，走近那具硕大却瘫软的身体。她的嘴唇肿得老大，血从她嘴里细细流出，鼻子里的血流到她的上唇上结了痂。他凑到她身上。呼吸还在。天啊——他干了什么！他飞速穿好衣服。然后掏出兜里的钱，只剩三十块。

必须送这个女孩儿去医院。不能这么一走了之。他环顾四周。没有电话。他向走廊里张望，什么都没有。他得给她找医生。街上肯定有电话亭。

大堂依然空无一人。他走出大楼，走进第五十八街的黑暗中。他朝拐角处的药店走去。他必须打电话求援。

“喂，兄弟，你在这干吗呢？”迪普·纳尔逊开着敞篷车路过。

罗宾走向车边。“我惹麻烦了。”他僵着嗓子说。

“谁不是呢？”迪普笑了，“我们昨晚在康科德玩，结果都喝大了。”

“迪普……你身上有现金吗？”

“有—— 一千块还有一张支票。怎么了？”

“迪普——把一千块借我，我给你签支票。”

“你先上车。”他们穿过公园，迪普静静地听着。罗宾说完后，迪普说：“咱一样一样来。第一，你觉得她能认出你吗？我是说，如果她在电视上看到你，会怎样？”

罗宾耸耸肩：“我会完蛋。”

1　假牙的桥托。——译者注

迪普吃惊地摇摇头："伙计，我不知道他们怎么放你走的。你要想出人头地，这种事情绝不能败露！听我的，按我说的做。有人会凭借妓女的指证怀疑一个遵纪守法的公民吗？"他看了看车上的时钟："现在十点半。你记得是什么时候开始的吗？"

罗宾又耸耸肩："我先看了场电影，我没戴手表，不过出来的时候天已经黑了。"

"那大概是八点半，或者九点。保险起见，把不在场证明做到八点。"

"不在场证明？"

"就是我，亲爱的。大迪我就是你的不在场证明。只要你需要我。咱就说我七点半去你家找你，然后咱俩在你家谈生意，之后开车出去了。当我在车库检查汽车时，我会确保有人注意到我们。"

"可是那姑娘怎么办？"罗宾问，"她会冻死的。"

"妓女死不了的。她明早又会生龙活虎地出现在街上。"

罗宾摇摇头："我把她打得很重。我不能坐视不管。"

"你在哪里碰见她的？天哪，上次在P.J.见你，你可是跟全世界最好看的女人在一起。"

"我不记得了。我只记得当看到她时，脑袋里'嗡'一声炸了，剩下的事情我都以为是梦里发生的。"

"想听听我的办法吗？别管她了。不就是个妓女吗？"

罗宾突然抓住车门。迪普惊诧地看着他："怎么了，哥们儿？"

"迪普，你以前有没有感觉到过，有些事情好像之前经历过，有些话好像之前听过？"

"当然，这种现象还有个专门的名字。跟大脑无意识记忆的延迟调动有关系。每个人都有过。还有一首歌就是写这个的，叫'何时何地'（Where or When）。"

"大概吧。"罗宾慢慢地说。

"所以别想她了。就当没发生过。"迪普说。

"不行——不能那样。她是个活生生的人……她没准儿还有孩子。"

"你不是说她说自己是同性恋吗？"

"是啊，对，你说得对。"

迪普继续开，沿着第五十六街驶入灯火通明的车库。服务生立马起身朝他打招呼："这车好开吧，纳尔逊先生？"

"行云流水，"迪普说，"我跟我这朋友从七点半开到现在。知道他是谁吗？

罗宾·斯通——看过《深度》吗？”

服务员点点头，接着说：“纳尔逊先生，您还记得之前说替我要一张签名吗——给我女儿贝蒂的？”

“我会忘吗？”迪普打开小杂物箱，递给他一个牛皮纸信封，“还附带了爱心和亲亲。”

他们离开车库，罗宾朝着第五十八街走去。迪普急忙跟在他后面，努力劝他打消这个念头：“你想想——她可能现在又在接新客了。”

“是那样就好了。”罗宾喃喃地说。他们在那栋漆黑的大楼前停下。迪普谨慎地往四周看了又看：“好吧，大概我也疯了。我跟你一起上去。走吧。”

电梯又“吱吱嘎嘎”地开到三楼。门半掩着，还是罗宾离开时的样子。两人盯着地板上昏迷的女人。迪普不由得轻声吹了一声口哨：“块头不小。”

“给我一千，”罗宾说，“我给她装钱包里。咱们出去后，我就给医生打电话。”

“那太好了，医生把她接去医院，然后她就找你来了。”

“她不认识我。”

“哥们儿，妓女揣着一千块钱，你觉得人家不会盘问吗？她再描述一下你的样子，到时候就麻烦了。”

“那该怎么办？”罗宾问。

“别慌，哥们儿，大迪我有个主意。先把门锁上。我一会儿回来的时候，就敲两下门，如果不是就别开。”罗宾还没来得及回答，他就走了。

罗宾坐在床上，盯着地板上庞大的白花花的身躯，崩溃地抱着脑袋。可怜的婊子。自己是怎么了？这是他第一次清醒着睡黑发女人。也是最后一个！天哪，幸好不是玛吉，否则将如何是好。

女人轻轻地呻吟。他下床，在她脑袋下面垫了个枕头。然后在水龙头下沾湿手帕，帮她擦去嘴唇上的血渍，拨开粘在她脸上的头发。“对不起。”他低声说。她半睁开眼睛，呻吟着，又再度陷入昏迷。“对不起，你这个傻婊子，对不起。哦，天哪，对不起。”

门外响起两声急促的敲门声，罗宾马上打开门。迪普晃晃手中那瓶发亮的红色胶囊：“有办法了。”

“速可眠[1]？”罗宾问。

1 短效催眠药。——译者注

迪普点点头："好了，把药给这女金刚塞下去就好。"

"吃死了怎么办？"

"才八颗，吃不死人。普通人大概撑不过去——这头野牛怎么着都不会有事。"

"为什么要给她吃药？"

"咱把她弄回床上，边上放着空药瓶——没有标签，也就查不到来源。出去后咱们报警。我用假声，说自己出来睡女人，结果发现她这样。我得说她总是威胁我要自杀。反正很多妓女都这么挂掉的，除非有你这样的傻小子要救她们。然后救护车会来把她拉到贝尔维尤医院，给她洗胃。等她醒过来，没人会信她的一面之词，也没人在乎。医生会帮她治好。现在咱们只需要快点儿把她扛床上去。"

她死沉死沉的。他们费了九牛二虎之力才把她拖到床上。两人累得气喘吁吁。迪普把药片塞进她嘴里，再把水灌进去冲服。药片和着水，"咕噜噜"地沿着她的脸流下来。迪普又给重新灌进去。罗宾扶着她的头，避免她呛着。他的衬衫湿漉漉的，忧心忡忡地看着迪普终于把药片灌了进去。

"好吧，咱开溜吧。"迪普说，"等等——"他掏出手帕，仔仔细细地揩去各处的指纹。他向罗宾眨眨眼："好在拍过几部侦探片，这套把戏我熟得很。你都碰过哪些地方，兄弟？"迪普边问边掏出一个小盒子，里面有一把细长的小金梳子、一把指甲锉和一把指甲剪。见迪普剪去她长长的红指甲，罗宾目瞪口呆。随后，他换上锉刀，不慌不忙地清理着她的指甲。

"防止有你毛发留里边儿，"他环视房间一圈，"差不多了。"然后用手帕包着手，在她的包里找出钱包："她叫安娜-玛丽·伍兹。家住布里克街。"

"我看看地址。"罗宾拿过驾照，草草记下了名字和地址，然后递还给迪普，迪普把它收起。"她包里有差不多一百块——给，拿着。"

"你疯了吗！"罗宾忙不迭推开。

"你摘下她家地址，不是想日后找她跳舞吧？你是想给她寄点儿钱，是不是？那么，你就先把这钱拿上。不然就会被贝尔维尤的护理员或者病人顺走，这种事儿太多了。"

罗宾接过钱，似懂非懂地点点头。他有点儿明白迪普为什么会火了。他总是比别人多想一步。生而艰难，不得不如此。

他们小心翼翼地离开房间。运气不错，一路上都没遇到其他人。迪普打了报警电话，但罗宾坚持要等到人来才肯走。迪普不同意，最后他们俩站到街对面等着。没过十分钟，警报声响起。大楼前停了三辆警车。两分钟后，救护车也来了。一瞬间，一堆人“呼啦啦”地不知从哪里冒了出来，仿佛从地底下冒出来似的。“我去看看她还活着没。”他小声说。

迪普跟上去，被罗宾推开：“这下是你冒失了吧？金发和小麦肤色，人们都顾不上看救护车，只管围着你要签名了。没人认得出我的。”

“那可说不准。”迪普不满地说。

“瞧他们那副样子，我敢打包票。没准儿他们还看过你演的侦探片呢。”罗宾过了街，混在好奇的人堆里。又过了几分钟，救护人员抬着担架下来了。他终于松了口气——那个女人的脸没被白布盖着，看来还活着。

救护车“呜呜”地闯了红灯离去，人群一哄而散。迪普拉走他：“行啦，哥们儿，今晚玩够了吧。你最好赶紧去睡觉，别找别人了。”

罗宾看着他：“迪普，要我做什么？尽管开口。”

“不用，”迪普戳了戳他的胳膊，“改天回请我跟保利吧。九月，我们去波斯屋开演之前，让我们上《深度》露露脸。现在——咱们走出几个街区，分头打车。”

罗宾到家后先吃了一片安眠药。过了一小时，又就着伏特加吃了一片。没一会儿，他就沉沉睡去了。第二天早上，他打电话给阿奇·戈尔德医生：“我是罗宾·斯通。我要预约全疗程。”

二十四

罗宾坐在戈尔德医生对面，看着挺舒坦，一副成竹在胸的样子。

“你以前找过妓女吗？”

“从没。”

“有想过吗？”

“从没。”

“你说本来有个更好看的。怎么不选那个？”

罗宾压灭了烟：“所以我才来找你。她是黑头发。”

阿奇的灰眼睛里流露出一丝好奇：“你是为了玛吉测试一下自己吗？”

“什么意思？”

“万一你在妓女面前硬不起来，也不过损失五十块钱。”

“不是，压根儿不是那么回事儿。她一靠近我，我突然有了一种奇特的感觉。从我跟她走的那一刻起，我就觉得像在做梦。”

戈尔德医生翻了翻笔记：“话说，你上次来的时候，我提过想给你试试催眠。”

“开什么玩笑——这么聊聊就挺好……”

“我不想浪费我的时间和你的钱。我可以将你催眠，然后录下你说的话。之后你可以回放录音，没准儿可以发现些东西。”他注意到罗宾微微皱了皱眉，“去年一月咱们聊的时候，遇到了瓶颈。你没法儿回忆自己的童年。并不是你不想记住——而是你记不住。而且直到目前为止，你始终将性和爱分得很开。你没有将二者结合的能力。你对玛吉有爱的渴望。但是性与爱结合对你来讲似乎是乱伦的。我们得找出原因。你上回来说的那些，并没有提供什么线索。但我觉得你并没有对我隐瞒。”他停顿了一下：“罗宾，你多大了？”

“下个月四十一了。”

“你有结婚的打算吗？”

“没有，干吗结婚？”

“每个男人都自然而然地觉得自己有一天会结婚。你第一次意识到你想当独身主义者是什么时候？”戈尔德医生问。

“我不知道。我一直都这样觉得。”

“又来了，”阿奇得意地说，“又是你觉得——从什么时候开始的？怎么开始的？你瞧，我们又绕回来了。”他站起身：“罗宾，这样只会无限循环往复。你今天应该聊烦了。要不明天再来。你可以给我留出三个小时吗？”

“三个小时？”

“我会把你催眠，给你录音。然后咱们一起听回放。我觉得咱们能很快找到问题的核心。”

“那就明天晚上吧，”罗宾说，“六点行吗？”

“六点见。”

第二天，罗宾翻着报纸，想了解安娜-玛丽的情况。终于，在报纸的第五页找到了一个豆腐块：

> 一女子在西五十八街某配置家具的屋内遭毒打。警方接到匿名电话后赶到现场。该女子并非其屋住户，也无法就其在此现身做出解释。接警后，警方将其送至贝尔维尤就医。经查，该女子有长期卖淫记录。警方并未对她提

出指控，她也无法说出袭击者的身份。目前该女子伤势稳定，明日将从贝尔维尤出院。

罗宾走到银行，取了两千美元的小面值现金，然后装进普通的牛皮信封，寄到她的住址。他对催眠的计划仍在犹豫，不过还是按照约定，六点钟到了戈尔德医生的诊所。他的目光停留在录音机上，有些心慌："这招真管用吗？"

"但愿吧，"阿奇回答，"麻烦脱掉外套，松开领带。"

罗宾掏出香烟："那我再让自己舒服点儿。要躺在沙发上吗？有用的话，我可以躺着。"

"不需要，坐着吧，坐椅子上。别抽烟了。罗宾，你不会抵抗的，对吧？"

"我跟你说，咱俩谁都没空陪对方消遣。"

"很好！现在，我要你摒除杂念。把你的注意力集中在墙上的海景照片上。你能看到的只有水……你的脚逐渐放松……所有的感觉渐渐淡去……你的腿在漂浮……这种感觉在你的全身蔓延开来……你变得失重……你的手垂在身体两侧……你的头和脖子也放松了……你的眼睛将闭上。闭上眼睛，罗宾。现在……你只看到一片黑暗……天鹅绒般的黑暗……你在慢慢睡去……"

罗宾感到戈尔德医生调暗了灯光。这招绝对不管用，不过他还是乖乖遵照戈尔德医生的指令。他盯着那张该死的海景照。他告诉自己所有的感觉都在离他而去。他把每一个念头都从脑海中驱逐出去，除了戈尔德医生浅浅的声音……他能听见阿奇的声音。没用的。还是能听到阿奇的声音。眼前好黑好黑……没用的……

他睁开眼睛。他正坐在沙发上。他起身茫然看看四周，伸手摸兜里的烟："我怎么坐这儿了？几秒钟前我明明坐在椅子上的。"

"是两个半小时前。"

罗宾吓了一跳："现在几点了？"

"九点差一刻。你是六点钟来的。"

罗宾拿起电话，要求报时。那头传来一个悦耳的声音："现在是，纽约时间，8点47分。"他挂断电话，难以置信地看着戈尔德医生。医生朝他笑着。

罗宾疑惑地看着录音机。戈尔德医生点点头。

"好了——那就听听吧！"

"你今晚已经够折腾了。我想今晚先自己听一遍。明天再放给你听。"

“我有没有说出点儿有用的？”罗宾问。

“简直是语出惊人。”

“拜托了，放给我听吧。不然今晚我怎么睡得着？”

戈尔德医生往信封里装了两颗绿色的药丸：“到家后服下。明晚六点，可以吗？”

药片起作用了。他美美地睡了一觉，但第二天，他烦躁了一整天。他一支接一支地抽烟，根本无法专心工作。到达戈尔德医生的诊所之前，他紧张得要命。

“罗宾，”戈尔德医生说，“在我们开始之前，我希望你记住一点。深度催眠时，人会说出很多实情。你一会儿听到的每个字都出自你的嘴巴。有时听起来甚至非常诡异，因为我带你回到了童年，你甚至还像孩子那样说话了。总而言之，我希望你敞开心扉去倾听，不要排斥任何所听到的事情。”

戈尔德医生走向录音机：“准备好了吗？”

罗宾点点头坐下。卡带开始“嗡嗡”运转。先是戈尔德医生的声音。

戈尔德医生：罗宾，你现在被催眠了……你会听到我的声音，对我的所有指令做出反应。现在从椅子上起来，走到沙发旁边。很好。现在请躺下，罗宾。我们要回去了……回去吧……你是个小男孩。你五岁了……你在床上……

罗宾：对，我在床上。

罗宾坐在椅子边沿，把烟捅了出来。天哪，声音更年轻更轻——但那确实是他的声音！

戈尔德医生：你在床上。这床怎么样？

罗宾：舒服。基蒂在亲吻我，跟我说晚安。

戈尔德医生：罗宾，你现在四岁。你躺在床上……

（录音带里无人说话）

戈尔德医生：罗宾，你现在四岁……四岁……

罗宾：为什么叫我罗宾？我叫康拉德。

戈尔德医生：好的，康拉德。你在床上……你能看见什么？

罗宾：妈妈和我在床上，但是……

戈尔德医生：但是什么？

罗宾：她只是陪我躺着，等我睡着。然后她就走了。每天晚上都会走。

戈尔德医生：你怎么知道她走了？

罗宾：因为我半夜醒来，总是听见她在另一个房间……跟他们在一起。

戈尔德医生：他们是谁？

罗宾：我不知道。

戈尔德医生：你爸爸去哪儿了？

罗宾：我们没有爸爸。

戈尔德医生：我们？

罗宾：我和妈妈……我们没有别人……只有我们……还有他们。

戈尔德医生：他们是谁？

罗宾：一般是查理。有时候是别人。

戈尔德医生：他们来找你妈妈？

罗宾：对……但他们会先等我睡着。

戈尔德医生：你听见外面的声音会怎么办？

罗宾：不怎么办。查理打我，我不怎么办。

戈尔德医生：查理什么时候打你了？

罗宾：刚才……我进来发现他和妈妈在沙发上，他坐在妈妈身上。

戈尔德医生：现在你睡着后她还进客厅吗？

罗宾：是的，但不是和查理。她再也不让他回来了。因为他打我。我是她唯一爱的男人……我们只有彼此……这个世界上没人关心我们……我们只有彼此……

戈尔德医生：你多大了？

罗宾：明天就四岁了，8月20日。妈妈要带我去波士顿公园喂鸽子。

戈尔德医生：你们住在哪里？

罗宾：住在罗得岛州的普罗维登斯。

戈尔德医生：你不跟小伙伴们过生日吗？

罗宾：我们没有朋友。只有我们。

戈尔德医生：罗——康拉德，现在，你过完生日一周了，你在做什么？

罗宾：我还在生我妈妈的气。

戈尔德医生：怎么了？

罗宾：生日那天，一个男人来了。我们正要去波士顿，他来敲门。妈妈说我们要出去……让他晚上迟点儿再来。他给她一些钱，说是别人派他来的。妈妈给我五分钱，让我去街上买冰激凌，坐在外面的凳子上吃，她不叫我，我就不可以进去。我坐在外面吃甜筒，来了个大哥哥，把甜筒抢走了。我跑回家……妈妈在我们的床上……那个男人和她在一起。我生她的气。没人在白天睡觉。今天是我的生日。她冲我发脾气……让我出去……

（录音带里无人说话）

戈尔德医生：康拉德，今天是感恩节。你四岁了……你在干什么？

罗宾：妈妈烧了一只鹅。别的大家庭吃火鸡。但我们是小家，只有我们……所以我们吃鹅。但我们有树莓酱，里面是真的树莓……她烧鹅用的是她小时候在汉堡吃的那种做法。

戈尔德医生：康拉德，你去过汉堡吗？

罗宾：没有。我妈妈在那儿出生。那里有好多水手，她就在那时认识了他。他把她带到美国，跟她结婚。

戈尔德医生：然后生了你？这人是你爸爸吗？

罗宾：不是，他被杀了。他不是我爸爸。他只是跟我妈妈结婚的人。他一点儿也不好。妈妈告诉我的。他的工作是开卡车卖威士忌，是违法的。一天晚上，卡车上所有人都被枪杀了。只剩妈妈一个人。看，连我都不在……谁都不在。只有她一个人。但是这个男人——所有卡车的主人——让我妈妈别担心。他派许多人来陪她，让她开心，给她钱。一年后，上帝派了我来陪她。

戈尔德医生：你妈妈知道你爸爸是谁吗？

罗宾：我说过了……我们没有爸爸。只有妈妈和我。我们常常搬家，因为警察不喜欢跟妈妈一起住的没有爸爸的小男孩。要是他们抓到我，就要把我关在离妈妈很远的家里，把她送回汉堡。不过她在攒钱，然后我们会一起回汉堡，和我的外祖母一起住……我可以和好多小朋友一起玩，不再是一个人。所以现在我不能跟附近的孩子做朋友。因为他们会问我爸爸在哪儿……然后他们会告诉警察我没有爸爸……

戈尔德医生：康拉德，现在是感恩节结束一周后，晚上。你在干什么？

罗宾：我在床上，但是妈妈和乔治在另一个房间。他每晚都来。他说他可以帮我们办护照，他每天晚上都给妈妈钞票。

戈尔德医生：乔治是谁？

罗宾：其中一个人……

戈尔德医生：康拉德，现在感恩节结束两周后，晚上。你妈妈跟乔治在一起吗？

罗宾：没有……是他。

戈尔德医生：他是谁？

罗宾：另一个人。

戈尔德医生：另一个人是谁？

罗宾：我不知道。我醒来，发现床上没人，知道妈妈在隔壁。我饿了，很想吃妈妈放在冰箱里的椰子饼干。去厨房必须穿过客厅。所以我悄悄走进去，因为我还记得被查理扇巴掌…… 而且要是妈妈发现我没有躺在床上，她会生气的……

戈尔德医生：谁和你妈妈在一起？

罗宾：我以前从没见过他。他跪在沙发上……趴在妈妈身上……

戈尔德医生：他在干什么？

罗宾：他把手放在她的脖子上。我很安静地站着看他们。然后他站起来走了。他都没跟妈妈说再见。我走到沙发边上，妈妈睡着了……可她不是真的在睡觉，她睁着眼睛，假装在睡。我摇摇她，她从沙发上滚下来，躺在地板上，舌头滑稽地掉了出来，黑黑的头发，可乱了。我喜欢靠着她的胸睡觉……它们在她的睡衣下面，又软，又暖和。我以前不知道它们长什么样，现在妈妈没有穿睡衣，它们好难看。我讨厌它们！她的头发是黑色的，她的脸那么白，头发看起来特别黑，她的眼睛好奇怪，又像在看我，又好像没看我。我害怕。“姆妈，妈妈……妈妈！”

（录音带里无人说话）

戈尔德医生：现在是第二天。你在哪里？

罗宾：在一个大大的房间里……每个人都在问我问题。我一直在找妈妈。他们想知道那个男人长什么样。我要妈妈。我要我妈妈。然后来了一个穿着白裙子的大姐姐，她把我带到一个房间里，里面有很多小朋友。她告诉我，以后我就要住在这里了。房间里所有的小男孩都和我一样……他们都没有妈妈。我问，妈妈去汉堡了吗，她说不是的。一个男孩说：“你妈妈死了。”我问：“妈妈去天使那里了吗？”穿白裙子的大姐姐笑着说：“你妈妈没有，亲爱的。坏人不能跟天使走，她罪有应得，把你这么可爱的孩子带到这个世界上跟她一起受罪！”然后我……我打她了……我打她……（她尖叫。一阵停顿后，她继续尖叫。）周围变黑了……来了好多人。可我没有哭……妈妈说我是男子汉，男子汉不哭。我不哭……我不说话……我不吃东西……我不听他们的话。这样他们就会把我送回我妈妈那儿。这是她告诉我的……他们发现我们没有爸爸……所以把我带到这个大房子里……让我见不到妈妈。但我不理他们……我不听他们的……

（录音带里无人说话）

戈尔德医生：康拉德，今天是圣诞节。你在哪里？

罗宾：（微弱的声音）天很黑……我睡着了……好黑……好黑……我的胳膊上有一根管子，像吸管一样……不疼……一点儿也不疼……我睡着了……睡着了……那个黑头发的坏女人把我扔掉，自己去汉堡了……她根本不爱我……我要睡觉，不去想她……她很坏……

戈尔德医生：又过了两周。康拉德，你在哪里？

罗宾：我坐在一张大床上，两边挡起来了。两个穿白衣服的阿姨跟我在一起。看我坐起来，有一个阿姨很高兴。她问我叫什么名字。我没有名字。我不知道我在哪里。一个穿白大褂的男人走过来，高兴地看着我。他可好了……他们给我带了冰激凌……

戈尔德医生：今天是你五岁的生日，康拉德。你在哪里？

罗宾：你为什么叫我康拉德？我叫罗宾·斯通，我正在过生日。爸爸妈妈和小伙伴们还等着我吹蜡烛呢。

戈尔德医生：你喜欢妈咪吗？

罗宾：当然啦。跟你说哦，我以前生了一场病，妈咪和爹地来医院接我的时候，我都不认识他们了。但我现在想起来了。

戈尔德医生：妈咪长什么样？

罗宾：她又漂亮，对我又好，妈妈是黄头发，她叫基蒂。

戈尔德医生按了一下录音机：“接下来的事情都跟你说的一样——丽莎出生了，之后就是其他的那些。”

罗宾瘫软在沙发上。他的衬衫湿透了，脸色苍白。他看着戈尔德医生：“这是什么意思？”

戈尔德医生直直地看着他：“很好理解，不是吗？”

罗宾站了起来："一派胡言！"

医生满脸同情："我懂你的心情。今天早上九点，我打电话到普罗维登斯日报社。他们查了1928年感恩节当天的报道。终于找到了这一条：'警察接到匿名电话后，冲进一间公寓，发现一名女性已被人掐死，她四岁的孩子正趴在她的胸前熟睡。该女人已死亡七个小时。她曾多次被指控卖淫，但从未被定罪。警方相信是凶手打来的电话，但没有更多线索。目击者只有孩子一人，他无法对凶手特征进行描述。'"

"就这个？"罗宾问。

"还有一条。三天后，"阿奇继续说，"警察向孩子展示了多张性侵案件嫌疑人的照片，但他似乎什么都不记得了。他现在被安置在罗得岛普罗维登斯市的安居福利院。"

罗宾走向窗户。"所以我不是我。我是个名叫康拉德的野种。"他转过身来盯着阿奇，"为什么这样对我？为什么？还不如别让我知道这些。"

"不如放你去嫖娼，再把人打个半死？不如看你万花丛中过，却从不跟人好好相处？"

"我可以不去嫖的。我过得并不差。"

"是吗？我不信你能远离妓女。玛吉对你的抵触引发了一系列连锁反应。你见到那个妓女的时候，无意识地回忆起了遥远的愤怒，气你的妈妈丢下了你——气她是个'坏女人'。你也说了，你的脑袋里好像爆炸了。你像在梦里一样，充满了仇恨和爱。"

"我为什么恨她？录音带里的那个孩子明明很爱他妈妈！"

"他当然爱她。非常爱。他的生命里除了她没别人。尽管他那么小，但他潜意识里知道，只有恨她才可以活下去。但仇恨同样令人痛苦，所以他选择遗忘——自我诱导式失忆。见到那个妓女时，有样东西从你的潜意识里冒出来——恨。遇见玛吉时，潜意识里的另一样东西同样被激起——爱。你对妈妈的爱。玛吉又是你喜欢的漂亮女孩儿。但是潜意识在反抗。所以你必须把自己灌醉才能跟她上床。清醒的时候，你的潜意识又把她和妈妈联系了起来。"

"那好，现在你都分析明白了，我就能走出这里，顺顺利利地跟玛吉上床了？"

"没那么简单。当然，咱们的目标是这个。不过，你得先学会理解自己的动机、欲望，还有它们的诱因。等到那时候，你就不会只找清爽利落、纯洁无瑕的女孩儿上床，也不会只能远远地爱着玛吉那样的女孩儿了。你将能给予爱和接受爱，那样就圆满了。"

"阿奇，我四十一岁了。再想改变性格有点儿迟了吧？还不如哪天想要了，就跟从前一样，找个金发美女一睡了之。"他坐在椅子上，"天哪，我不是我——基蒂不是我妈妈。我不知道我爸是谁。我连我妈是谁都不知道。"他勉强笑笑："我还可怜阿曼达！我！我才是最低级的浑蛋。我连我姓什么都不知道！"

"你是罗宾·斯通。名字不重要。但你一直带着康拉德千疮百孔的心活着。把伤口找出来，上点儿药。好好养伤，改正错误。"

"什么错误？"

"对生母的憎恨。"

"哦，她很美，"罗宾说，"不过阿曼达她妈好歹只跟一个男人睡。我妈是个婊子。"

"她是个可怜的德国姑娘，孤苦伶仃地生活在异国他乡。显然，她嫁的那个男人替一个走私犯卖命。他被杀以后，老板安排她做了妓女。你想想，生了你之后，她大可以摆脱你，直接把你扔在孤儿院。但她爱你，想给你一个家，想拼命攒钱带你回到她唯一的家。她爱你，罗宾。"

他握紧拳头："为什么基蒂不告诉我？她为什么要养我，让我相信自己是她的小孩儿？"

"很明显，你当时休克了。苏醒之后，你彻底失忆了。要是告诉你你是被领养的，可能会唤起你痛苦的回忆——你努力忘掉的那些。可能有人建议她别告诉你。"他看到罗宾眼中透着凶狠。

"听着，罗宾，你不应该自怜。你很幸运。你有一个爱你的妈妈。你还有爱你的基蒂，她收养了你，还对你守口如瓶。一个得到那么多爱的人，无论如何都不该不去爱别人。"

罗宾站了起来："我明白了，我无论如何都该有个后代。"

"什么意思？"

"丽莎知道实情——我就觉得她话里有话。基蒂当然是知道的。她可能担心我——怕我会回想起那些事情，怕我崩溃。她觉得我需要保护。我很脆弱。他们觉得我需要找个老婆，生个孩子，好安心过日子。天哪，我稀里糊涂地过了这么多年。基蒂和丽莎一直暗暗同情我。够了，用不着可怜我。我不要老婆。我不要孩子——我谁也不需要。连你也是！我懂了！我谁也不需要！从现在起，谁都不用施舍我——我自己会活得好好的。"他抓起外套，冲出了诊所。

二十五

玛吉躺在大床上。亚当浑厚的歌声在卫生间回荡，她暗暗觉得好笑。她要好好睡一觉。明天是星期日，亚当答应陪她啃新剧本。一想到这事儿她就头疼。自从被卡尔·海因茨·勃兰特钦点为他新片的女主，她惶惶不可终日。亚当叫她别怕，能跟卡尔·海因茨合作就该烧高香了。不过她还是担心。听说卡尔·海因茨对演员出了名的严苛，活像个虐待狂。甭管多大的咖位，都可能被他羞辱，只为激发演员们的演技。她让自己先别想这么多有的没的，然后拿起一本《综艺》周刊看。不知怎的，除了读读日常行业信息，最近都没时间读别的了。连这些也只能在别人给你做发型或者化妆时翻翻。自己都多久没看报纸了？八卦专栏作家抨击她公然搬进亚当·伯格曼的海滨别墅。他们爆料她是赫德森·斯图尔特的前妻，谴责一个"好"姑娘公然置婚姻于不顾。奇怪的是，舆论的关注反倒把她的热度越炒越高。卡尔·海因茨选她出演新片，新一轮的宣传大张旗鼓地把她塑造成一个"炙手可热"的人物。一家全国性杂志称她为"沙滩女"，并刊登了她的照片——在马里布的海滩上赤着脚与亚当在月光下漫步。她从不参加那些"正确"的派对，这也使她的身份更为传奇。其实她不去参加只是因为怕死那种场合了。她喜欢和亚当一起住，喜欢和他一起工作，喜欢和他做爱。他们俩都没想过结婚的事儿。也从没提过这个。

她一边翻《综艺》，一边想着这些。翻到电视版块时，她点了支烟，一条一条地读着每个节目的收视率。《克里斯蒂·莱恩秀》高居榜首！罗宾的《故事》也跻身前二十。

去年二月，她收到他的来信——说他正在策划一期时尚界的《故事》。他通过一封机打信邀请她客串解说员，节目组包差旅，包括广场饭店的套房、头等舱机票和五千块出场费。她用世纪影业的信笺打了一封回信，声明斯图尔特小姐的出场费是两万五千块，此外，很不巧，她因电影合同在身，无法出镜任何电视节目。然后她签了字："简·比安多，斯图尔特小姐的秘书"。

亚当从卫生间出来，腰上缠了条毛巾。她看着他梳头，心想自己好幸运。她很喜欢亚当。可为什么还是会不由自主地想起罗宾？她还想要他吗？是的，该死的，她想！或许阿尔菲·奈特能解释清楚。他之前跟那位设计师加文·摩尔在一起，但拍这部片的时候，他疯狂地爱上了她。杀青后，还对她穷追不舍。有一天，他说："宝贝，跟我搞个外遇就好，之后我乖乖做回那个自由自在的同性恋。"

"阿尔菲，你不爱我。"她回答说。

"绝对不是。我喜欢加文。他是我的挚爱——这一季的。可是，宝贝，我拍电影时，必须自我催眠，让自己爱上搭档，这样才能入戏。只可惜，有时入戏太深，片子杀青了，还得去棕榈泉度个假，将她忘记。但你对我太冷淡了，我反而迷上你了。"

她对亚当说了这事儿，他笑了："你欠他的，他让你在电影里看上去那么好。迷恋是最惨的病。你必须去面对它——不要让它郁积着，缠着你。"

"你是让我跟阿尔菲上床？"她调笑道。

"当然，只要你让我在边上看。"他认真的。

没想到，她给阿尔菲打电话转达了亚当的提议，阿尔菲竟一口答应。他来到海滩别墅跟她做爱，亚当就躺在边上。最难以置信的是，她竟然毫无羞耻感。完事儿后，她再看阿尔菲和亚当做爱。一切都那么顺理成章、轻松自然。后来，他们一起去厨房煎蛋来吃。之后，他们一直是好朋友。

也许亚当是对的。阿尔菲又跟加文复合了，但她对罗宾·斯通的迷恋还在持续发酵。她确信总有一天他们会在一起。给他灌伏特加——只能这样了。当他大喊"姆妈，妈妈，妈妈"时，就往他身上泼一盆冷水。就跟他说他刚刚昏过去了！

亚当丢下毛巾，朝她走来，打断了她的思绪。完事儿后，他们追逐着跑到海里。回到房间，她蜷缩在亚当的怀里睡着了，梦见了罗宾。

他们飞到旧金山看这部片子的点映。她坐在座位上，紧紧抓住亚当的胳膊，而他正嚼着黄油爆米花。卡尔·海因茨跟一个新人坐在他们前面。其他几个演员坐在过道的那一边。

她全神贯注地看完这部电影，想要客观剖析自己的表现。她深深地感到自己从来没有这么兴奋过——拍电影真是太幸福了。她明亮的眸子，漂亮的颧骨，被风吹起的发梢。服装那么精致。亚当之前怨她瘦过了头，但在银幕上，一切都值得了。她开始坐立不安，重头戏来了。到了那段，她小心翼翼地观察观众们的反应。她简直不敢相信——人们真的被自己的表演打动了。

随后，音乐响起，电影结束。亚当抓起她的手，走出影院的过道时，低声说："宝贝，你已经变成该死的演员了。最后一幕真的很精彩。"在观众们开始涌上过道时，他们走出了影院，站在马路对面等卡尔·海因茨和其他人。看着卡尔·海因茨走上前，玛吉还是心有余悸。他却是一脸喜气，伸出双臂，热情地吻了她。

一周后，她的经纪人海·曼德尔在比弗利山庄酒店的波罗酒吧和她见面。直到点好酒，他才亮出新合同："成功了，亲爱的！世纪影业的头头们看了这部鸿篇巨制，才明白怎么能强迫你屈尊接受七万五千美元的片酬。我就说了：'先生们——就这么点儿钱让她给你们拍电影，她该多难过啊。那样的话，后果会如何呢？她会不高兴，会很郁闷。你们是在残害一颗冉冉升起的明星。股东们会怎么看？尤其是现在电影正在巡演——三个半小时，还带中场休息的。玛吉·斯图尔特主演。'我这话正中靶心。我问他们，如果不会用其他导演调教好的大明星，不知道怎么继续培养她，坊间会怎么议论你们世纪。这话非常奏效！瞧瞧咱的新协议——接下来两部，每部25万，第三部30万，外加20%的净利分成！"

她点点头，抿了一口血腥玛丽。海滔滔不绝："你瞧，新电影二月份才开始正式拍摄。他们要你1月15日回去定装。"

"1月15日！太好了！今天才12月10日！"

"是呀。我给你把小长假都安排好了。"

她狐疑地看着他。他笑了："也不只是去度假啦。人生嘛，没有付出哪有收获。是这样，到时候他们要在纽约给《一个被撕裂的女人》（*The Torn Lady*）办一场挺隆重的开映典礼，然后——"

"《一个被撕裂的女人》？"她皱起鼻头，"片名定了？"

"别纠结这个，亲爱的。要是电影叫《亨德森》，主角不就变成男演员了。现在叫这个，你就是最大的。"

她笑了："好吧。那现在是什么情况？我要干吗？"

"嗯，说来也简单——去纽约玩一趟，参加开映典礼，不用去片场。"

"那不就是要被采访、上电视，毫无自由可言咯。"

"你又错啦。电影12月26日才开映。你22日到纽约就行。"

"要从22日一直工作到开映典礼。"

"是的，也就是说，你从现在到22日都得闲。你要是有兴趣早点儿去纽约看看秀，公司会把你安排得妥妥的。或者也可以活动结束后在纽约多待一周……怎样你都可以放个假。只要在15日之前回来就行。要不现在就去吧？"

她摇摇头："我还是待在海边休息吧。最近天气不错。"

"玛吉，"他顿了一下，"别老在海边——天天跟亚当待一起。"

她不解地看着他："谁不知道我和亚当住一起。"

"你们俩怎么不结婚呢？"

"我不想结。"

"那为什么要和他同居？"

"一个人住会孤单。我会一直跟他住下去，直到我——"她停下来。

"直到你找到合适的对象？玛吉，你有没有想过，和亚当在一起，怎么找得到别人？"

"我已经找到了。"

海瞠目结舌地看着她。

"我已经找到了，四年前的时候，"她接着说，"不过——"

"他结婚了？"

她摇摇头："海，不说这些了。我对我的工作很满意，对亚当也很满意。"

"我六十了，"他悠悠地说着，"我和罗达结婚三十二年了。她今年五十九。我们俩结婚的时候，我的小工作室还在西四十六街，罗达还在学校教书。结婚时，她是个二十七岁的处女，我一点儿也不奇怪。那时的新娘普遍是处女。如今，二十七岁的处女绝对会被当作怪胎，而一个忠于妻子的男人也会被当成怪胎。好吧，我就是那种怪胎。罗达大概超重了9公斤。我大概是放慢了脚步——我和罗达已经两三年没做那种事了。但我们俩过得很幸福。我们的孩子、孙子都长大了，我们还是睡在一块儿。我们喜欢躺在一起，有时看电视还手拉着手呢。但我们之间的爱变了。自从我成为这里的顶级经纪人——特别是自从你变得这么火——我突然发现自己被二十一岁的漂亮小婊子们盯上了。这些小浑蛋怎么不在我年轻力壮的时候来找我呢。前几天就有一个——那身材可真绝了。她弯腰的时候，胸几乎都掉在我桌上了。不过你知道吗？每天早上刮胡子的时候，我都会照照镜子。里面是个头发稀疏、大腹便便的老男人。要是跟那个金发小姑娘约会，我会打扮得人模狗样的。我们也可以睡在一起。别闹了，她可不是图我的门面，她图我的人脉。所以嘛，我问自己，海，值得吗。答案是不值得。我也不是没见过跟我同龄的男人找的女人，比他们的女儿还小。但他们也不会明目张胆地炫耀。星期六晚上，他们照样陪老婆去La Rue吃饭。每周日还跟老婆去Hillcrest[1]。懂我意思没？他们养小蜜——但他们为老婆孩子留足了体面。玛吉，你是没有小

1 位于圣迭戈的住宅区，有售卖各种潮流新颖服饰的店铺。——编者注

孩儿——但你有观众老爷，包括许许多多我这样的老古董。要是人们知道这个漂亮的女孩子跟人潇潇洒洒地在海景房里未婚同居，还会花三美元看你在电影里为离开丈夫孩子哭得死去活来的吗？”

“我已经循规蹈矩太久了。”她闷闷不乐地说。

他重重地叹了一口气：“玛吉，你们这些年轻人是怎么了？我是不是太落伍了？这么说吧，我只求你要么跟亚当结婚，要么自己住。可以跟他睡觉，跟他在海滩上撒欢儿，但请务必自己住。”

她笑着：“好吧，海，等我从纽约回来，就搬来酒店住。你再帮我留意留意公寓。”

“巧了，我正好知道这么一套房子。在梅尔顿大厦（Melton Towers），全套家具——每月四百块，有接线服务，就在比弗利山庄。走吧，我开车载你去看看。”

他们去看了房。完全满足她的要求——大客厅，厨房设施一应俱全，主卧，小书房和一个湿吧。公寓经理把合同都备好了。玛吉这才恍然大悟，海找她谈话前就选好这套房子了。她不由得乐了。第二天，亚当帮她搬家。他继续住在海边，忙着为新片写剧本。

在新家独自住了两天，她开始烦躁不安。亚当下周就要去亚利桑那拍外景了。到时候她更得孤零零地留在洛杉矶。她打电话给海，表示要是公司还愿意出那笔钱，她愿意去纽约参加宣传活动。

亚当送她去机场。应航空公司的宣传人员请求，她留了几张照片。然后跟着亚当去环球航空公司大使酒吧喝了杯。“我这回要去那边三个月，”他说，“等我出完外景回来，就搬到你家住。你那边挺好的。再说了，三月份海边太冷了。”

她盯着停机坪，人们在忙着给飞机检修：“我跟你说过吧，海怎么说的来着。”

他淡淡一笑：“行啦，告诉他，我也是个犹太乖乖男。我们还是结婚吧，玛吉。这样就好了。反正你也不介意我偶尔跟别的姑娘玩一玩。”

“我不想结那样的婚。”她轻声说。

“哦，你还不忘你在费城的那段忠贞不渝的婚姻呢？”

“不是的，可我不想当婚姻中的摆设——就像房子里得摆上家具。我希望你会为了我吃醋，亚当。”

“阿尔菲跟咱上床的时候，我也没见你把眼睛闭得多紧。”

“可你难道不明白吗——那不是真正的我。”

他直直地注视着她：“别扯了，玛吉。说这些有用吗。和阿尔菲上床的女孩儿不是别人。怎么提到结婚，你就突然说自己不是那样的？我们在海边怎么过，结了婚还是怎么过。”

他把她的沉默当成了默认，拉着她的手说道：“等我从亚利桑那回来，咱们就结婚。等我今天回去，就向媒体宣布这事儿。”

她抽出手。“你敢！”她怒火中烧，“我不要浪费生命跟你鬼混了，还假装表演是门艺术。不过生意罢了！人活一辈子，还有很多事要去做。而不是每分每秒都用来做生意，打着艺术家的旗号，为乱性找借口。我要找个丈夫，而不是一个自作聪明的年轻导演，抽着大麻，偶尔跟男人睡个觉。”

他的表情很难看：“你说话可真不给人留情面。”他“啪”地打了个响指：“那么——咱们到此为止吧。”

“我们并没开始过，亚当。”

“好吧，祝你好运。海滨别墅永远为你敞开大门。”

玛吉乘坐的班机降落在爱德怀德机场，世纪影业的一位名叫锡德·戈夫的新闻代理人前来接机。摄影师蜂拥而至，闪光灯闪个不停。锡德帮她拎着手提箱，护送她坐进公司安排的黑色豪华加长轿车。趁人把行李放进后备厢的当儿，媒体紧随其后，连珠炮式地向她发问。随着最后一记闪光被关在车门之外，汽车驶离了机场，她向后一靠，终于放松下来。

“别被这场面骗了，”锡德·戈夫不满地抱怨着，“没准儿压根儿不会登报。”

“什么意思？”她问。

“下一趟到的航班里坐着黛安娜·威廉姆斯。她可能会抢占明天所有的版面。”

“她不是还在拍电视剧吗？”玛吉说。

“取消了——现在她突然想去百老汇演戏。艾克·瑞恩签下了她。二月份就开始排了。”

玛吉笑着说：“好吧，别担心。世纪只关心我们电影首映当天的报道量。”

“那只是你觉得，”锡德忧心忡忡地说，“要是你出机场的照片不能见报，用脚趾想也知道，加州那边肯定会把我骂得狗血淋头。我们给你安排了几个电视通告——还有报纸的采访。”他从兜里摸出一个信封，把打出来的时间表递给她：“据我所知，你愿意的话，可以一直待到1月14日，世纪买单。我们给你在广场饭店预订的房间保留到26日。要是你打算续住，记得早点儿跟酒店讲。”

她扫了一眼行程。“太过分了吧，”她说，“我连圣诞都没得休——那天竟然给我排了两场派对。”

“约翰·麦克斯韦是世纪影业的大股东。他在河屋（River House）[1]有套大房子。到时候会来很多富商，他还特喜欢请名人，你肯定榜上有名。还有 The Forum 的那个你得去——各大媒体都在。那是艾克·瑞恩给黛安娜·威廉姆斯办的派对。”

“我从来不参加派对。”她说。

锡德·戈夫盯着她看，不敢相信自己的耳朵。

他默默地开车，过了几分钟，才开口道：“斯图尔特小姐，我这边了解的情况是，你的经纪人承诺世纪影业，你会尽力配合影片所有的宣传工作。这是卡尔·海因茨·勃兰特为生活艺术制片公司（Living Arts Productions）创作的作品。世纪正准备将你全力打造成巨星。”

“我明白，”她平静地说，“我同意参加所有的采访和电视宣传。但没有规定说我必须出席股东的派对。如果麦克斯韦先生要我去，我的出场费是两万五。”

锡德·戈夫俯身，像是在研究自己的鞋子：“好吧，斯图尔特小姐，约翰·麦克斯韦那个你说得也对。他们的确不能逼你参加。不过黛安娜·威廉姆斯的派对会来很多媒体。我拜托你——好歹露个脸。”

看着他忧心忡忡的神情，她不由得心软了。这是他的职责，既然露个脸能帮帮他，那为什么不呢？但要她去约翰·麦克斯韦的家里，那她宁可去死。

离第一场采访通告还有四天，她请爸妈来纽约，帮他们买好戏票，带他们用餐。锡德·戈夫鞍前马后地安排饭店，豪车接送，还帮助一行人避开粉丝。圣诞节前一天，爸妈回了费城，却依旧深陷于女儿业已成名的事实带来的不真切感之中。

这个圣诞，她过得无比寂寞。只有爸妈带来的小圣诞树和一盆枯萎的圣诞红……工作室送的。收音机里没完没了的圣诞颂歌更使她沮丧。她甚至期待起黛安娜·威廉姆斯在 The Forum 的那场圣诞派对了——至少能出酒店透透气。

锡德·戈夫五点钟打来电话。“咱们去待一个小时就好，”他告诉她，“之后你就去找朋友，想干啥干啥。”

“你之后要干吗，锡德？”她问。

“跟你一样——跟自己真正喜欢的人待着。我老婆和她家人。他们等我到家再

1　位于纽约曼哈顿，运营河屋的董事会曾因以“无法满足流动性要求”和“会引来不受欢迎的人”为由拒绝了一些申请人而声名狼藉，据称董事会曾拒绝过理查德·尼克松、琼·克劳馥等人。——编者注

开饭。”

The Forum被围得水泄不通。她一到场，几支长枪短炮直接冲着她来了。艾克·瑞恩的新闻代理人拉着她跟艾克和黛安娜·威廉姆斯合影。黛安娜的状态令玛吉大为吃惊。她看上去哪像四十岁，不过很疲惫倒是真的。太瘦了，她太瘦了。她似乎在歇斯底里的边缘摇摇欲坠了。她太兴奋，太亲切了——手中的那杯橙汁掺了杜松子酒。玛吉跟她合影。两人照例互相恭维一番。跟她站在一起，玛吉觉得自己年轻且健康。她不由得生出些许同情。每个人都奉承着黛安娜，黛安娜的眼睛因疲于应付而失了焦。

玛吉穿过吧台，朝门口走去，迎面撞上一个身材高大、古铜色皮肤的男人。他先是一脸难以置信，然后露出熟悉的微笑。她简直不敢相信。罗宾·斯通也来参加黛安娜·威廉姆斯的圣诞派对了！

他的惊讶转为喜悦，抓起她的手：“你好啊，大明星！”

“你好，罗宾。”她淡淡地笑笑。

“玛吉，你今天真美。”

锡德·戈夫悄悄退下，但玛吉没忘记，他此时满脑子都是火鸡大餐和家人呢。“我得走了，”她说，“我还有别的事儿。”

他咧嘴一笑，完全理解。“我来这儿也是为了公事。我想请黛安娜·威廉姆斯做一期《故事》。这是一个谋杀性的项目，哪怕她同意，不过艾克·瑞恩是我的哥们儿。我先拍他们第一天排练，在光秃秃的舞台上，只有一台补光灯，接着去费城拍一场带妆彩排，然后是纽约首演夜，其间穿插黛安娜、艾克和其他卡司的采访——”他及时打住，“抱歉，玛吉——见到你太激动了。”

玛吉笑了，转身望着黛安娜：“你觉得她还有优势吗？”

罗宾的表情很奇怪：“想不到你也用好莱坞的标准看人。黛安娜·威廉姆斯不是一般人。黛安娜比多数好莱坞明星都强。她大概在二十年前十七岁时就开始混百老汇了。黛安娜可不是靠相机找角度、溢光灯和新闻代理人火的。”

“我先告辞了。”她冷冷地说。

他抓住她的胳膊：“开始还聊得好好的，干吗要聊这些？”他笑了：“说些要紧的。你哪天有空？”

“不好说。”她突然挑衅地笑了，“我的新片明晚首映。想不想看看溢光灯和新闻代理人的表现如何？愿意陪我去吗？”

“我不喜欢打着黑领结坐在电影院里。我喜欢边吃爆米花边看。后天晚上怎么样？”

她平静地看着他：“我就问明晚，我向来不做太远的打算。”

他们的目光相交了一会儿，然后他露出熟悉的笑容。

“好吧，宝贝，为了你，我放弃爆米花。几点去接你？哪里见？”

“八点钟，广场饭店。电影八点半开始，不过这之前有一段电视报道，我得早点儿到。”

“我八点到。”

新闻代理人再次出现，护送她到门口。罗宾看着她离开，然后穿过大厅，朝黛安娜·威廉姆斯走去。

八点还差五分，她心里开始打鼓。担心什么，她暗中笑话自己，罗宾可是个绅士，绝对不会爽约的——而且约的就是八点嘛。八点还差三分，她想，要不要给锡德·戈夫打个电话，以防万一。

八点整，电话响了。罗宾已到大堂。她往镜子里最后看了一眼。他可能不喜欢自己这身打扮：白色编珠裙（向公司借的），白色貂皮大衣（公司向好莱坞某间皮衣店借的）和接得长长的黑发（公司的发型师特意来她房间，提前给她做了这部影片里的发型）。太夸张了，她在电梯里暗暗哀嚎。头发简直有一吨重——为什么还要垂在后背中央？还有硕大的钻石翡翠耳环（同样是借的，上着巨额保险）更令她头重脚轻。

她走出电梯时，罗宾朝她笑着。奇怪的是，他竟在微微点头，对这身行头表示赞许。他们俩都没开口，费力地穿越那群在酒店门口围追堵截的粉丝——大冬天的，拼命拿相机拍她，然后要签名。两人终于在豪华轿车里安顿下来，她舒服地往后一靠，又赶紧弹开：“不行，头发会掉。”

他跟她一同笑了：“才过一天，就长长了这么多呢。”

“会不会太夸张了？”她犹豫地问。

“很美，”他说，“就这么想——就当去参加化装舞会。其实它就是个化装舞会。你扮作电影明星——这钱花得值。既然要走这条路，就干干脆脆地走。”

通向影院的路挤得水泄不通。他们在车上足足排了十五分钟的队，等着前面盛装打扮的人们依次闪亮登场。那些身着貂皮大衣的女人出场时无粉丝问津，总难掩失意。玛吉藏在车里，小心翼翼地望着人群。木制路障和警察迫使人群后退。街对面有辆卡车，架着一台巨大的溢光灯。人行道上已铺好长长的一条红地毯。报社的摄影师们翘首以盼，燕尾服的衣摆随着他们焦急的张望来回飞舞。当她的车终于抵达入口时，媒体蜂拥而至。人群欢呼着冲破警戒线向前冲去。好几只手伸过来摸她的白貂皮大衣，人们喊着“玛吉，玛吉”——锡德·戈夫和另一位新闻代理人一前一后护住她。她要找罗宾。他不见了。她被搞得心神不宁。她感到自己被推向那个拿着麦克风的高个子男人。她站到他身边。灯泡闪着光，用的是手持电视灯。电视摄影机移了进来。天哪，罗宾去哪儿了？

然后她晕乎乎地被锡德·戈夫带离了看台，领进大厅，罗宾带着迷人的笑容候着，一副对这种场面驾轻就熟的样子。他挽着她，和她勇敢地面对聚集在大厅里的精心打扮的观众，凝视着彼此。她找到自己的座位坐下，观众们随即也纷纷找起各自的座位。灯光暗下，音乐起，字幕出。

最后一幕开始了，锡德·戈夫悄悄地走到过道，向他们招手。他们赶紧猫着腰通过过道。他们上了车，紧接着，影院的门开了，吐出光彩照人的观众们。

罗宾拉着她的手说：“你发挥得非常好。你在电影里的表现相当出色。现在，请告诉我——今晚还有别的苦差事吗，你后面有空吗？”

“要去美洲酒店参加香槟晚宴。”

“果然。”

他们俩一齐笑了。刹那间，想到要跟卡尔·海因茨、男主和他妻子端坐在灯火通明的舞厅，冲着镜头拍照，一时竟难以忍受。

“不去了。”她突然说。

“好样的。要不去你酒店的‘橡木屋’？”

“不，我有个更好的主意。不过得先把耳环存回保险柜。还有这些头发，不去掉的话，我的脑袋该疼死。要不等我换身便装，咱们去P.J.？”

“这世上没有比你更明智的姑娘了。不过，不光是你得卸下一身装备。这样吧——我们先去你那儿，然后我下车，车子留给你。等你收拾好来接我。”

二十分钟后，她换上了宽松的休闲裤和白色羊羔毛运动外套回到车里，前往他位于东河的家。她戴着墨镜，紧张地抽着烟。他正在外面等着，看到她便轻快地走向汽车。他穿了白毛衣和灰裤子，没拿外套。他上了车，凑到她身边，说：“P.J.还不够私密。兰瑟怎么样？”

她点点头，司机朝第五十四街开去。那里除了一对小夫妻坐在角落里，拉着手喝着啤酒，再无他人。罗宾给她点了杯苏格兰威士忌，给自己点了马提尼，又要了两大份牛排，然后领她到僻静的位置落座。

他举杯祝贺："你成功了，玛吉。"

"你觉得我演得怎么样？"

"怎么说呢——你能唬住批评家。"

"所以没唬住你？"

"这个重要吗？"

她笑了："就是好奇。"

他若有所思地噘起嘴唇："宝贝，你没有脱胎换骨的演技。不过这不重要——你在影片里就像个女神。前途无量。"

"你信不信明星特质那种东西？"

"信啊，但那种人不是天才就是疯子。"

"那也许我具备这种特质。"

他笑了："我说的不是智力天才——而是情商天才。天才和疯子可能仅一步之遥，谢天谢地，你不属于这两者。黛安娜·威廉姆斯是个天才加疯子。可怜的迷失的灵魂。这么一想，我没见过有哪个天才过得顺利。"他伸手握住她的手："还好，你就是个美人，经历了侥幸，抓住了好运。你不是疯子——你满足了所有男人对梦中情人的想象。"

她屏住呼吸，等他为这番话找补。这番含蓄的侮辱让她几近恼羞成怒。但他们俩只是看着对方，他没有笑意。

走出兰瑟酒吧时已是凌晨一点。"你明天有很多通告要赶吗？"他问。

她摇摇头："现在我一身轻松。"

他高兴极了："你这次待多久？"

"可以待到1月14日，只要我想。"

汽车停在广场饭店门前。他认真地看着她："我希望如此。明天一起吃晚饭好吗？"

"好，罗宾。"

他轻轻地吻了吻她，把她送进电梯："明天中午前给你打电话。好好休息。"电梯门关上，他走了。

到了十一点，电话响了。她由它响了几声。肯定是罗宾。她要完全清醒才接。接起电话，前台服务员温柔地问何时退房。

"不退，"她气呼呼地说，"我至少还要再住两周。"她把电话一搁，把枕头摆到舒服的位置。睡个回笼觉——等罗宾打电话来再起床。这时，电话又响了，这回是经理助理。

他彬彬有礼地致歉："斯图尔特小姐，您的房间预订截至今天。贵公司之前说，如果您打算续住，会提前告知我们。很不幸我们这边已经订满了。请问您是否告诉过我们——"

这下她彻底醒了。天哪，她竟把这事儿忘得一干二净。好吧，换一家酒店。经理助理非常尽责，亲自帮她调停。十五分钟后，他再次打来："斯图尔特小姐，情况有些不妙。丽景、皮埃尔、瑞吉、纳瓦诺、汉普郡——都订满了，连标间都没了，更别说套房了。我还没联系商务型酒店，想先问问您的意思。"

"谢谢您。我找世纪影业想想办法。"她给锡德·戈夫打电话。等她说明原委后，他无语了："玛吉，我提醒过你，要提前续住。等我打个电话，看看有什么办法。"

罗宾打来电话时，她正在收拾行李。她解释了自己的窘境："看样子，我可能要在布鲁克林落脚了。锡德还没回话，要是他都没办法，没人能办到了。"

"叫锡德·戈夫别忙活了，"他说，"交给我吧。"

二十分钟后，他到了酒店大堂，打电话通知她把行李送下来。

豪车在外边等着。等他们在车里舒服坐好，他对司机报出自家住址。她不解地看着他。

"我家不比丽景，"他说，"不过每天有女佣来打扫，够舒服了——像你这样的大明星也可以将就。我会待在俱乐部。"

"罗宾，太麻烦你了。"

"不麻烦。放心吧。"

她喜欢这个家。她不自觉地把目光投向那张特号床，不知道它迎来送往了多少人。他递过一把钥匙。"出入自由。晚些时候我接你去吃晚饭。"他指着吧台，"就一点要求，为我调酒抵房租。要想做我的人，你得学会调伏特加马提尼。30毫升伏特加，一滴苦艾酒，别放柠檬片，我喜欢加橄榄。"

她顺从地走向吧台。"玛吉！"他笑了，"才刚过中午。我是说今晚。"

她七点钟就调好了马提尼，还买了两块牛排和一些冻芦笋。晚饭后，他们一起看电视。两人依偎在沙发上，他握着她的手。十一点钟，新闻开播，他去厨房拿来两罐啤酒，对她说："这地方归你。你想让我走的时候就吱声儿。"

"你想走就走。"她说。

他一把揽过她："我不想走——"

他抱住她，吻了她。好了，趁现在，告诉自己：告诉他，自己没心情，对他没感觉！可她怎么还紧紧地抱着他，回应着他的吻。他们走到大床边，迫切地共赴巫山云雨。但这一次，他的温柔并不是伏特加点燃的。当那一刻来临，他的身体紧绷时，他没有喊妈妈——她也没有冲他泼冷水。

接下来与罗宾共度的五天令她难以忘怀。每晚，他们一起出去吃饭。有时，两人裹得严严实实，出门散一场好远的步。也有一回，他们俩去影院看了一轮双片连映。雷打不动的是，每夜他们俩都做爱，而后相拥入睡。

她看着他熟睡，沉醉当下。她溜下床，端上咖啡，凝视着东河的灰夜。她从来没有这么快乐过，而且这样的日子还有十四天。可为什么只有十四天，为什么不是永远？毋庸置疑，罗宾爱上了她。他们从未谈起迈阿密那个噩梦般的清晨；不知怎的，她觉得这话题是禁忌。但他们现在不是一夜情。他和她在一起很舒适，他很喜欢和她在一起——或许该由她踏出那一步。肯定是这样！他怎么能让她放弃事业？她得让他明白，自己从没这么幸福过。

“早上天气不好的时候，这条河看着挺吓人的。”他走进厨房，站在她身后。他俯身吻了吻她的脖子：“想来，即便是好天气，这条河看起来也很糟糕。阳光会加重它的缺点。那些小岛可真丑，拖轮也是。”

她转身抱着他：“这条河很好看。罗宾，我想嫁给你。”

他松开她，笑了：“这个开年方案不错。”

“我们会好的，罗宾，真的。”

“可能吧。只是现在还不到时候——”

“如果你是在考虑我的事业，我已经考虑清楚了。”他笑着去拿咖啡。“我去做鸡蛋，”她很快地说，“再倒杯橙汁。”

“别像做老婆似的瞎忙活了。”他轻巧地说，然后端着咖啡杯回了卧室。她没有跟过去。

她坐在小桌子旁，盯着河面，呷着咖啡。好吧，他没说不结——但他肯定对这主意不感兴趣。

十分钟后他回到厨房。她惊讶地看向他。只见他穿了一件高领毛衣，胳膊上搭着外套。“我一小时后回来，有活儿要干。”他俯身吻吻她的额头。

“今天是元旦欸！”

“公司里有一片子要剪。我独处的时候效率更高，尤其是整栋楼都空了的时候——有种私密感。还有，玛吉，我不强求你啊，只是今天五点，你能跟我去蛋酒派对吗？”

“蛋酒派对？”

“奥斯汀太太的元旦派对——我已经连续放了三年鸽子。去年总算发了电报道歉。今年非去不可了。”

“呀，罗宾，我那身好看的行头都送回去了。都是借的。我之前一直住在海滨别墅——只有休闲裤和几条小黑裙。就是衣柜里那条！”

“我就喜欢简装出行的姑娘。那条小黑裙就挺好。”

“可它是羊毛料的——”

“玛吉，”他走上前，抚摸着她的脸，“你穿什么都好看。现在去洗你的碗吧，赚房租钱。”

他出了门。

天很冷，但他选择步行。阿奇·戈尔德不想出来，但罗宾强烈要求见面。他确信玛吉没有听到自己打电话，厨房在房子的另一边，他把声音压得可低了。

阿奇跟他同时到的诊所。“罗宾，我一般不这样出来见病人。一年半前你从这儿走出去，现在又突然找我，说有要紧事。”

罗宾舒坦地坐到椅子上：“我想找你帮我出出主意。玛吉·斯图尔特来了。我们上床了。真好——她现在住我家。”

阿奇点燃了烟斗：“那就没问题了。”

“有问题！她想跟我结婚。”

“大多数姑娘都想。”

“不行。知道不，对于玛吉这种姑娘，结婚不像同居那么简单。这五天下来，她把自己的过去全跟我说了——她的第一段婚姻，她和帕里诺此前的关系，在加州的男人，还有海边别墅。她对我毫无隐瞒。”

“那你呢？”

“我听她讲，朋友。但我不想聊自己的事。你说说，我该从何说起？嗯，顺便一提——我本名不叫罗宾·斯通。”

“这就是你的正式名字。”

“是没错——但我内心深处还有个小浑蛋，名叫康拉德。那也是我。玛吉想生孩子……一堆狗屁倒灶的东西。”罗宾突然用拳头猛砸桌子，“他妈的，阿奇！我在遇到你之前活得可乐呵了——大块吃肉，痛快做爱！”

“你做事就像一台机器。现在康拉德正在努力跟罗宾合体。禁锢康拉德的那个人并非真的人——他没有感情。你自己也清楚。现在是你第一次面对自我矛盾。但这是个健康的信号：你感受到了情绪、冲突、忧虑。这些再正常不过了。”

“我更喜欢另一个自己。上次我走之前就说过了，我要赋予罗宾·斯通意义。一定会的。但我不需要康拉德！我要忘掉他。”

“罗宾，为什么不去汉堡瞧瞧？”

“我他妈的去那儿干吗？”

“你知道你母亲的名字。去看看她的家人——没准儿你的出身比你想的好得多！”

“康拉德的母亲是个妓女！”他狠狠啐了一口。

“她做了妓女。为了养康拉德。通过探寻，你可能会以自己是康拉德为荣。”

罗宾站了起来：“该死的，你不明白吗——我不想认识康拉德。我不想担心是否会伤玛吉·斯图尔特的心！她回海边后，我不想想着她。我不想思念任何人，也不想需要任何人！我以前从来不会……也永远不会。”

戈尔德医生站了起来：“罗宾，别骗自己了！你还不明白吗？你已经开始把爱和性结合。这段经历让你心烦意乱。这很正常。但别逃避。当然你会面临一些问题——有朝一日，你学会找人倾诉，对他们说‘我需要你’时，你就成了一个完整的人。玛吉就是那个人。罗宾——别把她拒之门外。”

罗宾已经摔门而去。

天很冷，罗宾依然步行回家。他的脑子一片空白，感到莫名的平静。玛吉穿着那条黑裙子站在客厅里。他奇怪地看着她。“几点了？”他问。

“四点半。”

他笑了，眼神却冰冷：“行了，把裙子脱了。咱们一小时后才去那个派对。”然后他拉着她进了卧室，跟她做爱。完事儿后，他带着漠不关心的微笑看着她。他似乎对自己很满意。“你知道吗，宝贝，”他平静地说，“罗宾·斯通刚刚跟你做了爱，这回成功了。”

“向来都很成功呀。”她温柔地说。

“这回不一样。”然后他拍拍她的光屁股，“走吧，宝贝，咱们去蛋酒派对。”

卷三

朱迪思

二十六

朱迪思·奥斯汀踏出浴缸。墙上的镜子现出她的身体……她变换着角度细细打量。她很瘦，却还是时常节食。年过半百，不敢冒发福的险。康妮真走运啊——她去阿尔卑斯滑雪，玩海上冲浪，身材还很紧致。康妮来了真好，但谢谢她终于要回意大利跟王子和孩子们过圣诞了。她在这儿，就是没完没了的派对。她的头衔招了不少人。她在镜子前摆摆腿。是了，大腿上的肉变松了。康妮的大腿像块石头。可能自己也该运动运动了。但是太阳和风在康妮的皮肤上印下了皱纹。朱迪思贴近镜子：眼旁只有几条细纹。光线好的话，她看起来只有三十八岁，甚至三十六。她在最佳着装榜上名列前茅，仍然被誉为纽约最美的女人之一。康妮的最近一次造访也引发了新一轮的全国性宣传——“全球最美的双胞胎姐妹”。

朱迪思想知道康妮还爱维托里奥吗。她坐在条凳上，轻轻擦干身子，突然想到这个问题。三年了，自己的感情生活如同一潭死水。三年前，她跟查克分了手。

一个夏天，两人相遇在屈格。查克是个高尔夫高手，二十八岁，金发碧眼。她拿着短铁杆刚刚入门。他双臂环着她的腰，帮她保持稳定。“给您把得稳稳的，奥斯汀太太。”两人对上了眼，故事就这样开始了。夏天，格雷戈里外出度假，她打算把查克调到棕榈滩的俱乐部。一切都那么完美，直到有一天，他说：“朱迪思，你说，我上电视做高尔夫解说好不好，就像吉米·迪马瑞特或者考夫·米德尔那样。”她被搅得心烦意乱，只好努力不去理会。

他接受了棕榈滩的工作。她1月2日到，过了快活的三周。格雷戈里还在纽约，每天晚上查克都从侧门悄悄溜进她的豪宅。他又提起上电视的事情。她只能含糊其辞。他耸耸肩："那好吧，我只好去参加高尔夫锦标赛，去打巡回赛。"

巡回赛？这么一来不就更好玩儿了，还可以时不时去外地找他。他讲了讲这场比赛——当然了，参赛的话，得保持日常练习，至少练上一个月，否则没戏。"我需要一万或者一万五。"他说。

她盯着他："一万或一万五什么？"

"美元。参加锦标赛要花钱。要是我赢了奖金，一定还你。"

再见了查克。那晚之后，她拒接他的电话。

这是第一次有男人不怀好意地接近她。那是三年前的事了——这三年来，她的生活毫无波澜。只剩下格雷戈里。她真的爱过格雷戈里，但她已感受不到爱情。爱情是唯一让活着有价值的东西。要不是康妮，她决不会嫁给格雷戈里。

洛根家的双生姐妹花：朱迪思和孔苏埃洛。伊丽莎白和科尼利厄斯·洛根之女。一对靓丽的夫妇，一对靓丽的双胞胎女儿，一笔可观的遗产。他们什么都不缺——除了钱。她永远忘不了他们的"贫穷"。不知何故，洛根一家总是设法搬进"对"的房子；她和康妮就读于"对"的学校，尽管有传言称科尼利厄斯·洛根在金融危机中破产了，但祖母洛根依然坐拥巨额财富，这事人尽皆知。祖母掏钱给她们举办了隆重的成年舞会，还为她们俩二十一岁生日的首次欧洲旅行买了单。康妮由此认识了维托里奥。朱迪思却空手而归。

认识格雷戈里·奥斯汀时，朱迪思二十六岁。她在报纸上见过他的照片，知道他的约会对象包括电影演员和社交名媛。他三十六岁，未婚，拥有一家广播公司。他为自己没接受过正统教育扬扬得意："我连高中都没毕业，但我比伯纳德·巴鲁克更懂股市行情。"他的第一份工作是在华尔街跑腿。金融市场崩溃时，他靠卖空赚了第一个一百万，拿赚的钱在纽约上州[1]买了一家小广播电台。当股价创历史新低时，继续买进股票，股价攀升时继续卖出，每赚一大笔钱，就再买一家广播电台。三十岁那年，他成立了IBC广播公司。他桀骜的态度和浮夸的言行塑造了他鲜明的形象，他的很多话也常见诸报端。他喜欢女人，但对结婚不感兴趣，直到遇见朱迪思·洛根。或许是她的冷淡反令人心生斗志。格雷戈里总是追求难以企及的东西。

朱迪思拗不过他，跟他约了几次会。意想不到的是，自己突然开始上新闻了。当她的闺密们想给"那迷人的红发战斗机"举办小型晚宴时，她更惊讶了。当孔

1　纽约上州泛指纽约州除纽约市及郊县外的所有地区。——编者注

苏埃洛写信说自己在伦敦见过他，觉得这人既性感又有趣时，朱迪思更是对格雷戈里·奥斯汀另眼相看。接着，她发现他能给自己一个王国——虽无冠冕，但IBC的徽章在一些领域更具分量。他为她打开了一扇通向奢侈世界的大门。维托里奥是有钱，但康妮的珠宝属于"家族"，必须传给孩子和孩子的孩子。而格雷戈里送给朱迪思一枚二十五克拉的钻戒用于订婚，一条钻石项链作为新婚礼物，还给她五万美元开账户。光是婚礼就登上了各大社会版面和戏剧专栏。

格雷戈里发现娶了个处女，大为惊喜。他给她买了棕榈滩庄园作为结婚一周年的礼物。第二年是一只钻石手镯。到了第三年，他再也送不起她想要的了，因为那会儿，她真正想要的只有浪漫。与格雷戈里的性生活扫兴至极。她虽无过往经验作参照，但不知怎的，她总觉得自己能嗅到合适的时机去拥抱浪漫。那件事发生在她三十二岁那年。她打算去巴黎探望康妮。战争刚刚结束，人们沉浸在节日的气氛中，朱迪思急于向康妮炫耀自己的新珠宝、新皮草。格雷戈里走不开，但他请朱迪思带去了自己的祝福以及一张巨额支票。旅途中，她在船上遇到了一位歌剧明星，便舍弃了巴黎，跟他去了伦敦。她根本没去见康妮，格雷戈里也压根儿没想过为什么她寄来的信上贴的是英国邮票。

打那以后，她越发驾轻就熟。先是意大利影星，再跟英国剧作家一起长达两年，接着是法国外交官……这么看来，亲爱的康妮真管用——人总要去欧洲看亲戚吧，何况是双胞胎姊妹呢。这次来，康妮着实害她出了好大一笔血——游遍美国各州……但过去这三年里，她根本没去"拜访康妮"，也算扯平了。静心想想——三年无事。

她化好妆，站起身，审视着自己的胴体。早先，她很不高兴，因为她一直没能怀孕。她尝试良久，直到三十岁依旧是徒劳。她甚至打算收养一个孩子，但格雷戈里已经四十岁了，并不在乎这事。"公司就是我们的孩子。"他总说。要对孩子负责……而今，看着自己扁平的小腹，她突然庆幸上面并没有妊娠纹。但她的胸部已然下垂，大腿也松了。她把手臂举过头顶，瞧，还很不错——躺在床上的时候，也并无赘肉流淌。可肚子确实变得软塌塌了……

她走到衣橱前，伸手摘下那件紫色天鹅绒长裙，转念一想，决定穿那件红色锦缎裙裤套装。配那条红宝石金项链。挑选着，她的内心生出些许久违的期待。自从罗宾·斯通回复收到了邀请函，兴奋在心底孵化了整整三天。

直到这一刻，朱迪思还不愿承认：她在为罗宾·斯通精心打扮。她猛然发现，自打第一次见到他，自己就一直想要他。是的，她想要罗宾·斯通！这将是她最后一次也是最激动人心的浪漫。但她知道，这回得主动出击，不动声色地传情达意。顺利的话，罗宾这样的聪明人必定接过橄榄枝。这招绝妙——不明说，但提供了无限可能。他常东奔西跑，将来去国外约会也便利。

四点半，她下楼检查酒水和冷餐台。四点四十五分，格雷戈里穿着吸烟装来了。他看起来很疲惫——不要紧，去趟棕榈滩就回血了。五点钟，第一批客人到了。自然是参议员和他的夫人。无聊的人总是最积极。这会儿其他客人都没来，只好一直陪他们聊天。管家领着这对中年夫妇进了客厅，朱迪思瞬间挂上了灿烂的笑容。

"您好，参议员先生。亲爱的，你可算来了。咱们正好先聊会儿天。"

过了十分钟，丹顿·米勒到了。一个人来的。朱迪思从没这么高兴见到他。这给了她逃脱参议员的理由。很快，门铃开始响个不停。不出二十分钟，宾客挤满了客厅，开始涌进书房和餐厅。派对开始了。

罗宾·斯通六点到的。她翩然飘过房间，朝他伸出双手。

"你遵守了约定。"她神采奕奕，得体地听罗宾介绍了玛吉，仿佛头回见面。然后她欠身去迎接新到的客人。这该死的小妞！又高又漂亮！朱迪思挺直了身子。在玛吉·斯图尔特身边，她觉得自己又矮又胖。她娴熟地在房间里穿梭，和人们打招呼、寒暄……而她的眼神自始至终跟随着罗宾·斯通和玛吉·斯图尔特。天哪，克里斯蒂·莱恩和他吓人的妻子也来了。格雷戈里非要请他们来。那个姑娘——埃塞尔，对，是叫这名字——正在和玛吉·斯图尔特聊天。克里斯杵在边上活像块木头。太好了——罗宾去找参议员聊天了。

机会来了。她轻轻走到他身边，自然地挽上他的胳膊说："你第一次来我家。要不要参观一下？"

"参观？"

"对呀。"她把他从房间带到外面的走廊。"大多数客人都喜欢参观参观我们家，无非就是看看客厅、书房和厨房。"她在一扇沉重的橡木门前停了下来，"这里不对客人开放，但我可以带你看看。这是格雷戈里的秘密基地，他的安乐窝。"

"房子外观很有欺骗性。"罗宾说，"其实很大不是吗？"

她发出轻快愉悦的笑声："看不出来吧？实际上，我们打通了两幢褐砂石屋，再把隔断敲掉，就将三十个小房间改成了十五个大房间。"

罗宾环顾四周，表示赞许："男人的安乐窝。"

她若有所思："只可惜，他花在这里的时间太多了。"

他点点头："可以想象他在这里运筹帷幄的样子。"

"你也会躲在自己的安乐窝里吗？"

他笑了："我的问题都算不上大问题。我只需要发愁一个部门的事情。格雷戈里得操心整个公司。"

她摆出绝望的样子，夸张地高举双手："男人只发愁生意上的事情吗？那我可太羡慕你们了。"

他不置可否地笑笑。

"女人的烦恼没法儿靠一杯酒和一小时的沉思抹去。"她说。

"不试试怎么知道。"罗宾说。

"罗宾，你是怎样排遣寂寞的？"

他奇怪地看着她。两人目光相遇。她的眼神毫不退缩，又带着一丝柔情。她低声说道："罗宾，我爱格雷戈里。结婚之初，我们过得很幸福。但现在他又娶了IBC。他比我大很多……公司就是他的全部。他带着烦心事回家，有时我觉得自己被忽视了。我只能在人群中、派对上、晚宴中见到他。我知道他爱我，但我只是他江山的一部分。我很孤单。我不擅长打牌，也不会找小姐妹喝下午茶。"

罗宾说："每个人都有寂寞的时候。"

"何苦呢？人生苦短，青春易逝。我总觉得，不管做什么，只要不伤害别人就行了。"她无奈地耸耸肩，"格雷戈里年轻时在股市里摸爬滚打，他说过：'这是世界上最大最好玩的垃圾游戏。'不过他再不玩了。现在，'数字'——他这样称呼收视率，令他兴奋。但是女人不一样。女人需要爱。"她低头看着自己的手，转转那枚大戒指。"我大概找到过一两次吧。"她看着他说，"它并没有剥夺属于格雷戈里的任何东西。它从未动摇我对他的爱。那是另一种爱。我只是把格雷戈里没有时间和敏感度来接受的一些东西给了其他人。"她又低声说："我也不知道干吗跟你说这些。咱俩都不熟。"她露出羞涩的笑容："不过，友情跟时间无关，只跟懂得与否有关。"

他抓着她的肩膀，笑了："朱迪思，你很可爱。但我劝你，别轻易对别人这么敞开心扉。"她的眼睛看着他："不会的。我以前从来没有过——我也不知道自己怎么了，罗宾。"

他把她掰过来，推向门口。"喝太多蛋酒了吧。"他笑着说，"行啦，回去陪客人吧，这样就不孤独了。"

她直视着他："只能这样吗？"

他挽着她的胳膊，领她回到客厅："我带了一位小姐来，在陌生人堆里，她可能会感到孤零零的。新年快乐，朱迪思。"他离开她，径直去找玛吉·斯图尔特。

朱迪思惊呆了，但她仍不停地与人打招呼，笑容依旧。

玛吉的笑容也是。她目睹罗宾和朱迪思·奥斯汀离开，知道他们俩走开了一段时间。朱迪思·奥斯汀又是个大美女。但一看到那个英俊的高个儿男人穿过房间朝自己走来，不安感瞬间烟消云散。

他霸道地抓住她的手臂，带她远离埃塞尔和克里斯蒂·莱恩。突然，他的注意力转向门口。房间里的每个人都看着刚进来的虚弱的女孩儿，这些见惯大场面的人却也纷纷窃窃私语起来，尽管黛安娜·威廉姆斯是几近悄无声息地走进房间的。她无措地站着，孤零零的，活像个孩子。格雷戈里·奥斯汀忙上前迎接，大剌剌地抱住她。一时间，人群围了上来。黛安娜谦虚地接受了所有的介绍。

"艾克·瑞恩肯定不知道自己在做什么。"埃塞尔看着这场骚动说，"都在给黛安娜拍照，她只好从闪光灯的烟雾包围里出来了。"

黛安娜终于摆脱人群，朝罗宾走来。格雷戈里·奥斯汀仍然不由分说地挽着她。"罗宾，"他略带责备地说道，"你怎么不说邀请了威廉姆斯小姐来我们的派对呢？我们不知道她也在纽约，否则肯定要亲自给她送邀请函。"

"圣诞节那天，在瓦赞，你还说请我来呢，"黛安娜指责罗宾，"结果迟迟没等到你的电话，我猜是不是我理解错了，你的意思是来这儿见面。"

"走吧，去喝一杯，给你赔罪。"罗宾说着，同格雷戈里一道领她去了吧台，把玛吉扔给了埃塞尔和克里斯蒂。

埃塞尔正大谈特谈埃塞克斯酒店的新套房。"我们昨天刚搬进去。"她告诉玛吉。

"没什么可神气的，"克里斯蒂说，"客厅，两间卧室，比阿斯特那儿贵两倍。"

"好吧，我可没法儿想象在百老汇遛娃的样子，"埃塞尔哼哼着，"埃塞克斯酒店好歹就在公园对面。对孩子好。"

"哇，我还不知道呢。恭喜恭喜。"玛吉说，强迫自己表现出那份并不存在的兴趣。

克里斯蒂一脸春光灿烂："她怀孕了。医生告诉了我这个消息——我太高兴了，我什么都准备好了。"

"除了搬出阿斯特，"埃塞尔厉声说，"但他总算松口了。"

"是啊，她把我赶去睡另一间卧室。等孩子生下来，那间可以改作婴儿房。我想想，她说得也有道理，准妈妈肯定得睡足。嘿，你们俩先聊，丹来了，我去找他聊聊。”

他穿过房间抓住丹顿·米勒的胳膊。玛吉在埃塞尔边上有些局促。她们俩并不认识，她也不太会跟女孩儿聊天。

“你的预产期是什么时候呢？”她问。

“八月底，九月初。当时我姨妈晚了三周，一验，有了。”

一时无话。过了一会儿，玛吉又说：“你在公园附近找酒店真是明智呀。对孩子一定很好。”

“你不会认为我打算一直待在那儿吧？”埃塞尔说，“克里斯蒂还不知道，不过下一季他要在加州录。”

“哦，这样啊。”玛吉并没明白她的意思，但又不得不说点儿什么。

“瞧我的吧。‘儿子’俩字儿就是克里斯蒂的万金油。到时候我就跟他说，公园不适合孩子——有抢劫之类的。一旦搬走，我想好了，就是新生活的开始——一幢大房子，还有所有对的人。到时候让他雇屈利和海斯——结交对的朋友，这样我们的孩子才能认识对的伙伴。跟你说吧，好莱坞就等着瞧我埃塞尔·埃文斯·莱恩的吧。”

“那你恐怕要失望了。”玛吉接话，同时迅速扫了一眼房间，想看看罗宾去哪儿了。

“他跟黛安娜去书房了。”埃塞尔说。

“什么？”

“你男朋友——黛安娜缠上他了。”

玛吉惊愕得不知该说什么。两人被一阵令人不安的阴云笼罩。随后丹和克里斯蒂过来了。“我们俩刚刚在聊后年的档期。”克里斯蒂说，“你相信吗——赞助商们都挤破脑袋了，宝贝，等我再做两季吧？”

“要不要给你续上这杯黏黏的玩意儿？”丹笑着问玛吉。

与此同时，从书房传出一阵大笑。显然黛安娜聊得正欢。丹也笑了，故意压低嗓门儿：“我看你跟罗宾·斯通一起来的。一会儿还跟他一块儿走吗？”

“不应该是这样吗？”她反问。

“可惜了。我还想邀请你共进晚餐来着。这次来纽约待多久？”

“再待两周吧。”

“过些天可以约你出来吗？”

“嗯——”她脑子转得飞快。她不能立马回绝，但也不能让他知道自己的住处。

“到时候我联系你吧，”她说，“明天我要去费城看看家里人，还没想好去几天。”

“你有我电话吗？”

“IBC。”她笑了，“我先去找罗宾了。”话别丹，她走进书房。黛安娜正绘声绘色地讲她双胞胎儿子的趣事儿，惹得大家兴致盎然。

“天哪，他们长得太壮了，”她说，“我可没谎报他们俩的年龄。他们的偶像自然是披头士。于是他们俩也留长发。我的妈呀，妥妥的卡纳比街头风。前几天，我正要把他们介绍给我的孩子，我盯着这两个十七岁身高有1.83米的孩子，突然说：‘送你们俩去唱歌得了。’”

众人哄堂大笑。罗宾没笑，只是静静地看着她。她递来空杯子，他招手示意侍者给她再斟一杯。

玛吉走到他身边，挽住他的胳膊。“七点咯，”她小声说，“我好饿。”

“桌上有冷餐。”他边说边目不转睛地盯着黛安娜。

“我们走吧——”

“我在工作，宝贝，”他拍拍衣兜，“我的协议书已经准备好了。我揣了它两周，就等她签字了。你表现好点儿，还能见证这一历史性时刻。”

“还要多久？”

“顺利的话，晚餐时就签掉。”

“她要跟我们一起吃饭？”她问。

“她跟我一起吃。你想来也可以。”

她一转身出了书房。她头也不回，但她知道他的目光也没有跟过来。丹·米勒正和奥斯汀太太握手道别，外套搭在胳膊上。她穿过房间迎上他。

“晚餐邀请还有效吗？”

“当然有。你喜欢派维莲餐厅（Pavilion）吗？”

“我最喜欢的餐厅之一。”

派维莲餐厅开始空了。玛吉坐着，把玩着盛着白兰地的酒杯。她不禁猜想罗宾发现自己走了会作何感想。快十一点了。他可能在家，看看新闻。气消了，她突然为自己的不告而别而心生愧疚。黛安娜要来一起吃饭又有什么关系呢？罗宾是为了让她签字！太任性了，而且——最差劲的是——还公然表露占有欲！她以前从没对其他男人这样过，对亚当或安迪都没有，因为她从来没这么在乎过他们。也许这就是她成功的秘诀。非这样不可吗？非得若即若离才能抓住男人的心吗？和丹吃着这顿沉闷的晚餐，实际上是为了跟罗宾耍心眼儿。太可笑了——罗宾明明属于她，她爱他。何苦坐在派维莲餐厅听这个白痴叨叨？

“了解到你跟罗宾没什么瓜葛，我挺开心的。”他突然说。

她不解地看着他：“此话怎讲？”

“因为我不喜欢他。”

“他是我的好朋友。”这是警告。

他笑了：“我照样不喜欢——对事不对人。”

嗯，她也一点儿都不喜欢丹顿·米勒，尤其是他这副沾沾自喜的贱笑。“你是怕他吧。”她冷冷地说。

“怕？”

“你要是真的对事不对人，那就是工作上的事咯。我知道你们俩都在IBC，我刚好对广播公司的政策也有点儿了解。罗宾肯定踏出了新闻领域，你们俩之间势必有竞争。”

他仰头笑了，然后眯起棕色的眼眸看着她：“我可不怕伟大的斯通，你知道为什么吗？他自尊心太强了——会栽在这上面。”

“我倒觉得自尊心是一种财富。”

“生意场上不需要自尊。我告诉你，玛吉。与人斗，我可以把自尊抛得一干二净，这样才能生存下去。一个人哪怕地位再高，权力再大，总有隐忍的时候。罗宾·斯通永远做不到这一点。所以他无法生存。干我们这行的，唯一可靠的就是生存。”

她拿起手包，明示今晚到此为止。他也心知肚明，示意服务生买单。“一直聊工作，你快被我烦死了吧。要不再去哪儿喝一杯？”

“今天太累了，丹，明天我得早起。”

他给她打了辆出租车，她谎称住广场饭店。他把她放到酒店门口，目送她进去。她穿过大堂，从后门溜到第五十八街，打车回罗宾那儿。

钥匙插进门锁，转开，灯没开。他大概已经睡了。她蹑手蹑脚地穿过昏暗的客厅，来到卧室。屋里很黑，能隐约看到床的轮廓，还是下午做完爱后的狼藉。床上没人。她走回客厅，正要开灯，忽看见书房的门下透出一缕光亮。她忍不住笑了笑——他还在写书呢。她走过去，刚搭上门把手，却听见有人在说话。是黛安娜的声音，听起来醉醺醺的。

“这地毯有点儿硬……”

罗宾大笑道：“叫你把床理一理嘛。”

“我才不睡别的女人睡过的！”

之后里面安静了下来。

她悄悄打开门。她简直不敢相信。他们俩全裸着。罗宾仰在角落的躺椅上，闭着眼睛，双手垫在脑后。黛安娜正跪着给他口。谁都不知道她就站在门口。她轻轻退出房间，关上了门。接着返回卧室，开灯，从衣柜里拖出手提箱。转念一想，她又把箱子里的衣服一股脑儿全倒在地板上。不就是几条裤子和裙子吗？她再也不想穿跟他一起穿过的衣服了。她收起化妆品和钱包，走出卧室。没走几步，她转身盯着那张床，几小时前她和罗宾躺过的那张床，她曾希望今晚和往后每一晚都与他共枕眠的那张床。她本以为，这张床是未来的一部分——而除非换新床单，否则黛安娜竟不屑一睡。有多少女孩儿睡过它？还有多少人会睡在上面？她冲过去拼命撕床单，但撕得不够碎，不足以平息她的怒火。谁也别想睡在这张床单上或者这张床上了！她想起药箱里有一罐酒精，便急忙冲进卫生间去拿。她把它尽数倒在床单和床头上，划了一根火柴，再把火柴放进火柴盒，直到火柴统统烧了起来。然后她把火柴盒往床上一扔。一瞬间，一团橘色的火苗嘶吼着舔上了床单。

她跑出家门，穿过大堂，在门口停下。她轻声细语地告诉门卫：“我刚刚按了按斯通先生家的门铃，没人来开，不过里面好像有烟味儿。”门卫冲向电梯，玛吉镇定自若地走到街对面，站在另一栋公寓的蓬檐下看着。当她看到罗宾的卧室窗上映出的亮光时，脸上掠过一丝微笑。几分钟后，警笛响了。很快，火光暗淡下来，阵阵浓烟从窗口冒出。没一会儿，罗宾和其他房客们走到了街上。他狼狈地用风衣围着短裤。黛安娜披着他的外套，赤着脚，冻得在冰凉的人行道上跳着。玛吉狠狠地报了仇，开心地笑了。“祝您早得肺炎。”她大声说，随后拔腿就走。

她一口气走出五个街区，猛然回过神来。她开始浑身发抖，冒出一头冷汗。天哪，她干了什么事啊！她差点儿杀了罗宾。她差点儿杀了楼里所有的人。她这才意识到自己犯下了多么可怖的罪行，一阵眩晕。她也瞬间明白了那些激情杀人的罪犯为何辩称只是“一时冲动”。她根本没考虑火势蔓延的后果……感谢上帝，所幸没酿成大祸！她看到一辆空车，抬头招呼，喃喃说道“爱德怀德机场”便钻了进去，瘫坐在座位上。飞往洛杉矶的航班还有好几个小时才起飞，无所谓了。出租车拐进一条绿树成荫的街道，驶向东河大道——奥斯汀夫妇的家就在这条街上。她瞥了一眼坚实的棕色外墙，二楼亮着一盏灯。她多么羡慕朱迪思·奥斯汀这样的女人能安顿在这美丽的棕色石堡里……

此时，朱迪思·奥斯汀正站在镜子前，默默地端详着自己。她对着镜子微笑，细细审视着自己的微笑。很是勉强。毕竟她一直这么笑到了九点半，直到送走最后一位客人。头疼，她很想回自己的房间，但她强打起精神，去格雷戈里的卧室跟他静静地分食餐点。她咬了一口冷掉的火鸡，听着他的数落。派对请了太多娱乐界人士，下次嘉宾名单得让他亲自过目——要是明年还办蛋酒派对的话。

换作以往，她肯定会争辩，要么给他顺顺毛，但今晚，她一心沉浸在自己的惆怅世界里。等终于应付完一切，她回到自己的卧室，穿着一身礼服扑倒在床上，竭力梳理这一晚所发生的事情。

此刻，她穿着睡衣站在镜前，不得不面对罗宾·斯通没有上钩的惨烈现实。她的防御彻底垮塌了，忍了一晚上的泪滚落脸颊。她忍了一晚上不去想被罗宾拒绝这回事。她不敢想——不敢当着众人以及格雷戈里的面。现下，她总算可以臣服于自己的伤情了。很快，她擤了擤鼻子。不哭！眼泪是奢侈品，她承担不起。当然当然，看悲情戏时，或是听闻朋友去世的消息时，肯定会掉下三两颗剔透的钻石泪珠；眼泪从眼角轻轻滑落，而不会冲花睫毛膏。但绝不会是泪水涟涟，绝不会是嘤嘤啜泣，否则第二天就会被人看到浮肿的眼皮和重重的眼袋。毕竟，还要在“殖民地”办一场午餐会和正式晚宴呢。

但是罗宾确确实实拒绝了她。不，不能说明确地拒绝了她——只是不理睬她含蓄的提议。就隔了一层窗户纸！她这辈子都没对谁那么主动过。以往，只需一眼，微微一笑，谁不是招之即来。天啊……她真的好想要他！她想要被人抱着，对她说她好可爱。她想要爱。她想要罗宾！她想和一个让自己感到年轻而有魅力的人做爱。格雷戈里已经好几个月没努力了。哦，天啊，重返年轻岁月，被罗宾般的爱人所爱，与他同坐昏暗的酒吧，与他牵手，在汉普顿的沙滩上漫步，举头望月……朱迪思的爱生发于心底里和脑海中——高潮只是附带的。若能置身罗宾的怀抱，感受他裸露的身体贴紧自己，抚摸他的脸庞——任何人任何事都不再重要。

作为男人，格雷戈里从来没有让她兴奋过。即便在他年轻，精力充沛，兴致勃勃的时候，他也缺乏点燃浪漫的火花。他对性从来不热衷，做爱的路数一成不变。浓情蜜意时分，也说不出调情的话语——这辈子，他始终没能满足她的渴望。也许错在她。也许是她素来以端庄的姿态示人，害他误会自己无意于床笫之欢。但她对格雷戈里从没燃起哪怕一丝对“外头”情人们的那种兴奋。他绝对想不到她在别人床上的纵情模样——被浪漫的刺激引燃的放浪。但她十分钦慕格雷戈里。她爱他，就像爱她的父母。没有他，自己会迷失方向。他们在一起过着美好的生活。她不厌倦格雷戈里——只是缺了浪漫，浪漫从未来过。或许阳刚的男人体会不了对女性而言意义重大的悲春伤秋。但罗宾·斯通的阳刚不输格雷戈里，甚至有过之而无不及。甚至会觉得那股男人味难以抑制地从他身上散发出来。今晚他跟那个过气的女演员黛安娜·威廉姆斯一道离开。对她来说如此遥不可及的男人，怎么能随随便便地跟这些明日黄花为伍？还有天理吗！拥有罗宾是至高无上的胜利。他不仅会是个艳遇对象，他更有着格雷戈里为人称道的那股活力。不仅如此，罗宾长得那么英俊、迷人——哦，天啊，多想被这样的男人爱着！

但是罗宾实实在在地拒绝了她。会不会是他觉得风险太大？肯定是——就是这个原因！他肯定会担心，假如跟她搞外遇，而分手时撕破脸，自己的事业会受牵累。必须让他放心，哪怕只在一起一个月——或者一年——不管如何结束，绝不会影响他在IBC的工作。

她走到镜子前，审视着自己的面孔。不好，松垮的皮肤几乎达一寸之多。一切发生得悄无声息。她扯紧皮肤瞧了瞧，好多了！行，这事儿好办：明天起打听打听好医生。再开点儿药。已经停经五个月了，夜间盗汗简直要命，半夜醒来浑身湿透。可不能这副样子跟罗宾睡觉吧。

她披上睡袍。奇怪，格雷戈里还没过来道晚安，再撂下一句狠话：明年绝对不办蛋酒派对了。去看看他睡了没有，吻吻他的额头，祝他新年快乐吧。想好了，整整脸蛋，把罗宾拿下，她现在斗志昂扬。整容的事儿得跟格雷戈里说一下，告诉他，只是为了满足虚荣心。到时候也好办——就说要去罗马看康妮。这么想着，她走进他的卧室，笑容顷刻消失。他横躺在床上，穿戴整齐。惊慌和良知使她几近失语。

“格雷格。”她轻声说。

“蛋酒撑死我了。”他发出痛苦的呻吟。

她松了一口气：“你每年都这么说，到头来谁都没你喝得多。又没人逼你喝酒。喝喝苏格兰威士忌就好了嘛。快点儿，把衣服脱了。”

“我动不了，朱迪思。一动，肚子就痛得很。”

“要不要吃片胃药？”

“吃过两片了。”

“格雷戈里，别躺着了。来吧，起来。”

他努力坐起来，但整个身子更加蜷缩成一团。他脸色苍白，眼神涣散：“朱迪思，这次不大对劲。”

她立刻趴到他身边：“哪里疼？”

“肚子里面。”

“那就是消化不良，格雷格。先把衣服脱了，脱了就好多了。”他动了一下，随即痛苦地大叫。她急忙打电话喊医生。格雷戈里并没阻拦。他坐在床上，弓着背，痛得直打滚。

过了二十分钟，斯芬克医生到了。朱迪思在楼下候着，迎他进屋：“大卫，真是麻烦您了，亲自跑来。”

“还好我翻了一下答录机。听你说的不像是心脏的毛病。”

“我觉得就是消化不良。本来没想麻烦您，但他从没这样过。”

医生给他检查时，她等在外边。过了一会儿，医生喊她进来，格雷戈里已经平静地端坐在椅子上了。

“我刚给他打了一针杜冷丁，止痛用的。”斯芬克大夫说，“照我看是胆囊问题。”

“不严重吧。”她不像是发问，倒像是下结论。

“得再检查一下，”他说，“确实不严重，就是挺遭罪的。”

医生开车载着一行人去了医院。格雷戈里被安排在走廊尽头的病房里。护士们被召来。先验血。朱迪思被请到休息室。她坐在那里抽着烟。半小时后。斯芬克医生进来了：“比想象的严重。胆管阻塞，必须马上动手术。我联系了莱斯加恩医生，他马上到。”

一点钟，格雷戈里被推出了病房。值班护士给朱迪思倒了杯咖啡。她坐在格雷戈里的病房里等着。她肯定睡过去了，因为斯芬克医生轻轻地拍拍她的脸颊。她坐起身，一脸错愕地看着四周。她回过神，看了看手表，已经凌晨四点了。她看向格雷戈里躺的病床，没人。她慌了，迅速转向斯芬克医生。医生笑了笑：“格雷戈里没事。他在手术室。他要在那儿挨几个小时。我已经安排好护士全天候陪护。”

“他没事吧？”她问。

医生点点头：“他这胆结石估计有一阵子了。手术比我们预想的棘手。术后恢复也比较麻烦，可别想着做完手术就能下床，躺个半个月就回去办公。接下来这一个冬天，他都得好生调养。”

“他永远不会这样做的。”她说。

“他必须这么做，朱迪思。他不是年轻小伙了。我们都老了。这次手术对他的身体多少有损伤。我都不敢打包票过几个月他就能复工。”

“手术还要多久？”

“少说也得早上十点十一点了。我先开车送你回家。”

等躺到床上时，天已蒙蒙亮。可怜的格雷戈里——他非得那么拼。这下好了，整个冬天都得待在棕榈滩了，而且……她突然好讨厌自己。都什么时候了，还想着罗宾？泪水夺眶而出。“哦，格雷戈里，我真的好爱你，”她趴在枕头上小声说，“我好爱好爱你。”她发誓，从今以后再也不去想罗宾·斯通了，但即便做出了承诺，她也知道自己不会遵守诺言。她心里充满了自怨自艾，当她独自躺在黑暗的房间里时，她满心想的都是罗宾·斯通身边睡的是谁……

罗宾躺在哈佛俱乐部（Harvard Club）的一张小床上，一个人。

那天晚上，他第一次笑了。至少玛吉纵火后良心发现，喊了门卫。当他看到放在地板上的手提箱和床上烧焦的派维莲餐厅的火柴时，立马明白是玛吉干的好事儿。他越想这事儿越好笑。他一想到她走进来，看见黛安娜在自己那里蹭来蹭去，忍不住爆笑！最惨的是，他还没爽到呢。甚至还得谢谢这场火——那女人太疯了，他怎么都硬不起来。她连怎么口都不会——牙齿跟剃刀似的。没错，火来得正是时候，黛安娜也被火吓得立刻清醒，开开心心地回了自己住的酒店。但他为什么带她回家？她已经在吉莉酒吧和他签了合约。要是为了还她人情，他大可以去她的酒店。阿奇肯定会说，这是因为他想被捉奸，好摆脱玛吉。好吧，一切都是最好的安排。代价不过是毁了间卧室。还失去了玛吉·斯图尔特。他微微皱了一下眉头，随即强颜欢笑：“不对，康拉德，是你失去了玛吉。不是我。你死了，你个小杂种，你死了。”

他一个冲动拿起电话，要找西联（Western Union）[1]发电报。她住哪儿？算了，发到世纪影业好了。她会收到的。

这封电报在公司的收发室里兜兜转转了三天，终于投递到了玛吉位于梅尔顿

1　西部联合电报公司。——译者注

大厦的新家。她看后，买了个小画框，把电报镶进去，挂上卫生间的墙。电报上写着：

我收回之前所有的话。你会火的。你就是个疯子！罗宾。

朱迪思每天都坐在格雷戈里的床边。她才发现，他不知什么时候染了发。她从没想到，那头带着灰色条纹的红色头发并不完全是天然的，但在医院住了一周后，她发现他的白发比红发更显眼了，他脖子后面的头发已完全变白。他未刮胡子的脸上长出了白色的胡茬，突然间，他看起来像个疲惫的老人。但当他开始对周遭感兴趣时，她知道他好起来了。到第二周快结束时，他在查看收视率。他还请来了理发师，让朱迪思“出去逛逛”。等她五点钟回来时，他的头发变成了从前的红色，医院的长袍换成了自己的丝绸睡衣，他正在看《时代周刊》，俨然一副IBC董事长的派头。他瘦了很多，越发符合他的实际年龄。她不寒而栗，心想着，假如自己也大病一场，看起来会是什么样。安德烈已经给她染了十五年头发。天哪，自己的头发没准儿全白了，再加上素颜——太可怕了！

格雷戈里放下杂志，拿起电话，接IBC。

“好啦，亲爱的，莱斯加恩医生和斯芬克医生都说别工作了。就算出了院，他们也建议你先好好调养。”

“会的，”他说，“我们准备去棕榈滩过冬。这么多年，我第一次给自己放长假。”他伸出手来握住她的手：“朱迪思，我真走运，还好只是胆囊出问题。我已经忍痛好一阵子了，之前都能忍得住。实话告诉你吧，我很怕体检。我都以为自己得了癌症。结果他们说只是胆囊问题，要不是没力气，我真想从床上蹦起来。今年冬天，我就好好打我喜欢的高尔夫，多陪陪你。所以我现在要打电话把事情安排好。”

第一通电话打给克里夫·多恩：“克里夫，半小时内到我这里来。叫罗宾·斯通接电话。”

五点半，罗宾·斯通和克里夫·多恩到了。朱迪思坐在安乐椅上。“要不要我先去休息室？”她问。

“不用，你也留下来，朱迪思，”格雷戈里说，“这是一项重大的决定。我希望你也在场。罗宾，你愿不愿意做IBC的总裁？”

罗宾没回答。反倒是克里夫·多恩先有了反应。

“IBC总裁？”克里夫喃喃地重复道，“那丹顿·米勒呢？”

格雷戈里耸耸肩：“丹是电视部的总裁。”

“那IBC总裁是什么？”克里夫问道。

“我刚加的职位。我不在的时候，由他分担一部分工作。”

“让罗宾跟丹共事，丹不会有意见吧？”克里夫问。

“不会的，丹保留原本的权力。他本来就是要向我汇报的，只不过接下来通过罗宾来汇报。罗宾负责协助我处理所有事务。”

克里夫点点头。两人一齐转头看着罗宾。

罗宾站了起来，说：“抱歉，我干不了。”

“你……你疯了吗？”格雷戈里急得语无伦次。

“做这种工作我才会疯。在我看来，这只会害我跟丹闹两个月内讧。这位子说起来好听，其实只不过是个看门狗、传话筒。等你从棕榈滩回来，晒得健健康康的，我又滚回新闻部总裁的位子，什么都没落着，只树了一群敌人，没准儿还跟丹一样得了溃疡。”

“谁说要你回新闻部？”格雷戈里问。

“这个岗位只是临时设的嘛。那些新搞出来的头衔不都是。”

格雷戈里若有所思地揉着下巴：“一开始确实是这么想的，不过说着说着，我觉得作为常设职位也不错。”

“我归根结底还是新闻人。”罗宾说。

“放屁！”格雷戈里喊道，“你现在做的《故事》已经成了地地道道的娱乐节目。罗宾，你还没发现吧，你已经不知不觉离新闻越来越远了。要不是我了解你的为人，我都觉得你在追名逐利。”

罗宾笑笑，眼神却毫不退缩：“没准儿还真是。”

格雷戈里笑了：“我也不是草率决定的。我已经好好研究过你了。”他伸手拿来床头柜上的一捆文件：“没想到吧？听好了：你是波士顿人。总有一天你会赚大钱的。你父亲是当地的名律师。你妈妈住在罗马。她身体不好——对此深表遗憾。你有个妹妹在旧金山，她的丈夫本身就很有钱。总而言之，你这种出身的人，工作起来最拼命。你们的内心足够有安全感，并不渴慕权力。你就说我吧，罗宾——我在第十大道长大，我的一个发小坐了电椅。我知道听着跟犯罪片似的，但事情就是这样。我的其他玩伴也有当律师、当官、做医生的。我们那儿的孩子都拼命想得到权力。要是想犯罪，就不会小打小闹地抢劫。要干就干杀手。我们做生意也杀气十足。我是个杀手。丹也是个杀手。你不是。我绝对不敢把公司的财务交给你管。你做《深度》总是超预算。你把它做成了一档昂贵的节目。现在安迪·帕里诺接替你在做那个节目，还有克里夫帮忙把关，那个节目总算开始赚钱了。”

“节目还不够好，”罗宾说，“我原计划下周一找安迪开个会。在纽约拍太多期了。我们得加点儿欧洲风味。”

“开什么会，”格雷戈里厉声说，“不是刚说你管钱有问题吗？这节目的收视率相当不错。还能再赚点儿。好在《故事》卖得不错，就算交给你做，也不至于赔了。”格雷戈里又笑了，接着自己的话头：“当然了，我不是来给你上电视经济学课的。丹已经学得够好了，克里夫学得更好。丹推荐的永远是能赚钱的节目。”

“那质量呢？”罗宾问。

“观众不需要质量。我们也有一些有质量保证的节目，我们也不会丢下。但那些节目不行。你知道观众想看什么。屎——观众就爱看这个。老电影的高收视率完全证实了这一点。我倒不想走那种路子。我还是会尽量地在黄金时段推出新节目。但这不影响我们做好卖的节目。丹就能做。这么一来，把你的品味和丹的商业嗅觉结合起来，我们就无往不利了。”

罗宾的手摆出金字塔状，静静思考，然后一抬头：“新闻部总裁谁当？”

“你推荐个人选。”

“安迪·帕里诺。”

“他不行吧？”格雷戈里问。

“我会盯着他。他直接向我汇报。”

格雷戈里点点头：“好吧，听你的。”

“合同呢？”罗宾说。

“我没跟丹签合同。”

“我想签一份。”

“期限多久？”

“一年。”罗宾在格雷戈里的脸上捕捉到了一丝转瞬即逝的宽慰，“格雷戈里，我不敢打包票。但请你相信我，我不会一走了之，从此只跟你电联，我要当IBC的总裁了。我会好好策划一下，改天给你看看。只要我觉得可行，一定会干到底。我需要一年。六周根本看不出好赖。但一年后一切见分晓。要是失败了，我立马卸任走人，老老实实做我的新闻。”

格雷戈里点点头："没问题。每年六万，外加开支报销，你看怎么样？"

"我觉得你在开玩笑。"

"丹起初才拿五万。"

"丹现在拿多少？"

"七万五，外加开支报销和期权。"

罗宾点点头："这还差不多。"

格雷戈里想了想，然后笑了："我欣赏你的胆魄，也欣赏你的冲劲。那么好，克里夫拟完合同发你。"然后他向罗宾伸出手："祝IBC总裁好运。"

罗宾笑了："祝董事长假期愉快。"然后他笑着转向朱迪思，露出一丝暧昧的神情："照顾好他，奥斯汀太太。"

消息像龙卷风席卷了麦迪逊大道。

丹·米勒震惊了，但他装作罗宾的新职务出自他的决定。他以一贯的微笑面对媒体发表了声明："罗宾非常靠谱。格雷戈里不在时，我需要个好帮手。"

但他花了几个小时从窗口盯着天际线，想知道业内的每个人都在想什么。他服下镇静剂，避开"21"和可能会遇上新闻代理人的餐馆，因为在那里他可能会遇到新闻代理人员。他晚上躲在家里，当他读到罗宾正在录制黛安娜·威廉姆斯的《故事》的新闻时，他祈祷黛安娜再演一出惯常的退场戏码——然后罗宾的录制就会吃瘪。

一月份渐渐过去了，丹的恐惧开始减弱。砍掉节目的决定是几个月前做的。新的节目是由格雷戈里在十一月选定的：有一些似乎会成功，有一些是比它们的前辈更大的炸弹。现在是时候开始看秋季的试播集了。

到了二月，他完全恢复了信心。然后他听说了罗宾的新办公室。顶楼的套房！丹冲进克里夫·多恩的办公室。

克里夫试图反驳："不然让他坐哪儿，你说吧。安迪·帕里诺搬到了罗宾的办公室。所以没别的空了。格雷戈里那儿有90多平方米的空间。他本来想把那里改成健身房和桑拿房。现在地方不够用了，只好让罗宾去那边办公。"

"那别人怎么看我——罗宾跟格雷戈里共用顶楼！"

克里夫叹了口气。"好吧，那你给我出个主意把他放在哪里，我一定照办。"

"把我换过去，"丹厉声说，"罗宾用我的办公室。"

克里夫笑了："我看不大好吧。你不是到处跟人说罗宾被明升暗降了吗。结果他去用你的办公室，丹，这不就成了你才是被明升暗降了吗？”

丹哑口无言，只好铁青着脸，无声抗议。一堆报纸对罗宾的新任命大书特书。罗宾本无意发言，最终还是投降了，在进入新办公室的当天接受了一场集体采访。

问题接二连三地向他抛出。他站在气派的老板桌后面，答得滴水不漏，却无意多言。媒体虽有所察觉，但由于一心想挖出有分量的料，因而依旧不依不饶地提问。作为前新闻记者，罗宾对此感同身受。他们的工作就是得到故事。

“还是聊聊电视本身吧，别聊我的新头衔了。”他笑着说。

“电视怎么了？”一位年轻记者问道。

“它有众多分支机构，不再只是一个小小的盒子。它是爱情机器。”

“为什么是爱情机器？”一位记者问。

“因为它贩卖爱。它创造爱。总统获选是由于他在那个小盒子里的表现。它把政客变成电影明星，把电影明星变成政客。只要用了它推荐的漱口水，你就能找到对象。只要用了某款发蜡，女人们会为你疯狂。要是想成为棒球偶像，就要吃同款麦片。但是，正如所有伟大的情人，爱情机器是个善变的浑蛋。它让人着迷——但它没有心。收视率取代了心。一旦收视率下降，节目便宣告灭亡。这就是20世纪的脉搏和心脏——爱情机器。”

报纸纷纷刊登了这个故事。丹读完怒不可遏。特别是专栏作家们也纷纷将罗宾称作爱情机器。“或许斯通先生也在将这个方盒子跟自己做类比，”罗尼·沃尔夫写道，“众人皆知他素来流连花间。正如他所描述的那台机器，斯通先生本人也可以一样轻松地开关机。”

丹怒摔报纸，愤愤地想着，这只会夸大罗宾的光辉形象：说一个男人是风流浪子，不就是说他很有魅力嘛。他又倒出一片镇静剂，一口吞下。不知道那个浑蛋在那间豪华办公室里动什么脑筋。他又有什么新计划？黛安娜·威廉姆斯的彩排推迟了两周。报纸上说，为了尊重黛安娜，男主角拜伦·威瑟斯业已退出剧组，其戏份已从最初的剧本中删去。拜伦·威瑟斯！这些阿猫阿狗是从哪里冒出来的，他们以为自己拍了三部电影就可以来百老汇和黛安娜·威廉姆斯平起平坐？尽管丹巴不得罗宾赶紧倒台，但他绝对认可黛安娜的才华。他放下报纸，希望这只是罗宾找的借口，是他搞不定黛安娜。

罗宾也想知道黛安娜是不是很难搞。她有没有嗑药酗酒？艾克·瑞恩发誓她很正常，并且很愿意开始排练。“只要找到合适的男主角，”艾克说，“他甚至不用唱得有多好——只要看上去是那么回事儿就行了。”

他正要去审片室看片子，秘书进来通报：“有个叫纳尔逊的先生要见您。”

罗宾一脸茫然地看着她，秘书补充道：“迪普·纳尔逊，电影演员。”

罗宾笑了：“是他呀，快请进来。”

迪普大步流星地走进来，对秘书灿烂一笑。她激动得直哆嗦，趺趺撞撞地走出了房间。罗宾乐不可支：“这个四十岁的老处女，她的人生从此因你而不同。”。

迪普耸耸肩：“是吗，那一会儿走的时候我给她屁股来一下——让这可怜的老女人死而无憾。”他边参观边吹口哨：“不错嘛，老哥，你这儿够气派的。”

“最近怎么样，迪普？”

这位金发帅哥往椅子上一坐，长腿一搁：“这话只跟你说：目前为止，非常倒霉。”

“你在波斯屋的演出怎么样了？我一直在看公告。”

迪普耸耸肩说：“表演火得一塌糊涂。我们俩巡演了一年多，使劲儿捞钱，就是不敢来纽约演。你看啊，我分析了一下，保利和我——我们俩合不来。”

“你们俩吹了？”

“吹？我们俩好得不能再好了，哥们儿。只是我们俩搭不出好的表演。你听我说，她一个人演喜剧或者唱歌，就很棒。我一个人唱歌跳舞，也很精彩。我学谁像谁。你别不信，我演戈德弗雷——我的妈呀，你根本认不出来谁是真的谁是假的。我学的那句‘大伙儿玩得开心吗’，连泰德·路易斯（Ted Lewis）本人都难辨真假。可问题是，我是一种风格，她是另一种风格。然后呢，经纪人告诉我，艾克·瑞恩正在找男主角，跟黛安娜·威廉姆斯演对手戏——大迪我，怕不是最佳人选。你不是说欠我人情吗，刚好，安排我跟保利上《克里斯蒂·莱恩秀》怎么样？我就当在艾克·瑞恩面前试一次镜，也让我赚点儿零花钱。听说嘉宾的出场费有五千块，也好给保利一点儿交代。要是我去跟黛安娜·威廉姆斯演对手戏，不跟她演了，她要气疯的——但假如能上《克里斯蒂·莱恩秀》，就是水到渠成的事儿了。”

“包在我身上。你想什么时候上？”

“越快越好！”

罗宾拿起电话，打给杰瑞·莫斯：“杰瑞，《克里斯蒂·莱恩秀》下周找谁客串？朗·罗杰斯？好的，把他撤了。我管他是阿蒂·吕兰德还是谁选的——IBC不会亏待他的。把保利和迪普·纳尔逊换上去。有人问起来，就说是我的意思……对，就说我不喜欢朗·罗杰斯，我要把他撤掉……我知道，我知道朗跟别的男中音都很好——我就是要换成迪普和保利。就这样。”

他挂了电话，对迪普一笑：“搞定。”

迪普敬畏地摇摇头：“老伙计，我们还在路上摸索的时候你已经领先好多了。”

第二天一早，罗宾的秘书告知，丹顿·米勒在外面的会客间等着。罗宾正在跟身在棕榈滩的格雷戈里通电话。“让他等会儿。”罗宾回答。

丹坐在外面，怒火中烧。等他终于被唤进去时，没等进门，他就破口大骂：“你不光插手我的节目，还到处作梗，还让我等着。”

“什么风把您吹来了？”罗宾和善地笑着问道。

丹站在他面前，拳头攥得紧紧的：“你现在还管起选角来了。你竟敢跳过阿蒂·吕兰德，把那对十八线艺人插到我的王牌节目里。”

“是IBC的王牌节目。”罗宾回答。

“这次你要找什么借口？”丹问道。

罗宾的目光冷淡：“我从五岁起就不找借口了。”

“他们凭什么上这个节目？”丹厉声诘问。

“因为我挺喜欢他们。他们是一支新组合，没上过电视。这本身就叫人耳目一新。我看厌好莱坞老牌明星了。我们出五千请他们来——然后没过几天，他们就出现在约翰尼·卡森、梅夫·格里芬（Merv Griffin）[1]、迈克·道格拉斯（Mike Douglas）[2]的节目里。从今天起，公司任何节目都不许请电影明星当嘉宾。”

“你这狗娘养的——”

秘书打来电话。罗宾“啪”地一按免提。她的声音传了出来：“斯通先生，您去罗马的机票已经订好了。”

“罗马！”丹险些气得中风，“你去罗马干吗？”

罗宾站了起来。“因为我妈快死了。”他从丹边上走过，在门口停下，“而且格雷戈里已经允诺我，我想去几天都行。我走后，希望你别太想我。”他走了，丹仍站在房间中央，盯着他离去的背影。

1 即小梅夫·爱德华·格里芬（Merv Edward Griffin Jr.，1925—2007），美国电视节目主持人和媒体大亨。从1965年到1986年，格里芬主持他自己的脱口秀《梅夫·格里芬秀》。——编者注

2 即小迈克尔·德拉内·多德（Michael Delaney Dowd Jr.，1920—2006），美国“大乐队”时代的歌手，电视脱口秀节目主持人。——编者注

二十七

罗宾落地时，塞尔吉奥已在等着接机。“我该早点儿给你拍电报的，”男孩内疚极了，“我们以为这次又是癫痫发作。但昨天医生让我通知她的家人。我做得对吗？”

“你做得很好，塞尔吉奥。”罗宾说。他看到男孩的眼睛里闪烁着泪光。等坐进车里，他才问：“她现在怎么样了？”

他用余光看到泪水从塞尔吉奥的脸上滑落。“还在昏迷中。”他说。

“有没有通知我妹妹？”罗宾问。

“丽莎和理查德在路上了。我在基蒂的通讯簿里找到了他们的名字。我给你们发的电报内容一样。”

等到了诊所，已是上午十点。医生只让罗宾匆匆看一眼氧气罩下那张蜡黄的脸。当晚11点30分，她静静离世。一小时后，丽莎和理查德赶到了。丽莎瞬间变得歇斯底里，不得不注射了一针镇静剂。理查德在一旁站着，坚忍却束手无策。

第二天早上，罗宾、塞尔吉奥和理查德一道会见基蒂的律师，讨论葬礼的安排。基蒂的遗嘱会在美国进行公证。罗宾和丽莎平分信托基金，但基蒂把别墅、车子和所有珠宝都留给了塞尔吉奥。丽莎在床上整整躺了一天。第二天早上，当塞尔吉奥和罗宾喝到第二杯咖啡时，她面色苍白、一言不发地现身餐厅。

“基蒂希望火化，”罗宾说，“昨天我们把后事都安排好了。理查德替你参加了。”

丽莎什么也没说。突然，她转向塞尔吉奥：“可以请你到别的房间喝咖啡吗？我想和我哥谈谈。”

罗宾眯起眼睛，不悦地制止：“现在这是他的房子。”不过塞尔吉奥已经端着咖啡去了客厅。“可真他妈没礼貌。”罗宾闷闷地说。

丽莎不理他，转向自己的丈夫：“好了，你说还是我说？”

理查德满脸尴尬，然后硬着头皮，鼓足勇气开口道：“我们要争遗产。”

“你们要争什么？”罗宾难以置信地问。

“塞尔吉奥拿了别墅和珠宝。我们不能输。”

“你们凭什么跟他争？”

理查德笑笑：“只要我们起诉他，遗产就会被扣押。塞尔吉奥需要钱过日子。很明显，他兜里一个子儿都没有。过不了几个月，他就会开开心心地拿着几千块美元走人。当然，我们同时也要主张，基蒂立遗嘱的时候已经神智不清——遗嘱是那男孩子胁迫她写的。”

罗宾平静地说：“我会跟你们斗到底的。”

“你要帮那个小浑蛋？”理查德问。

“任何对基蒂好的人我都帮。”

“我会找人查他，”理查德说，“证明他玩弄生病的老女人的感情。”

“你凭什么证明？你来过这里吗？你见过他们在一起的样子吗？我见过。所以，我的证词比你的有分量得多。”

“哦，不可能，不会的，”丽莎的声音很奇怪，“我刚好拿着几张王牌，可能会削弱你证词的分量。出庭对质想必会让你在公司人前丢脸，更别说你的私生活了。”

理查德朝她投去警告的目光：“丽莎，我们可以合法取胜。别把私生活扯进来。”

“我早知道你会来这招，”丽莎对罗宾厉声说，“这也难怪，你是个什么东西？到底是个走狗屎运的王八蛋——”

“丽莎！”理查德大声喝止。

“怎么了，我就不能让他震惊一回？大哥淡定了一辈子，我就想看他不淡定一回，有问题吗？事情终有暴露的一天。他不过和隔壁那个小妖精一样。”她转向罗宾说，“你是五岁的时候被领养来的！”

她顿了一下，等着看罗宾的反应。看起来，只有理查德受到了影响。他远眺窗外，努力掩饰难堪与不悦。

罗宾目光平静：“丽莎，此时此刻，得知咱俩没有血缘关系，我再欣慰不过了。”

“你亲妈是妓女！”

“丽莎！”理查德制止她。

“让她说。”罗宾平静地说。

“是的，这几年我一直保守这个秘密。基蒂直到生病才告诉我。她说，要是碰上难处，就来找你。你很厉害。她真的太爱你了，完全把你当亲生儿子对待。她收养你是因为她自己的孩子掉了，她一直想生一个。爸爸有个朋友是法官，得知人家手头有个案子—— 一个可怜的小孤儿在普罗维登斯的孤儿院昏迷不醒。母亲坚持要收养他。你的亲妈被人掐死了！你没有爸爸。但是妈妈，我的妈妈，她简直是对你顶礼膜拜，因为过了两年，奇迹发生了——她怀上了我！我确实阻止不了你跟我分遗产——合法合理，爸爸立了那份愚蠢的遗嘱。但我必须阻止你帮那个妖精拿走一分钱！”

“行啊，尽管放马过来。”

她暴跳如雷，把咖啡泼到他脸上：“你早就知道自己是被收养的！你这个冷血的王八蛋——我恨你！”她冲出了房间。

理查德目瞪口呆地看着这一切。罗宾平静地擦了擦脸和衬衫。“还好咖啡不太烫。”他笑着说。

理查德站起来。“对不起，罗宾。她不是有意的。她会想通的。”他朝外走去，“还有，罗宾——你放心，我不会让她改遗嘱的。”

罗宾笑着对他说：“平头哥，看来我一直误会你了。”

基蒂的遗体火化了。丽莎默默带走了骨灰盒。她和理查德第二天坐着飞机离开了。很明显，理查德控制住了局面，她没有再提跟塞尔吉奥争遗产的事。他们走后，罗宾倒了一杯烈酒。塞尔吉奥静静地看着他。

“谢谢你，罗宾。那天我坐在另一个房间里，你妹妹很激动。我忍不住去偷听你们说话。你真的是被领养的吗？”

罗宾点点头，然后转向他，笑着说：“你也真的有钱了。”

男孩点了点头：“她留给我很多珠宝。好多珍珠，还有一颗二十克拉的祖母绿切割钻石。我有钱去美国了！”

罗宾轻轻吹了声口哨：“塞尔吉奥，你真的让我大吃一惊。”

“你要不要选一些戒指或者项链，送你心爱的姑娘？”

“不用。你拿着吧。在她需要你的时候，你一直陪着她。”

塞尔吉奥盯着他：“之后你有什么打算，罗宾？”

“这个嘛，首先，喝他个痛快。这样吧，塞尔吉奥，咱们去爽一爽，找几个姑娘——”他突然回过神，“你真不喜欢女人？一点儿也不喜欢？”

男孩摇摇头：“连基蒂也不喜欢。我们俩只是很好的朋友。”

“好吧，今晚咱俩就是好朋友。喝酒去。”

“我陪你，不过我不喝。”

凌晨两点，罗宾在鹅卵石小路上漫步，放声高唱。他迷迷糊糊地感觉塞尔吉奥努力扶着自己。有几次他被自己绊到，若不是塞尔吉奥，肯定会摔个狗啃泥。他从没喝得这么醉过。他记得昏倒前的最后一件事，便是自己从床上摔了下来。第二天早晨，他头一回感受到宿醉。他盖着被子，除了内裤，不着一缕。这时，塞尔吉奥端着一壶黑咖啡进来了。罗宾接过，玩味地看着他。

"塞尔吉奥，我的衣服怎么不见了？"

"我替你脱了。"

"难怪了。你爽到了吗？"

塞尔吉奥受到了莫大的侮辱："罗宾，你们都误会了，你们以为同性恋就会来者不拒吗？要是你跟一个女孩子出去，她昏倒了，你会仅仅因为她是女的就把她带走吗？"

罗宾充满歉意地笑着说："我说话不过脑子，对不起。"气氛有点儿僵，于是罗宾又嬉皮笑脸地说道："塞尔吉奥，我该死。我以为你看上我了。"

有片刻时间，塞尔吉奥幽黑的眼睛里闪过一丝希望。随后他理解了罗宾笑容的意思。"少开我玩笑了。但我会一直戴着这个手镯。"他伸出手臂，"我知道你只喜欢女人。不过总有一天，我也会找到我爱的那个他，而他也会爱我。"

罗宾小口喝着黑咖啡。太难喝了，不过喝完脑子的确清醒了不少。

"你是不是很讨厌我这死同性恋，罗宾？"

"不会，塞尔吉奥。至少你知道自己是什么，自己是谁，这辈子想要什么。"

"不知道自己的生母是谁，你会感到苦恼吗？"

罗宾慢条斯理地说："会，我感到茫然。"

"那就去找她。"

"丽莎的话你也听到了。很不幸，句句属实。我钱包里有一张旧报纸就是证据。"

"德国离这边不远。"

"什么意思？"

"你知道你妈妈的名字、她的老家。她可能还有亲戚朋友在那儿，你可以去打听她的情况。"

"不了。"

"你宁可相信丽莎和报纸的话？她还说我是妖精呢。她说的也没错，但我更是个人。你妈妈可能是个好人。去找找真正的她是怎样的。"

"真要命，我不会德语，我也从没去过汉堡。"

“我会讲德语，我去过汉堡，那里我很熟。”

罗宾笑着说：“塞尔吉奥，你真是多才多艺。”

“咱们过去只用几个小时。我陪你去。”

罗宾掀开被子，从床上一跃而起：“我跟你说，塞尔吉奥，我还从没去过德国，还真挺想去看看的。特别是汉堡。当年我在汉堡上空丢过几枚炸弹，但我只是从天上看过那里。德国女孩儿也很棒。你订机票吧。我们可能去了那儿也找不到我妈的任何信息，但绝对不会空手回来的！”

他们入住四季酒店。这间套房的风格和陈设都很老旧。东方风情的地毯，床上铺着厚厚的被子。塞尔吉奥径直走到电话旁，开始一个一个地给电话簿里所有叫“博思齐”的人打电话。罗宾点了一瓶伏特加，坐在窗前，喝着酒，看着夜幕降临城市。一些人在等公交车；商店陆续打烊；母亲们正拖着孩子们在路边走着。阿尔斯特河平静而幽深。这里就是他曾轰炸过的敌方。是英国轰炸过的城市。它看起来跟美国的任何一座城市毫无二致。他听塞尔吉奥一遍一遍地用标准的德语打电话。打到第八个电话时，塞尔吉奥兴奋地喊他。他正记下一个号码和一个地址。

“咱们的运气太好了，”他挂电话时说，“这个博思齐家说他们是赫塔的远亲。我们明天就去见他们。”

“接着打，”罗宾说，“赫塔可能不止一个。”

一个小时后，他们一共找到了五个去了美国的赫塔·博思齐。其中一个家住密尔沃基——这个可以排除了。其他几个都没了音讯。

塞尔吉奥垂头丧气的：“我失败了，本来想得可好了。太对不起你了，罗宾。”

“对不起？难道你打算就这么坐着，边喝啤酒边哭？好歹带我在汉堡转一转吧。这里的人过夜生活吗？”

塞尔吉奥放声大笑：“罗宾，谁都没汉堡人会过夜生活。”

“没骗我吧！比巴黎人还会过？”

“巴黎人？！他们太放不开了。那里的夜店都是给游客开的。走吧，我带你去见识一下这里的夜生活。咱们顶多带一百美元，再把它换成零钱。我带你去的地方最容易被抢。”

他们打了一辆出租车，塞尔吉奥指示司机到了一个地方，然后两人下车步行。“这里是圣·保罗区。”塞尔吉奥介绍说。

他们在灯火通明的街道上一路走着。“这是红灯区。”这里看上去比百老汇还热闹。一家叫作“懦夫”（Wimpy's）的酒吧紧挨着一栋摩天大楼。马路对面有一家保龄球馆。但最让罗宾震惊的，还是这里的人们。大把大把的人群，无不悠闲自得地走着。此情此景让他想起了圣诞节前在第五大道购物的人潮，只是少了那种横冲直撞的疯狂。这些人全都漫无目的地散着步。罗宾和塞尔吉奥也默默地走着，路过一堆商店——拍卖行、家具店——整条街就是一座霓虹灯组成的迷宫。男人拿着货物，像美国拍卖商一样叫卖。到处都能闻到香肠的味道。罗宾一时兴起，在一个小摊前停下：“麻烦来两份白香肠[1]。”

塞尔吉奥盯着它：“这是什么，罗宾？看着像白色的热狗。”

罗宾咬了一口，戳了戳热泡菜：“白香肠，好久没吃了，自从——”他突然住口。“我刚看到她了，塞尔吉奥！一张脏乎乎的小圆桌，一个黑发美女把一盘香肠摆在一个小男孩面前。看起来又热乎又好吃。”罗宾把盘子一推，“跟她做的一比，这就是猪食。”

他们离开了小摊，继续默默地走着。“我看见她的脸了，”罗宾不停地咕哝着，“我什么都看到了。她可漂亮了，却挂着黑眼圈，像吉普赛人。”

“那很好啊。”塞尔吉奥说。

“但她照样是个妓女。不过我总算想起来了。天哪，她真的很漂亮。咱们必须庆祝庆祝，塞尔吉奥。总不会整晚都在德国散步吧？可能你想的夜生活就是这样，但我不是。”

塞尔吉奥拉着他的胳膊领他过马路。他们右转走出一个街区。“好了，就是这里，”塞尔吉奥说，“银滩路（Silbersackstrasse）。”

罗宾瞪大眼睛，仿佛突然闯入了另一个世界。女孩儿们毫不避讳和他们搭讪：“美国人——你是间谍吗？”有个胆大的追了上来：“三人行的好时候，一起玩吗？”

罗宾笑着，继续往前走。每走几步，就有女孩子从小巷或是门口冒出来。三三两两，络绎不绝。第七大道和中央公园南部的流莺跟她们一比，瞬间都成了菜鸟。这些都是粗野的未婚年轻姑娘，见惯了水手，穿着他们钟爱的迷你裙，满怀热切的欲望。他们穿过另一条街，塞尔吉奥在一扇漆黑的木板门前停了下来。门上刷着白色的字：“闲人免入！”塞尔吉奥打开门。罗宾惊讶地默默跟上。

“赫伯特街（Herbertstrasse）。”塞尔吉奥小声说。

1 巴伐利亚白香肠，是用牛肉和培根做的白色香肠，一般用欧芹、柠檬、洋葱、小豆蔻等调味。——编者注罗宾不敢相信。他们脚踩鹅卵石铺就的羊肠小道，两边是一排排两层楼高的小房子。一楼的房间全是落地窗。每个亮着灯的窗子里都坐着一个女孩儿。有几方窗户是黑的。塞尔吉奥指向它们楼上的房间说："看来有人在那儿忙活。"来来往往的行人对这些女孩儿品头论足。最让罗宾感到不可思议的是，还有女人和男人一起走着。他看到一个戴着墨镜和一条艳丽头巾的著名影星——她的电影公司的德国代表正带她"参观"。罗宾跟那个女星一样惊讶得合不拢嘴。他简直不敢相信还有这样的地方。窗里的姑娘们皆是一副怡然自得的样子。她们穿着小小的胸罩和丁字裤，啜着葡萄酒。涂着厚厚的睫毛膏的眼睛似乎不时地扫一眼行人，偶尔有女孩儿会转向隔壁的同伴发表一番评论，另一个便咯咯笑着。笑？在这种地方怎么笑得出来？这些女孩儿有怎样的所思所想？她们怎么会笑得出来？

"平安夜是个悲伤的夜晚，"塞尔吉奥低声说，"其实她们房间里都摆着小树，还会互相交换礼物。等到了午夜，她们会哭。"

"你怎么知道这么多？"

"我姐姐以前在这里工作。"塞尔吉奥平静地说。

"你姐姐！"

"我是'二战'时生的。我爸爸在突尼斯被人杀死，妈妈使劲把我和三个兄弟拉扯大。那会儿我们都没满十岁，姐姐十四岁，开始在街上工作，赚美国人的钱，给我们买吃的。后来她来到赫伯特街。去年她死了，三十五岁。对赫伯特街的女孩子来说，她活得相当久了。走，我带你看看她们三十岁后会去哪里。"他领罗宾走进赫伯特主街外的一条小巷。这里的窗户对着一堵白墙。过了三十岁的她们变成了肥胖的妇女。罗宾看着一个女人，她镶着金牙，眼球浑浊，留着邋遢的长指甲。一个面色蜡黄、长着通红的酒糟鼻的男人敲了敲她的窗户。她打开窗。男人和另外三个人一起，这群人开始压低嗓门争论起来。突然，她"砰"的一声关了窗。男人们耸耸肩，继续敲下一扇窗子，那里坐着一个顶着一头稻草般头发的女人，身上披挂着一件只遮得住扁平胸部的和服。又是一番交涉。她开了门，让男人们进屋。等所有人上了楼，灯灭了。

"这是在干什么？"罗宾问。

"谈钱上的事儿呢，"塞尔吉奥解释说，"他们愿意付给那个嫖娼者合适的马克，还想花点儿钱围观。"

罗宾笑了："群交。"

塞尔吉奥点点头："第二个同意了，但她让他们保证不在围观的时候打飞机，否则得付地毯的清洁费。”

他们走回赫伯特主街。透过一扇窗户，罗宾看到一个女孩儿，想起了自己殴打过的那个妓女。她穿着靴子，手持皮鞭。

“才艺展示。”塞尔吉奥低声说。

他们回到红灯区，逛到一家迪斯科舞厅，马上被请到门口。罗宾瞥了一眼里面的女人，她们在手拉着手跳舞。在这里，男人都是没用的。他们走到一家咖啡馆，拉客者喊着“美妙裸体”。罗宾耸耸肩，塞尔吉奥跟着他进了咖啡馆。那地方挤满了水手，他们被带到后面的一张小桌旁。夜总会的舞台设得高高的，一个女孩儿跳着脱衣服，已经脱到全裸——没贴贴纸，也不穿丁字裤。掌声如潮，女孩儿谢幕。音乐响起，另一个女孩儿走上台——她看起来才十八九岁——眼神热切，穿着粉红色的雪纺裙，脸上带着女孩儿初次参加舞会的烂漫。“看来这个是要表演唱歌。”罗宾心想。

她开始围着舞台踱步，对满场的水手笑着，向他们打招呼。他们热情地回喊——显然她是这里的头牌。然后音乐响起，她开始脱衣服。大大出乎罗宾的意料。她又迷人又鲜嫩——比IBC公司的初级秘书更稚嫩，却又在舞台上老练地跟水手们调笑。她突然就把自己扒了个精光。她原地站着转向各方的观众，脸上依旧是那愉快的笑容。看来这婊子很享受这份工作。然后她拖了把椅子到舞台中央，坐在椅子上，岔开双腿，继续开心地笑着。最后，她从椅子上起身，在夜店里走来走去，靠在每张桌子上，请这些男人吮吸自己的乳房。她来到他们的桌子前，看看罗宾和塞尔吉奥，然后笑着摇摇头。她故意向他们眨了眨眼，就离开了。

罗宾在桌上丢了一些钱，走了出来。塞尔吉奥急忙跟上他。两人继续默默地走着。

“那个姑娘，”罗宾说，“肯定二十岁都不到。为什么？怎么会这样？”

“罗宾——这些姑娘都是战争的产物。她们一生下来就忙着填饱肚子。这样长大的孩子有着完全不同的价值观。对她们来说，性不是爱，性甚至不是为了快乐。性只是生存的手段。”

走在街上，依然是每隔几步就有女孩儿上来搭讪。

“行了，咱们回去吧。”罗宾说。

“回酒店之前，再带你去个地方。”

他们走进自由大道上的一家歌舞厅。这里优雅而柔和，顾客衣着精致。乐队似有若无地演奏着弦乐三重奏的德国情歌，人们安静地交谈。他们来到一个昏暗的长房间，房间里挂着奥地利窗帘。里面有许多男性伴侣，这引起了罗宾的怀疑，直到他见到几对异性伴侣手牵着手听着音乐，才打消了疑虑。

“蓝房子（Maison Bleue）的味道非常棒。”塞尔吉奥说。

“你吃吧。我打包。”

塞尔吉奥点了一份牛排，狼吞虎咽起来，罗宾这才感到内疚，他忘了他们还没吃饭。罗宾点了一瓶纯伏特加摆在桌上。他抿了一口，口感仿佛温热的白色丝绒……

弦乐合奏停止了。乐队加入了鼓手，他重重一砸镲，轻数节拍，演出开始了。罗宾看得索然无味。显然，这是一家高级夜总会。一个叫维罗妮卡的法国女歌手出来了。她唱得挺好，是个不错的女低音。她在礼貌的掌声中谢幕。罗宾又倒了一杯伏特加，眯起眼睛，细细打量下一位上台的姑娘。她金发碧眼，美艳动人，唱着《吉普赛人》的选段。连艾索尔·摩曼（Ethel Merman）[1]也要自叹不如。当乐队再次大肆奏乐时，他摇摇晃晃地抬头看了看。然后领班喊道：“布拉西利亚！”一个身材苗条的黑发女孩儿走上聚光灯打亮的舞台。

罗宾坐直身子。她值得乐队如此大张旗鼓。她在紧身衣外披了一件男士晚礼服。黑发编成法式结，慵懒地歪戴着一顶黑帽子。她慢慢地开始跳阿帕奇舞[2]。跳得出奇的好。这姑娘有扎实的古典芭蕾功底。表演以一段狂舞作结，然后她摘掉帽子，瀑布般的黑发垂下，披散在香肩上。掌声雷动，但她没有就此离开。等掌声逐渐平息，音乐再次响起。她轻微一晃身子，外套滑落。她慢慢跪到地上，然后像一条正在蜕皮的蛇，扭动着身子，蜕下了紧身衣，露出雪白而光滑的身体，只剩一套银色的比基尼。

音乐更快了，灯光开始闪烁；只见银白色的躯体跃起，又落下。灯光瞬间暗下。待再次亮起时，她已脱下比基尼，观众眼前出现了一个苗条的裸体女孩儿，胸部小巧玲珑。然后灯光正式熄灭，她消失在热烈的掌声中。整场演出到此结束，罗宾醉了。

“我想见布拉西利亚。”他说。

“那咱们去街上的利泽尔酒吧，他们会去那边吃早点。你会在那儿见到布拉西利亚。”

---

1 美国百老汇歌星，舞台、电影演员。曾成功出演了《安妮，拿起你的枪》《吉普赛人》等。——译者注

2 apache dance，一种与20世纪初法国巴黎街头文化有关联的极具戏剧性的舞蹈。——编者注

罗宾看了看手表："开玩笑吧？现在凌晨三点。这里都要打烊了。哪儿还会有店开着。"

"汉堡不乏24小时营业的地方。"

罗宾买了单，坚持要给布拉西利亚留一张字条，约她在利泽尔酒吧见面。塞尔吉奥耐心地替他用德语写了这张字条，并把它连同一把马克交给了服务生。服务生回来后，用德语跟塞尔吉奥说了几句。"她会去的，"他告诉罗宾，"咱们走吧。"罗宾顺从地跟着。

利泽尔的店老板是个胖女人，她招呼他们，把他们领进地窖，里面摆着小桌子，上面铺着格纹桌布。塞尔吉奥点了啤酒。罗宾依然是伏特加，眼神飘忽。这时，进来一个高大英俊的男人，坐在他们俩对面的桌子旁。不久，几个阴柔的男人也去了那张桌子。那个高个儿男人盯着塞尔吉奥。罗宾虽然喝醉了，但他探测到了塞尔吉奥和那个人之间的信号："你确定带我来这儿是见布拉西利亚的，而不是见你的同性恋伙伴的？"

"这里什么人都来。这个点儿，街上只有这家店有早点吃。"塞尔吉奥盯着对面那个帅哥。

罗宾拍拍他的肩膀："行啦，塞吉，去玩吧。"

"我跟你一起。万一布拉西利亚不来呢。我不想留你一个人在这儿。"

"好啦，小朋友，我是成年人。放心好了，她会来的。"

"罗宾，这样不好。你知道布拉西利亚是哪种女孩儿吧？"

"赶紧上，不然对面的肌肉帅哥要放弃你了。再这样下去，他会以为你是来跟我约会的。"

"可是，罗宾——"

"非得我赶你走是吧？"

这时门开了，她进来了。她犹豫地环顾房间。罗宾起身挥手。她径直走来。"上啊，老弟。"他低声说。

塞尔吉奥耸耸肩，走向那桌。布拉西利亚坐到他边上。老板娘给她上了杯白兰地。

"我会说英语。"她小声说。

"你用不着说话，宝贝。"

他抬头看着塞尔吉奥跟那个英俊的男人离开。塞尔吉奥朝罗宾挥挥手，比了个胜利的手势。女孩儿安静地喝着白兰地。罗宾又替她叫了一杯，捏住她的手。

她也回捏了他的手。一个金发碧眼的瘦弱小伙进来了，走到他们的桌前。他对布拉西利亚说了几句法语。她点点头，那人便坐了下来。“这位是弗农，他不会说英语。他在等朋友，不想一个人傻站着。”

罗宾示意老板娘给弗农来杯喝的。令他吃惊的是，那个胖女人给他端来一杯牛奶。“弗农不喝酒。”布拉西利亚解释说。

这时，进来了一个高大粗犷的男人。弗农吞下牛奶，冲上去迎接他。“可怜的弗农，”布拉西利亚说，“他不知道自己想做怎样的人。”

“很明显。”罗宾说。

布拉西利亚叹了口气：“白天，他努力过得像个男人。晚上他是个女人。真可怜。”然后她转向罗宾：“你喜欢狂野的刺激？”

“只要是刺激，我都喜欢。”

“你要是想着跟我疯狂一晚上，那就走吧。”她的声音透着疲倦，“你很帅，我很想和你上床。但我想好好过有爱的一夜，美好的性爱——不是那种病态的。你懂吗？”

“知道了。”

“可以吗？”她几乎是在恳求。

“你说了算，宝贝。”

“失陪一下。”她走到吧台，对弗农轻声说了几句话。他微微一笑，点了点头。然后她回来了：“走吧。”

他买单的时候，好奇她跟弗农是什么关系。想想也没什么，不少姑娘都找同性恋做闺密。阿曼达甚至说起过，自己的一个模特朋友跟一个同性恋住一块儿。自己不也和塞尔吉奥玩在一块儿嘛。

路边停着一辆出租车，但她挥挥手谢绝了：“我家就在附近。”

她领着他穿过漆黑的鹅卵石街道，一直走到一幢大房子前。他们穿过一扇木门，进入一个庭院。乍一看，他仿佛置身巴黎。窗前的木盒子里种着天竺葵，一只流浪猫在附近徘徊，一派中产家庭的生活景象。他们走到二楼。她俯身拾起地上的面包，掏出钥匙开门：“我总是订面包，喝太多白兰地的时候需要。喝完酒吃点儿面包，醒来就不会有宿醉感。”

她的家很小，非常小女生。一尘不染，简直像来到少女的房间。床上铺着洁白的床单，摆着洋娃娃。梳妆台上有一张布拉西利亚的照片。壁炉上方的架子上挂着一幅画，画中人就是今晚那个演员——那个叫维罗妮卡的女孩儿。

“她唱得很好，做开幕秀可惜了。”罗宾评价道，“她完全可以去纽约发展。”然后他伸手搂住她的腰：“你跳得够好了，何必去跳脱衣舞。你真的特别棒。”

布拉西利亚耸耸肩：“想多赚点儿钱呗，还能当压轴。唉，不过又能怎样呢？不管我们多想，都不会再去别的地方了。一旦你在红灯区生活和工作，想走就难了。不过我去过美国。我以前在拉斯维加斯表演。”

“你在那儿演过？”罗宾很惊讶。

“对呀，不是现在这种。我是合唱团的。我们有六个人。我们跳了一支舞，领唱是个年老的前美国歌手，他几乎发不出声音了，我们就在后面用声音掩护他。那是十年前的事了。我那会儿十八岁，一心打算好好学芭蕾。但演出结束后，我身无分文，只剩一张回家的票。所以我回来了。”

“你家在哪里？”

“米兰。我回去待了一阵子，”她给他倒了一杯白兰地，“然后发现等着过人们期望我过的小资生活是在骗自己——”她又耸耸肩：“不说了，莫非你跟那些人一样——夜聊也是今晚的一章？”

“不，你什么都不用讲，布拉西利亚。你年轻又迷人。别放弃你的那些梦想。”

她把他推到沙发上，坐上他的腿。“今晚我有个梦想成真了。”她的手指抚过他的脸庞，舌头轻轻滑过他的耳朵，“那就是跟你这样英俊的男人做爱。”

“我求之不得。”他说。他轻轻地吻了她，她把他紧紧抱住……然后拉起他的手，带他来到卧室。

一上床，她就成了侵略者。她似乎无处不在。她的舌头像蝴蝶的翅膀掠过他的眼皮，她坚实的小乳房紧贴着他的胸膛，她长长的黑发垂在他的脸上。她向他求爱，令他无力招架。当一切结束时，他因兴奋和疲惫而四肢无力地瘫倒了。在昏暗的灯光下，他伸手抚摸她的脑袋：“布拉西利亚，我会永远记住今晚。我这辈子第一次被女孩儿上了。”

“我很喜欢，罗宾。”

“现在轮到我了。”

“你不用……”

“你这疯狂的小傻瓜。我想要。”他抚摸着她的脸和身体。当他进入她的身体时，有节奏地动着，忍着。他想取悦她。他进入得越来越深，越来越快。她紧紧抱住他，但他感觉她还没准备好。他持续着稳定的节奏，似乎会这样无休无止地做下去。他的太阳穴搏动着，他勉力撑住。但他感到她还没到。他从没遇到过这种情况。他从没做这么久还没法儿让一个姑娘高潮。他咬紧牙关，继续。他一定要让她高潮！在他到达高潮的那一刻，他感到腹股沟里涌上一股难以忍受却又奇妙的虚脱感。他精疲力竭地从她身上滚了下来，他知道自己依然没让她满足。她伸手摸了摸他的脸颊，然后依偎在他身旁，吻着他的额头、鼻子、脖子。“罗宾，你真是个了不起的情人。”

“不用装，宝贝。”他站起来去了卫生间。这里到处盖着花边布罩，和这个家的其他地方一样，还有坐浴盆。他冲了个澡，穿了短裤回到卧室。她递来一支点好的烟，拍拍床。他凝视着她可爱的身体。胸部在她穿的薄纱睡衣下隐现。她笑着说：“来抽支烟。”

他的笑容很疲惫：“布拉西利亚，我在我们那儿向来表现优异。但我今天来不了了。”他接过烟，开始穿衣服。

她从床上跳下，搂着他：“求你了，陪我过夜。我想在你怀里睡觉。明天早上我给你做早餐。要是天气好，我们可以去散步。我带你去圣·保罗，到了下午晚些时候，咱们可以接着做爱。哦，罗宾，你太好了——求你别走。”

他开始打领带。

“你不喜欢我吗？”她问。

“我很喜欢你，宝贝。”然后他转向她，把手伸进衣兜，“多少钱？”

她背过身，一屁股坐到床上。他走过去，摸摸她的肩头，温柔地问：“别这样，布拉西利亚，多少钱？你说。”

她垂着头：“不要钱。”

他坐在她旁边，抬起她的脸。眼泪顺着她的脸颊滑落。“宝贝，怎么了？”

“你不喜欢我。”她抽泣着说。

“我——？”他不知所措，“听着，我给不了你名分，如果你指的是这个。但我很喜欢你。我只是很遗憾没让你高潮。”

她瞬间激动地搂住他的脖子：“这是我一生中最美妙的一夜，罗宾，你完全是直男。”

“直男？”

“我看见跟你一起的那个男孩子了，我想，好吧，你是基佬。没想到其实你是直男。”

“我跟塞尔吉奥只是普通朋友——他是我的好朋友。简简单单。”

她点点头：“我懂。他还陪你睡觉。”

“别胡说。他只是带我出来见识见识汉堡的夜生活。”

“那你觉得怎么样，跟我做？”她问。

“太棒了。可我很抱歉，没能让你满足。”

她看着他笑了。“罗宾，我这里很满足。”她摸了摸自己的胸，“抱着你，爱着你，我已经很满足了。”

他轻轻地抚摸着她的头发：“你从来没高潮过吗？”

“我不能高潮。”

“为什么？”

“有些东西没了，就没法儿弥补了。”他茫然地看着她。突然她面露惊惶：“罗宾，你竟然不知道！哦，天哪——”她跳下床，逃往另一个房间。他跟过去。她靠在墙上，蜷起身子死死地盯着他。面如死灰。

“布拉西利亚。”他朝她走来。她继续退后，好像怕他揍自己似的。“布拉西利亚，怎么了？”

“求你了，罗宾——快走吧。”她冲出房间，把他的上衣递还给他。他把它扔在沙发上，死死抓住她。他也因惊恐而浑身发抖。

“快告诉我是怎么回事。我不会伤害你的。”

她的黑眼睛不住地打量他的脸，瑟瑟发抖：“我以为你知道蓝房子是什么地方。”

“我不知道。”最初那种可怕的疑虑又浮上心头。

“弗农——他是开幕秀的那个演员，就是你夸唱得好的那个。他戴上假发的时候，他叫自己维罗妮卡。他是我的室友。”

他放开她的胳膊：“那你呢？你的真名是什么？”

“我叫安东尼·布朗纳里——还没做手术的时候。”

“你是——”

她再次躲开他。“我现在是女孩儿，我是女孩儿！”她尖叫道。

“可你以前有蛋。”他慢慢地说。

她点点头，眼泪又流了下来：“我现在是个女孩儿。别打我，别生气！天哪，你知道我受了多少苦才变成女孩子的吗？你知道一个女孩儿被困在男人的身体里是什么感觉吗？有女孩儿的感受、女孩儿的思想、女孩儿的爱，我内心一直是个女人。”

“可胸部是怎么回事？”

“硅胶。我还在吃激素。你摸我的脸——我从不剃须。我的胳膊和腿都很光滑。我已经是女孩儿了。”

他陷进沙发。变性人。他睡了个该死的变性人，难怪这个可怜的王八蛋不会高潮。他看着那个畏缩的家伙：“过来，布拉西利亚。我不打你。你说得对——你是女孩子。”

她跑过去，想靠在他身边。他轻轻地移开她的胳膊：“不过我现在知道了你以前的身份，咱们就像两个男人那样聊聊天。”

她随即坐远了一些。“所有表演的女人——都是男的？”她点点头。他接着问：“他们都做手术了吗？”

“只有弗农还没，他还硬撑着。他担心做了手术就不能拿着护照回巴黎了。不过他很想做——真是可怜。他爱上了里克，就是他今晚等的那家伙。弗农三个月前吞了碘，所以不能喝酒。里克是个——怎么说——双性恋。他有时睡真姑娘，有时睡基佬。可怜的弗农，哪种都不是。”

“在拉斯维加斯的时候，你也是这副样子吗？”

“哦，哦，并不是，那会儿我还是男舞者。”

罗宾站了起来，手伸进衣兜。他没多少马克，不过有一百多美元。“拿着，布拉西利亚——买条新裙子。”

“我不要。”

他不由分说地把钱扔到沙发上，离开了公寓。关上门时，他听见她在抽泣。他喉咙一紧。他并不后悔经历此番遭遇。他为里面那个可怜的迷失的人难过。他从崎岖不平的台阶上跑下来。黎明的迹象浮现在天空中。红灯区的人们要睡下了。人们挽手走着。水手和脱衣舞娘，男人和男人，男人和女人。女人们突然看起来都带上了可疑的男子气概。这些人——他们的梦想和希望都化为了泡影。这个世界不同情失败者。布拉西利亚是个失败者。

突然，他的苦恼看起来是那么的无关紧要，他心中满是愤怒。格雷戈里·奥斯汀忌惮丹，但他不忌惮罗宾·斯通。格雷戈里认为他是个失败者。好吧，从现在起，他要出手了。他突然很想回纽约。他也很想去加州见那个疯子玛吉·斯图尔特，但先让她等等——等他拿下所有人，最后轮到她！

二十八

罗宾回到纽约，适逢迪普和保利上《克里斯蒂·莱恩秀》。迪普状态很好，唱着歌，木讷地晃动身体。保利长得难看，但唱得很好，举手投足间像个芭蕾舞演员。他不敢相信。她已经不再模仿莉娜、嘉兰和史翠珊了。保利做回了自己。她自成一派，令人难忘。罗宾想知道这种转变从何而来。也许是她总在夜总会里瞎混，便放弃了向上的梦想。因为不再抱有希望了，所以她不自觉地放弃了矫揉造作，而自我就显现出来了。无论如何，这都是一个奇迹。连可笑的翘鼻子和突出的牙齿也对她起了作用。

第二天早上十一点，迪普闯进他的办公室。他四肢摊在一张椅子里，充血的眼睛放着空。然后他向前倾："我要杀了那女的。"

罗宾措手不及："怎么了？"

"我的经纪人一小时前打来电话。那个该死的艾克·瑞恩。他的品味是一坨屎！他不想要我。他已经定了朗·罗杰斯——那个垃圾男中音！"

"可你说要杀了那女的。她是谁？"

"保利！"迪普的眼睛闪闪发光，"艾克·瑞恩安排她做黛安娜·威廉姆斯的替补，那个愚蠢的婊子答应了！我培养了她，这些都是我教她的——她都做替补了！"

"这不是挺好的吗？"罗宾说，"你们多少能赚点儿钱。"

"她一星期挣三百块。我以前住在比弗利山庄酒店，给出去的小费都不止这些！再说了，那我呢？你看看那个小贱人！自己拍拍屁股，就这么把我撂一边儿了。"愤怒给了他无穷的活力。他开始不停地踱步。"我告诉你，"他气得两眼充血，"我这就回家打包。等这个大明星签完该死的小合同回来，就自个儿待着吧。让她看看，没有我大迪她还能玩儿多久。我还要把她老娘轰出去。不管怎样，第一件事情，就是把保利浑身上下每根骨头都打断！"

他冲出办公室。

桌上的电话响了，罗宾还在想迪普和保利的事。是克里夫·多恩。同时，秘书通知他，丹顿·米勒在外面等着。还没来得及张嘴，丹就闯了进来："休想又把我晾在外面。你看到外面人怎么说的吗？女孩儿还过得去，但迪普·纳尔逊是我见过的最能冷场的演员。他上场后，谁都救不起来。希望你以后别再插手我的节目！"

罗宾不理他，继续接电话："是的，克里夫，抱歉打断你。"丹看到他的表情变了。

"什么时候的事？西奈山医院？我马上到。"他挂了电话。丹站在那里，仍然怒气冲冲。

罗宾惊讶地看着他，好像忘了他在这儿。"格雷戈里又病了。"他朝门外走去。

"他不是在棕榈滩吗？"丹的怒气瞬间转为震惊。

"他一小时前返回了，住进西奈山了。"

"严重吗？"

"不知道。克里夫说他这星期一直不大好。他好像在棕榈滩体检了一轮，但他信不过那边的医院，所以来这里观察。"

"要我一起去吗？"

罗宾奇怪地看着他："当然不用。"

他再次把丹独自晾在办公室里，自顾自走开了。丹又一次呆呆注视着他离去的背影。

格雷戈里坐在病房的椅子上，穿着丝绸睡衣，披着睡袍。他晒黑了，不过面色红润。朱迪思也晒黑了，却是一脸疲惫。克里夫·多恩则是满脸愁云。罗宾强作欢笑，想活跃一下气氛。"看你哪像个病人。"他喜气洋洋地说。

"是啊，还是那个大格，"格雷戈里闷闷不乐地说，"行了，别安慰我了。"

"格雷格，不要再讲丧气话了。"朱迪思恳求道。

"谁做个胆囊手术要休养这么久。我一清二楚。而且疼痛就没停过。"

"还是那里疼？"罗宾问。

"谁知道？哪儿都痛。撒尿都痛。我清楚得很，不能再清楚了。可这帮人全瞒着我。棕榈滩那边骗我说是前列腺出毛病了。朱迪思肯定知道了——是癌。"

她转向罗宾哀告："我跟他说了一百遍了——就是前列腺。我瞒他什么了。"

"是啊，"格雷戈里厉声说，"又让我做一堆检查，给我看一堆图，说是阴性的。每个人都对我乐呵呵的，然后看着我一点点死去。”

“你再无理取闹，干脆先给我来一枪。”莱斯加恩医生走进房间，朗声说道，“听着，格雷戈里，我看了你在棕榈滩做的化验单，是前列腺，行啦——开刀吧。”

“我就说吧？”格雷戈里得意扬扬地说，“不到万不得已，前列腺用做什么手术！”

“不跟你废话了，”莱斯加恩医生斩钉截铁地说，“所有人都先出去。我给你打一针镇静剂，格雷戈里。你刚下飞机，先好好休息，保证明天手术前状态良好。”

“你主刀？”格雷戈里突然害怕了。

“对。别怕，没事的。”

“万一是恶性的怎么办？”

“那就再说。但是，格雷戈里，得癌症不等于判死刑。只要及时干预，不少得了前列腺恶性肿瘤的男人最后都能寿终正寝。”

“我打听过。他们的蛋都没了——最后连鸟都没了。”

莱斯加恩医生示意朱迪思先出去。她绕过罗宾和克里夫，走出房间。莱斯加恩医生取了一些棉球，擦了擦格雷戈里的胳膊。格雷戈里把他推开：“在你把我搞晕前先告诉我，是恶性的吗？”

“没开刀之前，谁都不敢保证。不过我告诉你：我经手过前列腺恶性肿瘤病人，你没有他们的任何一项症状。我认为，百分之九十九点九不是。”

“所以还是有可能的？”

朱迪思走到他的身边，吻了吻他的脸颊：“好啦，别想了——你可是个赌王，你什么时候玩过胜率这么大的局，怎么反倒尿了呢？”

他勉强笑笑。她又吻了他的额头：“到你明早做手术前，我会一直在这儿陪你。现在听医生的——休息好，放轻松。我爱你，格雷格。”

随即她跟罗宾和克里夫退出了房间。三人默默地在走廊上走着。直至走到电梯，她才开口。“我在他的眼睛里看到了死亡，”她颤抖着说，“他觉得自己要死了。”

到了路边，加长林肯已经等了很久，司机站立一旁。

“用不用陪你坐回家？”克里夫问。

“我想喝一杯。”她说。

“我也是。”罗宾附和道。

“我就不去了，”克里夫说，“我回赖尔（Rye）还要开好久。明天还要早点儿回这边。”

“我会照顾好奥斯汀太太的。”罗宾说。

他们上了车。“有家酒吧我蛮喜欢的——或者你想去瑞吉或者橡木屋，还是别的地方？”

她靠在椅背上答道：“不用，安静的就好。”

当走进兰瑟酒吧时，朱迪思好奇地环顾四周。原来这就是他常来的地方。灯光昏暗；她对此很感激。他把她领到后面的一个卡座，给她点了一杯苏格兰威士忌。她等他喝完一大口马提尼，然后说：“你觉得会怎么样，罗宾？”

“会好起来的。”

“你不是随口说说的吧？”

“不是。觉得自己会死的人，其实一般不会死。他们太害怕了，反而不会死。”

“什么意思？”

“当年去打仗，我被击中后住进医院。那是一间长长的病房，摆着一排排病床。我右边一个人身上扎满了弹片，得做五次手术。每次他上手术台，都觉得这是自己在地球上的最后一天。但我左边那人只知道看报纸，对每个人温和地笑，静静地流着血，最后死掉了。我猜，当死亡真的降临时，它会让你充满好奇，带着平静。毕竟，任何事物都会产生免疫力。死亡可能自带麻醉功能。”

“听你这么讲，我感觉好多了。”她说。

“哪种结局都不好过，”他平静地说，“真正的麻烦到了手术后才开始。”

“你是说少了性生活吧。”她耸耸肩，“罗宾，我们俩在那方面向来不热衷，哪怕是新婚头几年也是如此。格雷格的热情始终在IBC。这些年来，我过得并不容易。”

“我没说你，”他神秘兮兮地说，“我想的是格雷戈里——他肯定不信自己没得恶性肿瘤。”

“那我呢？”她质问道，“格雷戈里面对不了任何挫折。疾病对他来说是完全陌生的东西。你想过没有，过去几个月我过的是什么日子。我跟一个哭哭啼啼的病人住在一起。他高尔夫球也不要打，说要控制脉搏平稳……”

“结婚的时候不是说，无论疾病或健康都彼此相爱珍惜吗？”

“你信吗？”她问。

“要是哪天我结婚了，一定是相信的。”

“或许吧。”她慢慢地说，“只是我的婚姻不怎么美满。”

“需要花时间才能知道答案。”

“罗宾，别这么看我，好像我多卑鄙似的。我已经为这段婚姻付出够多了。”

“这段婚姻？女人也是这样想的吗？不是‘我们的婚姻’？”

“你什么时候这么感情至上了？”

他又点了一轮酒：“我才不是。但我以为女人是那样的。”

“我是，以前是。嫁给格雷格的时候，我以为会非常幸福。但他不愿意付出任何努力让婚姻更稳固。他不太想要孩子，只想要一个老婆。打理房子——格雷戈里喜欢不动产——城里的房子，棕榈滩的房子，奎戈（Quogue）的房子……这就是我的全职工作。”

“人总得有爱好。”

“我明白。我尊重他的工作，我接纳他的所有朋友，跟他们做朋友。但女人需要的不光是社交和扮演完美女主人的角色。我错过太多了。当我回首往事时发现，过往的日子好空虚。”

“好啦，现在不是翻旧账的时候。现在你该关心的是怎样把这个人治好。他需要你。别借着酒精哭诉什么自己被物化了。从现在起，你得做南丁格尔、弗洛伊德，做他的挚交。我很认同你在他床边说的话——赌徒什么的。你的直觉很对，朱迪思。你知道什么时候该强硬，什么时候该对病人让步。情绪上的崩溃比身体上的疾病更难治愈。你必须保证不让他崩溃，因为一旦他崩溃，那你就真的有麻烦了。我认识那样的男人，他们现在还穿着睡衣在老兵医院里懒洋洋地拼图呢。”

“为什么呢？我是说格雷戈里为什么会这样。身体虚弱的男人都能熬过胆囊手术，前列腺手术也不在话下。自从住了院，他就变了一个人。”

罗宾点起一支烟：“有时疾病对强壮的人的打击比对普通人的更大。正如你所说的，疾病对格雷戈里来说是陌生的东西。他不知道该怎么应对。他擅长应付生意上的紧急状况，却从没想过人的身体毕竟是脆弱的。对格雷戈里这样的人来说，生病简直像是剥夺了他的尊严。”

她恳切地看着他：“罗宾——帮我。”

“我会的。”

她抓住他的手：“罗宾，我会尽力的，但我一个人做不到。我在象牙塔里待了这么久。我没有朋友。跟我喝下午茶的那些女人跟我诉说自己的烦心事。可我从来没有向她们吐露过自己的困扰。于是现在我不知道该求助谁了，我不想让任何人知道格雷戈里动手术的事情。这么说好矫情，但是，罗宾，我能不能随时给你打电话，趴在你肩上大哭？”

他笑了：“我的肩膀挺宽的，朱迪思。”

她靠在座位上，啜饮着酒，眼光扫过他：“格雷格也担心公司。丹总是上电视接受采访。格雷戈里每次看到都头疼。这是他的场子，他最烦别人邀功请赏。”

“媒体也很难避开，”他回答说，“我不理他们，他们只好追着丹。我只接受过一次集体采访，之后再也不去了。”

她笑着说：“那可真够丹受的。你把他害惨了，他还美呢。你拒绝接受采访，越发显得你神秘。媒体还是一直写你，揣测你。我更喜欢他们给你的名头：爱情机器。”

他皱着眉头：“总有一天他们会对我失去兴趣。我最讨厌被人宣传。”

“格雷格知道，而且他并不排斥你被人宣传。你是自然而然被宣传的。丹为此苦心经营一辈子，可你虽然在电视上抛头露面，对业内来说还是个谜。你勾起了他们的兴趣，他们当然想挖你的料，想找出你做事的动力。”

“你恐怕高估了他们对我的兴趣。”他吞下一杯酒，“再来一杯？”

“不了，我明天天一亮就得起。明天你来吗？”

他摇摇头：“总得有人照看生意。结果一出来就告诉我。”

“好，你在公司有专线吗？”

他拿出笔记本，潦草地写下来递给她。

“你家的电话也写一下。”她补充道。

“打IBC的电话就行，肯定能找到我。我在家能接。”

“罗宾——还记得你说自己的肩膀怎么着吗？要是几小时后，我感到特别孤单，我可能很想找人聊聊。”

他顺从地写下了没对外公开的家庭号码。“请便。”他把纸条递给她。

她坐在床上，把他的两个号码都记在电话簿上，放在“L”那一栏。没写名字，只有号码。“L”是爱的意思。她总是这样列着她所爱的男人的号码。她躺在床上，脸上抹着厚厚的晚霜。她罩着发网，以防面霜弄脏头发。她开心极了。格雷戈里没得癌症。没准儿手术一结束，他就会恢复成原来的样子。而且，在他休养期间，自己每天都可以见到罗宾。

格雷戈里要在手术室待六个小时。在这期间，朱迪思两次打电话给罗宾寻求安慰。他听起来很担心，告诉她他有两个会要开，不过如果她需要他陪，他就赶来。两人于是约好，等他今天下了班就来医院。他一直安慰她会没事的。

下午三点，莱斯加恩医生出现了。格雷戈里在术后房间里。是好消息：不是恶性肿瘤。

下午五点，格雷戈里被推出来了。他很清醒，但鼻子里的插管和胳膊上的针头让他看着像个植物人。一小时后，莱斯加恩医生进来告诉他结果。格雷戈里冷笑着扭过头不理他。

朱迪思跑到床边，握住他的手："是真的，格雷格。我保证。"

他一把推开她："撒谎！我差点儿信了呢！你演技太差了，朱迪思！"她跑出房间，靠在医院走廊的墙上，浑身发抖。莱斯加恩医生出来摇了摇头："我给他打了一针，但要让他放弃对自己罹患癌症的遐想，我还是无能为力。"

这时，罗宾大步穿过走廊，他们俩纷纷抬头看向他。他自信的笑容和健康的体格衬得格雷戈里更显骨瘦如柴。

"我一小时前和大夫谈过了，"他向莱斯加恩医生点点头，"他说是好消息。"

"格雷戈里不相信我们。"她说。

罗宾满脸同情："克里夫向报纸发布了消息。我们对外说的是还是胆囊的老毛病。这样可以对外瞒得好好的。"

"这一天累坏了吧，奥斯汀夫人，"莱斯加恩大夫说，"你该回家了。"

她憔悴地笑了笑："我现在只想坐下来喝一杯，吃点儿东西。我一整天没吃东西了。"

罗宾带她去了兰瑟酒吧。这次，她把司机打发走了。罗宾肯定会送她回家吧，总不会这点儿眼力见都没有。他们在上次的卡座前坐下之后，她环顾房间。他总是来这儿吗？

他明显猜到了她的疑惑，解释道："也不是不可以去别的地方，可惜我之前约了个人在这儿见。不过这儿的牛排很好吃，酒也不错。"

她小口喝着酒，肚子空空。她要掌控一切，就今晚。

"会不会打搅你约会？"

"不要紧。"他突然站了起来。朱迪思怔怔地看着一个高个儿女孩儿朝这桌走来。

"罗宾，我迟到了。不好意思。"

"不要紧的。"他示意女孩儿坐在身边，然后介绍道，"奥斯汀太太，这位是英格丽，她在环球航空上班。我们一起飞过很多趟。"

女孩儿朝罗宾暧昧一笑，又说："刚刚在机场上空转了大半个小时才落地。航班太密了，所以来晚了。"

罗宾给英格丽叫了杯酒。朱迪思留意到，服务生直接给她端了杯伏特加兑汤力水，这说明她跟罗宾来过这儿。她带着点儿瑞典口音，或是别的某种斯堪的纳维亚语的口音。她很高，过于骨感，浓密的金色长发，刘海盖过了眉毛。她的眼妆很浓，不过没涂口红。看着她伸出纤细的手，自然地放进罗宾的手心里，朱迪思不由得想拿刀捅她。天哪，年轻真好！英格丽穿着白色的丝绸衬衫和朴素的裙子，她突然觉得穿着香奈儿套装的自己又矮又胖。这个女孩儿最多不过二十二岁，而自己老得可以做她妈！这个女孩儿对罗宾来说也太小了，但她坦荡荡地满怀爱慕之情地望着他。天哪，这就是男权社会。男人的年龄不重要。就算再过十年，还会有二十二岁的空姐这样看着他。朱迪思打开手包，掏出金烟盒。罗宾立刻替她点上——至少他还记得自己坐在这里。好吧，绝不能半途而废。至少不能输给这个小妞——这个只配在飞机上给自己端茶送水的小妞：这个女服务员！

朱迪思细细地打量着罗宾。他怎么能把宝贵的生命浪费在这种空姐身上？他把自己的身体交给了多少这样的单纯女孩儿，而她却只能在这里苦苦盼他——处心积虑，费尽心机。

罗宾又点了一轮酒。朱迪思很想吃点儿东西——刚才的苏格兰威士忌的劲儿上来了。罗宾举起酒杯，为格雷戈里的健康干杯。然后他又向英格丽解释了格雷戈里·奥斯汀的身份。

"很遗憾，"英格丽对朱迪思说，满满的诚恳，"希望他快点儿好起来。严重不？"

"就是检查一下，宝贝。"罗宾说，"他从佛罗里达飞来这边，他喜欢纽约的医生。"

"是坐的我们的飞机吗？"英格丽问。

"我们自己有飞机。"朱迪思答道。

"哦，那很好。"英格丽看来不为所动。

"朱迪思，你必须让格雷戈里想想公司的事情，虽然他还在医院做检查。"罗宾刻意强调了"检查"一词，眼神严肃，"你要强迫他对公司上点儿心。你明白吗？"

她点点头。英格丽盯着他们俩。"好吧，我不知道，"她说，"可怜的奥汀先生，他——"

“奥斯汀。”罗宾说。

“好吧，奥斯汀先生。嗯，我爸爸做过一次体检，他说很糟糕。我觉得还是让他放松点儿，先别想生意了。”

罗宾笑了：“宝贝，天气不好的时候，飞行员需要你帮他出主意吗？”

“当然不会。塔台控制中心和领航员才用干这个。”

“我是塔台控制中心，朱迪思是领航员。”

“可我还是觉得应该让这个可怜的人安心接受检查。”她说。

朱迪思不禁对她肃然起敬。罗宾的轻蔑并没有吓退她。不过也是，她跟罗宾上过床，知道自己的本事。为什么？就因为她还年轻。天啊，她年轻的时候不也这么理直气壮。

“我饿了。”英格丽突然说。

罗宾向服务员招手：“给这位小姐来份牛排。给我一杯双份伏特加。”然后他转向朱迪思：“你吃什么？我推荐这里的牛排和色拉。”

“你吃什么？”

他指指杯子。

“我再来一杯苏格兰威士忌。”她淡淡地说。

“不吃牛排？”

“不吃牛排。”

他不由得笑了：“可以，可以。朱迪思，你挺厉害，真是不太好对付——你太倔了。难怪你能赢。”

“是吗？”她挑衅地问。

“千真万确！”他举起酒杯致意。英格丽困惑地看着他们俩，突然站起来：“把我的牛排退了吧。我好像妨碍到你们俩了。”

罗宾盯着面前的杯子：“随便你，宝贝。”

她抓起外套冲出门。朱迪思努力装作懂事的样子：“罗宾，我还是先走吧？你跟这个姑娘——”

他把手伸过桌子，握住她的手：“别闹了，朱迪思。这不是你的风格。你不就想要这样吗？”

她用余光看到英格丽在门口迟疑，指望罗宾会追上来。朱迪思按兵不动，直到她消失。然后她说：“我不想伤害任何人。”

“英格丽不会受伤的——反正不会伤心太久。”他说。他退了牛排，买了单。

两人默默喝完酒，然后走出餐馆。“我就住这条街。”他说。

他们走着，她挽住他的胳膊。这不是她设想的场景，不该这么直白。这样毫无浪漫可言。她必须让他明白，他在自己心中很不一般。“罗宾——我在意你很久了。”

他不作声，但拿开了她的胳膊，改为牵她的手：“你赢了，朱迪思。不用试图证明什么。”

一进到他的家，她突然感觉非常不自在，活像个头回搞外遇的女孩子。她感到胸口和额头渗出了汗水——该死的晕眩无声地提醒她不比无忧无虑的年轻空姐！

罗宾给她倒了杯淡苏格兰威士忌，再给自己倒了一大杯伏特加。他站在客厅中间一饮而尽。她坐在宽敞的沙发上，盼望着他能坐过来。客厅里有个壁炉，摆着新鲜的木头。如果他能生起火，他们就可以坐在火光中，用她所见的那套高保真音响放一张唱片。她想被他抱在怀里……

他突然走到她跟前，从她手里接过酒杯，把她领进卧室。她害怕了。她要在他面前脱衣服吗？英格丽可能会由他脱光自己……亮出她紧实的年轻身体。她却穿了条塑形底裤。没什么比这更扫兴的了——虽然她也很苗条，但还是要靠它把松垮的屁股推高。

他边松领带边指指卫生间：“我这儿没更衣室，用这个吧。”

她恍惚走进卫生间，慢慢脱下衣服。门把手上挂着一件栗色的丝绸长袍。她把它披上，系上了腰带。打开门时，罗宾正站在那儿望着窗外。他已经脱得一丝不挂。房间里一片漆黑，只有卫生间的灯光照在他宽阔的肩膀上。他身上没有一点儿赘肉。她这才知道他的身材有多棒。她走到他身后。他转过身看到她，旋即握住她的手，轻柔地引她到床边。他看着她笑了：“都说熟女是最棒的。让我见识见识吧，亲爱的女士——跪下，口我。”

她惊呆了，但她太想要他，还是妥协了。没过一会儿，他把她翻过去，从后面进出。不出一分钟就结束了。然后他躺下来，伸手拿烟。

“抱歉，我表现不佳，”他带着歉意笑着说，“我喝酒的时候总是发挥不太好。”

“我觉得挺好的，罗宾。”

“你觉得好？”他吃惊地看着她，“为什么？”

“因为是和你。这就是关键。”

他打着呵欠：“要是我半夜睡醒，会尽量让你高兴高兴。”然后他轻轻地吻了吻她，便翻身不再管她。几分钟后，他均匀的呼吸声传来，就这么睡着了。她盯着他看。所以这就是爱情机器。现在怎么办？他认为自己会睡着。英格丽会的。其他的女孩儿可能也会。好吧，那就睡吧。格雷戈里在医院里，没什么好担心的。可万一自己半夜盗汗，或者打呼噜呢？在棕榈滩，格雷戈里让她跟自己睡一间，后来说她打鼾了。他拿这事取笑她，但其实又在窃喜——说明她也老了。

她平躺着，盯着天花板。年龄改变了一切。因为盗汗和打鼾，不能安心躺在心爱的男人怀里过夜。而且要是躺的角度不对，胸部就会下垂。突然，她低头看了看身上完好的栗色长袍。他根本懒得把它解开。他连她的身体都懒得看，也没有碰她——只是进入，只管自己爽完。

她悄悄从床上爬起来，去卫生间穿好衣服。回到卧室后，罗宾刚好坐起来。他似乎完全清醒了。

“朱迪思，我怎么就睡过去了？几点了？”

“半夜。”她穿上香奈儿套装，恢复了镇定自若的模样。

“你怎么穿衣服了？”

“我还是回去吧，万一医院打电话来。”

他跳下床，套上短裤：“哦，好的。等我穿好衣服送你回去。马上。”

“不用，罗宾。”她走到他跟前，搂住他。这才到半夜，没准儿他起床穿上衣服，又会打电话给英格丽。况且，要是硬要他穿上衣服出门，他肯定嫌自己烦。“罗宾，我自己打车。没事的，回去睡觉吧。后面有你忙的。”

他搂着她的腰，走到门口。

“明天见？”她问。

“不，我要去费城几天。去那边录黛安娜·威廉姆斯的节目。”

“什么时候回来？”

“两三天吧——看情况。”

她搂住他：“罗宾，你从来不亲我。”

他顺从地在她头顶上亲了一下。

“我是说真正的亲吻。”

他笑了：“那就不能在门口。”他若有所思地盯着她，然后说：“来。”他把她抱在怀里，深深地吻了她。“好了，”他一边说，一边放开她，“你冒了这么大的险，我总不能让你败兴而归。”

他关上门，她朝电梯走去，使劲分析为什么自己如此失望。她跟罗宾在一起过了，她还会来的。不过下一回，可不能让他喝那么多了。

但在随后的两周里，格雷戈里的情绪急转直下，令她无心再筹备下一次。他的身体正在恢复，但他的心态把她吓坏了。罗宾顺道来拜访，但格雷戈里拒绝谈论IBC的事情。他缩在浴袍里，茫然地望着窗外。

出院后，他躺在家里的床上，盯着天花板。他拒绝相信实验室的报告，声称自己的脖子和屁股还是很疼。“疼死我了，我自己还不知道吗？”他呻吟道。

一天早晨，他醒来，发现自己腰部以下完全麻了。腿不听使唤，也坐不起来。莱斯加恩医生马上赶来。他在格雷戈里的腿上扎了一针，毫无反应。他喊了一辆救护车，格雷戈里被送去做全面检查。并不是朱迪思所担心的中风：每项结果都显示为阴性。于是，他们请来了精神科专家。

蔡斯医生，鼎鼎大名的精神科医生，面见了格雷戈里。另一名内科医生也被请来。两人的意见一致。格雷戈里的瘫痪并非身体原因导致的。

他们向朱迪思说明了这一发现。她吓坏了，她坐在那里盯着他们，请他们做进一步解释。

“我建议住院治疗。”精神科医生说。

“你是说让他继续待在这里？”朱迪思问。

精神科医生摇摇头：“不，我是说去精神病院。佩恩·惠特尼纽约分部或者哈特福德研究所——”

朱迪思绝望地捂住脸：“不，不行，格雷格——他不能跟一帮白痴关在一起！”

精神科医生正色道：“奥斯汀太太，精神病病人一般都是高智商和高敏感度的人。迟钝的人不会崩溃。”

“我不管。要是被人发现自己去了那里，格雷戈里肯定不想活了。这会害死他的。而且IBC的股东会大乱——不行，不能冒这个险。”

莱斯加恩医生若有所思。他征询蔡斯医生的意见：“瑞士的那个地方怎么样？格雷戈里可以用化名住进去。他们还有独栋，丈夫接受治疗期间，妻子可以陪同丈夫入住。格雷戈里在那里可以得到很好的精神治疗，不会被其他人知道。朱迪思可以向媒体透露，他们要去欧洲长途旅行。”

他看着朱迪思，勉强地笑笑：“你还可以跑到巴黎或伦敦，给朋友寄明信片营造这种假象。”

“真是荒唐，”蔡斯医生冷哼一声，“接受精神病治疗有什么丢脸的。美国有很多好医院。我觉得没有必要保守这种可笑的秘密。”

莱斯加恩医生摇了摇头：“我理解奥斯汀夫人。这种消息对公司不利。IBC

毕竟由他一人掌管；要是那个人无法决策，股东们势必会恐慌。瑞士是最好的选择。”他转向朱迪思：“但这可能得持续半年到一年，甚至更久。”

“不妨一试。”她坚定地说。她请莱斯加恩医生即刻安排，然后回家打了两通电话。一个打给克里夫·多恩，另一个给罗宾·斯通。她要求两个男人立即来找她。

六点钟，两人皆到达。朱迪思没给他们饮水。她在格雷戈里的私人书房面见二人，把事情的来龙去脉跟两人交代完毕，然后说：“要是泄露半个字，我绝对不认。而且，我会作为他的妻子，把你们俩都炒了。既然他现在无法做主，那就换我接管。”

“我同意，”克里夫平静地说，“您的决定是对的。一旦消息传出，股票一天之内至少会跌10个点。再怎么说，我也是股东。”

“那我们就完全一致了，”见二人点头，她继续说，“我要罗宾·斯通全权指挥。克里夫，我希望让丹明天得到通知。告诉他格雷戈里将无限期休假，接下来，他要向罗宾汇报。罗宾有最终决定权。”

她无视克里夫眼中的怀疑，起身表示会议结束。

“罗宾，可以留一下吗，我想找你谈谈。”她说。

克里夫在门口犹豫了一下：“那我在外面等着。奥斯汀太太，有些事我想和您商量一下。”

“明天不行吗？我很累了。”

“恐怕不行。您明天半夜就出发了，有些急事得提醒您。”

罗宾朝门外走去：“那我明天再和您谈吧，奥斯汀太太。午餐时间可以吗？”

“好的。你可以来这边吗？我到时候还要忙着收拾行李。”

“一点钟，怎么样？”她点点头，于是他离开了。

门一关上，她就转向克里夫，丝毫不掩饰自己的敌意：“什么事这么急？”

“格雷戈里知道这个决定吗？”

“格雷戈里现在连自己叫什么都不知道了！你不懂吗？他瘫痪了，只会躺着。他现在是植物人！”

“奥斯汀太太，你知道自己在做什么吗？”

“我在做格雷戈里想做的事。”

“我不这么认为。他用罗宾来制衡丹顿。现在你不仅把所有权力都交给了一个人，而且由他独裁。”

“要是把权力分开，公司一定会垮。丹顿忌恨罗宾，他会反对罗宾的所有想法，到时候什么决定都做不了。必须由一人拿主意。”

“那为什么不找丹顿？”

“因为格雷戈里不信任他。”

“你凭什么觉得他可以信任罗宾？”

“我找邓白氏查过他了。罗宾自己就是个百万富翁。他不会贪财。”

克里夫摇摇头：“权力让人上瘾。一旦你得到它，就会不知不觉爱上它。而且，我觉得丹更适合这个职位。”

“丹是个花花公子。”

“但工作上不是。他给IBC做了不少好节目。他还知道怎样管理公司。而且，等丹得知罗宾的位置在他之上，他该怎么想？”

她耸耸肩：“那是他的问题。”

“他不可能容忍这种处境。”克里夫说，“他必须辞职保全颜面。”

“宁可失业？”她问。

“人在情绪化时做决定，很少考虑后果。愤怒往往使人平生勇气。”

“好吧，那是他的问题。”她断然说道。

第二天上午九点，克里夫·多恩在公司的全体会议上宣布了这一消息。九点半，丹顿·米勒递交了辞呈。克里夫劝他别这么做：“坚持住，丹。迟早会结束的。格雷戈里会回来的。我觉得只有你有生存的本领。”

丹勉强挤出平日里一贯的微笑：“有时为了生存，必须撤退。别担心我，克里夫。说到这个，你打算找谁接替我？”

克里夫耸耸肩：“乔治·安德森是理想人选，不过罗宾已经派人去请萨米·特贝特了。”

“那就和他比试比试！”丹说，“萨米是个好人，但他跟罗宾一模一样。哈佛生，同样的人脉背景——他会对罗宾言听计从。”

克里夫也笑笑：“我也要生存。而我的生存理念就是驻守现场，盯牢家园。现在我还没法儿和罗宾掰手腕。我只能盯牢他。”

罗宾对克里夫·多恩的敌意心知肚明。但他无暇顾及人气竞赛。他跟萨米·特贝特配合得很好。几周后，IBC的大多数员工都忘了公司曾有个叫丹顿·米勒的家伙。副总裁们收起了各自的黑西装、黑领带，开始效仿罗宾的牛津灰。

罗宾工作兢兢业业。他每晚看电视，很少再在兰瑟酒吧露面。渐渐地，他与外界失去了所有联系，一心围着IBC和节目打转。他阅读每一份计划书，还有一堆试播集排队等着接受他的裁决。

这天，他正要去机场，迪普打来电话。在这惊心动魄的几周里，他都把迪普给忘了。

“我的大总裁朋友怎么样了？”迪普欢脱的声音从那头传来，“我本来想打电话道喜的，但我一直忙着帮保利。”

“上回咱们聊天的时候，你还恨不得手刃她来着。”罗宾笑着说。

“我这人你也知道，哥们儿——脾气来得急，去得也快。再说了，她没有我怎么办。我提点她，陪她一块儿工作。黛安娜·威廉姆斯的表演真是小菜一碟，日后在百老汇上演后，保利可能继续参演。今晚跟我一起去费城看演出吧？”

“我正要去西岸，迪普。我得看看明年二月份的试播。”

“好吧，那你过去记得告诉那边的人，说我要干大事儿了。”

“是吗？”

“没有，不过随便说，他们什么都信。”

飞往西海岸的航班非常乏味。他发现自己在想朱迪思·奥斯汀。他们最后一顿午饭自始至终只谈公事。然后她看着他的眼睛说：“再见了。”他的第一反应是忽略她眼中的渴望，但她在那幢大房子里显得那么无助、脆弱。不知怎的，他想到了基蒂——他紧握着基蒂的手，强颜欢笑，说：“好的，那么再见了。”

行了，格雷戈里这次会去很久，朱迪思应该能在欧洲找到足够多的人来陪她。他把她赶出思绪，找部电影来看。看完电影，他打开即将要看的试播集的草案研究了一番。他迫切想下飞机，迫切想舒展双腿，但最重要的是，他迫切想见玛吉·斯图尔特。

他入住比弗利山庄酒店时给她打了电话。她听到他的声音时很惊讶，而后答应六点钟在波罗酒吧同他见面。

当她走进酒吧时，他才想起她有多美。她坐下后笑了：“我以为在那场火灾之后，你再也不想理我了。”

他捏了捏她的手：“开什么玩笑？我觉得那事儿很逗。”

“黛安娜的节目怎么样了？”她问。

“我不知道。除了工作，我就没见过那位女士了——好像有人把我们俩初露端倪的爱情一把火烧成了灰烬。顺便一问，你的新电影怎么样了？”

她扮了个鬼脸：“上周看了粗剪。”她喝光了苏格兰威士忌，又点了一杯。

他好奇地问：“有那么差吗？”

“很差。要不是我的合同还签了三部片约，我就没戏拍了。它连首轮发行都没有了——他们会在放映厅放它。”

“谁都可能拍出烂片。”

她点点头：“我有机会靠下一部翻身。导演是亚当·伯格曼。”

“他很厉害。”

“当然。他甚至让我看着像个演员。”

“那有什么问题吗？”

“除非我嫁给他，不然他不给我这个角色。”

他沉默了。

“我会拒绝的。哦，别内疚。去年圣诞节前我就拒绝他了。”当她转向他时，她的眼睛闪闪发光，“不行，你应该内疚。你毁了我跟其他男人的快活日子。”

他咧嘴一笑：“好啦，不至于，我才没那么好。”

“是啊，你才没那么好。是我的问题——就像你说的，我就是个疯子。总之，我去看了心理医生，才知道我喜欢我自己。”

“心理医生？但你喜欢自己和嫁给亚当有什么冲突？”

“我不愿意参与好莱坞式的婚姻，至少不会参与亚当想要的那种。我跟他住在海边的那阵子，我发现自己做了一些本以为永远不会做的事情。是不是很有意思？当我躺在沙发上的时候，我心想：‘这些人都怎么了？费城的那个心存爱与希望的玛吉去哪儿了？这个女孩儿在做多么疯狂的事，她不是我——’”

“你为什么会在沙发上？”

“就是那场火。等我反应过来自己差点儿杀了人时，真的吓坏了。”

“还真是，我现在换了张新的床，”他说，“铺着防火床单。”他带她去“多米尼克”（Dominick's）吃晚饭，然后两人回到梅尔顿大厦。他花了三个白天看试播录像，三个晚上和玛吉做爱。走的那天，他们俩相约在波罗酒吧喝酒。她递给他一个小盒子。“拆开吧，”她说，“是礼物。”

他盯着丝绒盒子里的那枚小金戒指：“这是什么？像个小小的金网球拍。”

她仰头大笑：“这是安卡。”

“是什么？”

“这是埃及象形文字——古埃及女王就戴着一个呢。代表生生不息的力量。那就是你！你太能忍了——所有女孩儿都忘不了你。我觉得你会一直这样下去。对我来说，它象征着性，永恒的性。”她把它套在他的小拇指上，“纤细，明亮，而且漂亮，是不是？就像你，斯通先生。希望你戴着它。某种程度上讲，我给你打上了烙印。当然了，我一走你就会把它丢开——但我会假装你戴着它，之后的每个女孩儿看到它都会问它是什么意思。你要是有胆子，就会说给她们听。”

“我从来不戴首饰，”他慢条斯理地说，“我连手表都不怎么戴。不过我会戴它，一定戴着。”

“知道吗？”她也不紧不慢地说道，“我听说过有人因爱生恨。不过在认识你之前，我从来不明白那是什么感觉。”

“你不恨我。你也不爱我。”

“我真的爱你，”她平静地说，“也恨你让我爱上你。”

“下部片子什么时候开拍？”

“十天后。”

“跟我去纽约吧。”

她的眼睛瞬间被点亮：“真的吗？你真的想要我去？”

“真的。IBC给我配了专机。飞机上连床都有——我们可以做着爱飞越这个国家。”

她沉默了。

“走吧，玛吉。咱们去看各种演出。天气好的话，还可以去汉普顿斯[1]。你走得开吗？”

“罗宾，如果你需要我，叫我放弃整个职业生涯都不在话下。我都没说结婚，我说的是需要。天哪，我愿意跟你去任何地方。”

他奇怪地看着她：“什么需不需要？我叫你来纽约玩。换个环境对你好。”

“哦，就是去找乐子吗？”

“活着不就图个乐吗，宝贝。”

她愤然起身，酒全打翻了：“那我这几天已经玩够了。没错，我不敢说等你下次来，不会再接你的电话。我甚至还会跟你上床。因为我有病。但我的心理医生会帮我想通的，有一天你会需要我的——只是我不会再随叫随到！”

---

1 美国度假胜地。——编者注

他的眼睛冷了："宝贝，我看你完全搞错了。我不需要任何人。不过你可能需要亚当·伯格曼。你倒是很需要他帮你拍一部像样的电影。"

她俯身看着他的眼睛："用我新学的行话来讲，斯通先生，我相中你了——天哪，我好中意你——但你是垃圾中的垃圾！"

她大步走开了。他慢慢喝完剩下的酒，去了机场。他想把戒指扔进垃圾筐里，但戒指戴得很紧，取不下来。他笑了。看来她真的给自己打上了烙印。

回纽约后，他听说黛安娜·威廉姆斯退出了节目，保利在费城接替她，并获得了热烈的掌声。艾克·瑞恩顺势和她开启了百老汇生涯。

迪普跟到费城，每天轰炸式联络罗宾。为了挽救黛安娜·威廉姆斯的《故事》，罗宾带着一队人马去了费城，拍摄保利。等看完片子，他欣喜地发现效果竟出奇的好。上半集主要是拍黛安娜的彩排、黛安娜谈论自己的回归，然后报纸头条报道了她的"病"。下半集是对保利的采访，关于她如何接过摊子，入驻明星化妆间。像极了肥皂剧的桥段，但他知道收视率会飙升。

节目最终在纽约如期开演，业内对保利一片盛赞。可奇怪的是，她一部片约都没接到。迪普气急败坏，罔顾经纪人的解释，后者称保利为舞台而生，一定能成为百老汇巨星。当他得知好莱坞签了一位电影演员扮演她在影片中的角色时，简直如丧考妣。

罗宾将这期《故事》定档五月。正如他所料，节目一开播，收视便秒杀同时段所有节目。

这个夏天真不错。保利的接替进展顺利。他开始跟保利节目中的一些女演员约会。他甚至想对保利友善一些，不过只要他在场，她总是白眼相向。他对此一笑置之，继续牢坐萨迪酒吧，跟迪普给他介绍的女孩儿约会，来者不拒。他渐渐喜欢上了萨迪酒吧，但随着他的传奇故事愈演愈烈，他不再去那里，而坚定地避世于兰瑟酒吧。为了避免与经纪公司、经纪人或明星们接触，他也远离"21"和"殖民地"。他很快学会对一众节目果断说"不"，并伴以不容置疑的微笑。他发誓决不表现出愤怒或让情绪失控。他也从不说"我考虑考虑"，只明明白白地说"可以"或"不行"。很快，坊间便传言说，他是个冷血的浑蛋，他的一句话，能成就一个人，也能轻易摧毁一个人。他偶尔去一回"21"，惊讶于在所到之处造成的恐惧氛围。

他也发现，伴随新名号而来的一件怪事。有生以来第一次泡妞遇挫。小明星们一个接一个地出局——他受不了被施加提供工作的压力。后来他只跟空姐们混，可好景不长，她们也开始换上华服来见他，期待着被他带去“摩洛哥”或瓦赞，结果很快发现他的社交生活仅限兰瑟酒吧、电影院或他家。

多亏了迪普，否则他连性生活都没得过了——迪普源源不断地为他输送新鲜小妞。罗宾虽工作缠身，但只要每周跟姑娘们约会两三次，就能满血复活。他一直戴着那枚安卡戒指。每有姑娘问起，他就说：“这戒指象征我爱所有的女人；它象征永生和永恒的性爱。”

他每周收两次朱迪思的卡片。克里夫·多恩一丝不苟地确保各式报刊杂志不定期提及奥斯汀的环球旅行。

劳动节前夕，迪普·纳尔逊闯进办公室，说他抓到保利和男主演朗·罗杰斯有染。与此同时，克里夫·多恩打进电话告诉他，埃塞尔和克里斯蒂·莱恩生下了一个8斤重的男娃。

他告诉迪普，这不过是百老汇惯用的炒作手段，随后打电话到蒂芙尼，给克里斯蒂的儿子订购了一只纯银的果汁杯。那天晚上，他独自走在百老汇，去看了一部玛吉·斯图尔特主演的恐怖片。

二十九

罗宾坐在家里，等待新一季《克里斯蒂·莱恩秀》开播。过去的几天里，报纸纷纷猜测新一季的开场是否会让观众大吃一惊。罗宾猜想克里斯蒂很可能会向大家隆重介绍自己的宝贝儿子。

他默默地将空酒杯递给纳尔逊：“再来一杯淡苏格兰威士忌，迪普。”迪普顺从地向吧台走去，罗宾眯缝起眼睛。他知道，越来越多的人开始揣测他们俩的关系。杰瑞·莫斯告诉罗宾，有传言称迪普是他的男宠。罗宾对此一笑置之。其实，他带着迪普到处走动，是因为为他感到难过。他知道，尽管迪普为保利的成功感到骄傲，但他并不全然享受“明星的丈夫”这个新身份。但迪普毫无怨言。

罗宾往公司的一档综艺里给迪普安排了两场做嘉宾的活儿。每次露面都引发了激烈的批评。甚至有一位专栏记者公开质疑迪普在IBC有个“幕后金主”。罗宾一点儿也不在乎专栏和谣言。但凡迪普有本事拿得出手，罗宾绝对会把他塞进

IBC的每一档节目里。但迪普在电视上真是糟糕透了：光有一副好皮囊远远不够。剃须广告的演员里，比他好看的比比皆是。

“今晚怎么改喝苏格兰威士忌了，哥们儿？”迪普边问边递来酒。

“新一季开播了。看节目时我习惯保持清醒。看完了咱们去兰瑟酒吧，好好喝一场。”

“我想要你跟我一起去丹尼小窝，这就算帮我大忙了。”

“为什么？”罗宾一边问，一边调着电视机的对比色。

“J.P.摩根曾对人说过：‘哪天我搂着你走过证券交易所，你就拿到了最值钱的抵押品。’”

“好，咱们看完这个节目就去。”

迪普像个孩子，急不可耐地冲向电话机。罗宾听着他认真地张罗座位，不由得笑了。《克里斯蒂·莱恩秀》开始了，他调高了电视机的音量。

接下来的事情，让罗宾不敢相信自己的眼睛。起初，他以为这是恶搞开头——克里斯蒂随时会甩掉白领结和燕尾服，露出里面的一套装备，然后喜剧开演。但直到第一个广告插播进来，他才意识到他们没开玩笑。他们在认真地做一期老掉牙的客厅音乐剧。这太垃圾了，简直垃圾到了一定境界；但最糟糕的是，跟克里斯蒂演对手戏的女孩儿又演得太好，导致这节目更加不伦不类。

迪普走进厨房，拿了瓶啤酒。他漫不经心地瞟了一眼那个节目，不知道罗宾为什么突然看得这么专心。他走到书房，打开小电视机，开始看《西部》。罗宾会谅解的：这节目拒了自己多少次，他才不要看呢。

节目一播完，他回到客厅。罗宾好像根本没发现他走开过。他站在房间中央，目光呆滞。“怎么样，哥们儿？”迪普开心地问。

“太糟糕了。”

“好吧，下周就好了。”迪普急切地想去丹尼小窝。

“不可思议。”罗宾看起来很茫然，“NBC有一部很棒的喜剧对打，CBS有一部很好的动作惊悚片。到下半场，我们的观众都要跑光了。这个时段我们要垫底了。”

“好啦，快去丹尼小窝吧。事已至此，我们也改变不了什么。”

“还没到那一步。”罗宾冷冷地说。他给IBC打直线电话：“我是罗宾·斯通。给我接西岸的阿蒂·吕兰德。你有他家电话。在布伦特伍德。”他点了根烟，等着。“我不管谁在通话。让他们立马给我挂掉。”

等接通阿蒂，罗宾已气得咬牙切齿："好，吕兰德——你给我解释解释。你怎么让他这么做的？你不知道它多烂？……什么，那你怎么不找我？……我管诺埃尔·维克托怎么想！他可能很会给托尼·纽利或者罗伯特·顾雷特填词，但他写不了《克里斯蒂·莱恩秀》……你说什么，克里斯把你的编剧踢了？我知道我们现在跟克里斯签着打包合同——但IBC也有话语权。我们不仅是平等的合作伙伴——直播版权也是我们的……什么民谣？你给我听好，阿蒂，不存在什么好的新歌，只有好的耳熟能详的歌——观众爱听自己熟悉的玩意儿……别跟我扯百老汇秀。没错，百老汇秀是会排演新歌，首映之后，剧评家们会评论它，观众才会逐渐开始去听，之后买专辑，在点唱机上放。我们可没时间用电视每周教一堂声乐课。克里斯·莱恩不是雷克斯·哈里森！他是全美国人的邻家懒汉。他穿燕尾服简直跟肥企鹅没什么两样。赶紧叫他改节目，换回原先的模式。把朴素女歌手和最普通的那个播音员给我喊回来。又是哪位天才想了芭蕾这一出？现在谁还在电视上看芭蕾舞？我都不敢看后续成本……我管诺埃尔·维克托的合同怎么签的，赶快把以前的编剧们请回来……什么意思，他不愿意？逼他啊……没有，我还没看过合同，但我今晚会看！明天一早就找你。"他"砰"的一声摔了话筒。

"罗宾——"迪普喊他，"再不赶紧出门，丹尼小窝订的位就没了。"

罗宾穿过房间，披上外套。"吃什么晚饭。"他又开始打电话，"接克里夫·多恩宅电，在赖尔。"他打个响指，示意迪普拿烟。"克里夫？我是罗宾·斯通。"

"罗宾，麻烦稍等。我去另一个屋子接。"

罗宾点了支烟，等着。克里夫回来了："抱歉，罗宾，刚刚正跟我家人聚餐。"

"你觉得克里斯·莱恩的节目怎么样？"

对方沉默。

"你也觉得很差吧。"罗宾说。

"好吧，其实，我还没看。因为——"

"你说什么，你没看？"

"罗宾，今天是我丈母娘七十大寿。亲戚们都到了。正在吃饭。"

"这节目太烂了。"罗宾直截了当地说。

"我明天一早就看。"

"来公司，马上。"

"什么？"

"马上来！档案柜的钥匙在你那儿吧？"

“罗宾——明天不行吗？我丈母娘还在这儿。”

“总统的老母亲在你那儿我也不管——马上给我过去。”

“罗宾，要是是我自己的老娘，我二话不说就去了。但我老婆一直觉得这么做很有必要——我跟岳母向来挺冷淡的。我和老婆三十年来维持着表面的平静,但要是我这会儿走了——”

“你出钱养她？”

“她是个机修工。我当然得养她！我还给她买貂皮大衣呢。这么一大笔钱花在这位七十岁的女士身上的确挺傻的，但我了解我岳母，她能活得比水貂还久。”

“那就别在这儿扯这些废话了。赶快到办公室！”

“罗宾，恐怕你得等明天了。”

“既然这样，恐怕你的位置得换人了。”

对面静了几秒。克里夫冷冷的声音传来：“我现在过去。不过，罗宾，你最好顺便也看看我的合同。我不替你卖命，也不是你的手下。我是IBC的法务总监。你换不掉我。”

“你要是半小时之内到公司，可能明年能给你丈母娘再买一件水貂。要是到不了，你最好早上把买的那件退掉。我现在掌管整个IBC，想换谁就换谁。赶紧吧，我们的王牌节目就要被淘汰了,我们得赶紧想办法。等到明天就迟了。”

“好吧，罗宾。”

“还有，克里夫，如果你觉得跟我干不下去，今晚就可以把桌子顺便收拾了。”

“我会跟你干下去的，罗宾，”克里夫答道，“一直到格雷戈里回来。到时候咱俩最好再聊聊。”

“随你。好了，去把蜡烛吹了，唱完生日歌，然后赶紧滚IBC来。”他挂掉电话，走到窗前，望着河面上星星点点的灯光。

迪普笑了：“跟我演过的一部爆米花电影的台词好像哦，‘纽约，你迟早是我的！’”

罗宾转过身来：“什么意思？”

“老掉牙的话了。老大的台词。你现在就是那副样子——即将统率麦迪逊大道的狂魔，拧断摩天大楼，大杀四方，杀——！”

“我只是在做分内之事。”

“不去丹尼小窝了？”

“我没空。”

“罗宾，那人才从赖尔出发。没半小时肯定赶不过去。就去丹尼小窝坐一小会儿也行。”

“我没胃口，也不想喝酒。改天再去吧。”

“但我听说今晚有一些明星经纪人会去。我特意订了他们边上的座位。”

“去丹尼小窝，跟他们说我马上到。你也可以说我随叫随到——我刚刚就听你这么说的。到那儿给我打电话，打这个号码，声音大点儿，让他们都听到。不会有人接听的。然后你就说：‘好的，罗宾，一会儿见。’这样就行了。”他从兜里掏出一张五十美元钞票扔在沙发上：“拿着，饭钱。”然后朝门口走去。

迪普捡起钱跟着他。

罗宾坐上出租车，还没开出，就听见迪普在后面喊着：“哥们儿，赶得及的话，记得过来。我等一小时再打电话。”

罗宾和克里夫逐字研究完合同已是凌晨四点。“你回去吧，克里夫，”罗宾无力地说，“咱们把每一句每一个字都看过了。我们现在进退两难。”

克里夫穿上外套，整理好领带：“我们和他共同拥有团队所有权，我们有选角许可权，却把艺术与创意控制权给了克里斯蒂。”

罗宾点起最后一支烟，捏皱了烟盒：“这种模棱两可的表述是哪个语言天才想出来的？连艺术控制权都没了，选角许可权有什么用？”

“这是八百年前的老把戏了。为了让经纪公司或电视公司有理由踢掉有损赞助商或自身形象的演员，才把这条保留了下来。”

“那我们能不能不认可他整个阵容？一直不认可，直到他用回公司原先的阵容和模式？”罗宾若有所思地说。

“那我们必须给出合理解释。必须证明它损害了赞助商的形象。从你描述的情况来看，这节目虽然很乏味，但它的基调无可指摘。所以我们没法儿名正言顺地开除他们的人员，因为会对克里斯蒂的控制权构成侵害。”

罗宾把香烟掐灭：“行了，我们的王牌彻底毁了。”

“真有那么差劲？”克里夫问。

“明天你就能看到录像了。我跟你赌收视排名。”他疲倦地挥挥手，让克里夫离开。

独自沿着麦迪逊大道走着，天边已经泛起鱼肚白。他知道此时该做什么。为《克里斯蒂·莱恩秀》神伤无济于事。六月底之前必须把它砍了。只能找新节目顶替——看更多的喜剧节目，杀伐要更加果决。今天早上先开一个全体会议，紧急征集新节目，同时聘请编剧为公司开发新节目。

一月，罗宾宣布《克里斯蒂·莱恩秀》将于六月底停播，众人一片哗然。他告诉杰瑞别慌——他会找到合适的节目，填上那个时段，杰瑞那边会拿到优先赞助权。

《克里斯蒂·莱恩秀》停播的消息随即登上了业内各大头条，以及《时代周刊》和《论坛报》（*Tribune*）的影视专栏。声明发布两天后，NBC和CBS已向克里斯蒂伸来橄榄枝，邀请他参与下一季的节目制作。

虽然克里斯的收视率有所下降，他依旧不改新版的模式。他的知名度只增不减。克里斯蒂和埃塞尔成了各大派对的座上宾。雇用库里 & 海耶公关公司和诺埃尔·维克托后，埃塞尔加入了阿尔菲的剧组。阿尔菲向她表露心声，也很喜欢她，埃塞尔到处充当他的"闺密"来为他跟其他男人的风流韵事打掩护。克里斯蒂忙着做节目，其他三人忙着参加各种活动。

克里斯确实得到了NBC和CBS的正式邀请，但他迟迟不愿签约。他们提供的节目都没有给他多大的自由，只是拿他当一个金字招牌、一个空架子。今年二月，他回到纽约，最后一次尝试与罗宾见面，希望冰释前嫌，继续跟IBC合作。他让约翰逊-哈里斯办公室告诉罗宾，他愿意换回原来的形式。

"新"形式的点子是埃塞尔出的。这样一来，她就可以把阿尔菲的人马塞进去。诺埃尔·维克托是阿尔菲的密友。他们终于进来了！天哪，埃塞尔现在可热衷这事儿了，成天不见人影。他想做回以前那种——唱老歌毕竟比每周背新歌简单多了。

等他到那儿时，却得知自己的经纪人没约上罗宾，一时呆住了。"一旦被他否决，"经纪人解释说，"就结束了。他不会给你商量的余地，管你怎么说好话。"

克里斯想亲自联系罗宾，却总被告知斯通先生"正在开会"。

他打给丹顿·米勒。丹热情地招呼他，约在"21"见面。下午四点，餐馆里空荡荡的。他们坐在吧台区前面的一张桌旁，头一个小时两人先把罗宾·斯通骂个一文不值。克里斯这才舒坦了一些。

"你好歹收到了其他公司的邀请。那个家伙才叫真正的失败者。"他们俩看着迪普·纳尔逊走进餐馆，慢吞吞地走到吧台前。

丹笑了："他基本上每天都一个人来这儿。"

"为什么？"

丹耸耸肩："如果一个男人的老婆是明星，自己却没工作，他还能干吗？"

“你最近怎么样？”克里斯问。

“这样跟你说吧：现在是生存期。吧台前的那只金发公牛可能是我的救命恩人。”

“迪普·纳尔逊？”

“我看他已经够寂寞了。刚好我的手头上有个剧本……”

“迪普·纳尔逊早玩儿完了。找他老婆还差不多。”

“他老婆从来不把罗宾·斯通放在眼里。有意思的是，迪普跟他好得很。”

“是啊。”克里斯蒂若有所思，“加州很多人都在说这个事儿。还有人猜他们俩是不是关系不寻常——你懂的：搞基。”

“我才不管他们是不是悄悄结婚了。我就想把剧本卖出去。”

“你是说，你还要接着当制片人？”

“制片人和制作人，”丹说，“我对这一行太熟悉了——但我要回IBC。伟大的爱情机器爆炸的那天，我可不能缺席。然后我会回到属于我的位置上，比以前更强大。”

克里斯点点头：“至少你对未来已经有打算了。”

丹笑着说：“克里斯蒂——你已经功成名就了。加州有豪宅，还有花不完的钱——还搭上了阿尔菲那伙人。你还有什么不满足的。”

“埃塞尔是满足了。”克里斯蒂叹了口气，“她总算得到自己想要的东西了。可我很不适应。每晚回了家，要么得跟阿尔菲约会，要么出席派对。我现在连埃迪和肯尼都没了。他们俩喜欢纽约，去CBS找到了新工作，在做一档新的综艺。”

“你已经超越他们了，克里斯。你已经走上了巅峰。”

“巅峰就是坐那儿听阿尔菲的笑话傻笑，看着他跟喜欢的奶油小生眉来眼去？我们还得对阿尔菲言听计从。我喊埃塞尔‘宝贝’都会遭她白眼。她要我管所有人叫‘亲爱的’。你忍得了吗？跟我打交道的那帮男人都互相喊对方‘亲爱的’？”

克里斯蒂那张平凡的脸上霎那间露出苦笑：“你说得对，我有什么好丧气的。我已经赚足了钞票。最关键的是，我有儿子了，小克里斯蒂·莱恩。”他打开风琴夹，里面全是那个大胖小子乐呵呵的照片。“没错，就算埃塞尔别的什么也不干了，我也要打起精神。她给我生了孩子，这个是最要紧的。我要为这个孩子再努努力——就当再搏一把。”然后他看了看手表：“好了，我先回酒店了。我现在住广场饭店。阿尔菲说那里才配得上我。你真该看看我现在的套房，林肯总统说不好都在里面住过。埃塞尔六点半会给我打电话；她会把孩子抱到电话旁边，有时他会'咯咯'笑，或者'咿咿呀呀'地叫——小孩儿真的……"

丹看着他离开。他又点了一杯马提尼。然后给吧台那儿坐着的迪普写了张条子。迪普读完字条，朝他走来。

"咱俩就别各自喝闷酒了。"丹说，"一起喝吧。"

"我干吗跟你一起？"迪普问，"罗宾让我上《克里斯蒂·莱恩秀》，就是你从中作梗。"

"那不是觉得它还配不上你嘛。我向你保证，再给我几周，你的通告就来了。"

迪普坐下来："人们总是对我们电影明星恨之入骨。都觉得我是个不学无术的垃圾。但只要我开口——特别是在现场听——谁都得服气。"

"我请你喝一杯。"丹说。

"啊……我在等罗宾的电话。他还没来，我先喝姜汁汽水，然后——罗宾再跟我去好好喝一场。"

"你和罗宾还走得很近？"

"就那样吧。"他玩着手指。

"你们俩真走得近，怎么不见他提携提携你？"丹问，"听说你就是他的跟班儿。"

迪普怒不可遏："不准用那样的词形容我！罗宾相当依赖我。不是我说，是我告诉罗宾必须砍掉《克里斯蒂·莱恩秀》的！没错，不如跟你多透露几句？罗宾本想把他排到下季度，但我牢牢记得我们上克里斯的节目时克里斯是怎么对我跟保利的。我这人可记仇了。君子报仇，十年不晚！"

"你老婆的节目还要演多久？"

"在纽约演到六月。然后巡演一年。我到时候一起去。他们要加一个兄弟的角色，要我来演。"

"你为什么要演配角？"丹问。

"要陪保利。她少不了我。"

"她多你一个不多，少你一个不少。"丹说。

"你想在'21'挨顿打吗？"

"我想让你清醒点儿。"

"什么意思？"

"意思是，你每天晚上都坐在电视机前看电视，不会不知道罗宾在这个行业有多大的话语权吧。你应该利用好这个机会，趁机会还在。因为它总有一天会跑掉。我一直在盯着他。他的行事方式，在我看来不亚于玩火自焚——他好像特别喜欢树敌。就好像故意测试自己能翻起多大的浪花，能把每个人推多远。他这么傲慢和强势，肯定有点儿心理问题。你要是够聪明，就会听我的建议。”

“用不着你这过气的人对我指手画脚。”迪普不悦地说。

丹露出了他狡黠的笑容：“两个过气的家伙加一起没准儿能赛过另一个呢。你想不想加入团队，当合伙人？”

“我不懂团队的事。”

“你晚饭上哪儿吃？”丹问。

“不知道——我是说，我得先跟罗宾确认。”

“那你今晚能出去吃吗？”

迪普笑了：“我想做什么都行。”

“那走吧。我约了约翰逊-哈里斯办公室的彼得·凯恩在瓦赞吃饭。对了，你还没签保利那边的巡演吧？”

“还没，先看看剧本改得怎么样。”

丹潦草地签了单：“那跟我一起干吧。不过记住，闭牢你的嘴巴。”

“你敢这么跟我说话。”迪普说。

“我敢。因为我可以帮你发财。”他站起身来，迪普跟着他走出餐厅。

在瓦赞，迪普把玩着波旁兑水威士忌。丹和彼得·凯恩喝马提尼。

丹聊了几句，就把话题转到迪普的事业上来。奇怪的是，彼得·凯恩很愿意聊这个，而且他们俩一致认定，批评家们讨厌迪普纯粹是因为反感罗宾。

丹解释说：“这个可怜的孩子继承了罗宾所有的敌人，却连他的一个朋友也没交到。”

“罗宾有朋友吗？”彼得·凯恩问道，“连稳定的女朋友都没有。我听说，艾克·瑞恩有时会给他攒局——他爱搞三人行。问你，迪普，他是同性恋吗？”

迪普回答说：“他只睡姑娘。”

“好吧，我看你的演艺事业一蹶不振得怪罗宾，”彼得·凯恩振振有词，“圈内人谁不知道罗宾·斯通是你的铁哥们儿。要是他都不用你，也不怪他们觉得你很差劲。所以谁敢找你拍戏。他没给你一档重要节目就是对你最大的伤害。”

“我还真没想过这回事。”迪普慢吞吞地说，“难怪我总拿不到通告。”

之后，他安静地坐着听另外两人谈论各家公司的综艺节目。用罢晚餐，彼得·凯恩对丹说：“我在审片室订了九人间——快走吧。”

丹转身对迪普说："我们有一档新节目。我的团队做的，彼得做代理。我们刚做了个试播集。讲间谍的，而且我们可以廉价引进。主演是维克·格兰特。我想给你看看，看你喜不喜欢。"

迪普当然有兴趣。他当年风头正劲的时候，维克·格兰特只是个签约演员。这会儿，维克已经两年没拍像样的电影了。

丹买了单，一行人直奔约翰逊-哈里斯办公室的审片室。迪普看了片子。拍得很好。维克演得不赖，但迪普觉得自己可以演得更好，这个角色就是为自己量身定做的。而且这片子一定能让自己收复失地！

灯一亮，丹看着他，问道："喜欢吗？"

"我觉得特别好。"迪普兴奋不已。

"咱们下楼聊。街对面有个酒吧，很安静。咱们聊聊这件事怎么推进。"彼得提议。

"兄弟，我跟你们一起去。"迪普说。

他们找了张深处的桌子。迪普点了杯波旁威士忌，一饮而尽。得让丹和彼得觉得自己就是个嗜酒如命的恶魔探长，他可不能让他们知道，自己其实喝姜汁汽水或啤酒。

"我们打算卖十二万五。"丹解释道，"再过几周，成本大约占百分之九十。剩下百分之十的佣金划给团队，利润就是三万美元，咱仨平分。"

"你是说我拿三分之一的利润代替工资？"迪普问。

"哦，对，还可以加一笔象征性的工资——比如每周一千美元，外加办公费。"

"我要办公费干吗？"

"你的公司要。这笔钱不能作工资发，不然要交税。我的公司叫丹米尔——你也注册一个。需要的话，我让我的律师帮你办好。"

一切对于迪普来得太突然："我凭什么信你的律师？"

"全部利润可以先划进你公司的账户，你再把丹米尔的份额给我。"

"我们去哪里拍？在这儿还是去洛杉矶？"

"IBC觉得哪儿好就去哪儿。他们在洛杉矶有大型影棚，但我更喜欢纽约街头的活力和都市气息。"

"哦——IBC买了吗？"迪普问。

"会买的，我希望会。"

迪普热情地点头："好的，我肯定能演好这个角色。"

丹和彼得对视了一眼。丹开口道："我相信你能，但我们已经跟维克·格兰特做这个做了两年。他拍了不少试播，交换条件是如果节目卖出去，主演就是他。"

"那找我来干吗？"迪普问。

"因为你可以说服罗宾·斯通买它。"

迪普站起身准备走，丹一把抓住他的胳膊："坐下！我问你，你想做一辈子的二流演员还是百万富翁？"

迪普怒视着他："你找我就是为了走后门。"

彼得打断他们俩："迪普，现实点儿吧。你不是那块料。至少跟电视业注定无缘了。你有这种千载难逢的机会，干吗不动动脑筋赚点儿钱？做老板和制片不比当演员有威望？"

"你凭什么断定IBC会买？"迪普突然问。

丹眯起了眼睛："我还记得你坐在丹尼小窝，跟大家说罗宾·斯通对你言听计从。好了，证明给我们看看吧。让他买。一月份又有很多节目会被砍掉。再加点儿筹码，跟他说，只要他买了，他能拿三分之一的利润。想以哪种方式结算都行——现金、旅行、乡间别墅。"

"政府不会找麻烦吗？"

"我们的税务是高手。他能把罗宾的那笔支出做得天衣无缝。要是他想要凯迪拉克，我们就列进道具清单。买别墅是因为很多镜头要在里面拍。把房一买，家具也给他配上。要是想拿现金，就想办法虚报一些开支。总之交给我们就行了。"

"你的意思是，让我去跟他说这些？"

丹耸耸肩："你知道该怎么对付他。"

"我们最后能有多少好处？"

"分三份，每人一万。"

"彼得呢？"

"只要我的公司拿到单子就行。"彼得说，"如果我能把它卖给罗宾·斯通，副总裁的位置就是我的。我只要这个。"

迪普陷入沉思："我的名字必须作为制片人打在银幕上。"

丹哈哈大笑："谁不知道这是假的。"

"我不管。反正保利不知道。观众也不知道。我的名字要写在演职员表上——得比维克·格兰特更神气。让保利瞧瞧。"

"好吧，"丹答应了，"我当执行制片人。你做制片人。"

迪普满意地笑了："先给我写一份字据，签名加手印，确保我拿三分之二的利润。不然到时候我跟罗宾说得天花乱坠，结果你们俩把我忽悠了怎么办？"

"我明天一早就把协议拟好。"丹说。

第二天下午，迪普去兰瑟酒吧见罗宾，兜里揣着丹的协议。等罗宾开始喝第二杯马提尼时，他才提起试播集的事儿。他把这片子讲得绘声绘色，还直接演起了那个角色，最后附上极具煽动性的结尾："三分之一的利润会直接进你的口袋，哥们儿。"

罗宾一把抓住他的领口，把他拉近："给我听着，你个笨蛋。丹顿·米勒还在IBC的时候，就赚了不少这种钱。我把所有跟他打过交道的代理商都打发走了。你可千万别拉我蹚这浑水。"

"那这事儿没戏了？"迪普垂头丧气得很。

"回扣没戏！"然后他转身看着迪普，"不过，要是试播集不错，尽管拿来。只要过得去，我会优先考虑你这个。要是丹想把你的名字挂上，我不掺和。"

迪普如释重负，开心地笑了："你不生气了吧？"

"前提是你把我当自己人，朋友。你知道，我一直在找好节目。你完全有理由走到幕后。我向来欣赏你的街头智慧。如果我买了这个节目，他们把你写成制片人，我不会不知道所有事情都是丹在打点。但要是你什么都不管不问，我就收回对你智慧的评价。多走走看看，把该学的都学了，看看摄影师怎么拍的，了解下线下制作费用——成本的大头都在这里。小心音乐人和加班。至于三人分钱，得了吧。你跟丹分就行，我也懒得管你们要给那个脏代理什么好处。"

罗宾跟迪普一起看完试播，然后站起身："这已经不是好了——是太棒了！告诉丹，咱们成交了。"

跟罗宾告别后，迪普走了很久很久。他决定鄙视罗宾·斯通。他也憎恨丹顿·米勒。他恨世界上所有这些王八蛋。自己是怎么走到这种境地的？老婆成了明星，把他当仆人使唤。罗宾和丹这种人明目张胆地告诉他，他是个差劲的演员。过去阳光灿烂的日子去哪儿了？曾几何时，他每到一个地方，那里就被自己点亮。女人们围着他团团转的日子呢？现在她们全躲着自己。保利告诉他，别碰剧组的姑娘——没人想跟罗宾·斯通约会。但他必须给罗宾找妞，好跟他搞好关系。不管怎么说，罗宾在女人这方面真的很奇怪——他永远忘不了他打的那个妓女。那些妞儿都抱怨罗宾是小气鬼——哪儿也不带她们去，成天待在兰瑟或"牛排屋”，然后回家滚床单。一不合他意，他就立马把她们送上车，打的费都不掏。迪普叹了口气，朝萨迪酒吧走去。他已经习惯了来这儿吃午饭，熟门熟路得很——努力帮罗宾物色想混出头的年轻女演员。当然罗宾从没主动说要找妞儿，但每回迪普挤挤眼，对他说“我给你找了个新的，哥们儿——这个真的很赞！”，他倒是从不拒绝。

他怎会沦落至此？好了，从今往后，一切都变了。他又变强了。每周三万块钱分一半……为什么要分两份？丹又不知道罗宾有没有拿。他才不知道。自己完全可以拿三分之二，外加工资。就说罗宾要现金，让他们跟会计想办法做账。每周都把那多出来的一万块存保险柜。免税！他要发财了。但要他乖乖坐那儿盯着摄像机，学当制片人，想都别想——这种事还是让丹·米勒这样的浑蛋做吧，为那三分之一的蝇头小利累死累活的。他可以神不知鬼不觉地拿着三分之二的分成，让别人以为罗宾在偷偷摸摸做这种勾当。然后那些卖片的都会先来找他，他再拿三分之二——他拿一份，“罗宾”拿一份。时来运转。保利会对他大拍马屁——他要是来了兴致，她再也不会用“太累”之类的借口搪塞自己。用不了多久，他就能给她发工作了！突然，他的情绪低落了。保利！天哪，她就像他的一块心病。他怎么都放不下她。有时他恨不能杀了她，但见过那么多美女，只有她能让自己动心。他甚至跟着罗宾去玩过，一女二男。他坐在一边，看着那女的给罗宾口交，自己毫无兴致。轮到他时，他只能假想那女孩儿是保利，才把这事儿应付过去。那姑娘长得确实也很不错！行了行了，等迪普·纳尔逊这个名字在电视屏幕上醒目地闪出时，等他的节目播出时——两个，可能还有第三个——保利就会知道谁是最了不起的男人。

罗宾签了迪普的试播集《一个叫琼斯的人》(*A Guy Called Jones*)，顶替一月的第一个被淘汰的节目。合同已经拟好，丹同意了。现在，除了等到九月份节目大火，迪普无事可干。

六月，保利的巡演开始了，迪普留在纽约。保利一得知迪普以后每周能赚一万美元，态度发生了180度大转变。(他没告诉她，自己每周还有一万块小金库进账。)她在巡演途中写来长信，动情地诉说着对他的缱绻思念。

九月，新一季节目纷纷开播。凭借罗宾选出的新节目，IBC一骑绝尘。另外两个节目不太稳定，但他们的日间档已经很稳了。新推出的肥皂剧大获成功，两个游戏节目也都有所好转。这俩表现平平的节目中有一个即将在一月份被砍掉并被迪普的节目取代——把之前欠他的一笔勾销。说到迪普……起初他真的很喜欢他。他很坦诚，对生活充满热情，罗宾很欣赏这种品质。但几个月过去了，见迪普对保利俯首帖耳，他对迪普的尊敬渐渐变成了反感。迪普必须知道保利在欺骗他。开始，他有意对迪普吆五喝六，想激起他的男子气概。他以为迪普会奋起反抗。他认为一旦激将法奏效，迪普的魄力就会恢复。但迪普选择了逆来顺受。

越想到迪普对保利的屈从，罗宾就越不愿跟别的女孩儿扯上关联。有几回他努力试图发展亲密关系，就会情不自禁地想起玛吉，于是眼前的姑娘立马显得无趣。算了吧，还是让迪普端上速食爱情，这样比较省心。他其实压根儿不在乎迪普和艾克带来的姑娘，所以他才喜欢玩三人行。瞅着艾克跟那些姑娘打炮，自己才能打起兴致。他已经发现了，玛吉一直留在自己的意识深处。等终于承认这一点时，他异常愤怒。谁也别想得到他的心！公司运作是一项全职工作，他已经将近一年没碰自己的书了——他小心翼翼地把那三百页稿纸装进一个文件夹里，再把文件夹藏进一个档案柜里。格雷戈里到底什么时候回来啊，还回不回来了……朱迪思最后一次寄明信片已经是八月份的事儿了，从戛纳寄来的。据她说，格雷戈里状态很好，能连玩好几个小时的“十一点”[1]。

九月底，奥斯汀一家悄悄回了纽约。朱迪思有意为之。先把所有事情安排好，再“正式”宣布回归，轰动一把。她不想让这千金难买的关注被他们疲惫下船的照片白白消耗，一定得办一场盛大的派对。干脆把广场饭店的宴会厅包下来，把所有社会名流、媒体都请来……从前的格雷戈里回来了。现在，他百分百相信自己没得癌症，甚至偶尔到她床上证明自己的活力。朱迪思对此激动地回应，盛赞他是世界上最厉害的情人——她自认演技配得“奥斯卡”。连当年度蜜月她都没表现得这么兴奋。但她下决心，为了格雷戈里的康复全力以赴，一定让他重返纽约。他们都走了一年半了！

不过这一年里，她也没闲着。在洛桑的头三个月里，格雷戈里病得很重，谁也见不了。四十轮休克治疗，紧接着是要命的倒退期，整得他上吐下泻，之后是漫长的恢复期……她在疗养院边上租了一间小公寓。这三个月里她不能见他，于是她把自己交给了一位优秀的整形医生。

这是一项化腐朽为神奇的工作。起初她有些失望。她还指望自己会变回二十

1 纸牌游戏，也叫“铁路牌”。——译者注

岁的样子呢。现在呢，她看上去约莫三十八岁，确切地说，是一位保养得很好的三十八岁美人。这位医生是个天才。当然了，耳朵前侧留了些不大明显的折痕，耳后则有明显的疤痕。不过她换了发型，柔软而蓬松的头发垂下，盖到耳朵下面好几厘米的地方。维达・沙宣（Vidal Sassoon）[1]亲自为她设计造型，太美了。格雷戈里对这场工程一无所知。他只说她好美，新发型的作用太明显了。她笑了。他难道没注意到自己的下颌线多紧致吗？他都没发现她做了隆胸，也没发现她现在收紧的大腿以及骨盆边上的小疤痕。

格雷戈里也日益好转。他的红发回来了，肤色黝黑，身形瘦削，但他不想回去工作。他们已经回家一周了，他连办公室的周边都没踏进过。他每天找各种理由：瘦了9斤衣服都不合身啦，得去找裁缝；要开车去看看宝贝马儿啦，云云。到了第二周，她坚决赶他出门，逼他去办公室。

他一出门，她就给罗宾打电话。她一直在等。格雷戈里跟他通过好几次电话了，他绝对知道他们已经回来了。他一定在思量她为什么不给自己打电话吧。他肯定早就坐不住了……

他的私人线没人接。她有些失望，也就不留言了吧。他没准儿在开会。下午三点打去，他终于接了。他还蛮高兴接到她的电话的。他和格雷戈里待了一上午，说他现在气色真不错。

"咱们什么时候见？"她问。

"都行，"他轻松地说，"看格雷戈里方便，我请你们俩吃饭。"

"我不是说那种见面，罗宾，"她平静地说，"我想单独见你。"

他不说话了。

"你还在吗，罗宾？"

"我在……"

"什么时候见？"

"明晚六点，到我家。"

"好的。我就告诉格雷戈里我去慈善酒会了。这回我不赶时间，格雷戈里吃完晚饭就先睡了。"

她先去了东六十街的那家新开的美容院。肯定不能去那些技师全都认识自己的店，否则就等着自己耳朵后的疤痕传遍公园大道吧。之前做的时候，技师们就

---

1 维达・沙宣（1928—2012），英国籍以色列裔人，全球闻名的发型设计大师、实业家。——编者注

总跟她八卦，谁谁谁刚做了“提拉”。

她坐在新开的美容院的小隔间里，化名赖特。肯定没被人认出。唉，现在谁认得出自己呢。最近一回上《女装日报》头版已是一年前的事了。不要紧，用不了几周，她就回归了。她躺着，暗暗咒骂这技师，下手未免太狠。技师肯定摸到了隆起的疤痕。这臭婊子，她就是忌妒，因为她永远消费不起这样的奢侈。她瞥了一眼技师：三十好几了，肥硕的屁股，被染发剂染得变了色的手指，站太久而深受疼痛折磨的穿着白色帆布鞋的脚——妈呀，都静脉曲张了！这可怜虫理应憎恨和忌妒花三千美元摆脱这些细纹的自己。

那女人微笑着领着朱迪思走进另一个隔间做发型。朱迪思翻着《哈珀斯》，这位女士对隔间外的一个年轻小伙儿小声说：“小心一会儿小费拿到手软哦，迪基——里面坐着的是格雷戈里·奥斯汀的太太，用的假名，刚整完，一堆疤痕来的。别太紧张。”

这个瘦削的年轻小伙帮她烫出大波浪，朱迪思不由得紧张地抽起烟。他在看自己的耳朵。“我去年长了乳突。”她假装不经意地解释道。

他感同身受地点点头：“我室友也长过。”

吹头发了，她放松了许多。等迪基为她梳洗完，她还要去别的隔间上妆。她穿着在巴黎精心挑选的内衣。还好，胸口的伤疤是看不出来的。隆胸和大腿提拉实在太疼了，但做得很值！今晚，她脱光站在罗宾面前时，绝不输任何空姐！

五点半，她走出美容院。她不想因为走路破坏发型——维达把头发剪得这么好，连迪基也能顺着他的设计打理。她打赏了十美元小费。她已经好几年没这么兴奋过了。她真想大声喊啊……唱啊，但她只是去杂货店喝了杯茶打发这段时间。六点差五分，她打车去了罗宾家。

门卫瞟了她一眼，但她相信，戴的大墨镜把自己的身份藏得很好。他肯定没认出来——她都这么久没来了。

她按响罗宾的门铃，胸口一阵发紧。他开了门，招手示意她进来，接着回去打电话。天哪，这问候可真够草率的！他在跟加州的分部通话——他谈收视率的样子活像格雷戈里。她环顾着房间。她只来过一次，但在过去的一年里，她咂摸了一万遍当时的每分每秒。他说过的每一句话，家里的每一件家具，都铭刻在她的脑海中。新内衣穿着不大舒服。镂空的米色胸罩、小巧的蕾丝内裤挺扎人的。但想到他一会儿见到自己脱掉衣服时的表情，就觉得任何烦恼都是值得的。她打算一会儿要慢慢来，不慌不忙地进行。她今天穿的是套装——这件丝质衬衫堪称华伦天奴的呕心沥血之作。脸蛋完美。还种了假睫毛——不必担心睫毛贴片会掉下来。

罗宾挂了电话，过来抓住她的手表示欢迎。他强颜欢笑，眼底露出忧虑。

“有麻烦？”她问。

“罗迪·柯林斯。”

“他是谁？”她问。

这下他真笑了：“你们不光一走一年，回来后也没看电视吧。”

“没，格雷戈里也没看过，多亏有你操持。”

他坐下来，递给她一支烟。忧虑的神情回来了：“我们的新明星，罗迪·柯林斯——他的节目已经挤进前十。西区人。一身正气，帅哥一枚，身高1.98米，一身腱子肉。我才知道他是个同性恋。”

她耸耸肩。她想被罗宾搂进怀里。他在房间里踱步，都没看她一眼。他还在想着那通电话。“明星的私生活关别人什么事？”她问。

“当然，只要他别到处嚷嚷，我管他跟谁上床。问题是，他的兴趣压根儿不在睡男人上面。他喜欢打扮成女的出去找男人。你能想象吗——六尺六的大帅哥，国民新偶像，做着一档家庭节目，私底下穿着女装去酒吧撩汉？”

她听得哈哈大笑。

“这不好笑，朱迪思。一个身高1.72米的人惹了他，结果把警察招来了。我们的律师赶紧介入。我们找了三个证人，证明他只是打赌输了闹着玩儿。这回好歹蒙混过关了，但总不能寸步不离地看着他。”

“罗宾，我很久没管这些事了。不久后，我就会重新操心起来。不过今天还不到时候，今天咱们第一次见面，不说这些好不好？”

他看着她，好像才看到她来：“好——要不要喝一杯？”

“好。”只要气氛能好起来，干什么都行。

他调了两杯苏格兰威士忌。“格雷戈里气色挺好的，”他说着，给她递上酒，“他想让我继续负责打理，我很愿意效劳。但你必须让他打起精神。”

“他没精神吗？”

“并没有。他今天来喊大家开了个会，说他为我骄傲。明天他准备去打高尔夫，后天要去看看新来的马。”

她耸耸肩：“公司现在是你的，罗宾。”

“是啊，是我的。”他平静地说。

“就让格雷戈里好好玩他的马和高尔夫吧。”

“朱迪思，我以为他回来后会重新接管。我已经准备好为他效力。现在百分之三十的节目都是我亲自带。但他毫无兴趣，这对公司不利。我敬仰格雷戈里，很想跟他联手合作。如果他觉得我做得不对，我们俩可以争论。这样才能把节目打磨得更好。而且，外面都在说现在公司是我的了，我不希望他想多。”

她放下酒杯，紧紧盯着他：“这事儿交给我了。毕竟，公司也是我的。”

“朱迪思，你说得简单。等你真的掺和进来再说吧。我不接受采访。看那些报道，我也挺遭人恨的。除非格雷戈里来跟我一起斗狠，否则他会被人遗忘的。他只要不在纽约，一切好说。但是现在回来了，还不挽起袖子开干，不就给人落下口实，这真成我的公司了。有个专栏记者看我特别不顺眼，因为我不让他加入一档游戏节目的专家组——这死胖子，每天写文章骂我，叫我‘爱情机器’！”

她眯起眼睛：“那干脆别负了这名号。”

他吞下了酒：“等我再练练。你们可是一直在里维埃拉[1]游泳。我连去汉普顿过个周末都没空。”

“罗宾，你已经够强壮了。”

他把她拉起来。她的胳膊环住他的脖子。突然，电话铃声尖厉地打断了他们俩。

“别接了。”她说。

“是IBC的！”他轻轻把她的胳膊从脖子上移开，走过去接起电话：“你好。对。别闹了，迪普。丹看过了吗？没有，我没听过普雷斯顿·斯拉维特这人。哦，我知道了，他就是那个不混百老汇的编剧，貌似从来不洗澡。看来他的才华就在那脏屁股里……很好吗，真的？好，审片室能订多久？……好的，二十分钟到。”他挂了电话。

“你不用走吧？”她不敢相信这事情的走向。

“迪普·纳尔逊拿到了一个试播集，看样子很不错。”他拿起酒杯，喝干了酒，“迪普说先让我看。别的广播公司明天也要看。”

她一脸惊讶：“迪普·纳尔逊是谁？”

“说来话长，宝贝。他之前是个影星，现在转制片了。我们从他和丹·米勒那儿买了一档节目。”他伸手把她从沙发上拉起来，“这样，朱迪思，要不你先下

1　在南欧地中海沿岸，著名海滨度假区。——编者注

去。我过几分钟再下去。”

“我们什么时候再见？”

“我明天打给你，差不多十一点。”然后他轻轻地吻了她一下，送她到门口。但她觉得，他的心思已经飘到审片室了。她下了电梯，坐上出租车，及时赶回家中，格雷戈里正在做马提尼。见她回来，他高兴极了：“回来这么早啊，太好了。我看到你的留言，以为得一个人吃晚饭了呢。天啊，你太美了。”

她拿起马提尼，心不在焉地抿了一口。她这才意识到，罗宾·斯通根本没评价过自己容貌的变化。

到了一点钟，他还没打电话来。她大为光火。要是他午餐要跟人谈事情，那么耽搁到三点才打来都不要紧，可他说过十一点会打的！好吧，也可能他这会儿太忙了。她在卧室里走来走去。她虽然梳妆得一丝不苟，但还是穿着便服。她原本期待他会请她共进一段悠长的午餐，他们俩可以聊聊天，叙叙旧，现在也只能喝鸡尾酒了。她可以想办法跟他待到九点。就给格雷戈里留个言，说慈善舞会有点儿事要处理。

她在床上伸了个懒腰，开始玩纸牌——她对自己说，要是出了五张牌，他会在四点钟打来，聊聊天。要是出了十张，他会在三点打电话来，聊聊天。十五张，他会请她喝杯酒。二十张的话，他会留她过夜。要是一张没出来，他会告诉她他真的对她很生气，整件事都会像她梦到的那样。

出了八张牌。她又试了一次。这次是十五张——不行。再来一把，这次来真的。结果，这次一张牌也没有。天啊，这是不是等于说，他不会打来了？

五点钟时，她绝望了。她打了他的专线。没人接。说明他不在办公室。格雷戈里六点钟到家时，她还是穿着便服。“一会儿有什么活动吗？”他留意到她精致的妆容。

“我也想有。”她说。

他微微一笑：“我们这趟出去太久了。大家还不知道我们回来了。”

“对。要不我去通知一圈。”

他叹了口气：“现在这样也不错呀。咱俩可以安安静静地吃晚餐、看电视。”

“那你觉得这一年半我都在干吗呢？”她轻声问道。

他看起来很抱歉：“好吧好吧，要不你换身衣服，咱们这就去‘殖民地’。”

“就咱俩？”

“就咱俩。”他说。

“那像个什么样？”她问道。

“像……咱俩在‘殖民地’吃晚饭的样呗。”

“也像咱俩没朋友的样。”

“可能咱们真没朋友，朱迪思。说真的，没多少人有。”

“胡说八道，谁都想邀请我们参加活动。”

“邀请，”他疲倦地说，“开幕秀邀请，映后派对邀请。没完没了的邀请——我以为咱们已经跳脱出来了。”

“咱们得回去。”她坚持。

他耸耸肩：“好吧，你去折腾吧——这是你的强项。”

那天晚上，她躺在床上辗转反侧。自己是怎么走到这一步的？她没有真正的闺密，那种可以约午餐、聊穿搭和慈善、互相倾吐烦恼的女性朋友。朱迪思从来没有和任何人交过心，她也从来没有离开过那个圈子。晚宴、开幕秀、文艺演出、慈善舞会等各种活动的邀请被源源不断地送来。她突然意识到，其实自己的全部社交都围绕着格雷戈里的工作展开。当百老汇节目上演时，制片人会为他预留座位，因为制片人或者导演指望着能拿到与格雷戈里的合作，或者让旗下的艺人上IBC的节目。有明星到纽约，他们也打电话找格雷戈里，邀请他出去。自从这次回来，电话一直没响过。都得怪她自己。她什么也没做，只是一门心思地想要攻略罗宾。好吧，明天就要开始了。可能办场小晚宴。可以找多洛雷丝和约翰·蒂龙。他们很喜欢赶时髦。

多洛雷丝接到她的电话，欣喜万分：“哦，亲爱的朱迪思，你总算回来了。你下星期去不去琼·萨瑟兰的派对？”

“多洛雷丝，其实我什么都没安排，我回来先打给你了。”

“你肯定累坏了，欧洲那么多派对。你快给我讲讲吧。你去南法有没有见到格蕾丝呀？听说她办了一场晚会，超棒的。”

“那时候我们俩在卡普里。”

“哦，那你们去科尔达的舞会了吧？是不是棒极了？”

“等见了面再说吧。我现在更想快点儿见见久违的你和其他朋友。”

“好吧，你们这次真的出去太久了！格雷戈里多幸运啊，有个那么得力的助手替他打点公司。问你，朱迪思，我听说他玩得很疯——是真的吗？”

“你听说什么了？”

“很多啊，亲爱的——他很放荡，还有说他是双。他总跟那个帅哥影星一起，就是保利·纳尔逊的老公。”

“保利·纳尔逊是谁？”

“亲爱的，你真的走太久了。去年她是整个百老汇最红的明星。不过还是罗宾·斯通更神秘。我好想见见这人。”

“那我打算办一场小宴会，把他也叫上。这周找个晚上吧，怎么样？”

“亲爱的，我们直到下周四都忙得要死。你可以先约罗宾·斯通，晚宴先准备起来——这两周都行。安排好了告诉我啊，我一定来。哎呀，我的另一部电话响了，弗雷迪来给我做发型了——妈呀，来不及了，我一小时内要赶去青蛙餐厅[1]吃饭。”

朱迪思又打了好几个电话。听说她回来了，大家都很高兴，但都说已经排得满满当当了，还没完没了地聊着新一季令她们兴奋的东西。所有人都自然而然地以为她跟格雷戈里早就接到了各种邀请。好吧，这么看来，绝对不能在“殖民地”办什么小型晚宴了。对策只有一个，那就是在家好好办一场大型正装派对。

她决定选在10月1日。她打给多洛雷丝。多洛雷丝正急着出门，不过还是认真地查了行程簿。“亲爱的——10月1日不行！那天是新富豪俱乐部的开幕秀。你也会来吧？查查邮件——是不开放的会员活动，不过他们肯定也邀请你了。你要不，我想想啊，10月8日如何？那天我有空——我先记下来，等你打回来确认。我得赶紧走了，亲爱的。不过那天之前咱们必须先见一面。”

朱迪思又打给贝琪·埃克隆德。10月8日！朱迪思不是要去伯纳画廊的私人展览和正装晚宴吗？估计温莎公爵夫人也会出席。朱迪思赶紧查邮件——想必请柬已经送到了。

她挂断电话，盯着早餐盘上的邮件。杂七杂八的账单、萨克斯百货的传单、姐姐的信。太不可思议了！什么都没有。她还要找多洛雷丝和贝琪问她们有没有空——！换做是过去，她只需要选个日子，把名单交给秘书，请柬发出后，所有人都会到场。现在竟然要她去迁就她们的日程。一年半能改变这么多吗？

已经十二点半了。她无事可干，便再次鼓起勇气拨通了罗宾的电话。响到第三声，他接了起来。她听见边上有人说话——看样子，有好几个人在他的办公室。“哦，是的。”他刻意装得很冷静，“抱歉没给你回电。堆了一堆事儿。等下午晚

1　原文为法文“La Grenouille”，“Grenouille”在法语中指青蛙。这家餐厅是自20世纪60年代以来纽约最后一家还在经营的法式高级料理餐厅。——编者注

点儿时候或者明天一早再找你好不好？”

她搁下听筒。现在怎么办？她什么都准备好了。她必须去见他。只要他见到自己，就会动心的。她还记得在他家里，他是怎样温柔地看着自己——直到那个该死的电话打进来！

干脆直接去堵他！装作偶遇！对，就这么办。就今天。好的——他差不多一点钟会去吃午饭，两点左右回办公室。就在这个时段假装刚好路过IBC大楼，然后撞见他。

她精心打扮一番——不戴帽子，米色的外套，外加貂皮大衣。两点差十分，她到达IBC，找了个电话亭打到他的办公室。秘书问是哪位，朱迪思说：“收视办，韦斯顿小姐。”

“他稍后给您回电好吗，韦斯顿小姐？他很快就回来。”

“不用，我晚点儿再打。”朱迪思挂断电话。很好，说明他正在外边吃午饭。IBC大楼边上有一家书报亭。她常去那儿取邮件，顺便看看新到的杂志。不如在那里等罗宾。等他一过来，就假装路过，然后偶遇他。她足足等了十分钟。能翻的杂志都翻了个遍。而且今天风好大——还好，她喷了定型喷雾。不知道门卫有没有发现她或者认出她。天越来越冷了，冻死个人。眼睛不自觉地流出眼泪，睫毛膏也开始脱落了。门口有一面镜子，她看到睫毛膏点点落在眼睛周围。她做的下睫毛有一半不见了。金发的其中一个可怕之处就在这里——你的头发会随着年龄增长而变黑，但睫毛不会。她掏出手帕。睫毛膏在她眼皮底下结成了细线状。得赶紧把它擦掉。

“眼睛进东西了？”

她转过身来。是罗宾。

大白天的，他小麦色的脸突然靠得这么近，她突然觉得整个手术就是一场闹剧。但她仍转过身，挤出一个苦笑：“就是睫毛膏，被风吹的。我跟人约了个午餐，感觉天气这么好，不出来走走怪可惜的，所以把司机打发走了。结果突然就变成冬天了。”

“我帮你打个车吧？”

“麻烦你了。”她努力收起沮丧。

他把她领到路边，给她打了辆车：“朱迪思，我本来要给你打电话的，结果一直走不开。”

“我明白，只是……”

出租车来了，她越发气恼——平时怎么都打不到车，这会儿怎么一打就来，这司机是在开赛车呢？罗宾为她打着门："等我给你打电话，朱迪思。"

她一到卧室就扑倒在床上，一边抽泣，一边把新做的假睫毛统统扯了下来。

五点钟，她吃了一片格雷戈里的安眠药，留了张便条，称自己头痛。睡意袭来，她还在拼命猜测罗宾有没有对自己的"偶遇"计划起疑。

这场"偶遇"彻底把罗宾吓坏了。一整个下午，他不时想起这事儿，还对秘书大发无名之火，对安迪·帕里诺言语刻薄，甚至粗暴地拒绝了杰瑞去兰瑟酒吧喝酒的邀约。到家后，他给自己调了一杯酒，想看会儿电视。但朱迪思的身影一直在脑海中挥之不去。她在书报亭前的样子实在可悲。她那苍白的解释更令他震惊——可怜的家伙，绝望地站在那儿，盼着遇见他。天哪，这是怎么回事？基蒂对自己的孩子也是抱着这样的心情吗？

他拿起报纸。为这种事伤神，真是可笑。阿曼达想要他，很多女孩儿苦苦等他的电话——那些姑娘没有联排别墅，也没有董事长老公……但她们是年轻的女孩儿。她们不是五十岁整过容的老太婆……见到她的时候，他简直惊呆了：光滑紧致的皮肤，就像基蒂一样……那些五十岁的有钱女人哪个不整容，何必为朱迪思的事感到内疚？

他匆匆翻着报纸，以求清醒头脑。突然，他看到一张迪普·纳尔逊的照片，笑容灿烂。标题写着："电视业的最新供血者"。采访中，迪普还是一贯的风格："电视业需要新鲜血液。"记者引述他的话："所以罗宾·斯通迫切地买下了丹顿·米勒和我做的新试播集。电视界的症结之一在于混入了太多外行，他们对做节目一无所知。"

罗宾把报纸往地板上一掷，拿起电话，拨通了迪普的号码。"别再接受采访了，"他厉声说，"你说得太多了！从现在开始，让你的节目替你说话。这是命令。"

"好吧，伙计。不过我还是觉得你应该买我给你看的另一个节目。它肯定会火。"

"那就是一坨狗屎。"

"你今晚心情不错。"

罗宾撂了电话，给自己倒了一杯烈酒。到十一点钟，他已经大醉。

第二天一早，朱迪思醒来时，感到有什么事不大对劲。然后她回忆起前一天发生的事情，泪水涌了上来。九点了。格雷戈里要去韦斯特伯里看几匹马。又是这样的一天。她蹑手蹑脚地走进他的卧室。他已经出门了。他有满满的理由起床——马、高尔夫都在等着他。可她没有。她再次打开他的药箱。这绿色小药片效果真是好。她又吃了一片。不然怎么办？好歹吃一片就能睡上一整天，总比躺在那儿盼着永远不会响起的电话强吧。

药效很快来临。她昨天还没吃晚饭。她想按铃叫点儿茶水，但脑袋变得很沉，便睡下了。

电话响了。听着仿佛来自渺远的角落。她使劲让自己清醒起来，铃声变得清晰，持续不断地响着。她伸手去摸电话……天哪，已经四点半了——她就这样睡了一天。

“你好，朱迪思。”

是罗宾。是他打电话来了。她还晕晕乎乎的。

“是不是把你吵醒了？”他问。

“没没，我忙了一天。”为什么还醒不过来？“我刚到家，才准备打个盹儿。”

“那我先挂了。”

“没事，我很清醒。”她希望自己的声音比意识要轻灵些。

“我总算差不多忙完了，想不想一起喝一杯。”

“好呀。”

“那半小时后到我家来？”

“等我一个小时，”她迅速说道，“我还要等几个慈善活动的电话。”

她摇摇晃晃地从床上爬起来，喊来女佣。黑咖啡可能有用。天哪，干吗要吃那个药片！他打电话来了！他真的想见自己！

她坐在梳妆台前喝着咖啡。三杯下肚，还是昏沉沉的。外界的一切似乎都在很遥远的地方。但至少她的手很稳，还能化妆。头发乱糟糟的，戴一顶假发好了。发夹扎得头皮生疼，但必须保证牢靠。他们当然不一定上床，但她还得做好万全准备。就别再要求过多了……他都打电话来了！他想见她，那就说明他以后可能还会打电话来。

她草草写了张字条给格雷戈里，告诉他要去参加一个慈善鸡尾酒会，可能会晚些到家。她敲罗宾的门时，还是有些晕。他穿着衬衫，领带松垮垮的。他拉着她的手，把她带进房间。他轻轻地吻她的嘴唇。她怀着前所未有的狂喜搂着他，深深地吻着他。他拉着她的手，把她领进卧室。她觉得自己好像在梦中。一切发生得悄无声息，她的动作似乎都放慢了，但她内心毫无禁忌。她慢慢地脱下衣服，站在他面前。他躺在床上把她拉下来。和罗宾做爱竟成了最顺理成章的事情。她接受他的拥抱，仿佛这辈子都在做这件事。

回到家已经九点半了。格雷戈里正坐在床上看电视。她搂着他："哦，亲爱的，对不起，没能陪你用晚餐。"

他笑着，轻轻地揉揉她的头发："重返社交圈？"

"是吧。会开了很久，我们几个去'21'喝了一杯，不知不觉就……"

"没关系。我给你叫晚饭上来好不好？"

她摇摇头："我喝了两杯血腥玛丽，还是直接睡觉好了。"

她饿了，但她想独自静下来想一想，再好好睡一觉，安然度过这一晚，因为明天又可以见罗宾了——这是世界上最重要的事情。

接下来的几周，朱迪思的生活便围绕着电话展开了。罗宾一般在十一点打来。为了避开杰瑞和迪普，罗宾从兰瑟酒吧转移到了新阵地——马什牛排屋。她把这里视作"我们俩的地方"。有时候他来不了，她就一个人从那家店门前经过——只要看到它，便相信这一切都是真的。有时他们会去他家；昨天她开车送他去机场，因为他要去西岸出差几天。她穿着新买的欧洲时装，开始规划冬季的衣橱。格雷戈里想去棕榈滩过冬。行。到时候她就说要看牙医，还要重新装修一下房子——这样就能时不时回一趟纽约，和罗宾共度良宵。她从斯芬克医生那里拿了些神奇的药片调节内分泌，晕眩停止了。至于打呼噜——她就坚持不睡觉。难得有机会在罗宾的怀里度过一整夜，和他一起醒来，和他一起吃早饭！当然，她得在他面前假装刚刚睡醒，再补妆。她要再买一只足够大的鳄鱼皮包，把所有东西都装下……

对于过去的社交生活，她懒得费心去重新激活。她不在乎……罗宾的电话才是唯一要紧的事。有时她对他的强烈感情令她感到害怕。她真的恋爱了。这段恋情的可怕之处在于她总是迫不及待地想见他。夜里，她彻夜不眠地躺在床上，幻想着——格雷戈里某天猝死，并无痛苦，罗宾会来安慰自己。稍加时日，他们俩就可以结婚了。

结婚！她在床上坐起来。跟罗宾结婚！上帝啊，把可怜的格雷戈里带走吧，即便这是场白日梦——这样太可怕了！但她好爱罗宾。没错，她爱他——千真万确。这就是小说家描绘的那种爱情。它的确存在。相比之下，她过去的"恋情"

不免黯然失色。与罗宾相比，一切都黯然失色。他是她的生命。格雷戈里却没能安静地死去，他一天比一天强壮。

或者跟格雷戈里离婚？不行，这不行。这么一来，罗宾肯定得退出IBC。其实，也没什么关系，他说过自己想写一本书——初稿都写好了。这本书是关于那些伟人的。他们从失败中爬起，重回巅峰：戴高乐将军、温斯顿·丘吉尔……罗宾的理论是，真正的赢家是登上巅峰后触底又反弹的人。成功一次很容易。但能否二次成功，是区分幸运儿和伟人的标准。

嗯，她有很多钱。即使没有格雷戈里送的那些，她的股票和其他证券总价也超过五十万美元。而且邓白氏的调查报告说了，罗宾本身就很有钱。他们可以搬去马略卡岛，买一幢房子……她要让其他人都远离他。他们俩一起漫步在沙滩上，一起航行。到了夜晚，他们俩坐在火堆前，他给她读自己的书稿……

她越想这个主意，越觉得切实可行。她迫不及待地要跟罗宾商量这一想法。他爱她——她对此确信无疑。他们已经连续约会六周了。她不在他身边的那些晚上，他就一个人在家看电视。她常溜进卧室给他打电话。每天晚上，他们俩一定要先互道晚安，然后才睡下——打过去的时候，他就在那头等着。黑暗中，格雷戈里安然地睡在另一个房间，她就向罗宾倾诉自己的爱，真是太美妙了。当然他从没说过爱她。罗宾不是那种人。但他总对自己说："做个好梦，亲爱的。"

她看看手表。中午了——也就是说芝加哥现在是十一点。昨晚罗宾在洛杉矶，他们俩通了电话。他今天会飞回来。四点钟，飞机会飞到芝加哥加油。

突然，她从床上跳了起来。她要去芝加哥的机场跟他碰头，跟他一起飞回来，她要跟他说自己的打算。她给格雷戈里匆匆留了个言，说今天要去达连湾……谢天谢地，格雷戈里到家时总是累得筋疲力尽，吃完晚饭就去睡觉了。

她四点抵达机场，来到贵宾室，请工作人员通知他自己到了。他上气不接下气地赶来，见到她的时候吓到失语。

她冲到他的怀里。就让别人看吧，她一点儿也不在乎——从今往后，她要一直和他在一起。等着飞机加油时，他们喝了一杯。她第一次为罗宾用着格雷戈里的专机感到高兴。她出人意料的闪现让他有些措手不及，但她觉得他其实很高兴。她一直憋着那个主意，打算坐上飞往纽约的飞机后再向他宣布。却不想，一上飞机，罗宾就来了段滴水不漏的开场白。

他拉着她的手说道："这一切都太美妙了，太让人兴奋了。但你绝对不可以再这样。飞行员肯定认出你了。我们都不希望伤害格雷戈里。"

“我关心格雷戈里——所以我要快刀斩乱麻。罗宾，我要跟格雷戈里离婚。”

他没有作声，扭头去看舷窗外飘浮的云层。

“你想要我，对吧，罗宾？”

“我们已经拥有了彼此。为什么还要伤害格雷戈里？”

“我想嫁给你。”

他拉着她的手说：“朱迪思，我不想结婚。”当他看到她眼里涌出泪水时，他说：“我从来都不打算结婚。无论是跟你，还是跟其他任何人。”

“罗宾，会没事的。你可以离开IBC，你可以写书。我会陪着你……罗宾，我们会过得很幸福的。请不要拒绝，好好考虑考虑吧。我不求别的——只希望你认真考虑一下！”

他微笑着握住她的手：“好吧，我们都好好考虑一下。暂时不说这个了。”他起身走到吧台，调了两杯酒。

“敬我们。”她举起酒杯说。

“敬你，朱迪思。我从不希望伤害你。请你相信这一点。”

她依偎着他：“哦，罗宾，真希望飞机能永远这样飞下去。”

第二天早上他没有打电话来。起初她并不担心。她安然地坐在卧室里等着。到了三点半，她忍不住打了过去。响了两声，他接了起来。

“抱歉一直没找你，”他说，“早上有好几个会我必须参加。出去两天，手头堆了一大堆事情。”

她咯咯笑着说：“听出来了，是不是有人在你办公室？”

“是啊。”

“他们什么时候走？”

“估计整个下午都要在这儿。”

“那我六点去你家？”

“不行。各种会要开到七点，之后要看一个新节目。今晚开播。”

“我想陪你一起看。”

“我要去赞助商家里看。之后有个什么派对。我再打给你行吗？”他听着有些不耐烦。

她挂了电话，罗宾也并没有再打给她。她和格雷戈里一起吃了晚饭，饭后，格雷戈里倦了，没一会儿眠尔通的药效上来了，等新节目开演时，他已经打起了盹。而她盯着电视——好像这样就相当于和罗宾在一起了——罗宾此时应该也在看电视，估计他这会儿无聊极了，聚会肯定也无聊透顶，她领教过经纪人办的那些派对。

第二天早上她看了评论。IBC又胜出了。《时代周刊》对此毫不吝啬溢美之词，还提到罗宾·斯通给IBC注入了一剂强心针。但下午的报纸才叫人不安。确实有个派对，但那不是小型的经纪人派对。他们包下了彩虹厅，明星和社交名流云集。中间的报缝满是配图。有一张大幅照片，是罗宾坐在一位喜剧明星和一位模特中间。他正转头跟喜剧明星说话，笑得很开。但让朱迪思心碎的是，他的左手和模特的手紧紧握在一起，那个握手比他们公开宣布在一起来得更通俗易懂！

她等了一周，他再没有打电话来。他必须是因为太忙了——不可以是故意不理她。最后，她走投无路，打了他办公室的私人专线。响了两声后，接线员不近人情的声音响起，告诉她这个号码已经失效。恐惧蔓延开来，慢慢遍布全身——他竟然这样！他怎么可以！她打他家里的私人电话，传来同样机械的声音："对不起，您拨的号码已不再使用。抱歉，我们无法提供对方的新号码。对方的新号码并未登记。"

她被自己的愤怒击溃。他就是为了躲着自己！她大哭起来，把脸深深地埋进枕头里。一夜未眠。她要毁灭他！她要让格雷戈里开除他！

第二天早上她开始进攻。"他把公司从你手中抢走了。我们被抛弃了，你还没明白吗？所有的邀请函都被罗宾·斯通收走了！那些邀请本该发给我们的！"

格雷戈里听得无动于衷，然后他说："朱迪思，我六十二岁了。公司的股价从没涨到过现在的高点——下个月可能要翻一番。公司的状况从来没有这么好过。我何必干涉目前的胜局。说实话，我发现当甩手掌柜也不错，一切都很顺利，我可以溜出去打高尔夫或者去马场。"

"你去马场玩一天，那我呢——在家坐一天？你晚上回家玩得累了。我也很想去别处玩。"

"我以为你在忙慈善。看你这几周过得挺开心的呀。"

她避开他的眼睛。"我能去几场慈善午餐会？"（其实她哪儿都没去。）"我总不能一直去参加。我厚着脸皮办慈善鸡尾酒会，但其实早就有人开始怀疑我的名字在赞助人名单上有多大分量了！他们哪儿也见不到我们。我很尴尬地承认我们没有被邀请参加所有的'内部'派对。"

"你还没去够吗？每次派对来的都是那帮人，女人们都穿着名牌礼服向其他女人证明什么。”

“没有——我喜欢去。”

“好吧，我觉得那种事情特别无聊。我以为这几周你也慢慢想通了。待在家里多放松。结果你让我开了罗宾·斯通，就因为人们邀请他参加派对而没邀请咱俩。朱迪思，你太任性了。”

“因为我还没到六十二岁，我也不阳痿！”她失控大喊。

他一言不发地走出了房间。她呆呆坐着，一动不动。泪水从她紧绷的新做的脸上滑落。天哪，她哀叹。她伤害了格雷戈里。为了什么？为了罗宾·斯通，为了那个男人！她跑进卧室，扑在床上。天哪，罗宾走了！他故意和那个模特合照。他抛弃了自己——摧毁了她的一切梦想。她再也不能抱着他，再也不会感受到他的身体与自己紧紧相依……抽泣逐渐变成干涩而刺耳的哭号。突然，有人抚摸着她的脑袋——是格雷戈里坐在自己身边，对她说：“别哭了，亲爱的，我不生气。我知道你不是有意的。”

她转身紧紧抱住他：“哦，格雷戈里，我真的爱你。”

“我知道你爱我，你等我恢复好。我还没准备好重新上战场。今年冬天咱们先去棕榈滩度个假。我们会很开心的——我保证。”

她慢慢地点点头：“还有，格雷格，你不阳痿……”

朱迪思下定决心激活她的社交生活，但她彻底遭遇了败局。沮丧和愤怒似乎削弱了罗宾造成的痛苦，但是没有哪个晚上她不盯着电话，回忆着那些她与他打着电话，与他耳语的美好夜晚。这段回忆总会让她再次浸泡在泪水中，却不得不抱住枕头偷偷哭泣。

她想好了，圣诞节前去棕榈滩。她不敢再办以前的蛋奶酒派对——人人都要去阿卡普尔科（Acapulco）[1]，去巴哈马，或是去突然在名利场攻城略地的新晋太太们办的派对。

每每想到罗宾，她的心中就混杂着恨意和眷恋。到了棕榈滩后，她无精打采地坐在露台上玩纸牌，想象着他跟年轻漂亮的女孩儿做爱，一遍遍地折磨自己。

但是罗宾的生活中并没有漂亮女孩儿。他每天工作十个小时，与其他公司奋力厮杀。迪普的节目定档二月份。他每天都和罗宾见面：“去玩玩吗，哥们儿？”

1　位于墨西哥南部的一个港口城市，也是著名的国际旅游胜地。——编者注有时他会把迪普约到兰瑟酒吧。有时夜里十点钟，夜色四合，压抑得很，他就给迪普打电话："到我家楼下等我。我想出去走走。"

"大哥，外面才零下2摄氏度，我已经躺下了。"

"你来不来？"

"好吧，给我十分钟穿衣服。"

迪普没有对罗宾"随叫随到"的时候，一定是坐在丹尼小窝，被经纪人们围着溜须拍马。他非常明白自己的能耐——罗宾·斯通不管买什么节目，都先来征询他的意见。迪普陶醉于自己的新权力中。他狠狠回击每一个不拿他当回事的经纪人，放话说，他们的客户永远别想出现在IBC的节目里。多数人对他这项凌驾于罗宾之上的权力深信不疑。正如一位经纪人所说："人为了自己所爱的人，什么事都愿意做。"

奇怪的是，丹站了出来，反驳那些谣言。他公开嘲笑关于这场"基友情"的传言。罗宾爱的才不是迪普，他解释，是钱——是一大笔回扣。

谣言传到了身处棕榈滩的格雷戈里那里。当他看到丹顿·米勒的新节目和迪普·纳尔逊制片人的头衔时，他拨通了克里夫·多恩的电话。

"节目很不错，"格雷戈里说，"但若一个男演员在事业上依赖另一个男人，并出现在演职人员表上时，流言蜚语就不是空穴来风。我不相信他们真的在搞基——但想必回扣是真的。"

"我仔细对过合同了。"克里夫疲倦地说，"如果他在吃回扣，那他做得很隐蔽。我问过罗宾，为什么从迪普·纳尔逊那里买试播集，他说：'克里夫，要是你有好节目，我也买！'"

格雷戈里挂了电话。朱迪思陪他坐在院子里。"这下你打算怎么办？"她问。

他耸耸肩："我打算去打18洞。"

似乎再没有什么能够妨碍罗宾·斯通了。《人生》杂志在未与他合作的情况下做了一篇关于他的报道。信源是与他共事过的人和他从前的约会对象。一位空姐声称他的确是爱情机器。一位模特说，他是自己所认识的最浪漫的男人。一位事业蒸蒸日上的女演员说他绝对是个大佬。报道还引述了玛吉·斯图尔特的话："无可奉告。"公众的关注如同滚雪球一般，但罗宾对此置之不理。他和迪普一起看电影，偶尔在兰瑟酒吧见杰瑞，独自去牛排屋吃饭，但最重要的还是工作。

还是杰瑞提醒的罗宾，留心格雷戈里日益增长的敌意。他们站在兰瑟酒吧里，杰瑞问："你多久问一次格雷戈里对你买的节目有什么意见？"

"从来不问，"罗宾说，"没那必要。我现在要为下一季的空档选试播节目。我会请他看看我选的那些。"

"你可真行。"杰瑞说。

罗宾没搭话，全神贯注地往酒里加冰。

"他给了你机会，"杰瑞继续说，"你要是想保住这个位置，我劝你偶尔做做样子，问问他的意见。"

"现在它是罗宾·斯通的广播公司。"罗宾慢慢地说。

"是的没错。"

罗宾笑了："那就让格雷戈里从我这里夺回去。"

"什么意思？"

"意思就是我根本不在乎。我没要这个公司——但既然现在归我管，我不会把它摆在银盘子上，乖乖端给格雷戈里。有本事自己来夺回去。"

杰瑞奇怪地看着他："知道吗？有人说你有自毁的性格。我看是真的。"

罗宾笑着说："管好你自己吧。"

到了四月份，秋季节目已经确定。罗宾正要离开办公室，迪普·纳尔逊突然闯了进来："那个，保利的巡演要结束了。她明天到纽约。我有个好主意还没和丹商量过。我觉得，与其每周给节目找新面孔，不如用保利，把她变成固定角色。你觉得怎么样？"

"不怎么样。"罗宾坐下来，露出十分罕见的宽容，耐心说道，"你想，迪普。我们不要想着在功劳簿上睡大觉。保利大可以挑挑拣拣，选一部百老汇的音乐剧，艾克·瑞恩很想签她演下一季的新节目。"

"但保利就该上电视。"

"你听我说，多关心关心你自己的事业吧。任何一档电视节目都难以持续走红。你应该去找新的可能性。丹·米勒有个新的节目，听起来很不错。"

迪普的眼神暗了下来："什么！那个浑蛋！竟然背着我。我们俩明明商量好的——每笔生意都对半分。"

"你跟他签书面协议了吗？"

"没有，这种事情就是君子协定。"

罗宾笑着说："你们俩定这种协议，哪边都栓不住。"

迪普眯起了眼睛："我不会放过他的。"然后他马上兴高采烈起来，孩子气的笑容又回来了："嘿，要不要跟我去丹尼小窝？你最近哪儿都不去。人家都快忘了咱俩是好哥们儿了。"

罗宾摇了摇头："我今晚要去西岸。去给丹的试播找个电影演员。另外，如果能找到合适的，我可能还要买艾克·瑞恩的一个节目。"

迪普的笑容消失了："艾克有你什么把柄？"

"什么意思？"

迪普坐在罗宾桌子边上笑了："行啦，老哥，大迪我又不是不知道你的套路。你这人，除非是跟你有关的事，否则你才懒得管呢。你又在哪儿打妓女了？"

罗宾不客气地揪住他的领带："听着，你个畜牲——谁都没有我把柄，包括你。丹·米勒要是没有好节目，我也不可能买。你能把自己掺合进去分一杯羹，我很欣慰，我以为你在努力开辟新事业。艾克·瑞恩要是有好节目，我肯定也会买的！但如果朋友的节目失败了，我也会毫不手软地砍掉。你不会不记得吧！"

说完，他松开了迪普的领带。迪普笑着把领带理直："哥们儿，这么生气干吗？大迪我这么爱你，能为你卖命。听好咯——为你卖命！我这种朋友不多了。"

罗宾一住进比弗利山庄酒店，就给玛吉打了个电话。

"十一点了，"她说，"不管你打算干吗，我都懒得听。"

"纽约现在是凌晨两点。"他说，"趁我还没累得说不出话，你先听我讲。我是跟你说正事儿。明天九点，你能不能来凉廊吃个早餐？"

"十一点吧，我可以考虑一下。"

"我十点到十一点要看两个试播。"

"那不好意思，我不喜欢匆匆忙忙的。"

"玛吉，是公事。"

她打着呵欠："那现在说吧。"

"好的。先说这个：我看了你最新的那部电影。"

她哑着嗓子笑了："是哦——没准儿是最后一部了。"

"电影很烂，但你很不错。我想请你来做一档新的电视节目。"

"为什么？"

"因为你可能合适。"

"那样的话，找我经纪人吧。没准儿他能陪你吃早餐。他叫海·曼德尔，请提前预约。"然后她挂掉了电话。

之后十天里，他每天都去看试播。他打算先让玛吉冷静下来。但他想见她……好几次他已经伸手拿电话了，但还是放弃了——他感觉，他们已经没法儿再见面、做爱和分开了。他也不想结婚。

又是平淡无奇的一夜……不安和寂寞的一夜。罗宾心想，没有比在洛杉矶度过孤独的夜晚更孤独的体验了。在纽约他至少可以出去走走，但要是走在比弗利山庄的任何一条林荫大道上，巡逻车会立马驶来。在洛杉矶，没人在外面散步。一到十点，到处都关门了。当然了，姑娘很好找——波罗酒吧里挤满了雄心勃勃的小明星和经纪人，他们害怕他，却又渴望吸引他的目光。突然他累了……厌了。为什么不把公司交还给格雷戈里，然后离开？但是离开后去哪儿，去干吗？

电话响起，打断了他的思绪。他看了看手表。七点半——这么晚了，应该不是工作电话。接线员通知说是米拉诺先生，罗宾一时想不起来。突然，他激动起来。"快接。"他急切地说。

"罗宾！很高兴和你通电话。"

"塞尔吉奥，听到你的声音太好了。你到底去哪儿了？"

"我今天刚回城里，正在看回购贸易信息，结果听说你也在这儿。"

"天哪，你现在说话真的跟个演员似的了。听说你在罗马拍电影。之后怎样了？"

"我现在拿到一个很好的机会——下星期开始在这边拍新电影。我是主演。我是演员了，罗宾。真是太好了！"

"你现在在干什么？"

"不是说了吗？下星期开始拍电影。"

"不是，我问现在，此时此刻。"

那边停顿了一下："罗宾，我现在有个爱人……"

"哦，太好了，祝你好运。我真为你高兴，塞尔吉奥，真的。"

"我今晚要跟他一起吃饭。他叫阿尔菲·奈特。"

"我觉得你们俩很合适。"罗宾温柔地说。

"明天一起喝一杯怎么样？"塞尔吉奥问。

"那就说定了。五点钟，波罗酒吧见。"

"明天见。"塞尔吉奥说。

罗宾向客服部点了晚餐，打开电视机。刚好在放迪普的节目——看看也好。

先进了一段广告。节目以一贯的动作戏开场，这时服务员端来了晚餐。罗宾刚开始吃烤土豆，突然看到保利的特写。他差点儿被土豆噎住。说了别用她！丹是怎么想的？他推开桌子，专心看节目。太差劲了。为了把保利塑造成固定角色，整个节目都白白糟蹋了。他立即给丹打电话。

丹惊呆了："迪普说是你的指令。下周那集都录完了。我还跟她把这季剩下的节目都签了。"罗宾"砰"的一声挂掉电话，又打给迪普。占线。那个白痴可能正忙着打炮呢。他预订了午夜的航班。突然，他想起跟塞尔吉奥的约会。他连他的电话号码都不知道——只能找波罗酒吧的领班帮忙留张便条了。

一大早八点钟，他到达爱德怀德机场，直接赶到了办公室。他立即召集迪普和丹·米勒开会。罗宾面色阴沉，他要求把保利从之后的节目中除名。

"我不能这样对她，"迪普争辩道，"她今天有个重要采访。她跟媒体都说出去了，说她现在是节目的常驻嘉宾，要是再说被除名，有损她的形象。"

"这是命令。"罗宾说。

"这个节目是我的。"迪普固执地说。

罗宾转向丹："你有同等的决定权！"

丹奇怪地看着他："我有三分之一的决定权，我跟你站一边。"

"剩下那三分之一是谁的？"罗宾问。

所有人沉默了。

丹看着他："是你的吧。"

迪普先是十分惊恐。然后，他流露出坚定的神情，身体紧绷起来，好像在热身："不对，朋友，我有三分之二，所以我有最终决定权。"然后他笑了："咱们商量完了吧，保留保利。"

罗宾站起来看着他："迪普，你帮过我一个大忙。麻烦再帮我一次。从今往后，再也别来找我。"

迪普倨傲地欠了个身，扬长而去。丹紧张地挪着脚，等待罗宾的下一步反应。罗宾冷冷地转过身来对他说："看来你得和保利常相伴了。祝你好运。"

"你不生我的气？"丹问。

"我生气只因为你觉得我会染指这种破事儿。"

"这会影响我的新节目吗？"丹问。

"迪普有没有沾上？"

"没。"

"那你这单还在。"

保利上节目后，收视率一路下滑。六月份，罗宾把节目撤了档。迪普失业了。说来也怪，电视的曝光率帮助保利拿下了一部片约。迪普跟着她去了加州，罗宾则继续专注于秋季档。

格雷戈里·奥斯汀原计划于十一月在加州召开股东大会。通常他会由克里夫·多恩陪着，顺便来一场为期三天的短途旅行。不过这次他打算去那里待上整整一周。要给朱迪思找点儿乐子。

格雷戈里盯着《新闻周刊》封面上罗宾的照片。他意识到，股东们视罗宾为神明，对他们来说，格雷戈里就是个半退休的老人。不过，现在的他从没感觉这么好过，并且急于恢复领导地位。他曾几次试着悄无声息地夺回控制权，但迄今为止，所有的努力皆宣告失败。罗宾会听他的建议……没错——但只是听一听，然后继续我行我素。到目前为止，罗宾的举措均行之有效。收视率再创新高。IBC是罗宾·斯通的了。

格雷戈里没有放弃。在屈格过的这个夏天对他来说并不算太糟，不过朱迪思已经过厌了。天哪——单枪匹马三十年，一手打造了广播公司和幸福生活，紧接着一场大病——退隐一年半，他现在回来了，却发现IBC已建立起新的文明。

他想着朱迪思。他看到了她耳后的伤疤。天哪！她是不是以为自己是傻子，注意不到她的胸部突然耸立起来了？他知道，她肯定是趁着自己休克治疗那几周做的。他生病时，她对他很好。她回来寻求刺激再正常不过了。他辜负了她。但他不得不承认，他很喜欢罗宾接手后的日子。让别人替自己做决定总是轻松惬意的。他甚至享受起了屈格的夏天，有意无视朱迪思每晚看电视时发出的重重叹息。但正是她想回城的态度，让他最终采取了行动。

朱迪思开始一连睡上好几天，有时隔四小时就吃一片安眠药。格雷戈里请了一个护士来照看她，夜里，他陪睡在她的房间。他害怕她摇摇晃晃四处找烟的时候把自己烫着。醒来的时候，她就穿着一件旧睡衣，不修边幅地在屋子里踱来踱去。她拒绝外出。他提议去"摩洛哥"，她不想孤零零地去。好吧，他打算请莫里斯·乌奇捷利帮她开个派对，把楼上的房间全用上。她却只是大哭："没人会来的。"绝望中，他给瑞士那位叫布鲁加洛夫的医生打电话求援，说朱迪思对他的病情有了延迟反应，问他有没有美国的医生可以推荐来帮帮她。

布鲁加洛夫医生推荐了加伦斯医生。听完格雷戈里的说法，加伦斯医生要求格雷戈里每天来找他。可真奇怪，他竟然不见朱迪思。格雷戈里也只好死马当活马医。他们聊到他瘫痪期间的事情，以及他们俩的性生活。他对加伦斯医生说起她耳朵后侧的伤疤，还有身上其他部位的小疤痕。他确信她并不是为了勾引别的男人——朱迪思不是那种人，她对性其实兴趣不大。格雷戈里觉得，她做这些手术是为了夺回《女装日报》头版女神的地位。

不承想，加伦斯医生拼命抓着他们的性生活不放。终于有一天，格雷戈里忍无可忍，厉声说："你给我听着，我们俩结婚的时候，这姑娘还是个处女——所以我在这方面很小心地对她。她从来没有表现出过多的欲望。这么多年都是如此。最近她肯定读了些《如何 ×××》之类的书——你懂吧，就那些婚姻指南。因为这两年，她在这方面很业余地对我试过那些招数。我也没敢跟她尝试更多——她就不是那种人。我这人吧，没兴趣搞外遇。我单身的那些年真是玩够了，这辈子都懒得搞那些。朱迪思如果想要简单粗暴的性爱，我随时奉陪。不过，她爱的是我们俩的生活：它令人兴奋，而且——"他突然停了下来。天哪！就是这样！恐惧！他的恐惧！和IBC还有朱迪思交织在一起的恐惧——朱迪思爱的是他能提供的生活。他爱她——不，不仅如此：他崇拜她。虽然他对蛋酒派对满腹牢骚，但让他很兴奋的是这样的女人属于他——她为自己带来了优雅而精致的生活。过去，当他细细审视着宴会，发现这个女人为他创造了如此美丽的世界时，他的心中总有隐忧，担心这个完美无缺的世界会被什么东西毁掉。第三者？不会的，朱迪思的性致并不高。钱？他有的是。疾病？没错——疾病可以毁掉一切！

现在这个噩梦成真了：他失去了朱迪思。她正在千方百计地自毁。但他回来后不也一样，放手让罗宾管理公司，还假装乐在其中？他突然明白了。他知道该怎样让朱迪思振作起来了！这事不容易。但他的斗志回来了。

首先，他必须夺回对IBC的控制。他立即采取了行动。他找到罗宾，提出由自己来决定明年的节目表。罗宾看着他，似笑非笑。

"为什么？"罗宾问。

格雷戈里尴尬了。他无法直视罗宾冷静而直接的目光。

"因为，罗宾，是我把你从新闻记者提到总裁的位置上的。我为你骄傲，我想和你一起工作——你就像我的儿子。"他试图展现出一副宽厚亲切的样子。

罗宾瞪大眼睛。"谁是你儿子！"他一字一句地往外吐，"两年来，这里的每个镜头都是我在操心。我不允许任何人来指手画脚。你要是希望我当你儿子，趁早找别人吧！"

好吧，儿子好找，万万不可让别家公司把罗宾·斯通挖去。然而，每当他看着朱迪思时，他又狠下心来——可怜的宝贝朱迪思啊，她经历了多少大风大浪，却因为他而被遗忘。他必须拿回IBC。

他希望这趟出行能对朱迪思有所帮助，他不想刺激股东们——他必须暂且按兵不动。听上去很荒唐，但他只能寄希望于罗宾的节目遭遇滑铁卢，IBC股价下跌。他只能祈祷自家生意受挫。这是他拿回公司的唯一办法。

加伦斯医生觉得这场出游有助于朱迪思的治疗，前提是不能整天窝在酒店里。格雷戈里请来库里&海耶公关公司，要求他们放出他们夫妻二人抵达西岸的消息，令他们获邀出席那些重要的派对。出此下策，他倍感苦恼，但朱迪思的幸福才是最重要的。库里&海耶那边进展顺利：已经寄来了好几份邀请函。朱迪思也不再吃速可眠了，开始起床出门做头发，为加州之行置办新装。没准儿这周会让她从昏睡中兴奋起来。

他们原定星期日出发。到了星期五，格雷戈里问她打算什么时候走。

"必须现在定下来吗？"她问，"那请他们中午前把飞机准备好。"

他吩咐秘书联系飞行员，请他待命。秘书一脸惊讶："斯通先生两小时前乘机出城了。"

"去干什么？"

"他周末要去拉斯维加斯选演员，然后去西岸参加董事会会议。我以为您知道这事儿——"

"哟，忘了。"格雷戈里很快说道。他往后一靠。罗宾竟敢私用飞机！他喊来克里夫·多恩。

克里夫叹了口气："格雷戈里，瞧您这话说的，'他怎么敢'。飞机是公司的呀，他掌管着公司。您知道麦迪逊大道的人管那架飞机叫什么吗？空中飞床！罗宾把它重新装修了一番，直接隔了间卧室出来，里面有一张大床！基本上每次出行他都带姑娘——陪睡。我管不了他。多数时间我都不知道他在哪儿。"

"必须阻止他。"格雷戈里说。

"可惜您生病的这段时间，朱迪思让他全权负责。您不知道我有多少次想走人不干了。但我必须坚持待在他的手下。一旦他让自己人做法律主管，我们就完了。"

"咱们已经完了。"格雷戈里平静地说。

"不，他会自掘坟墓。"

"什么意思？"格雷戈里问。

“一定会的——瞧瞧他过去这半年干的事儿。那些决定都相当冒进，还冒着顶天的风险。还要做那两档必死无疑的节目，结果又火得一塌糊涂！”

“跟别人一样，”格雷戈里慢慢地说，“想权力想疯了。”

“不，我不觉得他贪恋权力。一方面，他好像的确想出名——但同时，他对这些根本不屑一顾。说真的，我都搞不懂他。还有人传他是同性恋，但他身边姑娘没断过。又有传闻说，他在吃回扣，我查了好几周。他没有。只有一件事情很奇怪。有个演员——塞尔吉奥·米拉诺。罗宾每周给他寄三百美元，前段时间才停止。我知道这事是因为他的税务员跟我的税务员是表亲，我就去查了这事。塞尔吉奥·米拉诺现在跟阿尔菲·奈特在一起。”

“你觉得罗宾是双？”

“说不好。塞尔吉奥还没火，但已经接了一些不错的角色。他是个意大利人，很性感。他赚的钱够多了，所以用不着管罗宾要钱了。或者是因为现在跟了阿尔菲·奈特，所以不拿了。”

“要不派几个人去查查？这事儿是挺蹊跷的。”格雷戈里有些尴尬。

“我已经安排好了。我让人等罗宾一到西岸就跟踪他。这是对股东负责，我们必须确保高层中没人违反道德条款。”

“克里夫，我不想闹出任何丑闻。除掉罗宾是一回事，但毁掉一个人是另一回事，我不会那样做。”

克里夫笑了：“格雷戈里，我只需要他们给出一份书面报告。我们一定能挖到不少猛料。到时候直接把报告拿给罗宾。想必他也不想闹出丑闻。他有家人——他有个名媛妹妹，在旧金山。他是聪明人，不会不知道这种丑闻一旦公开，必定会结束他的事业。到时候我们告诉他，我们要找人‘协助’他。分散权力。您弄个新头衔。罗宾继续当他的总裁，再把丹·米勒请回来。分权而治，最终决定权拿在您的手里。”

格雷戈里点点头：“我确实想把丹·米勒叫回来。这人听话。但他能接受罗宾跟他平起平坐吗？他之前不是因为这个走的吗？”

“并不是，他走是因为罗宾权力比他大。”

“如果罗宾要走呢——他去别的公司怎么办？”格雷戈里问。

“他去不了，只要我们手上拿着调查报告。”

格雷戈里说：“没拿到报告之前，不要打草惊蛇。”

“肯定会有斩获的。哪怕这次没有，下次也会有。没准儿纽约就有他的马脚。

我找的眼线很靠谱，每座城市都有他们的人。但我们必须要有耐心。”

格雷戈里点点头。然后他开始盘算，该怎么跟朱迪思开口，他们俩得坐商用客机去洛杉矶。没想到她对此欣然接受：“我恨死那架飞机了。赶紧卖了它。”

星期日下午，罗宾落地洛杉矶。一堆留言在酒店等着他。经纪人、明星和分公司经理都来过电话。大家都送了酒来——他的套房现在看着就像备货充足的酒吧。他快速听完留言：有一条是塞尔吉奥留的。

他倒了一杯伏特加。波罗酒吧里挤满了IBC的员工，当然还有那帮该死的股东。他可不能去那里。他打电话给塞尔吉奥。

“罗宾，我下个月给你寄支票，把你之前寄给我的‘津贴’一起还你。我刚跟世纪影业签了一份很好的合约。”

“别跟我提钱，你只会搞砸我的报税。你是我的好朋友，我也知道基蒂那套房子卖来的钱花不了太久。”

“政府太狠了。”塞尔吉奥心疼极了。然后他又高兴起来：“罗宾，今晚阿尔菲要办一个大派对。八点开始。你要来哦。”

“我不掺和那种事情。”

“不是那种派对。大家都会来的。”塞尔吉奥笑着说，“老天爷啊，罗宾，我才刚刚起步——我才办不起化装舞会呢。我的合同里还有道德条款。阿尔菲也是。”

“我不是那个意思，我压根儿没往那方面想。我的意思是，我从不掺和好莱坞的场子。对不住了朋友，我就不去了。顺便问一下，你跟阿尔菲同居了吗？”

“没，他自己住一套小房子。我住在梅尔顿大厦。可能以后我们俩会一起买套房。我希望那样。”

“梅尔顿大厦。我有个朋友住在那里——玛吉·斯图尔特。”

“哦是的。我们俩在电梯里见过。她很美。”

罗宾挂掉了电话，打到梅尔顿大厦。玛吉马上接了起来。

“哦，原来是超人和他的空中飞床呀。我从业内了解到你要来这里。”

“玛吉，我想见你。”

“我刚录完一档游戏节目。今天三套，明天两套。我带了五套衣服，拼命打扮得鲜亮、活泼，给人积极向上的印象。我跟你说，人前光鲜可太累了。”

“我想见你。”他重复道。

“你刚刚说过了。”

“那你怎么一直在说录节目的废话？”

“因为我有病。知道我为什么有病吗？因为我想见你。所以我必须发病——就像自我惩罚一样。”

“你想来见我吗？我们可以叫客房服务。或者去马特奥酒吧（Matteo's），好不好？”

“你过来，”她慢慢地说，“我已经卸妆了，头发也洗了。我家冰箱里有一些法兰克福香肠，我还做了一罐烤豆子。”

“我马上到。”

“过一个小时再来。我先洗个澡，不想太邋遢。”

他倒了杯伏特加，打开电视，想着格雷戈里·奥斯汀来了没有。要不打个电话给他。然后他耸耸肩。管他呢，反正星期二董事会大会上会见到的。

格雷戈里坐在比弗利山庄酒店8号别墅的大客厅里。他一般更喜欢去贝尔艾尔。多数人不去那里，这样不用碰到公司的人。就像今晚。现在是六点，手表显示为纽约时间九点。他有点儿累，但克林特·默多克刚刚打来电话。克林特是一名退役将军，也是董事会中非常重要的一员。默多克太太看到他们办理入住，问他们要不要一起去酒店餐厅吃晚饭。没办法……将军这种大人物怠慢不起。嗯，肯定吃不了多久。运气好的话，午夜前可以回房间。他打着呵欠。要不小睡一会儿……跟将军约的是八点。先跟朱迪思提个醒，默多克太太是个讨厌的人，但至少朱迪思可以穿穿新衣服。或许还能再去波罗酒吧喝一杯。明晚起，他们俩每晚都安排了一场派对。库里&海耶靠这个一周就赚了1000美元。他希望朱迪思能开心起来。

她走进客厅：“怎么办啊，洗衣服务员下班了。”

“他们明天一早就开门了。”他说。

她笑了：“好吧，那我今晚只能穿锦缎睡衣去了。别的衣服都被压皱了。”

“今晚？”

她挥挥请帖：“我们到的时候就送来了。阿尔菲·奈特今晚有一场很大的派对，大家都会去。”

“朱迪思，明天开始我们每晚都有派对参加了。但今晚，咱们得先跟默多克将军和他的太太吃晚饭。”

“默多克将军？哪怕再没事干，我都不想跟他们吃晚饭，更别说为他们放弃阿尔菲·奈特的派对了！”

他站起来去搂她：“朱迪思，他很重要。默多克在董事会可以帮我。”

她的脸因轻蔑而变得难看：“可不是嘛。到那儿坐上几个小时，我得陪默多克太太闲聊些傻得不能再傻的事情，你又要听将军最近的钓鱼故事。你觉得罗宾·斯通也这么卑躬屈膝吗？他肯定会去阿尔菲·奈特的派对！所有人都会去那里！”她挣脱出来，冲进卧室。

见她朝卫生间走去，他惊慌失措：“朱迪思，你要干吗？”

她拿着他的安眠药：“我吃两片！我不要坐那儿听无聊的说话。睡着了好歹不会因为错失最好的派对而难过。”

他夺过瓶子：“我不能跟将军失约。你要是那么想去，你就去吧。我在默多克夫妇那儿编个理由就好了。”

“我总不能一个人去吧。”她伸手拿瓶子，“把药给我，格雷格。我就是不愿意跟那种人没完没了地吃饭。”

“不行，我找人陪你去。”他突然转向她，“要不让罗宾·斯通带你去。”

她面无表情道：“他肯定有约会了。”

“那也不要紧，不妨碍他陪你去。”他去打电话。他一点儿也不想找罗宾帮忙——谁让他是为了朱迪思呢。该死，绝不可以让她吃药睡觉。

罗宾接起电话，格雷戈里开门见山：“罗宾，我听说今晚有个影星办了个派对——是阿尔菲·奈特吧。对，奥斯汀太太接到邀请了，她觉得这个派对挺有意思的。而且她好久没参加好莱坞的派对了。但是很不巧，我跟几位董事约了一起吃晚饭。你能不能帮我个忙，陪我太太去派对。”

朱迪思盯着格雷戈里的脸，努力寻找出一丝迹象。沉默意味着不祥——罗宾肯定拒绝了……

“我也这么想，”格雷戈里回答说，“就当我欠你个人情。哦，我明白了。好吧，这样吧，罗宾，你可不可以先去约会，再陪奥斯汀夫人参加派对呢？我估计那些派对没到九点或十点都不会开始。真的很不好意思麻烦你……”

“我的天哪，别求他了！”朱迪思喊道。她冲过去夺过电话：“罗宾，我是朱迪思——别理他！都是格雷戈里的主意，我没想要这样。”

“你真的想去吗，朱迪思？”他问。

“我觉得这个派对蛮有意思。我想找点儿乐子。但我不想逼你。”

“我讨厌好莱坞的派对。不过，朱迪思，咱们晚点儿过去可以吗——十点左右？”

“十点可以。我还可以先睡一觉。”

“好的。我到酒店给你打电话。”

她挂了电话，努力掩饰内心的狂喜。他本来不想去的，但他为了自己改主意了。说明他对自己还有感觉。她给了他机会摆脱自己。他很可能约了个姑娘，而现在为了和她在一起，他要提前走。她走到格雷戈里身边，轻轻地吻了他一下：“你可怜的手下，他还是很听你的话嘛。”

看到她又高兴起来，他不由得感到宽慰：“也没有，他不是听话——反正不是因为我。他是因为你才心软的。不过，朱迪思，你就是有这个魅力。”

她太高兴了，想对所有人好：“你真的不介意我不陪你跟默多克夫妇吃晚餐吗？”

“当然不介意。我告诉他们你刚下飞机，太累了。他们不会知道你去阿尔菲的派对了。他们肯定没有收到邀请。”

她吻了吻他的额头：“我去敷个脸，再泡个澡，然后眯一会儿——你走的时候喊我。”

她边放洗澡水边哼歌。又要见到罗宾了。她觉得他也想见自己。他肯定想。是上次逼婚把他吓跑了。好吧，一定要跟他说清楚，从现在起，一切都按他的条件来。不会再有最后通牒了。这周每晚都要见到他——他们肯定收到了一样的请帖。等回到纽约，他们还会去牛排屋……天啊，活着真好！

罗宾租了一辆车，开到玛吉的家。差不多已是七点。这都是什么事儿嘛，但朱迪思听起来太惨了。上次她提出结婚的想法后，他马上对她冷淡了，他还以为她已经有了新欢。但当她硬着头皮声称不用陪她去时，她那故作骄傲的声音听起来实则是呼救，令他不忍拒绝。

他一边沿着日落大道开车，一边想着这些。他不知道自己为什么在同情朱迪思。他对谁都没有感觉。除了玛吉——他想要玛吉！那是本能的冲动。就这么简单。他也钦佩她的勇气。她会回击他。她不好搞，不像阿曼达一样楚楚可怜的。玛吉是个女战士——跟他一样。但朱迪思呢——他到底欠她什么？为什么要为了她放弃跟玛吉过夜？他百思不得其解。等开到梅尔顿大厦附近的小停车场时，他赶紧把这些思绪赶出脑袋。

玛吉看起来很累，却依旧美得惊心动魄。她的黑眼圈很重。她太瘦了，但不知是什么原因，她比以往任何时候都更令他动容。

他们在咖啡桌上吃饭。吃完后，他帮她洗碗。然后她竟有几分羞涩地把他领进了卧室。他很惊讶，不知何故，她使出了全部的温柔……再后来，当他拥她入怀时，多年来他第一次感到完全的满足。天哪，要是能找到一个可行的休战协议就好了。他想要她跟自己在一起，但要她与自己一起生活，他实在开不了这个口。他躺在床上，抚摸着她的头发，第一次考虑婚姻这回事。可能也不是不行——如果她允许自己随心所欲地离开。说来也怪，他竟想不出来他会跟谁一起离开。天哪，他马上就得陪朱迪思去那个该死的派对了。他偷偷地看了一眼手表。八点四十五，还有时间。

"玛吉……"

"嗯？"她动了动，把脸埋进他的脖子。

"你的职业规划是什么？除了游戏节目？"

"阿尔菲·奈特有部电影我想演。"

"我之前说的那个节目，你想来的话还可以来。"

"我宁愿演电影。"

"协议签了吗？"他问。

她伸了个懒腰，伸手从床头柜摸了一支烟："我给阿尔菲写了一张字条，他已经任由海摆布了。他说要是请不到大明星就找我拍。听说他想找伊丽莎白·泰勒。我估计自己没戏了。"

"我看看我能不能帮上忙。不过为什么不拍电视呢？这对你来说是个很好的曝光机会，来钱还快。而且阿尔菲明年才开拍。"

她慢慢抬头看着他："这样你就隔几个月找我一回，见面，上床，然后谈工作？"

"我会常来——"

"所以我们会经常上床，聊工作。"她下了床。

"你想怎么样，玛吉？"

她站在房间的中央。卫生间的光沐浴在她的身上。他见到她眼中射出的怒火。"我想要你！今晚真是太棒了，可是跟往常任何一次一样，第二天早上，我就会憎恨自己。我觉得自己就像宾馆——就是供你在西岸睡的！"

他立刻爬下床，紧紧把她抱在怀里："瞎说什么，你知道不是这样的。我大可以去找别的姑娘，她们都求着我找工作。"

"你不是刚刚给了我一份工作吗——多好啊，上节目做主角。所以呢，我就应该随叫随到是不是！天哪，怎么这么像B级片的剧情呢。说吧，你在纽约藏着哪个姑娘随时去兰瑟酒吧待命？芝加哥有吗？你不是总在那儿给空中飞床加油吗？”

他放开她，穿上短裤。她穿上睡袍，点了一支烟，看着他穿衣服。

突然他笑了：“空中飞床——他们这样说我的飞机吗？”

“上个月的《秘闻》（*Undercover*）不是写了吗？”

“那是个什么玩意儿？”

“一本黄刊。封面就是你。你可不光上《新闻周刊》和《时代周刊》！你上的杂志可多了。《秘闻》杂志说了，不管男女，只要是能睡的，你都在空中飞床上睡了！”

他狠狠地扇了她一耳光。她号啕大哭起来。她扑进他的怀里：“天啊，罗宾，我们为什么要互相伤害？”她抽泣着。

“我很在乎你，玛吉，我希望你接受我给的这份工作。”

“我不想领你的报酬！”泪水顺着她的脸流下来，“你不明白吗？在这个世界上我想要的只有你！”

“我已经是你的了！你比世界上任何女人都拥有我更多。我还戴着你那该死的脏兮兮的小安卡戒指。”

见她不说话，他接着说道：“结婚戒指有什么不同吗？”

“有。”

“好吧。”

“什么？”她问。

“我们结婚吧。”他看了看手表。九点十五了——得去找朱迪思了，但他想跟玛吉和解。“我意思是你会变成罗宾·斯通太太。但我要来去自由的权利。就像现在，我要走了。”

她盯着他：“你要去干什么？”

“我得陪一位女士参加派对。”

她难以置信地盯着他看了好一会儿。她一步步后退，好像被他打击到了：“你是说，你来之前就计划好了下一场约会，计划着下了床去找别的女人？”

“不是这样的。那位女士是奥斯汀太太。”

“还挺能掩人耳目。她也不是什么玉女嘛。”

“玛吉，别把奥斯汀太太扯进咱俩的关系里。”

“哦，她最重要！”她笑了，“你要自由，但奥斯汀太太打个响指，你就得随时奉陪。这就是你当上IBC老大的秘诀吗？”

“我要走了，玛吉。我不想听你说些言不由衷的话。我明天给你打电话。”

“没有明天了。”她的眼里闪着泪花。

“我知道你不是这个意思，玛吉。”

她转过身去，他知道她哭了。他走向她，抱住她：“玛吉，我在乎你。天哪，我还要怎么证明？我都跟你求婚了。如果你想要我说真心话，那好。我想要你。”

“我想要你需要我，罗宾。”她抽泣着说，“从前我跟一个不需要我的男人结了婚，他只需要我做一件事——生个继承人。罗宾，你不明白吗？我太爱你了，所以我好害怕。赫德森背叛我的时候，我受伤了，哪怕我根本没爱过他。但如果你让我失望，我就活不下去了。你看不出来我在努力忘记你吗？没有用，我试过了，跟安迪、亚当，还有那么多男主演。都没用。我不想你是因为同情我才跟我结婚。我希望你跟我结婚是因为你需要我，是因为你想和我分享一切——你的想法，你的爱，你的烦恼。不只是身体。你明白吗，罗宾？我希望你需要我。”

“看来咱们谈不拢了。”他慢慢地说。然后他奇怪地笑了：“因为，宝贝，我不需要任何人。”

她挫败地慢慢点点头：“丹·米勒早跟我说过的。”

“看来丹比我想的聪明。”他朝门口走去，“你要接这份工作吗？”

“不要。”

“你想结婚吗？”

她还是摇摇头：“不是以你开的条件。”

他打开门：“我会在这里待四五天。如果你改变主意……”

她盯着他，眼里含着泪水：“别再打电话给我了，罗宾。求你了。再也别来找我了！”

“你确定吗？”

她点点头：“除非你告诉我，你需要我。”

她静静等着，直到听见电梯门在他身后关上，才倒在床上，抽泣起来。

差一分钟到十点时，罗宾踏进比弗利山庄酒店大堂。五分钟后，朱迪思神采奕奕地下来了。她从没像现在这样精神过，也从没在他心里激起过这么多同情。他想起了玛吉，想着她的马尾辫和黑眼圈。他知道，无论如何，他再也没法儿跟朱迪思睡了。

他朝她走去时，挤出笑脸。“你会让所有明星黯然失色。”他说。

“只有这件衣服没有褶皱了。我会穿着这个把纽约的派对参加个遍。”

“我只有一套租来的西装。实在配不上你的优雅。”他把她领到自己的车里。

她靠向他：“比起豪华轿车，我更喜欢这辆车。”她看着他发动车子的侧脸。“罗宾，我想你。”她轻声说。

“像你这样漂亮的女人不应该想别人。”他轻松地说，“朱迪思，留意你那边的路标。阿尔菲的家在燕子大道，这边该死的街道都取鸟儿名。”

“我们现在在多希尼街。”她说。

“那就对了，然后要在附近某个地方急转弯。”

她集中注意力看路标。

“我之前太幼稚了。”她慢慢地说。

“什么时候？”

“到芝加哥去见你时。”

“是有点儿冲动，但我觉得很迷人。”

“我想了很多，罗宾。我不能伤害格雷戈里，他需要我。”

“好女孩儿。我想你也需要他。”

“不，我需要你。”

“啊——燕子大道。肯定是那幢房子，停了那么多劳斯莱斯和宾利。”

罗宾一停下车，一辆巡逻车马上跟了上来。“您要进去这里吗，先生？”警官问。

罗宾点点头：“来参加派对的。”

警官笑了：“我已经第三次被派来这里。我说，麻烦转告阿尔菲·奈特，我是他的粉丝，祝他们尽情玩乐，不过这条街上的女士爱嚼舌根。”

“我尽量。”罗宾保证说。然后他去扶朱迪思下车。

警察盯着她，把她当平民打发了，又把注意力转向罗宾：“我是不是见过你？你很眼熟。我知道了！我以前经常看《深度》，那时候你还在。罗宾·斯通，对吧？”

“对。”

“这里所有名人几乎都来参加派对了。我说你应该回来继续做那档节目。我很喜欢你——你完全不输亨特利和布林克利。”

“他现在做的《故事》也很精彩。”朱迪思自豪地说，带着一丝占有的窃喜。

“真的吗。好吧，我最近都在值夜班，所以不太看得着。”他等到罗宾准备走了，低声叫道：“斯通先生，能否单独和你说几句？”

罗宾犹豫了一下。朱迪思笑着点点头。他回到巡逻车旁。

“听我说，斯通先生。我知道跟你在一起的那个女人不是你的老婆。她过于热切了。”

罗宾冷冷地看着他，想看他葫芦里卖的什么药。

“是这样，我不想多嘴。我只想提醒你——万一她是别人的老婆……”

“不懂你在说什么。”罗宾说。

“什么都逃不过我的眼睛。刚才咱俩说话时，我发现了一条尾巴。”

“一条什么？”

“尾巴。我觉得你被跟踪了。你惹上什么麻烦了吗？”

“可太多了。”

“嗯，咱俩刚才聊天的时候，一个男人开车在这条街上转悠。他掉头开走了，然后又开了回来，之后又开走了，现在他把车停在路边。我见过他。他是个私家侦探。”

“可能他在跟踪房子里面的人。我是应这位女士丈夫的要求，陪她一块儿来的。”

警官耸耸肩：“可能他正盯着别的什么人吧，等着别人的老公出来。但他确实是条尾巴。”

“好吧，反正跟我无关，”罗宾说，“不过还是谢谢你了！”然后他急忙去追朱迪思。

他们一进屋，塞尔吉奥欣喜若狂。罗宾不禁庆幸自己来了。他认出了几位大导演，几个大明星，还有一些很眼熟的明星。有人抓住他，朝他的脖子来了记湿吻。是蒂娜·圣·克莱尔。他把朱迪思介绍给塞尔吉奥、阿尔菲和蒂娜。然后他喝了两杯，带朱迪思坐到沙发上。一只大大的暹罗猫在房间里闲逛，看着他。它低声叫了一声，跳进他的怀里。

阿尔菲差点儿把酒摔地上。

“天哪罗宾，你真是人畜通吃啊！鼻涕虫见谁都不顺眼。”

“鼻涕虫！”听到罗宾的声音，猫继续咕噜咕噜地叫。罗宾挠挠它的耳朵：“你从哪儿弄来的？”

“艾克·瑞恩送我的。这猫是他前妻的。艾克经常出门，所以可怜的猫咪只好总待在狗窝里。我很喜欢猫。它不喜欢陌生人，但你是个例外。”

“不，我们是老朋友了，我跟鼻涕虫。”他揉揉猫咪的脖子，发现它的项圈上还挂着那块小银牌。

蒂娜·圣·克莱尔站在乐队[1]前，开始暗示性地跳起舞来，意味深长地盯着罗宾。

“最好让鼓手歇歇。”罗宾对阿尔菲说，“我刚从巡逻队那儿过来。”

“哦，那位大圣人。我看他只是拿这儿的邻居当来这里的借口。我觉得他是同性恋。”阿尔菲说。

朱迪思对罗宾笑了笑。“我们还是走吧。”她小声说。

“无聊了？”他问，“还是嫌这里的人太多了？”

“跟你在一起，人永远都嫌多。我想去你那儿喝一杯。”

“我以为你想参加这个派对。”

“我参加过了。现在我想和你在一起。”

“那对阿尔菲不太礼貌。对塞尔吉奥也是，他是我的老朋友。”

他一边慢慢地、稳稳地喝着酒，一边跟塞尔吉奥和阿尔菲聊天，而朱迪思则夹在一堆聊着天的演员中间。他下定决心拖到深夜，绝不带她回自己的房间喝酒。

接近午夜时分，客人陆续离场。朱迪思挣脱出人群，到吧台找他。她强作欢笑：“好啦，我把你让给这两个男孩儿好久了。该轮到我了吧。去喝一局夜酒？”

“你想喝什么？”

“你有什么喝什么呗。”

“阿尔菲家什么酒都有。”

她生气地说：“我不想在这儿喝。”

阿尔菲慢慢走过来：“怎么了，亲爱的？”

罗宾憋着笑。阿尔菲是少有的几个坚决不上电视节目的人之一。他才懒得惯着格雷戈里·奥斯汀太太。

她笑了：“没什么。我只是跟罗宾说该回家了。”

“如果你累了，朋友，我找人送你回去。”

---

1 原文为“combo”，指演奏舞曲和爵士乐的小型乐队。——编者注

她不理他，转向罗宾。这次她的语气很坚决："罗宾，我要回家。"

他咧嘴一笑："阿尔菲，听见了吧。有人开车回比弗利山庄酒店吗？"

"那个约翰尼住北峡谷——喂，约翰尼，你什么时候回去？"

房间那头的一个年轻帅哥示意自己正要动身。"您的司机在那儿，亲爱的。"阿尔菲说。

"不用你管！"她转身背对着阿尔菲，"罗宾，送我回家。"

"没问题，不过要再等等。我想把酒喝完。"

阿尔菲走到吧台后面，递给他一瓶伏特加："看来需要给你再加点儿。"

朱迪思看着他斟满酒杯："罗宾，我想离开，和你一起。"

"听我说，亲爱的，"阿尔菲说，"人不能想要啥就有啥。我还想跟塞尔吉奥结婚生孩子呢。可惜办不到啊。"

她盯着罗宾，眼眶含泪："你就喜欢跟这些下三烂鬼混！"

"我喜欢跟我的朋友们鬼混。"他走开了，走到沙发边上。阿尔菲和塞尔吉奥紧随其后。

朱迪思站在吧台前。她什么时候受过这种气。阿尔菲看不上她……对他们而言，她不过是个普通女人。她可是格雷戈里·奥斯汀夫人，但她被人推来搡去，不予理睬。她给自己倒了一大杯苏格兰威士忌。吧台上方的钟在寂静中嘀嗒作响。突然，她发现其他人都走了，只剩下罗宾和那两个基佬挤在沙发上。他故意这样对她，让她觉得自己很廉价。她离开吧台，发现地板上有个东西。那是一只金手镯，上面刻着字。读罢，她的嘴角慢慢浮出笑容。她小心翼翼地拈着它，好像怕被它脏了手。她走近沙发上那几个男人："我终于知道你们为什么要赶我走了。你们三个想单独待着，是吧？"

男人们疑惑地看着她。阿尔菲看到手镯，一跃而起。他下意识地探向自己的手腕。他朝她扑过去，但她闪开了。"你个婊子——我今晚戴着的。你从哪儿弄来的？"

"就在吧台后面的地板上，"她捏着手镯在他面前晃晃，"肯定是钩子断了。这手镯可真有意思。"

塞尔吉奥跳起来朝她走去："把手镯还他。"

她飞快地把手镯放进胸罩里，死死捂住自己的胸："你们俩小妖精敢来拿吗？"

罗宾慢慢地站了起来："你忘了还有我。我不怕奶子。"

"你也是个死基佬。"她躲开他，"爱情机器——女孩儿被你玩儿，但男人才是你真正的玩伴。手镯说得再明白不过了。”

“阿尔菲的手镯和我有什么关系？”

“我还想问你呢，”她轻声说，“塞尔吉奥的名字在前，后面写着：‘罗宾·斯通赠，1962年罗马圣诞节。’结果又让阿尔菲戴着。这就是你为什么非要留下来吧，罗宾？你要跟阿尔菲玩玩，因为他把你真正的小情人抢走了是吗？”

塞尔吉奥急切地转向罗宾解释道：“这就是我在罗马管你要的手镯。你说过，我在上面刻什么都行。所以我把你的名字刻在上面了。我一直戴着它。它本来是我最宝贵的东西。后来阿尔菲把他的给了我。”他伸出手臂，露出一只差不多的金手镯：“这是阿尔菲的妈妈给他的。这是他贴身的物件。于是我们俩交换了手镯。”

阿尔菲点点头：“它是我最宝贵的东西，罗宾。”

朱迪思仰头大笑：“真是好感人啊。好了，我先走了。想必格雷戈里会很喜欢这只手镯吧。那些八卦杂志肯定都很喜欢。抓点儿紧，没准儿还能赶在下周二的董事会会议前印出来。毕竟，罗宾，得让大家看到你的真面目——是的，你这样的没人敢雇用。”

“朱迪思，工作不工作的，我一点儿也不在乎。你对我有意见，尽管发泄。但不要把塞尔吉奥和阿尔菲扯进来。你可能会毁掉他们的事业。”

她看着他笑了：“那可太好了。”她转向阿尔菲：“我看，那些八卦报一定很想多了解一下你吧，亲爱的！”她眼里燃着熊熊怒火，朝外走去。

塞尔吉奥向她扑去。阿尔菲抓住她，把她拽到房间中央。罗宾赶紧跑来，想拦住他们。但塞尔吉奥挡在前面。他把她堵在吧台后面。她像走投无路的动物一样疯狂地四处张望。突然，她看到了闪闪发光的奥斯卡奖杯。塞尔吉奥走近她，她举起奖杯拼命地砸向他的脑袋。他登时摔倒在地。

“你这个贱人！”阿尔菲尖叫道，“你把他杀了！天哪，塞尔吉奥……”他跪在地上，大哭起来。

朱迪思赶紧跑向大门，阿尔菲冲上去抓住她。“哦不，别！”他一拳砸在她的脸上。罗宾正把塞尔吉奥抱到沙发上。他听到朱迪思在尖叫。他知道阿尔菲在扇她耳光，但他确信，她除了尊严受点儿伤外不会有什么大碍。此时他更关心塞尔吉奥。他拿了些冰块放在他的头上。“小心点儿！”阿尔菲喊道，“他的头骨可能骨折了。”

罗宾转过身看向朱迪思，然后冲过去。她的嘴唇被打破了，鼻子里流出了血。

她的假发歪了，和她那张被揍花的脸搭在一起格外滑稽。罗宾想替她求情，但阿尔菲奋力抓住她的假发。没想到假发还顽强地搭在她的脑袋上。朱迪思不要命似的尖叫。罗宾抓住阿尔菲的胳膊，逼他放开。朱迪思的睡衣领口被撕破了，露出了胸罩。手镯滑了出来，“咔嗒”一声掉在地上。阿尔菲一把拿起它，然后又上前狠狠地抽了朱迪思一耳光。

罗宾抓住她，她紧紧扒在他的怀里，抽泣不止。“对不起，朱迪思，”他小声说，“但你像野猫那样闹，就会被当作野猫对待。”

钟声与敲门声同时响起，所有人都呆住了。“快开门！是警察。”一个响亮的声音喊道。

“哦，天哪，”朱迪思哭了起来，“格雷戈里会完蛋的。瞧瞧我这样子。”

“你！我呢！”阿尔菲尖叫道，“还有塞尔吉奥！这种事情传出去，谁都别想好……全是因为你——你这个臭婊子！”

朱迪思紧紧拽着罗宾：“快带我走。哦，天哪，快把我从这里带走，我再也不会惹事了。”

“你才不会有事！你还有几百万等着去花。我呢？我签了道德条款！”阿尔菲朝她吐口水。

罗宾把朱迪思抱住，腾出手抓住阿尔菲：“阿尔菲，我帮你们搞定——但我有个条件：让玛吉·斯图尔特演你的女一号。”

“还拍什么电影？明天一早，咱们全完了。”

“朱迪思！”罗宾抱住她的肩膀，看着她青一块紫一块的脸说道，“你的这段是，我喝醉了，我想强暴你。我撕破了你的衣服。塞尔吉奥冲上来救你。我扑过去打他，他躲开了，你的脸被打了个正着——然后我用奖杯把塞尔吉奥砸了。”

“那我呢？”阿尔菲问。

“你冲过来保护她，我给了你一拳。”他伸出手来，狠狠地打了阿尔菲一拳。阿尔菲大喊起来。罗宾微微一笑：“抱歉了，朋友，谁让你要保护这位女士呢？”罗宾发现敲门声暂时停止了。警察肯定想从后门强行进入。

“现在，每个人都记住自己的台词了吧？我希望你们都记好了，因为法律来了——”

他转过身见警察从卧室露台翻了进来。朱迪思惊慌失措地冲向前门，奋力打开，只见一片刺眼的闪光灯。记者们拥进房间。她下意识地逃向罗宾，看到媒体和警察，又退却了。她模模糊糊地听到阿尔菲解释说：“这真是一场误会。太糟糕了。斯通先生留下来和我谈玛吉·斯图尔特小姐的事——我想请她拍我的新电影，我们喝了几杯。罗宾喝得太多了。他真的喝糊涂了。天啊，他要是清醒，怎么可能骚扰奥斯汀太太。她都老得可以当他妈了。”

朱迪思冲他咧了下肿胀的嘴唇：“什么，你个臭小子——”

“好了好了，”罗宾说，“今晚我可太倒霉了。”

救护车来了。医生跪在塞尔吉奥边上。一群人忧心忡忡地围上来。

“他还好吧？”阿尔菲焦虑地问。

“可能有脑震荡，”医生回答，“不过要拍了X光片才知道。”然后他摇摇头：“你的电影角色真是太狂野了。”

罗宾先前遇到的那个警察拉着他的胳膊，同情地盯着他，好像在说：“我相信你。”阿尔菲被要求去警察局做笔录。朱迪思放弃指控，但尽管她极力反抗，还是被警察一道带走了。

除了围了一堆记者，在警局里就是例行公事而已。罗宾猜想城里所有的记者都来了，还有一位地方电视台的电视摄影师。罗宾没有回避摄像机，但全程都在掩护朱迪思。一个摄影师鬼鬼祟祟地从他们俩中间凑过去，想拍朱迪思肿胀的脸，罗宾冲向他，摔坏他的摄像机。别的记者纷纷抓拍这一幕，警察立即出面制止。阿尔菲拒绝指控。“毕竟是我先惹的他。他也喝了酒。”阿尔菲说。

医生打来了电话，塞尔吉奥没事，只是轻微脑震荡。罗宾因为扰乱治安付了一笔罚款，还写了一张支票给新闻记者，赔偿被他摔坏的摄像机。最后大家都被释放了。

然后他开车送朱迪思回酒店，把车停在新月酒店附近：“咱们走这条路，绕开大堂。我陪你去别墅。”

“罗宾——”

他看着她。一只眼睛变了色，嘴唇又青又肿，还流着血。

“脸上冷敷一下，”他说，“明天你的眼睛才会真的吓人呢。”

她小心翼翼地摸了摸脸：“我该怎么对格雷戈里解释？”

“怎么跟警察说的，就怎么跟他说。”

她抓着他的手。“罗宾，我知道这话很过分，但我真的爱过你。”泪水夺眶而出，“现在我把你害惨了。”

“不是的，宝贝，全是我自己的错——也许是时候了。”

他送她去别墅。里面很黑。

“我不想吵醒格雷戈里，”她说，“明天有足够的时间告诉他这件事。”

“好好睡吧，朱迪思。”

她紧紧抱着他：“哦，罗宾，为什么会发生这一切？”

“快进去吧，”他轻声说，“待在那里。从今往后，好好待在你该待的地方。”然后他走开，走进酒店。他关掉电话，往床上一躺，顾不上脱衣服便沉沉睡去。

次日七点，格雷戈里·奥斯汀被克里夫·多恩叫醒。“天哪，格雷戈里，”他说，“我听到的时候差点儿没吓死。她还好吗？”

“谁还好吗？”格雷戈里迷迷糊糊地问。

“朱迪思。”

格雷戈里盯着床头柜上的时钟：“你到底在说什么？”

“格雷戈里，大堂里坐满了记者。你的电话显示‘请勿打扰’，但我跟接线员说了，给我接通，我负全责。你看到早报了吗？”

“老天，哥们儿，我刚刚睁开眼睛。到底怎么了？朱迪思怎么了？”

“罗宾·斯通把她打了。”

“什么！”格雷戈里放下电话，冲进朱迪思的卧室。她脸朝下，趴在枕头上睡着了。他轻轻地拽拽她的胳膊。她嘟嘟囔囔的，渐渐醒了过来。他惊讶地看着她：“朱迪思，你的脸！你的眼睛怎么黑了！怎么回事啊？”

“没事。”她试图把脸埋在枕头里。

他使劲把她拽起来：“克里夫打电话来了。大堂里很多记者。应该被人写了报道。怎么搞的？”

“给我来点儿咖啡，”她慢慢地说，“不是什么大事儿。”

格雷戈里跑回卧室：“朱迪思没事。快过来，把所有的报纸都带来。”然后他派人送咖啡来。朱迪思终于起了床，走进客厅。“我看起来比感觉上差一点儿。”她苦笑着说。

“告诉我发生了什么事。”

“没什么好说的。罗宾喝多了，突然朝我扑来。塞尔吉奥想保护我，然后罗宾去打他，被他躲开了，我挨了一拳。然后罗宾把塞尔吉奥砸晕了——然后警察来了。就这样。”

“就这样？”格雷戈里怒吼道，“瞧瞧你的脸！你怎么不派人来找我？或者找克里夫·多恩也行啊？”

朱迪思抿了一口咖啡："哎哟，格雷格，别小题大做了。警察把我们都放了。还是罗宾把我送回来的。"

"他还送你回来！"

"是啊，他后来清醒了。"她听到门铃响，急忙站了起来，"是不是克里夫。我不想被他看到。"她躲进了卧室。

克里夫把报纸全买来了。格雷戈里盯着头版，皱起了眉头。所有的黑色大标题大同小异，都说着同一件事：

爱情机器变身毁灭机器，

只因IBC老大的夫人。

石拳硬比花岗岩。

今夜，爱情机器疯狂运转。

每个故事都是一样的。格雷戈里仔细看着那些照片。除了罗宾，人人面如死灰。他显得异常平静。他的脸上甚至浮现出一丝笑容。

克里夫坐着，一副护柩者的架势。门铃响个不停，服务生不停地替朱迪思签收她纽约的朋友发来的电报。东区已近中午，故事和照片已经传遍全国。

格雷戈里在房间里踱步："报纸是怎么掺和进来的？"

"我们的人说的，"克里夫闷闷不乐地说，"他不知道朱迪思也被牵连了。罗宾到那边之后，那人一直在跟踪他。"

朱迪思从卧室走了出来。她用粉底遮盖了眼睛的淤痕。撇开肿起的嘴唇不谈，她看起来还是相当体面。她甚至朝克里夫笑了笑："好吧，至少我见识过这边玩儿得多野了。我的朋友们突然都想起我们还活着呢。格雷格，你信不信，他们都觉得我还很迷人呢？你来读读这些电报。佩吉·阿什顿想给咱们办一场舞会。她说我是世纪女王——一男子为了我跟另外两个男人斗殴。"她露出孩子般喜悦的笑容。

"我们得给媒体发一篇声明，"克里夫说，"当然，罗宾得走了。很遗憾，只能这样了。"他瞥了一眼朱迪思，朱迪思正忙着拆电报，"但我们好歹为董事会找到了正当的理由。"

"不行，他不能走。"格雷戈里说。

朱迪思和克里夫都盯着他。

"我们得把这事弄明白。就目前来看，这肯定是一个很大的误会。咱们发一篇声明，说明罗宾并没有骚扰朱迪思，是她滑倒了，从楼梯上摔下来的。想想办法。”

“想得美！”朱迪思站了起来，“别把我写得像个白痴，让罗宾当英雄。他就是骚扰我了，事情就是这样！”她冲出房间。

“她说得对，”克里夫说，“否认只会火上浇油。把罗宾开了，过不了几天，事情就平息了。”

“他不能走！给丹顿·米勒打电话，叫他回来上班。告诉他，他跟罗宾一起工作。他们两个权力同等。没我的同意，任何人都不能做任何决定。从现在起，我掌局。”

“格雷戈里，你清醒一点儿。你好不容易有机会摆脱罗宾啊。快结束吧！”克里夫力争。

“我想拿回我的公司，现在我得到了。而且，是我让罗宾陪朱迪思去参加派对的，朱迪思非要去。她现在还在气头上。但我不能落井下石。”

“你犯了大错。”克里夫说，“其他公司都不会要他了——他已经身败名裂了。”

“我不是请你做咨询的。”格雷戈里厉声说，“罗宾·斯通对IBC的贡献太大了，我们不能因为这种意外把他赶走。过段时间这件事就过去了。把董事会会议改到后天。到时候，我把报告理好，把决定的事情向大家宣布！快让丹飞过来。我在会上发言的时候，他和罗宾要一左一右坐在我后边。”

罗宾被敲门声吵醒了。他环顾四周……他还在床上躺着。他浑身不太舒服，但还是去开了门。克里夫·多恩一言不发地进来，把一堆报纸扔在茶几上。

罗宾把它们捡起来。报道比他预料的更不堪。

克里夫说：“我刚从格雷戈里那儿过来。”

罗宾点点头：“他想要我辞职吧。”

“他当然巴不得，但他觉得你怪可怜的。他叫了丹顿·米勒来代替你，你可以留下，直到你找到别的工作。这样你至少能保全面子。”

罗宾走到桌前，拿笔写下几行字。“行了，就这样吧。”他说，“我身上没合同。前不久到期了……这是我的辞呈。”他把纸和笔递给了克里夫。

克里夫笑了：“可以说，这一天我等了太久了。”

“我会尽快坐飞机离开这边。我去纽约的办公室收拾一下。还有，克里夫——这是春季节目的全部报表。所有东西都在这里面——收视、未来规划，以及我准备提交给董事会的报告。”他把公文包给他。

克里夫说：“我过两天把包给你寄回纽约。”

“留着吧。去年圣诞你送我的。”然后罗宾走到门口，打开门。

格雷戈里·奥斯汀盯着罗宾的辞呈。他摇摇头：“你有没有跟他说，我想让他留下来，克里夫？”

克里夫说：“我去之前他已经写好了。”

格雷戈里耸耸肩：“好吧，他这就是永远退出电视界了。该死的自尊。要是他肯留下来跟丹合作，一定会非常非常成功……要不我再跟他谈谈。”

“你要是敢，咱俩就完了。”朱迪思突然说。

两人惊讶地看着她。

“我要他离开我们的生活。我认真的，格雷戈里。”

格雷戈里点点头：“好吧。克里夫，告诉丹，一切都准备好了。但我要用萨米·特贝特替代罗宾。萨米是个好人——他不像罗宾。不过也不会有人像罗宾。”

“既然丹回来了，还找他干吗？”朱迪思问。

格雷戈里笑了：“我要两个人一起，互相制衡。”

克里夫点点头，离开了。

罗宾已经收拾好了。他刚要走，有个电话打进来。接线员说：“哦，斯通先生，有几百个电话等着找你。每家报社都打来了电话，大堂有一位《时代周刊》的记者和一位摄影师在等您。有一处侧门通向新月酒店——您可以走那边避开他们——”

“谢谢你，亲爱的。你能给我接梅尔顿大厦吗？是一栋公寓楼，可以打他们的总机。”

“好的，我们知道号码。斯通先生，我只想告诉你，不管报纸怎么说，我都觉得你很优秀。如今还有男人为了得到心爱的女人跟两个男人搏斗，这很少见。我觉得很浪漫。”她咯咯笑着，然后打给梅尔顿大厦。

响了两声后，玛吉接起了电话。她的声音昏沉沉的，像是没睡醒。罗宾猜她可能还不知道这个消息。“醒醒，瞌睡虫，你不是应该在演播厅录游戏节目吗？”

“一点钟才——罗宾！”她突然完全清醒了，“你打电话来了。意思是说——？”

“意思是说，我要坐一点钟的飞机去纽约了，玛吉。”

她停顿了很长时间，然后说：“你打来就为了说这个吗？”

“是的。还有，这个，我只是想让你知道我没有——”他停了下来。

突然之间，向她解释自己既没骚扰朱迪思也没有打她，似乎不再重要。不知怎的，他相信玛吉会明白真相的。他只是想让她知道，他不会不告而别。“玛吉，是这样，我——”

对面只传来了“嘟嘟”声。她挂了。

三十

1968年12月

迪普·纳尔逊揣着一本《综艺》，急匆匆地去萨迪吃午饭。他一进门，就感到自己拥有了全新的力量。现在的他是百老汇制片人迪普·纳尔逊，罗宾·斯通只是一个越发模糊的名字；重大丑闻已经过去一年了，没人知道罗宾怎么样了。他消失了。但大迪从未过气。他回归了。不是演员，而是百老汇顶级制片人。乔·卡茨别无选择，只能让他当联合制片，因为他想捧保利。现在，他们在百老汇炙手可热。他在每张桌子前停下，给每个人看《综艺》。萨迪里的所有人都很认真听他讲。《综艺》里的故事他们都看过，他们都知道保利是最厉害的。不过，他们也都知道，她和她的男搭档关系不一般。

克里斯蒂·莱恩在飞机上翻着《综艺》。他咧嘴笑了，然后撕下一页剪报。“上面说什么了？”埃塞尔问。

他指给她看：

从洛杉矶到纽约

克里斯蒂·莱恩

埃塞尔·莱恩

小克里斯蒂·莱恩。

他把它叠起来放进钱包里："他的第一篇《综艺》剪报。我会把它贴在报道他出生的剪报旁边。"

埃塞尔抱着孩子笑了："我们的开局必定会轰动一时。阿尔菲和塞尔吉奥也会飞来，好莱坞的半壁江山都要来。"

他点了点头，往后一靠，想打个盹。他一想到要演百老汇音乐剧就兴奋起来。他甚至不介意是为了艾克·瑞恩。到目前为止，艾克还没有打过败仗。艾克谁也懒得搭理。迪普·纳尔逊硬要当联合制片人时被他拒绝了。最后，迪普和乔·卡茨达成了协议。保利也很成功。一切尽在迪普的掌握之中——他从罗宾·斯通那儿学了不少。有趣的是，罗宾曾比他们所有人都厉害，然后就这么消失得无影无踪。突然，他想起了阿曼达，他现在可以平静地想起她了，她已成为遥远的记忆。埃塞尔给了他唯一真正想要的东西：他的儿子。他满意地笑了。

埃塞尔抱着婴儿，吻了吻他的头。有趣的是，一开始她只是为了和克里斯蒂在一起而怀孕。现在，孩子是她生命中最重要的，也是她唯一真正在乎的。她为那些在她生命中经过的男人付出的所有失意的爱，现在全被她倾注在了孩子身上。但她永远也不会把他养成一个妈宝，她明白适时就该放手。他是她的孩子，他将拥有世界上最伟大的生命。现在，克里斯蒂的百老汇首演将是激动人心的。她过得很好——她是阿尔菲和塞尔吉奥的女训导，好莱坞的女主人。她在哈姆崔克时的梦想基本实现了。除了没有英俊的男主角——只有克里斯蒂。她有的是时间折腾，但没人发来邀请。她备受尊重。她是克里斯蒂·莱恩夫人。知足啦，人总不能什么都要。

丹顿·米勒读了《综艺》对他新的特别节目的评论。太过分了。该死的，唯一能撑得住的节目都是老节目——罗宾·斯通选的节目。这人绝顶聪明，但聪明反被聪明误，爬得越高，摔得越痛。每次萨米霸道的时候，他都把这个敲进萨米·特贝特的脑袋里。萨米很聪明，他得好好盯着他——他这辈子再也不想跟第二个罗宾·斯通斗了。但格雷戈里会盯着这一切的。霸道的格雷戈里回来了，他打算取消丹九月份的新综艺。丹清楚得很。明天周会上，格雷戈里就要宣布了。他点了一支烟。溃疡再次生疼。他抬头望着天花板，默默地承诺，要是明天的会议开完后，他还能保住工作，他一定戒烟。不知道格雷戈里有没有看《综艺》……

格雷戈里读了《综艺》。但他现在在看《女装日报》。朱迪思的照片上了头版。他深情地看着它。每当他回忆起她在洛杉矶的报纸头版上的照片时，他都不寒而栗。奇怪的是，她回来后又成了名人。她已经戴了一周的眼罩。罗宾·斯通为她发了疯，使她在朋友间拥有了新的魅力。它只是证明了，永远别想猜透女人。朱迪思又回来了。天哪，这周每晚都有派对或开幕秀要参加。他突然想起来，他五点钟要去试装。当然啦，朱迪思肯定要为他们的蛋酒派对给他订购一套新的天鹅绒吸烟装。今年会比以往任何时候都隆重。他看着她的照片笑了。她比以往任何时候都美，也比从前任何时候都快乐……

他们都在读《综艺》，但没人读“文人”版块，也没人注意到这么一小段话：“IBC前总裁罗宾·斯通刚写完一本书，埃桑迪斯出版社将于晚春出版。”

玛吉·斯图尔特登上了飞往伦敦的BOAC[1]飞机。她也带着一本《综艺》。头版头条是她退出阿尔菲·奈特新电影的新闻。但飞机起飞时，她并没有读《综艺》——她在不断地读着一段电报：

英国伦敦 多切斯特酒店

玛吉·斯图尔特小姐 加利福尼亚州 比弗利山庄 梅尔顿大厦

我需要你。罗宾。

1 British Overseas Airways Corporation，英国海外航空公司。——编者注